艾笛的永生契約

V. E. 舒瓦
V. E. Schwab——著
林欣璇——譯

The Invisible Life *Of* Addie LaRue

獻給派翠西亞——

妳從未遺忘過。

古神也許偉大，但祂們既不心善，亦不慈悲。祂們喜怒難測，一如水面的粼粼月光，也似風暴中的幢幢暗影。如果你仍想呼喚祂們，務必謹慎：小心許願，不惜代價。無論有多絕望渴切，都千萬別向天黑後才回應的神祈禱。

——艾絲特拉·瑪格麗特（一六四二—一七一九）

法國，薩爾特維永
一七一四年七月二十九日

有個女孩正在狂奔逃命。

夏日熱氣灼燒著她的背，但是四處不見火把，也沒有憤怒的暴民，只有遠處婚宴慶典的燈籠，沉入地平線的夕陽酡紅餘暉遍灑在丘陵上，女孩死命地跑，雜草糾纏著她的裙襬，她想搶在最後一絲光線消失前衝入樹林裡。

有聲音隨風飄來，呼喚著她的名字。

艾德琳？艾德琳？艾德琳！

她的影子往前方延伸——太長了，邊緣已經看起來糊糊的——小小的白色花朵從她髮絲間滾落，像四散在地的星星。花朵在她身後拼成了星座，一如她雙頰上也有個星座。

七點雀斑。每一點都代表她的一段愛戀，艾絲特拉是這麼說的，當時女孩還很年輕。

每一點都代表她活過的一段人生。

每一點都代表一名看顧著她的神。

現在，那七個斑點就像在嘲諷她。承諾。謊言。她沒有什麼愛戀、過的人生不像話，也沒遇過哪個神，而現在，她就快要沒時間了。

但是女孩沒慢下腳步，也沒回頭看，她不想面對佇立在那裡等待的人生，和靜物畫一樣死寂，和墳墓一樣堅固。

所以，她只能頭也不回往前跑。

第一部

天黑後才回應的神

作品名稱：回歸
藝 術 家：艾洛．米雷
日　　期：西元一七二一—二三年
媒　　材：梣木、大理石
地　　點：外借自羅浮宮
描　　述：總共有五座鳥木雕的系列作，呈現鳥兒起飛前的各種姿態，附大理石窄底座。
背景簡介：米雷是勤懇的自傳作者，透過他的札記可以一窺這位藝術家的思想和創作過程。米雷提及，《回歸》的靈感來自一七一五年冬天他在巴黎街頭找到的一個小木雕。發現這隻木鳥時其翅膀即已斷裂，據說是一系列作品中的第五隻（但翅膀已修復完整），呈起飛之姿。
預估價值：175,000美元

紐約市
二〇一四年三月十日

I

女孩在另一個人的床上醒來。

她躺在原處，動也不動，想將時間像那口她不願呼出的氣息一樣閉在胸口，好像她能阻止時鐘不要滴答向前，好像她能要身邊的男孩不要醒來，好像光靠意志就能保護他們前一晚的回憶不要消逝。

當然，她知道自己無能為力。她知道他會忘記。他們每個人都會忘記。

這不是他的錯——自始至終都不是他們的錯。

男孩還在睡，她看著他緩緩起伏的雙肩、後頸的黑色鬈髮，還有橫越肋骨的那道疤痕。這些細節，她記在心裡很久很久了。

他叫托比。

昨晚，她跟他說自己名叫潔思。她說謊了，但只是因為她說不出真名——又是個像鬼針草一樣緊黏著她不放的討厭小細節，專門用來刺痛她的隱藏倒鉤。人就是各自所留下的痕跡的總和，除此之外還能是什麼？她學會在荊棘叢中穿行，但難免還是會受傷——因為一段記憶、一張相片、一個名字。

過去這個月以來，她當過克萊兒、柔伊、蜜雪兒——而兩天前的晚上，她是艾兒，那時托比的表演剛結束，他們正在一家營業到很晚的咖啡廳裡收拾，他說他愛上了一個名叫潔思的女孩，只是他還沒真的遇到這個夢中情人。

於是，她現在就成為了潔思。

睡夢中的托比開始騷動，她感覺到胸口那股熟悉的疼痛，他伸展身體，翻身靠向她——但是沒有醒來，暫時還沒。他的臉距離她只有幾公分，雙唇微微張開，眼睛籠罩在黑色鬈髮的陰影中，黝黑的睫毛貼著蒼白的臉頰。

從前的某天，黑暗之神和女孩一起沿著塞納河漫步，並調侃說她的口味真的很好猜，暗示那些她會傾心的男人——以及幾個女人——長得都跟**他**異常相似。同樣的黑髮、同樣的銳利雙眼、同樣稜角分明的五官。

但是這麼說不公平。

畢竟，黑暗之神會長成那個樣子，說到底也是因為她。她賦予了他那樣的形體，選擇要將他塑造成什麼樣子，選擇要讓自己見到什麼。

你也曾經只是縹緲影霧，那時她這麼告訴他，難道你不記得了嗎？

親愛的，他用那柔和深沉的嗓音說，我就是黑夜的化身呀。

現在是早晨，在另一座城市、另一個世紀，明亮的陽光穿透窗簾，托比又動了一下，從深眠中浮出。那個名叫「潔思」的女孩，或者說**曾經**名叫潔思的女孩，又屏住了氣息。她試著想像另一個版本的今天：他醒來，看見她，然後**想起**她是誰。

他會微微一笑，輕撫她的臉，跟她說：「早安」。

然而事與願違，她不想要看見對方臉上她再熟悉不過的空洞表情，不想要看見男孩嘗試填補他腦海中關於她的回憶缺口，目睹他企圖恢復鎮靜，熟練地裝出一副滿不在乎的神情。這樣的表演，她看多了，每一個動作她都熟知，因此她只光著腳滑下床，溜到客廳去。

她在走廊上的鏡子裡瞥見自己的身影，注意到其他人會注意到的特徵：臉頰上的七點雀斑，在鼻樑和臉頰上排列成星座。

只屬於她一個人的星座。

她往前傾身，呼出的鼻息讓鏡面霧濛濛一片。她的指尖拂過霧氣，想寫下自己的名字。艾——

她只來得及寫了寥寥幾筆，字母就開始消散。問題不在於媒介——不管她多麼努力想說出自己的名字，不管她怎麼無所不用其極想說出自己的故事，用鉛筆、用墨水、用顏料、用鮮血，她**全都試過了**。

艾德琳。

艾笛。

拉胡。

都沒有用。

字母不是崩解，就是消褪。聲音卡在她喉嚨中，就此逝去。

她的手指從玻璃鏡面滑開，掃視客廳。

托比是玩音樂的，四處都有他創作時留下的痕跡。

像是靠著牆擺放的樂器。桌面散放的樂譜和音符，幾段記不完全的旋律，夾雜在購物清單和每週待辦事項之間。但偶爾有些小異樣：他開始在廚房流理台邊擺放的花朵，他不知道自己什麼時候開始養成了這個習慣。以及一本里爾克詩集，他也不記得是什麼時候買的。記憶無法久留，但這些物品會一直存在。

托比喜歡賴床，於是艾笛開始泡茶，他不喝茶，但他的櫥櫃裡卻收著一罐原葉錫蘭茶，此外還有一小包絲綢茶袋。某天深夜一趟雜貨店之旅的紀念品，睡不著的男孩和女孩，手牽手在貨架走道間閒晃。因為她不想要這一晚就這麼結束。還沒準備好就這麼放手。

她舉起馬克杯，深深吸入氤氳茶香，記憶也跟著飄進腦中。倫敦的一座公園。布拉格的一座陽台。愛丁堡的一間茶室。過去像一匹絲綢，翩然覆蓋過此時此刻。

紐約的這天早晨很寒冷，窗戶霜白一片，她從沙發椅背拉過一張毯子裹在肩頭。一只吉他盒霸佔了沙發一頭的空位，托比的貓則盤踞在另一頭，所以她只好改坐在鋼琴椅凳上。

那隻貓也叫托比（「這樣我自言自語的時候就不會太奇怪……」他如此解釋），貓咪正看著她吹涼紅茶。

她很好奇，貓咪會記得嗎？

她的手現在溫暖多了，於是把馬克杯放在鋼琴上，掀開琴蓋露出琴鍵，她伸展手指，開始盡可能輕柔地彈奏。她聽見人類托比在臥室裡騷動，她全身上下的每一吋，從骨骼到皮膚，都因為害怕而緊繃。

這是最難的部分。

艾笛可以離開的——而且她**應該**要離開才對——趁他沒醒時躡手躡腳離開，這時早晨還只是黑夜的延伸，彷彿困在琥珀裡的一小段時光。可是現在太遲了，所以她閉上眼睛，繼續彈琴，她在樂音中聽見他的腳步聲時，也繼續低著頭，她感覺到他站在客廳門口，手指飛舞不停。他會站在那裡，將眼前的景象盡收眼底，試圖拼湊昨晚到底發生了什麼事，想搞清楚事情到底是出現了什麼轉折，他又是什麼時候遇見了一個女孩，還帶她回家，他是不是貪杯了，怎麼會什麼都不記得。

但是她知道，只要她繼續彈下去，托比就不會打斷她，於是她又享受了幾秒鐘的樂音，才強迫自己慢慢停下、抬頭，假裝沒注意到他臉上困惑的表情。

「早安啊。」她說，音調雀躍，她以往的法語鄉音現在很淡很淡，幾乎聽不出來。

「呃，早安。」他說，一隻手梳過蓬鬆的黑色鬈髮，算他厲害，還能露出和平常差不多的表情——有點不知所措，看見一名漂亮女孩坐在他家客廳，只穿著內衣褲，外面套著他最喜歡的襯衫，再裹著一條毯子保暖。

「潔思。」她說，說出他想不起的名字，因為記憶早已不復存在。「沒關係，」她說，「你不記得的話也無所謂。」

托比臉紅了，他擠開貓咪托比，坐在沙發抱枕上。「抱歉……我實在太反常了。我其實不是那種男生。」

她微笑，「我也不是那種女生。」

他也報以微笑，笑容像穿透他臉上陰霾的一道光。他朝著鋼琴點點頭，她想要他說：「妳竟然會彈鋼琴。」之類的，但是托比卻說：「妳彈得真的很好。」她的確彈得一手好琴，只要有充裕的時間，人能學會的東西超乎想像。

「謝謝讚美。」她說，指尖拂過琴鍵。

托比開始坐立難安了，只好逃到廚房去。「要咖啡嗎？」他問，在櫥櫃裡翻找。

「我找到茶喝了。」

她換了一首曲子。不是什麼太繁複的樂曲，就是一連串的音符。一小段前奏。她記憶起旋律，從指尖流露，托比又閃身回到房間，雙手捧著一杯冒煙的熱咖啡。

「那是什麼曲子啊？」他問，雙眼亮起的樣子，只屬於創作者——作家、畫家、音樂家——靈光乍現的瞬間，「聽起來很耳熟……」

她聳聳肩。「你昨晚彈給我聽的。」

嚴格來說，這不算撒謊。他的確為她演奏過，不過是在她先示範過後。

「有嗎？」他皺起眉頭說，已經將咖啡放到一旁，伸手去拿最近一張桌子上的鉛筆和筆記本。

「天哪，那我當時一定醉到不行。」

托比邊說邊搖頭，他不是那種喜歡靠酒精或藥物尋找靈感的創作歌手。

「妳還記得更多嗎？」他問，翻著筆記本。她又彈了起來，帶領他經過一個個音符。這首歌他已經創作了好幾個星期，儘管他並不知道。嗯，確切來說應該是**他們**創作的。

他們一起創作的。

她邊彈邊露出微笑。這是蕁麻叢中的嫩草，是可以安全行經之處。她無法留下自己的印記，但是如果小心一點，她可以透過另一個人留下痕跡。當然了，並不是什麼太過具體的痕跡，但是靈感總是抽象的。

托比拿起了吉他，平衡在一邊膝蓋上，跟著她的旋律，自顧自喃喃細語。說著這是好東西，很不一樣，肯定會很特別。她不彈了，站起身來。

「我得走了。」

旋律在琴弦上瓦解，托比抬起頭來，「這樣就走了？可是我還不認識妳。」

「沒錯。」她說，走去臥室拿她的衣服。

「但是我**想**認識妳。」托比說，放下吉他，跟著她穿過公寓，在這一瞬間，這一切感覺都不公平，只有這時候，她感覺到一波強烈的挫敗感快要潰堤。因為她花了好幾個星期的時間認識他。他卻只花了幾小時就將她忘得一乾二淨。「慢著。」

她最討厭的就是這部分。她不應該逗留的。眼不見為淨，省得多有掛念，但是她老是心存那麼一線希望，希望這次會不一樣，希望這次他們會記得。

我記得，她腦中的黑暗說。

她搖搖頭，趕走那個聲音。

「不用這麼趕吧？」托比問。「至少也讓我幫妳做一頓早餐。」

但是她太累了，不想這麼快就又再玩一次相同的遊戲，所以她信口胡扯，說她還有別的事要忙，不給自己停下來的時間，因為一旦停下來，她不知道自己有沒有力氣再舉步離開，這樣子惡性循環就會繼續下去，他們的曖昧會從早晨開始，而不是像以往那樣始於夜晚。然而這樣子結束時並不會比較容易，如果她得重新開始，她寧願是當酒吧的巧遇對象，而不是一夜情之後遭人遺忘的狼狽女子。

反正，只要再過一下子，這些就全都不重要了。

「潔思，等一下。」托比說，抓住她的手。他支支吾吾想找適合的說詞，然後放棄了，改口道：「我今晚有演出，在艾洛維。妳來看吧，就在……」

當然了，她已經知道在哪裡。那是他們第一次見面的地點，他們第五次、第九次見面也都是在這個地方。她答應會去時，他臉上的笑容好燦爛。一直都很燦爛。

「說好了喔？」他問。

「說好了。」

「那就到時候見囉。」他說，話說中充滿希望，她轉身踏出門。她回頭看了一眼說：「別太快忘了我。」

舊習難改。既是迷信，也是懇求。

托比搖搖頭。「怎麼可能忘？」她微微一笑，假裝是在開玩笑。

但是艾笛逼迫自己步下樓梯時，就已經知道他正在忘記——等他關上門時，她也會隨之成為過眼雲煙。

II

三月真是變幻莫測的月份。

這是冬天和春天之間的接縫，雖說「接縫」聽起來像是平整乾淨的交界，但其實三月比較像是顫抖的手拿著粗針粗線潦草縫合的一條線，在一月的狂風和六月的青翠之間瘋狂擺盪的時光。你要真正走到戶外，才知道外頭的天氣是什麼樣子。

艾絲特拉老是稱呼這段時候是「躁動的日子」，流動著溫暖血液的神祇開始騷亂，而冷血的神祇準備安歇。這時，愛作夢的人特別容易犯傻，而愛遊蕩的人格外容易迷路。

艾笛既愛作夢也愛遊蕩。

她在三月十日出生，顯得很理所當然，就在這條縫隙上，雖然距離她上一次想慶祝這個日子，已經過了很久很久。

二十三年來，她都害怕這個時光的標誌，害怕它的涵義：代表著她長大了，而且正在變老。隨後，幾個世紀過去了，生日變成了無用之物，相比之下，她出賣自己靈魂的那晚，才是真正重要的日子。

死亡之日與重生之日，合二為一。

話說回來，這天仍舊是她的生日，值得送自己一份生日禮物來慶祝。

她在一間精品店前駐足，玻璃中的倒影有如森森鬼魅。

寬闊的展示櫥窗裡，一尊塑膠假人跨出的步伐停在一半，它的頭微微偏向一邊，彷彿在聆聽著其他人聽不見的旋律，修長的上身穿著一件寬條紋毛衣，搭配滑亮的褲襪和及膝長靴，同時彎起一隻手臂，手指勾著一件夾克披在一邊肩膀上。艾笛打量著假人，發現自己不知不覺模仿起了它的姿勢，跟著邁開了腳步，頭也歪向一邊。也許是因為這個日子，也許是因為空氣中的盎然春意，也或許單純是她心情好，想要嘗試一點新東西。

精品店裡的氣味，聞起來像沒點燃的香氛蠟燭夾雜著尚無人穿過的新衣，艾笛的手指撫過棉料和絲綢，找到那件條紋毛衣，原來是喀什米爾羊毛。她將毛衣掛上臂彎，再加上櫥窗假人展示的那件褲襪。她知道自己穿什麼尺寸。

從來不曾改變。

「妳好！」活潑的店員是個二十幾歲的女孩，看上去年紀可能跟艾笛差不多，雖然她是真真切切、會隨著歲月老去的人，而艾笛只是困在琥珀中的虛象。「要不要先幫妳把衣服掛在試衣間？」

「噢，沒關係。」她說，隨手又拿起陳列在旁的一雙長靴。「我都挑好了。」她跟著女孩走到店後頭那三個懸掛著布簾的試衣間。

「有什麼需要幫忙的，再跟我說。」女孩說完轉身離開，艾笛拉上簾幕，就剩下她跟一張擺著抱枕的長凳、落地鏡面和她自己。

她踢掉原本穿的靴子，聳肩脫下外套，往長凳一丟。零錢在她口袋裡叮咚響，有個東西滾了出來，掉在地上時敲出悶悶的撞擊聲，一路滾過試衣間，撞到護壁板時才停下來。

一枚戒指。

灰燼顏色的木頭雕刻出的小圓圈。一枚熟悉的素戒，曾經備受珍愛，現在卻面目可憎。

艾笛盯著那東西看了一會，手指忍不住微微抽動，但是她沒伸出手去撿拾，反而轉過身背對戒指，繼續脫衣服。她套上毛衣，扭動身體拉起褲襪，再拉好長靴的拉鍊。假人比她瘦高，但是艾笛喜歡這套裝扮穿在自己身上的樣子，喀什米爾羊毛好溫暖，褲襪的布料也很厚實，長靴柔軟的內裡包覆著她的腳。

她把吊牌一張一張拔掉，忽略後面有好幾個零的標價。

祝我生日快樂，她心想，迎上鏡中倒影的視線。她微微低著頭，好像正在聆聽著只有她一個人聽得到的音樂。她的外表就像現代的曼哈頓女子，雖然鏡中的容顏幾個世紀以來都沒變過。艾笛換下的衣服像破碎的陰影一樣在更衣室的地板上七零八落。那枚戒指，像挨罵的小孩縮在角落。剛剛換下的衣物之中，她唯一撿回來的是那件夾克。

夾克是柔軟的黑色皮革做的，歷經穿著磨損，已經薄得像絲綢，現代人會願意掏出大把鈔票買這種所謂的「古著」。之前在紐奧良，只有這件東西艾笛不肯丟下，不肯丟進火焰中燒個精光，雖然他的味道仍然像煙霧一樣縈繞不散，他就像污點一樣牢牢附著在每樣東西上。她不在乎。她很愛這件夾克。

夾克曾經很新，現在被她穿得舊舊的，處處可見各種她無法留下的痕跡。她想起了王爾德筆下美少年格雷的畫像，時間在牛皮上留下痕跡，卻對人的皮囊束手無策。

艾笛踏出垂著簾幕的小小試衣間。

精品店另一頭的店員目瞪口呆，因為看見她而大吃一驚。「都還合身嗎？」她問，顧及待客之道，她不便承認自己竟然忘記了有邀請任何人到店後頭試穿衣服。客服精神萬歲。

艾笛遺憾地搖搖頭。「有時候也只能將就於現狀了。」她說，走向店門口。

等店員終於在試衣間地板上發現四散的衣物，它們彷彿是一個女孩的幽靈，她不會記得這是誰的衣服，艾笛早就已經從店員的視線和記憶裡消失無蹤。

她將夾克甩過肩膀，一隻手鉤住衣領，踏入店外的陽光中。

III

法國，薩爾特維永
一六九八年夏天

艾德琳和父親在板凳上並肩而坐。

對她來說，父親是一個謎團，是一尊老是杵在自家工作室裡的嚴肅巨人。

他們腳下堆滿了木製的鍋碗瓢盆，像是蓋在毯子下方的小小身體，馬車喀達喀達向前進，拉車的健壯母馬美心沿著小路往前走，載著他們慢慢遠離家園。

越來越遠——越來越遠，她小小的心臟不禁也跟著怦然加速。

這一年，艾德琳七歲，活過的年頭剛好和臉上的雀斑一樣多。她像隻小麻雀，聰明伶俐、動作敏捷，為了跟父親一起上市集，她已經懇求了好幾個月。她求了又求，直到她母親發誓再這樣下去一定會逼瘋她，直到她父親終於點頭答應。艾德琳的父親是木匠，每年有三次，他會沿著薩爾特河進城到勒芒。

今天，她終於可以跟去了。

今天，是艾德琳第一次離開維永鎮。

她回頭看母親，母親交叉雙臂站在小路末端那株老紫杉木旁邊，馬車拐過一個轉角，就看不見母親的身影了。村莊風景往後流逝：房屋、田野、教堂、樹木、鬆著土的貝格先生、曬著衣服的德歐太太，德歐太太的女兒伊莎貝兒坐在旁邊的草叢裡，摘下花朵編成花冠，舌尖咬在牙齒間，凝神專注。

艾德琳告訴伊莎貝兒她要進城去時，對方聳聳肩說：「我還是比較喜歡這裡。」說得好像你不能坐這山望那山似的。

現在她抬起頭看著艾德琳，對經過的馬車揮手。他們來到了村莊的邊緣，在此刻之前，這是她來過最遠最遠的地方了，馬車輾過路面一處掀起的土塊，搖晃了一陣，好像越過了一道門檻。艾德琳屏息以待，預期會感覺到體內有某種繩索收緊，將她和這個小鎮綁在一起。

可是沒有牽絆，也沒有束縛。馬車繼續喀達喀達往前走，艾德琳感覺有點放肆，也有點害怕，她轉身看著越來越小的維永鎮，一直到現在，這裡就是她的全世界，直到此時此刻才成為了更大世界的一部分，隨著母馬每跨出一步，就更縮小一點，直到小鎮似乎變成了她父親精雕細琢的另一個作品，小到可以放在他長滿繭的掌心。

到勒芒得花上一整天，幸好有母親準備的餐籃和父親的陪伴，緩解了旅程的勞頓：麵包和乳酪填飽了她的肚子，父親隨興的大笑和寬闊的肩膀也有如夏日豔陽下的涼蔭。

他在家裡沉默寡言，總是埋首工作，但是一上路，他似乎開始放鬆下來，話匣子也開了。

他開始告訴女兒一個又一個故事。

其他人蒐集柴薪，艾德琳的父親蒐集故事。

「從前從前。」他會這麼開始，說起關於宮殿、國王、黃金和各種富麗華美的故事，關於化妝舞會和熠熠生輝的城市。很久很久以前。故事都是這麼開始的。

她不記得故事本身，卻記得父親說故事的語調：字詞像河裡的石頭一樣圓潤光滑，她很好奇，沒有人同行時，他是否也會自顧自說故事？會不會照樣用這般輕鬆溫柔的語氣說故事給美心聽？她很好奇，他在雕木頭的時候，會不會也一邊說故事給木頭聽。又或者這只是專屬她一人的特殊待遇呢？

艾德琳真希望她能把這些故事都寫下來。

之後，她父親會教她讀寫拼字。母親發現之後會大發一頓脾氣，責備丈夫又教會了女兒整天無所事事浪費時間的另一種方法，但艾德琳還是會悄悄溜進父親的工作室，他會讓她坐下來，在地板上那層似乎不曾清乾淨的細緻木屑裡練習寫自己的名字。

然而今日此時，她只能傾聽。

田野風光往後掠過，彷彿是一幅幅頭尾相連的畫作，描繪的是她早已熟悉的世界。田野是她印象中的田野，樹木的排列方式也相差不遠，當他們經過另一座村莊時，就彷彿是維永的水中倒影，艾德琳開始納悶：外頭的世界是否和她原本的小世界沒兩樣。

而後，勒芒的城牆映入眼簾。

那道岩石稜線在遠方慢慢升起，沿著山丘蜿蜒蟠踞的石脊。這座城比維永大上一百倍——至少，在她的印象中是這麼宏偉——他們經由城牆進入屏障後方的城市時，艾德琳不禁屏住了呼吸。

城牆後方，是迷宮般錯綜複雜的擁擠街道。她父親導引著馬車在櫛比鱗次的夾道房屋之間穿梭，沿著狹窄道路來到一個廣場上。

當然，維永鎮上也有一個廣場，可是比他們自家前院大不了多少。此處堪稱是巨人的居住地，熙來攘往的行人和馬車、密密麻麻的攤位，都快看不到腳下的地面了。她父親引導著美心停下來，艾德琳站在長凳上，對著市集瞠目結舌，空氣中瀰漫著麵包和蜜糖的濃郁香氣，而且放眼望去一片人山人海。她從來沒見過這麼多人，而且是素未謀面的人。這些陌生人有著陌生的臉孔、身穿陌生的衣裳、用陌生的嗓音說著陌生的話語。感覺就像她世界的大門忽然敞開了，她原本以為自己瞭如指掌的房屋，現在一股腦增加了好多房間。

她父親靠著馬車，對著經過的人說話，但與此同時手裡的小刀仍然忙個不停，雕刻著另一隻手裡拿的木塊。他的手勢穩定又輕鬆自如，像在削蘋果一樣簡單，緞帶般的木屑從他指間掉落。艾德琳一直都很愛看父親工作，目睹木雕慢慢成形，好像它們其實早就存在，只是藏了起來，像躲在桃子正中央的果核。

父親的作品很美，一雙粗糙的大手做出的東西光滑細緻。

還有些待售的玩具在鍋碗瓢盆之間與他的工具混在一起，以及和麵包捲一樣小巧的木雕：一匹馬、一個小男孩、一幢房子、一隻鳥兒。

艾德琳成長過程中，少不了這些小玩意相伴，但她最愛的不是動物也不是人像。

而是獨鍾一枚戒指。

戒指用皮繩串著戴在她頸項上，精緻的一圈素戒，灰燼顏色的木頭，和打磨過的石頭一樣滑亮。那是艾德琳出生時他雕的，為了有朝一日她會長成的那個女孩而準備，艾德琳將戒指當成項鍊墜子戴，既像護身符，也像鑰匙。她的手偶爾會伸向頸際，撫摩平滑的戒身，就像母親時常搓揉著念珠。

而她現在坐在馬車上看著一切，緊緊捏著戒指，當成是暴風雨中的錨。她的身高從這個角度勉強能看見更遠處的建築。她踮起腳尖，想看清這片房屋到底綿延到多遠的地方，直到旁邊的一匹馬擠過他們的馬車，一陣搖晃，她差點跌倒。父親的手立刻抓住她的手臂，將她拉回他身旁安全處坐好。

那天下來，木製餐具都賣個精光，艾德琳的父親給她一枚銅板，說她可以拿去買任何她喜歡的東西。她一一逛過每個攤位，看著酥派和蛋糕、帽子衣裙和娃娃，最後，她挑了一本札記，用蠟線固定在一起的一疊羊皮紙。一想到可以用各式各樣的點子填滿空白的紙張，就讓她興奮不已。

她的一枚銅板買不起寫札記用的鉛筆，但是父親又給了她第二枚，買了一綑細長的物體，他解釋說這些是炭，教她怎麼把炭筆壓在紙張上，將線條塗抹開來，從銳利的輪廓變成陰影。他的手快速劃了幾下，一隻鳥兒躍然紙上，接下來的那個小時，她都在學著模仿父親的線條，比起他寫在圖畫下面的字母有趣多了。

天色漸暗，她父親開始打包收拾。

那天晚上他們必須在當地的客棧過夜，生平第一次，艾德琳要睡在一張陌生的床上，在陌生的聲音和氣味中醒來，而在將醒未醒的剎那之間，在那有如呵欠一般短暫的片刻，她會搞不清楚自己身在何處，然後她的心跳會開始加速——起初是因為恐懼，而後是出於別的原因。只是她現在還找不到詞彙來形容。

等他們回到維永的家時，她已是另一個版本的自己。就像窗戶大開的房間，想迎來新鮮空氣和燦爛陽光，想迎來春天。

法國，薩爾特維永
一七〇三年秋天

IV

維永鎮信仰的是天主教。至少表面上看來如此。

小鎮中央有一座教堂，大家都會去那座莊嚴肅穆的石造建築裡救贖自己的靈魂。艾德琳的父母親一週至少會上教堂兩次，跪在那裡，一邊畫十字一邊祝禱，說著關於上帝的一切。

艾德琳現在十二歲了，所以她也會去。但是她的禱告，就如同父親會伸手將一條吐司翻正，而母親會將拇指上的鹽屑舔拭乾淨。只是出於習慣的機械動作，而非虔誠信仰。

小鎮裡的教堂並不是新建的，上帝也不是初來乍到的新概念，但是艾德琳漸漸開始這樣認為。都是因為受了艾絲特拉的影響，她說「改變」最危險的一點，就是以新代舊。

艾絲特拉，大家都認識她，一個我行我素的人。

艾絲特拉，她像在村子中央的河畔長大的一棵樹，她不年輕了，多節的手指和粗糙樹皮般的肌膚，根扎得很深，可以汲取專屬於她的那口祕密之井。

艾絲特拉認為新的神是某種華而不實的飾物。只屬於大城和帝王，認為祂坐在金枕頭上俯視著巴黎，無暇顧及平民老百姓，祂在山林原野、岩石溪澗之間並無一席之地。

艾德琳的父親則認為艾絲特拉真是瘋得可以。

她母親說那女人死後肯定下地獄，曾經，艾德琳也學著母親說，艾絲特拉聞言哈哈大笑，聽起來像乾燥樹葉互相摩娑的沙沙聲，她說根本就沒有地獄這種地方，只有陰涼的深色泥土和長眠的承諾。

「那天堂呢？」艾德琳問。

「天堂就是一片好樹蔭，可以遮蔽我屍骨的一棵參天大樹。」

十二歲時，艾德琳納悶她該向哪個神祈禱，才能讓父親改變心意。他將馬車裝滿了貨物，準備出發前往勒芒，美心也上好了鞍具，但是六年來第一次，她並沒有要陪他一起去。

他答應會帶一大疊新的羊皮紙給艾德琳，還有新的素描畫具。不過他們父女倆都心知肚明，艾德琳寧願不拿禮物，也想跟父親一起去；寧願沒有可以塗鴉用的筆記本，也想去看看外頭的世界。她快找不到主題可以畫了，這座小村莊所有乏味單調的線條、所有熟悉的面孔，她都記得一清二楚。

今年，母親決定她不能再一起跟著去市場了，認為這樣不恰當，雖然艾德琳**知道**她還是坐得下父親身旁那張木板凳。

她母親希望她能比較像伊莎貝兒·德若，個性甜美可人，而且沒有半點好奇心，滿足於低頭織毛線，不會老愛抬頭看著雲，想知道拐過這個彎、越過那座山丘後，會發生什麼事。

但是艾德琳不知道要怎麼樣才能像伊莎貝兒。她也**不想**要像伊莎貝兒。

她只想去勒芒，而到了勒芒後，她只想到處看著各式各樣的人和藝術品、品嘗食物，探索她此前根本沒聽說過的事物。

「拜託。」她懇求正爬上馬車的父親。早知道她應該躲在那堆木工作品裡的，在防水布下安全藏好。不過現在已經太遲了，艾德琳的手伸向車輪，母親抓住她的手腕將她往後拉。

「**夠了**。」她說。

父親看著他們，然後望向遠方。馬車出發了，艾德琳想掙脫，想去追馬車，她母親的手一揮，這次打在她臉頰上。

她熱淚盈眶，一道熱辣辣的紅痕搶在瘀青前先成形，母親又甩了她第二個巴掌，一邊告誡。

「妳已經不是小孩了。」

這時艾德琳理解了，雖然理解，但仍舊不懂，感覺就像她因為長大而受到處罰。她好生氣，想要跑走。她想把母親的針線活一股腦全丟到火爐中，想把父親工作室裡每個他親手刻的木雕都摔壞。

但她沒有，只目送馬車轉彎，消失在樹林間，一隻手緊抓著父親的木戒。艾德琳等著母親放開她，吩咐她去做家務事。

然後她去找艾絲特拉。崇拜舊神的艾絲特拉。

艾德琳看著那名女人將石杯丟入河裡時，大概五六歲。那是個美麗的工藝品，杯側有蕾絲般的紋樣裝飾，那個老太太卻這樣任由其掉落，欣賞著濺起的水花。她閉著眼睛，蠕動著嘴脣，艾德琳在回家的路上攔住那名似乎從來沒年輕過的老婦人時，艾絲特拉說她正在向舊神祈禱。

「怎麼了？」

「瑪莉的寶寶還沒動靜。」她說。「我剛剛請河神讓事情流動得更順遂。這點祂們十分擅長。」

「但是妳為什麼要把杯子給祂們呢？」

「艾笛啊，因為神是很貪婪的。」

艾笛。她的小名，母親責備說這樣太男孩子氣了。但是父親喜歡這麼叫她，不過僅限他們父女倆獨處的時候。那個名字像鐘鈴一樣響遍她四肢百骸，遠比「艾德琳」更適合她。

現在，她在艾絲特拉的花園裡找到這位老婦，隱身在錯綜蔓生的南瓜藤和長滿刺的黑莓叢荊棘之間，彎著腰的模樣像一張變形的長椅。

「艾笛。」老太太頭也不抬說出她的名字。

現在是秋天，地上散布著一顆顆還沒來得及成熟就掉落的果實。艾笛用鞋尖努努落果。「要怎麼樣才能跟舊神說話呢？」她問。「是要喊祂們的名字嗎？」

艾絲特拉挺直身體，關節像乾掉的樹枝一樣劈啪作響。就算她因為艾笛的問題而感到驚訝，也沒有表現出來。「祂們沒有名字。」

「有咒語嗎？」

艾絲特拉嚴厲地看了她一眼。「咒語是女巫才會用的把戲，而女巫太常被人用火燒死了。」

「那不然妳是怎麼祈禱的呢？」

「用獻禮和讚詞，儘管如此，舊神還是喜怒無常，未必能得到答覆。」

「那該怎麼辦呢？」

「就繼續祈禱。」

她嚼著腮幫子。「艾絲特拉，總共有多少神祇呢？」

「大概就跟妳問的問題一樣多吧。」但是她的語氣裡並沒有責備之意，艾笛知道要有耐心，屏息等待艾絲特拉心軟下來。就像是去鄰居家敲門，等他們來應門的時候，妳知道他們在家，可以聽見腳步聲、開鎖的低沉摩擦聲，知道門就要打開了。

艾絲特拉嘆了聲氣，鬆口了。

「舊神到處都是。」她說。「祂們在河裡泅泳，在森林裡歌唱，也在麥田的陽光裡，或春天小樹的樹蔭下，也在爬上村裡那座石頭教堂的藤蔓間。他們在白晝的邊緣聚集，在清晨或者黃昏的日夜交會之際。」

艾德琳瞇起眼睛。「可以教我嗎？可不可以教我怎麼呼喚祂們？」

老太太又嘆了口氣，知道艾德琳．拉胡不只聰明伶俐，同時也頑固得很。她開始穿越花園，朝屋子走去，艾笛也跟了上去，害怕艾絲特拉來不及回答她的問題就進門了，然後結束結束這個話題。但艾絲特拉回頭望，皺巴巴的臉上雙眼炯炯有神。

「這是有規矩的。」

艾德琳討厭規矩，但是她知道有時候規矩是必要的。

「什麼樣的規矩？」

「在祂們面前，妳必須謙卑以對。必須要準備一份禮物獻給他們。對妳來說很珍貴的禮物。而且祈求一定要小心。」

艾德琳思索了一會。「就這樣而已嗎？」

艾絲特拉臉色一暗，「古神也許偉大，但祂們既不心善，亦不慈悲。祂們喜怒難測，一如水面的粼粼月光，也似風暴中的幢幢暗影。如果妳仍想呼喚祂們，務必謹慎：小心許願，不惜代價。」她俯身靠近艾德琳，陰影籠罩住她，「無論有多絕望渴切，都千萬別向天黑後才回應的神祈禱。」

兩天後，艾德琳的父親回來了，也帶回一疊新的羊皮紙和一捆用繩子綁好的黑色鉛筆。她做的第一件事，就是從裡頭挑了最好的一支，埋到院子外頭的土壤深處，祈禱下一次父親前往勒芒時，她也可以一起跟去。

無論神祇是否聽見了，祂們都沒有半點回應。

艾德琳再也沒去過市集。

V

法國，薩爾特維永
一七〇七年春天

一眨眼，年月就像樹葉般凋零飛逝。

艾德琳十六歲，大家對她說話的方式，感覺她好像是朵夏日鮮花，等著被摘採、放在花瓶中，綻放後又轉眼腐爛。就像伊莎貝兒，夢想著擁有家庭，而不是自由，短暫盛開而後凋落，似乎就已令她心滿意足。

不，艾德琳決定她寧願當棵樹，像艾絲特拉那樣的樹。如果她非得生根不可，她寧願受人冷落、恣意繁盛，而非被精心修剪，她寧願孤獨傲立，如此才能在遼闊的天空下生長。這樣總好過當柴薪，被砍下之後在陌生人的火爐中燃燒。

她將洗衣籃靠在臀間，爬上小丘，再沿著長滿雜草的山坡一路走到河邊。來到岸邊時，她一翻洗衣籃，將髒衣服全倒在草地上，而在裙襬、圍裙和內衣褲間，她的素描簿像祕密般藏匿其中。不是她的第一本了——她年復一年蒐集，小心翼翼填滿紙頁的每一吋空間，每一點空白都不放過。

但是每一本都還是像在沒有月光的夜裡燃燒的細長蠟燭，總是消耗得太快。

而她三不五時就獻出幾張紙頁，更是一點幫助也沒有。

她踢掉鞋子，往後靠向草坡，裙襬在身下散成一個小窪。她的手指梳過雜草，摸到粗糙的紙頁，那是她最愛的一幅畫，折成一個小方塊，上星期某天黎明之後，被她埋在河岸邊。一個信物，像種子一樣埋在土裡，也像是個承諾。也是一項祭品。

迫不得已的時候，艾德琳仍會向新神祈禱，可是一旦爸媽沒注意，她便會趁機向古神禱告。這並不衝突：將說給一方聽的禱告像櫻桃核般藏在腮幫子裡，同時向另一方呢喃低語。

到目前為止，祂們誰也沒回應。

然而，艾德琳非常肯定祂們確實在聽。

去年春天，喬治．卡宏開始用異樣的眼神瞅她時，她祈禱他能看向別處，不久之後，他開始注意到伊莎貝兒。伊莎貝兒成了他的妻子，現在還懷了第一個寶寶，受盡了隨之而來的痛苦折磨。

去年秋天，艾諾．圖爾表明心意時，艾德琳祈禱他能找到另一個女孩。他沒找到另一個女孩，那年冬天他就不幸病逝，艾德琳鬆了口氣的同時也感覺糟透了，儘管如此，她仍舊繼續往河裡扔小東西。

她的祈禱一定有誰聽見了，因為到目前為止，她仍然是自由之身。無人追求，也不受婚姻束縛，只是依舊困守在維永這個小地方。在這裡成長，無人打攪。

在這裡作夢。

艾德琳坐在山坡上往後靠，素描簿平衡在膝頭。她從口袋裡拿出那捆畫具小包，裡面有幾截炭筆，還有少少幾支磨損嚴重的珍貴鉛筆，像市集日的錢幣一樣磕碰作響。

她從前會在筆上綁一小片布料，好保持手指乾淨整潔，後來父親幫她在黑漆漆的炭棒上綁了細長木片，教她怎麼拿小刀，一點一點沿著邊緣把外殼削掉，露出筆尖。現在她畫出的圖像更加清晰，邊緣更加具體，細節也豐富許多。圖畫像污點一樣在紙面上綻放，維永的景致，和其中的點點滴滴：她母親的髮絲、父親的眼睛、艾絲特拉的雙手，還有藏在每一頁夾縫與邊緣的——

艾德琳的祕密。

她的陌生人。

他出現在每一吋空白的紙頁上，那張臉她畫了太多次，現在可以完全信手捻來，線條自顧自地開展，他的模樣自然而然浮現在他腦海中，儘管兩人從未真的見過面。

畢竟，他只是她的想像。一開始是因為無聊而創造出的伙伴，而後是因為渴望。

為了陪伴她而生的幻夢。

她不記得是從什麼時候開始的，只記得有一天她放眼望向這個小村落，覺得一切都乏善可陳。

艾諾的眼睛還算好看，但是他的下巴一點稜角也沒有。

雅各很高，但是跟泥土一樣乏味。

喬治很強壯，但他的雙手很粗糙，更有副老粗脾氣。

她便偷偷蒐集她喜歡的特點，重新拼湊成新的形象。

拼湊成一個陌生人。

一開始只是個遊戲，但是艾德琳畫他畫得越多，線條就越有力，炭筆在紙面上的塗按也更充滿自信。

黑色鬈髮。淡色眼睛。強壯的下顎。斜垂的肩膀，以及心型弧度的嘴巴。一名她從未見過的男子，一段她從未認識的人生，也是一整個她只能神往的世界。

每當她覺得躁動不安時，就埋首畫畫，重複勾勒現在已經無比熟悉的線條。她睡不著時，就想著他。不是他雙頰的稜角，也不是她想像中他雙眼的綠色，而是他的聲音、他的碰觸。她清醒地躺著，想像他在身邊，修長的手指在她皮膚上描著漫不經心的線條。還一邊對她說故事。

不是她父親愛說的那種關於騎士、王國、公主和盜賊的故事。不是童話故事和嚇阻踰矩行為的教條，而是感覺起來宛如真實的故事，述說著道路、閃閃發亮的城市，以及維永鎮之外的世界。雖然那些也只是她的想像，就算經他之口說出，也勢必充滿錯誤和謊言，但是陌生人的嗓音讓故事聽起來精彩而真實。

如果妳能親眼看見就好了，他說。

我願意拿一切交換，她回答。

總有一天會的。他保證。總有一天，我會帶妳去看。看盡一切。

這幾個字，就連用想的，也令人心痛，遊戲成為了渴望，太過真切而危險的事物。所以，她只好在想像中將他們的談話導回比較安全的道路上。

跟我說說老虎的事，艾德琳說，她從艾絲特拉那裡聽說過老虎的事，而她又是從一名石匠那裡聽來的，石匠是商隊的一員，商隊裡的一個女人宣稱她看過老虎。

她的陌生人笑了笑，用尖端細長的手指比劃了一下，開始說起老虎絲滑的毛皮、利牙和兇猛的吼叫聲。

艾德琳坐在山坡上，將旁邊的待洗衣物忘得一乾二淨，她一隻手心不在焉地轉著木戒指，另一隻手開始塗畫，素描出他的眼睛、嘴巴、赤裸肩膀的輪廓。她勾勒出一筆筆線條，也一次次替他注入生命力。而隨著每一次筆劃，也慢慢誘引出一個個故事。

跟我說說在巴黎跳舞的故事。

跟我說說駕船橫越海洋的故事。

跟我說說一切的故事。

小時候作夢，不會有危險，也不會招致責備。畢竟所有的女孩都愛作夢。她父母說等她長大了，自然就會好了，但艾德琳卻感覺自己越長大越愛作夢，越是緊抓著人生不只如此而已的那一線希望。

世界應該越來越大才對。然而實際上卻恰恰相反，她感覺到世界越縮越小，像鐵鍊一樣緊緊勒住她的四肢，她身體扁平的輪廓也開始貼緊束縛住她的界線，忽然之間，她指甲下方的黑炭似乎不成體統，正如她寧願孤家寡人，也不願選擇艾諾或喬治或任何其他願意接納她的男人。

她和一切互相牴觸，格格不入，感覺像是對其他女性同胞的羞辱，有著女人外表的頑固小孩，她垂著頭，雙臂緊緊圈著畫本，好像那是一扇門。

當她難得抬起頭時，她的目光總是飄向城鎮邊緣。

「愛作夢。」她母親責罵道。

「愛作夢。」她父親遺憾地說。

「愛作夢。」艾絲特拉警告。

儘管如此，艾德琳仍舊不覺得這是件壞事。直到她從夢中清醒過來。

紐約市
二〇一四年三月十日

VI

在世界上踽踽獨行時，你可以感覺到某種節奏。

你會發現哪些東西是生命中不可或缺的、哪些東西又是缺少了也沒關係的，你會發現各種必需品與幸福，單純微小，卻足以定義生命。不是食物、不是遮風避雨之所、不是滿足身體基本所需之物——這一切都是可以割捨的奢侈品——真正不可或缺的，是幫助你保持理智不致發瘋的東西。是能讓你感覺到幸福的東西。擁有它們，讓生命變得可以忍受。

艾笛想到的是父親和他的雕刻，他慢慢削去樹皮，刨去下方的木材，慢慢找到存活於其中的種種形狀。一如米開朗基羅看到了禁錮在大理石中的天使，只是當時年幼的她還不知道。父親則稱呼那是木頭裡的祕密。他知道該怎麼去蕪存菁，一片片、一塊塊地淘汰，直到找到其中的精華，而他也知道自己什麼時候不小心失了分寸，多削了一刀，木頭在他手中就從精巧變得脆弱。

艾笛有整整三百年的時間可以練習父親的這門藝術，慢慢將自己削啊削的，只剩下必要的真相，學會有哪些事物是自己真正不可或缺的。

最後她發現的是這些：要活下去，她可以沒有食物（反正她也不會枯萎凋零）；不能沒有溫暖（反正她也冷不死）。但是如果生命中沒有藝術、沒有值得驚嘆的事物、沒有美好的東西——那麼她一定會瘋掉。她的確真的瘋了。

她**需要**的，是故事。

故事是保存自我的方式。可以被人銘記，可以讓人在其中沉醉忘我。

故事的形式有很多種：炭筆痕跡、歌曲、畫作、詩詞、電影。還有書。

她發現，可以從書本中體驗一千種不同的人生，或是在書頁裡為一段特別漫長的人生找到繼續下去的力量。

在弗萊布希走了兩個街區後，她看到了人行道邊熟悉的綠色摺疊桌，桌面擺滿了平裝書，弗雷在他那張搖搖晃晃的破爛椅子裡駝著背，紅紅的鼻子埋在《金色預謀》裡。當時還在看《情色殺機》的老人曾經向她解釋過，他下定決心要在死前看完葛拉芙頓的字母系列。她希望他的願望能實現。他老是咳嗽咳個不停，坐在街頭的冷風裡對病情更是沒有幫助，然而每次艾笛經過時，都會碰到他。

弗雷不愛笑也不愛閒聊。艾笛之所以知道他的這些事，都是過去這兩年來一個字、一個字慢慢探知的，過程冗長，有一搭沒一搭的。艾笛知道他的妻子已經過世，而他鰥居在書店樓上，那些書都是他妻子坎迪絲的，她過世後，弗雷就把書全部打包搬到樓下賣，感覺就像一本一本地送走妻子。販賣他的悲傷。艾笛知道，他坐在這下面看書是因為他害怕一個人死在公寓裡沒人發現，也沒人懷念。

「萬一我倒在這裡。」他說，「至少會有人注意到。」

他是個脾氣暴躁的老頭子，但是艾笛喜歡他。她看得出他怒氣中的悲傷，看得出他用哀悼築起的防備。

艾笛猜想他根本就不想要有書賣掉。

他沒標價，也沒真正看完過幾本，有時候他的脾氣糟糕透頂，口氣冷冰冰，把客人都給嚇跑了。

然而，還是會有人來挑書、買書，但每次眼見店裡的藏書開始變少時，就會有一箱新書出現，一本本拿出來填補空缺，過去這幾個星期來，艾笛甚至開始在舊書裡瞄到新出版的作品，破破爛爛的平裝書中冒出嶄新的書封和完整的書脊。她不禁好奇這些書是不是弗雷買來的，還是說其他人開始捐書給他那奇怪的書庫。

此時此刻，艾笛慢下腳步，手指拂過書背。

弗雷的藏書五花八門，有如漫無章法混在一起的音符：驚悚小說、自傳、羅曼史，多半是破舊的平裝本，裡頭混著少數幾本泛著光澤的精裝書。她已經在此駐足百餘次了，但是今天，她用手一勾最邊角的那本書，書滑入她手中，動作輕快敏捷，像魔術師一樣。一手花招，經過長久練習後已經臻至完美。艾笛將書夾在手臂下，繼續往前走。

老人一次也沒抬起頭。

VII

紐約市
二〇一四年三月十日

公園邊緣的市場，看起來像一群擠在一起的老婆婆。

入冬後，因為積雪而白了頭的小攤位減少了許多，現在終於再次回增，廣場邊多了幾抹色彩點綴，新的農作物在根莖類、肉、麵包和其他不畏寒冷的商品之間冒出。

艾笛在人群間穿梭，前往普羅斯佩大門旁的白色小帳篷。「元氣早晨」是個咖啡糕餅攤，經營攤位的姊妹讓艾笛想到艾絲特拉，如果那年老的婦人實際上是兩個脾氣各自不同的人。如果她再慈祥一點、溫和一點，如果她在另一個時空過著另一段人生，那肯定就是這對姊妹了。

咖啡攤的姊妹一年到頭都在，無論下雪天還是出太陽，她們就像日新月異的都市裡小小的定點。

「嘿，寶貝。」梅兒說，肩膀很寬，留著大波浪鬈髮，待客如親。艾笛很喜歡她隨和親切的溫暖，想整個人窩進去，彷彿套上一件穿了很久的舊毛衣。

「要什麼呢？」瑪姬問，她年紀比較大、身材比較精瘦，眼周有笑紋，但她其實不常微笑。

艾笛點了大杯咖啡和兩個瑪芬，一個藍莓口味，另一個是巧克力脆片，用一張皺巴巴的十美元鈔票付錢，那是她從托比的咖啡桌上拿的。當然，她如果想要市場上的什麼東西，也可以用偷的，但是她喜歡這個小攤位，也喜歡經營攤位的姊妹倆。

「有零錢嗎？」瑪姬問。

艾笛在口袋裡挖找銅板，拿出了幾枚一美分，一個五美分——然後她又摸到了，在冰冷的金屬硬幣中間有個暖暖的東西。她的手指刷過木戒指，感覺到它時緊緊咬牙。就像個討人厭的念頭，甩也甩不掉。艾笛翻找硬幣時小心不要再碰到木戒指，抗拒把戒指一股腦丟到草叢中的衝動，她知道就算丟了也不會有什麼改變。它總是有辦法再度回到她身上。

黑暗在她耳邊低語，一雙手像圍巾一樣緊緊掐住她的喉嚨。

我永遠都在妳身邊。

艾笛挖出一枚十美分，把其他銅板收回口袋裡。

瑪姬找了四美元給她。

「美女，妳是哪裡人啊？」梅兒問，注意到她腔調中那一絲淡淡的口音，只能從s幾乎無聲的尾音和柔和的a中聽出。明明已經很久了，她卻似乎沒能完全改掉。

「待過好幾個地方。」她說，「但我是在法國出生的。」

「噢啦啦。」梅兒用她那每個字都拉得老長的扁平布魯克林腔說。

「好囉，寶貝。」瑪姬說，把裝著瑪芬的袋子和咖啡杯遞給她。艾笛用手指包裹住紙袋，冰冷的掌心享受著暖意。黑咖啡很濃烈，她啜了一口，感覺到溫熱的液體一路滑到胃裡，忽然間她又回到了巴黎、回到了伊斯坦堡、回到了拿波里。

滿嘴的回憶。

她走向公園大門口。

「再見！」梅兒用法文喊，每個字母都發得鏗鏘有力，艾笛對著杯中冒出的水蒸氣微笑。

公園裡的空氣沁涼舒爽。太陽出來了，散發著暖意，但是陰影仍然屬於冬天，所以艾笛追隨著陽光，在無雲的天空下往青翠草坡緩緩一坐。

她把藍莓瑪芬放在紙袋上，啜飲著咖啡，看著她從弗雷的桌子上借來的書。當時她沒特別注意自己到底拿了什麼書，但現在她看見那本書時，心中微微一沉，書封因為多次翻閱而變軟，書名是德語。

上頭寫著「Kinder und Hausmärchen」，作者是「Brüder Grimm」。

格林童話。

她的德語已經生疏了，塵封在腦袋裡的一角，自從世界大戰後就沒再拿出來用過。她現在拂去灰塵，知道在層層髒污之下，那塊角落應該依然完整無缺。記憶的恩典。她翻著脆弱的老舊書頁，因為一個個單字磕絆難行。

從前從前，她喜歡過這種故事。

那時她還是個孩子，世界還很小，她夢想著一扇扇敞開的門。

但是艾笛現在想通了，知道這些故事不過就是一些愚蠢的人做著愚蠢的事，是警世寓言，關於神祇和怪物，關於想要太多卻不知道自己失去多少的貪婪凡人。直到他們付出了代價之後，才發現想挽回已經太遲了。

一個聲音像裊裊輕煙一樣從她胸口升起。

千萬別向天黑後才回應的神祈禱。

艾笛把書丟到一旁，頹然倒在草地上，閉起眼睛，試圖享受陽光。

法國，薩爾特維永
一七一四年七月二十九日

VIII

艾德琳一直都想當棵樹。

長得狂野，深深扎根，不屬於任何人，只歸於腳下的土地和頭頂的天空，就像艾絲特拉那樣。這會是很不尋常的一生，也許有點孤獨，但至少會是屬於她自己的人生。她不會屬於任何人，只屬於自己。

但是維永這樣的地方是很危險的。

一眨眼，一年就過了。

再一眨眼，五年又過了。

這座村莊就像石頭間的縫隙，剛好夠寬，足以讓東西掉進去不見。在這種地方，時間容易模模糊糊地溜走，一個月、一年、一輩子，就這麼不知不覺消失了。

每個人都在這同樣十幾公尺的範圍內誕生，也葬在同樣的地方，歸於塵土。

艾德琳本來想當棵樹。

然後羅傑出現了，還有他太太寶琳。他們是青梅竹馬，從結婚到死去，這些事似乎都發生在她綁緊靴子鞋帶的短暫瞬間。

艱辛的孕期、致命的分娩，兩條命就這麼嗚呼哀哉，嶄新的生活化為泡影。

三個小孩變成了孤兒，本來應該要有四個的。墳墓上的土還新鮮，羅傑已經在找下一任老婆，想幫孩子找個媽媽，想要艾德琳拿她唯一的人生來換他的第二春。

當然，她拒絕了。

艾德琳現在二十有三，早就遠遠超出了適婚年齡。

二十三，她三分之一的生命早已葬送。

二十三——然後像隻母豬一樣被送給一個她不愛、不想要，甚至不認識的男人。

她說了不要，然後學到了拒絕的代價。她學到她和艾絲特拉一樣，許諾將自己獻給了村莊，而村莊對她有所要求。

她母親說這是職責。

她父親說這是憐憫，雖然艾德琳不知道是出於對誰的憐憫。

艾絲特拉什麼也沒說，因為她知道這不公平，知道這就是身為女人不得不面對的風險，這就是當妳想把自己獻給一個地方、而不是一個人時，所必須承擔的。

艾德琳本來想當棵樹，結果，人們朝她揮舞著斧頭。

結果，他們要把她打包送走了。

婚禮前一天晚上，她夜裡清醒地躺著，想著自由。想著要逃跑。想著要偷走父親的馬匹，雖然她知道這是瘋狂之舉。

但她感覺自己夠瘋了，什麼事都做得出來。

不過後來除了祈禱，她什麼也沒做。

當然，自從婚事定了之後，她就一直在祈禱，把她一半的所有物都給了河流，另一半則埋在田裡、土坡上、村莊和樹林交界的灌木叢中，現在她不僅沒有時間，也沒有祭品了。

她躺在黑暗中，轉著掛在皮繩上的老舊木戒指，想著要趁著夜深再度出去祈禱，但是艾德琳想起艾絲特拉嚇人的警告，關於在這時候回應的可能是什麼樣的神。因此，她只緊緊將手捏在一起，向她母親信的神祈禱。祈禱有人伸出援手、祈禱奇蹟發生、祈禱著她能找到方法逃走。那天晚上，夜最深的時候，她祈禱羅傑意外身亡——無論如何，只要能讓她逃過一劫都好。

她立刻覺得很內疚，像倒抽一口氣那樣將願望收回胸臆之間，靜靜等待。

晨曦猶如蛋殼破掉後流出的蛋黃，在田野上灑落金黃光芒。

艾德琳在天亮前就溜出屋子，一夜都沒闔眼。她穿過蔬菜園，歪歪扭扭走過長長的雜草，裙襬吸飽了露水。她任由那沉甸甸的重量拖著她，一隻手裡抓緊她最愛的那支素描筆。艾德琳不想放棄，但是她就要沒時間了，信物也用完了。

她將鉛筆深深按入田野潮濕的土壤中，筆尖朝下。

「幫幫我。」她對著邊緣閃爍著晶瑩亮光的草葉祈禱，「我知道祢們在。我知道祢們在聽。拜託，求求祢們。」

但是青草只是青草，微風也只是微風，誰也沒回答，就算她將額頭貼向地面啜泣時，也沒有任何回應。

羅傑沒有哪裡**不好**。

但他也沒有哪裡**好**。他的皮膚蠟黃，金髮漸漸稀疏，聲音就像顫巍巍的風。他的手掌放在她手臂上的抓握很無力，他的頭朝她傾垂時，口氣酸臭難聞。

那艾德琳呢？她是園子裡放了太久的蔬菜，表皮都硬了，根莖變得像木柴一樣，她自願凋零，最後卻還是被挖起來煮成菜肴。

「我不想嫁給他。」她說，手指緊緊糾結在地面糾結的雜草中。

「艾德琳！」她母親呼喚，彷彿她是走失的牛羊。

她慢慢拖著身體站起來，感覺已被憤怒和哀傷所掏空，她進到屋裡時，母親只看見卡在她雙手間的髒污，命令女兒去臉盆旁洗乾淨。艾德琳刷洗著指甲下的泥土，鬼針草勾進她的指肉，她母親見狀不禁開口責備。

「妳丈夫會怎麼想？」

丈夫。

像磨石一樣的兩個字，沉重不堪，沒有絲毫溫暖。

她母親咂著舌，「等妳有小孩要照顧，就不會這麼躁動不安了。」

艾德琳再次想起了伊莎貝兒，兩個小男孩緊抓著她的衣裙，火爐邊的籃子裡還放著第三個。他們以前曾經一起作夢，但是這兩年來，她似乎蒼老了十歲。她老是筋疲力盡，原本笑靨如花的紅潤臉龐現在憔悴空洞。

「嫁人對妳有好處。」她母親說。

那天感覺就像上刑場。太陽像鐮刀一樣緩緩掃落。

母親將她的頭髮編成冠冕，用鮮花代替珠寶裝飾在髮絲間，而艾德琳耳邊只聽到刀鋒逼近的咻咻聲。她的裙子款式簡單輕盈，但是穿在她身上，沉重得像是鎖鏈甲。

她想放聲尖叫。

不過她只抬起手抓住頸項間的木戒指，彷彿是想找到平衡。

「舉行儀式之前妳得把那東西拿下來。」她母親交代，艾德琳點點頭，指頭卻捏緊了戒指。

她父親從穀倉裡走進家裡，滿身都是木屑，聞起來有樹液的氣味。他咳了幾聲，聽起來像胸口有鬆脫的種子叩叩響。他已經這樣咳了一年了，但是總不讓妻女對這件事多說什麼。

「都差不多準備好了嗎？」他問。

真是個愚蠢的問題。

她母親說起婚禮晚餐，說得好像婚禮儀式已經舉行完畢了。艾德琳望向窗外西沉的夕陽，沒仔細聽她說話，但是聽得出母親嗓音中的緊繃和理直氣壯。就連她父親眼中都有某種程度的放鬆。他們家女兒曾想闖出自己的一條路，但現在一切都會恢復正常，亂糟糟的生活回歸正軌，往正確的方向前進。

屋子裡太溫暖了，空氣沉重凝滯，艾德琳喘不過氣。

終於，教堂的鐘敲響了，宛如宣布葬禮開始時的鐘聲一樣低沉，她強迫自己站起身。

父親碰碰她的手臂。

他的表情很難過，抓著她臂膀的手卻很堅定。

「妳總有一天會學會怎麼愛妳的丈夫。」他說，但是話中的期許多過於承諾。

「妳會成為一個好妻子的。」她母親說，她的語氣則是命令多過於希冀。

接著，艾絲特拉出現在走廊上，打扮得好像正在守喪。但這似乎也沒什麼不妥的。這個女人教她認識了狂野的夢想和任性的眾神，這個女人在艾德琳的腦中填滿了關於自由的念頭，對著希望的餘燼呼氣鼓吹，讓她相信她的人生可以真正屬於自己所有。

艾絲特拉灰白頭髮後方的日光變得稀薄微弱。還有時間，艾德琳告訴自己，但是時間正在飛快流逝，隨著每次呼吸而越來越少。

時間——她有多常聽見人們將時間形容成玻璃沙漏中的沙子，以穩定的速度流動。那一定是謊言，因為此時此刻她能感覺到時間加速，朝她洶洶湧來。

驚慌像她胸口敲個不停的一面鼓，外頭的小徑是細長狹窄的黑色線條，一路往村莊廣場延伸。教堂矗立在小徑的終點等待著她，像一面蒼白僵硬的墓碑，她知道自己要是走進去，一定無法再出來。

她的未來會和她的過去一樣稍縱即逝，而且會更糟糕，因為不會有自由，只有新婚喜床和臨終病榻，或許中間還夾著一座搖籃，當她死去之時，會覺得自己從來沒活過。

不會有巴黎。

不會有綠眼珠的愛人。

不會搭船航向遙遠的國度。

不會有異國的天空。

不會有這座村莊以外的生活。

不會有任何生活可言，除非——

艾德琳從父親的手中抽出自己的手臂，在小徑上緩緩停下腳步。

她母親轉頭看她，好像覺得她會逃跑，這正是她想做的，但她也知道不可以。

「我準備了一份禮物給我的丈夫。」艾德琳說，腦筋飛快地轉著。「可是我忘在家裡了。」

她母親的態度溫柔了些，露出讚許的神色。

她父親還是渾身一繃，覺得狐疑。

艾絲特拉瞇起眼睛，似乎心知肚明。

「我去拿了就回來。」她繼續說，已經轉過身往回走。

「我陪妳去吧。」父親說，她心跳一顫，手指也開始發抖，最後是艾絲特拉阻止了他父親。

「尚，」艾絲特拉狡黠地說，「艾德琳無法同時當妳的女兒和他的老婆。她已經是個大姑娘了，不是處處需要大人盯著的小孩。」

於是她父親注視著女兒的雙眼叮嚀道：「動作快點。」

不等他說完，艾德琳已經開溜了。

她沿著小徑回去，穿過家門進到屋裡，走到另一側敞開的窗戶前，窗外是田野，更遠的地方還看得到一排樹木。森林守在村莊東緣，和落日相反的方向。森林已經籠罩在陰影中，雖然她知道還有餘暉，還有時間。

「艾德琳？」她父親呼喚，但是她沒有回頭。

她反而翻身爬過窗戶，滾過窗台時，樹枝勾破了她的禮服，她開始拔腿狂奔。

「艾德琳？艾德琳！」

好幾個聲音在她身後呼喊，但隨著她每前進一步，他們的聲音也就越模糊，她很快就穿越田野，來到了樹林之間，她衝過第一排樹木，雙膝沉入潮濕的夏日泥土中。

她抓緊木戒指，將皮繩從脖子上解開，戒指還未離身，就已經先感覺到它留下的空缺。艾德琳不想要犧牲戒指當祭品，但是其他的信物都已經用光，每個她拿得出的禮物都已經回歸大地了，卻從未有任何神祇回應她。現在她就只剩下這樣東西了，而且天色就已快要全暗，村莊聲聲召喚她回去，她絕望地想逃離。

「拜託。」她用哽咽的聲音耳語道，一邊將戒指埋入滿是青苔的泥土中。「我什麼都願意做。」

頭頂上的枝椏先是窸窸窣窣，接著完全安靜下來，彷彿它們也在屏息等待，艾德琳繼續祈禱，對維永森林裡所有的神祈禱，對每個願意聆聽的人、每個願意聆聽的存在祈禱。這不可能是她的人生。不可能就只有這樣而已。

「回答我。」她哀求，地面的溼氣滲入她的禮服中。

她緊緊閉上眼睛，側耳傾聽，但是唯一的動靜只有她自己在風中的聲音，還有她的名字，心跳般在她耳際一次次迴響。

「艾德琳……」

「艾德琳……」

「艾德琳……」

她低下頭靠著土地，抓了滿手深色的泥土大聲尖叫：「回答我！」

一片沉默嘲笑著她。

她一輩子都住在這裡，從沒聽過樹林這麼安靜。寒意籠罩住她，她不知道那陣寒意是從森林裡、還是從她已經耗盡所有鬥志的骨子裡滲出的。她仍然緊閉著雙眼，也許這就是為什麼她沒注意到太陽已經在她身後滑落到村莊後方，黃昏過了，夜幕降臨。

艾德琳繼續祈禱，絲毫沒注意。

IX

法國，薩爾特維永
一七一四年七月二十九日

那個聲音很低沉，像遙遠的轟然雷鳴。

笑聲，艾德琳心想，睜開眼睛，這才終於發現天都暗了。

她抬起頭，什麼都沒看見。「有人嗎？」

笑聲匯聚成一個嗓音，從她身後某處傳來。「妳用不著跪下，」它說，「站起來吧。」

她手忙腳亂站起來，轉身去看，但眼前仍然是一片漆黑，她深陷黑暗之中，這是夏日太陽逃逸之後無月的夜晚。那時，艾德琳知道，她犯了錯。她知道眼前這位一定就是艾絲特拉警告過她要小心的那種神祇。

「艾德琳？艾德琳？」從村裡傳來的呼喚，和風聲一樣微弱遙遠。

她瞇起眼睛，緊盯著樹木之間的幢幢暗影，沒有任何輪廓、沒有神——只有那個聲音，近得就像吹在她臉頰上的呼息。

「艾德琳、艾德琳，」它嘲弄地模仿道，「……他們在叫妳呢。」

她又一次轉身，又一次除了幽深黑影之外什麼也沒找到。「快出來。」她命令，聲音和樹枝一樣尖銳易碎。

有東西刷過她的肩膀，拂過她的手腕，像情人一樣依偎著她。艾德琳吞了口口水。「你是什麼東西？」

黑影的觸碰離開了她的身體。「我是什麼？」它問，絲滑的語調中出現一絲詼諧。「那取決於妳相信什麼囉。」

聲音分散開來，扭曲彎折，在樹木的枝幹間迴盪，又在青苔間蜿蜒蛇行，不斷堆疊，到最後無所不在。

「所以告訴我——告訴我——告訴我，」它回音不斷，「我是魔鬼——魔鬼——還是黑暗——黑暗？我是怪物——怪物——還是神——神——神——又或者……」樹林間的陰影開始拼湊在一起，彷彿匯聚的暴風雨雲。

陰影平靜下來後，邊緣不再是縷縷輕煙，而是清晰的線條，一個男人的形體，他背後有村莊燈籠的亮光襯托，顯得更加具體。

「又或者，我就是他？」

嗓音從一雙完美的嘴脣間吐出，陰影露出了翡翠綠的眼眸，在黝黑的眉毛下炯炯有神，一綹綹黑色鬈髮從額前垂落，框住那張艾德琳太過熟悉的臉龐。浮現在她腦海中上千次的臉龐，在筆尖下、墨跡裡、夢境中。

是那名陌生人。

她的陌生人。

她知道這是陷阱，偽裝成男人的黑影，但看見他就站在眼前，她還是不禁喘不過氣。黑影低頭看著他的形體，似乎是第一次看見自己，而且頗為滿意。「啊，所以妳畢竟還是有信仰的嘛。」綠色的雙眼抬起視線。「這個嘛，」他說，「妳召喚我，我就來了。」

千萬別向天黑後才回應的神祈禱。

艾德琳知道——她**知道**——不過也只有他願意回應。唯有他能幫上忙。

「妳準備好要付出代價了嗎？」

付出。

代價。

對，給他那枚戒指。

艾德琳倏地跪在地上，開始摸索，找到那條皮繩，將父親的戒指從土中提起。

她把東西遞給神，蒼白的木頭現在沾滿了泥土，他靠得更近。他看起來像是有血有肉的真人，移動的方式卻還是很像影子。只踏了一步，他就填滿了她的視線，一隻手包裹住戒指，另一隻手放在艾德琳臉頰上。他的拇指刷過她眼睛下方的雀斑，就在星座的邊緣。

「親愛的，」黑暗說，接過戒指，「我不接受這種小玩意的。」

木頭戒指在他手中崩解散落，化為煙霧。她不禁發出壓抑的哀嚎，要失去那枚戒指已經夠痛苦了，更何況是看它像皮膚上的污漬般從世上被抹除。但如果連戒指都不夠支付代價，那還有什麼是夠的？

「拜託，」她說，「我什麼都願意給你。」

黑影的另一隻手仍然放在她臉頰上。「妳以為我**什麼**都想要。」他說，抬起她的下巴，「其實我只收一種貨幣。」他傾身靠得更近，綠眼睛亮得不可思議，嗓音和絲綢一樣輕柔，「我做的交易，都是收取靈魂作為代價。」

艾德琳的心臟在胸腔裡怦怦狂跳。

她腦海中看見母親跪在教堂哩，訴說著上帝和天堂，聽見父親在說話，講著關於願望和謎團的故事。她想起艾絲特拉，什麼也不信，只想要一棵大樹替她的屍骨遮風避雨。她會說靈魂不過是顆種子罷了，凋零後就回歸土壤，儘管警告艾德琳要當心黑暗的也是艾絲特拉。

「艾德琳，」黑暗說，她的名字像青苔一樣從他齒間滑出。「我現身了，告訴我，我所為何來？」

她等了好久，才等到這次會面——才等到一個答案、等到一個詢問。一時之間，她卻半個字也擠不出來。

「我不想嫁人。」

話說出口時，她感覺自己好渺小。她的一生感覺很渺小，她從神祇的眼中看見了評判之意，彷彿在問：**妳要的就這麼簡單？**

不，不只這樣。當然還要更多。

「我不想屬於任何人，」她說，忽然激動起來。開頭這幾個字就像打開了一扇門，剩下的也跟著從口中傾瀉而出。「除了我自己，我不想屬於任何人。我想要自由，自由過活，走自己的路，自由去愛，或者自由地孤獨，至少這是我自己選擇的，我已經厭倦了沒有選擇的生活，害怕歲月在腳下颼颼飛逝，我不想要在活著的時候一邊死去，這算哪門子人生。我——」

黑影打斷她的話，顯得很不耐煩。「告訴我妳**不**想要什麼，有什麼用呢？」他的手滑過她的髮絲，放在她的後頸，一邊將她拉近。「告訴我妳最想要什麼。」

她抬起頭。「我想要可以生活的機會。我想要自由。」她想到從指縫間溜走的年月。一眨眼，半輩子就過了。

「我想要更多時間。」

他打量著她，那雙綠眸變換著顏色，這一秒像春天的青草，下一秒又像夏天的樹葉。「多久？」

她飛快動著腦筋。五十年。一百年。每個數字感覺都好少。「啊。」黑暗說，讀懂了她的沉默。「連妳自己也不知道。」綠眼睛又變了顏色，變得更暗了。「妳想要無窮無盡的時間。妳想要無拘無束的自由。妳想要無牽無掛。妳想愛怎麼活就怎麼活。」

「對，」艾德琳說，因為迫切的欲望而屏息，黑影的表情變得酸溜溜。他的手從她皮膚上滑落，忽然間就不在她眼前，而是倚靠在好幾步遠的樹幹上。

「我拒絕。」他說。

艾德琳好像被揍了一拳一樣往後退。「什麼？」

她都已經走到這個地步了，都已經給出了她擁有的一切——她做了選擇。她不能再回去那個世界、那個人生、那個沒有未來的現在與過去。「你不能拒絕。」

一邊黑眉揚起，那張臉上沒有任何覺得有趣的神色。

「我不是那種妳可以呼之即來、揮之即去的神燈精靈。」他一推樹幹站直身體，「我也不是低等的林間精怪，為了交換一些凡人的小東西就出手幫忙。我比你們的神還強大，比你們的惡魔還古老。我是繁星間的黑暗，是樹根間的土壤。我即是承諾與潛力。要玩遊戲？規則我來定，棋盤我來擺，什麼時候開局也由我決定。今晚，我決定說不。」

艾德琳？艾德琳？艾德琳？

森林邊界外圍，村莊的燈靠近了些，田野裡有火把，他們要來找她了。

黑影回頭張望，「回家吧，艾德琳，回去過妳渺小平凡的生活。」

「為什麼？」她哀求，抓住他的手臂，「你為什麼拒絕我？」

他的手刷過她臉頰，動作像火爐的煙一樣柔軟溫暖。「我不做慈善事業的。妳的要求太多了，妳要幾年才會滿足？我又要幾年才會拿到我的報酬？不，我要的是結局，而妳的故事卻有始無終。」

之後，她會千千萬萬次回想起這一刻。

挫敗、後悔、哀傷、自怨自艾和狂怒交雜，艾德琳之後才會明白，在他詛咒她之前，是她自己先詛咒了自己。

但是這個時候，她只看得見維永閃爍的火光、她曾經夢想要愛上的那名陌生人的綠眼，還有她最後一絲逃走的希望，和他的觸碰一樣悄然而逝。

「你想要結局。」她說，「那麼等到我不想活之後，我的命就給你吧，等我不想要我的靈魂了，你也可以拿走。」

黑影歪了歪頭，似乎忽然間覺得很有意思。

他嘴角略過一抹歪斜的笑容，和她的素描裡畫的一樣，充滿了祕密。他將她拉進懷裡。愛人的擁抱。他是煙霧與皮膚、空氣和骨頭，他的嘴壓在她嘴上時，她先嚐到的是季節變換的滋味，也是暮色化為黑夜的時刻。他吻得更深，牙齒掃過她的下脣，痛苦裡有愉悅，而緊接而至的是她舌尖上鮮血的金屬味。

「一言為定。」神靠著她的嘴脣低語。

然後世界陷入一片黑暗，她開始墜落。

法國，薩爾特維永
一七一四年七月二十九日

X

艾德琳瑟瑟發抖。

她低頭看見自己坐在一層潮濕的樹葉上。

一秒鐘之前，她還在墜落，僅僅一秒鐘的時間，連喘口氣都還來不及，但時間好像忽然往前快轉了。陌生人已經不見蹤影，最後的一點光線也都消失了。樹蔭間的夏季夜空現在是一片柔滑的黑絲絨，唯一的點綴是低垂的月亮。

艾德琳站起來，仔細打量自己的雙手，想在泥土污痕下方找到某些改變的痕跡。

然而她卻覺得……一點也沒變。可能有點頭昏腦脹，好像剛才起身時不小心動作太快了，或者空腹時喝了太多葡萄酒，但過了一會，就連那搖搖晃晃的感覺也消失了，她只覺得世界稍微傾斜，卻並未墜落，而是歪了一下後又恢復平衡，又回到原本的軌道上。

她舔舔嘴唇，以為會嚐到血味，但是陌生人留下的齒印也不見了，與其他的痕跡一起消失無蹤。

要怎麼知道咒語有沒有生效？她要的是時間、是人生——她必須等上一年、三年，還是五年，才能知道歲月會不會在她身上留下痕跡？又或者她得拿一把刀切進自己的皮膚，看看傷口會不會癒合？但不是這樣的，她要的是人生，不是金剛不壞之身，如果要她老實說，她其實很害怕去試，害怕發現她的肌膚還是太脆弱，害怕發現黑影的承諾是一場幻夢，或者更慘：是個謊言。

但是有一件事她很確定：無論這個交易是不是真的，她都不願去管叮噹作響的教堂鐘聲，也絕對不會嫁給羅傑。她會違抗爸媽的命令。如果有必要，她會離開維永。現在，她知道自己願意不計一切代價，因為剛剛在黑暗中的她也願意這麼做，無論如何，從今以後，她的人生絕對會屬於她自己所有。

這個念頭很刺激。很嚇人，但是刺激。她一邊離開森林時，一邊思索，走到田野間半路上時，才發現村莊有多安靜。

有多暗。

特殊場合用的燈籠熄滅了，鐘聲不再迴盪，也沒有人聲聲呼喚她的名字。

艾德琳開始走回家，每踏出一步，沉重的恐懼就更銳利鮮明一點。終於回到家時，她已經因為擔憂而頭昏腦脹。前門沒關，燈光往外流瀉到小徑上，她聽得見母親在廚房裡哼歌，父親在屋子外側砍柴。彷彿這是個平凡夜晚，詭異的地方就在於，今晚不該是個平凡的夜晚。

「媽媽！」她踏入家門。

一個盤子砸到地板上，她母親驚呼了一聲，不是因為痛苦，而是因為驚訝，她的表情也跟著扭曲。

「妳在這裡做什麼？」她質問，這就是了，艾笛所預期的怒氣，以及不悅。

「對不起，」艾笛開口說，「我知道你們一定很生氣，但是我沒辦法——」

「妳是誰？」

母親嘶聲說，這時她才明白，眼前的不是一名滿懷責備的母親，而是一個受了驚嚇的女人。

「**媽媽**——」

她母親聞言不禁瑟縮退開，「滾出我家。」

但是艾德琳跨步走到房間另一頭抓住她的雙肩，「別開玩笑了，是我啊，艾——」

她原本要說艾德琳。

沒錯，她試著要說。要說出那三個字不該感覺像翻越崇山峻嶺，豈知她只說出第一個字就感覺無法呼吸，第二個字根本連說都說不出口。空氣在她喉嚨裡變成石頭，堵得她喘不過氣，啞口無言。她又試了一次，這次換成「艾笛」，最後又換成了姓氏「拉胡」，全都沒用。她的心智和舌頭之間彷彿有個過不去的死路，卡住了那幾個字。然而當她深吸一口氣，想說點別的什麼時，卻又能再度說出口，肺部重新注滿空氣，鎖緊的喉嚨也鬆開了。

「放開我。」她母親哀求。

「這是怎麼回事？」有個低沉的聲音質問，在艾德琳生病的夜晚安慰她的聲音，也是她坐在工作室地板上時說故事給她聽的聲音。

父親站在門口，懷裡抱著一堆柴薪。

「爸爸。」她說，他往後退，彷彿她的話會割人。

「這女的瘋了。」她母親啜泣，「又或者受了什麼詛咒。」

「我是你們的女兒啊。」她又重複了一次。

她父親露出苦笑。「我們沒有孩子。」

他說的話像把鈍得多的刀子，劃出的傷口卻更加深可見骨。

「不，」艾德琳說，因為這荒謬的情況搖著頭。她二十三年來的每一天、每一夜，都在這同樣的屋簷底下生活。「你們知道我是誰啊。」

他們怎麼能不知道？他們的面貌是那麼相似，她有父親的眼睛、母親的下巴，額頭與雙唇也都來自他們其中一人，五官都看得出是哪個模子印出來的。

他們一定看得出來吧，他們非得看出來不可。

但是對他們來說，這無疑是惡魔的罪證。

她母親在身前畫十字，她父親的雙手緊緊圈住她，艾德琳想沉入他有力的擁抱，但是他只是要將她拖出門，其中沒有絲毫溫暖。

「不要。」她哀求。

她母親正在哭泣，一隻手掩蓋住嘴巴，另一隻手抓著掛在脖子上的項鍊，正指著親生女兒說她是妖魔、怪物、瘋子，她父親什麼也沒說，只抓著她的臂膀抓得更緊，將她拉出屋外。

「走開。」他說，語調半是懇求。

悲傷湧過他的臉，不是因為明白了什麼，不，那是惋惜失落事物的哀傷：暴風雨中撕裂的樹木、生下來就跛腳的小馬、差了最後一筆就完工卻裂成兩半的木雕。

「求求你，」她哀求，「爸——」

他的表情嚴厲起來，硬是將她逼向黑暗中，碰地關上門。鐵栓嘎吱一聲上好鎖。艾德琳踉踉蹌蹌往後退，在驚駭與恐懼之中全身顫抖，然後她開始轉身狂奔。

「艾絲特拉。」

那名字一開始感覺像一聲祈禱，柔和而私密，但隨著艾德琳靠近那女人住的小木屋，變成了一聲吶喊。

「艾絲特拉！」

小屋裡亮著一盞燈，她來到燈光邊緣時，年邁的女人已經站在敞開的門邊，等待叫喚她的人出現。

「妳是陌生人？還是精怪？」艾絲特拉警戒地問。

「都不是。」艾德琳說，雖然她知道自己現在看起來是什麼模樣。她的裙子破破爛爛、頭髮也亂成一團，站在門階上吐出一長串巫術般的話，「我是血肉之軀，我從小就認識妳，妳會做小孩形狀的護身符，保護他們能安然過冬。妳覺得桃子是最甜美的水果，妳認為教堂的牆太厚了，很難聽見裡頭的祈禱，妳不想被埋在石頭下，而是想長眠於參天巨木的樹蔭裡。」

老婦人臉上掠過一絲異狀，艾德琳屏息以待，希望對方能認出她。不過那個表情一閃即逝。

「妳是個聰明的精怪，」艾絲特拉說，「但是妳休想越過這座爐灶。」

「我不是精怪！」艾德琳大吼，衝進老婦人家門口的光線中。「是妳教了我舊神的事，還有召喚舊神的各種方式，可是我犯了錯。他們就是不肯回應，夕陽太快下山了。」她的手臂緊緊環抱在胸前，忍不住全身抖個不停，「我太晚祈禱了，結果有東西回應我，現在一切都大錯特錯。」

「愚蠢的女孩。」艾絲特拉責備，聽起來就像平常的她。聽起來就像她認識艾德琳。

「我該怎麼做？要怎麼樣才能修正這一切？」

但是老婦人只搖了搖頭，「黑暗玩的是它自己的遊戲，」她說，「它有自己的規則，」她說，「而妳玩輸了。」

話說完後，艾絲特拉就退回屋裡，「等等！」老婦人關上門時，艾德琳大喊，門閂卻已歸回原位。艾德琳用力撞向門板，啜泣到雙腳發軟，她在冰冷的石階上跪下，一隻拳頭砰砰敲著門。

忽然，門栓又滑動了。

門打開後，艾絲特拉俯視著她。

「妳這是做什麼？」她問，審視著自家門階上縮成一團的女孩。

老婦人看著她的眼神，彷彿兩人未曾謀面，但明明幾秒鐘之前、一扇門關上之前，她們才剛見過。

她四周布滿皺紋的眼睛瞥向艾德琳髒兮兮的禮服、蓬亂的頭髮、指縫間的泥巴，但是她的臉龐沒有顯露任何知情的神色，只看得出戒慎的好奇。

「妳是精怪？還是陌生人？」

艾德琳緊緊閉上眼睛，發生了什麼事？她的名字仍舊像顆卡在喉嚨深處的巨石，她不久前才被當成了精怪驅逐，於是她用力吞嚥，回答：「陌生人。」淚滴開始滾落她的臉龐，「拜託，」她勉強擠出兩個字，「我無處可去了。」

老婦人打量她打量了很久，然後才點點頭。

「在這裡等著。」她說，又溜回屋內，艾德琳永遠都不知道艾絲特拉回屋內要做什麼，因為門關上之後，就沒再打開過，留下她一個人跪在地上發抖，震驚多過於寒冷。

她不知道在那裡坐了多久，但是她強迫自己爬起來時，僵硬的雙腿撐著全身的重量，感覺十分吃力。她站起身，走過老婦人的房屋，來到後方的森林邊緣，越過那站崗哨兵般的第一排樹木，進入濃密的黑暗中。

「出來！」她喊。

不過四周只有羽毛摩娑和樹葉碎裂的聲響，森林在睡夢中被打攪所蕩漾開的漣漪。她在腦中想著他的臉孔，那雙綠眼和黑色鬈髮，企圖用意志力命令黑暗聚集成形，但過了好一會，她仍舊是一個人。

我不想屬於任何人。

艾德琳往森林深處走去，這一帶的森林更茂密，地上是糾結的荊棘和灌木叢，刮著她赤裸的雙腿，但是她沒停下腳步，直到樹木團團包圍住她，枝椏遮住了頭頂夜空中的月亮。

「我召喚你！」她尖叫。

我不是什麼妳可以呼之即來揮之即去的神燈精靈。

森林地面半埋著一截低矮的樹幹，突起的部分剛好絆住她的腿，她重重跌落，膝蓋撞到崎嶇的地面，雙手用力摩擦過長滿雜草的土地。

拜託，我什麼都願意給你。

這時，淚水忽然來襲，她開始抽噎。笨蛋。笨蛋。笨蛋。她一拳拳搥向地面。好惡毒的陰招，她心想，一場可怕的噩夢，待會就會過去。夢境就是這樣。總會結束的。

「醒來。」她對著黑暗低語。

醒來。

艾德琳靠著森林地板蜷縮成一團，閉起眼睛，看見母親淚眼婆娑的臉龐，還有父親空洞的憂傷，也看見艾絲特拉警覺的注視。她看見黑暗在微笑，聽見她低語著那束縛住她的四個字。

一言為定。

紐約市
二〇一四年三月十日

XI

一個飛盤掉在附近的草地上。

艾笛聽見砰砰跑來的腳步聲，睜開雙眼看見一個巨大的黑鼻子朝她猛撲而來，接著狗兒就用潮濕的親吻攻佔她的臉。她哈哈大笑坐起身，手指撫過厚重的狗毛，趕忙抓住他的項圈，免得他連紙袋中的第二個瑪芬也叼走。

「你好啊。」她說，這時，公園另一頭有人對著她大喊不好意思。她往他們的方向一扔飛盤，狗兒再度拔腿狂奔追飛盤去了。

艾笛打了個寒顫，忽然間非常清醒，而且渾身發冷。

這就是三月討人厭的地方：暖意從不持久。一開始一副春意盎然的樣子，如果坐在太陽下，足以讓你慢慢解凍，但又乍暖還寒。太陽繼續移動，陰影籠罩大地。艾笛又打了一次寒顫，一推草地站起來，拍拍褲襪上的塵土。

她應該要偷更保暖的褲子才對。

艾笛把紙袋塞進口袋裡，弗雷的書夾在腋下，離開了公園，往西朝聯合廣場走，一路往水邊前進。半路上，她聽見小提琴的聲音，於是停下腳步，音符像成熟的果實般吸引著她的注意力。

走道邊，一個女人坐在小板凳上，樂器就夾在下巴與肩膀間。旋律甜美低沉，帶著艾笛回到了馬賽、布達佩斯、柏林。

幾個人聚集凝聽，歌曲結束時，人行道上響起輕輕的掌聲，聽眾紛紛作鳥獸散。艾笛從口袋裡挖出最後幾枚零錢，丟入打開的琴盒中，繼續往前走，覺得輕盈了些、滿足了點。她到達科布爾山的戲院時，看了看戲院張貼的時間表，然後推開門，加快腳步穿越擁擠的大廳。

「喂，」艾笛說，叫住一個拿著掃把的小夥子，「我好像把錢包忘在三廳了。」

說謊很簡單，只要措詞正確就沒問題了。

他頭也沒抬，就揮揮手讓她過去，她低頭鑽過天鵝絨剪票線，踏上變暗的走廊，每往前一步，原本慌慌張張的模樣也漸漸冷靜。播著動作片的影廳門後方傳來悶悶的雷鳴聲。一部浪漫喜劇的配樂飄入走廊。此起彼落的話語和音效。她信步晃過走廊，看著「即將上映」的海報和宣告著每個影廳正在播映哪部電影的跑馬燈。這些電影每部她都看過十幾次了，但是她不介意。

五廳的電影一定開始播放片尾名單了，因為門大大敞開，觀眾跟著魚貫而出。艾笛低頭穿越人群，進入空蕩蕩的房間，在第二排找到一桶打翻在地上的爆米花，金黃的顆粒四散在黏答答的地板上。她撈起桶子，又走回電影院大廳和販賣部，排在幾個還不算少女的小女生後面，販賣部櫃台後方的是個男孩。

她一隻手梳過頭髮，稍微弄亂，然後呼了口氣。

「不好意思，」她說，「有個小男孩踢到我的爆米花，打翻了。」她搖搖頭，他也搖搖頭，模仿她無可奈何的模樣。「能不能讓我補差價……」她的手已經伸進口袋中，彷彿準備好要掏出皮夾，但是男孩直接拿走她的爆米花桶。

「沒關係。」他說，四下張望了一下，「我補給妳。」

艾笛露出燦爛笑容。「你人真好。」她說，對上他的眼神，男孩的臉紅得不像話，結結巴巴說不用客氣，雖然他眼神仍然掃視著大廳，注意有沒有主管經過。他倒掉桶中剩下的爆米花，裝了一整桶新的，然後像傳遞什麼祕密一樣交給櫃台另一頭的她。

「觀影愉快。」

艾笛目睹過各式各樣的發明問世：蒸汽火車、電燈、攝影、電話、飛機和電腦，電影應該是她最喜歡的一項。

書很棒，可以隨身攜帶、長久保存，但是坐在漆黑的劇院中，可以讓大銀幕填滿她的視線，世界隨之褪去，有短短幾小時的時間，她可以化身另一個人，跌入浪漫戀情、詭譎奇案、滑稽喜劇或刺激冒險中。還有4K高畫質與立體環繞音效加持。片尾名單開始播放時，她胸臆間充滿一股寧靜的沉重感。剛才有一瞬間，她感覺自己輕飄飄的，但現在她又變回了自己，慢慢降落，直到雙腳再度碰觸到地面。

艾笛走出戲院時已經快六點了，太陽緩緩西沉。

她拐來繞去，回到兩邊有樹木的街道上，穿過市集關閉後攤位都不見蹤影的公園，前往另一頭那張生鏽的綠桌。弗雷還坐在同一張椅子上，看著同一本書。

桌上那堆書排列的方式略有不同，幾本書賣掉之後空出了幾個位子，但同時也多了幾本新加入的書。天色越來越昏暗，他很快就得回到屋內，將書本一一裝箱，一箱箱抱回去，爬兩層樓到他只有一間臥室的公寓裡。艾笛已經說了好多次要幫他，但是弗雷總是堅持自己來。又是另一個和艾絲特拉相似的地方。脾氣和酸掉的麵包一樣又臭又硬。

艾笛在桌邊一蹲，站起時拿出那本她借來的書，彷彿那本書只是不小心從桌邊掉下去。她物歸原位，小心不要撞翻搖搖欲墜的書堆，弗雷一定剛好看到精采片段，因為他只悶哼了一聲，根本沒抬頭看她、沒看那本書、更沒看那個她放在書堆最上方的紙袋，紙袋裡裝著巧克力碎片瑪芬。

他只喜歡這個口味。

坎迪絲老是數落他愛吃甜食，說這個壞習慣總有一天會殺死他，他有天早晨這樣告訴艾笛。誰料人生是個有著扭曲幽默感的大混帳，因為死的人是她，而他還是活蹦亂跳，繼續混吃等死（弗雷正是這樣說的）。

氣溫越來越低，艾笛把手塞進口袋，跟弗雷道晚安，然後才繼續沿著街區前進，斜陽照在她背上，在前方投下長長的陰影。

艾笛來到艾洛維時，已經天黑了，這地方似乎以身為「當地人愛去的廉價酒吧」為榮，然而最近它開始廣受矚目，成為大眾「體驗布魯克林風味的好去處」，感覺有損先前的名聲。幾個傢伙在人行道邊閒晃，抽菸的抽菸、聊天的聊天，也有的在等朋友來，艾笛在他們旁邊待了一會，向人討了支菸來抽殺時間，抗拒著想要拉開門的衝動，盡可能拖延，那股受到熟悉事物牽引的傾斜感，**似曾相識**的感覺。

她知道這條路。

知道繼續往前走會通往哪裡。

艾洛維內部的形狀像個威士忌酒瓶，入口就是狹窄的瓶頸，深色木材裝潢的酒吧往內敞開成擺滿桌椅的房間。她在吧台邊找了個位置坐下。她左邊的男人想請她喝酒，她答應了。

「我猜猜，」男人說，「粉紅酒？」

她考慮要點威士忌，只想看看他臉上會露出什麼表情，但她從不愛喝威士忌，向來喜歡甜甜的飲料。

「香檳。」

他點了香檳，隨口閒聊，然後接到了一通電話，邊離開座位邊說他去去就回來。她知道他不會回來，同時也忍不住慶幸，一邊等著托比上台表演。

他在舞台上坐好，翹起一邊膝蓋放穩吉他，臉上掠過那抹幾乎像是道歉的靦腆微笑。他還沒學會如何自信地佔據自己的一席之地，但艾笛很確定他終究會學會的。

他先看了看台下聚集的一小群觀眾，然後才開始彈奏，艾笛閉上眼睛，忘我地沉入音樂中。他表演了幾首別的歌手的作品，幾首他自己的鄉村音樂。接著輪到了她等的那一首。

前幾個和弦飄盪過艾洛維，艾笛彷彿又回到了他的住處。她坐在鋼琴邊，緩緩哄誘出一個個音符，而他就坐在旁邊，手指包裹住她的手指。

歌曲的完成度越來越高了，歌詞緊扣著旋律。越來越像是他自己的作品了。這首歌就像一棵樹，逐漸生根。他會靠自己記住的——當然，不是記得她，而是記得這首歌。他們的歌。

歌曲結束，響起一陣掌聲，托比有些不好意思地側身走向吧台，點了一杯威士忌可樂，因為酒吧會免費請他喝，在他啜飲第三口之前，他看見了艾笛，臉上露出微笑，那瞬間艾笛以為——希望，即便到了現在她還心存希望——他記起了些什麼，因為他注視著她的模樣，就彷彿認識她，但真相很簡單：是他「想要」認識她。受到某人吸引和認識某人的表情出奇相似，一不小心，就很容易看走眼。

「不好意思。」托比說，他尷尬的時候就會頭低低的，就像那天早晨他在自家客廳中看見艾笛時一樣。

有人刷過艾笛的肩膀，是想越過她拉開門進去酒吧的客人。

她眨眨眼，擺脫剛才的白日夢。

她沒進去，仍然站在街道上，香菸已經在她指間燒個精光。

有個男的幫她撐住門，「妳要進來嗎？」

艾笛搖搖頭，強迫自己往後退，遠離酒吧的門，也遠離那個即將上台表演的男孩。「改天吧。」她說。

一開始飄飄然的期待感，不值得後來狠狠墜地的失落。

XII

紐約市

二〇一四年三月十日

艾笛披著夜幕穿過布魯克林大橋。

春天將至的承諾就像來去的潮水，又一次由潮濕的冬日寒意所取代，她拉緊了夾克，呼吸在面前形成團團水霧，踏上通往曼哈頓的漫漫長路。

搭地鐵會輕鬆很多，但是艾笛一直以來都不喜歡悶在地底的感覺，凝滯的空氣太過壓迫，地道感覺太像墳墓了。被困住、被活埋的感覺，這是死不了的人獨有的恐懼。而且她也不介意多走幾步，她對自己手腳有多少力氣很清楚，以往她很害怕筋疲力盡，現在反倒十分享受。

但不管怎麼說，都還是很晚了，等她來到五十六街的巴士特時，雙頰已經失去知覺，腿也痠了。有個身穿俐落灰色外套的男人幫擋住門，她踏入巴士特的大理石大廳時，中央空調的熱氣讓她的皮膚麻麻癢癢的。她已經在幻想著要洗熱水澡、躺在柔軟的床上，已經邁步走向打開的電梯，這時，接待櫃台後方有個男的站了起來。

「晚安，」他說，「有什麼我可以幫忙的嗎？」

「我是來找詹姆斯的。」她說，腳步一點也沒慢下來。「二十三樓。」

男人皺起眉頭。「他不在。」

「那更好。」她說，一步跨進電梯裡。

「女士，」他喊道，舉步追來，「妳不能就這樣——」但電梯門已經開始關上。他知道沒機會趕上，於是轉身回到櫃台，伸手拿電話打算叫保全，這是電梯門完全關閉之前，她看見的最後景象。也許他來得及將話筒舉到耳朵邊，或甚至開始撥號，但那個念頭遲早會從他腦中溜走，他會低頭怔怔看著手裡的電話，納悶自己剛才到底在想什麼，然後對著電話那頭的人連聲道歉，最後慢慢坐回位置上。

這座公寓的主人是詹姆斯．聖克萊爾。

他們是大概一兩個月前在市中心的一間咖啡店認識的。他進來的時候，所有的座位都坐滿了，他戴的冬帽下方露出一綹綹金髮，眼鏡因為寒冷而霧氣濛濛。那天，艾笛是蕾貝卡，詹姆斯沒先自我介紹，而是先問能不能與她坐同一桌，他看見她在讀柯蕾特的《謝利》，紅著臉勉強擠出了幾句法語。他在桌邊坐下，一開始輕鬆地對視微笑很快就變成輕鬆地交談。真有趣，有些人要花上一個世紀才能親近，也有些人無論走到哪裡都自在如家。

詹姆斯就是這種人，讓人立刻就有好感。

他問起的時候，她說自己是詩人（很容易圓謊，因為從來沒人要過證據），他說自己剛好在兩個工作青黃不接的空檔，她雙手捧著咖啡杯，盡可能喝慢，但她的杯子終究空了，而他的也是，新進來的客人開始徘徊找座位，像禿鷹一樣，他開始想站起身，艾笛感覺到那熟悉的哀傷。接著詹姆斯問她喜不喜歡吃冰淇淋，雖然那時還是一月，外頭的地面上滑溜的冰混著鹽，艾笛說她喜歡，這次，兩人不約而同一起站起來。

現在，她在他家門上輸入六位數密碼，踏了進去。

燈打開了，照亮了淡色的木頭地板、乾淨的大理石台面、厚重的窗簾和看起來仍然沒人用過的家具。一張高背椅、一組奶油色的沙發，一張整齊堆著書的桌子。

她解開靴子的拉鍊，在門旁脫好鞋子，光著腳走過公寓，把夾克扔在椅背上。她去廚房倒了一杯梅洛葡萄酒，從冰箱裡翻出一塊格呂耶爾起司，還在櫥櫃中找到一盒精緻的鹹餅乾，最後把草草湊出的一餐拿到客廳，看著城市在落地窗外開展。

艾笛翻看著他的唱片，挑了一張比莉．哈樂黛來聽，便又回到奶油色沙發上，盤坐著吃東西。

她的確很想要擁有一個這樣的地方。屬於她的小天地。一張貼合她身體曲線的床鋪。一座掛滿衣服的衣櫃。一個家，滿滿裝飾著她生活的各種紀念品，記憶的實體化身。但是無論是什麼東西，她似乎都擁有不了多久。

她也不是沒試過。

這幾年來，她收集過書本、囤積過藝術品，也在箱子裡藏過華麗的衣裙，緊緊上鎖保存。但不管她怎麼做，東西似乎都會不翼而飛。一個個消失，或者全部一起消失，因為某種詭異的機緣巧合而失竊，又或者單純因為時間而逝去。她只在紐奧良有過一個家，但就連那裡也不算是她一個人的家，而是「他們」的，而且已經不復存在。

她唯一丟不掉的東西，似乎是那枚戒指。

曾經，她無法忍受再次與它分離；曾經，她因為沒有了戒指而悵然若失。好幾十年之後，她也曾因為再次將戒指握在手裡而心情雀躍。

現在，它只讓她不忍卒睹。那是她口袋裡一個不受歡迎的重量，一個不請自來的提醒，提醒著艾笛她失去過的別的東西。每一次，她的手指滑過木頭，將戒環滑回指頭上時，就感覺到黑暗親吻著她的指節。

看見了嗎？現在我們扯平了。

艾笛打了個寒顫，不小心晃到了酒杯，幾滴深紅的酒越過杯緣，像血跡一樣在奶油色沙發上綻放。她沒有大罵髒話，也沒有立刻彈跳起來去拿蘇打水和毛巾。她只默默看著污漬擴散，滲入沙發裡，然後消失。彷彿什麼事也沒發生。彷彿她從沒出現在這裡。

艾笛站起來，幫自己準備熱水澡，想用香氛精油洗滌城市的髒污，用一塊好幾百美金的肥皂把自己全身上下搓個乾淨。

當所有事物都會從你的指縫間流逝時，你自然能學會珍惜美好事物真真切切貼在手心的感受。她坐在浴缸裡往後靠，嘆了口氣，吸進瀰漫薰衣草和薄荷香氣的水霧。

那天，她和詹姆斯去吃了冰淇淋，在店裡內用，兩人一起低著頭，從彼此的杯子裡偷配料。他的帽子丟在旁邊的桌上，金色鬈髮到處亂翹，他的確很英俊沒錯，但是她過了一陣子才認出他的長相。

艾笛習慣了路人時常朝她投來的眼神——她的五官鮮明柔美，臉頰上的星座雀斑襯托著一雙明亮的雙眼，有人說她有種經得起時間淬煉的美，但這個狀況不太一樣。街上有好多人紛紛轉頭，揮之不去的注目禮，她納悶到底為什麼時，他用雀躍的驚訝眼神看著她，承認自己其實是個演員，有在最近很紅的一部戲中軋一角。他坦言時紅了臉，撇開視線，然後又重新審視她的臉龐，彷彿準備好接受她的態度大轉彎。但是艾笛從來沒看過他演的戲，就算她看過，她也不是那種會在名流前扭捏的人。她活了太久，認識過太多藝術家。儘管如此，或許這麼說也比較精準，艾笛喜歡那些尚未江郎才盡、仍在尋找自身定位的人。

所以詹姆斯和艾笛繼續他們的邂逅。

她嘲笑他穿的樂福鞋、毛衣、細框眼鏡。

他指出她根本是生錯了年代。

她回說其實她是生錯了世紀吧。

他哈哈大笑，她卻一本正經，他舉手投足間確實有某種老派的氣質。僅僅二十六歲，說話時卻有某種慵懶的抑揚頓挫，那緩慢的精準只屬於深諳自己聲音份量的人，屬於穿著打扮和自己父輩一樣的年輕人，是那些急於想變老的人為自己披上的偽裝。

好萊塢也看出了這點。時常有人找他演古裝劇。「我的臉適合演黑白電影。」他開玩笑。

艾笛微微一笑，「總比適合演廣播劇的臉好吧。」

他的臉很討人喜歡，但是有哪裡不太對勁，只有懷抱祕密的傢伙臉上會一直掛著微笑。他一直憋到吃完冰淇淋之後才吐實。那輕鬆愉快的表象先是動搖，然後完全褪去，他把塑膠湯匙往空杯裡一丟，閉起眼睛說：「對不起。」

「對不起什麼？」她問，他往椅背重重一靠，手指耙過頭。對街上的行人來說，他的動作乍看之下可能很隨興，像是伸懶腰的貓，可是她看得見他開口說話時臉龐流露出的痛苦。

「妳長得美，人又好，又有趣。」

「但是呢？」她追問，察覺到語氣中的轉折。

「我是同志。」

那兩個字感覺艱難地卡在他喉嚨裡，他解釋說來自外界的壓力排山倒海，他很討厭媒體的注目和各種要求。大家開始耳語、開始臆測，而他還沒準備好讓大家知道。

艾笛這時才發現，他們其實身處舞台上。場景就是強化玻璃窗戶後方的冰淇淋店，在眾目睽睽之下，詹姆斯還在拚命道歉，嘴裡懺悔著他不該和她調情的，也不該這樣利用她，但是她其實沒在專心聽。他說話時那雙藍眼變得有些迷濛，她納悶這是不是他演哭戲時用來刺激自己的哭點。這就是他需要淚眼婆娑時習慣有的念頭嗎？當然，艾笛也有祕密，雖然要不要保密由不得她來決定。

儘管如此，她還是知道關於自己的真相被抹滅忽視的感受。

「如果妳想走，」他正在說，「也沒關係的。」

但是艾笛沒站起來，也沒伸手去拿外套。她只往前朝他靠過去，從他冰淇淋杯的邊緣偷了一顆藍莓。

「我不確定你是怎麼想的，」她輕聲說，「但**我個人**今天是玩得滿開心的啦。」

詹姆斯呼出顫抖的一口氣，眨掉淚珠露出微笑。

「我也是喔。」在那之後，事情就好多了。

和另一個人共享祕密，比保守祕密容易多了，他們手牽手踏出冰淇淋店時，兩人就像是犯案同夥，因為只有他們知道的祕密計畫而雀躍不已。她不擔心會有人注意到、或是成為目光焦點，就算有照片，最後也不會有什麼結果。

（的確有照片。但是影像中她的臉恰好都因為剛好在移動而糊掉，或者恰巧被擋住，下週的八卦小報中，她仍舊是個神祕的女孩，後來，眾人的注意力就自然而然轉向更聳動的標題了。）

那天，他們回到他在巴士特的公寓喝酒。他的桌上散放著各種書籍和報紙，全都和第二次世界大戰有關係。他告訴艾笛說他正在為了一個角色做功課，讀遍了所有他能找得到的第一手資料。他把資料都拿給她看，這些重現於紙張上的記憶，艾笛表示她對戰爭主題一直都很有興趣，所以知道幾個故事，她把故事說得好像是其他人發生的事，是陌生人的回憶，而不是她自己的。詹姆斯縮在奶油色沙發的一角，眼睛緊緊閉上，胸口放著一杯威士忌，聽她娓娓道來。

他們在加大雙人床上肩並肩睡著，籠罩在彼此的溫暖中，隔天早晨，艾笛在天亮前就醒來，悄悄溜走，免去了還要道別的尷尬。

她有種感覺，如果可以的話，他們應該會是朋友。如果他記得起來的話。艾笛試著不要去想，她很篤定她的記憶會同時向過去和未來雙向延伸，開展出她未曾有過機會一探究竟的道路。但如果朝那個方向繼續鑽牛角尖，她一定會發瘋，所以她學會了不要去想。

現在她回到了公寓裡，但他不在。

艾笛拿詹姆斯鬆軟的浴袍包裹住自己，打開落地玻璃窗，踏上臥室外頭的陽台。開始颳風了，寒意刺痛著她的赤腳。城市像鋪在地面的夜空，在她腳底下延伸，點綴著人工的星光，她把雙手插進浴袍口袋裡，感覺到那個東西，就放在原本空蕩口袋中的底部。

一個木製的小圓圈。

她嘆口氣，握住戒指拿出來，雙肘靠在陽台上，強迫自己看著攤在掌心上的戒指，細細查看，彷彿她還沒記住上頭的每道紋路與渦痕。她用另一隻手描著戒指的曲線，抗拒著將它戴上指頭的衝動。當然，在比較黑暗的時候、疲倦的時候，她想起過它，但是她不願意當先屈服的那一方。

她一歪手，讓戒指從陽台邊緣滾落，一直往下掉進黑暗中。

艾笛走回房間，又倒了杯葡萄酒，鑽進那張豪華的大床，在羽絨被和埃及棉床單下縮成一團，暗自希望自己剛才走進了艾洛維，希望自己坐在酒吧邊等托比上台，頂著一頭凌亂鬈髮、臉上掛著害羞微笑的托比。聞起來有蜂蜜氣味的托比，可以將人體像樂器一樣彈奏的托比，在床上好有存在感的托比。

法國，薩爾特維永
一七一四年七月三十日

XIII

一隻手搖醒了艾德琳。

有一瞬間，她不記得自己身在什麼地方，也不記得現在是什麼時候。睡意還攀著她意識的一角——還有那場夢境，那一定是夢——她夢到自己向原本噤聲不語的神祈禱，還在黑暗中做了交易，後來甚至被眾人所遺忘。

她的想像力一直都很豐富。

「醒醒。」一個聲音說，她已經熟悉了一輩子的聲音。

一隻手堅定地按在她的肩膀上，她眨去眼睛裡的最後一絲惺忪睡意，看見穀倉屋頂的木板，稻草刺著她的皮膚，伊莎貝兒跪在她身旁，金色髮絲編織成冠冕的形狀，因為擔心而緊緊皺起眉頭。她每生一個孩子，臉色就更憔悴一點，每次生產似乎都偷走了一點她的人生。

「笨蛋，該起床了。」

伊莎貝兒應該這樣說才對，聲音裡的友善會軟化責備的語氣。但現在她因為擔憂而緊緊抿起嘴唇，並且因為關切皺著眉頭。這是她蹙眉的一貫表情，整張臉都跟著皺起來，艾德琳伸出一根大拇指想撫平對方的眉心，想撫平她的擔憂，她從前已經這麼做過成千上百次了，但伊莎貝兒卻往後退縮，躲閃陌生人的觸碰。

那麼看來她不是在作夢了。

「馬修。」伊莎貝兒回頭呼喚，艾德琳看見她的大兒子站在穀倉敞開的門邊，手裡抓著一張毛皮。「去拿張毯子來。」

男孩的身影消失在陽光中。

「妳是誰？」伊莎貝兒問，艾德琳開口想回答，一時間忘了她其實說不出口自己的名字。那幾個字硬是卡在她喉嚨中。

「妳發生了什麼事？」伊莎貝兒逼問，「妳迷路了嗎？」

艾德琳點點頭。

「妳是哪裡人？」

「當地人。」

伊莎貝兒的眉頭皺得更緊了，「維永嗎？怎麼可能，不然我們一定見過面，我在這裡住了一輩子了。」

「我也是啊。」她低聲嘀咕，伊莎貝兒一定是將她說的真相視作了錯覺，她搖搖頭，彷彿想甩開一個念頭。

「這小子，」她喃喃說，「拿東西拿到哪裡去了？」

她回頭望向艾德琳。「妳站得起來嗎？」

伊莎貝兒扶著她走進院子裡，艾德琳全身髒兮兮，但伊莎貝兒還是沒放手，面對這麼簡單的善意和另一個女孩溫暖的碰觸，她的喉嚨不禁緊繃起來。伊莎貝兒把她當成野生動物一樣對待，聲音輕柔，動作緩慢，領著艾德琳一步步走向房子。

「妳受傷了嗎？」

對，她心想。儘管她知道伊莎貝兒指的是皮肉傷，這點她倒是不確定。她低頭看著自己，昨夜的黑暗遮蔽了她最嚴重的傷勢，但在晨光之中應該一目瞭然，艾德琳的裙子破破爛爛，涼鞋也壞了，她的皮膚沾滿森林的髒污。她感覺得到昨天晚上在樹林裡奔跑時被灌木刮擦撕扯的疼痛，但是她找不到任何發炎的腫塊或割傷，連一點血跡也沒有。

「我沒事。」她輕聲說，兩人一起踏進屋子裡。

放眼望去不見馬修或者她兒子亨伊的蹤影，只有正在火爐邊籃子裡酣睡的小寶寶莎拉。伊莎貝兒讓艾德琳坐在嬰兒對面的椅子上，接著在火堆上放了一鍋水。

「妳人好好。」艾德琳輕聲說。

「『我作客旅，你們留我住。』」伊莎貝兒說。是聖經裡的句子。

她拿了一個臉盆和一塊布來到桌旁，跪在艾德琳腳邊，緩緩地小心脫下髒兮兮的涼鞋，放在火爐旁，接著拿起艾德琳的手，開始清理卡在她指甲縫裡的森林泥土。

伊莎貝兒一邊清理，一邊連珠砲似地問她問題，艾德琳企圖回答，她真的很努力想回答，但她的名字怎麼也說不出口，而當她說起村莊裡的生活、森林裡的黑影，以及她做的交易時，字詞可以離開她的嘴唇，卻傳遞不到另一個女孩的耳朵裡。伊莎貝兒的表情變得空白，眼神茫然，艾德琳終於說完時，她猛力搖了搖頭，好像想拋開一段白日夢。

「抱歉。」她最親密的老友說，露出歉疚的微笑，「妳剛剛說什麼？」

不久之後，她會學到怎麼說謊，說謊的時候，那些話就像葡萄酒一樣汩汩湧出，容易傾吐，也容易吞下肚。但只要她說的是真相，就會卡在她的舌尖，她的故事只有自己聽得見，對於其他人而言都是一片沉默。

伊莎貝兒塞了一個馬克杯到艾德琳手中，這時，小寶寶開始騷動。

「要走到最近的村莊，需要搭一個小時的馬車。」伊莎貝兒說，舉起襁褓中的寶寶。「妳走了這麼遠的路嗎？妳一定……」當然，她是在和艾德琳說話，不過她的聲音輕柔甜美，注意力都放在莎拉身上，鼻子埋在寶寶柔軟的頭髮裡呼吸，艾德琳必須承認，她的朋友似乎真的很適合當媽媽，她心滿意足，甚至沒注意到艾德琳在看她。

「該拿妳怎麼辦呢？」她哄著寶寶。

外頭的小徑響起腳步聲，穿著靴子的沉重步伐，伊莎貝兒站直了一點，輕拍著嬰兒的背。「那是我的丈夫喬治。」

艾德琳和喬治很熟，兩人六歲時，她甚至親過他一次呢，在那個年紀，親吻就像是遊戲裡拿來交換的物品。但是現在她滿心慌張，倏地站起身，杯子匡噹掉到地上。

她怕的不是喬治。

她怕的是那道門，她知道伊莎貝兒到了另一邊會發生什麼事。

她立刻去拉伊莎貝兒的手臂，抓握來得突然，而且很用力，伊莎貝兒臉上第一次閃現了害怕的表情。然後她又冷靜下來，拍拍艾德琳的手。

「別擔心。」她說。「我會跟他說。一切都會沒事的。」這時，艾德琳還沒來得及拒絕，伊莎貝兒就把小寶寶交到她臂膀中，一眨眼人就走出門外。

「拜託，等一下。」

恐懼在她胸口怦然作響，但伊莎貝兒已經不見了。門沒關上，外頭的院子裡傳來人聲起伏，話語卻消失在風中，聽也聽不見。小寶寶在她懷中咿咿呀呀了幾句，她微微動身體，想安撫寶寶，也安撫自己。嬰兒安靜下來，艾德琳將她抱回籃子中，這時，她聽見有人倒抽一口氣。

「離她遠一點。」

是伊莎貝兒，她提高音量，聲音很慌張。「是誰放妳進來的？」

那些基督徒的善意轉瞬間消逝，由母性的本能恐懼取而代之。

「就是**妳**呀。」艾德琳說，還得一邊忍住想放聲大笑的衝動。這一瞬間毫無幽默感，只有瘋狂。

伊莎貝兒驚恐地瞪視著。「妳說謊。」她說，往前衝去，她丈夫卻一隻手按住妻子的肩膀攔下她。他也見到了艾德琳，卻將她視為不速之客、闖進屋裡的狼。

「我沒有惡意。」她說。

「那就離開。」喬治命令。

她還能怎麼做呢？只好放下寶寶，放下裝著熱湯的杯子、桌上的臉盆，還有她認識許久的老友。她快步離開屋子穿越庭院，然後回頭瞥了一眼，看見伊莎貝兒將女兒貼在胸口，喬治很快地擋住門口，手裡還拿著斧頭，彷彿她是一棵用陰影籠罩住一家人的樹，隨時都可以砍倒。

然後他也不見了，門關上，鎖也推回原位。

艾德琳站在小徑上，不確定該怎麼做、該去哪裡。她腦子中有一道道記憶軌跡，在來回磨蝕之下已經變得平滑深刻。她的雙腿帶著她來來去去這個地方太多次了。她的身體知道該怎麼走。沿著這條路走下去，接著左轉，來到了她自己的家，雖然已經不能算是她的家了，但她的雙腳還是忍不住朝這裡移動。

她的腳——艾德琳搖搖頭。她把涼鞋放在伊莎貝兒的火爐旁邊烘乾，忘了拿走。門旁邊有一雙喬治的長靴靠牆放著，她拿走靴子，開始走路。不是回到她從小長大的那間屋子，而是回到她的祈禱開始之處，那條河。

天氣已經暖和多了，她將靴子脫在河岸上，走進淺淺的溪流中時，空氣裡還飄散著熱氣。河水拍擊著她的小腿肚，也吻著她膝蓋後方，寒意讓她憋住了氣。她低頭，想在水中看見自己扭曲的倒影，以為什麼也看不見，只剩一片頭頂的天空。然而她好好地站在那裡，任由溪水扭曲。

原本編成辮子的頭髮現在亂成一團，銳利的雙眼也瞪得老大。兩頰上的雀斑，像是油漆噴濺到的七個點。以恐懼和憤怒畫出的一張臉。

「你為什麼不回應？」她對著水面的粼粼波光嘶聲說。

但是河流只用柔軟的潺潺聲響嘲笑她，咕嘟咕嘟流過石頭。

她和結婚禮服的蕾絲奮戰，剝掉髒兮兮的衣物，然後一股腦丟入水中。水流拉扯著布料，她的手指很渴望放開，讓河流帶走她人生的最後一點殘渣，但是她現在幾乎孑然一身，無法再給出更多了。

艾德琳自己也噗通浸入水中，將頭髮裡僅存的最後幾朵鮮花扯掉，一邊洗刷森林在她皮膚上留下的髒污。等她從水中冒出時，同時覺得寒冷脆弱也煥然一新。太陽高掛，這天正熱，她把衣裙攤在草地上曬，穿著襯衣躺在旁邊的草坡上，與禮服默默並肩而坐，彷彿是彼此的鬼魂。她低頭時，赫然驚覺自己擁有的東西就這麼多了。

一件連身裙。一件襯衣。一雙偷來的鞋子。

她躁動不安，拾起一根樹枝，開始在河岸的淤泥中隨手畫些圖案。但是每道筆畫全消融無蹤，太快了，不像是被河水沖掉。她畫了一條線，看著它消失，她連那個符號都來不及畫完。她試著寫自己的名字，但是她的手僵住了，和她的舌頭受到相同的禁錮。她畫了一條更深的線，狠狠往沙子裡挖，還是一樣，痕跡一下子就不見了，她丟掉樹枝，喉嚨裡竄出一聲憤怒的啜泣。淚水刺痛雙眼時，她聽見一雙小小的腳移動的聲音，她眨眨眼，看見一個圓臉男孩盯著她看。伊莎貝兒四歲的兒子。艾德琳從前會將他抱在懷裡哄，不斷轉圈圈，直到他們兩個都頭暈目眩，一邊哈哈大笑。

「妳好。」小男孩說。

「你好呀。」她說，聲音有點顫抖。

「亨伊！」男孩的母親說，伊莎貝兒很快就出現在坡邊，一籃衣物靠在臀邊。她看到艾德琳坐在草地上，便伸出一隻手，不是對她的好友，而是對她的兒子。「過來。」她命令，藍眼打量著艾德琳。

「妳是誰？」伊莎貝兒問，艾德琳感覺自己站在陡峭的險坡邊，腳下的土地瞬間崩塌。那可怕的墜落過程又要重演了，她整個人的重心彷彿正在往前移動。

「妳迷路了嗎？」

似曾相識。似曾相知。似曾經歷。

她們到過這個地步，有過相同的對話，至少是類似的對話吧，所以艾笛知道該怎麼應對、該說什麼，知道怎麼樣的用字遣詞可以引出她的善意，知道她如果好好詢問，伊莎貝兒會帶她回家、拿一條毯子裹住她的肩頭，再給她一碗熱湯，一切都會很順利，直到出錯的時刻到來。

「沒有。」她說。「只是剛好路過。」

她說錯話了，伊莎貝兒的表情嚴肅起來。

「一個女人家獨自旅行可不好，特別是妳現在這個樣子。」

「我知道。」她說。「我原本還有更多東西，但被人搶了。」

伊莎貝兒臉色發白。「誰搶了妳？」

「森林裡的陌生人。」她說，這不算說謊。

「妳受傷了嗎？」

對，她心想。傷得很重。但是她強迫自己搖搖頭，回答道：「我會活下去的。」

她別無選擇。

伊莎貝兒放下洗衣籃。

「在這裡等著。」她說，又變回了那個善良大方的伊莎貝兒。「我馬上就回來。」

她將年幼的兒子撈起來抱在懷裡，轉頭往家裡走去，等她一不見蹤影，艾德琳隨即拿起裙襬仍濕的裙子穿好。

無庸置疑，伊莎貝兒絕對會再次忘記她。

回家的路走到一半，她就會慢下腳步，想知道為什麼連洗衣籃都沒拿就回家了。她會怪自己一定是太累了，被三個小鬼頭和生病的小寶寶折騰得腦筋都模糊了，於是轉身回河邊。這次，河岸邊不會有任何女子坐在那裡，不會有濕漉漉的裙子攤在陽光下，只有一根丟在草地上的樹枝，以及已經光滑如初的淤泥畫布。

艾德琳畫她家的房子畫了一百多次了。

屋頂的每個角度、門板的材質、父親工作室的陰影、在院子一角站哨般的那棵杉木的枝椏，每個細節她都記得清清楚楚。

她現在人就站在那棵杉木旁，隱身在樹幹後方，看著美心在穀倉邊吃草，看著母親晾衣服，看著父親雕一塊木材。

看著看著，艾德琳也知道自己不能久留。

又或者，她可以留下來，可以找到方法從這間屋子跳到下一間屋子，像是打水漂的石頭掠過水面那樣，但是她不願這麼做。因為她這麼想的時候，感覺自己不像河流，也不像打水漂的石頭，反而像是那隻試著要擲出石頭的手。

艾絲特拉，關上門後就忘了她。

伊莎貝兒，這一秒鐘還和藹可親，下一秒鐘就滿心恐懼。

將來，很久很久之後的將來，艾笛會把這種周而復始的循環當作遊戲來玩，看看她從一根棲木跨越到下一根棲木時，能撐多久才會掉下來。然而現在，疼痛還太新鮮、太銳利，她想不通要怎麼樣才能度過這樣的循環，無法再次承受父親臉上戒備的表情，還有艾絲特拉眼裡的非難。艾德琳．拉胡無法置身於此，在她已經認識的人身邊當個陌生人。

看著他們忘記她，太令人心痛了。

她母親又回到屋裡，艾德琳離開她在樹木後方的藏身之處，開始穿越院子，目的地不是家門，而是她父親的工作室。

那裡只有一扇緊閉的窗戶、一盞沒亮的燈，唯一的光源是從打開的門灑入的一道陽光，但已經足夠了。這裡的每個輪廓她都瞭然於心。空氣中有樹液的氣味，聞起來質樸甜美，地板灑滿了刨花和木屑，每個可以放東西的地方都擺滿了她父親的作品。一匹木馬，當然，是以美心為原型製作的，不過大小和一隻貓差不多；一組碗，唯一的花紋就是木材本身的年輪；好幾隻可以放在掌心的袖珍鳥兒，翅膀或張或收，或是大大展開呈現飛翔之姿。

艾德琳學會了怎麼用炭條和鉛筆描繪世界，但是她父親慣用的創作工具是刀子，從無到有一刀刀將形體刨削出來，賦予它們寬度和深度，也賦予它們生命。

她伸出手，指頭撫過馬匹的鼻子，她曾經這樣做過數百次。

她在這裡做什麼？

艾德琳不知道。

也許是告別吧，向她父親告別，向她在這個世界上最喜歡的人告別。

這是她記憶他的方式。不是他眼裡那陌生的哀傷，也不是他領著她走向教堂時憂鬱緊繃的下巴，而是透過他深愛的物品。透過他教她如何拿炭筆，用手部的重量哄誘著形狀與陰影出現。透過那些歌曲和故事，透過那五個夏天她陪他去市集時一路上看到的景致，當時艾德琳年紀已經大到可以旅行，但還不至於年長到引人側目。透過那個貼心的禮物，在獨生女誕生時為她特別雕刻的木戒，最後被她拿去獻給了黑暗。

就連到了這個地步，她的手還是忍不住伸向脖子，撫摸著皮繩，當她想起木戒已經永永遠遠消失時，感覺到身體深處有東西瑟縮起來。

桌子上散放著一片片羊皮紙，紙上滿是素描和各種尺寸標記，是他過去和未來作品的筆記。桌緣有一支鉛筆，艾德琳不由自主去拿，雖然恐懼已經在她胸口迴響。

她拿著筆移向紙頁，開始寫道。

親愛的爸爸：

但鉛筆一刷過紙面，字母就漸漸消散。艾德琳寫完了這幾個搖搖晃晃的字之後，字跡就消失了，她一隻手拍向桌面，打翻了一小瓶亮光漆，寶貴的油漆滲入了她父親的筆記、滲入到下方的木頭。她手忙腳亂收拾紙張，不小心弄髒了手，還打翻了一隻小木鳥。

但是她白慌張了一場。

油漆已經滲透過紙張和桌面，像沉入河中的石子，直到看不見蹤影。要理解此時此刻發生的事，感覺很奇怪，要弄清楚失去了哪些、又有哪些得以留下。

油漆不見了，但沒有回到瓶子裡，空空如也的瓶子倒在一旁。羊皮紙上毫無痕跡，看起來沒人碰過，下方的桌子也是。油漆只在她的手上留下污漬，勾勒出她的指紋和掌紋。她往後退時，還看著手掌上的油污，這時，她聽見腳跟傳來可怕的木頭碎裂聲。

是那隻小木鳥，它的一邊翅膀在夯土地板上折斷了。艾德琳心疼地眨眨眼，這是鳥群裡她最愛的一隻，凍結在上升的那一刻，要起飛前的瞬間。

她蹲下撿起木鳥，等她直起身體時，地板上斷裂的翅膀已經消失，而她手中的小木鳥忽然又再度變得完整。她驚訝得差點失手掉了小木鳥，不確定為什麼自己反而能做到原本最不可思議的事。艾德琳被迫變成了陌生人，親眼看見曾經認識她、深愛她的人遺忘自己，關於她的記憶就像沒入雲朵後方的太陽，她看著自己試圖留下的每一絲痕跡被扭轉、抹滅。

但是鳥兒不一樣。

也許是因為她能將它握在手裡。也許是因為，在那一瞬間，可以挽回意外、導正錯誤，感覺像一種福賜，儘管關於她的記憶在這世界上被抹去，再也不能留下任何痕跡，如此的無能為力卻未波及小木鳥。但是艾德琳沒有這樣想，她還無法這樣想，這時她還沒花上好幾個月在手裡反覆琢磨著詛咒，記憶它的形狀，細細觀察毫無破綻的表面，想找到任何一絲縫隙。

此時此刻，她只抓著完好無缺的小木鳥，很開心它沒事。

她剛要把木鳥放回鳥群，卻停下了——也許是因為那奇怪的一刻，也許是因為她已經開始想念之前的人生了，就算那段人生並不想念她——她把鳥收進口袋，強迫自己離開父親的工作室，離開她的家。

她沿著路走，經過那株扭曲的紫杉木，拐過一個彎，一路來到小鎮的邊緣。直到這時，她才允許自己往回看，任由她的目光最後一次飄向田野彼端的那排樹木、在太陽下延伸的濃厚黑影，然後她才轉身背對樹林、背對維永這座小村莊，也背對已經不再屬於她的人生，開始往前走。

XIV

法國，薩爾特維永
一七一四年七月三十日

維永像消失在轉角後的馬車，村裡房屋的屋頂紛紛被周圍田野的樹木和丘陵吞沒。等到艾德琳鼓起勇氣往回看時，村子已經不見了。

她嘆口氣，轉過身繼續走，喬治的靴子很不合腳，讓她痛得瑟縮。靴子大概比她的腳大了半號。艾德琳在一條曬衣繩上找到幾隻襪子，塞進鞋尖，想讓鞋子穿起來舒適一點，但是她走了四小時之後，感覺得到腳上有幾個地方已經磨破皮了，鮮血流在皮革鞋墊上。她不敢看，所以決定還是不要去看，全神貫注在前方的道路上。

她打算要徒步走到高牆環繞的勒芒城。這是她離家最遠的一次，而且，她從沒一個人走過這趟路。她知道這個世界比薩爾特河沿岸的城鎮都還要大上許多，但是這個時候，她的想像越不過眼前的那條路。她往前踏的每一步，都是離開維永的一步，離開已經不屬於她的人生的一步。

是妳想要自由的。她腦袋裡有個聲音說，不是她自己的聲音，更深沉、更滑順的聲音，像裹著綢緞和木頭燃燒的煙霧。

她繞過村莊，繞過田野上一座座孤單的農場。她經過的荒野好遼闊，四周的世界似乎變得空無一物。好像有個藝術家用潦潦幾筆勾勒出了一幅地景，中途卻因為其他事情分神，轉過頭離開了桌邊。

艾德琳聽到一台馬車搖搖晃晃慢慢駛過，她躲進旁邊樹叢的陰影裡，等著它經過。她不想離道路或河流太遠，但是她回頭時，越過一排矮林看見鮮黃欲滴的夏日水果，她的胃開始為渴望而隱隱作痛。

一座果園。

樹蔭很舒爽，空氣也涼快宜人，她挑了一顆熟透的桃子，從低矮的樹枝上拔下，貪婪地咬了一口，甜蜜的汁液讓她空空的腸胃痙攣起來。她忍著胃痛，又吃了一顆梨子、一大把黃香李，還在果園邊緣的水井裡用手舀了一次又一次的水來喝，然後才強迫自己離開陰涼的遮蔽處，再度進入暑熱之中。

她的影子越來越長，最後她終於在河岸邊一屁股坐下，脫掉靴子，開始查看雙腳的傷勢。

然而並沒有半點傷勢。

襪子上沒有血跡。腳跟上也沒有任何傷痕。看不出她走了好遠的路，看不出她在堅實的泥土路上走了好幾個小時的任何跡象，雖然她跨出每一步時都能感受到疼痛。她的肩膀上也沒有曬傷的痕跡，雖然整天都能感覺到毒辣的太陽。她的腸胃不斷扭絞，想吃點除了偷來的水果之外的東西。夕陽餘暉漸漸消失，丘陵暗了下來，四下沒有燈籠，也沒有其他人家。

她筋疲力竭，差點就要在河岸邊縮成一團，直接睡著，但是水面的蚊蟲叮咬著她的皮膚，她又回到曠野之中，在高高的草叢中緩緩低下身，她小時候就常常這樣做，幻想著自己身處異地。草叢會吞沒屋子，吞沒工作室，吞沒維永的幢幢屋頂，只看得見頭頂開闊的天空，那片天空可以屬於任何地方。

現在，她抬頭看著斑駁的向晚天空，想要回家。不是想要回到羅傑身邊，也不是想重拾她不想要的未來，而是艾絲特拉的手蓋在她雙手上時粗糙的觸感，教她怎麼修剪覆盆子叢，還有她父親在工作室裡的輕柔哼歌聲，以及空氣裡樹液和木屑的氣味。她從未想過要失去的人生片段。

她的手滑進裙子口袋，手指搜索著木雕小鳥。在這之前，她都不敢去碰，半是確定它一定會不見，她的偷竊會像其他作為一樣被扭轉、抹除，但是鳥兒還在，摸起來平滑溫暖。

艾德琳慢慢拿出鳥兒，舉向天空看著，感到不可思議。

她摔裂不了木雕。

但是可以**拿走**。

在一連串的不幸中：無法書寫、無法說出自己的名字、無法留下任何痕跡——這是她唯一**能**做的事。她可以**偷竊**。艾德琳還要花上很長一段時間才會摸清楚詛咒的輪廓，而且要花上更長的時間才會理解黑影的幽默感，然後他才會從酒杯的上緣看著她，指出成功的偷竊算是匿名之舉。無法留下任何痕跡的舉動。

在這個當下，她只為了那只信物的存在而單純覺得感激。

我的名字叫艾德琳．拉胡，她告訴自己，緊抓著小木鳥。我於一六九一年生於維永，爸媽是尚與瑪瑟，我們家就住在一棵老紫杉木後方的石屋。

她把自己的人生故事一五一十說給了小木鳥聽，彷彿它會和其他人一樣輕輕鬆鬆就把自己給忘了，沒注意到她的心智已成了毫無破綻的牢籠，她的記憶是完美的陷阱。她不會再遺忘，儘管她希望自己能。

黑夜躡手躡腳靠近，紫色漸漸轉黑，艾德琳抬頭看著黑暗，開始懷疑黑暗也在回望著她，那個神祇，又或者是惡魔，殘酷的凝視、嘲諷的微笑，五官以一種從未在她筆下出現過的方式扭曲。

她拉長脖子盯著看，星星似乎拼出了一張臉，顴骨和額頭，幻象拼湊在一起，直到她開始懷疑夜幕會不會像森林裡的黑影那樣蕩漾扭曲，星星之間的虛空裂開，露出那雙翡翠綠的眼睛。

她咬著舌頭，阻止自己呼喚他，免得有東西決定要回應她的呼喚。

畢竟她已經不在維永了。她不知道這裡逗留著什麼樣的神。

後來，她的決心會動搖。

後來，有幾天晚上，她會因為情勢所逼而將謹慎拋諸腦後，她會尖叫、咒罵、激他敢不敢出來與她對質。

那是後來的事了，今晚她又累又餓，不想把精力浪費在不願回答的神身上。

她蜷縮成一團側躺著，緊緊閉起眼睛，等著睡意來襲，她睡著時，想起森林那端的田野裡有火炬，還有人呼叫著她的名字。

艾德琳、艾德琳、艾德琳。

那幾個字反覆捶著她，像雨滴一樣打在她的皮膚上。

更深的夜裡，她從睡夢中驚醒，世界一片漆黑，雨水已經淋濕了她的裙子，忽如其來的滂沱雷雨。

她拖著裙子快步行走，穿越田野，走向最靠近的一排樹木。從前在家裡，她喜歡聽著大雨滴滴答答落在房屋牆壁上的聲音，從前她會躺著不睡，聆聽世界洗滌乾淨的聲音。但是她在這裡沒有床，更沒有遮風避雨之處。她使盡全力擰乾裙子，但是冰涼的衣物已經緊貼在皮膚上，她蜷縮在樹根之間，在稀疏的樹蔭裡瑟瑟發抖。

我的名字叫艾德琳．拉胡，她告訴自己。我父親教會我怎麼作夢，我母親教會我怎麼當個賢妻良母，艾絲特拉教會我怎麼跟神說話。

她的思緒拖沓地飄向艾絲特拉，她曾雙手張開站在大雨裡，彷彿想接住雷雨。艾絲特拉，從不想要人陪，只喜歡自己一個人待著。

孤單一人在這世界上生活，她大概會很滿足吧。

她試圖想像如果老婦人現在看見她會怎麼說，但是她試著回想那雙銳利的雙眼和睿智的嘴巴時，只看見艾絲特拉最後是怎麼看著她的，老婦人先是皺起眉頭，然後整張臉放鬆下來，相識一輩子的記憶像淚滴般眨落消散。

不，她不應該去想艾絲特拉。

艾德琳雙臂環抱著膝蓋，努力入睡，等她再次醒來時，陽光從枝椏間灑落。一隻金翅雀站在附近青苔滿布的地面，啄著她的裙襬。她揮揮手嚇跑了金翅雀，檢查口袋裡的小木鳥還在不在，站起身時不禁搖晃了一下，餓得頭昏眼花，現在才想起自己這一天半以來只吃了幾顆水果。

我的名字叫艾德琳．拉胡，她告訴自己，一邊走回大路上。這越來越像一句箴言，用來打發時間、計算腳步的工具，她一次又一次地重複。

她拐過一個彎，停了下來，站在原地用力眨眼，好像有陽光忽然直射她的雙眼。不是陽光，而是眼前的世界忽然變成一片鮮黃，翠綠田野成為一片蛋黃色的地毯。

她回頭張望，身後的世界仍然是綠棕交織，尋常的夏日色彩。前方的原野是芥菜田，她稍後才會認得這種作物。現在她只覺得眼前的景色美極了，震懾人心的美。艾笛瞪視著眼前的景色，那一瞬間忘了飢餓、忘了疼痛的雙腳，也忘了她忽然間失去了多少事物，腦中只有這震撼人心的鮮豔色彩，吞噬一切的色彩。

她跋涉過田野，花苞刷過她的掌心，她不擔心踩扁了植物，她所經之處，作物的莖稈再度直立起來，看不見她的足跡。她來到芥菜田的另一端，道路和那一片不變綠野的另一端時，從前的景致看起來已平庸沉悶，她的眼睛梭尋著下一個壯麗美景。

過了不久，另一座城鎮映入眼簾，她原本要繞路走過，這時一陣香味飄來，讓她的腸胃隱隱作痛。奶油、酵母，令人心滿意足的甜美麵包香。

艾德琳看起來像從晾衣繩掉落的一件裙子，皺巴巴又髒兮兮，頭髮糾結成一團，但是她太餓了，根本管不著。她跟著香味在房屋間穿梭，沿著狹窄的小徑來到村莊的廣場。麵包香越來越濃，人聲也越來越嘈雜，她繞過轉角時，看見幾個女人團團圍著社區烤爐。她們坐在烤爐邊的石頭長凳上，一邊聊天一邊哈哈大笑，就像樹梢嘰喳鳴囀的鳥兒，而門打開的烤爐中可以看到一條條麵團正在膨脹。看見她們感覺很突兀，平凡得令人心痛，艾德琳在樹蔭遮蔽的小徑上逗留了一陣，聽著她們吱吱喳喳閒聊，直到飢餓又再次驅策她往前走。

她用不著翻找口袋就知道自己身上一毛錢也沒有。也許她可以以物易物，但是她身上只有那隻小木鳥，她在裙子的衣褶間找到時，她的手指並不願意放開。她大可以求她們施捨，不過她心中浮現母親的臉，緊繃的眉眼間夾著責備的神色。

那只能用偷的了，當然，這不對，但她餓得頭昏腦脹，已經無法思考這算是多嚴重的罪孽。她現在滿腦子只想著該怎麼偷。烤爐旁邊耳目眾多，儘管她可以迅速地從眾人記憶中逝去，仍然是血肉之軀，不是幽靈。她如果闖到烤爐前拿了麵包就走，一定會引發混亂。當然，她們很快就會忘了她，但是誰知道在她們來得及遺忘之前，會發生什麼危險的事？如果她一拿到麵包立刻拔腿就跑，可以跑多久？可以跑多快？

然後她聽見了。動物發出的輕柔聲響，在聊天的聲音中幾不可聞。

她繞過石頭小屋，逮到了機會，就在小巷的另一頭。

一隻騾子站在陰影中，在一袋蘋果和一疊樹枝邊慵懶地嚼食著。

只要用力一拍，騾子就往前猛衝，她希望是因為驚嚇，而不是疼痛。騾子往前衝，將蘋果和木頭撞得一團亂。就這樣，廣場上的眾人霎時一片驚慌，陷入了短暫的騷動，騾子拉著一袋穀物大步逃跑，女人紛紛站起來，清脆笑語化成一聲聲不悅的短促吶喊。

艾德琳像一片雲朵般溜過烤爐，從爐口摸走了最近的一條麵包。她抓住麵包時，手指一陣刺痛，燙得她差點把麵包扔在地上，但是她太餓了，而且已經漸漸學到，疼痛持續不了多久。麵包是她的了，等騾子安靜下來、穀物擺好、蘋果撿完，女人紛紛回到烤爐邊的座位時，艾德琳早已經溜之大吉。

她在小鎮邊緣一座馬廄的陰影中，俯身大咬還沒完全烤熟的麵包。麵團在她嘴裡塌陷，厚重又甜膩，難以下嚥，但是她不在乎。這樣的飽足感已經夠了，磨平了飢腸轆轆的銳利痛楚。她的腦筋開始清楚起來，也感到胸口舒緩了一些，自從離開維永以來，她頭一次覺得自己像個人，雖然可能是個有缺陷的人。她一推馬廄牆壁，繼續往前走，跟著陽光的跡徑與蜿蜒的河流，朝勒芒走去。

我的名字叫艾德琳……她又開始唸道，然後停了下來。

她從來沒喜歡過這個名字，現在甚至說不出口。無論她怎麼稱呼自己，也都只會是在她自己的腦海中。她將艾德琳這個人留在維永了，留在那場她不願參加的婚禮前夕。但是「艾笛」不一樣，艾笛是艾絲特拉給她的禮物，簡短俐落的化名，適合騎馬經過市集的女孩，她拉長脖子眺望屋頂另一邊，喜歡塗畫、夢想更遠大的故事、更壯麗的世界，夢想充滿冒險的人生。

於是她繼續走，在腦中重新開始編織故事。

我的名字叫艾笛．拉胡。

紐約市

二〇一四年三月十一日

XV

沒有詹姆斯，公寓裡好安靜。

艾笛從不覺得他是個吵鬧的人，他迷人、雀躍，但是一點也不聒噪，然而現在她才明白，他在這裡佔據了多大的空間。

那天晚上，他放了一張唱片，邊在那座有著六個爐位的爐子上烤起司，他們站著吃，因為公寓是新的，當時他還沒買廚房椅。現在還是沒有廚房椅，詹姆斯人也不在，可能是去了片場，公寓在她四周開展，對一個人來說太安靜、太空曠了，高樓層和雙層玻璃阻絕了外界的聲音，窗外的曼哈頓看起來像一幅畫，寧靜又灰濛濛的。

艾笛放了一張又一張唱片，樂聲在公寓裡迴盪，感覺更加空虛。她試著看電視，但是新聞平板的節奏比任何事物都還要催眠，收音機尖細的聲音也沒好到哪裡去，感覺太遙遠了，一點也不真實。

外頭的天空是一成不變的灰，建築在薄薄的雨霧中模糊成一片。這種日子最適合升一堆柴火、泡一杯好茶，再讀幾本備受珍愛的好書。

詹姆斯有火爐，不過卻是燒瓦斯的，她去碗櫥裡找她最愛的茶包，在碗櫥深處找到茶盒，不過盒子空空如也，而且他書櫃裡全部都是歷史書，沒有小說，艾笛知道她一個人無法在這裡消磨一整天。

她再次穿好衣服，她自己的衣服，撫平床單，雖然在詹姆斯回來之前，一定會有清潔工先來過。

她瞥了一眼窗外陰沉的天氣，從衣櫥架上偷了一條吊牌都還沒拆的羊絨圍巾，接著步出公寓，門鎖在她身後叮咚響。

一開始，她不知道自己要去哪裡。

有些日子，她感覺自己像困在籠中的獅子，在有限的空間裡來回徘徊。她的雙腳好像有自己的意志，很快地就帶著她往市中心的方向走。

*我的名字叫艾笛．拉胡。*她邊走邊告訴自己。

三百年了，她心裡有一部分還是害怕忘記。當然，有些時候她會希望自己的記憶可以稍縱即逝，她願意付出一切來交換徹底的瘋狂，然後消失。失去自我，可能是比較仁慈的方式。

像彼得潘，詹姆斯．馬修．巴里筆下的彼得潘。

最後，彼得坐在岩石上，關於溫蒂．達林的記憶從他心頭消逝，當然，遺忘是一件很哀傷的事。

被人遺忘則是一件很孤單的事。

在其他人都不記得的時候成為唯一記得的那個人。

*我記得。*黑暗輕聲說，幾乎是仁慈，假裝他不是詛咒她的始作俑者。

也許是因為壞天氣，也許是因為心情鬱悶，艾笛不由自主地沿著中央公園東邊，走八十二號街來到大都會博物館的花崗岩殿堂。

艾笛一直都很喜歡博物館。

歷史的片段匯集於此，藝術品分門別類排列整齊，文物安放在台座上，又或者掛在牆上，下方還有白色的說明小卡。艾笛有時候覺得自己也像座博物館，只有她自己能參觀的博物館。

她越過有著石拱門和柱廊的大廳，漫步過希臘羅馬，經過大洋洲，她在這些展覽之間逗留過好幾百回，她沒停下腳步，一直來到了歐洲雕塑大廳，裡頭擺放著一座座雄偉的大理石雕像。

又經過了一個房間，找到了，它一直在這個地方。

就放在一面牆上的玻璃櫃裡，兩邊鑲著鐵，又或者是銀。就雕塑的標準來說，它並不大，大概是她手肘到指尖的長度。是木製底座上的五隻大理石鳥兒，每隻都振翅欲飛。吸引她目光的是第五隻：鳥喙微揚，翅膀的角度，那蓬鬆的羽毛曾經是以木材捕捉姿態，現在媒材換成石頭。

作品的名字叫《Revenir》。「回歸」的意思。

艾笛記得第一次看見這個作品的時候，感覺像擺在乾淨白色石塊上的小小奇蹟。創作的人叫艾洛·米雷，她不認識，也從沒遇過這號人物，但他卻有她故事的片段，她的過去。被人不經意拾起，化為可以記憶、有所價值的事物。美麗的事物。

她希望自己能碰到那隻石雕小鳥，可以用手指滑過它的翅膀，就像她一直以來習慣的那樣，雖然她知道那不是她失去的那隻，知道這隻並不是她父親那雙強壯的手雕出來的，而是陌生人的手筆。當然，鳥的確在那裡，它是真的，就某方面來說，是屬於她的。

一個好好守住的祕密。一筆留存下來的紀錄。這是她在世界上留下的第一個痕跡，早在她弄清楚是怎麼回事之前。她後來才知道：靈感比記憶更狂野，靈感渴望著在這世界上生根發芽，而且會想盡辦法開花結果。

XVI

法國，勒芒
一七一四年七月三十一日

勒芒就像在薩爾特河畔沉睡的巨人。

上次艾笛搭著父親的馬車千里迢迢來到這座高牆環繞的城市，已經是超過十年前的事了。現在她踏進城門，不禁心跳加速。這次沒有馬、沒有車，也沒有父親陪伴，但是午後斜陽中的城市仍然如同她記憶中一樣忙碌熱鬧。艾笛沒企圖要融入，就算有人注意到一個年輕女子穿著骯髒白裙而側目，他們嘴巴上也沒多說什麼。混在人群之中感覺輕鬆多了。

只是——她不知道該何去何從。她停在原地想了一下，耳邊聽見噠噠馬蹄聲，太忽然了，而且離她很近，等她反應過來時，差點被一輛馬車給輾過去。

「閃開！」車伕大喊，她猛地往後退，和一個抱著一籃梨子的女人撞個正著。籃子歪到一邊，三四個梨子滾落在石板路。

「走路看路。」女人齜牙咧嘴說，艾笛彎下腰，本想幫她撿起掉落的水果，但女人尖叫一聲，用腳踩她的手指頭。艾笛連忙退開，把雙手插回口袋裡，緊緊抓著小木鳥，一邊沿著蜿蜒的街道走向市中心。四面八方都是路，看起來卻如出一轍。

她以為這個地方感覺會比較熟悉，沒想到只是另一個陌生異鄉。來自久遠夢境的小片段。艾笛上一次來到這裡時，城市似乎是個奇景，壯觀又活力十足：人聲鼎沸的市場沐浴在陽光中，聲音在石牆與石板間迴盪，她父親寬闊的肩膀，擋住了城市陰暗的那面。

然而，現在她形單影隻，一種濃霧般的惡意鬼祟襲來，抹去了活潑開朗的魅力，只留下迷霧間露出的銳利稜角。一個版本的城市由另一個版本取代。

覆寫本。

她當時還不知道這個概念，但是五十年後，在一間巴黎沙龍裡，她會第一次聽見這個用法，新的墨跡覆蓋舊的，現在覆寫了過去，那時，她會想起勒芒的此時此刻。

一個她既熟悉又陌生的地方。

覺得這裡還會一如往昔，真是太蠢，明明一切都變了。她自己也變了，不僅從女孩長成了女人，還變成了如今這副模樣——幽靈與遊魂。

她用力吞嚥，直起身來，打定主意不露出緊張慌忙的模樣。

但是艾笛找不到她和父親曾經住過的那間客棧，就算她找到了，又打算怎麼做呢？她付不出錢，就算身上有盤纏，誰會把房間租給一個獨身女子？勒芒是座城市，但還沒大到房東會對這種事睜一隻眼閉一隻眼。

艾笛繼續穿越街道，插在裙襬中的手將木雕抓得更緊。市政廳旁邊有個市集，不過大家已經在收攤了，桌上空空如也，馬車紛紛離去，地板上散落著萵苣殘渣、幾顆馬鈴薯，她剛想去撿，就有幾雙比她更小、更靈活的手先摸走了。

廣場邊緣有一間酒館客棧。

她看著一個男人翻身下馬，將那匹花斑母馬的韁繩遞給管馬廄的幫手，已經轉頭看向打開的門後傳出的喧鬧聲。她看著馬廄幫手領著母馬一路走向一座寬闊的木屋穀倉，消失在較為昏暗的空間中。

但是吸引她視線的不是穀倉，而是那匹馬——仍然在馬背上的那袋東西。兩大袋沉重鼓脹的貨品，看起來似乎是穀糧。

艾笛橫越廣場，溜進男人和母馬後方的馬廄裡，步伐盡可能輕快無聲。馬廄屋頂的橫樑間灑落稀薄陽光，一切在微光中看起來很柔和，層層陰影中夾雜著幾個光亮之處，這是她會想好好拿筆畫下的地方。

十幾匹馬兒在各自的欄位中移動腳步，穀倉另一頭，馬廄幫手輕聲哼歌，取下母馬身上的鞍具，將馬鞍丟到木柵欄的另一邊，開始刷起馬毛，相比之下，他那一頭鳥窩亂髮到處打結分岔。

艾笛連忙彎下腰，躡手躡腳往穀倉最後方的圍柵前進，隔開每匹馬的木板上堆滿了包包和袋子。她的手飢渴地在各種繩帶間摸索，在搭扣和包蓋下方搜尋。她沒找到錢包，倒是摸到了一件厚重的騎馬外套、一袋酒、一把和她的手掌一樣長的剔骨刀。她將外套披在自己肩膀上，刀子放進一個深深的口袋裡，酒袋收進另一邊口袋，然後繼續像個無聲的幽靈般鬼祟前進。

等她看到那個空水桶時已經太遲了，她的鞋子敲出匡噹一聲刺耳的噪音。水桶倒在乾草中，發出一聲悶響，艾笛屏住氣，希望喀喀馬蹄聲淹沒了撞擊聲。但是馬廄幫手忽然不哼歌了。她蹲伏得更低，在最近的圍柵中的陰影裡縮成一團。五秒鐘過去了，接著又過了十秒鐘，他終於繼續哼歌，艾笛直起身，走向最後一格圍柵，一匹矮壯的挽馬在那裡休息，悠哉地嚼著穀物，旁邊擺著一個腰包。她的手指緩緩伸向搭釦。

「妳搞什麼鬼？」

那個聲音，太近了，就在她的身後。馬廄幫手不哼歌、也不幫那匹花斑母馬刷毛了，而是站在兩排柵欄的狹長走道上，手裡拿著一根短馬鞭。

「先生，抱歉。」她說，有點上氣不接下氣。「我在找我父親的馬，他想從包包裡拿東西。」

他瞪著她，眼睛眨也不眨，那頭深色亂髮幾乎遮蓋住了眼鼻。「是哪匹馬？」

她暗自希望自己有先好好觀察過馬匹和牠們載運的行李，但是她一秒鐘都不能猶豫，否則一定會穿幫，所以她立刻轉身面向那匹挽馬。「就是這匹。」

以謊言的標準來說，這有可能算得上一個很好圓的謊，但前提是她得先挑對馬。那男人的鬍子間扯開一抹陰鬱的微笑。

「嗄，」他說，用短鞭彈著手掌，「但是那匹馬正巧是**我的**呢。」

艾笛有一股頭暈目眩的詭異衝動，想放聲大笑。

「我可以再挑一次嗎？」她輕聲說，不動聲色地緩緩移向馬廄的門。

附近有隻母馬發出哀鳴。幾雙馬蹄在地上踩踏。馬鞭倏地從男人手中揮出，艾笛往旁衝向圍柵中間，馬廄幫手緊追不捨。

他動作很快，顯然是追逐馬匹追慣了練出的速度，但是她更輕巧，而且更加不顧一切。他的手掠過她偷來外套的衣領，但是沒逮到她，他沉重的步伐一個踉蹌，慢了下來，艾笛以為自己成功脫身了，這時，她才聽到馬廄牆上的鐘鈴發出一陣響亮清脆的叮咚聲，外頭隨之響起另一雙靴子的腳步聲。

第二個男人出現時，她就像飛掠走道的一道陰影，已經快跑到穀倉門口了。

「有馬逃跑嗎？」他大喊，還沒看見她，艾笛穿著偷來的外套，大了好幾號的長靴在乾草地上滑了一下。她跌跌撞撞往後退，正好撞進馬廄幫手張開的雙臂中。他的手指緊緊掐住她的肩膀，感覺像沉重的枷鎖，她扭動身體試圖掙脫，但他抓握的力道足以烙下瘀青。

「發現這傢伙在偷東西。」他說，臉上粗糙的鬍渣扎著她的臉龐。

「讓我走。」他緊緊圈住她時，艾笛哀求。

「這不是市場攤位。」第二個男人冷笑，從腰帶間抽出一把刀。「妳知道我們都怎麼處置小偷的嗎？」

「只是誤會。拜託。放我走。」

刀子像手指一樣搖了搖。「等妳賠償完之後才能走。」

「我沒錢賠你們。」

「沒關係。」第二個男人說，靠得更近。「小偷得拿皮肉來賠。」

她掙扎著想逃跑，但是抓住她手臂的那雙手像鐵一樣，那把刀放在她裙子的衣帶上，將它們像琴弦一樣一根根挑斷。她再度劇烈扭動身體，但已經不是想掙脫，而是企圖去拿藏在偷來外套口袋裡的那把剔骨刀。她的指頭兩度刷過木製刀柄，第三次才成功抓住刀子。

她把刀鋒往下狠狠插入第一個男人的大腿裡，感覺到刀子沉進他腿部的血肉中。他大聲痛喊，將她像蜂巢一樣丟開，猛地往前一推，直直撞上另一個男人手中的刀。

刀鋒咬噬她的身體，劇痛撕扯過肩膀，沿著鎖骨劃過，留下一連串的灼燙感。她腦袋一片空白，但是雙腿已經開始行動，帶著她穿過馬廄的門，往外頭的廣場跑去。她飛身撲向一個木桶後方，躲得不見人影，那兩個人跌跌撞撞跟著從穀倉裡跑出來，嘴裡一邊連珠砲地咒罵，他們的臉因為暴怒而扭曲，除了暴怒之外，還有更糟糕、更原始的情緒：飢渴。

接著，就在他們準備要踏出下一步之前，動作開始慢了下來。

就在他們準備要踏出下一步之前，事情好像變得沒那麼緊急了，他們的意圖和腦中的思緒一樣變得飄渺而難以捉摸。那兩個男子先是四下張望，又面面相覷。她刺中的那個站直了一點，褲子上的裂痕已經看不見，也沒有血跡透過布料滲出。她在他身上留下的痕跡已經完全抹滅。

他們互相推撞了一下，打趣了幾句，隨後走回穀倉，艾笛身體往前一軟，頭靠在木桶上。她的胸口陣陣疼痛，痛楚彷彿一條鮮明的線，沿著鎖骨蔓延，她的手按向傷口，拿開時指頭一片淋漓鮮紅。

她不能待在這裡，不能光是縮在木桶後方，於是強迫自己站起來，搖晃了一下，感覺快昏倒了，幸好不適的感覺很快就過去了，她還是穩穩地站著。艾笛往前走，一隻手壓著肩膀，另一隻手緊緊握住偷來外套裡的那把刀。她不知道自己是什麼時候決定離開勒芒的，但很快的，她就邁開腳步穿越中庭，離開馬廄，走過蜿蜒巷弄，經過妓院和酒館，經過摩肩接踵的人群和放肆的笑聲，一步一步，慢慢放棄這座城市。

她肩膀的傷勢從炙熱的灼痛轉成了陣陣鈍痛，很快地就什麼也感覺不到了。她的手指拂過傷口，傷口早已癒合，裙襬上的血跡也不見了，像她寫在父親羊皮紙上的文字一樣被吞沒，也像她在河岸淤泥中勾勒的線條一樣淡去。唯一的痕跡是她皮膚上乾掉的那層鮮血，以及掌心上的那道紅棕色的污跡。艾笛不禁還是為了這古怪的魔力驚嘆了一會，某方面來說，這是黑影信守了諾言的證據。沒錯，這種方式很病態，竟然將她的願望扭曲得如此反常變質。但至少還是實現了她的願望。

想活下去的願望。

她的喉嚨中發出一個小小的、瘋狂的笑聲，覺得鬆了口氣的同時，也感到害怕。害怕那不容忽略的飢餓感，而且她才剛開始體驗到冰山一角。害怕她雙腳的疼痛，雖然看不見任何割傷和瘀青。害怕她肩膀傷口癒合之前的劇痛。也許黑影給予了她自由，可以逃過死亡，但有些事還是在劫難逃。她逃不過痛苦。

還要很多很多年後，她才會真正體認到痛苦的真諦。但是在這個當下，她走進越來越濃的暮色中時，還是因為自己活著而如釋重負。

走到城市的邊緣時，她心中閃現一抹寬慰之情。

這是艾德琳有生以來到過最遠的地方。

勒芒在她背後注視著她，高聳的石牆變成了前方稀疏的城鎮，每一簇聚落都像一叢樹，稀疏的城鎮再過去，是遼闊的原野，然後再過去，她就不知道有什麼了。

艾笛還小的時候，會在維永周圍起伏的山坡上狂奔，一路奮不顧身衝向坡頂，那是土地在腳下墜落、不再往前延伸之處，她的身體往前傾，希望自己跟著墜落。

只要輕輕推一下就好，其餘的就交給她身體的重量。

現在，她腳下沒有險坡，她卻仍然感覺得到重心的傾斜。

這時，艾絲特拉的聲音在黑暗中迴盪。

*要怎麼樣才能走到世界盡頭？*她曾經這麼問過。艾笛當時不知道該怎麼回答，老婦人只露出她那皺巴巴的微笑，回答道：

一步一腳印地走。

艾笛目前不打算要去世界盡頭，但是她總得有個目的地才行，在那個瞬間，她決定了。

她要去巴黎。

除了勒芒之外，她唯一知道的城市只有巴黎，一個時常躍然陌生人唇上的名字，也出現在她父親說的每個故事裡，那是屬於神祇和國王的地方，富裕又輝煌，滿載著承諾。

如果父親看得到現在的她，他會說，*故事就是這麼開始的。*

艾笛踏出第一步，感覺到地面消失，也感覺到自己往前傾斜，但是這一次，她沒有墜落。

XVII

紐約市
二〇一四年三月十二日

這是個比較美好的日子。

太陽露臉，天氣也不算太冷，紐約這座城市有好多值得喜愛之處。食物、藝術、源源不絕的文化能量——雖然艾笛最愛的，是它的規模。城鎮和鄉村很輕鬆就能征服。在維永待一星期，就足以走遍每條道路，認識每一張臉。然而在巴黎、倫敦、芝加哥、紐約這些城市，她不必刻意放慢速度，也不必特別細嚼慢嚥，生怕太快就厭倦。她可以隨心所欲地狼吞虎嚥這座城市，日日夜夜不間斷的享用，不用害怕會將這裡吃乾抹淨。

這就是那種要待好幾年才能好好玩遍的城市，儘管如此，她卻好像總是能找到另一條巷子、另一道階梯、另一扇門。

也許這就是為什麼她之前沒注意到。

從人行道邊出發，步下一道短短的階梯，街邊有一座半是隱身在其他商家間的小店。棚子顯然曾經是紫色的，但早已消褪成灰色，雖然用白色字母拼成的店名還是隱約可辨。

最後之言。

從名字猜測，應該是二手書店，而且看得見窗戶後方塞滿了堆疊的書脊。艾笛的脈搏加速了一點。她原本還很確定自己全都找齊了。但這就是紐約的迷人之處。艾笛已經在五個行政區中遊蕩過不少地方，但城市裡還是藏著好多祕密、好多隱密的角落——地下室酒吧、違法賣酒的小館、僅限會員進入的俱樂部——以及其他比較光明正大的店面。就像電影中的彩蛋，要等看第二次或第三次才會發現。然而同時也不像彩蛋，因為不管她重複走過街區多少次，不管她花了幾個小時、幾天或幾年的時間想熟悉紐約的輪廓，只要她一轉過身，城市風景又在她身後開始蠢蠢欲動、重新排列組合。建築豎立又傾圮，商店開業又倒閉，人們來來去去，就這樣不斷地洗牌，一次又一次。

可想而知，她走進了店裡。

一陣微弱鈴聲宣告她的到來，那個聲音很快就被各種狀態不一的書所組成的書海給淹沒。有些書店井井有條，比起商店，還比較像是畫廊。有些書店窗明几淨，只陳列未經染指的新書。

這間店是書堆和書架組成的迷宮，每排書至少都有兩三層，皮革貼著紙張貼著木板。她最愛的那種店，輕易就能在裡頭渾然忘我的店。

門邊有個收銀台，不過沒人顧，她不受打擾地在走道之間徘徊，緩緩走過一排排保養良好的書架。店裡沒什麼顧客，只有一個有些年紀的白人男子，他正在一排驚悚小說前挑選；一個長得很美的黑人女孩，盤腿坐在走道盡頭的皮椅上，指間和耳朵都有銀飾閃爍，一本大部頭藝術書攤開放在膝頭。

艾笛經過一塊寫著「詩集」的標示牌，黑暗貼著她肌膚窸窣低語。牙齒像劃過赤裸肩膀的兜風。

來跟我住，成為我的愛人。

反反覆覆了這麼多次，艾笛的自制已經逐漸磨平。

你不知道愛是什麼。

她沒慢下腳步，不過拐了個彎，手指在「神學」那排書上逗留。她讀過《聖經》、《奧義書》、《可蘭經》，在約莫一個世紀前有過一次信仰上的轉變。她也經過了莎士比亞，他自成一個宗教。

她在「回憶錄」區停下腳步，讀著書脊上的書名，好多「我」和「我的」，都屬於擁有自己生命的人。真是奢侈，可以說出自己的故事。可以供人閱讀，被人記憶。

有東西撞到艾笛的手肘，她低頭看見一雙琥珀色的眼睛越過她的衣袖窺探著，眼睛周圍是一圈蓬鬆的橘毛。那隻貓看起來跟她手中的書一樣老。牠張開嘴，發出某個介於呵欠和喵嗚的叫聲，有點空洞，像是一聲口哨。

「哈囉。」她搔搔貓咪雙耳之間，牠發出開心的呼嚕聲。

「哇。」她背後有個男人的聲音說。「書咪通常不太理人的。」

艾笛轉過身，準備要對貓的名字發表一些意見，不過她看見對方的時候，忽然忘了自己剛才要說什麼，因為在那瞬間，只有一瞬間，在她還沒有完全看清他的臉時，她很確定那是——

但不是他。

當然不可能是。

那個男孩有著一頭黑髮，但蜷曲的髮絲一綹綹垂在臉蛋邊，他戴著粗框眼鏡，鏡片後方的眼睛接近灰色而不是綠色。那雙眼睛有某種脆弱的特質，比像像玻璃而不是石頭，他說話時，聲音輕柔溫暖，絕對是人類的聲音。「需要幫妳找什麼嗎？」

艾笛搖搖頭。「不用。」她說，清清喉嚨。「到處看看而已。」

「好喔，」他微微一笑，「那讓妳繼續看。」

她目送他離去，黑色鬈髮消失在一堆書名之間，之後才垂下視線，重新看向那隻貓。

但是貓也不見了。

艾笛回到回憶錄那排書架開始瀏覽，注意力在「藝術史」和「世界史」中間徘徊，一邊等著那個男孩再次現身，等著周而復始的相遇，想知道這一次自己會說什麼。她可以請他幫忙的，可以跟著他在書架間穿梭，可是他一直沒回來。

店門口的鈴鐺又叮咚響了一次，宣布有新客人進門，艾笛走到了古典文學區。《貝奧武夫》。《安蒂岡妮》。《奧德賽》。光是《奧德賽》就有十幾種版本，她抽出一本，耳邊聽見一陣忽如其來的笑聲，高亢輕快，她從書架的縫隙間看見有個金髮女孩靠在櫃台邊。男孩站在櫃台另一邊，眼鏡掛在衣領邊緣。

他低著頭，黑色睫毛刷過臉頰。

他甚至沒在看那個女孩，她正踮起腳尖，想更靠近他一些。她伸出一隻手，若有似無掠過他的衣袖，就像艾笛掠過書架那樣，他露出靦腆害羞的微笑，而他與黑暗的最後一絲相似之處也旋即消失無蹤。

艾笛趁他無暇分神，把書夾在腋下，朝著店門口走去。

「喂！」一個聲音呼喚——他的聲音，但是她繼續爬上階梯，準備回到街上。再過一下他就會忘記了。再過一下，他的思緒就會模糊斷線，而他會——

一隻手按在她肩頭。

「書拿了就要付錢。」

她轉身，是書店裡的那個男孩，有點喘不過氣，而且非常惱怒。她的眼睛越過他看向階梯，看向那扇打開的門。門剛剛一定沒關好。他一定是緊跟在她身後出來的。但還是很奇怪。他竟然跟著她來到了街上。

「怎麼樣？」他質問，手從她肩頭拿開，兩隻手往前張開。當然，她可以拔腿就跑，但是不值得。她看了看書背的標價。不貴，但是她身上沒那麼多錢。

「抱歉。」她說，把書遞回去。

他見狀皺起眉頭，那道皺紋對他的臉龐來說太深了。那種線條是經年累月才刻蝕得出來的，他的年紀不可能超過三十。他低頭看著書，揚起眼睛後方的一邊黑色眉毛。

「整家店都是古董書，妳偏偏挑了一本破爛的《奧德賽》平裝版？妳應該知道這賣不了多少錢吧？」

艾笛與他四目交接。「誰說我要轉賣了？」

這點她倒是沒注意到。雖然也不重要。她一開始是用拉丁文讀這些經典的，但往後十幾年，她逐漸學會了希臘文。

「我真蠢，」她乾乾地說，「我應該偷英文版的。」

他幾乎——**幾乎**——露出了微笑，不過最後露出的是困惑而歪扭的表情。他搖了搖頭。「妳就拿去吧。」他說，又將書遞回去給她。「我想店裡少了這本也沒差。」

她抵抗著想把書推回去的衝動。

這太像施捨了。

「亨利！」那個漂亮的黑人女孩從門口喊道。「我要打電話報警嗎？」

「不用。」他喊回去，但仍然注視著艾笛。「沒關係。」他瞇起眼睛，彷彿是在打量她。「無心之過。」

她瞪著這個男孩，這個叫**亨利**的傢伙。接著她伸出手接過書抱在懷裡，看著那名書店店員的身影又消失在書店內。

第二部

夜最深的時候

作品名稱：被遺忘的一晚

藝 術 家：莎曼珊．班寧

日　　期：二〇一四年

媒　　材：木框畫布、壓克力顏料

地　　點：外借自紐約莉賽普萊斯畫廊

描　　述：單色大型畫作，顏料層層堆疊出深淺不一的黑灰地景。其上的七個小白點看起來格外鮮明。

背景簡介：此畫作據知沒有其他相關作品，是「我仰望你」此未完待續系列的首作。班寧想像家人、朋友和愛侶如何形似不斷排列組合的星空。

預估價值：$11,500美元

紐約市

二〇一四年三月十二日

I

亨利・史托斯回到店裡。

碧雅又佔據了那張破爛皮革椅，一本泛著光澤的藝術書攤在膝頭。「你跑去哪了？」

他回頭張望打開的門，皺起眉頭。「沒去哪啊。」

她聳聳肩，翻了幾頁，那是本新古典藝術指南，看來她根本不打算買。

這裡可不是圖書館啊。亨利嘆了口氣，回到收銀台邊。

「不好意思。」他對櫃台邊的女孩說。「剛剛說到哪了？」

她咬著嘴唇。她的名字叫艾蜜莉，亨利想。「我正想問你要不要一起去喝一杯。」

他發出有點緊張的哈哈大笑——開始覺得自己永遠改不掉這個壞習慣了。她長得很漂亮，真的很漂亮，但是她眼裡泛著令人困擾的光芒，霧濛濛的熟悉眼神，因此當他推託說今晚已經有其他計畫的時候，很慶幸自己不是在說謊。

「改天囉。」她微笑說道。

「改天囉。」他順著女孩的話附和，她拿起書走了。門都還沒關緊，碧雅就清清喉嚨。

「怎樣？」他頭也不回地問。

「你幹嘛不要她的電話？」

「我們已經有計畫了。」他說，點點櫃台上的票。

他聽見她從椅子上站起時皮革拉扯的柔軟嘎吱聲。「你知道嗎，」她說，一隻手攬住他的肩頭，「所謂的『計畫』，很棒的一點就是可以改期。」

他轉身，舉起兩隻手放在她的腰上，他們倆現在看起來就像在學校舞會跳舞的小孩，圈著對方的臂膀像張網子，也像鎖鏈。

「碧雅翠絲．海倫。」他責備道。

「亨利．山謬。」

他們站在書店中間，兩個二十幾歲的人像少男少女一般擁抱。也許很久以前，碧雅會往他身上依偎得更用力一點，發表某些關於找個（新）對象，以及值得（再度）找到幸福的言論。但是他們說好了：她不准提塔比莎，而亨利也不准提那個教授。每個人都有敗亡的死敵，身上也都有奮戰後留下的傷疤。

「不好意思。」一個比較年長的男人說，聽起來是真的很不好意思打斷了他們。

他舉起一本書，亨利微微一笑，離開了擁抱，鑽回櫃台後幫他結帳。碧雅一隻手滑過桌面，拿起那兩張票，說會跟他約在表演現場見，亨利點點頭送走她，那個老先生買完書後也走了，那天下午接下來的時光，就在幾個討人喜歡的陌生人來來去去之間度過。

五點五十五分的時候，他將招牌翻到另一面，開始準備關店。他不是「最後之言」真正的老闆，但也差不多算是了。他上次看到真正的店主梅瑞迪絲已經是好幾個星期前的事了，她正在把握黃金年華環遊世界，花的是她已故丈夫的壽險理賠金。這個年歲已入秋的女子，正在縱情享受人生第二春。

亨利拾起一把飼料，放進櫃台後的小紅碟裡給那隻叫「書咪」的老店貓，過了一會，一個賊頭賊腦的橘色腦袋從詩集區的輕薄小冊後方探出。那隻貓喜歡爬到一疊書後方躲起來，睡上好幾天，只有看到偶爾見底的碟子，以及聽到顧客在書架後方瞥見一雙眨也不眨的黃眼時發出的驚呼，才能感覺到他的存在。

除了亨利之外，就屬書咪在這店裡待得最久。

過去五年來他都在這裡工作，當他還是個神學研究生時就開始來兼差。一開始只是打零工，用來補貼唸書的開銷，他後來離開了學校，卻沒離開這家書店。亨利知道他大概應該另謀高就，因為書店給的薪水有夠寒酸，而他可是受過二十一年昂貴的正式教育，當然了，還有他哥哥大衛的強烈建議，跟他們父親一模一樣的口氣，冷靜地問他這份工作是個什麼樣的**跳板**？以及他對人生有何規劃？但是亨利不知道他該做些什麼別的事，也老是狠不下心一走了之，這是他目前唯一還沒搞砸的一件事。

而且老實說，亨利很愛這家店。他愛書的香味、擺在架上穩穩的重量、老書的安定存在、還有新書的來臨，也愛在紐約這樣的城市，總是會有讀者上門光顧。

碧雅堅稱每個在書店工作的人一定都想當作家，但亨利從未想像過自己是小說家。當然，他試過要提筆寫字，但是從沒寫出什麼成果。他找不到字詞、找不到故事、找不到聲音。他不知道自己對這麼多的書架還能有什麼貢獻。

比起說故事的人，亨利寧願當守護故事的人。

他關了燈，抓起票和外套，出發前往羅比的表演。

亨利沒時間換衣服。

表演七點開始，「最後之言」六點打烊，而且反正他也不知道要去觀賞一齣以包厘街的仙子為主題的外外百老匯音樂劇，什麼樣的穿著打扮才是合適的，所以他仍舊穿著那身黑牛仔褲配破爛毛衣。碧雅說這種風格就叫圖書館潮男，雖然他根本不是在圖書館工作，書店不是圖書館，這個觀念她老是無法理解。相比之下，碧雅簡直時尚得令人心痛，這是她一貫的風格。她穿著一件白色西裝外套，袖子捲到手肘，手指上戴著數枚銀色細戒，耳際也同樣有銀飾閃爍，粗辮在頭上盤成一圈，看起來像冠冕一樣。他們排隊進場時，亨利納悶是不是真的有些人天生有型，又或者只是他們比較有紀律，每天都會認真把自己打理成某個樣子。

他們緩緩往前移動，在入口處出示票券。

音樂劇是舞台劇與現代舞的古怪綜合體，只有紐約這種地方才看得到。據羅比所說，音樂劇的靈感來源大概是仲夏夜之夢，如果有人將莎士比亞的抑揚頓挫打磨平滑，又將飽和度調得更高。

碧雅揍了他的肋骨一下。

「你有沒有注意到她看你的模樣？」

他眨眨眼。「什麼？妳說誰？」

碧雅翻翻白眼。「你這傢伙真的沒救了。」

大廳裡很熱鬧，他們在人群間穿梭時，有個人抓住亨利的手臂。一名穿著邋遢波西米亞連身裙的女孩，雙頰和太陽穴上都有綠色彩繪，看起來像茂密的抽象藤蔓，透露了她是舞台劇的演員之一。過去幾個星期，他在羅比的皮膚上看過好多次相同圖案的痕跡。

她舉起一隻筆刷和一碗金漆。「你樸實無華。」她正經八百地說，在他來得及阻止之前，她已經在他臉頰上畫了一抹金粉，筆刷的觸感像羽毛一樣輕盈。靠得這麼近，他看得見女孩眼中隱約閃爍的光芒。

亨利昂起下巴。

「看起來如何？」他問，學著模特兒噘起嘴脣，雖然他只是在開玩笑，女孩臉上仍然對他露出誠懇的微笑，回答道：「很完美。」

那個形容讓他渾身一陣顫慄，他身在別處，一隻手在黑暗中握住他的手，一根拇指刷過他的臉頰。他甩開這個念頭。

碧雅也讓女孩在她臉上沿著鼻樑畫了一道金色條紋，還在下巴上按了一個金色點點，此外整整調情了三十秒，然後大廳裡才有鐘聲響起，那個藝術家小仙子消失在人群中，而他們兩人繼續往劇院門口前進。

亨利勾住碧雅的手臂。「妳應該不覺得我完美吧？」

她悶哼了一聲。「老天，才不。」

他聞言還是笑了，這時，另一個皮膚黝黑、臉頰上有玫瑰金彩繪的演員給他們一人一根樹枝，上面的葉子青翠得不像真的。他的眼神在亨利身上逗留：和藹、悲傷、晶亮。

亨利和碧雅把票出示給接待員看，那是個老婦人，滿頭花白，身高幾乎不滿一百五十公分，她幫他們帶位時，還得扶住亨利的手臂才能站穩腳步，等他們來到正確的那排後，她一邊咕噥著：「真是個好小子。」一邊沿著走道蹣跚離去。

亨利看了看票券上的號碼，一邊側身往座位移動，在那排正中間的三人連號座。亨利低身坐下，一邊是碧雅，一邊是空位。那是塔比莎的位子，當然了，幾個月前他們是一起買票的，當時他們還在一起，什麼事都是雙人同樂，不是一人獨享。

亨利胸口一陣鈍鈍的疼痛，開始希望自己把那十幾塊錢拿來買酒喝。

燈光暗下來，舞台簾幕升起，露出後方的霓虹王國和以噴漆裝飾的鋼鐵，羅比就在布景正中央，氣定神閒盤據在一個王座上，一副妖精國王的扮相。

他的頭髮往上梳成高聳的波浪，紫色與金色的油彩勾勒出臉龐的輪廓，看起來光彩奪目，卻又詭譎怪誕。他微笑時，隨隨便便就勾起亨利墜入愛河的回憶，當時他們才十九歲，是一團糾纏的慾望、孤單和遙遠的夢想。羅比說話時，嗓音鏗鏘清晰，在整座劇院中迴盪。

「這，」他說，「是神的故事。」

舞台上出現眾多樂手，樂聲隨之響起，有個短暫片刻，一切輕鬆容易。有個短暫片刻，世界褪去，周圍的一切都安靜下來，而亨利感覺自己彷彿消失了。

音樂劇快結束時，會有一幕深深烙印在亨利的腦海幽深處，就像曝光的底片一般。

包厘街之王羅比從王座上站起，雨點落在橫越了舞台的一張布幕上，幾秒鐘之前，台上還滿滿的都是人，現在卻只有羅比一個。他伸出一隻手拂過雨幕，雨幕便在他的手指、手腕和手臂下往旁分開，他一吋一吋往前移動，直到全身都沒入波浪中。

他的頭往後仰，雨水一點點洗淨他皮膚上的金漆和亮粉，將他完美的鬈髮淋濕，平貼在頭顱上，所有魔法的痕跡都洗刷殆盡，將他從慵懶自大的王族變成一個凡人男孩，脆弱而孤獨。

燈暗了下來，有很長一段時間，表演廳裡唯一的聲響就是雨聲，從綿密的滂沱雨幕變成有節奏的大雨，之後就只剩下毛毛雨的輕柔滴答聲。

最終完全靜寂無聲。

燈亮了，全體演員登台謝幕，大家紛紛鼓掌。

碧雅大聲叫好，看向亨利，臉上開心的表情消失無蹤。「怎麼了？」她問。「你看起來好像快昏倒了。」

他吞了口口水，搖搖頭。

他的手隱隱作痛，他低頭查看時，發現無意間將指甲掐進手心的那道疤，劃出一條新鮮的血痕。

「亨利？」

「我沒事。」他說，用手在絲絨座椅上抹了幾下。「沒事，沒什麼。」

他站起來，跟著碧雅走出去。

觀眾開始散場，最後剩下的就只有等著演員重新現身的親朋好友。亨利感覺到其他人的目光，注意力像水流一樣匯集。不管他往哪裡看，都可以看到友善的面孔、溫暖的微笑，有時候，還不只這樣。

終於，羅比蹦蹦跳跳來到大廳裡，雙臂大張，一把摟住他們兩人。

「我可愛的粉絲！」他說，用戲劇家那種迴腸盪氣的高亢音調說。

亨利哼了一聲，碧雅遞給他一支巧克力玫瑰，這是他們幾個好友之間歷史悠久的笑話了，羅比曾經哀嘆過必須在巧克力和花束之間取捨，碧雅指出情人節的時候的確是這樣，不過表演的時候，花束是很常見的贈禮，羅比說他不來這套，況且，要是他肚子餓了該怎麼辦？

「你超棒。」亨利說，這是真心話。羅比很棒——他一直都很棒。必須舞、歌、演三項全能才能在紐約找到一份工作。目前他距離百老匯還有幾條街遠，但亨利確信他最後一定會心想事成。

他伸出一隻手梳過羅比的頭髮。

他的頭髮乾的時候是焦糖色，介於紅棕之間的色調，隨著光線角度而改變。現在還因為那最後一幕而濕漉漉的，有一瞬間，羅比靠向他的碰觸，頭的重量傾向亨利的手。他的胸口一緊，必須提醒自己的心這不是真的，再也不是了。

亨利拍拍他朋友的背，羅比挺起背脊，彷彿又活了過來，煥然一新。他像拿指揮棒一樣揮舞著那朵玫瑰，宣布：「開趴去！」

亨利原本以為只有演完最後一場後才會有落幕後的派對，好讓演員互相道別，不過他已經學到，對混劇場的人來說，每場演出都是慶祝的好理由。用來和緩高昂的情緒，又或者對羅比這群人來說，是可以繼續保持演出時的興奮。

已經快午夜了，他們全擠在蘇活區一間位於三樓的無電梯公寓，燈光昏暗，無線喇叭轟隆播放著某人的歌單。劇組在公寓中心移動，像動脈一樣，他們臉上的彩繪還沒洗掉，但已經換下了戲服，卡在台上角色與台下自己中間的某處。

亨利喝了一杯有點溫的啤酒，大拇指摩擦過手心的疤痕，這很快就變成了一種習慣。

原本碧雅還陪在他身邊。

碧雅喜歡晚餐派對勝過閉幕派對，偏愛擺好的杯盤和對話，而不是塑膠杯，以及在立體聲音響的噪音中拉開嗓門大喊。她是和亨利同病相憐的可憐蟲，和他一起窩在角落哀嚎，一邊細細觀察著公寓裡的眾演員，彷彿他們出自她在看的其中一本藝術史書籍。後來，另一個包厘街仙子把她給拐走了，亨利在她們身後大喊叛徒，雖然看見碧雅又能開心起來，他其實也覺得欣慰。

與此同時，羅比在房間中央跳舞，他無論何時都是派對的焦點。

他對亨利比手畫腳，示意要他加入，但是亨利搖搖頭，忽略他的引力，那種輕易就被重力拉近的感覺，那雙等在墜落盡頭的臂膀。在他狀況最糟的時候，他們根本是絕配，兩人之間的不同，也就只有引力方向的不同。羅比老是可以飛得輕巧，亨利則是重重跌落。

「喂，型男。」

亨利轉頭，注意力離開啤酒，看見音樂劇的主角之一：塗著銹紅色口紅、戴著白色百合花冠的美麗女孩，她臉上的金粉刻意用模板彩繪成塗鴉的樣子。她凝望著他的模樣充滿不加掩飾的渴望，他應該要感覺自己被需要才對，應該要感覺到除了哀傷、寂寞和失落之外的情緒。

「陪我喝一杯。」

她遞出一個小托盤，藍眼閃閃發光，盤子上有兩杯一口酒，杯底看起來有什麼白色的細碎東西正在溶解。亨利想起所有那些拿了妖精食物飲料的警世寓言，但手已經伸向了酒杯。他張口喝下，一開始只嚐到甜味，龍舌蘭微微的灼燙感，接著，世界的邊緣朦朧了一些。

他想感覺更輕盈、更明亮，但是房間卻暗了下來，他只感覺到風雨欲來。

第一次暴風雨襲來時，他十二歲。他完全沒料到。

那天的天空湛藍無比，下一秒卻忽然烏雲密布，很快地就狂風大作，大雨傾盆。

還要好多年後，亨利才學會把這些黑暗的時刻看成是暴風雨，相信它們總會有平息的一天，只要他撐得夠久，就能雲開見日。

當然，他爸媽是好意，但是他們老愛叫他「開心點」，或「事情會好轉的」，又或者更糟：「沒那麼嚴重」，倘若你這輩子沒碰過下雨天，說風涼話當然很簡單。亨利的大哥大衛是醫生，但是連他也不懂。他妹妹穆莉兒說她懂，表示所有藝術家都有各自的風暴必須度過，接著從包包裡裝薄荷糖的罐子裡拿了一顆藥丸給他。她稱那些藥丸是她的「粉紅小雨傘」，順著他的暴風雨譬喻開玩笑，彷彿那是他靈光乍現的機智說法，而不是亨利讓他們明白他在腦中所經歷一切的唯一辦法。

只是風暴而已，他又一次這麼想，一邊離開現場，找藉口說想去透透氣。派對中太溫暖了，他想到外面去，到屋頂上，想抬頭看見其實沒有什麼壞天氣，只有星星，當然了，在蘇活區是不可能看見星空的。

他在走廊上已經走到一半了，但忽然想到剛才的音樂劇，想到羅比在雨中的樣子，打了個寒顫，決定往樓下走而不是繼續朝屋頂前進，他決定回家。

他都已經快走到門口了，卻有人抓住他的手。那個皮膚上有常春藤的女孩。就是她在他肌膚上塗抹金色油彩。

「是你啊。」她說。

「是妳啊。」他回道。

她伸出手，抹去亨利臉頰上一小點金粉，那短暫的肌膚之親像被靜電電到，兩人相觸的地方像有能量迸現。

「別走。」她說，他仍然在想接下來該說什麼，女孩就一把先將他拉近，他吻了她，很迅速的一吻，像在尋找什麼，聽見她驚呼時，亨利便往後退開。

「對不起。」他說，不假思索的幾個字，就像「請」、「謝謝」、「我沒事」。

不過她卻往上伸出手抓住他的鬈髮。

「有什麼好對不起的？」她問，引導著他的嘴回到她脣邊。

「妳確定嗎？」他喃喃說，雖然他知道她會說什麼，因為他已經看見她眼中的亮光，看見掠過她視野的蒼白霧氣。「這是妳想要的嗎？」

他想要真相，但是對他而言並無真相，再也沒有了，女孩只是笑笑，拉著他靠向最近的一扇門。

「對，」她說，「這就是我想要的。」

然後他們來到了其中一間臥室，門喀的一聲關上，將派對的噪音都隔絕在門外，她的嘴覆蓋在亨利的嘴上，他在黑暗中看不見她的眼睛了，所以可以輕鬆地相信這是真的。

於是，亨利得以消失片刻。

II

紐約市
二〇一四年三月十二日

艾笛往市郊走去，就著街燈讀《奧德賽》。她已經很久沒用希臘文看任何東西了，但是史詩的韻律牽引著她，讓她再度跟上那古老語言的腳步，等巴士特映入眼簾時，她已經差不多迷失在海上船隻的意象之中，期待要來杯紅酒，泡個熱水澡。

卻兩者都不可得。

她要不是時機抓得非常好，要不就是非常差，端看你怎麼看，因為當艾笛一拐過轉角，來到五十六街，一輛黑色小轎車剛好停在巴士特前，詹姆斯．聖克萊爾踏上人行道。他拍完片回來了，曬得一身古銅色，看起來很開心，雖然已經入夜了，他還是戴著太陽眼鏡。艾笛慢下腳步，接著完全停下，在對街看著門房幫他拿出行李，把包包都拿進公寓裡。

「該死。」她喃喃抱怨，美好的一晚淪為泡影。沒有泡泡浴，也沒有梅洛葡萄酒了。

她嘆口氣，退回十字路口，想決定該何去何從。

左邊的中央公園像城市中央一塊深綠色的布。

右邊是曼哈頓的蜿蜒天際線，從中城到金融區，一個街區又一個街區的擁擠建築。

她往右邊走，朝著東村前進。

艾笛的胃開始咕嚕叫，在第二大道時，她瞥見了她的晚餐。一個騎腳踏車的小夥子在人行道下了車，從後座的拉鍊袋中拿出有人訂的餐點，拿著塑膠袋用小跑步跑向建築。艾笛緩緩晃到腳踏車邊，手探進袋中。從餐盒的形狀大小判斷，她猜應該是中式餐點，紙盒摺好，再用細細的金屬提把固定。她抽出一盒和一雙免洗筷，門邊的那個人都還沒付錢，她就已經悄悄溜走。

她曾經會因為偷竊而感到罪惡。

但罪惡和很多其他東西一樣都隨著時間消褪了，即使她餓不死，飢餓的感覺還是像快死了一樣難受。

艾笛一邊走向C大道，一邊撈起乾拌麵往嘴裡送，她任由雙腿帶著她穿越東村，來到一棟有著綠門的紅磚建築前，順手把空紙盒丟進角落的垃圾桶裡，走到門口時，剛好有個男人走出來。她對他微笑，他也報以微笑，幫她擋住門。

她沿著狹窄的階梯爬了四層樓，最上方是一扇不鏽鋼門，她伸手在生鏽的門框邊摸索著，找到那把銀色小鑰匙，這是她去年秋天時發現的，那時她和一個愛人在階梯上四肢交纏，跌跌撞撞地回家。珊的嘴唇貼向她的下巴，沾滿油彩的手指滑下她牛仔褲的腰帶。

對珊來說，這是少有的衝動時刻。

對艾笛來說，這場戀情已經邁入第二個月。

絕對是一段熱情洋溢的戀情，但純粹因為時間是她無法擁有的奢侈品。當然，她夢想要有睡眼惺忪的早晨，一起喝咖啡，腿放在另一個人的臀上，說著屬於他們兩個人的笑話，隨興說笑，但這些溫馨時刻是必須互相熟識才能擁有的。無法慢慢累積，沒有壓抑的渴望，也不會有經年累月累積下來的親密感。並不屬於她們。她渴望要有那樣的早晨，但願意為了度過黑夜而屈就，如果她不能擁有愛，那好吧，至少不要孤單。

她的手指握住鑰匙，把它拖出藏匿點時，金屬發出輕微刮擦聲。她試了三次才打開那個古老生鏽的鎖，就像第一晚時一樣，不過門終究敞開了，她穿過門，踏上建築的屋頂。一陣微風颳來，她把手塞進皮夾克的口袋裡，一邊穿越屋頂。

這裡很空，只有三張涼椅，每張椅子都有些缺陷：座位變形、靠背以不同的角度傾斜、一邊扶手斷了，歪掛在一邊。

附近有一個髒兮兮的冰桶，曬衣繩中間懸掛著一串小燈泡，將屋頂空間轉變為飽受風吹雨淋的綠洲。

這上面很安靜——不是**死寂**，她在城市裡還沒找到過死寂這種東西，她覺得「死寂」已經在舊世界的雜草叢中消失無蹤了，此處的安靜是曼哈頓這一帶最接近死寂的事物。然而，這不是詹姆斯的公寓中壓得她窒息的安靜，不是人置身太大的空間中由內而外所感受到的靜默。這是某種活生生的安靜，充滿了遙遠的吶喊、汽車喇叭和收音機低音混雜成的環境雜音。

屋頂四周圍繞著一座低矮的磚牆，艾笛往前倚著牆，手肘放在矮牆上，探出身體眺望，直到建築從視野裡消失，而她只能看見曼哈頓的燈光，在遼闊無星的夜空下描繪出各種圖案。

艾笛很想念星星。

一九六五年時，她遇見過一個男孩，他開了一個小時的車載她離開洛杉磯，只為了看星星。當時他把車停在路邊，舉起手指著天空，滿臉驕傲。而艾笛拉長脖子，看著那寒酸的夜空，稀疏的光點，感覺到心裡有什麼東西重重下沉。濃厚的哀傷，像是失落感。一世紀以來第一次，她開始想念維永。開始想回家。那個地方星光燦爛，銀河是由黑暗襯托出的一條銀紫色溪澗。

她現在抬頭仰望，越過城裡的屋頂，納悶這麼多年後，黑暗是否仍舊注視著她。儘管已經過了這麼久。儘管他告訴過艾笛自己才不會花心思關注每條生命，指出這個世界很大，其中有許許多多靈魂，他還有很多事好做，哪裡有閒情雅致老是掛心她的那點雞毛蒜皮。

屋頂的門在她身後猛然打開，一群人搖搖晃晃走出來。

兩個男孩。兩個女孩。

還有珊。

穿著白色毛衣和淺灰色牛仔褲，她的身體在昏暗頂樓的襯托下，看起來像一筆水彩痕，修長纖細又亮麗。她的頭髮現在比較長了，狂野的金色鬈髮從一個淩亂的髮髻四處亂翹。她的袖子捲起來露出前臂，看得出一條條紅色油彩的痕跡，艾笛有些心不在焉地好奇珊現在都在忙些什麼呢。她是畫家。創作多半都是抽象畫。她家原本空間就不大了，牆邊還堆疊著一疊疊畫布，看起來更加擁擠。她的名字爽朗乾脆，只在完成的畫作上會標示全名「莎曼珊」，或者午夜夢迴時在脊梁上勾勒。

另外四個人擠成一團，吵吵鬧鬧地移動到屋頂另一頭，其中一個人正在講故事，但是珊跟在他們後面一步遠的地方，頭往後傾，享受著沁人的夜晚空氣，艾笛真希望自己可以盯著她之外的東西看。希望能有一個錨能定住她，免得她又被另一個女孩的重力場吸引，落入她的軌道中。

當然，她的確有這麼一樣東西。

《奧德賽》。

艾笛正要重新埋首書中，珊的藍眼卻忽然從夜空往下看，與她四目交接。畫家笑了笑，那瞬間，她們又回到了八月，兩人在一間酒吧的露台上邊喝啤酒邊哈哈大笑，艾笛拂開髮絲，舒緩因暑熱而泛紅的後頸。珊往前傾，朝她皮膚上吹氣。那是九月，兩人躺在珊沒整理的床舖上，手指與床單和彼此交纏，艾笛的嘴刷過珊兩腿間黑暗的溫暖。

艾笛的心臟怦怦撞擊著胸腔，珊的視線從他們那一夥人游移到她身上。「抱歉毀了妳的安寧。」

「噢，沒關係。」艾笛說，強迫自己眺望遠方，彷彿在觀察城市，雖然珊總是讓她覺得自己像朵向日葵，不由自主往對方散發的光亮靠去。

「這年頭啊，大家總是喜歡往下看。」珊尋思道。「看到有人往上看真不錯。」

時光飛逝。她們第一次碰面時，珊也說了這句話。第六次也是。還有第十次。但那不只是一句台詞而已。珊有一雙藝術家的眼睛，注重當下，四處梭巡，當她細細查看某個東西時，看到的不僅僅是它們外在的形體。

艾笛轉過頭，等著她退開的腳步聲，但耳邊聽到的卻是打火機喀擦一響，珊來到她身旁，艾笛眼角餘光看見她的一綹銀金色髮絲。她放棄抵抗，瞥向對方。

「可以讓我偷一根嗎？」她問，對著香菸點點頭。

珊露出微笑。「可以喔，但是妳不用偷。」她從盒子裡抽出另一根，連同霓虹藍色的打火機一起遞給艾笛。艾笛伸手接過，香菸抿在雙唇間，大拇指滑過打火機開關。還好，一陣微風剛好吹來，她有了藉口，看著火焰熄滅。

熄滅。熄滅。又一次熄滅。

「我幫妳吧。」

珊站得更近，幫艾笛擋風，兩人的肩膀輕輕刷過。她聞起來像鄰居壓力大時會烤的巧克力碎片餅乾，也像她用來刷洗指間顏料的薰衣草肥皂，夾雜著她晚上拿來護髮的椰子潤髮乳。

艾笛沒有真正愛過菸草香，但是煙霧溫暖了她的胸口，也給了她的雙手一些事做，轉移她對珊的注意力。她們站得好近，噴出的白霧交融在一起，珊伸手摸摸艾笛右邊臉頰的一個雀斑，她們第一次見面時，珊也是這樣碰她的，簡單又親密的舉動。

「妳臉上有星星呢。」她說，艾笛的胸口綳緊、擰絞。

似曾相識。似曾相知。似曾經歷。

她必須抗拒想一步拉近兩人距離的衝動，想將手掌滑落珊修長的頸項，放在她的後頸上，艾笛知道她的手可以完美貼合那裡的弧度。她們靜靜佇立，呼出蒼白煙霧，其他四人在她們背後哈哈大笑，又吼又叫，其中一個男的——是叫艾瑞克嗎？還是艾倫？他喚珊過去，就這樣，她踏著輕盈的步伐離開，回到屋頂另一頭。艾笛抵抗著想抓緊對方的衝動，而不是放手，再一次放手。

但是她還是放手了。

她倚著矮磚牆聽他們談天說地，聊人生、聊變老、聊著人生願望清單和做錯的決定，接著，其中一個女孩說：「可惡，我們要遲到了。」話一出口，他們開始喝乾啤酒、捻熄香菸，五個人信步回到通往頂樓的那扇門，像退潮一般。

珊是最後一個走的。

她慢下腳步，回頭對艾笛露齒一笑，這才低頭鑽過門消失無蹤，艾笛知道她如果現在拔腿狂奔，應該可以抓住她，應該來得及快過闔上的門。

她沒有移動。金屬門碰地關上。

艾笛靠著磚牆癱軟。

被人遺忘，她心想，有點像是一點一點發瘋的過程。你開始忘記什麼才是真的，忘記自己是不是真的。畢竟，如果一樣東西無法被人記住，又怎麼能算是真的？關於落葉的那則禪宗公案是怎麼說的？

如果沒人聽見，那麼這件事還能算得上發生過嗎？

如果一個人無法留下痕跡，他們算得上存在過嗎？

艾笛把香菸在磚牆邊緣摁熄，轉身背對天際線，走向那幾張壞掉的椅子和擺在其中的冰桶。桶裡一瓶啤酒漂浮在解凍了一半的冰水中，她扭開瓶蓋，往最完好的那張涼椅上一坐。

今晚還不算太冷，她太累了，不想去找另一張床。憑藉著那串小燈泡的燈光，剛好看得到字，艾笛在涼椅上伸展肢體，讀起《奧德賽》，關於奇異的國度、形形色色的怪物、還有永遠回不了家的男人，直到寒意誘她入眠。

法國，巴黎
一七一四年八月九日

III

暑熱像矮屋頂一樣籠罩著巴黎。

八月的空氣很凝重，尤其是在那一望無際的石頭建築之間，那麼多摩肩接踵的軀體，散發出腐爛食物和人類排泄物的臭味。

一百五十年後，奧斯曼會全面改造這座城市，樹立起整齊一致的飾牆，漆上同樣的淺淡色調，展現了對藝術、均衡與美感的見證。

那會是艾笛夢想中的巴黎，而她絕對可以在有生之年看到。

然而在這個當下，貧苦人家住在櫛比鱗次的破爛房屋裡，而身穿絲緞的貴族在花園裡悠閒漫步。街道上許多馬車來來去去，廣場到處都是人，偶爾可見幾座高聳的尖塔從城市的羊毛質料中穿出。大道上盤踞著豪宅，一幢幢宮殿與莊園的尖塔，簡陋小屋擠在狹窄的路邊，石頭被黏液和煙霧燻得烏漆嘛黑。

艾笛太累了，根本沒注意到這些。

她繞過一座廣場邊緣，看著幾個男人在忙著拆除市場攤位，一邊用腳踢開羽毛凌亂的雞，牠們在人類腳間穿梭，啄取食物殘渣。她邊走，手邊探進裙子的口袋中，除了那隻小木鳥，還摸到四枚銅幣，那是她在偷來的外套夾層中發現的。她必須仰賴這四枚銅幣展開新人生。

時間越來越晚，天色又看起來快下雨了，她得找個地方睡覺才行。應該很簡單就能找到吧，畢竟每條街上似乎都有一間旅店，但是她根本連第一間的門檻都還沒跨過去就被趕走了。

「這裡不是妓院。」旅店老闆責罵道，高高在上睥睨著她。

「我又不是妓女。」她回答，但是對方只報以冷笑，一邊彈彈手指，好像想甩掉什麼討厭的殘渣。

第二間旅店已經客滿，第三間太貴了她住不起，第三間只收男客。她踏過第五間旅店的門時，太陽已經西沉，她的心也跟著往下沉，原本已經準備好面對再一次的拒絕，準備好再次聽見各種她無法在這個屋簷下遮風避雨的理由。

但是這次她沒被拒絕。

在入口處迎接她的是一個比較年長的女人，鼻子很長，還有著一雙小小的銳利鷹眼。她看了一眼艾笛，領著她穿過走廊。房間窄小簡陋，但至少有門與四壁，窗與床。

「一個星期的租金。」女人要求道，「事先付清。」

艾笛心一沉。當記憶只能撐過幾秒鐘、一個小時、一天，一個星期似乎久得不可能。

「怎麼樣？」女人厲聲問。

艾笛的手捏住銅幣。她很謹慎，只拿出了三枚，女人一把抓走，速度快得像是偷麵包屑的烏鴉。

錢幣消失在她腰間的一個小袋子中。

「可以給我一張收據嗎？」艾笛問。「證明我付過錢的證據？」女人滿臉怒容，顯然深感冒犯。

「我這個人可是老老實實做生意。」

「這點我很相信。」艾笛搪塞，「但是妳有好多房間要管，可能會忘記——」

「我管這間旅店管了三十四年，」她打斷艾笛的話，「從來沒有忘記過半張臉。」

簡直是個殘酷的笑話，女人轉身離去、留下她一個人待在租來的房間裡時，艾笛心想。

她付了一個星期的租金，心知肚明她只要能安穩住上一天就算她好運了，知道早晨來臨時就會被趕出去，白白讓老闆娘賺了三枚錢幣，而她自己又會再度流浪街頭。

門鎖裡插著一支黃銅小鑰匙，艾笛轉動鑰匙時，聽見鎖發出令人安心的喀擦聲，像是石頭噗通一聲掉進溪流裡。她沒有行李要拿出來，也沒有衣物可以換洗，只將旅行大衣扔到一旁，拿出裙襬中的小木鳥放在窗台上。抵禦黑暗的護身符。

她眺望窗外，以為會看見巴黎雄偉的屋頂和耀眼建築的高聳尖塔，或至少看得見塞納河。但是她走得離河太遠了，透過那扇小窗戶望出去只看得到一條狹小的巷弄，還有一戶人家的石牆，這副景致在哪裡都有可能出現。

艾笛的父親告訴過她好多和巴黎有關的故事。他口中的巴黎聽起來魔幻又金碧輝煌，瀰漫著待人探索的魔法和美夢。現在她不禁納悶父親是否真的見過巴黎，又或者這座城市只是空有其名，是替王子和騎士、勇者與女王隨意搭建的背景舞台。

那些故事已經在她心中模糊成一團，變得不像一幅畫，反而比較像調色盤，像是一抹色調。也許這座城市實際上沒那麼輝煌。也許光芒之中混進了些許黯影。

這是個灰濛濛的潮濕夜晚，開始飄下的輕柔雨幕淹沒了商人和馬車的噪音，艾笛在狹窄的小床上縮成一團，試著入眠。

她以為自己至少有一個晚上的時間，但是連雨都還沒停，黑暗都還沒平靜下來，就有個女人大力敲門，一支鑰匙插進鎖裡，小房間裡霎時充滿大呼小叫。一雙粗魯的手把艾笛拖下床。一個男人抓住她的手臂，老闆娘獰笑說：「是誰放妳進來的？」

艾笛努力想擺脫昏沉睡意。

「是妳啊。」她說，希望那個女人剛才可以把自尊心放到一旁，寫一張收據給她，但是艾笛只有房門鑰匙當作證據，而且在她來得及出示之前，女人瘦骨嶙峋的手就往她臉頰上凌厲摑了一巴掌。

「小丫頭，不要說謊。」她說，吸著牙縫。「這裡不是收容所。」

「我有付錢。」艾笛說，捧著自己的臉，但是沒有用。女人腰間錢袋裡的那三枚銅幣沒辦法當證據。

「我跟妳說過話，妳說妳經營這間旅店三十四年——」

有一瞬間，老闆娘臉上掠過不太確定的神色。但是太短暫了，稍縱即逝。艾笛總有一天會學到教訓，知道要詢問對方的祕密，只有朋友或親密伴侶才會知道的細節，但也不是每次都有用就是了。很多人會罵她是騙子、女巫、鬼魂、瘋婆娘。他們會因為各種不同的理由驅逐她，但其實說到底，也就只有那麼一個原因。

因為他們不記得。

「出去。」老闆娘命令，艾笛差點來不及抓起外套，就被架出房間。來到走廊的一半時，她才想起那隻小木鳥還放在窗邊，她試著掙脫，想回去拿，但是那個男人牢牢地抓著她不放。

她被丟到街道上，因為忽如其來的殘暴之舉瑟瑟發抖，唯一的安慰是旅店的門碰的一聲關上前，他們先把小木鳥給丟了出來。鳥兒落在她身旁的石板路上，一邊翅膀撞裂了。

雖然這一次，鳥的翅翼並未自己癒合。

木雕躺在她身旁，斷掉的那一小片木頭看起來像掉落的羽毛，老闆娘的身影消失在旅店內。艾笛忍住想要歇斯底里大笑的可怕衝動，不是因為有哪裡有趣，而是因為太瘋狂、太荒謬了，她的夜晚終究還是無法避免地淪落到了這一步。

現在要不是漸深的暮夜，要不就是一大清早，城市安靜下來，天空烏雲密布，一片雨濛濛的灰色，她撈起木雕，與最後一枚銅幣一起放在口袋中，心裡知道黑暗在注視著她。她站起來，拉緊外套裹住肩頭，裙襬很快就濕透了。

精疲力盡的艾笛走過狹窄的街道，躲在一個木棚子下，縮進兩棟建築中間的石頭縫裡，等著黎明到來。

她微微發燒，陷入半睡半醒之間，感覺到母親的手放在她額頭上，還有她哼歌時嗓音的溫柔起伏，還在艾笛肩頭披了一張毯子。她知道自己一定生病了，她第一次看見母親這麼溫柔。艾笛在那兒逗留，在記憶消褪時仍舊緊緊抓住，刺耳的馬蹄聲和木製馬車來回經過的聲音吞沒了母親耳語般的歌聲，一個音符一個音符地掩蓋，直到她猛地往前一撲，從昏睡中驚醒。

她的裙子變得又黏又硬，在她短暫又不安穩地睡去時染得更髒更皺。

雨停了，但是城市看起來跟她剛到時沒兩樣。

在家裡，大雨通常會將世界清洗乾淨，讓一切聞起來煥然一新。

但巴黎大街小巷的黏污，似乎不是任何雨勢洗刷得去的。

而且在雷雨過後看起來似乎還更糟糕，整個世界濕淋淋又沉悶，到處都是棕色水窪，裡面積滿泥濘和各種髒東西。

這時，她卻在爛泥之中嗅到了一股甜香。

她跟著香氣來到了一座正熱鬧的市集，好多小販從桌子和攤位邊此起彼落喊價，有人從馬車後方搬下一籠籠嘰嘰咕咕叫的雞。

艾笛飢腸轆轆，甚至不記得上一次吃東西是什麼時候。她的裙子原本就不合身，不可能合身——那是她在距離巴黎約莫兩天路程的地方從一根曬衣繩上偷來的，那時她已經不想再穿婚禮當天穿的衣物。但儘管她已經不吃不喝好幾天了，裙子似乎也還是沒變鬆。她猜自己大概不用進食也沒關係，不會真的餓死，但是她痙攣的腸胃和顫抖的雙腿似乎不知道這件事。

艾笛來回掃視著忙碌的廣場，大拇指撫摩著口袋裡最後一枚錢幣，非常不想花掉。也許她不用花掉。市集裡的人這麼多，說不定比較容易偷到她需要的東西。至少她是這樣想的，巴黎的商人精明得跟賊一樣，而且看管商品看得比誰都緊。這點是艾笛經歷切身之痛才學到的，還要好幾個星期，她才學會怎麼摸走一顆蘋果，而要練到真的毫無破綻，還要更久。

今天的她還很笨拙，試圖從一個麵包師傅的馬車上偷雜糧麵包，結果卻被一隻肥肥的手鉗住手腕。

「小偷！」

她瞥見幾個士兵穿越人群走來，心中瞬間湧現被關進大牢，或戴上枷鎖的恐懼。她還是血肉之軀，還沒學會該怎麼撬開鎖，也還沒學會怎麼靠魅力迷惑對方忽略她的犯行，擺脫手銬腳鐐溜走，就像關於她臉蛋的記憶悄悄從他們腦中溜走那樣容易。

因此她迅速出言懇求，遞過她擁有的最後一枚錢幣。

他一把搶走，對士兵揮揮手，那枚銅幣消失在他的錢包裡。雜糧麵包沒有這麼貴，但是他半毛錢都沒找。他說是偷東西的代價。

「我沒砍斷妳的手指，算妳走運了。」他怒吼，把她推開。

這就是艾笛來到巴黎時的處境，除了一塊麵包和一隻壞掉的木鳥之外一無所有。

她快步離開市集，走到塞納河畔邊時才停下來。這時她才上氣不接下氣地開始大吃麵包，想細嚼慢嚥吃久一點，不過轉眼間麵包就被她吞下肚，像消失在枯井中的一滴水，根本止不了她的飢餓。

她想到艾絲特拉。

去年，老婦人開始耳鳴。

她說耳朵從早到晚嗡嗡響個不停，艾笛問她怎麼能忍受那樣沒完沒了的噪音，她只聳聳肩。

「只要時間久了，」她說，「什麼都能習慣。」

但是艾笛不覺得自己有辦法習慣這樣的飢餓感。

她瞭望著河上的許多船隻，教堂在晨霧中隱約可見。在幾個街區的簡陋背景襯托之下，那就像發光的寶石一樣，是驚鴻一瞥的美麗，太過遙遠也太過扁平，一點也不真實。

她站在原地，直到她發現自己是在等待。等人來幫她。前來拯救她脫離這團混亂。但是沒人會來。因為沒人記得，如果她甘願就這麼等下去，她會等到天荒地老。

所以她往前走。

一邊走，一邊細細觀察巴黎。記下這棟房子、那條路、那幾座橋、拉車的馬兒，還有花園的大門。瞥見高牆後方的玫瑰，縫隙中的美景。

她要花上好幾年，才摸清楚這座城市是怎麼運作的。才能記住那有如鐘面的行政區，一步又一步，記下每個小販、每間店、每條街的動靜。才能細細檢視每個街區，知道哪裡會碰壁、哪裡有縫可鑽，然後學會生存，學會過好生活，在他人生命之間的空隙裡，為自己找到一席之地。

最後，艾笛會對巴黎瞭若指掌。

她會變成一流的賊，手腳俐落，誰也逮不到她。

她會像一個穿著華麗的幽魂，在豪華宅邸之間遊蕩，晃過一間間沙龍，在夜晚時偷偷爬到頂樓，在開闊的夜空下喝偷來的葡萄酒。

她會為了每個偷來的勝利沾沾自喜、哈哈大笑。

這些都是後來的事了，今天並不會發生。

今天，她只想讓自己分心，不要去注意那嚙咬著她腸胃的飢餓，還有壓得她窒息的恐懼。今天，她在陌生的城市中隻身一人，沒有錢、沒有過去，也沒有未來。

有人從二樓窗戶冷不防往下倒了一桶東西，濃稠的棕色液體噴濺到她腳邊的石板路上。艾笛往後一跳，想多少避開髒污，卻跟兩個身著華服的女子撞個正著，她們看她的模樣，彷彿艾笛是個大污漬。

艾笛只好往後退，在附近一戶人家的門階上緩緩坐下，然而沒過多久，一個女人就出來，對她揮舞掃把，指控她試圖搶走她的客人。

「想賣就到碼頭去。」她責罵。

一開始，艾笛還沒聽懂對方的意思。她的口袋空空如也。她沒有商品可賣。她這麼解釋時，女人對她使了個臉色說：「妳至少還有身體吧？」

艾笛恍然大悟時，脹紅了臉。

「我不是妓女。」她說，女人只閃過一抹冷笑。

「好驕傲喔！」她說，艾笛站起身準備離開。「可惜啊，」女人在她身後用烏鴉叫的粗啞聲音說：「驕傲不能當飯吃。」

艾笛拉緊肩頭的大衣，強迫雙腿沿著街道走下去，就在她感覺自己即將癱軟倒地時，看見了教堂敞開的大門。不是聖母院雄偉壯觀的塔樓，而是小路上擠在兩幢建築中間的一棟小小的石造建築。

她從來不像父母那樣虔誠。她老是覺得自己在舊神和新神之間拉扯掙扎，但是在森林裡遇到惡魔後，讓她開始思索。每道黑影都一定是光投射出來的。也許有個和黑影實力相當的神，可以平衡一下艾笛的願望。艾絲特拉一定會露出不屑的笑容，不過有個神賜了她一個詛咒，老婦人總不能責備她另尋生路吧。

沉重的大門打開時發出刺耳摩擦聲，她怯怯踏進，在忽如其來的黑暗中眨眨眼，等著視線習慣裡頭的光線，然後才看見彩繪玻璃。

艾笛倒抽一口氣，驚嘆著這個地方寧靜的美麗，拱形屋頂，紅藍綠三色的光線在牆上排列出圖案。這是某種藝術，她心想，開始往前走，結果卻被一個男的擋住。

他張開雙臂，但是一點歡迎的意思都沒有。

牧師擋住她的去路，搖搖頭。

「真是抱歉。」他說，將她像隻迷路的鳥一樣沿著走道往回驅趕。「這裡已經沒有空間了，都滿了。」

於是，她又回到了教堂的門階上，沉重的門鎖再次滑回原本的位置，艾笛腦海中某處，艾絲特拉開始咯咯笑。

「懂了吧，」她用那嘯喘似的嗓音說，「只有新神才會**閉門謝客**。」

艾笛從來沒決定要前往碼頭。

是她的雙腳不由自主帶她過去的，太陽低懸在河面上時，她的雙腳帶著她沿著塞納河步下階梯，偷來的靴子踩在木板上，發出砰砰聲響。這裡比較暗，船隻的陰影沉沉疊疊，到處都是木箱和木桶，繩索和搖晃的船身。目光紛紛投向她。工作中的男人抬起頭瞥望，而在陰影中像貓一樣拉長身體休息的女人目光一路尾隨著她。她們姿態病懨懨的，氣色卻看起來有點好過頭，嘴唇塗成鮮豔的紅色。她們的裙子破破爛爛又骯髒，但還是好過艾笛身上穿的那件。

她還沒想好自己來這裡究竟要做些什麼，但手已經開始鬆開肩膀上的外套。也已經有一個男人朝她走來，一隻手開始不安分起來，彷彿想試吃水果。

「多少錢？」他用粗獷的嗓音問。

對於身體價值多少錢，或者自己是否真的願意出賣肉體，她都毫無頭緒。

那男的見她沒回答，那雙不規矩的手更加粗魯，而且抓得又更緊了些。「十枚銅幣。」她說，男人發出一聲狗吠般的大笑。

「妳是哪位？公主嗎？」

「不，」她回答，「我是處女。」

她還在家裡時，有時候深夜裡會夢想著歡愉，她想像著陌生人在黑暗中躺在她旁邊，嘴唇貼著她的乳房，想像自己滑向雙腿之間的手是他的手。

「我的摯愛。」陌生人說，在床上將她往下壓，黑色鬈髮垂落，遮住了寶石綠的雙眼。

「我的摯愛。」她用氣音說，他進入她的身體，而她的身體張開迎接他堅實的力量。他推得更深，讓艾笛倒抽一口氣，咬著自己的手，免得發出太大的呻吟聲。她母親會說女人的歡愉是世俗的罪惡，但是在那樣的時刻，艾笛一點也不在乎。在那樣的時刻，只有渴求和慾望和那名陌生人，貼著她的皮膚耳語，那股緊繃的張力在她的下腹逐漸累積，也在她心裡累積，艾德琳將他的身體往下拉，貼在自己身上，引導他越來越深入，直到風暴釋放，雷鳴湧過她全身。

但這跟那時候不一樣。

那男人的低吼聲中沒有半點詩意，沒有旋律也沒有和諧，只有一次次推撞著她時發出的規律撞擊聲。沒有湧過全身的快感，只有壓力和痛苦，一個物體強行進入另一個物體時的緊繃感，艾笛抬頭看著夜空，這樣她就不必去看他移動的身體，她感覺到黑暗也回望著她。

他們又回到了樹林中，他的嘴貼在艾笛的嘴巴上，她感覺唇瓣有血泡冒出時，陌生人一邊耳語著。

「一言為定。」

那男的最後衝刺了一下，然後貼著她癱軟身體，像鉛一般沉重。不可能，這不可能是艾笛付出一切交換來的人生，這不可能是她抹滅了過去換來的未來。慌張掐著她的胸口，但是這個陌生人似乎不在意，甚至沒注意到。他只直起身，往她腳邊的石板路丟了一把錢幣。他踏著沉重緩慢的步伐離開，艾笛緩緩跪下去撿她的報酬，然後把胃裡的東西往塞納河吐個一乾二淨。

如果之後有人問她在那糟糕的幾個月裡，對巴黎的第一印象是什麼？她會說那是段哀傷的時光，已經模糊如霧。她會說已經想不起來了。

但是，艾笛當然記得。

她記得腐爛食物和垃圾的味道、塞納河微鹹的水，還有碼頭上來來去去的人。她記得有人對她展現過憐憫，最後卻因一扇門或一天黎明而完全不算數，她記得在哀傷中懷念家裡的新鮮麵包與溫暖壁爐、家裡寧靜的旋律，還有相比之下艾絲特拉強烈的節奏。她曾經擁有過、後來甘願放棄的人生，被偷走，由另一段她以為她想要的人生取而代之。

不過她也記得自己對這座城市的驚嘆，早晨與傍晚的光影變幻，粗曠石塊之間堆砌出的壯觀空間，即便在髒污、憂傷與失望之下，巴黎仍舊充滿驚喜。透過縫隙間瞥見的美。

艾笛記得那第一個秋天時短暫的喘息時光，人行道上變色的樹葉輝煌燦爛，從翠綠轉為金黃，像珠寶匠的展示盒，接著時序便迅速墜入凜凜寒冬。

也記得啃噬著她手指和腳趾、而後將其完全吞沒的寒冷。寒冷與飢餓。當然，在維永也有幾個月的時間需要勒緊褲帶，寒冷的天氣奪走了最後一點收成，或者乍暖還寒，凍死了作物新長出的小苗——但這是截然不同的飢餓。這種飢餓會在體內耙抓著她，用利爪刮著她的肋骨。而且一點一點侵蝕著她，艾笛知道自己餓不死，但是知道這一點完全無法平撫那迫切的疼痛，還有那股恐懼感。她的體重完全沒變，但是腸胃陣陣絞痛，彷彿身體餓到了極點，正在啃噬自己，然而就跟她的腳再怎麼走都不會結繭一樣，她的神經也拒絕習慣飢餓的感覺。完全無法麻痺，無法因為餓成習慣了而變得比較好受。那種疼痛歷時再久都鮮明如初，和她的記憶一樣清晰銳利。

她也記得最慘的部分。

記得忽如其來的低溫，刺骨嚴寒瀰漫整座城市，接著一波疫病像晚秋的涼意般席捲而來，留下一個個拱起的新墳和滿地凋零的落葉。一輛輛馬車喀達經過的聲響與景象，載運著陰沉的貨物。艾笛別過頭，不想去看隨意堆放在車後的那骨瘦如柴的形狀。她抓緊肩頭那件偷來的大衣，踉踉蹌蹌在路上行走，一邊奢望著夏天的溫暖，寒氣一邊滲入她的骨頭。

她覺得自己再也溫暖不起來了。她後來又去了碼頭兩次，但是寒冷趕跑了客人，讓他們留在溫暖的妓院裡，包圍她的這座城市在冬天時變得更加殘忍。富人把自己關在封得密不透風的屋子裡，依偎在爐火邊，而外頭的街巷上，窮人在冬天裡逐漸憔悴，奄奄一息。根本無處可躲，或者說，能勉強避寒的地方都已經有人搶占了。

第一年，艾笛累到不想去搶棲身之地。

累到無法去找遮風避雨之處。

又一陣強風颳來，艾笛整個人縮成一團，雙眼模糊。她往旁邊移動，拐進一條小巷裡，只為了擋擋風，而小巷那安靜無風的空間，就像羽絨一樣柔軟溫暖。艾笛的膝蓋終於癱軟。她在一個角落裡靠著一道階梯坐下，看著手指凍成青紫色，覺得好像看到白霜爬過皮膚，在昏沉睡意中無聲地讚嘆自己的轉變。她的呼息在面前形成一坨白霧，每次呼氣，都會短暫擋住外頭的世界，直到灰濛濛的世界模糊成白霧、白霧、白霧。好奇怪，白霧似乎開始聚集，隨著每次吐氣都更濃密一點，彷彿她是在朝著一面玻璃吐氣。她納悶，還要呼吸幾次，世界才會全部隱身在濃霧中。像她一樣被抹滅殆盡。

也許只是因為她頭昏眼花。

但是她不在乎。

她好累。

筋疲力盡。

艾笛沒辦法保持清醒，而且她又何必非要保持清醒？

睡眠對她來說才是慈悲。

也許她會在春天時醒來，像她父親故事中的公主，發現自己躺在薩爾特河沿岸的青青草地上，艾絲特拉會用一隻破爛的鞋子努努她，嘲笑她怎麼又在做白日夢了。

原來這就是死亡。

至少，有一瞬間，艾笛以為是自己死了。

世界一片黑暗，就連寒冷也抵擋不了那股腐爛的惡臭。艾笛動彈不得。那時，她才想起，她其實死不了。她的脈搏還在頑固地跳動，掙扎求生，她的肺部也頑固地一次又一次填滿空氣，艾笛發現她的四肢並不是死透了，而是都被壓住了。她上方和下方都有沉重的袋子，驚慌頓時竄遍她全身，然而她半睡半醒的心智依然有些遲緩。她扭動身體，上方的袋子動了一下。黑暗裂開一條縫，看見一束灰撲撲的光。

艾笛不斷蠕扭，直到抽出一隻手，接著是另一隻手，然後把手收回來貼著自己的身體。她開始把袋子往上推，這時才感覺到布袋下方的骨頭，這時她的手才摸到蠟黃的皮膚，這時她的手指也才纏繞住另一個人的頭髮。她倏地完全清醒，清醒極了，手忙腳亂地拉扯著想掙脫開來。

她用力往上爬，鑽了出去，手攤開壓在一個死人瘦骨嶙峋的背脊上。旁邊還有一雙乳白色的混濁雙眼瞪視著她，一個鬆鬆張開的下顎。艾笛跌出馬車，倒在地上，一邊作嘔、啜泣，卻活生生的。

一個可怕的聲音從她胸口竄出，一聲粗啞的咳嗽，卡在啜泣和大笑之間。

然後是一聲尖叫，她花了幾秒鐘才發現那不是從她乾裂雙唇中發出的聲音。一個衣衫襤褸的女人站在馬路對面，在驚駭之中用手摀住嘴巴，艾笛不怪她。

看到一具屍體從馬車裡自行掙脫，說有多可怕就有多可怕。

女人在自己面前猛劃十字，艾笛用粗啞破碎的嗓音說：「我沒死。」那個女人自顧自匆匆忙忙快步離去，艾笛只好將怒火發洩在馬車上。「我沒死！」她又說了一次，踢著木輪。

「喂！」一個男人大喊，手裡抓著一具扭曲屍體脆弱的雙腿。

「後退！」第二個男人說，他負責抓著同一具屍體的肩膀。

當然，他們不記得把她丟上馬車過。艾笛慢慢退開，他們一邊把新的屍體往馬車上堆。隨著一聲噁心的悶響，它落在其他屍體上頭，艾笛想到自己曾經混在裡面，即使只有短暫片刻，也讓她的腸胃猛烈翻攪。

鞭子「啪」的一響，馬匹開始起步向前，車輪在石板路上滾動，直到馬車消失在視線中，直到艾笛把顫抖的手伸進偷來外套的口袋中時，這才驚覺口袋空蕩蕩的。

小木鳥不見了。

她上一輩子的最後遺物，和那堆死人一起被載走了。

接下來好幾個月，她的手會不由自主去找那隻鳥，就好像會忍不住去摸髮間一坨纏得特別死的頭髮，那是她已經習慣成自然的動作。她的指頭似乎老是記不起來木雕不見了，她的心臟也是，總在她每次發現口袋空空如也時漏跳一拍。不過在哀傷中綻放的，是一股可怕的放鬆感。她離開維永後，幾乎無時無刻不在擔心會弄丟那最後的信物。

現在它真的不見了，悲傷其實夾雜著略帶罪惡的慶幸。

她與往昔人生相連的最後一絲脆弱羈絆也打破了，艾笛獲得了真正的自由，她不得不自由。

IV

法國，巴黎
一七一五年七月二十九日

「愛作夢」是個太柔和的字眼。

讓人想起輕緩的睡眠，躺在長長青草地上的慵懶日子，還有柔軟羊皮紙上的炭筆痕。

艾笛仍然緊緊攀著夢想不放，但是她學會了要更加尖銳。少一點藝術家的手感，多一點刀刻的筆觸，將炭筆邊緣削得更鋒利。

「幫我倒一杯。」她說，遞出那瓶葡萄酒，那個男人拔出軟木塞，從租來房間的矮架拿下兩只酒杯斟滿。他給她一杯，對方仰頭一飲而盡時，艾笛連碰都還沒碰，他又緊接著灌了第二杯，伸手去解她的裙子。

「急什麼呢？」她說，引導他退後。「你付了房間的錢，我們有一整晚的時間呢。」

她很小心，沒將他推開，而是小心地將她的抗拒偽裝成是欲拒還迎。她已經發現有些男人會從違背女人的意願之中找到樂趣。艾笛將自己的酒杯舉向他飢渴的雙唇間，將暗紅色的液體傾倒入他口中，想將她的強迫之舉偽裝成是引誘。

他深深喝下，然後伸手把酒杯揮開。笨拙的手抓著她的前襟，拉扯著繩帶和束腰。

「我真是等不及要……」他口齒不清地說，但酒裡的藥已經開始生效，他很快就說不完整句話，舌頭在嘴裡變得沉重笨拙。

他往後癱回床上，手還在抓她的裙子，過沒多久，他就翻起白眼，往旁邊一倒，他的頭與單薄的枕頭相撞之前，就已經沉沉睡去。

艾笛往前傾，用力推他，直到他滾下床，像一袋穀物般掉落在地。男人發出一聲低低的哀嚎，所幸沒有醒來。

她繼續把他還沒做完的工作完成，鬆開衣裙上的繩帶，直到可以順暢呼吸了才停下動作。所謂的巴黎時尚——比鄉村便服緊兩倍，卻還沒有一半實用。

她在床上伸展肢體，很慶幸能獨佔一整張床，至少可以享受一個晚上。她不願去想明天，去想她又必須重新故技重施。

這就是瘋狂的地方。每一天的時光都是琥珀，她是困在其中的蒼蠅。她只能為分分秒秒而活，無法考慮到幾天或幾星期後的事。時間開始失去意義，然而，她卻沒有全然忘記時間。她似乎也無法搞錯時間（儘管她這麼試過），所以艾笛知道現在是何月何日，是什麼樣的夜晚，她知道已經整整過了一年。

一年前，她逃離了自己的婚禮。

一年前，她倉皇逃進森林中。

一年前，她出賣了自己的靈魂，換來了這樣的人生。為了自由。為了時間。

這一年，她都在摸索新生活的各種界線。像籠中的獅子一樣在困住她的詛咒裡徘徊。（她現在看過獅子了，春天時在巴黎的一場巡迴展覽上，牠們一點都不像她想像中的野獸。看起來更加威風，卻又似乎少了什麼，牠們的英姿在那空間有限的牢籠失色不少。艾笛去看了獅子十幾次，細細端詳牠們哀傷的凝視，越過訪客望向帳篷出口的那道縫隙，彷彿一小片的自由。）

她已經在這場交易所創造的稜鏡裡困了一年，被迫活受罪卻求死不得，肚子會餓，卻餓不死她，身體仍舊有各種需求，但卻不會凋零。她度過的分分秒秒都烙印進了自己的記憶中，她在別人的腦海中卻那麼容易消逝，只需要一扇關起的門、眼不見為淨的幾秒鐘、片刻瞌睡。她無法在任何人或任何物品上留下痕跡。

包括倒臥在地板上的那個男的。

她從裙子拿出那瓶有軟木塞瓶蓋的鴉片酊，拿起來就著微弱的光線查看。她試了三次，浪費了兩瓶寶貴的藥水，才發現她無法自己在酒水裡加料，她當不了加害者，必須假手他人。但如果把藥劑摻入酒瓶中，重新塞好瓶子，讓他們自己倒酒喝，那麼這就不算她自己下的手。

看到了嗎？

她在學。

只不過學習的過程一切只能靠自己。

她歪斜瓶子，剩下的乳白色液體在玻璃瓶中搖動，她納悶這能不能為她爭取到一夜無夢的好眠，藥物帶來的深刻安寧。

「我太失望了。」

那個聲音嚇得艾笛差點失手掉了鴉片酊。她在小房間裡轉身，在黑暗中努力看清，四處找尋，卻仍找不到聲音的源頭。

「親愛的，我承認，我本來對妳有更高的期望呢。」

一開始，聲音似乎是從每道陰影中傳來的，最後集中在同一抹陰影裡。陰影聚集在房間最幽暗的角落裡，彷彿煙霧一般。然後他往前一踏，走進蠟燭投下的那圈光暈中。黑色鬈髮散落在他額前。陰影在他臉頰的凹陷處匯聚，而那雙綠眼似乎會自己閃爍發光。

看見她的陌生人時，有一瞬間，她的心背叛了她，猛然一震，接著才想起只是「他」罷了。只是森林裡的黑暗。

她已經背負著他的詛咒活了一年，在這段時間裡，她呼喚過他好幾次。她向黑夜哀求過，將她其實根本不該浪費的錢幣投入塞納河邊，懇求他回答，只為了想問為什麼、為什麼、為什麼。

現在，她直接拿那瓶鴉片酊砸向他的頭。

黑影沒有任何動作，無意接住瓶子，而他也不需要這麼做。瓶子直接穿透了他，在他身後的牆上砸個粉碎。他對她露出一個憐憫的微笑。

「妳好啊，艾德琳。」

艾德琳。她以為自己再也聽不見的名字。像瘀青讓她一樣隱隱作痛的名字，儘管聽見時，她的心臟還是雀躍地一跳。

「是你。」她咬牙切齒說。

他的頭只微乎其微點了一下。輕輕勾起的微笑。「想我嗎？」她奮不顧身衝向他，彷彿自己就是那瓶藥劑，狠狠朝他的前襟撞過去，半是預期自己也會和瓶子一樣直接穿透他，在牆壁上撞得粉身碎骨。但是她的雙手碰到了血肉之軀，或至少是血肉之軀的幻影。她一拳又一拳搥著他的胸膛，彷彿在打一棵樹，不管她打得多用力都無濟於事。

他饒富興味地低頭看著她。「看來是很想喔。」

她用力退開，想要尖叫、發怒、啜泣。「你把我留在那裡，奪走了我的一切，就這樣走了。你知道有多少個晚上我都在哀求——」

「我聽見妳的哀求了。」他說，語氣中有種可怕的沾沾自喜。

艾笛露出憤怒的冷笑。「但你從來沒出現過。」

黑暗張開雙臂，彷彿是在說：我這不就來了嗎？她想狠狠揍他，儘管再怎麼無濟於事，她還是想趕走他，把他像詛咒一樣從房間裡驅逐，可是她非問不可。她非知道不可。「為什麼？你為什麼要這樣對我？」

他裝出一副擔心憂慮的模樣，深色的眉毛微微蹙起。「我實現了妳的願望。」

「我要的只是更多時間，只是自由的一生——」

「這兩樣我不是都給妳了嗎？」他的手指滑過床柱。「過去這一年在妳身上沒留下任何痕跡——」她的喉嚨擠出一個被掐住的聲音，但是他自顧自說下去。「妳完整無缺，不是嗎？而且沒受傷。妳的年紀毫無增長，不會衰老。至於自由，我送妳的，豈不就是最徹底的解放嗎？妳這一輩子都不用再聽從任何人的擺佈了。」

「你明知道我想要的不是這樣。」

「妳根本不知道自己想要的**是什麼**。」他毫不客氣地說，往前一步走向她。「如果妳知道，就應該更小心點。」

「你騙了——」

「妳**錯了**。」黑暗說，拉近他們之間剩下的最後一點距離。「艾德琳，難道妳忘了嗎？」他的聲音壓低成耳語。「妳魯莽又膽大妄為，妳的話就像樹根一樣，把妳絆得跌跌撞撞，妳卻沒有自知之明，只知道囉囉嗦嗦說著**不想要**什麼東西。」

他現在好靠近她，一隻手舉到她手臂邊，她強迫自己不要退卻，不想讓他沾沾自喜，不想讓他扮演惡狼的角色，也讓自己平白退居成一頭溫馴綿羊。但是真的很難做到。他雖然是她筆下陌生人的模樣，卻不是個男人。甚至算不上人類。那只是張面具，而且不適合他。她看得出躲在下方的是什麼東西，就像在森林裡那樣，無形且無邊無際，駭人又滿懷惡意。黑暗在凝視的綠眼後方微微閃動。

「妳開口向我要永恆，我拒絕了，妳又是拜託又是哀求的，然後，妳還記得自己說了什麼嗎？」黑暗再度開口時，用的是他的嗓子，她艾笛卻能聽見自己當初的聲音從中傳出。

「那麼等到我不想活之後，我的命就給你吧，等我不想要我的靈魂了，你也可以拿走。」

她往後瑟縮，想遠離她曾親口說出的那些話、遠離他，她試圖這麼做，但是這次他卻不允許。抓著她臂膀的手圈得更緊，另一隻手像愛人的碰觸般放在她後頸上。

「這麼說來，讓妳日子難過，逼迫妳趕快放棄，豈不是對我最有利嗎？」

「你用不著這麼做。」她輕聲說，痛恨自己聲音裡的猶疑。

「我親愛的艾德琳哪，」他說，一隻手滑上她的脖子，伸入髮絲間，「我這一行是靈魂的買賣，不是慈善事業。」他的手指收得更緊，強迫她的頭往後仰，她和他四目交接，他臉上沒有任何甜美溫柔，只有某種野性之美。

「來吧，」他說，「交出我想要的東西，交易就完成了，妳的痛苦也會就此結束。」

只要交出靈魂，就能終結這一年的哀傷與瘋狂。

只要交出靈魂，就不用為了在巴黎的碼頭邊為了賺幾枚銅板苦苦掙扎。

只要交出靈魂，就不用再忍受這什麼也算不上的一切。

說她沒有動搖是騙人的。說她心裡沒有一小部分想放棄、想屈服，哪怕只有一下下，也是騙人的。也許正是這一小部分，讓她接著開口問：

「我會變成什麼樣子？」

那雙她畫過好多次的肩膀，在她腦中成形的肩膀，只不屑地聳聳肩。

「妳會變得什麼都不是，親愛的。」他簡短地說。「但是比妳現在這副一事無成的德性好多了。投降吧，我就放妳自由。」

就算她心裡有一小部分動搖了，有一小部分想放棄，卻堅持不了多久。愛作夢的人有自己的倔強堅持。

「我拒絕。」她低吼。

陰影露出怒容，綠色雙眼像沾濕的布一樣迅速變得晦暗。他鬆開了手。

「妳終究會屈服的。」他說。「就快了。」

他沒往後退，也沒有轉身離開，就這麼憑空消失了。被黑暗吞噬。

紐約市
二〇一四年三月十三日

V

亨利．史托斯向來不是個早起的人。

他**很想**早起，夢想著可以日出而作，在整座城市都還沒醒來的時候就啜飲著今天的第一杯咖啡，期待著充滿承諾的一整天。

他試著要早起，而真的在日出前成功爬起床的稀少時刻，確實令人覺得十分興奮：看著一天慢慢開始，至少在短暫片刻之間，他可以覺得自己領先了一步，而非遠落在後。然而有時夜晚會變得很長，早晨很晚才開始，他感覺時間所剩無幾。好像本該有約要赴，卻遲到了。

今天，他快趕不上的是和妹妹穆莉兒的早餐約。

亨利匆匆走過街區，整顆頭還因為前一天晚上而微微暈眩，他其實想取消這個約，他真的應該取消的。不過光是上個月他就已經取消了三次，他不想要當個爛哥哥，而且穆莉兒也只是想盡到當妹妹的責任，真不錯，雖然這是頭一遭。

他從來沒來過這個地方。這不是他在當地常去鬼混的地方，雖然事實是，亨利在這附近已經快要沒有咖啡店可去了。凡妮莎毀了第一間。米羅毀了第二間。第三間的濃縮咖啡嘗起來像焦炭。所以他讓穆莉兒挑了一間，而她挑的感覺像一個「復古風的牆洞」，店名叫「向日葵」，顯然沒有招牌也沒有地址，除了仰賴身為嬉皮的直覺之外，似乎沒有任何可以找到這家咖啡店的門路，而亨利並沒有這樣的直覺。

最後，他在對街的牆上看見一朵向日葵的圖案，趕緊小跑步前往目的地，在轉角處不小心撞到了一個男的，嘴裡咕噥說著抱歉，雖然那男人說沒關係、沒關係、完全不用介意。亨利終於找到入口時，櫃台邊的服務生原本連頭都沒抬，就打算開口說已經客滿了，不過她抬起頭看到亨利時，露出微笑，答應會幫他找個位置。

亨利四下尋找穆莉兒，她一直覺得時間是個彈性的概念，他的確是晚到了，妹妹卻還要更晚一點。難得這一次，他偷偷感到開心，因為這給了他一點喘息的時間，可以撫平頭髮，拉扯下開始勒得他有些喘不過氣的圍巾，甚至還能好整以暇點杯咖啡。他試著把儀容整理得人模人樣，雖然不管他做了什麼，可能都改變不了妹妹眼中的自己。不過她的觀感還是很重要。必須如此。

五分鐘後，穆莉兒匆匆走進來。她和往常一樣，猶如黑色鬈髮和鋼鐵般的自信組成的旋風。

穆莉兒．史托斯，她才二十四歲，年紀輕輕就已經用「概念式真實」和「真相的創意表述」種種概念來談論這個世界，自從她在紐約大學帝勢藝術學院的第一個學期開始，就成為紐約藝術圈的寵兒，與此同時她也很快發現，比起創造藝術，她更擅長批判藝術。

亨利很疼愛妹妹，真的很愛。但是穆莉兒向來是濃烈香水一般的存在。

一次只要一點點就夠了。而且最好保持距離。

「亨利！」她大喊，蛻下身上的外套，用一個誇張的動作坐到椅子上。

「你看起來棒極了。」她說，雖然不是真的，但是他只說：「妳也是，小穆。」

她笑得燦爛，點了一杯馥列白，亨利準備好迎接尷尬一陣的沉默，因為老實說，他不知道該跟她說些什麼才好。但穆莉兒的專長之一，就是找話聊。他邊喝黑咖啡邊試著進入狀況，讓妹妹暢談最近的快閃劇場工作室，以及她逾越節的行程，與沖沖聊起高架公園的一個藝術節，雖然目前還沒開幕。直到她大肆聊完一個街頭藝術如何絕對不是垃圾堆、而是對資本主義浪費的批判，期間亨利只用「嗯哼」與點頭來回應後，穆莉兒才提起他們大哥的事情。

「他一直問起你。」

這是穆莉兒向來絕口不提的話題。她絕對不會對亨利聊起大衛。

所以他忍不住想問。「為什麼？」

他妹妹翻翻白眼。「想必是出於**關心**吧。」

亨利喝咖啡喝到一半差點嗆到。

大衛．史托斯的確關心很多事沒錯。關心他身為西奈山醫院最年輕主任外科醫生的地位。他大概也關心他的病人吧。他關心要抽出時間研究米德拉什教典，雖然他可能得在某個星期三的深夜才能抽出時間。他關心他的爸媽，以及他們對他的成就有多麼與有榮焉。但是大衛．史托斯並不關心家中這個弟弟，除了他是怎麼用各種方法毀了這個家族的名聲之外。

亨利低頭看錶，雖然看不出現在的時間，畢竟，這只錶的用途並非報時。

「老妹，抱歉啊，」他說，把椅子往後推。「我得去開店了。」她自己住嘴了——一反常態欲言又止——她站起來，伸出兩隻手臂圈住他的腰，緊緊抱著他。感覺像道歉、像親情、像愛。穆莉兒比哥哥矮了一個頭，亨利剛好可以把下巴擱在她頭頂，彷彿兄妹倆很親近似的，但其實不是這樣。

「再聯絡喔。」她說，亨利保證他一定會的。

VI

二〇一四年三月十三日

紐約市

艾笛醒來時，發現有人在摸她的臉頰。輕柔的撫觸，一開始她很確定自己是在作夢，可是她睜開眼時，卻看見屋頂上掛的小燈泡，看見珊蹲在涼椅旁邊，額頭上有擔心的皺紋。她的頭髮沒綁，一頭狂野的蜷曲金髮像鬃毛一樣框住她的臉。

「嗨，睡美人。」她說，把一根沒點燃的香菸收回盒子裡。

艾笛打了個寒顫，一邊坐起身，一邊拉緊身上的夾克。這是個寒冷多雲的早晨，天空是一片沒有陽光照耀的雲白色。她不是故意要睡這麼久，不是故意要睡到這麼晚才醒。也不是說她有其他行程，但昨天晚上她還能感覺到自己的手指時，這個主意感覺還沒那麼糟糕。

《奧德賽》從她膝頭落到地上，書本封面朝下掉落，沾滿了露水。她伸手撿起來，盡她所能拍掉書衣上的沾污，撫平折到或弄髒的書頁。

「這裡冷死了。」珊說，扶艾笛站好。「走吧。」

珊喜歡這樣說話，用直述句取代疑問，她嘴裡的每個祈使句聽起來都像邀請。她拉著艾笛走向屋頂的門，艾笛太冷了，根本沒力氣抗議，於是乖乖跟在珊身後下樓梯走到她公寓裡，假裝她不認得路。

門打開了，後方是一片瘋狂的混亂。

走廊、臥室、廚房，全都塞滿畫作和藝術品。只有公寓最後方的客廳，才有沒被雜物佔滿的寬敞空間。沒有沙發或桌子，只有兩面大窗戶、一座畫架和一個板凳。

「這裡就是我討生活的地方。」她第一次帶艾笛回家時這樣說。

艾笛那時回答：「我看得出來。」

她把所有家當都塞滿約莫四分之三的房間，只為了空出最後四分之一的空間，保持平和寧靜的氛圍。珊說過她朋友提議要用超低價把一個工作室空間出租給她，但是珊覺得那地方冷冷冰冰的，而她需要溫暖才能創作。

「抱歉。」珊說，繞過一張帆步，跨過一個盒子。「現在稍微有點擠。」

艾笛從沒看過這裡有不擠的時候。她很想看珊目前進行中的作品，不知道是什麼樣的東西在她指甲下留下了白色油彩，還有下顎接近脖子處的那一抹粉紅污漬。但是艾笛強迫自己跟在那女孩後方團團轉，穿越一團混亂進到廚房中。珊啪地一聲打開咖啡機，艾笛的眼睛掠過這個空間，細數其中的改變。一個新的紫色花瓶。一疊讀到一半的書，一張來自義大利的明信片。她越來越豐富的馬克杯收藏，有些插著乾淨的筆刷。

「原來妳是畫家。」她說，對靠著壁爐擺放的那堆畫布點點頭。

「是啊，」珊說，臉上綻放一抹微笑。「多半是畫抽象畫，不知所云的那種，我朋友傑克老是這樣說。但是才不是這樣呢，只是——其他人看到什麼就畫什麼，我則是感覺到什麼就畫什麼。用一種感官替換另一種感官，或許很令人困惑，但是這樣的轉變應該有其美感吧。」

珊倒了兩杯咖啡，一個杯子長得像綠色淺碗，另一個藍色杯子很高。「要貓還是要狗？」她問，而不是「要藍色還是綠色？」雖然兩個杯子上都沒有貓狗的圖案，艾笛說：「貓。」珊遞給她藍色的高馬克杯，什麼解釋也沒有。

她們的手指彼此刷過，艾笛這才注意到她們站得有多近，艾笛幾乎都能看見珊雙眼中的銀色斑紋了，而珊也注意到了艾笛的雀斑。

「妳有星星耶。」她說。

似曾相識。艾笛心想，又來了。她強迫自己遠離她、離開這個地方，免去那一再重複和回想的瘋狂。然而，艾笛卻只用手捧住馬克杯，慢慢啜飲了一大口。咖啡一入口感覺濃烈苦澀，接下來又馥郁甜美。

她愉快地嘆了口氣，珊給了她一個燦爛的微笑。「很不錯吧？」她說。「祕密配方是──」

可可碎片，艾笛心想。

「可可碎片。」珊說，也喝了一大口，艾笛覺得她用的那個茶杯應該真的是碗。她趴靠在廚房流理台上，垂首看著咖啡，好像那是份貢品。

「妳看起來好像枯掉的花。」艾笛調侃她。

珊眨眨眼，舉起杯子。「幫我澆水，我就開花給妳看喔。」

艾笛從來沒看過珊這個樣子，特別是在一大清早。當然，她在珊身邊醒來過，但是那些日子充滿了抱歉與不安。因為想不起來而造成的混亂。在那樣子的時刻逗留向來都不是有趣的事。現在不一樣。這是新的。第一次創下的回憶。

珊搖搖頭。「抱歉，我一直忘了問妳的名字。」

這是她愛珊的一點，也是她最一開始注意到的一點。無論是生活還是愛情，珊都以開闊的心胸經營，她願意給予的溫暖通常是別人只願意保留給身邊密友的。先伸出援手，再問理由。她收留了艾笛，給她熱飲幫她取暖，然後才想到要問她的名字。

「麥德琳。」艾笛說，這是她所能說出口最接近的版本。

「嗯，」珊說，「聽起來和我最愛吃的甜點好像喔。我叫珊。」

「哈囉，珊。」她說，彷彿第一次品嘗到這個名字。

「所以說，」另一名女孩說，彷彿剛剛才想到這個問題，「妳在屋頂上做什麼呢？」

「噢。」艾笛發出一聲自嘲的輕笑。「我不是故意要睡在上面，我甚至不記得是什麼時候坐在涼椅上的，一定是沒注意到自己有多累。我住二樓，剛搬來，好像不太習慣這裡的噪音，所以睡不著，後來就放棄，跑到這上面來透透氣，想看日出。」

這個謊言編得很順，熟能生巧。

「原來是鄰居啊！」珊說。「這樣的話，」她繼續說，把空杯放到一邊，「有空的話我想畫一下妳。」

艾笛忍著想脫口而出「妳早就畫過了」的衝動。

「我的意思是，**看起來**不會跟妳本人很像。」珊繼續說，回到走廊上。艾笛跟在她後面，看著她停下來，用手撥過一疊帆布，在裡頭翻找，彷彿那是唱片行裡的黑膠唱片。

「我正在創作一整個系列，」她說，「把人畫成天空。」

艾笛的胸膛迴盪著一陣鈍鈍的疼痛，那是六個月前的事了，她們躺在床上，珊的手指描過她臉頰上的雀斑，撫觸和筆刷一樣輕盈卻穩定。

「妳知道嗎？」她說，「有人說人就像雪花，每一朵都是獨一無二的，但是我覺得人比較像天空，有些多雲時晴、有些狂風暴雨、有些晴朗湛藍，每一片天空都不太一樣。」

「那我又是哪種天空？」艾笛之前問過，珊目不轉睛盯著她看了好一會後，整張臉忽然亮了起來，艾笛在一百個藝術家臉上看過一百次那樣的表情，那是靈感的亮光，好像有人在他們皮膚下方點亮了一盞燈。珊忽然間動了起來，好像有了生命的發條玩具，從床上跳起來，帶著艾笛到客廳去。

她在硬木地板上坐著，身上只包了一條毛毯，一邊聽著珊邊調顏料的刮板聲和喃喃自語，接著是畫筆與帆布摩擦的唰唰聲，一個小時後，畫完成了，艾笛繞到畫布另一邊看，迎接她的是一片夜空。不是尋常畫家筆下的夜空。大膽的炭黑筆觸，然後是比較細的幾抹深灰，顏料堆疊得好厚，都從畫布上凸了起來。畫布表面上散落著一連串銀點。看起來幾乎像是意外，筆刷揮灑時不經意的噴濺，但是銀點剛好有七個，細小遙遠，彼此之間分得很開，就像星座一般。

珊的聲音將她勾回了廚房中。

「真希望我可以給妳看我最愛的一幅。」她正在說著。「是這一系列的第一幅畫。《被遺忘的一晚》。我賣給了某個下東城的收藏家。那是我第一筆像樣的買賣，幫我付了三個月的房租呢，還有畫廊願意賣我的作品。當然，要送走那幅作品真的很難。我知道我不得不，我沒那麼偉大，不是那種可以為藝術勒緊褲帶的人，但是我天天都很想念它。」

她的聲音變得輕柔許多。

「瘋狂的是，那系列中的每一幅畫都是以一個人為靈感，像是我的朋友、這棟大樓裡的人、甚至是我在街上擦身而過的陌生人。每一個我都記得，但是我無論如何就是想不起她是誰。」

艾笛吞了口口水。「妳覺得那個人是女生？」

「是啊，我就是有這種**感覺**。」

「也許是妳作夢夢到的。」

「可能喔。」珊說。「我常常忘記自己做過的夢。可是……」她沒把話說完，盯著艾笛看的模樣，就像她們躺在床上的那晚一樣，她的臉開始發亮。「妳讓我想到那幅畫。」她伸出一隻手摀住臉。「天啊，這應該是全世界最糟糕的調情台詞。抱歉，我去沖個澡。」

「我得走了。」艾笛說。「謝謝妳的咖啡。」

珊咬著嘴唇。「妳真的得走嗎？」

不，她可以不用走。艾笛知道她可以跟著珊走進淋浴間，拿浴巾裹住自己，在客廳地板上坐著，看看珊今天會畫出什麼樣的畫。她可以。她可以。她可以永永遠遠墜入這一刻，但是她知道這終究是沒有未來的一刻。她和珊一起度過的，只是無數個現在，而現在已經堆疊超過了她可以承受的極限。

「不好意思。」她說，胸口隱隱作痛，但是珊只聳聳肩。

「我們之後會再見面的。」她由衷說道。「畢竟我們現在是鄰居了嘛。」

艾笛勉強擠出蒼白的微笑。「沒錯。」

珊送她到門口，艾笛每踏出一步，都要極力抗拒回頭望的衝動。

「再聯絡喔。」珊說。

「好。」艾笛答應道，門在她面前關上。她嘆口氣，往後靠向門板，聽著珊的腳步聲走回擁擠的走廊，然後才強迫自己站直，往前走，離開這個地方。

外頭，原本白色大理石般的天空裂開了一條縫，露出一抹藍色。

寒冷逐漸消融，艾笛找到一家有戶外座位的咖啡館，這家店的生意夠好，服務生大概每十幾分鐘才會到戶外座位查看一次。她算著節奏，像數算著獄卒腳步的囚犯，她點了一杯咖啡，雖然比不上珊煮的好喝：滿口苦澀，沒有甜甜的後勁，但是咖啡夠熱，足以讓她的身體保持溫暖。她立起皮衣的領子，打開《奧德賽》，試著繼續讀下去。

她讀到奧迪修斯正要啟航回家，在經歷可怕的戰爭之後終於能與潘妮洛普團聚，但是她讀過這個故事夠多次，知道這趟旅程會有多麼曲折。

她跳著讀，從古希臘文轉換到現代英語。

我害怕銳利的森林與潮溼的露珠
會是我的大限——我累到骨子裡了，幾乎要呼出最後一口氣，
冷風從河流吹來，颼颼不息直至天明。

服務生鑽出店外，她從書本中抬起頭，看著他微微皺起眉頭，看著已經點好、送到她桌上的那杯咖啡，努力在腦海裡搜尋著某個他記不起來的客人。但是她看起來一副理所當然的模樣，老實說，只要不動聲色，這場仗就贏了一半了，所以沒過多久，他就把注意力轉向走道上等有位置空出的一對情侶。

她繼續埋首讀書，卻專心不了。她沒心情讀一群老人在海上迷航的故事，更沒心情重溫這有關孤獨人生的寓言。她想逃避、想遺忘。想要一則奇幻故事，或者愛情故事也好。

反正咖啡也涼了，艾笛站起來，拿著書，出發前往「最後之言」找新的故事。

法國，巴黎

一七一六年七月二十九日

VII

她站在一個絲綢小販攤位下方的陰影中。

道路對面是一間門庭若市的裁縫店，時候越來越晚，生意卻越來越好。她不斷拆下無邊帽的繫繩重綁，那是她從一陣狂風中撿來的，希望這頂帽子可以讓她看起來像某個貴夫人的女僕，通常大家都不太會注意到下人的存在。如果貝丹以為她是女僕，就不會太仔細端詳。如果他以為艾笛是女僕，也許就不會注意到她身上那件樣式簡單、料子卻很好的裙子，那是她上星期從一個裁縫師的假人台上偷走的，塞納河對岸的另一間裁縫店。裙子一開始很漂亮，直到一根不知道哪裡冒出來的釘子勾破了裙襬，直到有人在她腳邊附近倒了一桶煤渣，還有紅酒不知怎地流進一邊袖子中。

她希望自己身上的衣服跟她本人一樣可以一成不變。特別是她只有一件裙子可穿的時候，當妳無家可歸，沒必要收集一整個衣櫃的衣服，或者其他東西，反正都沒地方可放。（幾年之後，她會嘗試收集一些小東西，像喜鵲一樣藏在巢裡，然而，卻總會因為某些陰錯陽差而再次失去這些東西。就像那隻小木鳥，消失在運送屍體的馬車中。無論是什麼東西，她似乎都無法擁有太久。）

最後一名顧客步出裁縫店，那是名貼身男僕，兩邊手臂下各夾著一個綁著緞帶的盒子，在其他人搶先一步之前，艾笛兩步併作一步橫越街道，走進裁縫店。

裡頭空間很狹窄：一張桌子高高疊著一卷卷布料，還有兩個半身假人展示著最新時尚。絕對是要動用到四雙手才能穿上的禮服，要脫下來也同樣勞師動眾：大蓬裙、荷葉袖、令人難以呼吸的窄胸衣。這年頭的巴黎上流社會每個人都包得和包裹一般，顯然不想讓人拆開。

門上的小鈴鐺宣告她的到來，貝丹先生抬起來，一雙眉毛和野生灌木一樣濃密雜亂，他臭著一張臉。

「我要打烊了。」他簡短地說。

艾笛低下頭，一副低調保密的樣子。「我是為洛特雷克夫人來的。」

這是她隨口瞎提的名字，她走在路上時聽過幾次，不過這是正確的答案。裁縫師直起身體，忽然間殷勤倍至。「只要是洛特雷克家的事，我隨時恭候。」他拿起一疊小便條、一支炭筆，艾笛自己的手指抽動了一下，感覺到片刻的哀傷，很想像從前那樣畫畫。

「真奇特呢。」他說，甩甩工作了一天的僵硬雙手，「她竟然會派女僕而不是貼身男僕來跑腿。」

「他剛好病了。」艾笛迅速回答。她學會說謊了，學會跟著對話的走向隨機應變。「所以才改派女僕過來，夫人想要舉辦舞會，所以需要新禮服。」

「好的好的，當然了。」他說。「妳有她的各項測量尺寸嗎？」

「有的。」

他盯著她，等著艾笛拿出寫好尺寸的小紙片。

「不是的，」她解釋，「我的意思是說，夫人的尺寸跟我一模一樣，所以她才派我來。」

她覺得這個謊撒得滿妙的，裁縫師只微微皺眉，轉身朝店後方的一扇簾幕走去。「那我去拿軟尺吧。」

簾幕闔上之前，她瞥見另一頭的房間，十幾尊人型立架和堆積如山的絲綢。貝丹不見人影的同時，艾笛也找好藏身之處，消失在展示著裙子的成排人型立架、一卷卷薄紗和靠著牆壁擺放的棉布中。這不是她第一次造訪這間裁縫店了，早就把這裡的各種縫隙摸得一清二楚，知道有哪些角落是足以藏身之所。艾笛縮進其中一個這樣的角落，等手拿軟尺的貝丹回到前方的店鋪裡時，早就把洛特雷克夫人和她那古怪的女僕拋諸腦後了。

躲在一卷卷布料之間很悶，她聽見鈴鐺響起、貝丹四處走動關店的腳步聲時不禁深感慶幸。他爬上樓，他就住在店鋪樓上的房間，下班後會喝點湯、浸泡疼痛的雙手，在天色完全暗下來之前就會上床睡覺。她等待著四周安靜下來，直到她能聽見他在樓上移動時的蹣跚腳步聲。

然後她就能隨意亂逛、盡情挑選了。

前方的窗戶透進灰撲撲的朦朧燈光，她穿越店鋪，拉開厚重的簾幕鑽了進去。

漸暗的光線從唯一的窗戶中流瀉而入，剛好足以視物。最裡頭的有一排縫製到一半的斗篷靠牆擺放，她在心裡暗自提醒自己等入秋天氣漸涼時要再過來逛逛。但是她的注意力落在房間中央，十幾尊人形立架像就定位的舞者，綠色、灰色、以綠色縫線裝飾的海軍藍禮服、有黃色滾邊的淡藍禮服裹著立架細瘦的腰身。

艾笛微微一笑，把無邊帽丟在桌上，甩鬆被帽子壓扁的頭髮。

她的手撫過一束束有著紋路的絲緞和染得色彩飽滿的棉布，享受著亞麻和斜紋的質感。觸摸著胸衣的骨撐、臀部的裙襯，逐一想像自己穿著每件禮服的模樣。她忽略簡單耐用的薄紗和羊毛，在精紡皺褶和層層綢緞間流連忘返，這比她在家鄉看過的任何東西都還要精緻。

家鄉——令人難以捨棄的字眼，儘管她現在已經失去了所有與家鄉的牽絆。

她拉著一件緊身胸衣的束腰帶，布料是盛夏的藍色，她忽然住手，屏住呼吸，眼角瞥見了動靜。

不過那只是一面斜放在牆邊的鏡子而已。她轉身，打量著鍍銀鏡面中的自己，彷彿那是別人的肖像畫，雖然鏡中倒影和她本人並無二致。

過去這兩年，感覺起來像度過了漫漫十年，然而在外表上卻完全看不出來。她早就應該瘦成皮包骨，早就該一副飽經風霜、歷盡滄桑的模樣，但是她的臉頰還是跟離家那年夏天時一樣圓潤。時間與磨難沒在她的皮膚上留下任何痕跡，光滑臉頰上的唯一瑕疵只有眼熟的雀斑。只能從她眼裡看見改變——從她眼珠裡棕色和金色的斑紋中透出的一抹陰影。

艾笛眨眨眼，強迫自己從鏡中倒影和那排裙子上移開注視。

房間另一頭有三個深色的形體，男子的身型，穿著長褲、背心和外套。在昏暗的燈光中，它們無頭的形體似乎有了生命，靠在一起打量著艾笛。她打量著他們衣飾的剪裁，沒有骨撐也沒有裙襯，心裡不是第一次浮現「要是當個男人能有多方便」的念頭，他們可以輕易地在這個世界中穿行，而且要付出的代價是如此微不足道。

於是，她朝著最近的人形衣架伸出手，脫下它身上的外套。解開上衣的鈕釦。脫衣服的舉動感覺異常親密，而且因為她指尖下的男人不是真人，無法毛手毛腳或是推推拉拉，讓她更加享受。

她鬆開身上裙子的繩帶，穿上長褲，將褲管在膝蓋附近固定好，接著套上上衣，扣好背心的鈕釦，聳肩穿上條紋外套，將蕾絲領結在脖子上繫好。

穿上一身男裝感覺很安全，但是她一轉身面對鏡子後，心情不由得一沉。她的胸脯太飽滿、腰太纖細，渾圓的臀部讓褲子在不對的地方鼓了起來。穿上外套後看起來比較好，好一點點，但是沒有東西能夠偽裝她的臉。她嘴唇的弧度、臉頰的輪廓、額頭的光滑，全都太過柔軟圓潤，一看就是女人的模樣。

她拿起一把剪刀，想把肩膀以下的蜷曲髮絲全都剪掉，但是幾秒鐘後，剪掉的頭髮又長回來了，地上的頭髮也彷彿被一隻隱形的手掃得一乾二淨。就連在自己身上，她也無法留下任何痕跡。她找到一根別針，把淡棕色的頭髮往後固定，她看過男人會梳這樣的髮型，最後再從衣架上摘下一頂三角帽，戴到自己頭上。

或許能騙得過遠處投來的目光或驚鴻一瞥，如果有最深的黑夜掩護，讓細節模糊不清，或許也能騙過人，但就連在現在的燈光下，她的扮相仍然破綻百出。

巴黎的男人可以稱得上是陰柔俊美，但仍舊是男人。

她嘆口氣，脫去偽裝，接下來的一個小時都花在挑選裙子上，她已經開始想念長褲的自由和不受拘束的無骨撐上衣。但是店裡的裙子都很精緻華麗。她最喜歡的是一件綠色和白色的裙子，可惜還沒完工。衣領和裙襬都還沒收邊，也待人縫上蕾絲。她必須一兩個星期後再回來看看了，希望在那之前裙子不會先被人買走，或者包在紙張裡準備送到某個男爵夫人的宅邸裡去。

最後，艾笛選了一件灰色滾邊的夜空藍禮服。這讓她想起夜晚時的風暴，雲層遮擋住了天空。絲綢輕吻著她的肌膚，全新的布料清爽乾淨，毫無任何污漬。她其實用不著穿到這麼好的衣服，這是出席盛宴與舞會用的穿著，但是她不在乎。如果引來異樣的眼光又如何呢？在他們來得及交頭接耳說閒話之前，會先忘記看過她這號人物。

艾笛把她原本穿的衣服披在光溜溜的人台上，無邊帽就放在旁邊不管了，那是她今天早上從一堆衣服上揀來的。她鑽過簾幕之間，跨越裁縫店，眾多衣裙在她經過時發出窸窸窣窣的摩擦聲，她找到貝丹藏在桌子最上層抽屜中的備用鑰匙，打開了店門鎖，小心翼翼用手固定住鈴鐺。她將門在身後關上，蹲下身將鐵鑰匙從門縫中滑回店裡，這才挺起身準備要離開，卻跟站在街道上的一個男人撞得正著。

難怪她沒看見他，他從鞋子到衣領都是黑色的，完全融入在黑暗裡。她嘴裡已經喃喃說著抱歉，已經開始往後退開，但是她抬起視線時，看到的卻是那人下顎的線條、烏鴉黑的鬈髮，還有那雙眼睛，儘管在黑夜裡還是綠得驚人。

他低頭對她微笑。

「艾德琳。」

那個名字在他舌尖像燧石一般，在她肋骨後方擦出回應的火花。他的眼神飄到她的新裙子上。

「妳看起來很不錯。」

「我看起來明明就跟以前沒兩樣。」

「永生的代價，如妳所願。」

這次艾笛並沒有中他的計。沒有尖叫、咒罵或指出所有他害她萬劫不復的方式，但是他肯定看見了她臉上的掙扎，因為他大笑了幾聲，聽起來柔軟空洞，像吹過的微風。

「走吧。」黑影說，伸出他的臂彎，「我陪妳走一段。」

他說的不是「我陪妳走回家。」如果是正中午，她會拒絕，就為了激怒他也好。（當然，如果是正中午，黑影也不會出現在這裡。）但現在太晚了，只有一種女人會在晚上的時候獨自行走。

艾笛已經學會，至少，有一定階級地位的女人是不會獨自在外冒險闖蕩，就算是白天時也一樣。她們像嬌養在室內的盆栽，藏在自家的簾幕後方。她們出門時，也一定成群結隊，待在彼此陪伴組成的安全牢籠中，而且一定會趁光天化日時外出。

在大白天時獨自行走不成體統，但要是在夜晚獨自行走，那更是另一個層次的醜事了。艾笛有親身體悟。她感覺得到來自四面八方的眼神和評判。女人從窗戶邊苛責她，男人則是企圖在街上想買她作陪，還有些虔誠的人想拯救她的靈魂，彷彿她還沒把靈魂拿去交易了似的。有好幾次，她向教堂尋求過幫助，但都是為了要求得遮風避雨之處，而不是為了獲得救贖。

「如何？」黑影問，仍然伸著臂彎。也許她遠比自己願意承認的還要孤單。

也許敵人的陪伴還是好過自己一個人。

艾笛沒去勾他的手臂，只兀自開始往前走，她用不著回頭看，就知道他已經亦步亦趨跟了上來。他的鞋子在石板路上敲出輕柔的回音，一陣微風像手掌一樣貼在她背脊上。

他們一言不發往前走，直到她再也受不了沉默。直到她的決心土崩瓦解，終於回首看了一眼，發現他的頭微微往後仰，黑色睫毛刷過蒼白的臉頰，儘管夜晚的空氣飄著臭味，他仍深深吸氣，嘴脣上有一抹淡淡的微笑，似乎很怡然自得。他這個樣子簡直是對她的嘲諷，他的輪廓邊緣有些模糊，黑暗和黑暗融合在一起，煙霧堆疊在影子上，一次又一次提醒了艾笛他是什麼，以及不是什麼。

她終於忍不住出聲打破了沉默。

「你應該想變成什麼模樣都行，對吧？」

他微微頷首。「是的。」

「那就換個樣子。」她說，「看到你這個樣子我受不了。」

一個遺憾的笑容。「其實我滿喜歡這副樣子的，我覺得妳應該也很喜歡。」

「我的確曾經喜歡過。」她說。「但是被你給毀了。」

這是個破綻，但是她發現時已經太遲了，這有如她護甲上的一道裂痕。

從今往後，他一定不會變成其他模樣了。

艾笛停在一條蜿蜒小巷邊的房子前，說是「房子」，實際上只是一棟搖搖欲墜的木造建築，看起來像一堆柴，已經荒廢許久，好在至少是空的。

等他走了之後，她會從木板間的縫隙鑽進去，試著不要勾破新裙子的衣襬，然後走過凹凸不平的木板，沿著壞掉的階梯爬到閣樓上，希望沒有其他人先找到這個地方。

她會爬出烏雲一般的裙子，小心翼翼摺好後拿一張紙包起來，再躺在放著一堆粗麻布與紙板的棧板上，盯著距離她頭頂只有六十公分的天花板，盯著木板之間的縫隙，希望不要下雨，而在下方的房子裡，迷失的靈魂躡手躡腳穿行。

明天，這個小房間就會被占走，一個月內，建築就會燒毀，但是現在擔心未來也無濟於事。

黑暗像布幔一樣在她背後波動。

「妳還能這樣撐多久呢？」他忖度。「妳明明知道再多拖一天也無法獲得解脫，那麼又何苦要繼續苟延殘喘呢？」

她在三更半夜時常常這樣問自己，凜冬用冰冷的利牙啃噬她皮膚、飢餓的爪子刮著她骨頭，又或者棲身處被別人佔走，她一整天的努力和一整晚的安寧都付諸流水的那些脆弱時刻，她無法承受明天醒來後還要周而復始面對這一切。然而聽見他鸚鵡學舌拿同樣的問題反問她時，那些話聽起來似乎沒那麼惡毒。

「妳還不明白嗎？」他說，綠色雙眼和碎玻璃一樣銳利。「除了我能給妳的結局，妳並沒有得選擇。妳只要投降——」

「我看到了一隻大象。」艾笛說，那幾個字像澆在灼熱炭火上的冷水。黑暗仍然在她身邊，她繼續說，眼神依舊凝望著搖搖晃晃的木屋破爛的天花板，以及木板之外的天空。「其實是兩隻，就在皇宮的庭園裡，是展覽的一部分。我以前都不知道竟然會有這麼巨大的動物耶，而且有天我還在廣場裡看見了一個小提琴手。」她繼續說，聲音很穩，「我聽見他拉的曲子時甚至感動哭了，那是我聽過最美的樂曲。我還喝了香檳，直接從酒瓶裡喝，而且還看過塞納河上的夕陽，一邊聽著聖母院的鐘聲，如果我還留在維永，是絕對不可能經歷這些的。」她轉身望著他。「才過了兩年呢。」她說。「想想看我有多少時間，可以看見多少事物。」

艾笛對黑影咧嘴而笑，一個淺淡卻狂野的微笑，露出她的牙齒，享受著他臉上的興致全都消散無蹤的模樣。

這是小小的勝利，不過看見他動搖的樣子，還是令人心滿意足，即使只有那麼一瞬間。接著，他忽然間湊到她身邊，他們兩人之間的空氣像被捻熄的蠟燭一樣。他聞起來有夏日夜晚的氣味，摻雜著泥土、青苔和夜空下舞動的修長青草。以及更加黑暗的東西。岩石上的鮮血，以及在森林裡遊蕩的野狼。

他湊得更近，直到他的臉頰刷過她的，他再次開口說話時，字詞聽起來只不過是掠過皮膚的耳語。「妳以為習慣了這一切，生活就會比較輕鬆嗎？」他說。「想得美。妳已經跟死了沒兩樣，每一年妳的生活都會像一輩子，而在妳的每一輩子妳都會被遺忘，妳的痛苦毫無意義，妳的生命也毫無意義，年復一年，都會像腳鐐一樣銬住妳的腳踝。妳會一點一點被那樣的重擔壓垮，等妳受不了的時候，妳會求我終結妳的苦痛。」

艾笛轉過頭想面對黑暗，但是他已經消失了。

只剩下她獨自站在小巷中。她慢慢地、顫抖地吸了口氣，強迫自己呼氣，然後直起身，撫平裙襬，走向那棟至少今晚可以稱作是家的破爛小木屋。

VIII

紐約市
二〇一四年三月十三日

書店今天比較忙。

有個小孩和他想像中的朋友在店裡玩捉迷藏，而他爸爸正在翻閱一本軍事歷史書。一個大學生蹲在地上翻看不同版本的布萊克詩集，她昨天遇見的男孩站在櫃台後方。

她端詳著他，就像用拇指翻過書頁一樣的習慣。

他那頭桀傲不馴的凌亂黑髮往前垂進眼睛裡。他把頭髮往後撥，沒過幾秒，髮絲就又再度垂落，讓他看起來比實際上年輕許多。

這張臉，她心想，一副就是什麼心思都寫在臉上的人。

櫃台前排隊結帳的人不多，所以艾笛退到後方的「詩集」和「傳記」區逗留。她用指尖敲過一排書，過不了多久，一顆橘色的頭從書脊上方的陰暗處探出來。她心不在焉地拍拍書，等著排隊的人從三個人變成兩個、一個。

那個男孩——亨利——注意到她，臉上飛快掠過一個她也來不及解讀的神情，接著他的注意力又回到正等著結帳的女人身上。

「好的，克萊太太。」他說著。「沒關係，如果他不喜歡的話，妳可以再拿回來退。」

女人踩著漫不經心的腳步離開，手裡抓著購物袋，艾笛迎上前去。「嗨。」她雀躍地說。

「妳好，」亨利說，音調中透露著謹慎，「需要我幫忙嗎？」

「也許喔。」她說，熟稔地施展她的魅力。她把《奧德賽》放在兩人中間的櫃台上。「我朋友買了這本書給我，但是我已經有了，所以想拿來換成別本。」

他細細打量她。

揚起眼鏡後方的一邊黑色眉毛。

「妳**認真**？」

「是啊哈哈，」她笑著說，「很難相信我已經有一本希臘文版的，可是——」

他的重心移到腳後跟，站直身體。「妳**果然**是認真的。」

艾笛遲疑了，因為他聲音中的不悅而困惑。「我只是覺得不問白不問……」

「這裡不是圖書館，」他責備，「妳不能隨便就拿一本書回來想換別的。」

艾笛也站直了。「我知道啊。」她說，有點生氣。「但就像我剛剛說的，不是我自己買的，是我朋友買來送我的，我剛剛就聽到你告訴克萊太太——」

他板起臉孔，像是一扇門猛地關上，就事論事的表情。「給妳一個建議，下次妳想拿書回來退，不要挑那個當初抓到妳偷書的人。」

她的胸口有一顆巨石急速墜落。「什麼？」

他搖搖頭。「妳昨天有來過。」

「我沒——」

「我記得妳。」

短短四個字，卻足以顛覆整個世界。

我記得妳。

艾笛往前一傾，好像有人猛力推了她一把，而她即將墜落。她試著穩住自己。「你才不記得。」她堅持道。

他眯起綠色的眼睛。「我記得。妳昨天來過店裡，穿綠色毛衣、黑色牛仔褲，偷了一本二手的《奧德賽》，然後我還直接把書送給妳，因為反正誰會想偷希臘文版的《奧德賽》，沒想到妳竟然還有臉拿書回來想交換其他的？妳第一本書已經沒付錢了……」

艾笛閉上眼睛，覺得視野一片模糊。

她不懂。

她無法——

「總而言之，」他說，「我覺得妳還是走吧。」

她張開眼睛，看見他正指著門。她沒移動腳步。她的腳拒絕帶著她離開那四個字。

我記得妳。

三百年。

三百年，沒有人對她說過那四個字，從來從來沒有人記得過她。她想揪住他的衣袖，想拉住他往前，想知道為什麼、想知道是怎麼作道的，這個在書店裡工作的男孩有什麼特別之處——但是那個翻閱軍事歷史的男人正等著要付錢，小孩攀在他腳上，於是戴眼鏡的男孩怒目瞪視著她，這一切都不對勁。她緊抓著櫃台，感覺自己就快昏倒了。有那麼一瞬間，他的眼神柔和了一些。

「拜託。」他壓低聲音說。「走吧。」

她試著要走。

但是她走不了。

艾笛最遠只能強迫自己走到打開的門邊，從店門口爬到街道上只有短短四階，但是她內心有什麼東西鬆動了。

她癱軟在最上層階梯的邊緣，把頭埋進雙手中，感覺想大哭，或是大笑，但最後她只轉頭盯著店門裝的斜面玻璃。每次男孩的身影進入玻璃框中時，她都目不轉睛地看著，無論如何都移不開視線。

我記得妳。我記得妳。我記得妳。我記得妳。我記得妳。我記得妳。我記得妳。我記得妳。我記得妳。我記得妳。我記得妳。我記得妳。我記得妳。我記得妳。我記得妳。我記得——

「妳在做什麼？」

她眨眨眼，看見他站在門口，雙臂交叉在胸前。太陽西斜了一些，光線越來越昏暗。

「在等你。」她說，但話一說出口就忍不住瑟縮。「我想道歉。」她繼續說。「為了偷書還書的這整件事。」

「沒關係。」他簡短地表示。

「不，有關係。」她說，一邊站起來。「我請你喝咖啡。」

「這倒是不用了。」

「我一定要，就當作是道歉。」

「我還在工作。」

「**拜託**。」

一定是她的語氣讓他動搖了，那純粹是希冀與需求的混合，而且很顯然不是只為了一本書，不是只為了說一句對不起，所以男孩注視著她的雙眼，艾笛這才發現這是他第一次與她四目交接。他的眼神中有某種異樣的神色，彷彿在搜尋什麼，無論他在她眼中看到了什麼，都讓他改變了心意。

「就一杯咖啡。」他說。「而且妳還是不准進店裡喔。」

艾笛感覺她又吸得到空氣了。「好。」

紐約市
二〇一四年三月十三日

IX

艾笛在台階上又逗留了一個小時，等書店關門。

亨利鎖好門，轉頭看見她坐在那裡，艾笛本來已經準備好迎接他空白的眼神，證明他們稍早的插曲只是某種小差錯，是她長達幾世紀的詛咒中不小心出現的破綻。

但是他低頭看著她時，他仍舊知道她是誰。她很確定他知道她是誰。

他兩邊眉毛都快抬到鬢髮裡了，好像很驚訝她還留在原地。但是他的煩躁換成了別的情緒——讓她更加困惑的情緒。比起狐疑稍微友善一些，比起放鬆又更戒備一點，不過還是很棒，因為他知道她是誰。不是第一次見面，也不是第二次——而是第三次了——有史以來第一次，不是只有她一個人記得。

「現在呢？」他說，伸出一隻手，不是要讓她牽，而是示意她帶路，艾笛也照做了。他們在詭異的沉默中走了幾個街區，艾笛偷看了他幾眼，卻只瞄到他鼻樑的線條和下顎的角度。

他有種看起來很飢餓的神情，好像飢腸轆轆的狼，體格精瘦，雖然他的身高並不誇張，卻依然彎腰駝背，好像刻意想讓自己縮得更矮小、更沒有存在感。如果衣服對了，可能會很像；如果氣質對了，可能會很像。可能，只是可能。但是她看他看得越久，就覺得他和另一個陌生人越不像。

話是這麼說。

可他有某種特質，不斷引起她的注意，像指甲刷過毛衣時總會勾起線頭一樣。

他逮到她偷看兩次，不禁皺起眉頭。

她也有一次逮到他在偷看，露出微笑。

他們抵達咖啡店後，她叫他先去找位置，等她去買飲料，他猶豫了一會，好像想自己付錢，又怕被下毒，天人交戰一番才退到角落邊的座位去。她幫他點了一杯拿鐵。

「三塊八。」櫃台後方的女生說。

艾笛聽到價錢不禁瑟縮。她從口袋裡掏出幾張鈔票，她從詹姆斯．聖克萊爾那邊拿走的錢就剩下這些了。她的現金不夠點兩杯飲料，而且她也無法直接端著飲料揚長而去，因為有個男孩在等她。而且他記得。

艾笛瞥向桌子，他坐在那裡，兩隻手臂交疊在一起，正盯著窗外看。

「伊娃！」吧台的咖啡師喊道。

「伊娃！」

艾笛嚇了一跳，驚覺是在喊她。「所以呢，」她坐下時，男孩說道，「妳叫伊娃？」

才怪，她心想。「對。」她說。「你呢？」

亨利，在他說出口前，名字已經浮現在心中。

「亨利。」很適合他，像一件合身的外套。亨利：溫柔又詩意。亨利：安靜但堅強。黑色鬈髮，厚重鏡框後的淡色雙眼。這些年來，她認識十幾個亨利，在倫敦、巴黎、波士頓和洛杉磯，但是他跟別的亨利一點也不像。

他的目光落到桌面上，看見屬於他的那杯咖啡和她空空的手。「妳沒點東西。」

她隨意揮揮手。「我其實不渴。」她說謊。

「這樣感覺很怪。」

「哪裡怪？」她聳聳肩。「我說過我要請你喝咖啡，而且，」她遲疑地說，「我錢包掉了，身上現金不夠付兩杯。」

亨利皺眉。「所以妳才偷書嗎？」

「我才沒偷呢，只想交換，而且我道過歉了。」

「妳有道歉嗎？」

「用咖啡表示歉意。」

「說到這個，」他說，站起身來，「妳都怎麼喝？」

「什麼？」

「咖啡，我不能一個人坐在這裡喝，讓我感覺自己像個混帳。」

她微笑。「熱巧克力，不加糖。」

他又揚起眉毛，離開座位去點餐，不知道說了些什麼，逗得咖啡師哈哈大笑，還傾身湊近他，猶如想親近陽光的花朵。他端著第二杯咖啡和一個可頌走回來，把東西放在她面前，這才重新坐下，現在她又欠下人情了。原本傾斜的重心恢復平衡，現在又再度傾斜，這是她玩過了上百次的遊戲，彷彿各種小動作組成的擊劍比賽，陌生人在桌子的另一頭微笑。

但眼前這位不是她的陌生人，而且他臉上也沒有笑意。

「所以說，」亨利說，「今天書的事是怎麼樣？」

「老實說嘛。」艾笛雙手握住咖啡杯。「我以為你不會記得。」

問題像零錢一樣在她胸膛中來回叮咚作響，像丟在瓷碗裡的小圓石不斷晃動，就快要潑灑出來。

你怎麼會記得？怎麼會？怎麼會？

「『最後之言』的客人其實沒那麼多。」亨利說。「不付錢就走人的就更少囉。我想我大概對妳印象深刻吧。」

印象深刻。

印象也就是某種痕跡。

艾笛的手指刷過熱巧克力的奶泡，看著手指經過後奶泡又重新合攏，再度變得光滑。亨利沒注意到這點，但是他注意到了她，而且他記得。

發生了什麼事？

「所以呢。」他說，但是沒接繼續說下去。

「所以呢。」她說著，因為她說不出自己想要什麼，「跟我說說你的事。」

你是誰？你為什麼？發生了什麼事？

亨利咬著嘴脣說，「其實也沒什麼好說的。」

「你一直都想找間書店工作嗎？」

亨利的表情變得有些悵然若失。「我不確定這是不是大家口中的夢幻工作啦，但我自己是很喜歡。」他將拿鐵舉到嘴邊，這時有人從他身邊擠過去，撞到了他的椅子。亨利及時扶住了咖啡，但是那人已經開始道歉，而且道歉個不停。

「欸，我真的很抱歉。」他的臉上滿是罪惡感。

「沒關係。」

「是我害你灑出來的嗎？」那男的聽起來真的很擔心。

「沒事。」亨利說，「不是你害的。」如果他注意到那男人的緊張，也沒顯露出來。他的注意力牢牢集中在艾笛身上，彷彿想用意志力趕走那個男的。

「真是奇怪。」她說，那男的終於離開了。

亨利只聳聳肩。「難免會有些意外。」

她不是這個意思。不過她的思緒就像呼嘯而過的火車，她不能分心。

「所以說，」她說，「書店是你的嗎？」

亨利搖搖頭。「不是，我的意思是，幾乎可以算我的啦，只有我這名員工，不過店主是一個名叫梅瑞迪絲的女士，她大部分的時間都在遊艇上度過。我只是在這裡工作而已。妳呢？妳不偷書的時候都在忙什麼啊？」

艾笛衡量著他的問題，有很多可能的答案，但全部都是謊言，挑了一個最接近真相的。

「我是星探，」她說，「多半是音樂領域，有時候也有藝術類。」

亨利板起臉，「你應該認識一下我妹妹。」

「哦？」艾笛問，開始後悔自己沒撒謊。「她是藝術家嗎？」

「我覺得她會說她是**培養**藝術的人，她認為這也算是一種藝術家。可能吧，她喜歡——」他比了個花俏的手勢，「培養未經雕琢的潛力，形塑創意未來的敘事方式。」

艾笛心想她的確會想見見他妹妹，卻沒說出口。

「妳有兄弟姊妹嗎？」他問。

她搖搖頭，扯下一小片可頌，因為他碰都沒碰，而她的胃已經咕嚕咕嚕叫。

「很幸運。」他說。

「很孤單。」她反駁。

「哦，我倒是有很多可以分給妳。像是我哥大衛，他是醫生也是學者，還是個裝模作樣的混蛋，另外還有我妹穆莉兒，她很——嗯，穆莉兒。」

他瞪視著她，又來了，那奇怪的專注感，也許是因為大城市裡的人們很少會互相注視，但是她擺脫不掉他正在她臉上搜尋著什麼的感覺。

「怎麼了？」她問，他正要開口說些什麼，但似乎中途改變了心意。

「妳的雀斑好像星星。」

艾笛微微一笑，「也有其他人這樣說。我的專屬小星座。每個人第一眼都注意到這個。」

亨利在位置上移動了一下。「妳看著我的時候，」他說，「看到了什麼？」

他把話說得輕巧，問題中卻有某種重量，好像包裹著石頭的雪球。他想問這個問題很久了，答案對他來說很重要。

「我看見一個有著黑色頭髮、親切眼神，而且情緒都寫在臉上的男孩。」

他微微皺眉。「就這樣嗎？」

「當然不只這樣。」她說，「但是我還不認識你呢。」

「現在還不認識。」他重複她的話，語氣裡似乎隱隱有笑聲。

她癟癟嘴，又一次打量著他。

有一瞬間，他們是忙碌咖啡館中唯一安靜的綠洲。

只要活得夠久，妳就知道該怎麼解讀一個人。知道怎麼像打開一本書一樣慢慢打開他們，有些段落劃了線，但有時候真正的訊息隱藏在字裡行間。艾笛掃視他的臉，他的眉毛揚起處出現的小皺紋，嘴脣嚴肅的線條，還有他揉著一邊手心，像是要緩解什麼疼痛的小動作，雖然他正傾身往前靠，全副注意力都集中在她身上。

「我看見一個充滿關切的人。」她緩緩說，「也許太關切了，也許感覺太過敏銳了；我看見一個迷失的人，而且餓壞了，像是活在擁有豐富食物的世界中，卻仍然形銷骨立，漸漸憔悴，因為不知道自己想要什麼。」

亨利盯著她，臉上所有的幽默感都不見了，她知道自己太誠實了。

艾笛緊張地哈哈笑了幾聲，周圍的噪音又忽然湧回。

「抱歉。」她說，搖搖頭，「太深入了。我大概應該稱讚你很帥就好。」

亨利的嘴角微微蜷起，但是眼睛邊卻沒有笑意。「至少妳覺得我很帥。」

「那你又是怎麼看我呢？」她問，想打破忽如其來的緊繃。

這是第一次亨利不願正視她的雙眼。「我看人向來不準。」他把杯子推走，站起來，艾笛覺得她好像毀了一切。他要走了。

但是他卻低頭看著他說：「我肚子餓了，妳呢？」於是她的肺中又有了空氣。

「我沒有不餓的時候。」她說。

這次當他伸出手時，她很確定是要邀請她去勾。

X

法國，巴黎
一七一九年七月二十九日

艾笛發現了**巧克力**的存在。

比鹽、香檳或白銀更難取得的稀有物資，但是侯爵夫人卻把一整罐甜蜜的黑巧克力碎片藏在床邊。艾笛一邊感覺著巧克力在舌尖溶解，一邊納悶侯爵夫人會不會每天晚上都清點一次罐中有幾片，還是說要等到手指擦過空罐底部時才會發現。她不在家，找不到人問。如果她在的話，艾笛也不會這樣大剌剌地躺在她的羽絨被上。

但是艾笛和這戶人家的女主人素未謀面，也希望她們不會有終於見面的一天。

畢竟侯爵夫婦倆有著非常豐富的社交生活，過去幾年來，他們在城裡的住所成為她最喜歡去遊蕩的地方。

「遊蕩」這個詞很貼切，對於某個活得像孤魂野鬼一樣的人來說。

他們一週會在城裡這棟房子與朋友聚餐兩次，每兩個星期則是會在此舉辦更隆重一點的派對，而每個月有一次，他們會搭馬車到巴黎另一頭去和其他貴族打牌，一直玩到隔天早晨才回來，這個月，恰好就是在今晚。

這個時候，屋裡的僕人早已紛紛回到各自的房間，想必是在把握時間暢飲美酒，享受片刻自由。他們會輪值，所以無論是什麼時候，都會有個僕人守在樓梯最底端，讓其他人好好休息。也許他們也會玩牌，又或只是單純享受房子裡難得的寧靜。

艾笛又放了一點巧克力在舌尖，往後躺回侯爵夫人的床，陷入雲朵般的綿軟羽絨被中。她很確定這裡的抱枕加起來比整個維永都還多，而且每一顆抱枕填充的羽毛量都是平常的兩倍之多。顯然，貴族的身軀似乎都是玻璃打造的，如果放置在太粗糙堅硬的地方就會破掉。艾笛張開雙臂，像是在躺在雪地裡上下揮動雙臂雙腳的小孩，發出一聲愉悅的嘆息。

她花了一個多小時在侯爵夫人的服飾中翻揀，但是她沒有足夠的幫手能替她穿上任何一件，所以只把自己包裹在藍色絲綢浴袍中，這比她擁有的所有東西都還要精緻。她原本穿的是一件有著奶油黃蕾絲滾邊的鏽紅色裙子，現在披在椅子上乏人問津，那件裙子令她想起之前的結婚禮服，丟在薩爾特河沿岸，蒼白的亞麻布在她身邊看起來像一層蛻下的皮。

那份記憶像蜘蛛網一樣緊緊黏著她不放。

艾笛拉緊浴袍，在縫邊上聞到玫瑰的香氣，她閉上眼睛，想像這是她的床、她的人生，有幾分鐘的時間，感覺還滿愉快的。但是房間裡太溫暖也太平靜了，她害怕如果自己繼續逗留在這裡，可能會被房間給吞沒。或者更糟，她可能會睡著，發現自己被女主人的女僕搖醒，而這間臥室在二樓，到時候可就麻煩大了。

她整整花了一分鐘才爬下床，雙手雙膝都陷入羽絨被中，往床鋪邊緣爬去，然後狼狽地滾到地毯上。她扶著木製床柱穩住身體，橡木上雕著繁複的枝椏，讓她想到了樹林，她掃視著房間，思忖著要做些什麼才好。一扇玻璃門通往外頭的陽台，另一扇木門後則是走廊。一個滿是抽屜的櫥櫃、一張椅子、一座擺了晶亮鏡子的梳妝台。

艾笛坐在鋪了軟墊的梳妝台矮凳上，手指舞過一瓶瓶香水和一罐罐面霜，一個粉撲柔軟的絨毛，還有一碗銀色髮夾。

她抓起幾根髮夾，開始扭轉著髮絲，一束束固定在臉龐周圍，好像她知道自己在做什麼似的。目前流行的髮型看起來很像一綹綹鬈髮組成的雀巢。至少她還不用戴假髮，距離現在五十年後，會開始流行起那看起來像是蛋白酥塔的可怕撲粉裝飾。

她的鬈髮鳥巢固定好了，但是需要最後的點綴。艾笛拾起一個羽毛形狀的珍珠髮梳，把梳齒滑進耳後的髮束中。

這一點點累加起來的改變真是奇異。

她坐在軟椅上，周圍環繞著奢侈品，身穿借來的藍色絲綢長袍，頭髮還精心捲起用髮夾固定，艾笛幾乎能忘卻自己是誰，幾乎能變成另一個人。這間房子的年輕女主人，可以在稱號與名聲的保護下自由來去。

唯一突兀的是她臉頰上的雀斑，提醒了艾笛她曾經是誰、現在是誰，以及一直都會是誰。但是雀斑可以很輕易地蓋掉。

她拿起粉撲，剛舉到一半，就感覺到一陣微風攪動了空氣，吹來的氣味不屬於巴黎，而是開闊的原野，一個低沉的聲音說：「我寧願看見星星被雲朵遮蔽。」

艾笛的目光立刻移到鏡面上，還有她身後房間的倒影。陽台的門仍然緊緊關閉，但是房間裡不再只有她一個人。黑影靠在牆邊，一副悠悠哉哉的樣子，彷彿已經在那裡待了很久了。看見他，艾笛並不訝異，畢竟他年復一年地出現，她只是覺得不自在，她永遠都會覺得不自在。

「妳好啊，艾德琳。」黑影說，雖然他遠在房間另一側，那幾個字卻像刷過她皮膚的葉子。

她在座位中轉動，空出的手伸向長袍敞開的領口，「走開。」

他發出嘖嘖聲，「一年沒見面，妳就只想說這個嗎？」

「不想。」

「那不然呢？」

「我的意思是，我**還是不想**，」她繼續說，「我對你那個問題的答案還是一樣。你會出現在這裡，也就只有那麼一個原因，你是來問我想不想放棄，而我的回答是不想。」

他的微笑像漣漪般波動。那個彬彬有禮的紳士又不見了，惡狼再次現身。

「我的艾德琳變得伶牙俐齒了呢。」

「我才不是你的。」她說。

一抹表示警告的森白微笑，然後惡狼離開了，他踏入光線中時，又裝得一副人模人樣。不過黑影還是緊緊依附著他，他的輪廓邊緣變得糊糊的，融入黑暗之中。「我給了妳永生，結果妳消磨夜晚的方式就是躺在別人床上吃零食。我以為妳會做點更有意義的事。」

「但你卻詛咒我必須在比這更沒意義的事之中掙扎求生。你是來嘲笑我的嗎？」

他一隻手刷過木製床柱，描著上頭的樹枝雕刻，「在我們的周年紀念日，竟然說出這麼惡毒的話啊，我只是來請妳吃頓晚餐。」

「我沒看到任何食物，而且也不想要你作陪。」

他移動的方式宛如一陣輕煙，上一秒鐘還在房間另一頭，下一秒就來到她身邊。「我的狠話可不會說得這麼早喔，」他說，一隻修長的手指刷過她髮間的珍珠髮梳。「除了我，不會有其他人陪妳了。」

她來得及退開之前，身邊就又只剩空氣，他回到房間另一頭，手放在木門掛的流蘇上。

「住手。」她說，猛地站起身，但已經太遲了。他拉拉流蘇，過了幾秒鐘，響起了鈴鐺聲，打破了屋子裡的寂靜。

「你去死。」她嘶聲說，聽見樓梯上響起腳步聲。

艾笛已經開始轉身拾起她的裙子，在倉皇逃離前盡可能抓起寥寥無幾的家當——但是黑暗抓住她的手臂，強迫她站在原地，她看起來就像個搗蛋的小孩。這時，一名女僕打開了門。

她看見主人家中出現兩名陌生人，應該要大吃一驚才對，但她臉上並沒有任何驚訝之情。沒有驚訝、憤怒或恐懼。什麼也沒有。只有一片空白，只有作夢或神智不清的人臉上會出現的冷靜表情。女僕站在原地，低垂著頭，雙手交扣，等著接受命令，艾笛這時才在驚駭與放鬆之中察覺，女僕應該是被下了咒。

「我們今晚在客廳中用餐。」黑影說，彷彿他就是這棟房子的主人。他嗓子的音色不太一樣，像是多了一層薄膜，就像覆蓋住石頭的蜘蛛絲。話語在空氣中波動，包覆住女僕，艾笛感覺得到它也滑過自己的肌膚，卻並未附著其上。

「是的，大人。」女僕說，微微鞠躬。

她轉身帶著兩人走下階梯，黑影看向艾笛，朝她微笑。

「走吧。」他說，翡翠綠的雙眼中充滿傲慢的喜悅。「我聽說侯爵的大廚是全巴黎手藝最好的。」

他朝她伸出臂彎，她卻無動於衷。「你不會是真的以為我會跟你一起吃飯吧。」

他抬起下巴。「妳真的願意浪費這一餐，只因為不想與我同桌？我覺得妳的肚子好像比妳的自尊還要更吵鬧。但是親愛的，妳想怎麼辦就怎麼辦吧，妳可以待在借來的房間裡繼續吃偷來的甜食。我自己去飽餐一頓。」

他拋下這句話後就大步離開，留下艾笛在原地掙扎，一方面想在他身後用力甩上門，但同時也知道這個晚上反正是毀了，無論有沒有和他共進晚餐都一樣，就算她留在房間裡，她的思緒也會跟著他飄往樓下的晚餐。

於是她去了。

七年後，艾笛會在巴黎廣場上看到一齣牽線木偶戲。一個有著布簾的小車，簾幕後方有個男的，舉起的雙手懸吊著許多小小的木偶，它們的四肢跟著細線上上下下舞動。

那時候，她會想到今晚。

想到今天的晚餐。

廚房裡的僕人在他們身旁移動，就像有人操縱著他們的繩線，流暢但不發一語，每個動作都散發著同樣睡意朦朧的慵懶氣息。椅子往後拉、亞麻布在桌上鋪好，一瓶瓶香檳的軟木塞拔開，倒入等候的水晶高腳杯中。

但是餐點出現得太快，酒杯才剛裝滿，第一道菜就送上桌了。無論黑暗是怎麼控制了這間屋子裡的僕人，早在他出現在艾笛偷來的房間裡時，就已經開始了。早在他搖響鈴鐺召喚女僕，邀請艾笛共進晚餐之前就已經開始了。

他在這樣一個金碧輝煌的房間中，應該要看起來格格不入才對。畢竟他是個狂野的生物，是屬於森林黯夜的神祇，只會在黑暗中現身的惡魔，然而他坐在這裡的優雅姿態，看起來全然就是正在享受晚餐的貴族。

艾笛撥動著銀色刀叉，還有盤子鍍的金邊。

「我難道要覺得你很厲害嗎？」

黑暗在桌子另一頭望著她。「難道妳不覺得嗎?」僕人一鞠躬,往後靠牆站好時,他反問道。

真相是,她很害怕。因為他的這場表演而惴惴不安。她知道他的力量——至少,她以為自己知道——但是與他交易是一回事,親眼目睹他可以如何擺佈人又是另一回事。他能讓他們做什麼?他能讓他們做到什麼地步?像這樣操弄人,對他來說就像動動繩線那麼簡單嗎?

第一道菜擺在她眼前,是一道濃湯,色澤像日出前的淡橘色。聞起來棒極了,香檳在杯子裡冒著泡泡,她竭力阻止自己伸手去碰。

黑影讀懂了她臉上的謹慎。

「放心吧,艾德琳。」他說,「我不是妖精之輩,不會用食物和飲料愚弄妳。」

「但一切似乎都有其代價。」

他呼出一口氣。翠綠雙眼閃過一抹顏色較淡的光芒。

「那隨便妳吧。」他說,拿起酒杯喝了一大口。

過了好一會,艾笛才終於放棄,將水晶杯舉到嘴邊,第一次喝了香檳。這跟她喝過的任何其他東西都不一樣,一千個細小的氣泡在她舌頭上奔騰,甜美銳利,如果是在另一張餐桌邊、如果是與另一個男人用餐、如果是在另一個夜晚,她應該會因為愉悅而當場融化。她沒有細細品嘗每一口,而是立刻喝光手上的那一杯,等她把酒杯放回桌上時,她的頭已經有些暈陶陶,僕人立刻上前,在她手肘邊斟滿第二杯。

黑暗啜飲著他自己那杯酒,一邊望著她,在她吃東西時不發一語。房間裡寧靜變得有點沉重,但是她同樣也沒說話。

她先專心喝湯,接著吃魚,又繼續大啖裹著酥皮的牛肉。這比她過去幾個月,甚至過去幾年吃到的東西都還要多，油然而生的滿足感已經超越了口腹之慾的飽足。等她慢下來時，開始細細打量著桌子對面那個不是男人的男人，打量著他後方的房間陰影扭曲的方式。

這是他們第一次相處這麼久。

從前只有過森林裡的短暫片刻，破爛木屋中的幾分鐘，還有塞納河畔的那半個小時。他現在卻不像一道尾隨她的影子，也不是在她視線邊緣游移的魅影，這可是頭一回。此時此刻，他就坐在艾笛對面，可以看得一清二楚，雖然她描繪過他不下百次，他臉部每個靜態的細節，她都再熟悉不過了，現在她卻忍不住觀察起他移動時的樣子。

他放任她看個過癮。

他舉手投足之間沒有任何羞澀的神情。

而且幾乎可以說是很享受她的注目。

他的刀子滑過盤面，將一塊肉舉到嘴邊，揚起一邊黑色眉毛，還稍稍扯動了嘴角。不太像人，而是一隻細心的手繪出的五官加總在一起。

這點會隨著時間改變。他會逐漸膨脹，填滿她素描中每筆線條的空間，從她的掌握中奪走那幅形象，直到她再也想不透這怎麼可能是自己筆下的產物。

但至少現在這個時候，真正屬於他——完全屬於他本人的一點，只有那雙眼睛。

她想像過那雙眼睛上百次了，沒錯，一直都是綠色的沒錯，但是在她想像中也就只有一個色澤：夏日樹葉那不變的深綠。

他的眼睛不一樣。

令人心驚膽戰的一雙眼睛，而且一直在改變，會隨著他語調與情緒的每個轉折而改變，而且也只有在那雙眼裡看得到改變。

艾笛要花上好幾年的時間，才能學會如何讀懂那雙眼睛。才會知道夏日藤蔓的綠表示好奇、酸蘋果的淡綠表示惱怒，而暗夜森林近乎全黑的墨綠、只有邊緣隱約透著綠色調，這樣的墨綠，表示的是愉悅。

今晚，他的眼睛是溪流裡的雜草滑溜的綠色。

等晚餐吃完，又會再變成另一種綠。

他的姿勢看起來好整以暇。坐在那裡，一邊手肘拄在桌布上，注意力到處亂飄，頭會微微往其中一邊歪，好像在傾聽遠處傳來的聲音，優雅的指頭則反覆描著下巴的稜線，彷彿對自己的形體很感興趣，艾笛再度打破沉默，速度快得連她自己都沒想到。

「你叫什麼名字？」

他的視線從房間的一角拉回到她身上。「我為什麼一定要有名字？」

「所有的東西都有名字。」她說，「名字有其意義，也有力量。」她朝他的方向點點酒杯。「你一定知道吧，要不然，你也不會偷走我的名字。」

他的嘴角出現野狼般的淺笑，似乎覺得很有趣。「如果真的如妳所說，」他說，「名字真的有力量，那麼我幹嘛告訴妳我的名字？」

「因為我得稱呼你，不管是跟你面對面還是在我自己腦袋中，目前我只能用髒話來代替。」

黑影似乎不介意。「妳想怎麼叫我就怎麼叫我囉，沒差。妳是怎麼稱呼妳札記裡的那個陌生人？妳拿他的模樣創造出我的那傢伙？」

「是你把你自己創造成這副樣子，為的是嘲笑我，我寧願你換成**別的**樣子。」

「妳在每個行為中都能解讀出惡意呢。」他思索道，大拇指撫過酒杯。「我是為了配合妳才以這個樣子出現，為了卸下妳的心防。」

她胸口湧起一股怒氣。「你毀了原本屬於我的最後一樣事物。」

「原來妳擁有的淨是些幻夢泡影啊，真可悲。」

她抗拒著要拿水晶酒杯砸他的衝動，知道這不會有用。最後她只望向站在牆邊的僕人，舉起酒杯讓他裝滿。但是僕人沒有移動，沒有任何人移動。他們受他的意志控制，而不是艾笛的。於是她站起來，自己拿起酒瓶。

「妳的陌生人，他叫什麼名字？」

她回到座位上，重新斟滿酒杯，專心看著那千百個閃亮的泡泡從盃中升起。「他沒有名字。」她說。

當然，這是個謊言，黑暗看著她，彷彿知道她在說謊。真相是，過去這幾年以來，她試過好多個名字——米歇爾、尚、尼可拉斯、亨伊、文森——但是每個感覺都不適合。

然後，有天晚上，她忽然找到了適合的名字，就這麼從她舌尖滾落，那時她蜷縮在床上，沉浸在他躺在自己身邊的想像中，修長的手指撫過她的頭髮。那個名字像呼氣一樣從她雙唇吐出，就像呼出空氣一樣自然。

路克。

在她心中，那是路西安的簡稱，但是現在坐在偽裝成這副模樣的黑影對面，這其中的諷刺就像一杯太過燙口的熱飲，也像在她胸口燃燒的炭火。

路克。

也是路西法的簡稱。

那三個字像一陣微風般在她全身蕩漾。

我是惡魔其人，還是黑暗本身？

她不知道，永遠也不可能知道了，因為這個名字已經永遠毀了。

就送給他吧。

「路克。」她喃喃說。

黑影露出微笑，那是對欣喜之情燦爛卻殘酷的模仿，他舉杯敬酒。

「那就決定是路克囉。」

艾笛又喝乾一杯酒，很需要酒精帶來的暈眩感。當然，酒力不會持久的，她已經感覺到她的感官努力抵抗著每個空空如也的酒杯，但是她繼續鍥而不捨地喝，打定主意要淹沒自己的所有感受，哪怕只有一下子也好。

「我恨你。」她說。

「噢，艾德琳啊。」他說，邊放下自己的酒杯。「沒有我，妳何去何從呢？」他邊說，兩隻手指邊捏著水晶杯腳旋轉，在杯子那有著好幾面的倒影中，她看見另一段人生──既屬於她卻又算不上是她擁有過的人生──另一個版本，艾德琳並沒有在夕陽西下、婚禮宴席即將舉行之際逃進森林裡，也沒有召喚黑暗來放她自由。

她在杯子裡看見了自己──從前的自己，她可能會成為的自己，羅傑的孩子在她身邊，而她膝頭還放著一個剛出生不久的寶寶，她熟悉的臉頰因疲憊和神色憔悴。艾笛看見自己躺在他旁邊的床上，兩人隔著一段冷冰冰的距離；看見自己在暖爐上俯身，動作和她母親從前一模一樣，眉頭同樣緊蹙著，手指因為縫補太多衣服上的破洞而疼痛不堪，已經拿不動畫筆；看見自己在生命的藤蔓上萎縮凋零，走過維永村裡每個人熟悉的短暫路程——從搖籃到墳墓的狹窄道路——那座小教堂等著她，死氣沉沉，和墓碑一樣灰白。

艾笛全都看見了，她很慶幸他並沒有問她會不會想回去，要不要拿現在的人生交換，因為即使她經歷了這一切瘋狂、失落、飢餓和疼痛，她看到水晶杯中的倒影時，還是忍不住退卻。

晚餐結束了，屋裡的僕人站在陰影中，等著主人的下一個指示。雖然他們仍然低著頭，臉上表情一片空白，她還是忍不住覺得他們像俘虜。

「希望你可以讓他們離開。」

「妳已經沒有願望可以許了。」但是艾笛注視著他的雙眼，目不轉睛，現在他有了名字，要與他對視、將他視為一個普通男人容易多了，而男人是可以挑戰的。過了一會，黑影嘆了口氣，轉頭看向最近的僕人，要他們開瓶酒自己享用，然後退下。

現在只剩他們兩個人了，房間感覺比之前小了很多。「好了。」路克說。

「等侯爵夫婦倆回來後，發現家裡的僕人都醉醺醺的，他們會倒大楣的。」

「這樣一來，侯爵夫人房裡的巧克力不見、藍色絲綢長袍有人穿過，不就都說得通了嗎？妳以為妳偷東西的時候，就沒有別的人倒楣嗎？」

艾笛氣沖沖，感覺雙頰開始發燙。「你逼得我別無選擇。」

「艾德琳，我把妳想要的東西給了妳：時間，永無止盡的時間，沒有限制的人生。」

「你詛咒我被每個人遺忘。」

「妳要的是自由，沒有比這更加自由的事了，妳可以自由自在，獨行穿梭這個世界，無人阻擋、無人牽絆、無人左右。」

「別再假裝你這是大發慈悲，而不是心狠手辣。」

「我只不過是與妳談了一樁**交易**。」

他說出這句話的同時，一隻手重重拍在桌面上，眼裡閃過一絲惱怒的黃色，和閃電一樣稍縱即逝。「妳來找我，拜託我，苦苦哀求。話由妳來說，條件由我來訂。妳現在不可能回頭了，但如果妳不想繼續往前走下去了，只需要開口告訴我。」

又來了，那股恨意，要攀住那股恨意容易多了。

「你詛咒我，可說是大錯特錯。」她開始多嘴起來，不知道是因為喝了香檳，又或者是跟他相處久了，比較適應了，就好像適應了滾燙泡澡水的身體。「如果你給了我想要的，我早就隨著時間燃燒殆盡了，早就會經歷過屬於我的人生，而你和我，我們兩人都會是贏家。但是現在，無論我這條路走得有多累，我這條靈魂你都休想拿到手了。」

他淺淺一笑。「妳真是個頑固的傢伙，不幸的是，只要時間夠久，就連岩石也會被侵蝕到丁點不剩。」

艾笛往前坐。「你以為自己是隻貓，可以玩弄獵物，但是我不是老鼠，也不會任你吞食。」

「我誠摯希望妳不是。」他攤開兩隻手。「我已經很久很久沒遇過挑戰了。」

遊戲。對他來說，一**切**都是遊戲。

「你太低估我了。」

「是嗎？」他揚起一邊黑色的眉毛，啜飲著飲料。「以後就知道了。」

「沒錯，」艾笛說，舉起自己的酒杯。「等著看吧。」

今晚他送了她一份大禮，雖然她懷疑他根本沒有察覺到。時間沒有面貌也沒有形體，無法對抗。但是黑影那嘲弄的微笑和調侃的話語，給了艾笛她真正需要的東西：敵人。

戰事於焉開始。

第一槍或許早在維永時就已經鳴響了，那時他偷走了她的人生與靈魂，而現在，這才是戰爭真正的起點。

XI

紐約市
二〇一四年三月十三日

她跟著亨利來到一間太過擁擠又太過吵鬧的酒吧。

布魯克林的所有酒吧都是這個樣子：空間太小、客人太多，商賈酒吧顯然也不例外，就連星期四晚上也是人滿為患。艾笛和亨利擠進酒吧後方的一個狹窄露台上，窩在一個小棚子下，但是她仍舊得把頭往前傾才能在噪音中聽見他的聲音。

「你是哪裡人？」她開口說。

「上州的紐堡，妳呢？」

「薩爾特維永。」她說。那幾個字讓她喉嚨隱隱發疼。

「法國嗎？妳完全沒有口音呢。」

「我住過很多地方。」

他們一起分食一份薯條和兩杯優惠時段的啤酒，他解釋說書店的工作薪水不是很優渥。艾笛真希望她可以回去拿兩杯像樣的飲料，但是她已經騙他說掉了錢包，而且在《奧德賽》事件之後，她也不想再要什麼小把戲了。

除此之外，她還很害怕。

害怕放他走。

害怕他離開自己的視線。

無論這是什麼故障、差錯，還是一場美夢，又或是令人難以置信的好運，她都害怕放手。害怕放開他。

唯恐踏錯一步就會驚醒。唯恐踏錯一步，這細若游絲的連結就會斷裂，詛咒隨之回歸，一切劃下句點，而亨利會不見蹤影，再度留下她孤單一個人。

她強迫自己專注在當下。趁著一切還順利，好好享受。不可能一直這樣下去的。但是此時此刻——

「在想什麼？」他拉開嗓門大聲說。

她笑了笑。「我等不及夏天趕快來。」這不是謊話。這漫長潮濕的春天已經拖了太久，她已經冷到煩了。夏天代表著溫暖的天氣，代表著有燈光流連忘返的夜晚。夏天代表她又活過了一年。又堅持了一年，而且沒有——

「如果妳可以擁有一樣東西，」亨利打斷她的思緒，「會是什麼？」

他細細打量她，瞇眼看著她的樣子彷彿把她當成一本書而不是人，是可以細閱和解讀的東西。艾笛回瞪著他，彷彿他是個幽靈。是奇蹟。是一件不可思議的事。

這就是我想擁有的，她心想，然後舉起空空如也的酒杯說：「再一杯啤酒。」

XII

艾笛把她人生的每一刻都記得清清楚楚，但只有跟亨利在一起的那一晚，分分秒秒似乎互相重疊、融合成含混的一片。時間悄悄溜過，他們從一間酒吧換到另一間酒吧，從歡樂時段到正餐時間，又到了深夜時間。每次告一段落、每當有一條路往旁邊岔出，等著他們分道揚鑣時，兩人總是不約而同一起選了第二條。

他們待在一起，都在等對方說：「時間太晚了」或者「我得走了」或者「之後再見囉」。好像基於某種沒說出口的約定，他們兩人都不願中斷這莫名所以的一晚，她知道自己為什麼不敢打斷這一切，也納悶著亨利是否也有一樣的感覺。納悶著他眼底為什麼會有那樣的寂寞。納悶著服務生和酒保和其他人看著他的溫暖眼神，為什麼他似乎都沒有注意到。

就這樣，午夜不知不覺降臨，他們吃著廉價披薩，肩並肩走過春天第一個溫暖的夜晚，夜空中的雲層低垂，有月光照亮。

她抬起頭，亨利也跟著抬起頭，有一瞬間，只有那一瞬間，他看起來好悲傷，令人難以承受、難以擔負的悲傷。

「我很想念星星。」他說。

「我也是。」她說，亨利的視線又回到她身上，臉上露出了笑容。

「妳是誰？」

他的雙眼變得有些朦朧，口齒不清的問題聽起來像在問她好不好，但他是想知道她為什麼會在這裡，艾笛也想問他一模一樣的問題，但她會感到好奇的理由十分充分，而他只是有點醉醺醺。而且是個簡簡單單，平凡到非常完美的人。

但是他**怎麼可能**是平凡人。

因為平凡人不可能記得她。

他們來到了地鐵站。亨利停下腳步。

「我得走了。」

他的手從她手中滑出，又來了，長久以來她再熟悉不過的恐懼感，結局即將到來的預感，一件事演變成下一件事的跌宕轉折，記憶抹去，回復到一片空白。她不想要今晚結束。

不想要魔咒終止。不想要——

「我想再跟妳見面。」亨利說。

她的胸口充滿了希望，直到開始痛了起來。她聽過同樣的話幾百次了，唯獨這一次，聽起來像真的。也唯獨這一次，有可能是真的。「我也想要你再跟我見面。」

亨利微笑，可以佔據整張臉的笑容。

他掏出手機，艾笛的心一沉。她說她的手機壞了，但事實是，她以前從來就不需要手機。就算她有可以聯絡的對象，她也聯絡不上他們。她的手指滑過螢幕時，裝置不會出現任何反應。她也沒有電子郵件地址，無法傳送任何形式的訊息，因為她受的詛咒不允許她書寫。

「原來這年頭有人沒手機還能活下去啊。」

「我比較老派。」她說。

他提議明天可以去她家找她。可是她家在哪裡啊？感覺宇宙正在嘲笑她。

「我借住在一個剛好出遠門的朋友家裡。」她說，「不如我去店裡找你吧？」

亨利點點頭。「那就約在店裡吧。」他說，開始往後退。

「星期六？」

「好。」

「不要搞失蹤喔。」

艾笛發出清脆的小小笑聲。他開始轉身離去，他的一隻腳踏下第一級階梯時，艾笛忽然一陣驚慌。

「等等。」她說，喊他回來。「我得告訴你一件事。」

「天啊。」亨利哀嚎。「妳有伴了。」

戒指在她口袋裡發燙。「不是。」

「妳是中情局探員，明天要去執行最高機密任務。」

艾笛哈哈大笑。「也不是。」

「妳是——」

「我其實不叫伊娃。」

他往後退，看起來有點迷惑。「……好喔。」

她不知道能不能說出口，不知道詛咒會不會讓她說出口，但是她非試試看不可。「我之前沒告訴你我的真名是因為，嗯——說來話長。可是我喜歡你，而且我想要你知道——我想親口跟你說。」

亨利直起身，變得嚴肅起來。「好，所以是什麼呢？」

「是艾——」聲音卡住了，雖然只有一秒鐘，彷彿一條久沒活動的僵硬肌肉。也像生鏽的齒輪。但是它摩擦著鬆開了。

「艾笛。」她用力吞嚥了一口。「我叫艾笛。」

那句話懸浮在他們兩人之間。

然後亨利露出微笑。「好，我知道了。」他說。「晚安，艾笛。」

就這麼簡單。

從他舌上滾落的兩個音節。

她聽過最悅耳的幾個字。她想張開雙臂環抱他，想再聽一次，一次又一次，那個不可能的字眼像空氣一樣灌滿她，讓她覺得再紮實不過了。

讓她覺得自己是真真切切的。

「晚安，亨利。」艾笛說，希望他趕快轉身離開，因為她覺得自己沒有足夠的意志力可以從他身邊掉頭就走。

她站在原地，彷彿在通往地鐵站的台階最上方生了根，直到亨利消失在視線之中，她屏住氣，深怕他們之間的連結啪地一聲斷裂，世界又顫巍巍地恢復成原狀，等待著恐懼和失落，等待著自己驚覺這只是偶然，只是宇宙不小心出的一個小錯誤，而現在已經結束了，以後再也不會重演。

但是以上這些她都沒有感覺到。

她只感覺到快樂，只感覺到滿心希望。

她的靴子在街上敲出節奏，就算過了這麼多年，她也半是預期會聽見另一雙腳的腳步聲緊跟著在她身邊響起，會聽見他輕柔甜美卻又語帶嘲諷的嗓音像霧氣般滾來。但是她旁邊沒出現黑影，今晚他不在。

這天夜晚很安靜，而她獨自一人，卻不覺得孤單。

晚安，艾笛。亨利這樣說，艾笛忍不住好奇，他會不會在無意間打破了詛咒。

她臉上盪開笑容，對自己輕聲說：「晚安，艾——」

但是詛咒再度捏緊她的喉嚨，名字一如以往卡在她喉嚨裡。

可是。

可是。

晚安，艾笛。

三百年來，她測試過這筆交易的各種界線，知道哪些地方比較有彈性、哪裡可以稍微彎折，而哪裡的縫隙又稍微寬敞一些，但從來沒找到過出路。

可是。

莫名所以，不可思議，亨利竟然找到了漏洞鑽進來。

不知怎地，他竟然記得她。

怎麼會？怎麼會？問題像鼓一樣敲擊著她的心臟，但是在這個當下，艾笛並不在乎。

在這個當下，她緊緊抓著自己名字的聲音，她真正的名字，由另一個人口中說出，這樣就夠了，夠了，夠了。

XIII

法國，巴黎
一七二〇年七月二十九日

舞台擺好，一切就緒。

艾笛撫平桌上的亞麻布，擺好瓷盤和杯子——不是水晶杯，但至少也是玻璃——然後掀起有蓋的餐盤，露出下方的晚餐。這不是有五道菜的大餐，透過由魔法控制的雙手奉上，不過卻很新鮮，而且十分豐盛：一條還暖暖的麵包、一塊乳酪、一鍋豬肉，還有一瓶紅酒。她很驕傲能有這樣的收藏，更驕傲的是**她**沒有使用除了詛咒之外的魔法來取得，她無法使個眼色、吐出幾個字或光靠意志就憑空變出這些東西。

不只是這一桌食物而已。

還有房間。不是她鳩佔雀巢，也不是隨便的乞丐小屋。而是一個像樣的地方，可以稱得上是屬於她的空間。她花了兩個月的時間才找到，又花了兩個星期的時間來打理，不過非常值得。從外頭看起來，這屋子很寒酸：玻璃裂了，木頭也歪了。的確是這樣沒錯，屋子的底層已經年久失修，只有老鼠出沒，偶爾來幾隻流浪貓光顧，冬天時還會擠滿只想求得一隅棲身之地的人們，不過現在正值盛夏，城裡的窮人都移動到了街道上，艾笛得以把頂樓據為己有。她用木板堵住階梯，鑿通高處的一扇窗戶當作來去的出入口，就像守著木頭堡壘的小孩。這是個不尋常的入口，但是入口後方的房間值得她這麼大費周章，她終於為自己找到一個家。

一張床，上面高高堆滿毯子；一只箱子，塞滿偷來的衣服。窗框上擺滿了四處收集而來的各種小東西，玻璃、陶瓷、骨頭各種材質都有，像是一排小木鳥的臨時替代品。

狹窄房間的正中央，一對椅子擺在鋪著蒼白亞麻布的桌子旁。桌子中央裝飾著一束花，某個晚上她從皇家花園裡偷摘，再藏在裙褶中夾帶出來的。艾笛知道這些東西都難以維持，一直以來都是這個樣子——很快地就會颳來一陣微風、燒起一場火，又或者是淹水，再不然，地板可能會塌陷，或者有人找到她的祕密小窩，就這麼佔走。

不過過去這個月，她小心翼翼守護著這些小東西，一個又一個悉心收藏擺放，想創造出一種生活的假象，如果要她老實說的話，她這麼做其實不是為了自己。

是為了黑暗。

為了**路克**。

確切來說，是為了激怒他，證明她活得好好的，證明她擁有自由。艾笛絕不會讓他逮到把柄，絕對不會讓他用慈悲施捨來嘲弄她。

第一回合是他贏了，第二回合她一定要拿下。

於是她布置了這個家，精心準備，等著貴客到來，還挽起長髮，換上了紅褐色絲綢禮服，落葉的顏色，甚至逼著自己勒緊腰線穿上了馬甲，儘管她痛恨骨撐到了極點。

她有整整一年的時間可以計畫，盤算該用什麼樣的姿態出擊，她一邊布置房間，一邊在心裡沙盤推演，磨利各種武器。她想像對方如何出劍，而自己又該如何格擋，想像著他們談話的每個轉折，而他的瞳色又是如何隨之有了深深淺淺的變化。

妳變得伶牙俐齒了呢，他這麼說過，艾笛就讓他看看她的牙齒有多利。

太陽下山了，現在除了等待，也沒有其他事能做了。過了一個小時，她的肚子已經開始咕嚕叫，用布蓋起來的麵包涼掉了，但她仍然不准許自己吃東西。她探頭到窗戶外看著城市，眺望一盞盞燈籠亮起的閃爍光點。

但他沒有出現。

她為自己倒了一杯酒，來回踱步，偷來的蠟燭滴落的蠟淚聚積在桌布上，天色越來越黑，時候越來越晚，從深夜又到了凌晨。

但他還是沒出現。

燭焰顫抖了一下後完全熄滅，艾笛坐在黑暗中，逐漸醒悟。

夜晚過去了，晨曦慢慢滲進天空中，「明天」已經降臨，他們的周年紀念日就此結束，第五年趁他不在時邁入了第六年，他連個臉都沒露，沒來問她是不是受夠了，世界彷彿傾斜了，這怎麼算得上公平，這是作弊，一點都不對。

他應該要來才對，這是他們雙人舞蹈的節奏。她**不想要**見到他，從來就不想，但這是她**預料中**應該發生的事，而且是他引導她這麼預期的。他給了她一道檻，讓她平衡其上，給了她有如狹窄懸崖般的希望，他是個討人厭的東西，但總聊勝於無。因為那是她唯一擁有的東西。

當然，這就是一切的關鍵。

所以她對面才會有一只空酒杯、一個空餐盤，外加一張沒人坐的椅子。她注視著窗外，想起兩人敬酒時他的眼神，他們宣戰時他嘴唇彎起的弧度，這才發現自己有多蠢，有多容易上鉤。

忽然之間，這一桌擺設看起來討厭又可悲，艾笛無法再多看一眼，也無法在那件緊繃的禮服中多吸一口氣。她拉扯著馬甲的繫繩，把髮間的夾子通通拔掉，讓自己從這身裝束中解脫，接著一股腦將滿桌的東西掃落在地，再舉起空空的酒瓶砸向牆壁。

碎玻璃刺痛了她的手，疼痛銳利鮮明，而且很真實，忽如其來的灼熱痛楚，卻不會留下疤痕，但是她一點也不在乎。過了幾秒鐘，她的傷口就已經開始癒合。酒杯和酒瓶又再度完好如初，她曾經以為破壞不了任何東西是一種祝福，現在只覺得這種無能為力的感覺令人發狂。

她破壞了一切，卻又眼睜睜地看著東西顫抖了一下，彷彿在嘲笑她似的再次聚合復原，像是一齣戲拉開序幕時的擺設道具。

艾笛放聲尖叫。

憤怒在她體內熊熊燃燒，白熱又明亮，既是對路克也是對自己的怒火，但憤怒很快地變質成恐懼、哀傷、害怕，因為她又必須獨自面對接下來的一年，不會有任何人喊她名字的一年，不會在任何人眼中看見自己倒影的一年，連想從詛咒中暫時解脫一晚也無法，她得這樣度過一年、五年還是十年？艾笛這時才瞭解自己有多依賴這個日子、多依賴他的存在，現在忽然少了這個依賴，她感覺自己正在墜落。

她緩緩癱在地上，坐在前一晚的廢墟之中。

還要很多很多年後，她才會看見大海，才會親眼目睹海浪撞擊著凹凸不平的白色斷崖，那時，她才會想起路克嘲諷的話語。

就連岩石也會被侵蝕到丁點不剩。

艾笛在黎明過後不久睡著了，不過她時睡時醒，老是被噩夢驚擾，當她醒來看見太陽高掛在巴黎上空時，卻沒有力氣爬起來。她睡了一整天，又睡了半個晚上，等她再次醒來時，感覺體內摔個粉碎的東西似乎又聚攏了，就像摔得很慘的斷骨，脆弱之處長出了堅硬的骨痂。

「夠了。」她告訴自己，站起身來。

「夠了。」她又重複一次，開始大口大口吃起臭酸的麵包，還有在暑氣中乾癟掉的乳酪。

夠了。

當然，之後還會有其他黑暗的夜晚，其他輾轉難熬的黎明，而她的決心會在一段時間過後變得軟弱一些，希望又像一陣冷風般悄悄吹來。但是悲傷已經褪去，由頑固的憤怒取而代之，她打定主意要搧風點火，小心呵護、助長這樣的星星之火，直到火苗燒成一口氣吹不熄的熊熊烈焰。

紐約市

二〇一四年三月十三日

XIV

亨利．史托斯在黑暗中獨自走回家。

艾笛，他心想，在口中翻弄著那個名字。

艾笛，她看著他時，看見的是一個有著黑色頭髮、親切眼神，而且情緒都寫在臉上的男孩。

只有這樣而已，沒別的了。

一陣冷風吹過，他拉緊身上的外套，抬頭看著無星的夜空。

然後露出微笑。

第三部

三百年，四個字

標　　題：無題的沙龍素描

藝 術 家：伯納德．羅德爾

日　　期：約一七五一—三年

媒　　材：墨筆與羊皮紙

地　　點：外借自大英圖書館的「巴黎沙龍」特展

描　　述：對喬芙蘭夫人知名沙龍的詮釋，畫面中滿是正在交談與休息、姿態各異的客人，可以辨認出數個知名人物，例如盧梭、伏爾泰、狄德羅。但值得一提的是房間中圍坐的三個女人。其中之一顯然是喬芙蘭夫人，另一個是蘇珊．內克爾，但是第三個臉上有雀斑的優雅女子卻始終身分成謎。

背景簡介：除了對狄德羅百科全書有所貢獻之外，羅德爾也是非常有熱誠的製圖員，他的繪圖技巧在喬芙蘭夫人沙龍中的幾幅作品上展露無遺。他筆下的數張素描都出現過雀斑女子的身影，但是其姓名未見提及。

預估價值：未知

法國，巴黎
一七二四年七月二十九日

I

自由就是一條褲子和一件有鈕釦的外套。

自由是一件男人的上衣和一頂三角帽。

如果她早點領悟到，那該有多好。

黑暗聲稱自己給了她自由，但事實上，對女人來說哪來的自由可言，在這個世界裡，女人被自身衣物所拘束，被囚禁於自家宅邸，只有男人才有四處遊蕩的權利。

艾笛在街上蹓躂，身穿大衣，一邊手肘勾著一個偷來的籃子。附近有一個老婦正在拍打一條毯子、數個工人在咖啡館台階上休息，見她經過連眼睛也不眨一下，因為在他們眼中，並沒有女人獨自行走。他們只看到一個小夥子，幾乎還是青少年的年紀，在漸暗的天光裡遊蕩，並不覺得她在街上走動這有哪裡好奇怪、哪裡好羞恥的。他們連想都沒想。

轉念一想，或許當初艾笛直接要一套男裝還比較省事，不必賠上自己的靈魂。

黑暗已經整整四年沒有來拜訪過她了。

四年，而在新的一年又一次來到時，她都發誓不會再浪費時間枯等。然而這是她無法完全遵守的誓言。艾笛努力過，但隨著那個日子來到，她仍然感覺像是發條越上越緊的時鐘，直到黎明來臨時才能放鬆下來。就算是得以鬆懈下來，那也是種陰鬱的感覺，放棄多過於放鬆，而同時心知這樣的等待會周而復始再來一次。

四年了。

四個冬夏更迭，四個無人來訪的夜晚。

至少其他三百六十四個夜晚都屬於她，可以愛怎麼過就怎麼過，但無論她怎麼試著排遣時間，這天晚上仍舊是屬於路克的，就算他人不在這裡。

然而，她不願就這樣默默放棄，不願就這樣犧牲這幾個小時，彷彿這段時間已經付諸東流，已經是歸路克所有。

艾笛經過一小群男人，壓低帽沿打招呼，順手將三角帽壓得更低，蓋住額前。天還沒全黑，在漫長的夏夜裡，她小心翼翼跟來往的路人保持距離，知道如果對方多看兩眼，她一定會露出馬腳。她大可以多等一個小時，就能在夜幕掩護之下放心移動，但事實上，她無法忍受這樣的寧靜，無法忍受時間一分一秒滴答流逝。

她絕對不願這樣度過今晚。

今晚，她決定要慶祝自由。

她要登上聖心堂，坐在蒼白石階的頂端，俯望腳底下的城市，一邊野餐。

她手肘邊掛的籃子搖搖晃晃，裡頭裝滿了食物。在多番練習之後，她的手腳更加來去無蹤，過去這幾天以來她都在籌劃這場盛宴：一條麵包、一片醃肉、一塊乳酪，還有掌心大小的一罐蜂蜜。

蜂蜜——艾笛離開維永後就沒再有享受過這種口福，伊莎貝兒的父親有一排蜂巢，會刮取那琥珀色的甜蜜糖漿，留下蜂巢外皮讓她們吸吮，直到手指都變得黏糊糊甜蜜蜜。現在，她舉起戰利品對著逐漸昏暗的天光看，讓西沉落日將瓶裡的液體染成金色。

有個男的忽然沒頭沒腦衝出來。他的一邊肩膀撞上她的手臂，寶貴的瓶子從手中滑脫，撞上石板路面，有一瞬間，艾笛誤以為有人攻擊她，或打算洗劫她，沒想到陌生人已經結結巴巴地開口道歉。

「蠢蛋。」她嘶聲說，眼神從那攤夾雜著碎玻璃的金黃液體移到罪魁禍首身上。對方是個年輕英俊的金髮小伙子，顴骨很高，髮色和她打翻的蜂蜜一樣。

而且他不是一個人。

他的其他幾個同伴沒跟上前，在後面為了他闖的禍起鬨鼓譟，這群人感覺像那種大中午就提前開始夜晚玩樂的人，不過闖禍的這名小伙子脹紅了臉，顯得十分難為情。

「我真的很抱歉。」他開口說，這時神色忽然改變了。一開始是吃驚，接著轉為好奇，直到現在她才後知後覺地發現兩人靠得有多近，發現光線落在了自己臉上；直到現在她才後知後覺地發現對方看穿了她的偽裝，但是他的手還搭在她的衣袖上，有那麼一瞬間，她很擔心他會揭穿她。

他的同伴喊他過去，他也只叫他們先走，現在石板街道上就只剩下他和艾笛，她已經先扯開手了，不過年輕人臉上沒有惡意，只有奇異的歡喜。

「放開我。」她說，特別把嗓音壓低了幾度，這似乎只讓他看起來更開心，雖然他立刻像被火燙到一樣倏地縮回了手。

「抱歉，」他又說了一次，「是我疏忽了。」然後他露出一個調皮的微笑。「妳似乎也疏忽囉。」

「才沒有。」她說，手指悄悄移往她藏在籃子裡的一把短刀。「我是故意露出破綻的。」

他笑得更燦爛了，低頭看著地上砸碎的蜂蜜罐，搖搖頭。

「這我一定要賠妳。」他說。她本來已經要說不用麻煩、沒關係，但是他拉長脖子，望向道路另一頭，「啊哈。」他說，一邊伸出手勾住她的手臂，彷彿他們已經是朋友了。

「來吧。」他說，領著她走向轉角處的咖啡館。她以前從沒進去過咖啡館，膽子從來沒大到敢用這身很容易就露出破綻的裝扮隻身闖入。但是他拉著她往前，彷彿這一切再正常不過了，最後甚至揮出一隻手臂攬著她的肩頭，那個重量忽如其來，感覺非常親密，她本來想躲開，卻瞥見他嘴角帶著一抹微笑，發現他是把這一切當成一場遊戲，打算當她的共犯，幫她保守祕密。

咖啡館是個生機蓬勃的熱鬧地方，交談聲此起彼落，還瀰漫著一種馥郁煙燻味。

「小心喔。」他說，兩眼閃著調皮的光芒。「跟緊點，別抬起頭，不然會被看穿的。」

她跟著他來到吧台，他點了兩份用淺杯子盛裝的飲料，裡面的物體稀薄漆黑。「坐這裡。」他說，「靠牆坐，這裡比較暗。」

他們紛紛窩進角落的座位，他用個花俏的手勢將兩個杯子放在他們中間，旋轉杯子將握柄朝向她，一邊解釋說這叫作咖啡。當然，她耳聞過這種飲料，這是巴黎目前流行的飲料，她將瓷杯舉到唇邊，啜飲了一口，不禁心生失望。

那黑色的物體濃烈苦澀，像她多年前嘗過的巧克力片，只是少了那股甜味。眼看那個男孩盯著她瞧，模樣活像隻渴切的小狗，她只好硬吞下去，露出微笑，手捧著杯子，從帽簷底下偷看，細細觀察圍坐在桌邊的那些男人，有些低著頭，有些哈哈大笑在打牌，或是來回傳遞一疊疊紙張。她望著這些男人，不禁重新開始納悶這個世界對他們來說有多廣闊，而各種界線又有多輕易就能跨越。

艾笛的注意力回到她的夥伴身上，他正用跟剛才一模一樣的那種無比驚奇的眼神看著她。

「如何？」他問。「妳現在在想什麼呢？」

沒有介紹、沒有寒暄。他就這麼開始聊起來，彷彿彼此已經熟識多年，而不是只認識幾分鐘。

「我在想，」她說，「當男人一定很簡單。」

「所以妳才打扮成這樣嗎？」

「對，」她說，「而且我痛恨馬甲。」

他哈哈大笑，聲音是那麼的爽朗隨性，艾笛自己也忍不住露出微笑。

「妳有名字嗎？」他問，她不知道是在問她本名還是化名，她決定回答：「湯瑪斯。」看著他像在品味水果一樣在嘴裡翻轉那個名字。

「湯瑪斯。」他沉吟。「幸會幸會。我叫雷米．洛倫。」

「雷米。」她跟著念，品嚐著那個柔軟的名字和上揚的母音。很適合他，「艾德琳」從來就沒這麼適合她過。太青春又太甜美，從今往後會一直陰魂不散，就像其他所有她用過的名字一樣，彷彿溪流中載浮載沉的蘋果。不管她遇到了幾個同樣名叫雷米的男人，只要聽到這個名字，她想到的總是眼前的這位，雀躍開懷的男孩——她也許會愛上的男孩，如果她能有機會的話。

她又啜了一口，注意不要太小心翼翼地捧著杯子，還得記得用手肘撐著身體，裝出眼前這群男人以為不會有人細細觀察自己時那種滿不在乎的樣子。

「太厲害了。」他驚嘆。「妳把男人觀察得很仔細呢。」

「真的嗎？」

「妳真是模仿天才。」

艾笛大可以告訴他自己有的是時間可以練習，告訴他這幾年來，這件事已經變成用來自娛的某種遊戲。如今她已創造了十幾個不同的角色，知道公爵夫人和侯爵夫人、碼頭工人與小販的行為舉止之間的各種細微差異。

但她最後只說：「每個人都有自己打發時間的方式。」

他哈哈大笑，舉起杯子，啜飲了幾口，雷米的注意力一邊在咖啡館裡游移，最後似乎看到了某個讓他大吃一驚的東西。他剛喝下口的咖啡嗆了出來，一邊脹紅了雙頰。

「怎麼了？」她問。「你還好吧？」

雷米連連咳嗽，差點把杯子都掉到地上，一邊朝門口狂打手勢，剛剛有個男人走了進來。

「你認識他？」她問。雷米語無倫次地回答：「**妳**不認識嗎？那位是伏爾泰先生啊。」

她微微搖頭。那個名字對她來說一點意義也沒有。

雷米從外套裡抽出一支鉛筆。還有一本薄薄的小冊子，封面上印著東西。她看著標題的草體字，只來得及看懂了一半，雷米就翻開小冊子，露出密密麻麻的字跡，全都是用優雅的黑墨印製而成的。她父親上次教她識字，已經是很久以前的事了，而且她之前學的都是簡單字彙，都是鬆散的手寫字體。

雷米發現她在讀紙頁上的字。「妳看得懂嗎？」

「字母我都認得，」她承認，「但是我學得不夠多，全部拼湊在一起我就看不太懂了，等我拼完一整行字，常常就忘了意思。」

雷米搖搖頭。「女人無法像男人一樣接受教育，」他說，「真是太荒謬了。無法閱讀的生活啊，我簡直無法想像，人生漫漫，一首詩也無法讀、一齣劇也無法看，無法認識那些哲學家。莎士比亞、蘇格拉底，更不用說還有笛卡爾了！」

「就這樣嗎？」她調侃道。

「還有伏爾泰。」他繼續說。「當然囉，伏爾泰是一定要讀的。還有散文、**小說**什麼的。」

她沒聽過那個詞。

「就是長長一整篇故事，」他解釋，「完全虛構的內容，充滿浪漫愛情、歡樂喜劇和精彩冒險。」

她想到小時候父親告訴她的童話故事，還有艾絲特拉編織的那些關於古神的傳說。但是雷米提及的這個「小說」，聽起來似乎更加神奇。艾笛的手指撫過朝她遞出的那本冊子，注意卻集中在雷米身上，而雷米此時此刻則全身貫注地看著伏爾泰。「你要去向他自我介紹一下嗎？」

雷米猛地望向她，看起來嚇壞了。「不，才不呢，至少不急在今晚，這樣子比較好，就像故事要有起承轉合一樣。」他往後靠向座位，開心得神采奕奕。「看見沒？我就是喜歡巴黎這一點。」

「這麼說你不是當地人囉？」

「這裡有誰是當地人嗎？」他的注意力又回到她身上。「不，我是從雷恩來的。出身印刷師家族，我是家裡的老么，我父親犯了個大錯，把我送去外地上學，我讀得越多，就想得越多，而我想得越多，就越覺得自己應該待在巴黎。」

「你的家人都不介意嗎？」

「他們當然介意得很，但是我非來不可，思想家全都聚集在這裡呢，這是世界的中心和領舵，而且瞬息萬變。」他的雙眼光芒閃爍。「人生苦短，每個我在雷恩度過的夜晚都輾轉難眠，想著又這麼浪費了一天，誰知道我還能有多少個日子能過呢。」

她也體會過同樣的恐懼，就是這樣的恐懼，驅使著她在那天晚上逃進了樹林裡，也是這樣的恐懼，推著她踏上了接下來的命運。

「所以我就來到這裡囉。」他開朗地說。「我也不願去別的地方，不覺得這裡棒透了嗎？」

艾笛想到了髒污的玻璃和緊鎖的門，想到了深深庭園，還有守著花園的大門。

「有時候的確是挺不錯的。」她說。

「啊，原來妳覺得我是理想主義者。」

艾笛將咖啡舉到唇邊。「我覺得男人比較容易有這種症狀。」

「確實。」他承認，最後才對她那身裝扮點點頭。「話是這麼說，」他露出邪惡的微笑，「我看妳也不像一個會輕易向束縛妥協的人，『Aut viam invenium aut faciam』之類的。」

她還沒學會拉丁文，雷恩也沒幫忙翻譯，但是十年後，她會一個個查找單字，學會每個字的意思。

如果找不到辦法，就自己創造一個。

那時她也會微笑，就像他今晚成功逗她露出的微笑。

他雙頰通紅。「我一定讓妳覺得很無聊。」

「完全不會。」她說。「告訴我，當思想家能賺很多錢嗎？」

他呵呵笑。「不，收入不太好，所幸我還是沒有愧對家族名聲。」他伸出手，雙掌朝上，她注意到他掌紋中有隱約的墨跡，指尖也髒髒的，就像她從前也是滿手炭筆髒污一樣。「做得很不錯呢。」他說。

艾笛不只聽到雷米說的話，還聽到了他的肚子正在咕嚕叫。

艾笛幾乎都忘了碎掉的玻璃瓶和灑了一地的蜂蜜，而除了蜂蜜之外，其他豐盛的餐點仍在腳邊的籃子裡等著她享用。

「你爬上聖心堂看過嗎？」

紐約市
二〇一四年三月十五日

II

過了這麼多年，艾笛還以為自己已經看開了。她以為自己早已平心靜氣接受，或者想到方法與之並存，他們絕對不是朋友，但也不再是敵人。然而從星期四晚上到星期六下午這段時間仍舊難熬，必須度過的每秒鐘都像老婦人在數銅板來付麵包錢那樣艱困。時間似乎從來沒有加快過腳步，分分秒秒她都數算得清清楚楚。她似乎無法好好度過這段時間，既無法虛擲光陰也無法暫時將之拋諸腦後。每一分鐘都在她身邊膨脹，變成一滴也無法取飲的遼闊時間海，橫亙在當下與彼時，在此處與書店，在她與亨利之間。

過去兩個晚上，她都待在展望公園裡的某處，一間有著凸窗的舒適兩房公寓，某年冬天她遇到屋主傑拉德，他是個童書作家。房裡有一張加大雙人床、一疊毯子，還有暖氣發出催眠般的喀噠聲，儘管如此她還是睡不著，什麼也做不了，只能數著時間枯等，很希望兩人原本約的是今天，這樣她只需要熬過一天就好，而不是整整兩天。

三百年的光陰她都熬過來了，現在卻忽然有了過去與未來，有了可以等待的事物，她迫不及待要再看亨利臉上的表情，想再聽他喚她的名字。

艾笛沖澡沖了好久，洗到水都涼了，她擦乾頭髮，換了三種髮型，坐在廚房中島上，往空中拋著麥片穀粒，試著張嘴接住，牆上的掛鐘慢慢從早上十點十三分滴答走到十點十四分。艾笛出聲哀嚎。

她和亨利約了傍晚五點碰面，現在每過一分鐘，時間就流淌得更慢，慢到她覺得自己都快瘋了。

距離她上一次覺得這麼無聊已經好長一段時間了，悶到發慌，無法集中注意力，她花了一整個早上的時間，才驚覺自己原來不是無聊。

而是緊張。

「緊張」，就如同「明天」，指的都是尚未發生的事情。都是關於未來的字眼，長久以來，她擁有的就只有當下。

艾笛不習慣緊張的感覺。

如果一直都是孤家寡人一個，如果尷尬的時刻只要靠關上一扇門、只需相隔一秒鐘就能抹滅，那麼每次見面都會是全新的開始。如同白紙一般。

時鐘走到了早上十一點，她覺得自己在室內待不住了，決定出去走走。

她把散落的穀片掃乾淨，將公寓整理回原本的模樣，重新踏入即將晌午的布魯克林。她先在精品店之間閒逛，極力想找事情做來轉移注意力，因為有史以來第一次，她不能再穿這套服裝了。畢竟她之前已經穿過這套了。

「以前」——對她來說概念已經逐漸模糊的另一個詞。

艾笛選了一件淡色牛仔褲和一雙黑色絲質平底鞋，換上低領上衣，最後仍舊聳肩穿上了皮夾克，雖然整體穿搭看起來並不協調。這仍然是她不忍心割捨的一件東西。

和戒指不一樣，皮衣丟了就回不來了。

艾笛任由彩妝用品店裡一名熱情的女孩帶她坐在一張凳子上，在她臉上用各種化妝品塗塗抹抹，提亮、描線，打上陰影。結束後，鏡中的容顏很美，卻也很不對勁，眼睛四周燻染的眼影令她原本溫暖的棕眼變得冷漠許多，她的皮膚看起來也太過滑順，霧面粉底遮蓋住了那七點雀斑。

路克的聲音像霧氣一樣升起，遮蓋住鏡中倒影。

我寧願看見雲朵遮蔽星星。

艾笛請女孩去幫她找珊瑚色調的脣膏，她一離開，艾笛就伸手抹去了雲朵。

也不知道是怎麼做到的，她最後竟然成功消磨了時間，熬到了下午四點，此時她人已經來到了書店外頭，心裡希望和恐懼交織，坐立難安。她強迫自己在街區繞一圈，數著地上的石板，記住沿路每一家商店的名字，一直到了四點四十五分，然後她再也忍不住了。

跨出四步。打開一扇門。揣著心裡那份沉重如鉛的恐懼。

如果呢？

如果他們分開太久了？

如果詛咒原本浮現的那道裂隙又被填補起來？

如果只是她的一時僥倖呢？或者一個殘酷的笑話？如果如果如果如果如果——

艾笛屏住氣，打開門踏了進去。

但是亨利不在，櫃台後方的是另一個人。那個女孩。前幾天她來店裡時看見坐在皮革椅子上的女孩，亨利追出店外，在人行道攔下艾笛時，曾經開口喊過他名字的那個女孩。她靠著收銀機抽屜，翻閱一本滑亮紙頁上滿是圖片的書籍。

那女孩本身像是個藝術品，美得驚人，深色皮膚襯托著銀白髮絲，毛衣斜向一邊肩膀垂落。聽見門上鈴鐺的叮咚聲，她抬起頭來。

「需要幫忙嗎？」

艾笛結結巴巴，不知道該說什麼，心中的懇求和恐懼讓她忽然一陣暈眩，站不穩腳步。「是這樣的，」她說。「我在找亨利。」女孩盯著她，細細打量她——

書店後方傳來熟悉的嗓音。

「碧雅，妳覺得這看起來會不會……」亨利拐過轉角，撫平上衣，看見艾笛時就停下原本要說的話。那瞬間，那千百萬分之一秒的瞬間，她以為一切都結束了。以為他忘了，她又是孤獨一人，幾天前那脆弱的魔咒彷彿游絲般被剪去。

但是亨利露出微笑說：「妳早到了。」

艾笛大口吸進空氣，覺得暈陶陶的，滿懷希望和光芒。

「抱歉。」她說，有些喘不過氣。

「沒關係。看來妳見過碧雅翠絲了。碧雅，這是艾笛。」

她好愛亨利說她名字的方式。

路克喊她的名字時，像在揮舞兵器，宛如拿著刀子刷過她的皮膚，但是同樣的名字到了亨利的舌尖，就感覺輕盈光亮，而且討喜。在他們兩人之間清脆地迴盪。

艾笛。艾笛。**艾笛**。

「好像似曾相識呢。」碧雅說，搖搖頭。「明明是第一次遇見某個人，卻覺得以前好像見過，妳有過這樣的感覺嗎？」

艾笛差點放聲大笑。「有。」

「我已經餵過書咪了。」亨利說，聳肩穿上外套，一邊告訴碧雅。「**不要**再去驚悚小說區撒貓草了喔。」她舉高兩隻手擺出投降的姿勢，手環叮噹作響。亨利轉頭看著艾笛，露出靦腆的笑容。「準備好出發了嗎？」

他們才往門口走到一半，碧雅就彈彈手指。「巴洛克，」她說，「或者新古典。」

艾笛疑惑地回望她。「妳是在說藝術史年代嗎？」

另一個女孩點點頭。「我有個理論，覺得每一張臉都屬於一個年代，一個時期，或一個藝術流派。」

「碧雅是研究生。」亨利插話說。「藝術史研究生，妳可能早就猜到了啦。」

「亨利這傢伙很明顯是純粹的浪漫主義，我們的朋友羅比是後現代，前衛的那種，不是極簡，但是妳……」她伸出一隻手指點著嘴唇。「妳嘛，有一種歷久彌新的感覺。」

「不要再跟我的約會對象調情了。」亨利說。

約會對象。那四個字讓她興奮不已。約會是必須事先醞釀、事先計劃的，不是偶然的巧合，而是在某個時間點所特意撥出的另一段時間，是屬於未來的一個特別片刻。

「你們好好玩啦！」碧雅開懷地說，「不要玩太晚喔。」

亨利翻翻白眼。「碧雅，掰啦。」他說，伸手擋住門。

「你欠我一次人情喔。」她補了一句。

「我這可是免費讓妳看書看到飽耶。」

「差不多就和圖書館一樣！」

「才不是什麼圖書館！」他喊回去，艾笛微微一笑，跟著他走上街道。這顯然是他們兩人才聽得懂的笑話，由他們兩個人所共享的熟悉笑料，她因為渴望而隱隱作痛，想知道如此熟悉一個人是什麼樣的感覺，想要與另一個人彼此認識。不知道她和亨利有沒有辦法也擁有那樣的笑話。想知道他們是不是能認識得夠久。

這天晚上很冷，他們肩並肩行走，並沒有勾肩搭背，不過兩人手肘時常互相刷過，都微微靠向對方來取暖。艾笛對她旁邊這個把鼻子埋進圍巾裡的男孩感到不可思議。也對他細微的姿態轉變感到不可思議，比從前多了那麼一點微乎其微的自在。好幾天前，她對他來說還是陌生人，現在不是了，他們倆以同樣的速度開始互相熟悉，而且這還只是開始而已，一切都還很新鮮，不過在從陌生到熟悉的這條路上，他們又往前邁了一步。從前，能和她一起沿著這條道路行走的，也就只有路克而已。

但是。

現在她卻和這個男孩來到了這裡。

*你到底是誰？*她看著水蒸氣模糊了亨利的眼鏡，心裡納悶著。他逮到她在偷看，眨了眨眼睛。

「我們要去哪裡？」她問，他們已經走到地鐵站，亨利望向她，露出一個害羞的歪斜微笑。

「驚喜，先保密。」他回答，兩人一起步下階梯。

他們搭G線到綠點，又往回走了大概半個街區，抵達一間看起來平淡無奇的店面，窗戶中掛了個「洗衣熨燙」的招牌。亨利擋著門，讓艾笛走進去。她張望著四周的洗衣機，耳邊是機器運轉洗滌的白噪音，還有旋轉脫水的震動。

「原來是自助洗衣店。」她說。

但是亨利的眼睛閃著調皮的光芒。「其實是地下酒吧。」

聽見那幾個字，她腦中有記憶祟動，幾乎一世紀之前，她人在芝加哥，那間地下酒吧裡爵士樂像煙霧一樣繚繞，空氣裡還瀰漫著琴酒與雪茄的氣味，夾雜著酒杯互相敲撞的叮咚聲，彷彿一個等待探索的祕密。他們坐在有天使舉杯圖案的彩繪玻璃窗下，香檳在她舌上冒泡泡，黑暗貼著她的肌膚微笑，將她拉到舞池中跳舞，這是一切的開始與結束。

艾笛打了個寒顫，趕緊回過神來。亨利正替她擋著洗衣店後方的門，她以為自己會走進陰暗的房間裡，被迫回到過去，但迎接她的卻是霓虹燈和街機遊戲的叮咚聲，確切來說是打彈珠遊戲。牆邊擺了滿滿一排遊戲機，一台台緊緊靠在一起，好騰出空間給桌子和板凳，此外還有一座木質吧台。

艾笛瞠目結舌看著四周，覺得很有趣。嚴格來說這不是地下酒吧。只是隱藏在表象之下的事物。內外翻轉過來的覆寫本。

「如何？」他怯怯地笑，「妳覺得如何？」

艾笛發現自己也報以微笑，因為放鬆下來而頭暈目眩的。「我很喜歡。」

「太好了。」他說，從口袋裡拿出一袋硬幣。「準備好要大輸特輸了嗎？」

時候還很早，可是這裡已經來了不少人。

亨利領著她走到角落，佔了兩台復古遊戲機，在兩台機器上各堆了一疊硬幣。她投進第一枚硬幣時屏住氣息，以為硬幣會直接哐啷一聲掉入退幣盤中。但是機器成功把硬幣吃了進去，遊戲冒出一連串歡樂的色彩與聲音。

艾笛呼了口氣，半是開心，半是放鬆。

也許她無法留名，也許她所有的舉動都和行竊一樣必須偷偷摸摸。儘管如此，在此時此刻，她一點也不在乎。

她拉下把手開始玩。

III

「妳打鋼珠怎麼可以那麼強啊？」眼見她的分數狂飆，亨利逼問。

艾笛不太確定。老實說，她以前從來沒玩過，而且試了好幾次才上手，不過現在她已經抓到要領了。

「我學得很快。」她說，一顆鋼珠從彈片中滑落。

「高分紀錄！」遊戲的機器人聲音說。

「做得好！」亨利拉開嗓門蓋過噪音。「最好榜上留名。」

畫面閃過，等著她輸入名字。艾笛猶豫。

「像這樣。」示範如何切換字母之間的紅框。他讓開位置，但是輪到艾笛自己嘗試時，游標一動也不動。字母A閃爍著，彷彿在嘲笑她。

「算了，沒關係。」她說，往後退，但是亨利決定插手幫忙。

「新遊戲機，還是會犯老毛病。」他用屁股撞了一下機器，字母A四周的框框重新出現，「可以了。」

他正要退到一邊，但是艾笛抓住他的手臂。「幫我輸入名字，我去拿下一輪飲料。」現在酒吧裡幾乎客滿，要拿飲料比較容易。她從吧台角落掃了兩杯啤酒，在人群中左右穿梭，酒保根本沒轉過身看。她端著飲料回到遊戲機旁，第一眼看見的是那幾個字母，在螢幕上閃著亮光。

「ADI」

「我不知道妳的名字怎麼拼。」他說。

雖然拼錯了，但是沒關係，除了那三個字母之外，其餘的都不重要，那三個字母對她閃爍著，幾乎就像個戳記，也像個簽名。

「跟妳交換。」亨利說，雙手扶著她腰臀間，將她推過去他那台遊戲機。「來看看我可不可以破妳的紀錄。」

她屏住呼吸，希望永遠不要有人把她的名字洗掉。

他們一直玩到銅板和啤酒都沒了，直到酒吧已經人滿為患，擠得很不舒服，直到他們在遊戲的鈴響與碰撞聲，以及其他人的大聲交談之中已經聽不見彼此說話，才離開這昏暗的遊樂場。他們經過光線刺眼的洗衣店，步上外頭的街道，外面依然熱鬧。

天色已經黑了，頭頂的天空布滿深灰色的雲朵，看起來就快要下雨了，亨利把手插進口袋裡，張望著街道兩邊。「現在呢？」

「你要我決定嗎？」

「這場約會人人平等喔。」他說，重心從腳跟移到腳尖，前後晃動。「第一章由我提議，現在換妳啦。」

艾笛自顧自哼著歌，望了望四周，在腦海中回想這個街區的地圖。

「還好我找到我的皮夾了。」她說，拍拍口袋。她當然沒找到，不過那天早晨的確從童書畫家的廚房抽屜裡抽出了幾張二十塊紙鈔。從他最近登上《泰晤士報》的報導，以及最新一筆新書簽約的預付版稅金額看來，傑拉德並不會發現自己丟了這點小錢。

「走這裡。」艾笛邁出步伐，沿著人行道前進。

「要走多遠啊？」十五分鐘後，他們還在走，亨利不禁開口問。

「我以為你是紐約人。」她調侃。

但是他踏出的大步跟得上她的速度，五分鐘後，他們繞過轉角，目的地到了。「夜鷹」的燈光點亮陰暗的街道，紅磚飾牆上排列著白色燈泡，凸顯出紅色霓虹燈寫成的電影院幾個字。

布魯克林的每一座電影院，艾笛都去過，無論是有運動場座位的多功能場館，還是擺著老舊沙發椅的獨立影電影院，各種強檔新片和懷舊老片她都看過了。

夜鷹是他最愛的一間電影院。

她掃視著看板，買了兩張《西北偏北》的電影票，亨利說他從來沒看過，然後她拉著他的手，一起走入黑暗的影廳中。

每張座位間都有小桌子，桌上擺著塑膠菜單和手寫點餐用的小紙片。她從來沒成功點過任何東西，鉛筆痕一下子就消失了，侍者一掉頭離開就馬上忘記她的存在，所以她往前靠，看著亨利在紙片上寫字，因為他這個舉動能達成的效果感到興奮不已。

預告片一部部播過，旁邊的位置開始有人陸續就座，亨利握住她的手，手指互相交扣，像是一條鎖鏈上緊緊相扣的環節。她在影廳裡的微弱光線中瞥向他：黑色鬈髮、高聳顴骨和輪廓鮮明的唇峰。看出了那麼一絲相似之處。

這不是她第一次在其他人的面孔中看見路克的神韻，「妳一在直盯著我看耶。」亨利在預告片的音效中壓低聲音耳語道。

艾笛眨眨眼睛。「抱歉。」她搖搖頭，「你長得很像我認識的一個人。」

「希望妳對那個人有好感。」

「不太算，」他開玩笑地對她露出一個倍感冒犯的表情，艾笛幾乎大笑出聲，「說起來很複雜。」

「原來是愛過的人囉？」

她搖搖頭。「不是……」話是這麼說，語氣卻有些遲疑，沒有字面上那麼篤定，「但他確實長得滿好看的。」

亨利聽了哈哈大笑，影廳裡的光暗下來，電影開始播放。

另一個侍者出現，蹲低身體來送餐，她從盤子裡拿起一根根薯條吃，開始享受電影。她往旁邊瞥了一眼，想看看亨利是不是也沉浸其中，不過他的視線根本不在大銀幕上。一個小時前，他原本滿臉快樂爽朗的表情，現在卻彷彿繃著一張焦慮不安的面具，一腳的膝蓋還上下不停地抖動。

她靠向亨利，「你不喜歡嗎？」

亨利臉上閃過空洞的微笑，「沒關係。」他說，在椅子裡扭動。「只覺得步調有點慢。」

因為是**希區考克**啊。她想這麼說，但後來卻只小聲說：「我保證最後會很值得。」

亨利轉過來看著她，眉頭緊蹙，「妳已經看過這部片了嗎？」

艾笛當然看過。

第一次是一九五九年時在洛杉磯的一家戲院看的，然後是七〇年代時和導演的最後一部電影《大巧局》一起重新上映，而幾年前，她還在格林威治村的某個電影回顧展中看過一次。希區考克總是能一次次起死回生，每隔一段時間就會重新出現在劇院中。

「是啊。」她也用耳語說，「但是我不介意。」

亨利什麼也沒說，卻明顯非常介意。他又開始繼續抖動膝蓋，過了幾分鐘，他甚至站起來離開座位，往大廳走去。

「亨利。」她呼喚，顯得很迷惑，「怎麼了？發生了什麼事？」

他一把拉開劇院的門時，艾笛趕上他，步上人行道，「抱歉，」他喃喃自語，「我得透透氣。」

但顯然不是這個問題，他來回踱步。

「告訴我。」

他慢下腳步，「我只希望你有先跟我說過。」

「告訴你什麼？」

「說妳已經看過了。」

「但是**你**沒看過呀。」她說。「而且我不介意再看一次，很多東西我都喜歡一看再看。」

「我不喜歡。」他怒道，然後又瞬間消了氣。「抱歉。」他搖搖頭。「抱歉，這不是妳的問題。」他的手刷過頭髮。「我只是——」他搖搖頭，轉頭看著她，綠色雙眼在黑暗中顯得有些迷濛。「妳有沒有過一種感覺，好像就快要沒時間了？」

艾笛眨眨眼，那已經是三百年前的事了，那時她跪在森林中，兩隻手深深挖進滿是青苔的泥土中，教堂鐘聲在身後迴盪。

「我不是說一般的那種時間飛逝的感覺，」亨利說，「我的意思是感覺像時間洶湧翻騰從你身邊經過，你試著想伸手去抓，試著想緊緊攀住，但時間還是不斷湍急地流走，每過去一秒，時間就更少，空氣也更少，有時候我靜靜坐著不動時，就會開始這樣想，而每當我開始想，就沒辦法呼吸，我坐不住，必須站起來到處移動。」

他的手臂環抱著自己，手指緊緊掐進肋骨，艾笛已經很久很久沒感覺到這樣的驚慌了，但是這種沉重的恐懼，她記得很清楚，記得那樣的恐懼，沉重到她覺得自己會被壓垮。

一眨眼，半生就過了

我一邊活著，一邊死去。

不想在這十幾公尺的範圍內誕生，最終也葬在同樣的地方。

艾笛伸出手抓住他的手臂。「來吧，」她說，拉著他沿著街道離開。「我們走。」

「去哪？」他問，她垂下手臂牽起他的手，緊緊抓著。

「去幫你找些新鮮的東西。」

IV

法國，巴黎
一七二四年七月二十九日

雷米．洛倫是個開心果。三不五時就爆出一陣大笑。

兩人一起往蒙馬特走去，他壓低艾笛的帽沿，幫她豎起衣領，還伸出手搭她的肩，頭歪向一邊，好像在低語訴說著什麼下流的祕密。雷米很高興能成為她變裝表演的一部分，她自己也很開心有人可以分享。

「湯瑪斯，你這個笨蛋，」他們經過一群男子時，他故意大聲嘲諷。

「湯瑪斯，你這個無賴。」經過兩名女子時他喊道，其實她們的年紀還只是少女，卻穿著破破爛爛的紅蕾絲站在巷口。她們聽見了雷米的話。

「湯瑪斯，」她們跟著呼喚，音調挑逗又甜美，「來當我們的無賴嘛，湯瑪斯。湯瑪斯，來玩嘛。」

雷米和艾笛爬上聖心堂的拱形階梯，快到頂時，雷米把自己的外套鋪在梯級上，示意要她坐在上面。

他們分食著籃裡的東西，艾笛邊吃邊打量著她奇異的夥伴。

雷米與路克是兩個極端，就每個層面而言都是。他有著一頭閃亮金髮，眼睛是夏日晴空的湛藍，而最不一樣的是他的舉手投足：隨和的微笑、開懷的大笑，還有青春正盛的活潑氣息。如果他們一個是令人背脊發寒的黑暗，另一個就是正中午的灼炙光芒，而要是雷米比不上路克那麼英俊，那也是因為他只是人類的緣故。

他是**真實的**。

雷米發現她盯著自己看，又哈哈大笑起來，「妳是拿我當成女扮男裝的研究對象嗎？我得說，妳已經精通了巴黎小伙子的姿勢和儀態呢。」

她低頭發現自己一隻腳平放，另一隻腳拱起來，還用一邊手臂懶洋洋地環住那邊膝蓋。

「但是，」雷米說，「妳恐怕長得太俊美了，就連在黑暗中也看得出來。」

他靠得更近，伸手握住她的手。

「妳的真名到底是什麼？」他問，她真希望自己有辦法告訴他。她努力嘗試說出口，很努力地嘗試，以為至少這一次可以將那幾個字推過舌頭。但是她只發得出「啊」一聲就卡住了，最後只好改口說，「安娜。」

「安娜。」雷米重複，將一縷散開的髮絲繞到她耳後，「很適合妳。」

後來的幾年，她會用過一百多個不同的名字，在聽過無數次之後，她會開始納悶名字到底有多重要。名字這個概念會開始失去意義，就像一個字唸了太多次，已經變成了無用的聲音與音節的組合。她會用這樣的例子告訴自己名字並不重要，即便她很想很想說出自己的名字，也很想聽到有人唸出她的名字。

「告訴我，安娜，」雷米說，將她拉回現在，「妳到底是誰呢？」

於是她跟他說了。或至少，她試著說出口，想描述那一整段奇特又曲折的旅程，然而有些話似乎進不了他耳裡，於是她必須換個講法再說一次，告訴他另一個版本的真相，算是與她真正的故事沾上點邊，以比較親近人情的方式將殘酷的細節委婉道來。

安娜的故事與艾笛的比起來相形失色。一個逃離女人生活的女孩，留下了熟悉的一切，逃到了大城市，家人都與她斷絕往來，但是她擁有自由。

「不可思議。」他說，「妳就那樣撒手就走？」

「我非走不可。」她說，這不是謊言。「承認吧，你覺得我瘋了。」

「是啊。」雷米咧嘴露出調皮的笑容，「我還覺得妳超級瘋狂，太不可思議了，妳的勇氣太驚人了！」

「感覺起來不像勇氣，」艾笛說，剝著那條麵包吃，「比較像是我走投無路，就像……」字詞卡在她喉嚨裡，但是她不確定是不是因為詛咒的關係，又或者單純是這份回憶她說不出口，「就像我會死在那裡似的。」

雷米若有所思地點點頭，「渺小的地方，渺小的人生，有些人可以忍受，他們喜歡知道下一步會踏在何處。但如果妳只會跟隨他人的腳步，就無法走出自己的路，無法留下痕跡。」

艾笛的喉嚨緊縮起來。

「如果一個人終其一生都無法在這個世界上留下痕跡，你覺得那還算得上是人生嗎？」

雷米的表情嚴肅起來，他一定是捕捉到了她話中的傷感，因為他接著說：「我覺得一個人要活得有意義，有千百萬種方式。」他從口袋裡掏出那本書。「這本書是由伏爾泰這個人的文字組成的，但同時也是排版師的心血結晶，以及讓字跡得以留存的墨水，還有從樹木製成的紙張所組成的。每一項元素都很重要，雖然封面上只印了作者的名字。」

當然，他肯定是誤解她的意思了，以為她的疑問起源於更為常見的另一種恐懼。然而他的話還是有份量的，雖然還要花上好幾年，艾笛才會發現到底多有份量。

他們陷入沉默，兩人的思緒壓得這寧靜的片刻沉重不已，暑熱已經散去，取而代之的是最深的夜晚裡微風輕拂的舒適涼意。時間像一塊布一樣覆蓋在兩人身上。

「很晚了。」他說。「我送妳回家吧。」

她搖搖頭，「真的不用麻煩了。」

「我不嫌麻煩。」他抗議道，「妳可以扮成男人的模樣沒關係，但我知道真相，我的榮譽心不允許我丟下妳。黑暗可不是適合孤家寡人的地方。」

他絕對不知道此言多有道理。她的胸膛一緊，想到今夜就像游絲般要從她手裡溜走了，隨之消散的還有兩人之間開始成形的自在氛圍，只花了幾個小時就醞釀而成，不是花了幾天或甚至幾個月的時間培養的，但仍然重要，而且脆弱美麗。

「好吧。」她說，而他報以的微笑是純粹的快樂，「帶路吧。」

她沒地方可去，但還是隨便挑了個方向走，大致上朝著幾個月前她待過的一個地方前進。每踏出一步，她的胸膛就擰得更緊一點，因為每一步都是在向這一切的終點、在朝兩人的結局靠近。他們拐了個彎，來到那條她假裝自己有家在此的街道，停在那扇他假裝是自己家門的門前，雷米湊近她，在她臉頰上吻了一下。儘管四周一片漆黑，她仍舊看得見他臉紅了。

「後會有期了。」他說，「在陽光下或黑暗中都好，男人或女人的樣子都沒關係。拜託，讓我再見妳一面吧。」

她的心都碎了，因為他們顯然沒有明天，只有今晚，艾笛還沒準備好要讓那條線斷掉，還沒準備好要任由今夜結束，所以她回答：「我送你回家吧。」他張開嘴想抗議時，她繼續說：「黑暗可不是適合孤家寡人的地方。」

他對上她的視線，或許猜到了她的弦外之音，也或許他也一樣痛恨就此結束今夜，因為他很快地就朝她伸出臂彎，說道：「真是太有騎士精神了。」他們又一次並肩往前走，發現正在走一模一樣的回頭路時，不禁雙雙哈哈大笑。適才走到她想像中的家時，一路上顯得懶散隨意；而現在出發前往他家的這趟路卻顯得急迫，充滿了期待。

他們來到了他的租屋處，並沒有假裝道別。雷米領著她上樓，現在手指交纏在一起，腳步踉蹌，氣息急促，等最後終於抵達房門口時，他們也沒在門檻上逗留。

接下來會發生的事，她心裡已經大致有數。

一直以來，性對她來說都是一種負擔，是情勢所迫，逼不得已而為之，也是某種她需要的貨幣，在這之前，她都甘願付出代價。就連現在，她都還在想他會不會推倒她，拉開擋路的內衣褲。她已經準備好面對飢渴的感覺戛然而止，被明目張膽的動作所驅退。

但是他並沒有硬來。對，有某種急迫感，但是雷米將那樣的張力像一根繩子一樣在兩人中間拉得緊繃。他伸出一隻穩穩的手，摘下她頭上的帽子，輕輕放在辦公桌上。他的手指滑上她的後頸，梳過她的髮絲，雙脣蓋上她的嘴，一個靦腆、試探的吻。

這是她第一次沒有感覺到任何的不情願，沒有感覺到任何恐懼，只有某種緊張的興奮，緊繃的氣氛充滿了令人窒息的渴切。

艾笛的手指笨拙地拉著他褲子的繫帶，他的手在解開她上衣時動作卻更慢，雷米將衣物拉過她的頭，拆開勒住她胸脯的棉布。

「馬甲還比較簡單。」他喃喃自語，親著她鎖骨的肌膚，她小時候睡在維永那張床上度過了那些夜晚之後，第一次感覺到有股熱潮在她雙頰、全身肌膚和兩腿之間升起。

他引導她往後躺在木板床上，從她的脖子一路吻到她乳房的曲線，然後才褪去褲子爬上床，爬到她身上。她用雙腿圈住他，在第一次衝刺時哽住了呼吸，雷米往後退，與她四目交接，確定她沒事，看見她點點頭後，就又垂下頭吻她，直到這時，他才繼續壓迫、進探，越來越深。

她拱起背，壓迫感變成歡愉，那是一波波襲來的深沉熱力。他們的身體緊緊貼著，一起移動，她很希望自己能夠抹去其他那些男人，其他那些夜晚，抹去他們酸臭的口氣和奇怪的鼓脹，抹去他們單調的戳刺，以及他們終於抽出、退開之前最後那陣忽如其來的震顫。對他們來說，只要又濕又暖就好，其他無所謂，她不過是盛裝他們肉慾快感的容器。

她無法抹滅那些夜晚的記憶，於是決定把自己當成覆寫本，讓雷米蓋過她身上已經刻下的那些字句。

事情本該這樣發生的。

雷米在她髮間低語的名字並不是她的真名，但是這不重要。此時此刻，她可以當安娜沒關係。要她當誰都可以。

隨著雷米的節奏變快，呼吸也更加急促，他壓得更深，艾笛感覺到自己也開始加快，她的身體圍繞著他，變得更加緊繃，隨著他腰臀的搖動和滾落在她臉上的金髮，漸漸被推向邊緣。她圈得越來越緊，接著忽然完全放鬆下來，過了幾分鐘，他也是。

雷米倒在她身旁，但是並沒有翻身到一旁。他伸出手，撥開她臉上的一縷頭髮，吻吻她的太陽穴，還笑了幾聲，其實比較像有發出聲響的微笑，卻讓她全身都溫暖起來。

他往後倒在枕頭上，兩人昏昏欲睡，他的是在歡快的餘波中鉛般沉重的睡意，而她的則輕盈朦朧而無夢。

艾笛再也不作夢了。

老實說，自從森林裡的那一晚之後，她就不作夢了。就算她作過夢，也已經記不得了。或許她的腦袋中已經裝滿了回憶，沒有空間容得下任何夢境了；或許只是詛咒的另一個層面，讓她只能過眼下的人生；也或許只是施捨給她的某種詭異慈悲，否則的話她會作多少噩夢？

不過她留了下來，躺在他身邊，感到快樂又溫暖，有幾個小時的時間，她幾乎忘記了。

雷米在睡夢中滾到一旁，露出精瘦的背，她將手放在他的肩胛骨之間，感覺他的呼吸，用手指描繪著他背脊的起伏，仔細觀察他的輪廓，他在激情之中也曾這樣仔細觀察她的輪廓。她的觸碰和羽毛一樣輕，但過了一會，他在睡夢中開始騷動、蠕扭，最後翻過身來面對她。

有短暫的一瞬間，他的面容看起來討喜、開朗而溫暖，正是他們在街道上相遇時湊近她的那張臉，也是曾在咖啡館裡與她一起幫她守密、一起微笑的面容，更是後來陪她一起走回家後又折返改去他家時的那張面容。

然而在他完全清醒過來之前的短短幾秒鐘內，那樣的面容就褪去了，所有對她的記憶也隨之消失。一道陰影掠過那雙溫暖藍眼，那張親切的嘴。他猛地扭動了一下，用一邊手肘撐起身體，因為看到自己床上有一名陌生人而慌張不已。

可想而知，對他來說，她現在只是一名陌生人了。

那天晚上他們初見彼此以來，他第一次皺起了眉頭，結結巴巴打了招呼，用字遣詞是如此正式，因為滿心的尷尬而僵硬無比，艾笛的心又更碎了一些。他試著要以禮相待，但是她無法承受，於是爬起來用最快的動作著裝，和他一開始為她寬衣解帶的速度真是鮮明對比。她並沒有花時間把所有的繫帶和鈕扣都綁好扣好。也沒有再次回頭看他，直到感覺到雷米溫暖的手放在她肩膀上才回過頭，他的撫觸幾乎是溫柔，艾笛心裡忍不住浮現了一個絕望又狂亂的念頭：也許——也許——還有挽救的餘地。她轉頭，希望能對上他的眼神，只發現他頭低低的，避開視線，還往她手裡塞了三枚硬幣。

瞬間，一切都冷了。

金錢交易。

還要好多年，她才讀得懂希臘文，也還要好多年，她才會聽到薛西佛斯的神話，那時候，艾笛會心有戚戚焉地點點頭，感覺手心因反覆推著大石頭上坡而疼痛，最後只能一次又一次看著巨石滾落，心頭沉重不已。

在這一刻，她還不知道那個神話，只看到眼前背對著她的俊美男孩。

只有雷米，她匆匆走向門口時，雷米完全沒有要追上來的意思。

有東西吸引了她的視線，地板上散落著一疊紙，是他在咖啡館時拿出來的小書，伏爾泰的最新作品——艾笛自己也不知道為什麼會想偷走那本書，也許只是想拿一樣東西當作那天晚上的紀念品，而不是只有手裡那幾枚可怕的硬幣——那本書上一秒還躺在地上，隨意扔在凌亂的衣物間，下一秒鐘就已經和她其他的雜物一起緊緊壓在她胸口上。

看來她偷東西的技術果真越來越輕巧了，就算露出了破綻，雷米也不會發覺的，他正坐在床上，注意力在別的地方，就是不肯注意她。

V

紐約市
二〇一四年三月十五日

艾笛領著亨利沿著街道前進，繞過一個轉角，來到一扇不起眼的鐵門前，門上貼著老舊的海報。一個男的在門旁徘徊，菸抽了一根又一根，手裡不斷滑看手機裡的相片。

「朱比特。」不等對方開口，她就先說道，那個男人直起身來打開門，露出一個狹窄的平台，以及一道往下延伸的階梯，看不見下方有什麼。

「歡迎來到四號軌道。」

亨利看了她一眼，但艾笛抓起他的手，拉他進門。他扭動身體，轉身看著門關上，「哪裡有什麼四號軌道。」他說，艾笛咧嘴而笑。

「的確沒有。」

所以她才喜歡像紐約這樣的城市，這裡滿是隱藏的秘密角落、無數扇門通往無數個房間，如果時間充裕，可以找到好多好多。有些是她無意間發現的，有些則是在某次冒險途中偶然遇見。每個地方她都好好收藏著，像是夾在書頁之中的小紙片。

一道階梯通往另一道階梯，第二道更寬，是石塊雕鑿出的。頭頂上的拱形天花板從一開始的灰泥變成岩石，接著是瓷磚，地道只由一連串掛燈點亮，但是燈與燈之間隔得很開，光線無法穿透黑暗。像是一條灑了麵包屑的小徑，只依稀看得見眼前的路，亨利最後才恍然大悟他們在什麼地方，艾笛看到他的表情時覺得非常滿意。

紐約市地鐵站有將近五百個營運中的站點，但是廢棄地鐵站的數目一直都沒有定論。有些向大眾開放，有些像緬懷過去的紀念碑，同時也是對未來待續的致敬；有些則只是兩條營運路線之間一段關閉的軌道。

而還有一些則是不為人知的祕密。

「艾笛……」亨利囁嚅，她伸出一根手指打斷他的話，歪歪頭。側耳傾聽。

音樂一開始聽起來像回聲，遙遠的低沉轟鳴，不太像具體的聲響，只是一種隱約的感覺。但每往下一步，樂聲就聽得更清楚，變成了某種脈動，而後又加強成清晰的節拍。

前方的地道用磚塊堵死了，牆上有一個指向左邊的潦草白色箭頭。拐過一個轉角後，音樂越來越大聲，接著又是一道牆、一個急轉彎，然後——

音浪洶湧襲來。

整條隧道都在低音貝斯的轟隆聲中震動，混音和弦敲擊著石壁。藍白色聚光燈一明一滅，在頻閃燈中，祕密酒吧看起來像一張張快照：扭腰擺臀的人群、跟著節拍跳動的軀體、水泥舞台上兩個彈著電吉他的樂手，還有一排倒酒水倒到一半的酒保。

地道牆面鋪著灰白兩色的瓷磚，頭頂上是彎成拱形的寬板，形成有如肋骨的架構，彷彿他們在一隻龐然遠古巨獸的肚腹裡，聽著巨獸心臟怦怦脈動的節奏。

四號軌道的氛圍原始粗獷又令人迷醉。是路克會喜歡的那種地方。

但是這裡呢？這裡是完全屬於**她**的地方。這個地道艾笛是自己找到的。那個轉行當老闆的樂手當時正在找場地，艾笛便把這裡推薦給他。那天更深的夜裡，她甚至提議了酒吧的名字，他們兩人的頭湊在一起，看著一張雞尾酒餐巾紙。字跡是他的，點子卻是艾笛的。她很確定隔天早上他會在宿醉中醒來，腦子裡還會有關於四號軌道的初步構想。六個月後，她就看見那傢伙站在廢棄地鐵站的鋼鐵大門外，看見兩人一起設計的店標，只是改得比較精緻一些，就藏在那一張張斑駁的海報下方，她感覺到那股現在已然熟悉的興奮感：對著世界輕聲耳語著一些念頭，而後看到它們茁壯成真。

艾笛拉著亨利進入那間有些簡陋的酒吧。

裡頭的裝潢很簡單，地道牆壁隔成了三區，前方有一塊蒼白的大石塊，用來當作倒酒的桌面。選項有三個：伏特加、波旁酒、龍舌蘭，每一區之前都有個酒保在等候。

艾笛為兩人點了酒，兩杯伏特加。

交易時每個人半聲不吭——音樂這麼大聲，想拉高嗓門蓋過根本是白費力氣。艾笛和酒保交換了幾個手勢，在吧台上擱了一張十元鈔票。酒保——一名畫著銀色眼影的纖瘦黑人男子——倒了兩杯，然後像發完牌的荷官一樣攤開手。

亨利舉起杯子，艾笛也舉起杯子，兩人同時張開嘴說了些什麼（她猜他是說「乾杯」，於是她回答「乾了」。）但是聲音淹沒在其他噪音裡，酒杯互相敲擊的鏗鏘聲只不過是手指間一陣小小的震動。伏特加像火柴一樣點燃她的胃，熱力在她肋骨後方綻放。

他們把空空的酒杯放回吧台，艾笛已經伸出手拉著亨利走向舞池裡擁擠的軀體，這時吧台後方的酒保卻伸出手抓住亨利的手腕。

酒保微微一笑，拿出第三個杯子，又倒了杯烈酒。他用手壓在自己胸口上，那個手勢的意思放諸四海皆準：我請客。

他們又喝了一杯，艾笛再度感覺到一股熱流，從胸口一直擴散到四肢，她抓住亨利的手，鑽進人群中。艾笛回頭看，發現酒保正在盯著兩人看，忽然有個古怪的感覺，像夢境的殘渣般浮起，她本想說些什麼，但音樂聲就像一堵堅實的牆，她思緒的銳利邊角被伏特加撫平，悄悄溜走，兩人融入人潮之中。

外頭的天氣是早春，但是在地底下感覺卻像夏末，空氣潮濕悶熱。他們一頭栽進許多交纏的肢體中時，音樂像液體一樣，空氣宛如濃稠糖漿。舞台後方的地道都用磚塊堵起來，讓整個空間變成一個大音箱，所有的樂音都被反彈回來，互相堆疊，每個音符在盪漾開來時只越來越單薄，卻沒有完全消散過。台上的吉他手以完美的默契來了一段即興合奏，更加深了回音重重的效果，煽動得人潮更加沸騰。

接著那個女孩踏入聚光燈中。

看起來像個精靈少女，如果是路克，應該會說她是**妖精之輩**，她穿著黑色洋娃娃裝和一雙戰鬥靴。白金髮絲在頭上盤成兩個髮髻，刺刺的髮尾往上翹起，像一頂皇冠。唯一的色彩是她的紅唇，還有眼睛四周畫的那道彩虹，看起來像戴著面具。吉他手越彈越快，手指在琴弦上飛舞。感覺連空氣都開始顫抖，節拍撞擊著皮膚，更深入肌肉和骨髓。

女孩開始唱歌。

她的嗓音彷佛哭嚎，如果報喪女妖會唱歌，聽起來大概就是這樣。每個音節都互相滲透、交融，子音模糊不清，艾笛不知不覺往前傾身，想聽清楚她在唱什麼。但是那些字眼都往後退縮，在節拍中溜走，被四號軌道的狂野能量所吞噬。

吉他繼續放送著迷幻和弦。

唱歌的少女看起來幾乎就像一只受人操縱的牽線木偶。

艾笛心想著路克一定會很喜歡她，想知道她找到這個地方後，他是否可曾下來這裡看過那麼一眼。她深深呼吸，彷彿能聞到黑暗的味道，就像空氣中繚繞的煙霧。但是艾笛強迫自己停下動作，將腦袋裡清空不要再想著他，把空間讓給身旁的男孩，他正在隨著節拍跳動。

亨利的頭往後仰，眼鏡灰濛濛一片，汗水像眼淚一樣流下。有一瞬間，他看起來悲傷得無法估量，深刻得令人不敢置信，她想起他提到時間流逝時聲音裡的痛苦。

然後他看著她露出微笑，悲傷消失了，彷彿光線的錯覺，她想知道他是誰、為什麼會來到她身邊，又是從哪裡來的？這一切似乎太過美好了，但是在這個當下，她只覺得很開心有他的陪伴。

她閉上眼睛，任由自己跌入節拍的韻律中，她彷彿回到了柏林、墨西哥、馬德里，而同時她也在這裡，此時此刻，與他在一起。

他們跳舞跳到手腳都痠痛不已。

跳到滿身是汗，而空氣濃稠到他們無法呼吸。

跳到節拍暫歇，他們兩人之間沉默交換的訊息像火花一般。

他將她拉回酒吧和地道，想從原路出去，但是那條通道、那道階梯和那道金屬門都只能單向通行，只進不出。

她朝另一個方向歪歪頭，走向舞台附近通往另一條地道的黑暗拱門，爬上一條狹窄的階梯，每往上爬一梯，樂聲就微弱一點，兩人耳裡只留下嗡嗡作響的白噪音。

他們踏入沁涼的三月夜晚，肺裡灌滿新鮮空氣。

艾笛先清楚聽到的聲音是一陣哈哈大笑。

亨利轉頭看向她，兩眼閃閃發光，雙頰泛紅，讓他暈陶陶的不僅只是伏特加的酒力，還有四號軌道的魔力。

暴風雨開始時，他還在哈哈大笑。

一聲雷鳴，緊接著劈響第二聲，雨點開始滴答落下。不是綿綿細雨——甚至不是宣告大雨將至的幾滴雨點——而是乍然降下的滂沱雨幕。那種雨就像一堵牆一樣砸在你身上，沒幾秒鐘的時間就渾身濕透。

艾笛因為忽如其來的寒意倒抽一口氣。

他們距離最近的遮雨棚只有三公尺，但兩人誰都沒有狂奔去躲雨。

她抬頭對著雨點笑，任憑水珠親吻著她的肌膚。

亨利看著她，艾笛回頭看，看見他張開手臂，似乎在歡迎雷雨的到來，他的胸膛上下起伏。水珠黏在他濃黑的睫毛上，滑落他的臉，洗去酒吧附著在他衣服上的氣味，艾笛這時才驚覺，儘管亨利與路克有些許相似之處，路克卻從未有過這樣的模樣。

年輕。

平凡。

活生生的。

她將亨利拉進懷中，想受著他的身體緊貼著自己的感覺，體溫抵禦著寒意。她的手梳過他的頭髮，第一次，他的髮絲沒有往回垂落，露出了臉龐銳利的輪廓和下顎渴切的凹痕，她也是第一次看見他的雙眼如此翠綠。

「艾笛。」他呼氣，那兩個字在她肌膚上引爆點點火星，他吻她時，嚐起來像鹽巴，也像夏天。

但這聽起來太像句點了，她還沒準備好要讓今晚結束，她回吻他，吻得更深，將句點變成問號，變成答案。

他們開始狂奔起來，不是去躲雨，而是去趕地鐵。

他們跌跌撞撞走進他的公寓，濕漉漉的衣服黏在皮膚上。

他們在玄關就已四肢交纏，彷彿再怎麼緊貼著彼此都嫌不夠近。她從他臉上拔下眼鏡，丟到旁邊的椅子上，聳肩脫掉緊緊貼在身上的皮革外套。他們又開始接吻。絕望、飢渴、狂野，她的手指撫過亨利的肋骨，停在他牛仔褲的鉤扣上。

「妳確定嗎？」他問，她只把他的嘴拉下來親，當作回答，一邊引導他的手去解她上衣的鈕釦，自己的手則鬆開他的皮帶。亨利將她的背往後壓在牆上，說著她的名字，像閃電一樣竄過她的身體，也是燃過她核心的火焰，以及雙腿之間的渴望。

然後兩人倒在床上，有一瞬間，雖然只有一瞬間，她彷彿身置身另一個地方，另一個時間，黑暗包圍著她，貼著她赤裸的肌膚低語著她的名字。

然而對他來說，她是艾德琳，除此之外誰也不是。**他的**艾德琳。**我的**艾德琳。此時此刻，她終於是艾笛了。

「再說一次。」她懇求。

「說什麼？」他耳語。

「我的名字。」

亨利微笑。

「艾笛。」他貼著她的喉嚨低語。

「艾笛。」熱吻從她的鎖骨一路往下延伸。

「艾笛。」她的肚腹。

「艾笛。」她的腰臀。

他的嘴覆蓋在她兩腿間灼熱之處，她的手指糾纏在他黑色鬈髮中，在歡愉之中拱起背脊。時間顫動，模糊成一片。他循著同樣的路線一路往上，繼續吻她，接著艾笛翻身跨坐在亨利身上，將他壓在床上。

他們並非完美契合。他不像路克那樣，不是為她量身打造的，可是這樣更好，因為他是真實的，而且心地良善，還是個真真切切的人，而且他**記得**。

結束時，她頹然倒在他身邊的床單上，上氣不接下氣，她身上的汗水和雨滴都冰涼下來。亨利蜷起身體，將她拉進他溫暖的擁抱中，她感覺得到他貼著肋骨怦怦作響的心跳慢了下來，彷彿逐漸恢復規律的節拍器。

房間安靜下來，只有雨點滴答敲打著窗戶的節奏，激情過後的昏昏欲睡，她很快就感覺到他逐漸墜入夢鄉。

艾笛抬頭看著天花板。

「不要忘了。」她輕聲說，半是祈禱，半是懇求。

亨利的臂膀圈得更緊，從睡意中稍微浮了出來。「忘了什麼？」他喃喃自語，又開始陷入沉眠。

艾笛等他的呼吸開始平緩之後，才對著黑暗輕聲回答。

「我。」

法國，巴黎
一七二四年七月二十九日

VI

艾笛衝進黑夜裡，抹去臉頰上的淚水。

儘管夏夜溫暖，她還是拉緊外套，一個人走過沉睡的城市。她不是朝最近的簡陋住處前進，只是漫無目的往前走，因為她受不了站著不動的念頭。所以艾笛繼續走。

走著走著，她發現自己不再是一個人。空氣有所變化，一陣隱約的微風，飄來鄉野樹林裡的清新草葉香，他在轉眼間現身，與她並肩而行，跟著她的步伐。一個優雅的黑影，身著巴黎時下最流行的服裝，衣領和袖口都有絲綢鑲邊。

他的漆黑鬈髮在臉龐飛舞，狂野而自由。

「艾德琳啊艾德琳，」他說，嗓音裡透著一股愉悅，她彷彿又回到了床上，聽見雷米在她髮間喚著安娜、安娜。

他已經四年沒來拜訪過她了。

艾笛屏息等待了四年，雖然不願承認，但看到他的感覺就像終於能從深水裡浮出來換氣一般。空氣灌入胸膛中的放鬆感異常可怕。雖然她痛恨這個影子、這個神祇、這個披著偷來外皮的怪物，他仍舊是唯一記得她的人。

這並沒有讓艾笛比較不恨他一點。

真要說的話，她反而更恨他。

「你都死去哪裡了？」她怒斥。

他眼裡閃爍著沾沾自喜的神情，有如星光，「怎麼啦？想我了嗎？」艾笛不確定自己會回答些什麼，於是閉口不語，

「拜託好不好，」路克繼續說，「妳一開始就知道我不會讓妳過得太輕鬆。」

「已經四年了。」她說，聽見自己聲音裡的怒氣，不禁瑟縮，那聽起來太像迫切的需要了。

「四年根本沒什麼。一口氣。一眨眼。」

「但你還是挑在今晚出現了。」

「親愛的，我知道妳的心意，我知道妳什麼時候有所動搖。」

雷米的手覆蓋住她捏著硬幣的手指，那忽如其來的悲傷重量，然後是黑暗，像聞到血的餓狼般現身。

路克低頭看著她身上穿的褲子，膝蓋以下收緊，搭配男人的開襟上衣，「我得說，」他說，「我比較喜歡妳穿紅色。」

聽見他提起四年前的那個晚上，她的心漏跳了一拍，那是他第一次沒有如期現身。看見她的驚訝，他看起來非常得意。

「你看到了。」她說。

「我就是黑夜本身。我把一切都看在眼裡。」他靠近了一步，傳來夏日風暴的氣息，也像林間枝葉的親吻。「但妳為了我穿的那件裙子真是太美了。」

羞恥在她皮膚下方翻湧，炙熱的盛怒隨之而來，他竟然就在一旁看著。看著她的希望像窗台上的燭火一樣搖曳熄滅，看著她獨自一人在黑暗中崩潰。

她痛恨他，將恨意像外套一樣披在身上，緊緊包裹著自己，臉上卻擠出微笑。

「你以為我沒有你的注意就會過得很慘，但是我沒有。」

黑暗哼著歌。「也不過才四年而已。」他忖度。「也許下次我該等久一點。或者……」他的手刷過她的下巴，抬起她的臉面對自己。「我就不再來拜訪妳囉，讓妳一個在這世界上踽踽獨行，直到一切終結吧。」

這是個令人打從心底發涼的念頭，雖然她沒讓他看見。

「你敢的話，」她不動聲色地說，「就永遠別想得到我的靈魂。」

他聳聳肩，「就算沒有妳，我還有其他千百條靈魂等著讓我收割呢，妳不過是其中之一。」他靠得更近，拇指從她的下顎往上撫摩，手指滑過她的後頸。「要忘掉妳很容易，畢竟其他人都已經忘記了呢。」她試著掙脫開來，但是他的手像石頭一樣緊緊壓著他，「我會很溫柔的，一下就結束了，現在就答應我吧。」他逼迫道，「趁我還沒改變心意。」

在那糟糕的一瞬間，她不敢開口回答。手心裡硬幣的重量仍然鮮明，那晚的傷口再次撕裂開來，路克眼裡閃著勝利的光芒。這樣就足以讓她恢復理智了。

「絕不。」她說，齜牙咧嘴的一聲怒吼。

然後她看見了，那張完美的臉孔上有怒氣閃現，對她來說簡直像份大禮。

路克拿開手，他的重量像煙霧一樣消失，艾笛感覺又被一個人遺留在黑暗之中。

黑夜也有破曉之時。

黑暗開始消散，失去了對天空的掌控。很慢，直到曙光悄悄滲出她才注意到，直到星月都已經消失了她才注意到，路克的注意力離開她的肩頭。

艾笛爬上聖心堂的台階，坐在頂端，背後是教堂，俯瞰著腳邊的巴黎，看著七月二十九日慢慢變成三十日，看著升起的太陽照亮整座城市。

她差點忘記從雷米家中地板上拿走的那本書。

她緊緊抓著書本，緊得手指都痛了。現在，在稀薄晨光中，她疑惑地想解讀書名，用唇語讀出那幾個字。《皇家廣場》。是本小說，那個她剛聽到的新單字，雖然這時她還不了解那是什麼。艾笛翻開封面，試著讀第一頁，只看了一行，字詞就崩解成零散的字母，而字母又全部糊在一起，她努力克制要把那本該死的書丟開，直接拋下樓梯的衝動。

但最後她閉上眼睛，深吸一口氣，想著雷米，不是他說了什麼，而是他提起閱讀時那柔軟的快樂，眼睛裡的開心之情，還有滿腔的希望。

這會是一趟艱難的旅程，必須一次次重新開始與停滯，夾雜著各種挫敗。

她會花上一整年的時間，才成功解讀她的第一本小說——這一年的時間裡，她會吃力地解讀每一行，努力解讀每個句子，接著開始讀懂一整頁、一個章節。但她也必須花上整整十年，閱讀這件事才能習慣成自然，才能感覺不像是件艱難的任務，而她也才能發現故事之中隱藏的樂趣。

雖然必須花時間，但是艾笛什麼沒有，時間最多。所以她睜開眼睛，又從頭開始讀起。

紐約市

二〇一四年三月十六日

VII

艾笛醒來時，聞到烤土司的香味，還聽見奶油在平底鍋上加熱的滋滋聲。她一個人躺在床上，旁邊空空的，雖然門掩上，但是她聽得見亨利在廚房裡移動的腳步聲，還有收音機裡輕柔的談話聲。房間裡很涼，但是被窩裡很溫暖，她屏住氣息，不想讓這刻溜走，她經歷了這樣的時刻千百次了，把過去當成現在一樣緊緊抓著不肯放，一邊抵抗著未來，不願就這麼墜落。

但是今日不同。

因為有人記得。

她掀開毯子，在寢室地板上四下尋找她的衣物，卻沒發現前一晚被雨淋濕的牛仔褲或上衣，只有那件她穿慣的皮衣外套，就披在椅背上。艾笛在椅子上找到一條浴袍，裹在身上，鼻子埋進衣領中。浴袍已經穿得很舊了，非常柔軟，聞起來像乾淨棉花和柔軟精，還有一絲椰子洗髮精的香味，後來只要她一聞到這個香味，就會聯想到亨利。

她光腳走進廚房，亨利正從一只法式濾壓壺裡倒咖啡。

他抬起頭對她微笑。「早安。」

兩個小小的字，卻足以撼動她的天地。

不是「我很抱歉」。不是「我不記得」。也不是「我一定是喝醉了」。

只有「早安」。

「我把妳的衣服拿去烘了。」他說，「應該快烘好了。去拿個杯子吧。」

大多數人的馬克杯頂多就在架子上擺一排，亨利卻有滿滿一整牆。全都掛在固定於牆壁的架子上，總共有七排，每排五個杯子。有些杯子有花紋，有些只是素色的，但每個都——不太一樣。

「我不確定你的杯子夠不夠耶。」

亨利斜眼看了她一眼，他很會露出那種似笑非笑的表情，就像簾幕後隱隱透出光，也像雲朵後方滲出一抹暖陽，比起實質的事物，更像是一種承諾，但是她感覺得到其後有溫暖綻放。

「這是我家裡的獨特癖好。」他說，「不管是誰來喝咖啡，都可以選一個跟他們那天的心情有所共鳴的杯子。」

他自己的杯子放在流理台上，內杯塗成銀色，看起來像熔化的白銀。烏雲和雲層邊緣透出的光芒。艾笛盯著牆看，試著想下定決心。她伸手去拿上面有藍色葉子的大瓷杯，在掌中掂量，這時又注意到了另一個。她本來要把原本的杯子放回去，亨利卻出聲阻止。

「選好就不能反悔喔。」他說，在吐司上塗奶油，「妳只好明天再選另一個了。」

明天。在她胸口微微膨脹的詞。

亨利倒咖啡，艾笛的手肘靠在吧台上，手握著熱騰騰冒煙的杯子，吸進苦甜參半的香氣。在那一霎那，只有一剎那的時間，她回到了巴黎一間咖啡館的角落裡，帽簷壓低，雷米將一個杯子推給她，還說：「喝吧。」對她來說，記憶就是這樣的，在此時此刻中浮現的彼時彼刻，就像舉起覆寫本就著光細讀一樣。

「噢，對了。」亨利說，喚回了正在出神的她。「我在地上找到了這個，是妳的嗎？」她抬起頭，看見了木戒指。

「別碰。」艾笛從他手裡一把抓過戒指，動作有點太快了。戒指內側滑過她的手指，在指甲周圍轉了一圈，像是準備落定的硬幣，就像羅盤指向北邊那麼簡單。

「該死。」艾笛打了個寒顫，戒指喀噠掉在地上，滾了好遠，最後卡在一張地毯邊緣。她捏緊了手指，好像戒指會燙一樣，心臟怦怦直跳。

她沒戴上。

就算她戴上了──她瞥了眼窗外，現在是早晨，陽光穿透窗簾流瀉而入。在這裡，黑暗是找不到她的。

「怎麼了？」亨利問，顯然很迷惑。

「沒什麼。」她說，甩甩手，「被木屑刺到，太蠢了。」她慢慢跪在地上去撿拾戒指，小心只碰到戒指外圍。

「抱歉。」她說，直起身體。她把戒指放在兩人之間的台面上，兩隻手掌攤開放在戒指兩側。在人工燈光下，蒼白的木頭看起來幾乎是灰色的。艾笛低頭怒目瞪視著戒環。

「你有沒有過一種東西，讓你又愛又恨，怎麼樣就是狠不下心丟掉？你幾乎會希望可以不小心弄丟那樣東西，因為這樣它就不在了，但是又不會是你自己的錯……」她企圖說得輕巧，幾乎是隨意。

「嗯，」他低聲說，「有啊。」他拉開廚房抽屜，拿出某個小小的金色物體。大衛之星。是個墜子，但是沒有墜鍊。

「你信猶太教？」

「以前信。」那麼簡單的三個字，他也沒打算多做解釋。他的注意力又飄回戒指，「看起來很老舊。」

「的確。」她有多老，戒指就有多老。

她與戒指在很久很久以前就應該磨損殆盡了。

她用手掌蓋過戒指，感覺木戒光滑的輪廓深深壓入掌中，「這是我父親的遺物。」她說，這不是謊言，只是真相的開始。她抓起戒指，放進口袋裡。戒指很輕，沒有半點重量，她卻能感覺到口袋裡的重量，一直都能感覺到。

「話說回來，」她說，臉上露出一個太過開朗的微笑，「早餐吃什麼？」

這一刻，艾笛到底夢想過了幾回？

夢想熱騰騰的咖啡和奶油吐司，陽光從窗外灑落，新的一天，卻不是新的開始，沒有陌生人之間的尷尬沉默，她夢想著她對面可以有一個人，男生或女生都沒關係，手肘拄在桌面上，享受著關於前一夜的記憶，單純而幸福。

「妳一定很喜歡吃早餐。」亨利說，她這才發現自己正低頭看著食物笑得很燦爛。

「這是我最愛的一餐。」她回答，又起一口蛋。

然而她邊吃，心中原本懷抱的希望卻又開始渺茫起來。

艾笛不是傻子，不管這是怎麼回事，她都不覺得能持續多久。她活了太久，不會相信這是機緣巧合，她活在詛咒之中太久，不會認為這是命運。

她開始懷疑這會不會是陷阱。

會不會是折磨她的新招。用來打破僵局，逼迫她繼續走棋。但是就算過了這麼多年，路克的嗓音還是在她耳邊繚繞不去，柔軟低沉，在一旁幸災樂禍。

妳就只有我而已。自始至終都不會改變。只有我會記得。

他老是愛打這張牌，這是對他有利的武器，她不覺得他會這樣白白奉送。但如果這是陷阱，又該怎麼辦？如果是意外呢？或是一時幸運？也許她發瘋了，這不會是第一次。也許她在珊家裡的屋頂上凍僵了，現在被困在一場夢境中。

也許這一切都不是真的。

然而，這時他的手卻覆蓋在艾笛手背上，她身上的柔軟浴袍飄來他的氣味，還有他出聲喚她名字的嗓音，一一將她拉了回來。

「妳神遊去哪裡了？」他問，又起另一口食物，舉在兩人中間。

「如果你這輩子剩下的時間就只能吃一種食物，」她說，「你會選什麼？」

「巧克力。」亨利想也不想就回答。「那種苦到不行的黑巧克力。妳呢？」

艾笛沉思了一下，畢竟「這輩子」是一段很長的時間。「乳酪。」她嚴肅地回答，亨利點點頭，兩人沉默下來，但比較像是害羞，而不是尷尬。互相偷看的眼神，中間夾著緊張的笑聲，兩名已經不算是陌生人的陌生人，但是他們對彼此的瞭解卻是少之又少。

「如果妳能住在一年到頭只有一個季節的地方，」亨利問，「妳會選哪個季節？」

「春天。」她說，「春天時一切都是嶄新的。」

「秋天。」他說，「秋天時一切都準備逝去。」

他們兩人都選了過渡的時節，都是事物交替，還未成定局的參差接隙，搖搖欲墜地平衡在邊緣。

接著艾笛好奇道：「感覺到一切，跟毫無知覺，你寧願選哪一個？」，這問題半是她對自己的詢問。

陰影掠過亨利的臉，他遲疑了，低頭看著沒吃完的食物，又望向牆上的鐘。

「可惡。我得去店裡了。」他直起身體，把盤子扔進水槽裡。他沒回答她這最後一個問題。

「我也該回家了。」艾笛說，站起身來，「換一套衣服，做點工作。」

哪裡有什麼家，同樣也沒有衣服，沒有工作。但是她正在扮演一個平凡女孩，一個擁有平凡生活的女孩，和某個男孩上了床，睡了好覺後醒來迎接美麗的早晨，等著她的是「早安」而不是一連串的「妳是誰」。

亨利一口灌下咖啡，「妳是怎麼挖掘到有才華的人？」他問，艾笛想起她告訴過亨利自己是一名星探。

「睜大眼睛仔細看囉。」她說，繞過廚房流理台。

他忽然抓住她的手。

「我想再見妳。」

「我也想要你再見到我。」她模仿他的話。

「妳還是沒有手機嗎？」

她搖搖頭，他的手指輪流敲了幾下，思索著該怎麼辦，「展望公園有一台餐車，跟妳約六點在那邊見面？」

艾笛微笑，「那這個約會就說定了。」她拉緊浴袍，「我可以洗個澡再走嗎？」

亨利吻吻她，「當然沒問題。看妳什麼時候走都行。」

她微微一笑，「好。」

亨利出門了，門板在他身後關上，但有史以來第一次，關門聲並未讓她感覺胃裡有東西墜落。只是門而已。不是句點，而是刪節號，未完待續。

她洗了一個又熱又長的澡，拿毛巾把頭髮包起來，在公寓裡閒晃，注意到她昨晚沒注意到的事物。

亨利的公寓大概再差一點就稱得上是凌亂，和紐約裡很多人的住處一樣塞滿東西，可以生活與呼吸的空間太少。屋裡散落著許多曾經熱衷的興趣所遺留下的痕跡，一櫃油畫顏料，放在一個髒兮兮杯子裡的筆刷已經酸硬。筆記和手札，大部分都是空的。幾塊木頭和一把雕刻刀——在她無懈可擊的記憶中某個褪色之處，她聽見父親哼歌的聲音，艾笛拋下那些東西，移動到別的地方，在看到幾台相機時停下腳步。

一整排相機從架子上盯著她看，又大又寬的鏡頭黑漆漆的。

復古相機。她心想，雖然「復古」二字對她來說往往沒什麼意義。

當年相機還是有著三隻腳的笨拙怪獸時，攝影師還得躲在厚重的布簾下，那時她曾親眼見證。黑白電影發明時，她也見證了，然後是彩色電影，從一框框靜態影像變成影片，從類比變成數位，接著整個故事都能儲存在掌心大小的裝置中。

她的手指撫過相機，觸感像甲殼類動物的外殼，她摸到了灰塵，但是房間裡到處都擺滿了照片。

不僅牆上有掛，邊桌上也立著，有些則擺在角落，等著找空間掛起來。有一張是畫廊裡的碧雅翠絲，那只是明亮空間中的一抹剪影。有一張是碧雅翠絲和亨利，兩人緊緊摟在一起，她往上看，亨利則低著頭，兩人都是一副即將開口大笑的模樣。艾笛猜測其中一個男孩應該就是羅比。碧雅說得沒錯，他一副就是剛從安迪．沃荷的閣樓中走出來的模樣。他身後的人群只是一片模糊軀體，相片聚焦在羅比身上，他正哈哈大笑，顴骨上有紫色亮片的圖案，鼻樑點綴著一抹綠，太陽穴則塗成金色。

走廊上還有另一張相片。這張相片裡他們三人都坐在沙發上，碧雅坐在中間，羅比伸長兩隻腳橫過她的大腿，亨利坐在沙發另一頭，慵懶地用手撐著下巴。

而這張相片對面的牆上，則是一張全家福，影中人特別擺了姿勢，顯得有些僵硬。亨利再次坐在沙發邊緣，不過挺得更直一些，這次坐在他左右兩旁的顯然是他的兄弟姐妹。女孩有著一頭凌亂鬈髮，眼睛框著眼線，閃閃發光，看起來有如貓眼，他們的母親伸出一隻手搭在她肩頭，母女倆看起來是一個模子刻出來的。那個男孩看起來年紀比較大、也比較嚴厲，和沙發後方的父親非常神似。相片中的亨利精瘦、警覺，看起來皮笑肉不笑。

照片中的亨利回瞪著艾笛，她也能從那些明顯由他按下快門的照片中感覺到他的視線。她能感覺到相框裡的藝術家。她大可以待在這裡細細端詳這些相片，試著在其中挖掘出關於亨利的真相，挖掘出他的祕密，回答在她腦中迴盪不去的那些問題。

但是她只看到某個悲傷、迷惘，不斷尋尋覓覓的人。

她的注意力轉移到他的書上。

亨利的收藏包羅萬象，散放在房間裡各個能放東西的地方。客廳裡有座書架、玄關還有座比較窄的，床頭還堆著一疊，咖啡桌上有另一碟。一疊漫畫壓在一堆教科書上，可以看到《細讀聖約》和《後現代猶太神學》這類書名。另外小說、自傳，平裝本和精裝本也都應有盡有，有些老舊磨損，也有些是全新的。幾張書籤從書頁間冒出，大概有十幾本書都還沒看完。

她的手指滑下一道道書脊，停留在一本厚厚的金色書籍上。《用一〇〇件物品說世界史》。她覺得就連一個人的一生都無法濃縮萃取成幾件物品，更不用說整個人類文明了，她想知道這真的是量度價值的有效方法嗎？可以用其遺下的物品來衡量，而不是所碰觸過的生命？她試著列出可以代表她的物品。《艾笛．拉胡的一生》。

她父親雕的小木鳥，已經丟在巴黎的屍體堆中。

從雷米的房間偷來的那本《皇家廣場》。

那枚木戒指。

這些東西都在她身上留下過痕跡。但艾笛自己留下的痕跡呢？她的臉在數百件藝術品中都是一抹模糊的魅影。屬於她的旋律片段隱藏在上百首歌曲中。靈感萌芽生根，成長茁壯，種子卻無人看見。

艾笛繼續穿過公寓，原本隨意的好奇心變成比較有目的、有組織的搜索。她在尋找線索，尋找任何可以解釋亨利．史托斯這個人的東西。

咖啡桌上有一台筆電。開機不需要密碼，但是艾笛的手刷過觸控板時，游標動也不動。她漫不經心敲了幾個鍵，電腦仍然無動於衷。

科技日新月異。

詛咒百年如一日。

但嚴格來說不是這樣。

不完全是這樣。

所以她從一個房間移動到下個房間，為她遲遲無法解釋的謎團尋找著答案。

亨利．史托斯，你到底是誰？

藥櫃裡，一堆處方藥排排放在架子上，藥名有如外星語言。處方藥旁邊放著一瓶粉紅藥丸，只貼了一張便利貼，有人在上頭手繪著一把小小的雨傘。

臥室裡有另一座書架，擺滿了各種形狀和大小的筆記本。

她翻了幾本，但全部都是空白的。

窗框上有另一張比較老的照片：亨利和羅比。在這張照片中，兩人緊緊靠在一起，臉湊得很近，羅比的額頭靠在亨利的太陽穴上。他們的姿勢透露著某種親密感，羅比的眼睛幾乎閉起，亨利的手捧著他的後腦勺，彷彿把他抱了起來，或是揣在懷裡。羅比嘴巴的線條看起很平靜。很快樂。感覺找到了歸屬之地。

床頭櫃放著一只老式手錶，沒有分針，時針顯示目前剛過六點，雖然牆上的鐘顯示現在已經九點三十二分了。她把錶舉到耳邊，沒聲音，一定是沒電了。

她還在床頭櫃的第一層抽屜裡找到一條沾著幾滴血跡的手帕。她拿起來時，一枚戒指從裡頭滾出來。白金戒環鑲嵌著一顆小小的鑽石。艾笛低頭看著那枚訂婚戒指，想知道那是給誰的，好奇亨利在遇見她之前是什麼樣的人，而這一路走來都經過了哪些事。

「你到底是誰？」她對空蕩蕩的房間問。

她把戒指包回髒掉的手帕裡，物歸原位，關上抽屜。

VIII

「我反悔了。」她說，「如果我這輩子接下來只能吃一樣食物，那我要選薯條。」

亨利大笑，從她手裡的三角紙筒裡偷了一些，一邊等著他們點的沙威瑪。弗萊布希的一整排餐車看起來像繽紛的條紋，人群排隊等待龍蝦捲、烤起司、越南麵餅和希臘三明治。甚至連冰淇淋三明治餐車前都有排隊人龍，儘管三月傍晚的暖意已經全部消散，準備迎接料峭春夜。艾笛很慶幸她帶了帽子和圍巾出門，也把平底娃娃鞋換成了長靴，不過還是靠著亨利的手臂取暖，直到他看見炸鷹嘴豆餅的隊伍稍短了一些，趕緊快步過去排隊。

艾笛看著他站在櫃台窗戶前點餐，看著在餐車工作的中年女子傾身向前，手肘拄在窗口邊，兩人交談了一會，亨利肅穆地點點頭。他身後的隊伍越排越長，但女人似乎沒注意到。她也沒露出什麼微笑，真要說的話，她看起來好像快哭了，一邊還伸出手抓住亨利的手捏了一下。

「下一位！」

艾笛眨眨眼，來到了她那條隊伍的最前端，用偷來的最後一點現金買了一個羊肉沙威瑪和一瓶藍莓蘇打，長久以來第一次很希望能有一張信用卡，能擁有除了名字、身上衣物和口袋裡零錢之外的其他東西。希望物品不會就這麼像沙子一樣從她指縫間溜過，希望至少能擁有一件不是贓物的東西。

「妳的表情好像那個三明治很對不起妳一樣。」

艾笛抬頭看著亨利，露出微笑，「看起來太好吃了，」她說，「我只是在想吃完之後會有多難過。」

他假裝悲傷地嘆了口氣，「每頓餐點最糟的部分就是吃完的時候。」

他們拿著戰利品，在公園內的一個草坡上坐下，光線逐漸暗去。亨利把炸鷹嘴豆餅和餃子和她點的沙威瑪和薯條擺在一起，兩人分著吃，你一口我一口，像是在卡牌遊戲中互相交換手牌。

亨利伸手去拿炸豆餅的時候，艾笛想起餐車點餐窗口的那個女人。

「剛剛怎麼了？」她問，「在餐車那裡的時候，賣東西的阿姨看起來快哭了，你認識她嗎？」

亨利搖搖頭。「她說看到我，想起了兒子。」

艾笛盯著他，他不像在撒謊，但也沒說出全部的事實。他有所保留，但是她也不知道怎麼開口問。她又起一個水餃送入口中。

食物是活在這世上最美好的理由之一。

不只是食物，還要是**美食**，勉強維生與心滿意足之間有著天壤之別，這三百年來，大半的時間她吃東西都是為了要阻擋排山倒海襲來的飢餓感，直到過去這五十年她才開始發現美食的滋味。她的生命有一大部分已經變成了例行事項，但食物就像音樂與藝術，充滿了創新的潛力。

她擦掉手指上的油漬，往後躺在亨利旁邊的草地上，飽得很開心。她知道好景不常，飽足感就像她生命中的所有其他事物。往往太過容易磨蝕。但是此時此刻，她感覺一切都很……完美。

她閉上眼睛，臉上蕩漾著笑容，心裡忖度著要她在這裡待上一整晚都沒問題，雖然天氣越來越冷，她還是可以在這裡等著夜幕降臨，窩在亨利旁邊，希望可以看到星星。

他的口袋外套裡忽然傳出響亮的鈴聲。

亨利接了電話，「嘿，碧雅。」他開口說，忽然坐直，艾笛只聽得到一半的對話內容，不過大致猜得出是怎麼一回事。

「當然沒有，我沒忘。我知道，我遲到了，抱歉抱歉，我在路上了。對，我記得啦。」

亨利掛斷電話，頭埋進雙手裡。

「碧雅要開晚餐派對，我本來答應她要帶甜點過去。」

他回頭看著餐車，彷彿可以在其中找到答案，然後又抬頭看著已經從黃昏轉為黑夜的天空，一隻手刷過頭髮，輕聲喃喃自語，吐出一連串髒話。但是現在沒時間懊惱了，他已經遲到了。

「走吧。」艾笛說，拉著他站起來。「我知道要去哪裡買。」

布魯克林最棒的法式烘焙坊沒有招牌。

店面唯一顯眼之處是奶油黃的遮雨棚，一扇玻璃窄窗夾在另外兩家寬敞的磚頭店面，烘焙房的老闆叫做米歇爾。每天早上天亮之前他就會來到店裡，開始慢慢精雕細琢他的藝術品。蘋果塔上的切片削得和紙一樣薄，歐培拉上方撒著可可粉，四小款蛋糕裹著杏仁蛋白糊和袖珍糖霜玫瑰。

店已經關了，但是她看到老闆在店後方的廚房移動的身影，艾笛用指節在玻璃門上敲了幾下，站在門前等候著。

「妳確定嗎？」亨利問，那個人影往門前移動，拉開一條縫。

「我們打烊了喔。」他說，口音很重，艾笛從英語切換成法語，解釋她是戴爾芬的朋友，老闆聽見她提起他女兒的名字，態度軟化了些，而聽見她說的是他的母語時，又變得更加親切，這點艾笛很懂。她會說德語、義大利語、西班牙語、捷克語，但是法語不一樣，法語是她母親在烤箱裡烤的麵包，也是她父親雕刻著木頭的手，更是艾絲特拉在花園裡對花草的低語。

聽見法語就像回家一樣。

「戴爾芬的朋友啊，」他回答，打開門，「那有什麼問題。」

他們踏入小店，將紐約市遺留在身後，店裡是純粹的巴黎，空氣裡瀰漫著糖和奶油的味道。櫃子裡幾乎都空了，架子上美麗的作品只剩下幾個，像荒蕪田野裡繽紛又稀有的野花。

她的確認識戴爾芬，雖然這個年輕的女人當然不認識艾笛。她也認識米歇爾，造訪這間店的方式就像有些人造訪相片一樣，因為一份記憶而流連忘返。

亨利逗留在艾笛身後幾步遠的地方，看著她和米歇爾閒聊，兩人都很享受可以用家鄉話聊天的短暫時光，甜點師傅將剩下的甜點都放在一個粉紅色的盒子裡，遞給艾笛。她掏出錢想結帳，有點擔心可能買不起，但米歇爾搖搖頭，感謝她帶來一點家鄉味，她向他道晚安，回到人行道上，亨利盯著她看的那副表情，彷彿她變了什麼魔術，上演了一場奇異精彩的視覺饗宴。

他把她拉進懷裡。

「妳太棒了。」他說，她臉紅了，畢竟從來沒人在一旁注意過她的一舉一動。

「給你。」她說，把甜點盒塞進她手中，「去派對好好玩吧。」

亨利的微笑垮了下來，額頭像一張地毯一樣皺了起來。「要不然妳跟我一起去吧？」

她實在不知道該怎麼拒絕，因為她連拒絕的理由都說不清。她原本就準備好要與他共度一整晚。所以她只說：「我不該去的。」但他懇求道：「拜託。」她心裡知道這是個超爛的點子，現場有那麼多人，她不可能藏得住詛咒的祕密，她知道沒辦法把亨利佔為己有，知道這一切都是她拿借來的時間玩的遊戲。

但這就是走向世界盡頭的必經之路。

這就是永生不死時會發生的事。

一天，又一天，然後再一天，妳只能有什麼拿什麼，好好享受偷來的每一秒，緊緊抓住每個當下，直到它們再次流逝。

所以她答應了。

他們手勾手走在路上，夜晚的氣溫從沁涼變得寒冷。

「關於你的朋友，」她說，「有什麼是我應該事先知道的嗎？」亨利皺起眉頭思索。

「嗯，羅比是個演員，真的很有才華，不過是他有點，怎麼說……難相處？」他用力呼了一口氣，「以前大學時我們在一起過，他是我第一個愛上的男人。」

「後來沒什麼好結果嗎？」

亨利大笑，呼吸顯得異常粗淺，「沒有，他甩了我，不過那是很久以前的事了。我們現在是朋友，就這樣。」他搖搖頭，好像想甩開那件往事，「還有碧雅，妳見過她了。她很棒，正在攻讀博士學位，她跟一個叫作喬許的傢伙住在一起。」

「他們是一對嗎？」

亨利噴了一口氣，「不是啦，碧雅是同性戀，喬許喔……大概也是吧，我覺得啦，實際上不確定，還在觀察推敲中。但是碧雅大概還會邀請梅兒或艾莉絲，取決於她現在的約會對象是哪一個——她的感情有點像鐘擺那樣。噢，對了，不要提起『教授』。」艾笛望向他，好奇教授是怎麼回事，「幾年前碧雅跟哥倫比亞大學的一個教授有過一段，碧雅深深愛上對方，但是她有家庭了，後來就散了。」

艾笛自言自語覆述著剛剛那些名字，亨利淡淡一笑。

「這不是測驗，」他說，「不用擔心會考不過。」

艾笛真希望他說的是對的。

亨利在她身邊感覺似乎更緊繃了一些，他遲疑了一下，呼出一口氣，「還有件事妳得知道，」最後他終於開口說，「關於我的事。」

她的心臟在胸膛裡怦怦跳，準備好迎接他說出的真心話，說出某些難以面對的真相，或者關於他們與他們之間的一些解釋。但是亨利只抬頭看著無星的漆黑天空說：「以前有個女孩。」

女孩。根本有解釋和沒解釋一樣。

「她叫塔比莎。」他說，艾笛可以在每個音節裡聽出他的痛苦。他想到抽屜裡的戒指，想到包裹著戒指的那條糾結手帕。

「發生了什麼事。」

「我求婚，她拒絕了。」

確實如此。她心想，至少是某個版本的真相。但是艾笛已經知道亨利對於避重就輕有多拿手，總是可以只說部分真相，卻又不至於撒謊。

「不管是誰都有戰鬥過後留下的傷疤。」她說，「也都有一些過去的對象。」

「妳也有嗎？」他問，有瞬間她回到了紐奧良那個凌亂的房間裡，那雙綠眼在盛怒之下顯得幽暗深邃之際，建築物開始起火燃燒。

「是啊。」她輕聲說，然後溫柔地試探道：「而且每個人都有祕密。」

他看著她，艾笛看得見他說不出口的事情在他眼中游移，但他不是路克，他綠色的雙眸並未透露任何訊息。

告訴我，她在心裡催促，無論是什麼都好。

但是他仍然三緘其口。

他們默默來到碧雅住的公寓前，碧雅按了開門鈕放他們進去，兩人爬上樓時，艾笛的思緒飄往待會的派對，想著一切可能都會沒事吧。

說不定今晚結束時，他們還會記得她。

說不定亨利跟她在一起的話就不會——

說不定——

門打開來，碧雅站在門口，手戴著烘焙隔熱手套彸在腰間，身後的公寓房間傳來熱鬧的聲音，她一邊說道：「亨利．史托斯先生，你未免遲到太久了，你手上拿的那盒最好是甜點喔。」亨利把甜點盒遞出去，彷彿拿著一面盾牌似的，碧雅從他手中一把搶過盒子，一邊張望他身後。「這又是誰呀？」

「這是艾笛，」他說，「妳們在書店裡見過。」

碧雅翻翻白眼，「亨利，你的朋友沒有多到我會搞不清楚的地步，而且，」她說，對艾笛露出一個邪惡的笑容，「這樣的一張臉我怎麼可能會忘記呢，有種……永恆的美。」

亨利的眉頭皺得更緊了。「妳們**明明**見過面啊，妳還說了一模一樣的話。」

他看向艾笛，「妳記得對不對？」

她猶豫，在不可思議的真相與輕鬆的謊言之間游移不定，下意識開始搖著頭，「抱歉，我——」

這時一個女孩出現，及時救援，女孩穿著黃色無袖連身裙，像是對窗外寒冷一種桀驁不馴的抗議，亨利在艾笛耳邊低語說這是艾莉絲。女孩吻吻碧雅，從她手裡接過點心盒，說她找不到開瓶器，喬許此時也現身了，拿過艾笛和亨利的外套，招呼他們進門。

公寓是由閣樓改建的，那種一整層的開放式空間，玄關直接與客廳相連，客廳又與廚房相連，好險沒有多餘的牆壁或是門。

門鈴又嗡嗡響，過了一會，一個男孩宛如彗星劃破大氣層般登場，一隻手拿著一瓶酒，另一隻手拎著圍巾。儘管艾笛只在亨利家牆上掛的相片裡看過這個人，她也立刻認出這是羅比。

他大步穿過公寓外的走廊，親親碧雅的臉頰，對喬許揮揮手，抱了抱艾莉絲，然後轉頭看向亨利，這時也注意到了**她**。

「妳是誰呀？」他說。

「有點禮貌好不好，」亨利回答，「這是艾笛。」

「亨利的約會對象。」碧雅補充，艾笛真希望她不要這麼說，因為那四個字像一桶冷水一樣澆熄了羅比原本高昂的興致。亨利一定也看出來了，因為他立刻握住艾笛的手說：「艾笛是星探。」

「哦？」羅比問，稍微恢復了一點興趣，「哪個領域的星探？」

「藝術、音樂，什麼都有。」

他蹙起眉頭，「星探不是都要專精於一個領域嗎？」

碧雅用手肘努努他，「親切一點喔。」她說，伸手去拿酒。

「我不知道應該要帶伴來。」他說，跟著碧雅走進廚房。

她拍拍他的肩膀，「喬許可以借你。」

餐桌擺在沙發和廚房中島之間，亨利打開兩瓶紅酒的時候，碧雅在桌邊多加了一個位置，羅比負責倒酒，喬許把一盆沙拉端到桌上，艾莉絲檢查烤箱裡的千層麵烤得如何了，艾笛閃到一邊，免得礙手礙腳。

艾笛習慣了兩種極端狀況，要不成為全場注意力的焦點，要不就是完全沒人注意到她。也習慣成為某個陌生人的世界中短暫卻燦爛的中心，否則就是邊陲地帶的一抹陰影。這不一樣，這是截然不同的嶄新體驗。

「希望你們都餓了。」碧雅說，把千層麵和大蒜麵包擺在桌子正中央。

亨利看見千層麵，露出苦笑，艾笛想起剛剛他們的餐車盛宴，差點忍不住哈哈大笑。她已經餓肚子餓習慣了，上一餐對她來說已經是遙遠的記憶，她滿懷感激地接過一個盤子。

IX

法國，巴黎
一七五一年七月二十九日

一個女人形單影隻的，是件可恥的事。

然而艾笛已經開始享受旁人的竊竊私語了。她坐在杜樂麗宮的一張長凳上，裙襬在身周散開，一邊翻閱她的書，她知道有人在看她。說得更精確點，是瞠目結舌瞪著她看。但是擔心又有什麼用呢？一個女人光天化日單獨坐著並不算**犯罪**，而且不管謠言再怎麼傳，反正也傳不出這個公園。路人經過時可能會嚇一跳，注意到其中的奇怪之處，但是過不了多久就會拋諸腦後，根本來不及去嚼舌根。

她翻動書頁，視線移過一行行印刷字跡。這陣子以來，艾笛偷書就跟偷食物一樣積極，書本已經成了不可或缺的每日食糧。她喜歡小說勝過哲學家的理論，故事對她來說是冒險也是逃避，而現在她手上的這一本書就像是支柱和鑰匙，可以讓她打開一扇特殊的門。

艾笛刻意挑了這個時候來公園，坐在花園邊線，她知道喬芙蘭夫人特別喜歡這條路線。而當那個女人從小徑那一頭悠悠走來時，她已經想好要怎麼做了。

她翻動書頁，假裝沉浸在閱讀中無法自拔。

艾笛的眼角餘光瞄到喬芙蘭夫人逐漸靠近，她的侍女就跟在她身後一步遠的地方，抱了滿懷的花。艾笛站起來，視線仍停留在書頁之間，一邊轉身，往前踏出兩步，接著避無可避地撞上了對方，小心不要撞倒她，只稍微嚇她一跳而已，這時，艾笛手中的書也順勢掉到兩人之間的地面上。

「冒失鬼。」喬芙蘭夫人斥道。

「對不起。」艾笛同一時間說，「您有受傷嗎？」

「沒有。」女人說，視線從撞到她的罪魁禍首身上落到那本書上。「什麼東西讓妳這麼渾然忘我？」

侍女撿起掉落的書本，遞給女主人。喬芙蘭打量著書名。

《哲學思想錄》。

「狄德羅，」她忖度道，「誰教妳讀這種高不可攀的東西？」

「我父親教我的。」

「他親自教你嗎？那妳這小姑娘還真幸運。」

「算是個開頭，」艾笛回答，「女人必須要主動爭取教育，不能指望男人。」

「說得真好。」喬芙蘭同意道。

她們正按照著一份劇本演出，雖然喬芙蘭自己絲毫未覺。大多數的人只有一次機會留下第一印象，幸運的是，艾笛有好多次機會。

夫人皺起眉頭，「但是沒帶女僕就一個人在公園裡走動？也沒有女伴？妳不擔心別人會怎麼說嗎？」

艾笛嘴上露出倔強的微笑，「我大概愛自由勝過名譽吧。」

喬芙蘭夫人發出哈的一聲短促大笑，聽起來比較像吃了一驚，而不是真的被她給逗樂了。「親愛的，要反抗體制有很多方式，要玩弄體制也有很多方式。妳叫什麼名字？」

「瑪麗．克里絲汀。」艾笛回答，「特雷莫耶家族。」她補充了一句，滿意地看到對方聞言瞪圓了眼睛。她花了整整一個月的時間打探各個皇室家族的名字，還有他們與巴黎社交圈之間的關係，淘汰掉可能會招致太多疑問的人，在族譜旁支中尋找比較不會有人注意的遠房表親。幸好，這名沙龍女主人雖然對自己四通八達的人脈深感自豪，卻也不可能真的每個人都認識。

「特雷莫耶家族，怎麼可能哪！」喬芙蘭夫人說，但是她的聲音裡並沒有半分不相信的意思，有的只是驚訝。「我一定要找時間數落一下查爾斯，竟然把妳藏得這麼好。」

「那就拜託您了。」艾笛露出一個靦腆的微笑，知道絕對不會有這一天。「好了，夫人，」她繼續說，伸出手想拿回書，「我得走了，我不想也敗壞了**您的**名譽。」

「胡說。」喬芙蘭說，眼裡閃著愉悅的光芒。「我對醜聞可說是無動於衷。」她把書交還給艾笛，但並沒有要就此別過的意思，「妳一定要來我的沙龍裡看看，妳的狄德羅也會在喔。」

艾笛只猶豫了半秒，她之前犯過一個錯誤，上次她遇見喬芙蘭時，策略是假裝羞赧，但後來就發現，這名沙龍女主人比較喜歡能堅持自己立場的女人，所以這次她只開心地笑笑，「我非常樂意。」

「太棒了。」喬芙蘭夫人說，「那妳大概一個小時之後過來吧。」

從這裡開始，她必須非常巧妙地應對。只要有個閃失，她的努力就會土崩瓦解。

艾笛低頭看著自己，「噢，」她說，故意露出失望的表情，「我恐怕沒時間回家梳洗換衣了，我這個模樣過去，實在是太失禮了。」

她屏息以待，等著夫人出聲回答，她的反應是張開雙臂，「哪用得著這麼麻煩，」她說，「我很確定家裡的小姐們應該可以幫妳找合適的衣物。」

她們一起穿越公園，女僕跟在後面。「為什麼我們從來沒見過面呢？明明每個重要的人物我都認識呀。」

「我算不上什麼重要人物。」艾笛自謙，「而且恐怕只是來這裡過度過夏天而已。」

「但妳的口音是道地的巴黎腔呢。」

「花時間練的。」她回答，當然，這是真的。

「妳竟然還沒嫁人嗎？」

又是另一個轉折，另一次考驗。之前，艾笛說過自己喪夫寡居或已經出嫁了，但今天她決定自己不想嫁人。

「沒有，」她說，「老實說，我不想要有個主人來管教我，而我還沒找到能平等相待的伴侶。」

招待她的女主人聞言，臉上露出微笑。

她們穿過公園，踏上聖奧諾雷路，一路上喬芙蘭沒完沒了地問她問題，最後才終於離開去打理沙龍雜務。

艾笛略感惆悵地看著沙龍女主人離去。

接下來，她必須自己隨機應變了。

女僕領著她上樓，從最近的櫃子裡拿出一件裙子放在床上。那件裙子由彩錦綢緞剪裁而成，有著花紋的連身長裙，領口有一圈蕾絲。不是她會選的風格，但的確非常精緻。艾笛曾經看過一塊肉與各種香料一起五花大綁，準備進烤箱，不禁覺得和現在巴黎流行的穿著有幾分相似。

艾笛坐在一面鏡子前整理頭髮，聽著樓下的門開開關關，整座房子因為陸續抵達的賓客充滿了各種動靜。她必須等到沙龍熱鬧到了極點，每個房間都夠擁擠了，才能順利混進人群中。

艾笛最後一次調整她的頭髮，撫平裙襬，等下方的喧鬧夠穩定了，話語和杯具敲擊的叮咚聲都混雜在一起後，才動身下樓到主廳去。

艾笛第一次進來這間沙龍時，靠的是運氣而不是排練好的詭計。她發現這個地方允許女人發言，或至少可以在一旁聆聽，覺得又驚又喜，在這裡，她可以自由走動，不受他人評判或鄙夷。她很享受沙龍裡提供的食物和飲料，也很喜歡這裡的交談與眾人的陪伴。她可以假裝四周的人都是她的朋友，而不是陌生人。

直到她拐過一個轉角，忽然看見雷米．洛倫。

他就在那裡，坐在伏爾泰和盧梭中間的一張板凳上，一邊說話一邊打著手勢，手指上還有墨水的灰色污漬。

看見他，就像忽然踏錯了一步，像布料勾到了釘子。

一瞬間失去平衡。

她曾經的愛人因為年紀而變得僵硬許多，他臉上的線條在在顯示了二十三歲與五十一歲的差別。每天讀好幾個小時的書，在他眉間刻下了皺紋。但聽到某些話題時，他還是會眼睛一亮，那時她又會瞥見了當年的那個男孩，那個懷抱著理想來到巴黎的熱情小伙子，想在這裡找到有著偉大思想的哲人。

然而今天四下都不見他的蹤影。

艾笛從一張低矮的桌子拿起一杯酒，在房間之間穿梭，像投影在牆壁上的影子，沒人注意到她，她可以自在活動。她聽著他人交談，也和別人聊得很開心，她能感覺到自己身處歷史的皺褶之中。她遇到一名熱愛海洋生物的自然學家，向對方承認自己從來沒去過海邊後，他便花了大半個小時與她大聊特聊甲殼生物的各種逸聞趣事，能這樣度過一整個下午實在太棒了——尤其是這個晚上，她比任何其他時候都還需要排遣時光。

已經六年了，但她不願去想，也不願想到他。

落日西沉，紅酒換成了波特酒，這是一段美好時光，她享受著科學家的陪伴，他們是知識淵博的男人。

她早該知道會被他給毀了。

路克像一陣涼風般颳入房間裡，從靴子到背心一身灰黑。那雙綠眼是他身上唯一的色彩。

六年了，用「大鬆一口氣」來形容艾笛再次看見他的感覺或許不完全準確，但也相差不遠了。那種卸下重擔，終於呼出一口氣，全身都如獲大赦地輕嘆一口氣的感覺。其中沒有任何開心之情，這超乎單純的肉體上的放鬆——是未知由篤定取而代之的放鬆。

她原本一直等待著，現在終於停了。

沒錯，現在她不再等待，準備好面對麻煩，面對悲傷。

「勒波先生，」喬芙蘭夫人說，與她的客人打招呼，艾笛不禁納悶，她與夫人之間的相遇真的只是巧合而已嗎？不知道老愛尾隨她的黑影是不是特別喜歡沙龍，以及在其中醞釀的思想——只不過這裡的人崇拜進步勝過於神祇。路克的注意力早就定定集中在她身上，他的表情一亮，靦腆卻充滿惡意。

「夫人，」他說話的音量剛剛好可以傳到她耳裡，「您沙龍的大門恐怕要看緊一點吧。」

艾笛的五臟六腑往下一沉，喬芙蘭夫人往後退了一些，房間裡的話聲似乎逐漸轉弱，停了下來，

「您這話是什麼意思？」

她想悄悄退開，但是沙龍很擠，走道裡站滿了人，也擺滿了椅子。

「那邊那個女的。」眾人紛紛望向艾笛，「您認識她嗎？」喬芙蘭夫人當然已經不認得她，但是她太有教養了，不可能承認這個錯誤。

「先生，我沙龍的大門為許多人而開。」

「這次您恐怕太慷慨了一點。」路克說，「那個女人是個騙子兼小偷，非常卑鄙可惡的生物。您

看，」他對她比著手勢，「她甚至穿著您的裙子呢。最好檢查一下口袋，確認她沒有暗中偷了其他東西。」

就這樣，他奪走了這場遊戲的主導權。

艾笛開始走向沙龍大門，但她旁邊的人紛紛站起，「攔住她。」喬芙蘭下令，艾笛別無選擇，只好不管三七二十一往門口衝，推開擋路的人，趕快離開沙龍，鑽進夜色之中。

當然，沒人來追她。

除了路克之外。

黑暗緊緊跟著她的腳步，咯咯輕笑。

她怒氣沖沖轉向他，「我以為你除了想辦法折磨我之外，還有其他事情好做。」

「但我覺得這件事很好玩呢。」

她搖搖頭，「哪裡好玩，你不過是毀了一個瞬間，糟蹋了一個夜晚，但是因為我的能力，我還能有好幾百萬個這樣的夜晚，我有無窮無盡的機會可以重新做人。我可以現在立刻走回去，他們會忘了你玩的把戲，就跟他們忘了我的臉一樣。」

那雙綠眼中閃著惡作劇的光芒，「妳應該會發現我說的話並不像妳說的一樣那麼容易被遺忘。」

他聳聳肩，「當然，他們不會記得妳，但是意念比記憶更狂野，生根得更快。」

還要花上五十年的時間，她才會發現他說得沒錯。

意念比記憶更加狂野。

而且她可以在他人心中埋下意念。

紐約市

二〇一四年三月十六日

X

這天晚上感覺有魔法。

再簡單不過的舉動，卻有著某種挺身抵抗的快樂。

派對的第一個小時，艾笛都提心吊膽，深怕災難會隨時發生，但是在吃完沙拉和主餐上菜之間、在第一杯與第二杯紅酒之間的某個時候，她鬆了一口氣。她坐在亨利和艾莉絲中間，被暖意與笑語圍繞，幾乎能相信這是真的，相信自己可以融入這個團體，只當一個平凡男孩旁邊的平凡女孩，兩人一起參加平凡的派對。她和碧雅聊藝術，和喬許聊巴黎，和艾莉絲聊紅酒，而桌子下方，亨利把手擺在她膝頭，一切都簡單得很美好、很溫暖。她想把這天晚上當成巧克力一樣放在舌尖品嚐，在它融化之前好好品嚐每一絲滋味。

眾人之中只有羅比看起來不太高興，雖然喬許一整個晚上都在企圖找他調情。他在座位上左右移動重心，彷彿正在尋找鎂光燈焦點的演員。他喝得太多太急，安靜不了幾分鐘就開始坐立難安。艾笛稍早也在亨利身上看過這種躁動的能量，但是今天晚上他看起來倒是很自在。

席間，艾莉絲去過一次廁所，艾笛想說這下應該完蛋了，這會是第一張倒下的骨牌。確實，她上完廁所回來時，艾笛看得出那女孩臉上的困惑，不過那種尷尬是你會加以遮掩、不會表露出來的那種，艾莉絲什麼也沒說，只搖搖頭，好像想甩開一個念頭，臉上跟著露出笑容，艾笛想知道這感覺是不是就像喝了太多酒，她猜艾莉絲應該會趁甜點上桌前把碧雅拉到一旁，小聲說她忘記了艾笛的名字。

不過現在羅比正和他們的女主人熱烈交談。

「碧雅，」他哀嚎，「我們可不可以就——」

「我的派對，規則我訂。之前有一次**你**過生日，我們還不是去了布希維克的性愛俱樂部。」

羅比翻翻白眼，「那是以暴露為主題的音樂場館好嗎。」

「分明就是性愛俱樂部。」亨利和碧雅同時說。

「等等。」艾笛在座位上往前傾。「今天是妳生日嗎？」

「不是。」碧雅強調。

「碧雅討厭生日。」亨利解釋。「她從來都不告訴我們到底是哪一天。我們頂多只能猜到是在四月，或三月，五月也有可能啦。所以大概可以推測在春天舉辦的晚餐派對最接近她實際的生日。」

碧雅啜了一口酒，聳聳肩，「我看不出哪裡重要，不過就是一年三百六十五天其中之一。幹嘛要特別強調？」

「才能拿到禮物啊，這不是很簡單的道理嗎？」羅比說。

「我懂，」艾笛說，「最好的日子通常就是沒有事先規劃過的。」

羅比臉上露出惱怒的表情，「妳說妳叫什麼名字來著？安蒂嗎？」

她原本想糾正他，名字卻卡在喉嚨裡說不出來。

詛咒圈得更緊，牢牢掐住那幾個字。

「她叫**艾笛**。」亨利說，「你別這麼混蛋好不好。」

一道緊張的電流竄過席間，艾莉絲顯然是想緩和緊張的氣氛，她切開一個小蛋糕，一邊誇讚：

「甜點太好吃了，亨利。」

然後他說：「是艾笛的功勞。」

這超出了羅比的忍耐極限，他的耐心彷彿一杯打翻的飲料。他大吸一口氣，一推桌子站起來。

「我要去抽根菸。」

「別在這裡抽。」碧雅說，「要抽去頂樓。」

艾笛知道這個完美的夜晚到此為止了，門砰的一聲關上，她知道自己阻止不了他們，而一旦她離開他們的視線——

喬許站起身，「我也想來一根。」

「你只是想逃避洗碗盤吧。」碧雅說，但是他們兩人已經朝門口前進了，眼不見為淨。這就是午夜了，她心想，這就是魔法結束的時候，這就是你變回一顆南瓜的時候。

「我得走了。」她說。

碧雅試著想說服她留下來，勸她不要把羅比的話放在心上，艾笛說那不是他的錯，今天她也有點累了，向碧雅道謝，稱讚今天的晚餐，感謝大家的陪伴，說真的，她能撐到現在，度過這段時光、這天晚上，可以淺嚐正常生活的滋味，已經算非常幸運了，

「艾笛，等等。」亨利說，但是她飛快吻了他一下，快步走出公寓，下了樓梯來到戶外的黑暗天色中。

她嘆了口氣，慢下腳步，肺部在忽如其來的寒冷中隱隱作痛。儘管他們中間隔著好幾扇門和好幾道牆壁，她還是能感覺到遺留在身後的一切沉甸甸的重量，真心希望亨利剛剛叫她「等一下」的時候她說了「一起走吧。」但是她知道要他兩邊二選一並不公平。他是盤根錯節的一個人，而她只是無憑

無依的樹枝。

這時她聽見身後傳來腳步聲，於是放慢速度，發了個抖，就連這個時候，就算過了這麼久，她都以為來者會是路克。

路克，他向來都知道艾笛的脆弱易碎。

不過來的人並不是黑暗，而是眼鏡霧濛濛、外套來不及扣好的男孩。

「妳動作好快啊。」亨利說。

「你還是跟上了呀。」艾笛說。

也許她應該要覺得有些內疚，但是她只有滿心的感激。

這些年來，她已經變成失去東西的高手了。

但亨利卻還在這裡。

「有時候朋友還真是亂七八糟的，對吧？」

「是啊！」她附和，雖然她根本無從得知。

「抱歉，」他說，對著身後的建築點了一下頭，「我不知道他到底哪根筋不對勁。」

艾笛知道。

只要活得夠久，人們就會像一本書一樣攤在你眼前。羅比是本羅曼史，是一則關於心碎的故事。

他顯然陷入了苦戀之中。

「你原本說你們只是朋友。」

「的確是啊。」他堅持，「我愛他如同家人，而且會一直愛他。但是我不——我從來就……」

她想到那張照片，羅比低著頭靠在亨利臉頰邊，她想到碧雅介紹艾笛是亨利的伴時，羅比臉上的表情，不由得納悶亨利怎麼會看不出來。

「他顯然還愛著你。」

亨利似乎整個人都洩了氣，「我知道，」他說，「但是我不能愛他。」

不能。不是不想，也不是不可以。

艾笛看著亨利，與他四目交接。

「你有什麼事想告訴我嗎？」

她不知道自己到底預期他會說些什麼，不知道有什麼樣的真相可以解釋他這樣不屈不撓的存在，但是一瞬間，他回望著艾笛的時候，臉上露出了短暫卻深刻的悲傷。

最後他只伸出手把艾笛拉近，用一種認輸的柔和聲音說，「我好飽。」

艾笛忍不住哈哈大笑。

站著不動實在太冷了，他們一起走過黑暗，等她看到那扇藍色的門，才知道又回到了他的住處。

她好累，而他好溫暖；她不想走，他也沒要她走。

紐約市
二〇一四年三月十七日

XI

艾笛曾以一百種不同的方式清醒過來。

醒來時皮膚上結著霜，或者被豔陽曬得灼痛；醒來時四下空無一人，又或者本來不該有人的地方忽然出現陌生人；醒來時聽見上方某處有激烈戰事，又或者有波濤貼著船身搖動；醒來時有警鈴聲和城市的車水馬龍交雜，又或者死寂一片。還曾經有一次，她醒來時發現頭上盤著一條蛇。

卻不曾有過被亨利．史托斯用千百個吻喚醒的經驗。

他悉心種下一個又一個吻，像花朵的球莖，慢慢在她肌膚上綻放開來。艾笛微微一笑，滾過去貼近他的身體，讓他的懷抱像斗篷一樣覆蓋住自己。

黑暗在她腦中耳語：*沒有我，妳一直都會是一個人。*

然而她現在卻聽著亨利的心跳，聽著他在她髮間的輕柔呢喃，問她會不會餓。

已經很晚了，他應該去工作才對，不過他表示最後之言星期一公休。他不可能知道她牢牢記得那張小木牌上寫著什麼，每一天的營業時間她其實已經掌握得一清二楚。書店的公休日其實是星期四。

她沒有出言糾正。

他們穿上衣服，不疾不徐出發前往轉角的小店，亨利買了蛋和起司卷，艾笛則去玻璃櫃前找果汁。

這時候他聽到門上鈴鐺響了。

她還看見那頭黃褐色的頭髮和那張熟悉的面孔，羅比搖搖晃晃走進來。她感覺心跳都停了，就像你踏錯了一步，全身也跟著失去平衡。

艾笛的確是失去東西的高手——

但是她還沒準備好失去這一切。

她想停下時間，想躲起來，想憑空消失。

但有史以來第一次，她做不到。羅比看到亨利，而亨利的視線剛好轉向她，三人就這麼站在單向通行的走道上。這彷彿是一齣關於記憶、缺席與霉運的喜劇，亨利一隻手環住她的腰，羅比則用冷冰冰的眼神注視著艾笛，一邊問道：「這哪位？」

「一點也不好笑。」亨利說，「你還在宿醉嗎？」

羅比憤憤地往後退，「你說我怎樣？沒有啊，我根本沒見過這女孩。你根本沒提過有了對象。」

接下來發生的事就像以慢動作進行的一場車禍，艾笛知道這一定會發生，是某種天時地利人和，無可避免的撞擊。

亨利對她來說是不可思議的存在，也是美麗而奇異的綠洲。但是他同時也是人類，而人類是有朋友，有家人的，有千百種不同的羈絆，會將他們與其他人拴在一起。他不像她，從來不曾切斷過這些羈絆，也不曾活在虛無之中。

所以這件事無法避免。

只是她遲遲無法有心理準備。

「該死，羅比，你明明剛見過她不久。」

「我很確定要是我看過，一定會記得。」羅比的眼神變得陰鬱，「話又說回來，最近要搞清楚這件事，還真不容易呢。」

亨利一個箭步往前想撲向羅比。這時，艾笛搶先一步趕到，抓住亨利舉起的拳頭將他往後拉。

「亨利，拜託住手。」

她先前就像捧著裡頭裝滿水的美麗玻璃瓶，但是現在瓶身已經開始出現裂痕了。水從裡面滲了出來。

羅比看著亨利，一臉錯愕，覺得自己被背叛了，她了解，這不公平，向來就沒有公平過。

「走吧。」她說，捏捏他的手。

亨利的注意力終於慢慢轉向她，「拜託，」她說，「跟我走吧。」

他們走到外頭的街道上，那天早晨的寧靜已經蕩然無存，柳橙汁和三明治都沒拿。

亨利氣得發抖，「抱歉，」他說，「羅比有時候確實是個混帳，但是那——」

艾笛閉上眼睛，往後靠向牆壁。「不是他的錯。」她可以拯救這齣悲劇，捧著快要粉碎的玻璃瓶，手指緊緊壓在裂縫上。但是她可以撐多久？她還能獨佔亨利多久？關於自己的詛咒，她還能瞞他多久？

「我覺得他應該不記得我。」

亨利瞇起眼睛，顯然困惑極了。「他怎麼可能**不記得**？」

艾笛猶豫了。

當你不可能說錯話時，要坦白是一件很容易的事，因為不管說了什麼，到頭來對方也不會記得。因為不管你說了什麼話，都還是只有你一個人知道。

但是亨利不一樣，他聽得見她，而且還**記得**她，忽然之間，字字句句都異常沉重，誠實是一件好沉重的事。

她只有一次機會。

她可以撒謊，就像她對其他人撒謊一樣，但是她只要一開始、一說出口，就永遠停不下來了，除此之外——她也不想對他撒謊。她等了好久好久，才能被聽見、被看到。

所以艾笛決定說出真相。

「你知道有些人有臉盲症嗎？他們會看著已經認識一輩子的親朋好友，結果竟然不認識對方？」

亨利皺起眉頭，「理論上的確有聽說過……」

「嗯，我的狀況剛好相反。」

「妳記得遇過的每個人嗎？」

「不是，」艾笛說，「我的意思是，對，我的確記得，可那不是重點。我想說的是——人們會忘記我是誰。就算我們重複相遇了上百次。他們還是會忘記。」

「這一點道理也沒有啊。」是啊，的確一點道理也沒有。

「我知道，」她說，「但這是事實，如果我們現在立刻回店裡，羅比完全不會記得剛剛發生的事，你可以介紹我給他認識，但是我只要一離開，只要一消失在他的視線內，他就會再度遺忘。」

亨利搖搖頭，「怎麼會？為什麼？」

聽起來如此簡單，卻是個大哉問。

因為我傻。

因為我怕。

因為我不小心。

「因為，」她說，身體緩緩往後靠向水泥牆，「我受了詛咒。」

亨利盯著她，眼鏡在眉毛後方皺起，「我不懂。」

艾笛深深吸了一口氣，試著穩定緊張的情緒，然後，既然她已經決定了要說出真相，便開始娓娓道來。

「我的名字叫艾笛．拉胡，一六九一年生於維永，父母是尚和瑪瑟，我們家就住在一棵老紫杉木後方的石屋。」

法國，薩爾特維永
一七六四年七月二十九日

XII

搖搖晃晃的馬車在河邊停了下來。

「我可以載妳到近一點的地方。」車夫說，緊抓著轠繩，「我們還有快兩公里的路才到村莊呢。」

「沒關係，」她說，「我認得路。」

不知名的馬車和車夫可能會引人矚目，艾笛寧願用她離開家鄉的方式返回家鄉，遵循著她熟悉這裡每一寸土地的方式：步行。

她付了錢給那個人，跳下馬車，灰色斗篷的衣襬刷過泥土。她沒費心帶行李，早已學會了如何輕裝簡行，又或者說，學會了如何飛快地習慣事物，以及飛快地擺脫。這樣子比較簡單。要想緊緊抓住某件事物，實在是太難了。

「妳是當地人吧？」他問，艾笛在陽光中瞇起眼睛。

「是啊，」她說，「但我已經離鄉好久了。」

車夫上下打量著她，「再久也不會久到哪裡去吧。」

「說出來會嚇你一跳喔。」她說，他一甩鞭子，馬車慢慢繼續往前移動，她又是一個人了，身處這片她熟悉到骨子裡的土地。她已經五十年沒回來過了。

真奇怪，五十年已經超過她待在這裡的時間兩倍久，但這裡還是有家的感覺。

她不知道自己是什麼時候下了決定要回來，也不知道為什麼會做出這個決定，只知道這個念頭像風暴一樣已經在她心中醞釀了一段時間，一開始春天開始感覺像夏天，一股沉重感開始洶湧翻騰，風雨欲來，直到她能看見地平線上出現烏雲，頭頂也打起了響雷，催促著她趕快動身。

也許這次返鄉之旅是某種儀式。是某種淨化自己的方式，讓她將維永牢牢留在過去。也許她是想試著放手，也或許她是試著想緊抓不放。

唯一可以肯定的是，她不會想留下來。

陽光照得薩爾特河波光瀲灩，有短暫的一瞬間，她心裡閃過要祈禱的念頭，想把手伸進淺淺的溪流裡，只不過她現在沒有任何東西可以獻給河神，而且和祂們也無話可說。在緊要關頭，祂們並沒有給她任何的答覆。

繞過一個彎，可以看見一叢樹林的另一頭，維永出現在低緩的丘陵地間，灰色石屋窩在河谷地中。村莊稍微拓展了一些，有點像中年發福的男子橫向發展，但這裡依舊是維永。教堂還在，村莊廣場也還在，而村落中心彼端，則是森林的墨綠外圍。

她沒有直直穿過村莊，而是繞遠路往南邊走。

走回她的家。

那棵古老的紫杉木仍然在小徑盡頭站崗，五十年過去了，老樹的枝幹多了幾個歪歪扭扭的節點，樹幹底部也長粗了一些，除此之外一切如昔。有幾秒鐘的時間，她只看得到房屋邊緣，時光踉踉蹌蹌，轉瞬飛逝，她又回到了二十三歲，從村落或河邊或伊莎貝兒家走回自己家，洗好的衣物靠在腰臀之間，又或者手臂下夾著素描本，現在她母親隨時都有可能出現在門口，兩隻手腕都沾著麵粉的痕跡，也隨時都有可能聽到父親穩定的劈柴聲，以及他們三口之家養的母馬美心甩動尾巴或嚼食青草發出的輕柔聲響。

但等艾笛接近小屋時，幻影崩解成記憶。當然，馬兒早就已經不在了，她父親的工作坊也垮了一半，叢生雜草的另一頭，她父母親住的小屋靜靜矗立，昏暗寧靜。

她以為自己會看到什麼？

五十年了，艾笛**知道**他們不會在了，但是看到這個地方逐漸傾圮、遭人遺忘，仍舊讓她心神不寧。她的腳不由自主帶著她往前，沿著那條泥土小徑，往前穿過院子，來到父親歪斜的工作坊廢墟。

她輕輕推開木門，腐朽的門板已經快瓦解殆盡，然後踏入小棚子裡。

陽光從裂開的木板中灑落，在黑影投射出一條條斑駁痕跡，空氣裡有腐朽的氣味，而非新鮮雕刻的木頭，聞起來有泥土清香，甜美清爽，四處都發霉了，而且潮濕又沾滿灰塵。她父親每天都要磨利的工具現在無人使用，佈滿紅色鏽跡。架子也幾乎是空的，小木鳥全都不見了，不過在一張蜘蛛網和一層污垢下方，還擺著一個大木碗。

她撫過灰塵，看著手指經過之後，灰塵又重新聚攏。

他走多久了？

她強迫自己再度回到院子裡，然後停下腳步。

小屋似乎復活了，或至少有了些許動靜。煙囪冒出細細一縷炊煙，窗戶也打開了，薄薄的窗簾在微風中輕輕飄盪。

這裡還有人住。

她應該要走，她知道她應該要走的，這地方已經不是她的家了，再也不是了，然而她不由自主地走過院子，舉起手想敲門。這時，她的手指遲疑了，想起那天晚上，另一段人生的最後一晚。

她在台階上裹足不前，用意志力命令雙手做出選擇——但是已經有人注意到她的到來。窗簾撲簌，一個人影掠過窗前，艾笛只來得及退後兩步、三步，然後門就打開了。門縫中露出某個人皺巴巴的臉頰，還有一隻不悅的藍眼。

「是誰？」

女人的聲音脆弱尖細，卻仍然像一顆巨石般重重壓在艾笛胸口，把所有的空氣都擠了出來，她很確定就算現在的她是凡人之軀，就算她的心智都已被時間磨鈍，她依然會記得自己母親的聲音。門吱吱嘎嘎開得更寬一點，老婦人就站在那裡，像是冬天裡一株萎縮的植物，扭曲多節的手指緊緊抓住身上的襤褸披肩，她已經十分年邁，垂垂老矣，但仍然活著。

「我認識妳嗎？」她母親問，聲音裡沒有一絲認出她的意思，只有老人家的懷疑與不安。

艾笛搖搖頭。

後來，她會好奇自己是不是應該回答「認識。」才對，好奇她母親的心智在清空了大半的回憶之後，會不會有空間容得下那一個簡單的真相。好奇她會不會邀請女兒進屋，兩人一起坐在火爐邊，甚至請她吃一頓便飯，這樣艾笛離開時，可以有不一樣的回憶可以放在心裡，而不是只有母親在她面前關上門的情景。

但是她沒有。

她試著告訴自己，從她不再是這個女人的女兒那一刻起，對方也不再是她的母親了，當然，說比做容易。然而非這樣不可。她已經哀悼過一回了，而且雖然老婦人臉上的驚愕之情很傷人，艾笛實際感受到的痛苦卻是淺淺淡淡的。

「妳想做什麼？」瑪瑟．拉胡問。

另一個她回答不了的問題，因為她自己也不知道自己想做什麼。她看向女人身後那曾經是她家的昏暗空間，這時，艾笛胸口忽然湧起一股奇怪的希望。如果她母親還活著，那麼，說不定、說不定——但是她明明知道。從工作坊的那些蜘蛛網、還沒做完的木碗上累積的灰塵，她就已經知道了。從她母親臉上警戒的表情，還有她身後小屋那黑暗凌亂的狀態看起來，她就已經知道了。

「抱歉。」她說，退了開來。

老婦人沒有問她是為了什麼而道歉，只愣愣盯著她看，眼睛眨也不眨，目送她離去。

門又吱吱嘎嘎關上，艾笛一步步離開的同時，心裡也很清楚，這是她與母親的最後一面了。

XIII

紐約市
二〇一四年三月十七日

要說出來很容易。

畢竟，故事本身從來就不是真正困難的部分。

這是個她企圖分享過很多次的祕密，與伊莎貝兒，與雷米，與朋友、陌生人，或者任何有可能傾聽的對象，而每一次，艾笛都會看見他們逐漸變得面無表情，臉上一片茫然，看著她說的話懸在兩人中間，轉眼就像煙霧般被風吹散。

但是亨利看著她，聽進了每個字。

他聽著她說起那場婚禮，還有那些無人回應的禱告，以及在黎明與傍晚時分的獻祭。說起森林裡的黑暗，化成了她心上人的模樣，說起他的拒絕，還有她犯下的錯誤。

等我不想要我的靈魂了，你就可以拿走。

聽著她說起永生不死，卻遭人遺忘，最後徹底放棄。她說完時，大氣也不敢喘一口，以為亨利會眨眨眼，那番話都會如霧消散，而他會詢問艾笛剛剛到底想說些什麼。幸好事情並未如她所料，他睜起眼睛，看起來異常專注，她在加速的心跳中赫然發現：亨利聽進了每個字。

「妳做了交易？」他說。聲音聽起來很疏離，冷靜得令人不安。

當然，這聽起來很瘋狂。當然，他不可能相信她。

她就要失去他了。不是因為他不記得，而是因為他不相信。

但不知怎地，亨利卻忽然**哈哈大笑**起來。

他的身體癱軟下來，靠著旁邊的自行車架，頭埋進手裡，繼續笑個不停，她覺得他發瘋了，可能是她害他崩潰了，更慘的是，他說不定是在嘲笑她。

但這種笑聲不是聽完笑話後會發出的笑聲。

太瘋狂、太急促了。

「妳做了交易。」他又重複了一次。

她吞了口口水，「那個，我知道聽起來很荒謬，但是——」

「我相信妳。」

她用力眨眼，忽然間很困惑。「什麼？」

「我相信妳。」他又說了一次。

簡短的四個字，和「我記得妳」一樣珍貴稀有，她本該知足了——但是這樣還不夠。這一切都說不通，從亨利這個人，到這件事，從一開始就說不通，她太害怕了，一直不敢問，不願面對，彷彿知道實情後，這整場夢境就會土崩瓦解，但是她看得見他肩膀已經出現裂痕，從她自己胸間也感覺得到。

你是誰？她想問，你為什麼不一樣？你怎麼會記得別人記不得的事？我說我做了交易，你為什麼會相信？

最後，她只問了一句。

「為什麼？」

亨利的手從臉上滑落，他抬頭看著她，綠眼閃著發燒般的狂熱光芒，然後他說——

「因為我也做過交易。」

第四部

大雨淋不濕的男人

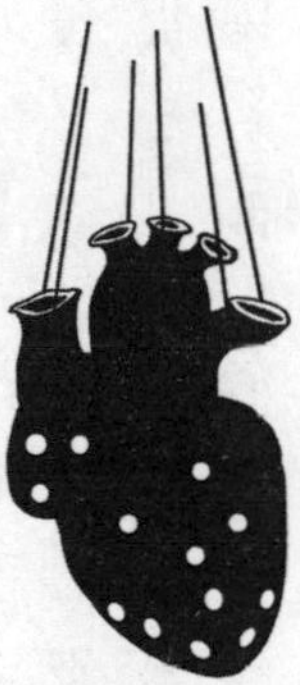

作品名稱：開放等愛

創 作 者：穆莉兒．史托斯（設計）和蘭斯．哈林傑（製造）

日　　期：二〇一一年

媒　　材：鋁、鋼鐵和玻璃雕塑

地　　點：外借自帝勢藝術學院收藏

描　　述：原先為互動式展品，鋁製心臟上佈滿許多小洞，懸在一個桶子上方。金屬心臟旁邊放置有形狀大小各異的玻璃瓶，裡面裝滿不同的液體，有些是清水、有些是酒精或顏料，展覽觀眾可以自己選擇一個玻璃瓶，把內容物全部倒在心臟上。液體會馬上從小洞中流出，速度快慢取決於瓶內的液體有多濃稠。

背景簡介：此雕塑是史托斯在學最後階段系列作品中的焦點佳作。此系列的主題為家庭。當時史托斯並未特別說明這件作品的靈感來自哪個家人，她堅持「開放等愛」的設計初衷是「向連續單偶制的無力感致敬，也是對於不平衡的情感有多危險的見證」。

預估價值：未知。藝術家本人將作品贈與帝勢學院作為永久展出之用。

紐約市
二〇一三年九月四日

I

有個男孩打從一出生，心就殘缺不全。

醫生打開他的胸膛，把心拼回去，重新變得完整，寶寶回家了，幸運保住一條小命。他們說他現在比較好了，可以過正常生活了，但隨著他一天天長大，他不禁深信裡面還是有些不對勁。血液仍然繼續汲送到全身各處，閥口打開又關閉，在所有的掃描儀器和顯示螢幕上，一切看起來都運作如常。但就是有事情不對勁。

他們在他的心臟上留了太多漏洞。

忘了要幫他的胸膛再次穿上盔甲。

而他現在——感覺到太多東西了。

其他人會說他敏感，但不只是這樣而已。感覺就像指針壞了，音量開到最大聲。快樂的瞬間感覺異常短暫，令人欣喜若狂。而痛苦的時光綿延不絕，劇烈得令人受不了。

亨利養的第一隻狗死掉時，他整整哭了一星期。父母吵架時，言語之中的暴力讓他無法承受，他只能逃家。他在外待了超過一天之後才回家。還有當大衛丟掉他童年的泰迪熊、他的第一任女友艾比蓋兒在舞會上放他鴿子、他們必須在課堂解剖一隻豬、弄丟了爺爺過世前給他的卡片、發現莉茲在高年級校外旅行時出軌、羅比在他們升大三前甩了他。每一次，不管是雞毛蒜皮或天塌下來的大事，他都覺得心臟又在胸腔裡碎了一次。

亨利第一次偷喝父親的烈酒時才十四歲，他只是想把音量關小一點。他從母親的櫃子裡偷走兩顆藥丸時才十六歲。他嗨到不行，以為看到自己身上有即將粉身碎骨前的裂痕時，才二十歲。

他的心彷彿有個開口。

光可以從開口透進來。

暴風雨也能從開口颳進來。

任何東西都可以入侵。

時間他媽的過得太快了。

一眨眼，求學階段就過了一半，想到不管決定以後想做什麼，都等於同時決定**放棄**其他一百種選擇，就讓人嚇得無法動彈，所以你換了五六個主修科目，最後才決定選神學，有一段時間，這感覺是正確的道路，不過也只是因為看見父母親臉上的驕傲之情，所以才鬆了一口氣，他們以為兒子會是一名前途無量的拉比。不幸的事實是，當你無意從事神職，就只能將神聖經文視為故事和冗長的史詩，讀得越多，就越難信服。

一眨眼，你就二十四歲了，你在歐洲到處旅遊，想著——希望著——換個環境能在你心中擦出什麼不同的火花，以為如果得以一瞥更偉大、更宏遠的世界，能讓你的視野更加清晰。而有一段短暫的時光，的確是如此。但是你仍然沒有工作、沒有未來，有的只是插曲，而這段插曲結束時，你的銀行帳戶也差不多見底，卻也沒離任何事物更近一點。

一眨眼，你已經二十六歲，被院長叫到辦公室約談，因為他看得出你已經心不在焉，建議你另覓出路，而且還保證你會受到其他志業的感召，但這就是問題所在了，你從來不曾感覺到任何事物的召喚，並未感覺到來自單一方向的強烈拉力，倒是有來自四面八方的千百個小小拉扯，而現在一切都感覺遙不可及。

一眨眼，你二十八歲，每個人都已經領先你好幾公里，你卻仍在找路走，諷刺的是，你原本是想好好生活、好好學習、找到自己，卻反而迷失了方向。

一眨眼，你遇到了一個女孩。

亨利第一次看到塔比莎．麥斯特斯時，她正在跳舞。台上應該有十幾個人。亨利原本是去看羅比表演的，但是**她**的四肢有某種吸引力，她的軀體更像是某種引力重心。亨利不由自主一直看她，她的美令人屏息，無法用攝影來捕捉，因為她一連串的動作才是魔力所在。她移動的姿態，就像只以一段旋律和脊椎的弧線、一隻伸出的手，以及慢慢沉入幽暗地面上的動作來講述一個故事。

他們第一次會面是在一場慶功宴上。

在舞台上，她的五官就像一張面具，是供其他人的藝術揮灑的帆布。但是在這個擁擠的房間裡，亨利看得見她的微笑。笑容佔據了她整張臉，從她的尖下巴到髮線都有濃濃的笑意，是那種很有感染力的歡樂，讓他難以移開視線。她正因為某件事哈哈大笑——他後來還是沒搞清楚她當時到底在笑什麼——那感覺就像有人忽然打開一個房間裡所有的燈。

而就在那個當下，他的心臟開始發疼。

亨利花了三十分鐘，灌了三杯酒，才鼓起勇氣去打招呼，所幸破冰之後，一切就變得容易許多。他們的節奏與頻率逐漸同步。那晚結束之前，他就已經墜入愛河。

他以前也戀愛過。

高中時的蘇菲雅。

大學的羅比。

莎拉、伊森、珍娜，但這幾段感情都很艱辛凌亂。途中走走停停，有時候還會拐錯彎，或者走進死巷子。但是和塔比莎在一起很輕鬆。

兩年。

他們在一起兩年。

兩年來，他們一起吃晚餐、吃早餐，還在公園裡舔冰淇淋，他去看她練舞彩排，獻上玫瑰花束，兩人輪流在彼此的住處過夜，週末時會享受一頓早午餐，一邊追劇，還會去紐約上州拜訪他父母。

兩年來，他為了她少喝了很多酒，藥也不碰了，甚至為她穿著體面，購買他其實負擔不起的東西，因為他想要逗她笑，想讓她開心。

兩年來，他們沒吵過半次架，現在回想起來，他不確定這是不是件好事。

兩年的感情——在一個問題和一個答案之間分崩離析。

他在公園中央單膝下跪，簡直天字第一號大白痴，因為她拒絕了。

她說不要，但那還不是最糟糕的。

「你很棒，」她說，「真的，但是你不……」

她沒把話說完，但也用不著等她說完，亨利早就知道接下來的內容。

你不對勁。

你不夠好。

「我以為妳想結婚。」

「是啊，總有一天。」

她沒說出口，但是意思再清楚不過了。

總有一天，但對象不會是你。

然後她走了，亨利來到一間酒吧，把自己灌得爛醉如泥，卻還是嫌不夠醉。

他知道還不夠，因為世界還在，因為這整個夜晚感覺還是太過真實，因為他還是覺得全身都好痛。

他往前傾，下巴靠在交疊的雙臂上，盯著桌上一堆空空的酒瓶，幾百個扭曲的瓶中倒影回望著他。

商賈酒吧裡擠滿了人，白噪音像一堵牆，羅比必須拉開嗓門才能蓋過一片喧鬧聲。

「去她的。」

因為某些原因，聽到前男友幫他出氣，亨利並沒有覺得比較好。「我沒事。」他說，就像某些人，不管別人怎麼問他們好不好，都會機械式地回答沒事，就算他的心已經門戶洞開，顫巍巍地掛在那裡。

「這樣對每個人都好。」碧雅還加了一句，如果這句話是從別人口中說出的，他一定會把講出這種陳腔濫調的傢伙趕到酒吧角落。愛講一些老生常談，最好去面壁思過十分鐘。不過這天晚上，大家除了對他說這些之外，其餘的也愛莫能助了。

亨利喝完眼前那瓶酒，又伸手去拿另一杯，又伸手去拿另一杯。

「小子，喝慢一點。」碧雅說，揉著他的脖了。

「我沒事。」他又說了一次。

他們兩人都很了解他，知道亨利在說謊。他們知道他那顆壞掉的心，兩人都曾經循循善誘，帶他走出暴風雨。他們是他生命中最好的人，是他們把他拼湊完整，或至少讓他不至於四分五裂。可惜此時此刻，裂痕太多了，這個當下，他們說的話與他的耳朵、他們的雙手與他的肌膚之間橫亙著一道深淵。

他們人就在他身邊，可是感覺如此遙遠。

他抬頭看，細細觀察他們的表情，全都是憐憫，毫無驚訝之情，他忽然恍然大悟，瞬間全身發冷。

「你們本來就知道她會拒絕。」

沉默多了一拍。碧雅和羅比互看一眼，彷彿試圖決定誰要先說，羅比伸出手想握他的手。「亨利——」

他往後扭開，「你們**早就**知道了。」

他站起身，差點撞上後方的桌子。

碧雅哭喪著臉，「拜託，回來坐好。」

「不要不要不要。」

「嘿，」羅比說，扶他站好，「我陪你走回家。」

但是亨利討厭羅比看他的眼神，所以他搖搖頭，這個動作讓整個房間都糊成一團。

「不要，」他說。「我只想一個人。」

這是他有史以來撒過最扯的謊。

但是羅比的手滑開了，碧雅對他搖搖頭，兩人決定放亨利離開。

亨利還不夠醉。

他走進一家烈酒店，買了一瓶伏特加，店員的表情像在說他喝得夠多了，卻同時也清楚他亟需酒精。他用牙齒扭開瓶蓋，這時，天空開始下起雨來。

手機在他口袋裡震動。

可能是碧雅，也可能是羅比，除此之外還會有誰打給他？

他任由手機震個不停，屏息等待電話自動停下。他告訴自己要是他們再打回來，他會接的；要是他們再打回來，他會告訴他們他沒事。豈知電話只響了這麼一次。

他不怪他們，無論是現在，還是以後回想起來。他都有自知之明，知道自己不是個容易相處的朋友，知道他早該料到有這一天，早該——

酒瓶滑過他的手指，在人行道上砸得粉碎，他應該放著不管，但他並沒有這麼做，還是伸手去撿拾，卻不小心失去平衡。他撐著地面想站起來時，手正好壓在碎玻璃上。很痛，當然很痛，但是伏特加的酒力、那堵牆一般的悲傷還有他破敗的心減緩了疼痛感，

亨利笨手笨腳去拿口袋裡的手帕，白色絲綢上面繡著一個銀色的T。他買戒指時不想要戒盒，那個經典卻又不近人情的外包裝絕對會洩漏他想問的問題，現在他拉出手帕時，戒指掉了出來，沿著潮濕的人行道滾動。

那幾個字在他腦袋裡迴盪。

你很棒，亨利。真的，但是你不——

他把手帕壓在受傷的手上，過不了幾秒鐘，絲綢就已經染成鮮紅色，整條毀了。

你不夠好。

手就跟頭一樣，只要一受傷，血就流個沒完沒了。

這是他哥哥大衛告訴他的，大衛是醫生，他從十歲就知道自己將來要當醫生。走在一條直直的康莊大道上，連要走幾步都算好了，實在很輕鬆。

亨利看著手帕染成紅色，低頭看著街道上的鑽石，想著就這樣丟下不管，但是他丟不起這麼貴重的東西，只好強迫自己彎下腰去撿。

每次聽到有人說「你不夠好」就喝一杯酒。

不適合。

不對的長相。

不對的重心。

不對的驅力。

不對的時間。

不對的工作。

不對的路線。

不對的未來。

不對的此時此刻。

不對的你。

不是你。

（不是我？）

只是少了某種東西。

（少了……）

我們之間少了某種東西。

我應該要怎麼做？

什麼都不用做。因為……

（你就是這樣的人。）

我覺得我們不是認真的。

（你只是太……

……貼心。

……柔軟。

……敏感。）

我只是一直沒有預期會跟你廝守一輩子。

我遇到別的人了。

抱歉，那個人不是你。

把酒吞下吧。

我們想法不同。

我們處境不同。

不是你的問題。

愛上誰不是我們能控制的。

（不愛上誰也是。）

你一直是一個很好的朋友。
等你找到對的女孩，一定能讓她很開心。
你值得更好的人。
我們繼續當朋友吧。
我不想失去你。
不是你的問題。
我很抱歉。

II

他現在知道自己喝太多了。

他本來打算喝到毫無知覺的地步，但是現在發覺好像喝過頭了，遊蕩到了更糟的地方。他暈頭轉向，酒醉的感覺也早已不是暈陶陶的舒適感。他在褲子後方的口袋裡找到幾顆藥丸，是他妹妹穆莉兒上次來訪時偷塞進去的。粉紅小雨傘，她是這麼說的。他沒配水就吞下去，綿綿細雨也在這時轉成傾盆大雨。

雨滴落入他的頭髮中，淋濕了眼鏡，上衣也全部濕透了。

他不在乎。

也許大雨可以把他沖洗乾淨。

也許可以直接把他沖走。

亨利走到他住的大樓外，卻提不起勁去爬建築門口的那六道階梯，進去後還得再爬二十四階才能進他的公寓，那已經是屬於過去的地方，當時他還擁有未來，所以他拱著背緩緩蹲在地上，抬頭看著屋頂和天空交接之處，納悶要踏幾步才能到達邊緣。他強迫自己停下來，用手掌按著眼睛，告訴自己這只是一場暴風雨。

艙口蓋好，撐過風暴。

不過就是一場暴風雨。

不過就是一場暴風雨。

不過就是……

他不確定那個男人是什麼時候來到他旁邊和他一起坐在階梯上的。上一秒鐘，亨利還是一個人，下一秒鐘，他就多了個伴。

他聽見打火機的喀嚓聲，一朵小小的火焰在他視野邊緣搖曳。然後是一個聲音。有一瞬間，似乎是從四面八方傳來的，但很快地就集中在他身旁。

「糟糕的一夜。」一個沒有問號的問題。

亨利撇過頭，看見一個男的，穿著一套炭灰色的俐落西裝，外面罩著一件敞開的黑色風衣，在那可怕的一瞬間，他以為那是哥哥大衛。是來這裡把亨利各種令人失望的事蹟都如數家珍說一次。

他們都是一頭黑髮，也有同樣輪廓銳利的下巴，但是大衛不抽菸，而且死都不會出現在布魯克林這一帶，英俊程度也不及這人的一半。亨利越是盯著這個陌生人看，就越覺得兩人一點也不像，而這時他也驚覺，這個男的身上完全沒淋濕。

雖然滂沱雨勢還持續不歇，浸濕了亨利的羊毛夾克和棉質襯衫，彷彿好幾隻冰冷的手，緊貼著他的皮膚。穿著優雅西裝的陌生人，看起來一點也不打算要護住他打火機上那一小朵火苗或點燃的香煙。他深深吸了一口，往後把手肘靠在濕漉漉的階梯上，抬起下巴，彷彿在歡迎雨滴落下。

但是沒有半滴雨點碰到他。

雨滴紛紛落在他的周圍，但是他本人仍然可以保持乾燥。

亨利那時以為這個男的是幽靈，或者是巫師，又或者，更有可能是幻覺。

「你想要什麼？」陌生人問，仍然看著天空，亨利出於直覺地瑟縮，但是男人的聲音裡沒有怒氣。真要說的話，他的語調是好奇和探求。陌生人的頭又緩緩低下，用一雙亨利見過最翠綠的雙眼凝視著他，那雙眼睛如此明亮，似乎在黑暗中熠熠生輝。

「現在，此時此刻，」陌生人說，「你想要什麼？」

「快樂。」亨利回答。

「啊。」陌生人說，煙霧從雙脣間吐出，「那種東西沒人給得了你。」

不是你。

亨利完全不知道這個男的是何方神聖，甚至連他是真是幻都搞不清楚，然而就算他在酒力與藥效的迷霧包裹之中，還是知道自己應該站起身進屋去。但是他的腿不聽使喚，世界太過沉重，他忍不住說個不停。

「我不知道他們到底想要我怎樣，」他說，「我不知道他們想要我變成什麼樣的人，他們叫你做自己就好，但其實根本不是真心的，我覺得好累……」他的聲音破碎，「跟不上別人的期待好累，還有這樣……也好累，不是指一個人，我不介意一個人，但是這——」他的手指揑緊上衣前襟，「這好痛。」

一隻手舉起來靠在他下巴上。

「看著我，亨利，」陌生人說，明明從沒問過他叫什麼名字。亨利抬起頭，與那雙熒熒發光的眼睛四目交接。他看見有東西在裡面蜷曲，像是煙霧一樣。陌生人長得很俊美，野狼般的美。飢餓又警覺。翠綠色的凝視移動到他身上。

「你完美極了。」男人輕聲說，一隻大拇指撫摩過亨利的臉頰。

他的聲音很絲滑，亨利不禁微微靠近，湊向他的撫觸，陌生人抽開手時，他差點失去平衡。

「痛苦可以很美麗。」他說，吐出一朵煙。「痛苦可以讓人蛻變，可以創造出事物。」

「但是我不想再痛苦了。」亨利啞著嗓子說，「我想要——」

「你想要被愛。」

一個小小的、空洞的聲音，半是咳嗽，半是啜泣。「對。」

「那就去被愛呀。」

「你說得倒簡單。」

「的確很簡單，」陌生人說，「如果你願意付出代價。」

亨利嗆咳出一聲大笑，「我要找的不是那種愛。」

陌生人臉上閃過一抹黑暗的微笑，「我說的不是金錢的代價。」

「不然呢？」

陌生人伸出手，搭在亨利的胸骨上。

「每個人都付得起的代價。」

那瞬間，亨利還以為陌生人想要的是他的心臟，殘破至此，竟然還會有人想要——這時亨利忽然恍然大悟。他在書店工作，看過夠多史詩，也飽讀大量寓言和神話。該死，亨利的人生截至目前有三分之二的時間都在看聖經，而且是讀布雷克、彌爾頓和《浮士德》長大的。但是已經有很長一段時間，他讀的這些東西感覺都只是故事而已。

「你是誰？」他問。

「我是將小小火苗哄誘成熊熊火焰的人。我是所有人類潛能的栽培者。」

他盯著陌生人，在大雨中仍然滴水不沾，一張熟悉的臉孔中散發著惡魔的美，還有那雙眼睛，忽然之間更像一條蛇，亨利知道這是什麼：某種清醒夢。他有過一兩次體驗，是靠著特別激進的冥想方式達成的。

「我不相信惡魔的存在，」他說，站起來，「也不相信有靈魂這種東西。」

陌生人轉過頭看他，「那你就沒什麼好失去的了。」

深及骨髓的悲傷，過去幾分鐘在陌生人自在的陪伴下暫時阻擋在外，現在又全部湧了回來。壓迫著出現裂痕的玻璃壁面。他晃了一下，陌生人扶住他。

亨利不記得有看到他也站起來，但是他們現在正互相對看。惡魔再次開口時，聲音聽起來更加低沉，還帶著某種穩定的溫暖，像是披在肩頭的毯子。亨利感覺自己不禁側耳聆聽。

「你想要被愛，」陌生人說，「被他們所有人愛，你想要滿足他們的期待，我可以實現你的願望，只要你付出一個不痛不癢的代價就好。」陌生人伸出手，「亨利，怎麼樣？你覺得如何？」

他不覺得這是真的。

所以也不在乎。

也或許雨中的男人說得沒錯。

他根本所剩無幾，也沒什麼好失去的了。

最後，一切都很簡單。

簡單得就像跨步越過邊緣。

然後墜落。

亨利握住他的手，陌生人捏了捏，力道足以讓他掌心的傷口再次裂開。但最後，他沒感覺到痛楚，他什麼也感覺不到，黑暗微微一笑，只說了兩個字：

「成交。」

III

紐約市
二〇一四年三月十七日

世界上有一百種不同的寂靜。

有那種塵封已久之處瀰漫的厚重寂靜，用塞子堵住耳朵後一切都被壓抑的模糊寂靜。屬於死者的虛無寂靜，還有垂死之人的沉重寂靜。

有不再禱告之人的空洞寂靜，空蕩蕩的猶太教堂裡呼嘯的風襯托出的寂靜，以及某個人逃避自我時大氣也不敢喘一口的寂靜。

還有人與人之間不知道該說什麼的尷尬寂靜。或者明明有話想說，卻又不知從何說起因而欲言又止時，那緊繃的寂靜。

亨利不知道這是什麼樣的寂靜，但是他就快憋死了。

他在轉角雜貨店外開始說話，邊走邊滔滔不絕，因為當他不用去看她的臉時，說起話來比較輕鬆。他說個不停，他們走到他家公寓前的藍色大門前，他繼續說；爬上樓走進公寓裡時，他也繼續說，而現在，真相瀰漫在兩人中間，和煙霧一樣濃密，艾笛什麼也沒說。

她坐在沙發上，下巴靠在手上。

窗戶外，這天如常推移，似乎什麼都沒改變過，但其實感覺起來一切都變了，因為艾笛．拉胡永生不死，而亨利．史托斯萬劫不復。

「艾笛，」他說，再也受不了，「拜託說句話吧。」

所以她抬頭看著他，眼睛閃閃發光，不是因為某種咒語，而是淚光，他起初還搞不清楚她是傷心至極還是喜極而泣。

「我不懂。」她說，「從來沒人記得過我，我以為只是意外，我以為是陷阱，可你不是意外，亨利，你不是陷阱。你記得我，是因為你也做了交易。」她搖搖頭，「三百年來，我一直想打破這個詛咒，但路克竟然做了我完全意料之外的事。」她擦掉眼淚，露出微笑。

「他不小心**失誤**了。」

她的眼裡有勝利之情，但是亨利不懂。

「所以我們各自的交易彼此抵消了效力嗎？這就是為什麼我們對彼此的交易代價免疫嗎？」

艾笛搖搖頭，「我才沒有免疫呢，亨利。」

他瑟縮了一下，彷彿有人打了他，「但是我的交易對妳沒有用。」

艾笛態度軟化了些，抓住他的手，「怎麼會，當然有用，你的交易和我的交易就像俄羅斯娃娃，一個包著一個。我看著你時，看到的是我想要的一切，只是我想要的和長相、魅力或成就無關。如果我過的是另一段不同的人生，這聽起來很糟糕，但我最想要的——我所需要的——和你完全無關。我想要的，我一直以來真正想要的，就是有人可以記得我。所以你才能說出我的名字，所以你離開後再回來時，還能認得我是誰，所以我看到你時，才能看見真正的你，這樣就夠了。現在夠，以後也夠。」

夠了。那個字在他們倆中間舒展開來，他的喉嚨也跟著放鬆下來，深深吸進一大口氣。夠了。

他沉坐在她身旁的沙發上。她的手滑上他的手，兩人的手指緊緊相扣。

「妳說妳是一六九一年出生的，」他興味盎然地說，「所以說妳……」

「三百二十三歲了。」她接話。

亨利吹了聲口哨，「我從來沒跟年紀比我大的女人交往過耶。」艾笛大笑。「但是以妳的年紀來說，算是保養得很好喔。」

「哇，謝謝讚美囉。」

「說來聽聽。」他說。

「說什麼啊？」

「我不知道，一切吧，三百年是一段很長的時間，戰爭和革命妳都經歷過。妳見證火車、汽車、飛機和電視的誕生。妳親眼見證歷史的演變耶。」

艾笛皺起眉頭，「大概算是吧，」她說，「但是我其實不太確定，歷史是回顧過去時才會存在的概念，當下是不會感覺到的。那時候，你就只是……過著生活。我不想要活到天荒地老，只想要**活過**就好。」

她蜷縮起身體靠著他，兩人在沙發上躺下，頭靠著頭，看起來像是寓言故事中互相依偎的愛侶，一種新的沉默覆蓋住兩人，像夏日薄紗。

然後她問：「多久？」

他的頭轉向她，「什麼多久？」

「你談的交易，」她說，聲音小心而輕柔，像是伸出腳趾試探冰冷的地面，「效期到什麼時候？」

亨利遲疑了一會，視線從她身上移到天花板。

「一輩子。」他說，這不是謊話，艾笛臉龐卻掠過一抹陰影。

亨利點點頭，將她拉向自己，因為說了這麼多而筋疲力竭，也因為他沒說的那些而筋疲力竭。

「一輩子。」她輕聲說。

那三個字在黑暗中懸在兩人中間。

紐約市
二〇一四年三月十八日

IV

可以形容艾笛的詞有很多，亨利心想。但「容易忘記」不是其中之一。

怎麼可能有人忘得了這個女孩？她佔據了這麼大的空間。有她在的房間，就充滿了故事、笑語、溫暖和光芒。

他讓她幫忙顧店，或者說，是她自告奮勇，在他服務客人的時候幫忙進貨、上架。

她說自己是幽靈，對其他人來說或許真的是，亨利自己倒是忍不住目不轉睛看著她。

她在書與書之間移動的方式，彷彿它們是她的好朋友，也許，某方面來說真的是。他猜想，這些書大概是她故事的一部分，是她碰觸過的事物之一。她會說某本書的作者她遇過，而另一本書裡的某個概念是她的點子，還有那一本書剛出版時她就搶先讀過了。有些時候，亨利會瞥見悲傷和渴望，但也只是一閃而過，她會回過神來，神色又開朗了起來，說起另一個故事。

「妳認識海明威嗎？」他問。

「我們見過一兩次，」她說，微微一笑，「但是我覺得柯蕾特比較聰明。」

書咪像一道影子一樣對她如影隨形。他從沒見過那隻貓這麼親人過，他開口問艾笛這是怎麼回事，她只露出靦腆的微笑，從口袋裡拿出一把貓零食。

兩人隔著一整間書店對望，他知道她說自己並非免疫，而是他們的交易無意間有了交互作用，再怎麼說，她那雙棕眼裡沒有出現任何閃光。她的注視澄澈透明，像是穿透迷霧的燈塔光線。這是無法忽略的事實。

她微笑的時候，亨利的世界也跟著亮了起來；她移開視線時，世界又再度黯淡。

一名女子來到櫃台結帳，亨利趕緊回過神。

「找到妳想找的東西了嗎？」她的眼睛已經充滿了霧濛濛的閃光。

「噢，沒錯。」女人臉上掛著溫暖的微笑說，他想知道她在他身上看見的到底是誰。是兒子、戀人、兄弟，還是好友？

艾笛的手肘拄在櫃台上。

她用手指點點他在協助客人之間的空檔讀的書，一本現代紐約街拍的攝影集。

「我注意到你公寓裡有很多相機。」她說。「照片也很多。都是你的作品對不對？」

亨利點點頭，抗拒著要推託說那只是興趣的衝動，或者說，他曾經有過這個興趣。

「你拍得很好耶。」她說，能得到她的讚美真的很不錯。

他知道他攝影技術還算不錯，有時候，大概比不錯還好一點點。

大學時他幫羅比拍過大頭照，不過也只是因為羅比負擔不起雇用專業攝影師的費用。穆莉兒說他的照片很「可愛」。「以某種傳統的方式達到了推翻傳統的效果。」

但是亨利不想要推翻任何東西，他只是想捕捉到某些東西。

他低頭看著書。

「有一張全家福，」他說，「不是玄關那張，另外一張，那時我差不多六七歲。那天糟糕至極。穆莉兒把口香糖黏在大衛的書裡，我還感冒了，我們爸媽直到鎂光燈閃過的那一秒前都在大吵特吵，結果照片裡，我們每個人看起來都這麼……開心。我記得看著那張照片，心裡想著這根本就不是真的。沒有上下文，有的只是你用快門捕捉到生活片段的假象，但是生活不只是片段而已，而是流動的。所以所有的照片都是虛構故事。這是我喜歡照片的原因之一。大家都覺得照片是真相，但其實只是非常有說服力的謊言罷了。」

「你為什麼不拍了？」

因為時間跟攝影的運作方式不一樣。

喀嚓一聲，一切靜止。

一眨眼，就又往前飛躍。

他一直把攝影這件事視為嗜好，一堂藝術學分，等他發現那其實是可以拿來謀生的專業時，早就為時已晚。或至少，感覺起來為時已晚。

他已經落後其他人好長一段距離了。

所以他放棄了。把相機和其他半途而廢的嗜好一起束之高閣。但艾笛的某些特質令他想重拾這個嗜好。

當然，他沒帶相機，身上只有手機，但是這個年頭，有手機就夠了。於是他舉起手機，對準正在休息的艾笛，她身後是重重的書架。

「不會有用的。」她說，亨利剛好按下拍照鍵。或者說企圖按下。他點點螢幕，但是沒發出喀嚓聲，手機也沒拍照。他又試了一次，這次成功拍了照，畫面卻一片模糊。

「我就說吧。」她輕聲說。

「我不懂。」他說，「已經過了那麼久，他當時怎麼能預測得到會有電影？或手機？」

艾笛擠出一個憂傷的微笑，「他動手腳的對象並不是科技。而是我。」

亨利想像陌生人在黑暗中微笑。

他放下了手機。

紐約市
二〇一三年九月五日

V

亨利醒來時，耳邊是早晨車水馬龍的喧囂聲。

他在響亮的汽車喇叭聲中眨眨眼，陽光從窗戶流瀉而入。他試著回想昨天發生的事，原本什麼也想不起來，腦中猶如一塊什麼也沒有的黑石板，只有一片棉花般的沉默。但是他緊緊閉起眼睛時，黑暗出現裂痕，取而代之的是排山倒海而來的痛苦與憂傷，是破碎酒瓶與滂沱大雨交織而成的一團混亂，之中還有一名穿著黑色風衣的陌生人，他們之間的談話肯定是一場夢。

亨利想起塔比莎拒絕他了，那部分是真的，那份記憶太過刺痛，不可能是假的。畢竟他就是因為那件事才開始灌酒的，而他喝多了之後，才會冒雨走回家，在進家門之前坐在公寓前的台階上休息，這就是那名陌生人——不，接下來的事不可能真的發生過。

陌生人和他們之間的談話，充其量只能算是故事，一定是某種潛意識作祟，以鮮明的方式呈現，因為太過絕望，他的心魔才會出來搗亂。

亨利的頭顱一陣陣地脹痛，他舉起一邊手背揉眼睛。某個沉甸甸的金屬物碰到他的臉頰。他瞇起眼睛抬頭看，發現手腕上有一圈深色皮革。優雅的指針式手錶，黑瑪瑙表面襯托著金色數字。單獨一根金色指針停在午夜過後一點點的位置。

亨利從來沒戴過手錶。

看見那沉重陌生的東西出現在自己手腕上，讓亨利想起了枷鎖。他坐直身體，摳著錶扣，忽然之間淹沒在那玩意會與他緊緊相連不放的恐懼之中，以為會拿不下來，可是他輕輕一碰，錶扣就鬆開了，手錶也掉落在糾結成一團的被單上。

手錶面朝下掉落，亨利看到背面用細如髮絲的字體刻著幾個字：

好好活。

他手忙腳亂下了床，離開手錶，盯著那東西，彷彿它會咬人似的。但是它靜靜躺在原地。亨利的心臟在胸腔裡敲擊，響亮到他都聽得見，他又回到了黑暗之中，雨點一滴滴滲入他髮絲中，陌生人微微一笑，朝他伸出手來。

「成交。」

一定是幻覺。

亨利看著掌心，看見淺淺的傷痕，上頭覆蓋著凝固的血液。他也發現床單上有幾滴紅棕色的血跡。更看見了那個碎掉的酒瓶。所以是真的囉？但是與惡魔握手的片段？那一定是狂熱的夢境。痛苦的常見副作用，從清醒時分慢慢鑽進睡夢中。有一次，大概九歲、十歲左右，亨利喉嚨發炎，痛到每次昏昏沉沉睡著時，都會夢到自己正在吞滾燙的木炭，困在熊熊燃燒的大樓裡，濃煙的利爪伸進他的喉嚨裡。是他的心智試圖要理解他受的苦。

但是那只錶——

亨利把手錶舉到耳邊時，聽到一陣低沉有節奏的滴答聲，除此之外它並未發出任何其他聲音（不久之後的一天晚上，他會把那玩意拆開，發現裡面根本沒有任何齒輪，沒有任何可以解釋為什麼指針會緩緩向前移動的東西）。

然而，手錶在亨利手中拿起來卻份量十足，甚至可以算得上沉重。感覺很真實。

敲擊聲越來越響亮，這時他才發現那不是從手錶裡傳出來的。而是指節敲在木頭上的厚實悶響，有人在敲他的房門。亨利屏住氣，等著看敲門聲會不會自動停止，但是沒有。他從放下手錶，離開床鋪，從椅背上抓了一件乾淨的上衣。

「來了。」他咕噥，一邊把上衣套過頭。衣領勾到他的眼鏡，他的肩膀撞到門框，壓低聲音咒罵，希望他從臥室跋涉到前門的這段時間內，門外的那個人就會放棄，自行走開。他沒有如願以償，所以只好打開門，以為會看見碧雅或羅比，或者看見海倫又在走廊上找她的貓。

結果是他妹妹穆莉兒。

過去五年來，穆莉兒來亨利家的次數，也就那麼兩次。而且其中有一次是因為她在某個午餐會議中喝了太多茶，在回到切爾西之前就憋不住想上廁所。

「妳怎麼會來？」他問，但是她已經匆匆擠過她身邊，解開一條比較像用來裝飾而非保暖的圍巾。

「家人互相拜訪還需要理由嗎？」

這顯然不是個問句，而是事實陳述。

她轉頭，眼神掃視他全身，就像她掃視一場展覽一樣，他等待著她一如往常說出評價，大概就是「你看起來糟得跟坨屎一樣」的某個版本。

但他妹妹卻只說：「你看起來很不錯。」這就奇怪了，穆莉兒向來不是會撒謊的人（她不喜歡在「充滿空洞言論的世界中為謬論護航。」）亨利朝玄關掛的鏡子瞄了一眼，非常確定自己看起來差不多就跟感覺起來一樣糟。「碧雅翠絲昨天傳簡訊給我，說你不接電話。」她繼續解釋。「她跟我說了塔比莎的事，拒絕求婚的始末。我很遺憾，老哥。」

穆莉兒抱抱他，亨利不知道雙手該往哪裡擺。最後只好懸在她肩頭旁的半空中，直到她放開手。

「怎麼回事？她出軌嗎？」亨利真希望是這樣，因為真相更糟糕，真相很簡單，那就是他不夠有趣。「反正不重要了。」穆莉兒繼續說。「去她的，你值得更好的對象。」

他差點大笑出聲，因為穆莉兒曾經不斷指出塔比莎和他在一起是將就了，根本數不清有多少次。

她在公寓裡四下張望。

「你重新佈置過嗎？這裡看起來好舒適喔。」

亨利掃視客廳，到處都是蠟燭、藝術品和塔比莎留下來的東西。雜物是屬於他的沒錯。整體風格卻是她主導的。「沒有。」

他妹妹還站在那裡。穆莉兒從來不坐的，甚至連靠著什麼東西休息也不會。

「嗯，我看得出來你沒事，」她說，「但是下一回，麻煩還是接一下電話可以嗎？對了，」她補了一句，重新把圍巾圍好，腳已經跨出門一半了。「新年快樂呀。」

他想了一下才記起來。

猶太新年。

穆莉兒看見他臉上的困惑，咧嘴而笑。「你一定會是個很爛的拉比。」

他也沒出言駁斥。亨利通常會回家過新年，他們兄妹倆都會，但是大衛今年要在醫院值班，抽不開身，所以他們爸媽另有別的計畫。

「妳去過會堂了嗎？」他問。

「還沒。」穆莉兒說。「今晚上城有一場秀，某種怪怪的滑稽模仿綜合表演，我很確定會有些跟火相關的橋段，我會幫某人點根蠟燭。」

「爸跟媽一定會很驕傲。」他話雖說得不以為然，事實上，卻猜想他們說不定會很驕傲。穆莉兒不管做什麼都是對的。

她聳聳肩。「我們都有各自的慶祝方式。」她用一個花俏的手勢把圍巾披回脖子上。「那就贖罪日見啦。」

穆莉兒走向門，中途卻又回過頭來，伸出手揉了揉亨利的頭髮。「我的小暴風雨雲。」她說，「可別讓裡頭太過黑暗囉。」

話說完，她就一溜煙不見了，亨利靠著門癱軟身體，覺得頭暈目眩又疲累，而且困惑到了極點。

亨利聽說，悲傷有好幾個階段。

他納悶「愛」會不會也有好幾個階段。

納悶同時感覺到迷失、生氣、傷心、空洞，還有某種可怕的放鬆感，這是正常的嗎？也許只是因為宿醉，他的各種感覺才會全部攪混在一起，洶湧翻騰成現在這個樣子。

他去了離書店一個街區的「烘豆坊」咖啡廳。那裡賣的瑪芬很好吃，飲料也還能喝，雖然服務很差，雖然在布魯克林這一帶，這種服務態度可說是稀鬆平常，他看見在櫃台的是凡妮莎。

紐約充滿了美麗的人兒，兼差當酒保和咖啡廳吧台手的演員和模特兒，在演藝生涯起飛之前，先靠調製飲品來貼補房租。他一直都覺得凡妮莎是其中之一，她是個纖瘦的金髮美女，一邊手腕內側有個無限記號的小刺青。他也一直認為她的名字就叫凡妮莎，因為她圍裙上的名牌就是那樣寫的，但是她其實沒有真的親口告訴過他。真要探究的話，除了「今天要喝點什麼呢？」，她其實也沒跟他說過其他的話。

亨利會站在櫃台邊，讓凡妮莎幫他點餐，還問他的名字（雖然過去三年來他每個星期會光顧六天，而她來這裡也有兩年了，）而從她在點餐機裡敲出他點的馥列白，到呼喚下一位客人上前的這段時間內，她從來不曾多看他一眼。凡妮莎的目光會從他的上衣飄到電腦上，再飄到他的下巴，亨利感覺自己根本是空氣。

一直以來都是這樣。只是今天的狀況卻不太一樣。

今天，她幫他點餐時，竟然抬頭看他。

這是個很微小的改變，頂多也只差了五公分，或可能只有三公分，但是不同之處在於他現在能與她對望了，她的眼睛是驚人的湛藍，有史以來第一次，這名咖啡店員看的是他本人，而不是他的下巴。她與他四目交接，露出微笑。

「你好，」她說，「今天要喝點什麼呢？」

他又點了一杯馥列白，報上名字，以為會跟往常一樣就此結束，但接下來的轉折卻出乎意料。

「今天有什麼有趣的計畫嗎？」她問，一邊把他的名字寫在杯子上，一邊隨口聊天。

凡妮莎之前可從沒跟他隨口說笑過。

「工作而已。」他說，她的注意力回到他臉上。這次，他在她眼裡看見微微的閃光，感覺**不太對勁**，一定是光影造成的錯覺，但有一瞬間，看起來像蒙上了冰霜，也像有霧氣掠過。

「你是做什麼的呀？」她問，聽起來真的很感興趣，亨利告訴她自己是在「最後之言」書店工作，她的眼睛亮了起來，說自己一直都很愛看書，實在想不到比書店更棒的工作地點了。他付錢時，兩人的手指刷過，她又看了他一眼，「亨利，明天見囉。」

咖啡店員說出他名字的方式，聽起來感覺像不知道去哪偷來的東西，她的嘴角有一抹調皮的微笑。

他不確定她是不是在跟他調情，直到他拿到飲料，然後看到她畫的那個黑色小箭頭，指著杯底，他舉起杯子細看，心臟猛跳了一下，像是引擎忽然發動。

她把自己的名字和電話號碼都寫在杯底。

亨利來到最後之言，打開鐵柵和店門，一邊喝咖啡。他掀開營業中的牌子，開始餵書咪、開店新書上架等等一連串的動作，直到門上鈴鐺叮咚輕響，宣布第一個客人上門了。

亨利在書架間移動，看見一個比較年長的女人，在走道間蹣跚移動，從「歷史」走到「懸疑小說」，又走到「羅曼史」，接著又掉頭往回走。他讓她自己遊蕩了幾分鐘，等到她繞了第三圈，他決定過去幫忙。

「有什麼我可以幫忙的嗎？」

「我不知道，我不知道。」她喃喃說，半是自言自語，但是她轉頭看向亨利時，臉上有表情改變了，「我是說，有的，麻煩你了。」她的眼睛有一絲隱約的閃爍，一種水融融的光芒，她解釋說正在找一本之前讀過的書。

「這年頭啊，我讀過什麼自己都不記得了，連沒讀過什麼都不記得呢。」她解釋，一邊搖頭。「每個書名都聽起來好熟悉，每本書的封面似乎也都長得一樣。為什麼會這樣呢？為什麼他們會做出那麼多相似的東西呢？」

亨利猜想大概跟行銷趨勢有關吧，但是他知道這樣說應該沒什麼幫助，所以只問她還記不記得任何其他的相關資訊。

「噢，我想想，是一本磚頭書。講的是生與死，還有歷史。」有了這些線索，還是派不上什麼用場，幸好亨利已經習慣用有限的資訊找書了。有很多人走進書店，想到以前看過的書，卻只說得出「封面是紅色的」或「我覺得書名裡有『女孩』兩個字。」

「故事很憂傷，但也很美。」老太太解釋，「我很確定背景是在英格蘭。噢天啊，我的記憶力真糟，我覺得封面上有一朵玫瑰。」

她張望著四周的書架，絞著兩隻乾皺的手，顯然無法下決定，所以亨利只好替她代勞。儘管十分尷尬，他還是從最近的小說書架抽出一本厚厚的歷史小說。

「是這本嗎？」他問，遞出《狼廳》。但是他手一摸到那本書，就知道這不是她要找的。封面上的是罌粟花，不是玫瑰，而關於湯瑪斯・克倫威爾的一生，並沒有特別憂傷或美麗之處，儘管文筆的確優美深刻。「應該不是。」他說，已經伸出手想把書放回去，但是老太太卻露出歡喜的表情。

「就是這本！」她用骨瘦如柴的指頭抓住他的手臂，「我要找的就是這本。」亨利實在是不太相信，但是那位太太開心得令他開始懷疑起自己。

他正要替他結帳，忽然想了起來，是亞金森，《娥蘇拉的生生世世》。那才是關於人生、死亡和歷史的書，憂傷美麗，背景的確是在英格蘭，書封上還有一株並蒂玫瑰。

「等等，」他說，拐了個彎，走到最近幾年出版的小說書區拿那本書。

「是不是**這本**？」

老太太的臉又亮了起來，跟剛才完全一模一樣的表情，「沒錯！你真是太聰明了，就是這本。」她說，語氣也和剛才一樣堅定。

「很高興能幫上忙。」他說，雖然不確定自己到底幫上了多少忙。

她決定兩本書都買，說她一定兩本都會很喜歡。

那天早晨接下來的時光，也是怪事不斷。

一個中年男子進來找一本驚悚小說，離開的時候帶了亨利推薦的五本書。一個大學生進來找日本神話，但店裡沒有，亨利對她說不好意思時，她差點被自己絆倒，連聲說這不是他的錯，堅持要他幫忙訂，雖然她不太確定自己是不是喜歡這堂課。一個有著模特兒身材、下巴線條和小刀一樣銳利的男子進來逛他們的奇幻小說區，最後結帳時還在信用卡簽帳單自己的簽名下方留了電子郵件地址。

亨利感覺措手不及，就像穆莉兒說他看起來很不錯時一樣。彷彿似曾相識，卻絕對不曾相識，因為這樣的感覺完全是新的。就像愚人節，世界的規則忽然改變，一切都變成遊戲，而其他人全都參與了這場遊戲。當羅比衝進門，留下鈴鐺叮咚作響時，他仍在訝異上一次的相遇，雙頰微微脹紅。

「我的天啊。」他說，一把抱住哈利，那瞬間，他還以為發生了什麼糟糕的事，接著才驚覺自己發生了什麼事。

「沒事的。」亨利說，當然，怎麼可能沒事，但是今天實在太奇怪了，一切都像一場夢。或者現在才是作夢？如果是的話，他一點也不急著醒過來。「沒事的。」他又說了一次。

「就算有事也沒關係。」羅比說，「我只想讓你知道我在這裡陪你，昨天晚上也是，你沒接電話時我很想衝過去找你，但是碧雅說我們應該給你一點空間，我不知道我為什麼會聽她的話。」

他連珠砲似地講完這一連串的話。

羅比一邊說，一邊把他抱得更緊，亨利享受著他的擁抱。他們互相依偎，契合得就像是身穿舊外套時的熟悉舒適感。擁抱持續太久了。亨利清清喉嚨，往後退開，羅比發出略顯尷尬的大笑，別開臉，燈光照在他臉上，亨利發現他太陽穴邊有一道細緻的紫色痕跡，就在棕色的頭髮與肌膚交接之處。

「你在閃閃發光。」

羅比心不在焉地搓搓他的妝，「噢，剛好在彩排。」

羅比眼中有一層奇異的閃光，那種朦朧晶亮的感覺亨利再熟悉不過了，他好奇羅比到底在打什麼鬼主意，又或者他只是熬夜熬壞了腦子。大學時，羅比會嗑藥嗑得太嗨，又或者是白日夢作過頭、想到了什麼大計畫時，就會卯起勁來把自己累得半死，最後把自己壓垮。

門上的鈴鐺又響了。

「該死。」碧雅說，猛力把皮包往櫃台上一拍。「鴕鳥心態的死王八蛋。」

「有客人。」亨利警告，雖然目前附近就只有一位重聽的老伯伯，還有一個愛逛恐怖故事的常客麥克。

「這又是在氣什麼啊？」羅比雀躍地問，戲劇總可以為他帶來好心情。

「我那個混蛋指導教授。」她說，怒氣沖沖經過他們，走向藝術和藝術史區。他們兩人互相對望一眼，跟了上去。

「他不喜歡妳的論文計畫書嗎？」亨利問。

過去一年來，碧雅一直想說服教授同意她的論文題目。

「他拒絕了！」她衝過一條走道，差點撞翻一整疊雜誌，亨利跟在她後面，盡量幫忙收拾她身後留下的一切混亂。

「他說那太『研精覃奧』了。裝得一副他知道那是什麼意思似的，就算那四個字幫他口交，他還是不懂啦。」

「呃，可以造個句子嗎？」羅比問，但是她沒理會他，光顧著從書架取下一本書。

「那個老古板——」

她又拿了一本。

「——冥頑不靈——」

又一本。

「——的殭屍。」

「這裡不是圖書館喔。」亨利說，看著她抱著那疊書走到角落的皮革椅子，一屁股陷進去，嚇到了窩在老舊抱枕之間的那團橘色毛球。

「書咪，抱歉。」她咕噥，小心翼翼地把貓撈起來，放到老皮椅後面，書咪在後面把自己縮得像一條尷尬的麵包。碧雅繼續一連串的咒罵，一邊翻動書頁。

「我知道我們需要什麼。」羅比說，轉向儲藏室，「梅瑞迪絲不是在後面偷藏了一批威士忌嗎？」

雖然才下午三點而已，但是亨利沒有抗議，他沉坐到地板上，背對著最近的書架，兩腳伸得長長的，忽然之間有股難以承受的疲倦感。

碧雅抬頭看他，嘆了口氣，「抱歉。」她開口說，但是亨利已經揮揮手要她不用介意。

「拜託，繼續辱罵妳的指導教授，繼續摧毀我的藝術史區吧，總得有人正常發揮一下。」

不過她闔上書，放回書堆，和亨利一起坐在地上。

「我可以跟你說件事嗎？」她的語調最後是上揚的問句，但是他知道她並不是真的在徵求他的同意，「我很高興你和塔比莎分手了。」

一陣劇痛刺穿他，就像手心上的傷口。「是她跟我分手。」

碧雅揮揮手，彷彿這個細節無關緊要，「你需要的是在你做自己時還願意愛你的人，不管好壞，也不管有多惱人。」

你想要被愛。你想要夠好。

亨利吞了口口水。「嗯，是啊，我做自己的成果可不太好。」

碧雅靠向他，「這就是重點了，亨利，你最近根本沒在做自己啊。你浪費太多時間，跟不值得的人瞎耗。那些人根本不了解你，因為你不願意讓他們了解。」碧雅捧住他的臉，她雙眼裡也有那奇異的閃光。「亨利，你很聰明，心地又好，但有時候也讓人氣得牙癢癢。你討厭吃橄欖，討厭看電影時說話的人。你喜歡奶昔，喜歡可以笑到流眼淚的人。你覺得看書時直接跳到結局根本是犯罪。當你生氣的時候，你什麼話也不會說；你傷心的時候，話倒是特別多；你快樂的時候會哼歌。」

「然後呢？」

「然後我已經好幾年沒聽你哼歌了。」她的手落下，「可是我看過你吃了他媽一大堆橄欖。」

羅比回來了，拿著一瓶酒和三個馬克杯。「最後之言」唯一的顧客慢吞吞走出門，羅比在他身後把門關上，把門上的牌子翻到「打烊」那面。他擠到亨利和碧雅中間，用牙齒拔開瓶塞。

「我們這是為了什麼乾杯？」亨利問。

「為了新的開始。」羅比說，斟滿酒杯時，雙眼亮晶晶的。

VI

紐約市
二〇一四年三月十八日

碧雅大步走進來，鈴鐺叮咚響。

「羅比想知道你是不是故意在躲他。」她沒打招呼，直接劈頭就說。亨利一顆心往下沉。答案是，沒錯，當然，雖然另有隱情。他忘不了羅比眼裡受傷的眼神，但這也不能當作他所作所為的藉口，還是說其實可以呢？

「那我就當作你承認了。」碧雅說，「你這陣子都躲到哪裡去了？」

亨利想說，*我明明就在晚餐派對跟你們見過面*，但轉念又納悶她到底是把那一整晚都忘了，還是只忘了和艾笛相關的部分。

說到這個，「碧雅，這是艾笛。」

碧雅轉身面對她，在那一秒鐘，亨利以為她記得，不過也只有一秒鐘而已。因為她看艾笛的方式和從前一樣，彷彿她是一件藝術品，然而卻是碧雅此前從未見過的藝術品。儘管他聽了艾笛的故事，卻還是期待她會點點頭說：「哦，很高興又見到妳了。」但並沒有，碧雅微微一笑。她說：「是說，妳的臉有種永恆的美呢。」這古怪的回音、似曾相識的力量，讓亨利震撼不已。

但是艾笛只微笑說道：「這我聽人說過。」

碧雅繼續打量著艾笛，而亨利趁機打量著碧雅。

她一直都打扮得光鮮亮麗，從不馬虎，但今天她的指尖上有螢光色油彩，太陽穴邊黏著金色亮粉，袖子上還沾有看起來像糖霜的白粉。

「妳這都是在做什麼啊？」他問。

她低下頭，「噢，我剛剛是在『藝術品』啦！」她說，彷彿他應該知道「藝術品」是什麼意思。她注意到他困惑的表情，繼續解釋說，「藝術品」是嘉年華和藝術展的綜合體，是佈置在高架公園裡的各種互動式展品。

碧雅說起鏡室，以及滿是星星、糖霜雲朵、枕頭仗棉花的玻璃穹頂，還有由一千個陌生人書寫的便條紙拼湊成的巨幅壁畫。艾笛的臉色一亮，亨利心想，要引起一個活了三百年的女孩的興趣，應該非常不容易。

所以當她轉向亨利，兩眼發光地表示「我們一定要去看」時，他覺得那再好不過了。當然，還得有人顧店，因為這裡只有他一個店員，而距離打烊時間還有四小時。不過他有個主意。

亨利抓起一張書籤，這是店裡自己推出的唯一商品，他開始在背後寫字。「欸碧雅，」他說，把那張臨時卡片遞給她。「妳可以幫忙關店嗎？」

「當我沒有別的事好做嗎？」她說，低頭看著亨利緊密又歪向一邊的筆跡。

最後之言圖書館。

碧雅笑了笑，把卡片收進口袋裡，「好好玩吧。」她說，揮揮手送他們出門。

紐約市
二〇一三年九月五日
VII

有時候，亨利真希望自己有養貓。

他猜他應該直接領養書咪才對，但是這隻虎斑貓感覺和最後之言密不可分，而且他老甩不掉某種迷信，覺得要是他把這隻老貓從二手書店帶走，在他回到家之前，書店就會先化為塵土。

他知道這種對人與地方，或者說寵物與地方的思考方式很病態，不過現在是黃昏，而他威士忌喝得有點多了，碧雅得去教一堂課，羅比則是要去看朋友演出，所以就只剩下他一個人了，他回到空蕩蕩的公寓，希望自己有隻貓或什麼其他東西等他回家。

他走進房門時，假裝真有這麼一回事。

「嗨，貓貓，我回來囉。」他說，忽然發現他根本就是在跟想像中的寵物說話的二十八歲單身漢，感覺更慘。

他從冰箱裡抓了一瓶啤酒，低頭盯著開罐器，發現那是塔比莎的東西。那東西是綠色和粉紅色的墨西哥摔角造型紀念品，上個月她去墨西哥城買的。亨利把它丟到一邊，打開廚房抽屜找另一個，結果找到一支木湯匙、一個舞團的磁鐵，還有幾根造型荒謬的扭曲吸管，他四下轉頭，結果看到了其他十幾樣東西散落在公寓中，全部都是她的。

他挖出一箱書，翻過來把書倒乾淨，開始把相片、明信片、紙本書、一雙平底芭蕾舞鞋、一個馬克杯、一條手鍊和一把梳子全都丟進去。

他喝完第一罐啤酒，又在流理台邊緣打開第二罐，就這樣一罐又一罐喝下去，從一間房移動到另一間房，不是井井有條地整理，比較像是迷惘地遊蕩。一小時後，盒子只裝了半滿，但是亨利剛開始的那股衝勁已經消褪了。他不想再這樣下去了，甚至不想身在此處，在這個他同時覺得空曠又擁擠的公寓裡。這裡有太多空間可以思考，卻沒有空間可以呼吸。

亨利在空空的啤酒罐與半滿的盒子中間呆坐了好幾分鐘，膝蓋上下抖動，然後一股腦站起來往外走。

這間店向來都是因為位置便利而不是飲料好喝才生意興隆。當地人的好去處。商賈酒吧大部分的客人都只稱這裡為「酒吧」。

亨利在人群中穿梭，在吧台旁抓了張小矮凳，希望這地方的背景噪音可以讓他覺得不孤單一些。

今晚輪值的是馬克，一個五十幾歲的大叔，有著灰色鬢角和一口閃亮微笑。以往大概都要等十幾分鐘才能攔下馬克點酒，但是今天，酒保直接來到他面前，忽略排在他前面的客人。亨利點了龍舌蘭，馬克卻拿著一整瓶酒和兩杯一口烈酒過來。

「請你喝。」他說，幫自己也倒了一杯。

亨利擠出一個虛弱的微笑，「我看起來這麼慘嗎？」

但是馬克的注視中沒有同情，只有某種古怪幽微的光芒。

「你看起來很棒。」他說，和穆莉兒一樣，他還是頭一次開金口說了這麼多話，從前他都只回答和點酒相關的問題，有時候甚至話也不說，只點點頭。他們舉杯互敬，亨利點了第二杯，然後第三杯。

他知道自己喝太多、喝太急了，剛剛在書店裡喝了威士忌，回到家裡喝啤酒，現在又繼續灌烈酒。

女孩來到吧台前，瞥了亨利一眼。

她原本已經別開視線，但很快就又回頭看他，彷彿耳目一新似的。又來了，那抹閃光，她湊上前時，雙眼蒙上一層光芒，他似乎連她的名字都聽不清楚，但是不重要。

他們盡量提高音量，壓過噪音說話，她的手一開始放在他前臂，後來搭上了他的肩，最後滑進他的髮間。

「和我一起回家吧。」她說，他聽見她聲音裡的渴望，那赤裸裸的需要讓他十分錯愕。但她的朋友出現了，把她拉走，他們的眼睛也都閃閃發光，一邊說著抱歉，你真是個好人，希望你有愉快的一夜。

亨利緩緩滑下凳子去廁所，這次他感覺得到房間裡的漣漪，紛紛有人轉頭看他。

一個男的抓住他手臂，問了一些關於某項攝影計畫的問題，說亨利會是個完美的人選，還塞了名片給他。

兩個女人企圖找他攀談。「希望我也有你這樣的兒子。」其中一個人說。

「兒子？」另一位發出粗嘎的大笑，他趕緊脫身，沿著走廊逃進廁所。

他靠在洗手台邊。

完全不知道到底發生了什麼事。

他回想那天早上在咖啡廳發生的事，凡妮莎寫在咖啡杯底的電話號碼。回想起書店裡的客人，每個人都那麼迫不急待地需要他的幫忙。又回想起穆莉兒，他說亨利看起來很棒。想起那迷濛的煙霧，像蠟燭的輕煙在他們眼中繚繞。

他低頭看著手腕上的錶，在浴室燈光中閃爍，有史以來第一次，他相信這是真的了。

相信雨中的那個男人是真的。

相信交易是真的。

「嗨。」

他抬起頭看見一個男的，瞪著紅紅的朦朧雙眼，對亨利微笑的模樣，彷彿他們是最好的朋友。

「你看起來很需要借根菸。」

他遞出一個小玻璃罐，亨利瞪著裡頭一個包著粉末的菸捲。

他第一次體會到嗨的感覺，是十二歲的時候。

有人在體育場的露天看台後方塞給他一根大麻菸，煙霧燙著他的肺，他差點吐出來，一切都變得有些……柔軟。大麻在他腦袋裡清出一個空間，抹除了他心中神經兮兮的恐懼感。但是無法控制思緒不要跟著煙霧走。煩寧和贊安諾比較好，瞬間就磨平了一切的邊角，但是他在這之前都不碰藥效更強的東西，因為怕，不是怕會出錯。恰恰相反：他害怕的是要是感覺很對怎麼辦。害怕會失足踏錯，就此墜入深淵，知道他的自制力沒有強大到可以停下。

而且他渴望的向來不是很嗨的感覺，確切來說並不是。他尋覓的是安靜。

他想找的是那快樂的副作用。

他想為了塔比莎變成更好的人。

但是塔比莎不在了，所以反正也不重要了。

再也不重要了。

現在，亨利只想感覺好一點。

他輕敲菸捲，撒了點粉末在大拇指上，完全不知道這樣做是對是錯，但是他吸了口氣，粉末像一陣忽然襲來的寒意，令人全身震顫，接下來——全世界都彷彿打開了。細節更清楚，一切不知為何同時變得更銳利卻也更模糊。

亨利一定是說了些什麼話，因為對方哈哈大笑，然後他伸出手，抹去亨利臉上的一個小斑點，那個觸碰感覺像被靜電電到，肌膚相親時所激盪出的能量小火花。

「你太完美了。」陌生人說，手指慢慢滑下他的下巴，亨利霎時覺得全身暈陶陶、熱烘烘的，讓他無法繼續站在原地。

「抱歉。」他說，退到走廊上，退到走廊上。

他貼著陰影籠罩的牆壁癱軟身體，等著世界靜止下來。

「嘿。」

他抬起頭，看見一個男的正攬著女伴的肩，他們兩人都有著修長身材，看起來像貓科動物。

「你叫什麼名字？」男人問。

「亨利。」

「亨利，」女孩露出一個貓咪般的微笑，重複了一次。

她看著他的神情，流露出如此明顯的慾望，他都震驚地往後退了一點。從來沒人這樣看過他。塔比莎沒有、羅比沒有，誰都沒有——不管是在第一次約會，還是做愛做到一半，又或者是他單膝下跪時……

「我是露西亞，」她說，「這位是班吉。我們一直在找你。」

「我做了什麼事嗎？」他問。

她露出歪斜的笑容，「現在還沒有。」

她咬著嘴唇，那男的也注視著亨利，表情顯得放鬆而陶醉，充滿了渴望，一開始亨利還沒搞清楚他們到底在說什麼。

過了一會他才想通。

他不禁爆出一陣哈哈大笑，一陣奇怪又不受控制的笑聲。

他從來沒有玩過3P，除非把他還在唸書時跟羅比和他朋友那次也算進去，那次其實他們都喝得爛醉如泥，他實在不確定最後發生了什麼事。

「跟我們走吧。」她說，伸出手。

亨利心中頓時冒出十幾個搪塞的理由，不過在跟著他們回家的路上，又都被拋諸腦後了。

紐約市
二〇一三年九月七日

VIII

天啊，被人需要的感覺真是太好了。

不管他走到哪，都能感覺到那種漣漪，紛紛轉向他的注意力。亨利享受著他們的注意、微笑、溫暖和光亮。有史以來第一次，他真正了解到因為力量而鬼迷心竅是什麼感覺。

這就像兩條手臂痠痛到不行的時候，忽然放下了手中的重量。忽如其來、排山倒海的輕快感，彷彿胸腔裡忽然有了空氣，或者傾盆大雨過後的太陽。

身為利用者，而不是被利用的人，感覺真是好極了。

身為獲得的人，而不是失去的人。感覺真是好極了。

他知道不應該有這種感覺，不過就是忍不住。

他在「烘豆坊」咖啡廳排隊，深深覺得自己需要咖啡因。

過去幾天模糊在一起，幾個深夜與奇異的早晨，被需要的感覺令人迷醉，給予他力量度過每一刻，他知道不管對方眼裡看到什麼，都是好的，非常好，完美極了。

他很完美。

這不只是單純而直接的性吸引力，不能以之概全。人們現在都會情不自禁接近他，每個人都被拉進他的軌道中，但是原因各有不同。有時候，只是單純的慾望，也有些時候，其中來由比較複雜一點。有時候，是顯而易見的需求；有時候，他猜不到對方看著他時，到底看見了什麼。

這是唯一比較令人不安的部分——他們的眼睛。煙霧在眼裡繚繞，變濃成霜與冰。在在提醒了他這種新生活其實並不正常，也不完全真實。

但這樣就**夠了**。

「下一個！」

他往前踏了一步，看見凡妮莎。

「噢，嗨，」他說。

「你沒打電話給我。」

但是她聽起來並不生氣，甚至一點惱怒也沒有。真要說的話，她聽起來有些雀躍過頭了，雖然是在調侃他，卻是那種想用來掩蓋尷尬之情的調侃。他應該知道的——他自己就用過那樣的語調十幾次，好用來掩蓋自己受的傷。

「抱歉。」他說，脹紅了臉，「我不確定是不是真的該打電話過去。」

凡妮莎露出狡猾的微笑，「我寫名字和電話這招的暗示還不夠明顯嗎？」

亨利哈哈大笑，把他的手機推到櫃台另一邊，「那妳打給我，」他說，她在他的手機裡輸入自己的電話號碼，按下通話鍵，「好了，」亨利說，拿回手機，「現在我就沒藉口了。」

就算嘴巴裡這麼說著，他還是覺得自己像個白癡，活像在朗誦電影台詞的小孩，但是凡妮莎只紅著一張臉，咬著下嘴脣。亨利想知道自己如果這時候立刻約她出去，對方會有什麼反應，會不會直接脫掉圍裙，鑽出櫃台跟他走，但是他沒試，只說：「我會打給妳的。」

她說：「你最好說到做到喔。」

亨利微微一笑，轉身離開，快走到門口時，忽然有人叫他的名字。

「史托斯先生。」

亨利的胃往下一沉。他認得那個聲音，腦中甚至已經浮現出那名年長男子的毛呢夾克、灰白的頭髮，以及臉上失望的表情，那時他建議亨利先遠離這個系、這所學校，先好好想一想他到底對什麼科目有熱情，因為顯然不是目前這個。

亨利努力想擠出一個微笑，感覺距離他的要求遠遠不及格。

「麥洛斯院長。」他說，轉身面對那個將他推離了人生道路的男人。

而他就在那裡，活生生的，還穿著那件毛呢夾克。不過亨利卻沒看見他早已司空見慣的嫌惡，院長看起來很開心。他精心修剪的灰色鬍鬚中咧開一抹微笑。

「真是個幸運的轉折呀，」他說「竟然讓我恰巧遇到了想見的人。」

亨利實在很難相信，直到他注意到在那男人眼中迴旋的蒼白煙霧。他知道自己應該要有禮貌，但是他其實只想叫院長去吃屎，所以他決定折衷，只問：「為什麼？」

「神學院開了個缺，我想你應該會是完美的人選。」

亨利差點大笑出聲，「您一定是在開玩笑吧。」

「我非常認真。」

「我一直沒拿到博士學位，還是您把我當了呢。」

院長伸出一根手指，「我才沒當掉你呢。」

亨利七竅生煙，「您威脅如果我不離開的話，就要當掉我啊。」

「我知道。」他說，看起來真心感到很抱歉，「我錯了。」

他很確定眼前這個男子從來沒不曾說過這三個字。亨利很想好好品嚐，但是沒辦法。

「不，」他說，「您是對的，我不適合，我唸得並不開心。我一點也不想要回去。」這是謊言，他很想念有架構、有路線、有目的的生活。或許那不是屬於他的完美位置，但世界上並不存屬於他的完美位置。

「過來面試吧。」麥洛斯院長說，遞出他的名片，「我會讓你改變心意。」

「你遲到了。」碧雅站在書店台階上說。

「抱歉，」他說，打開門鎖，「這裡仍然不是圖書館喔。」他加了一句，碧雅往櫃台碰的一聲放了一張五元紙鈔後就消失在藝術書區，隨便應了聲口是心非的「好喔」，亨利已經聽見她從書架上抽出書的聲音。

碧雅是唯一沒變的人，只有她對待亨利的態度始終如一。

「欸，」他說，沿著走道過去找她，「我看起來哪裡怪怪的嗎？」

「沒有。」她說，掃視著書架。

「碧雅，**看著**我再回答。」

她轉過身，將他從頭到腳好好打量了一次。

「你的意思是，除了脖子上的口紅唇印之外嗎？」

亨利臉紅了，伸手擦著脖子，「對啦，」他說，「除了那之外。」

她聳聳肩，「好像沒有哪裡特別奇怪。」

但是他看到了，她眼裡的確有那抹閃光，隱隱約約一層虹彩薄膜，在她細細打量他時，似乎往外延展擴散。「真的嗎？一點異樣都沒有？」

她從書架拉出一本書，「亨利，你想要我說什麼？」她問，視線梭巡了一下，「你看起來還是**老樣子**啊。」

「所以妳不……」他不知道該怎麼說，「妳不**想要**我囉？」

碧雅轉過頭，看了他很久很久，然後爆笑出聲。

「親愛的，真抱歉。」她說，努力想喘過氣來，「我沒有別的意思。你的確是很可愛啦，可惜妳還是女同志喔。」

她一說出口，亨利才感覺自己問的問題真是荒謬透頂，而且他也大鬆一口氣到荒謬的程度。

「怎麼忽然這麼問？」她問。

*我和惡魔做了一筆交易，現在無論是誰看著我，眼中只會看到自己的欲求被滿足。*他搖搖頭，「沒事，別介意。」

「這個嘛，」她說，又往她那堆書中疊了一本，「我好像找到新的論文題目了。」

她把書抱到櫃台，蓋在帳本和收據上一本本攤開。亨利看著她不斷翻頁，停在她需要的段落，然後往後退，讓亨利看她到底發現了什麼。

三幅肖像，描繪的全都是年輕女子，雖然這些作品顯然來自不同時期和畫派。「要看的重點是什麼？」他問。

「我稱她為『畫框裡的幽靈』。」

其中一張是鉛筆素描，邊緣粗糙，看起來尚未完成。其中是一名趴臥的女子，糾纏在床單之中。

一頭秀髮在她身周散開，她的臉只是層層疊疊的陰影，依稀可看出她臉頰上有幾點雀斑。畫作的名字是義大利文。

Ho Portato le Stelle a Letto

下方有英文翻譯。

我與星星同床共枕。

第二幅作品來自法國，是一幅用鮮明的藍與綠色調揮灑成的印象派抽象畫。那名女子坐在沙灘上，有一本書朝下放在她旁邊的沙子上。她回頭看著藝術家的方向，只能模糊瞧見她臉頰的輪廓，她的雀斑只是幾點細小的光影，沒有色彩。

這幅畫的標題是「La Sirène」。

海妖。

最後一幅是淺淺的雕刻，被光線所穿透的剪影，一塊櫻桃木板上有好幾個針尖般的孔洞。

星座。

「你看出來了嗎？」碧雅問。

「只是幾幅肖像畫啊。」

「不只這樣，」她說，「都是**同一個女人**的肖像。」

亨利揚起一邊眉毛，「有點牽強呢。」

「你看她下巴的角度、鼻梁的弧線，還有雀斑。你自己算算看。」

亨利依言算了，在每一幅作品中，都有恰恰好七顆。

碧雅摸摸第一和第二幅，「義大利這張是十九世紀初期的作品；法國這張晚了五十年，而這張，」

她說，點點雕塑的照片，「這張則是六零年代的作品。」

「可能各自都受到了前作的啟發吧。」亨利說，「不是有某種傳統嗎？我忘了叫什麼，基本上就是某種口耳相傳？一開始某個藝術家開始偏愛某個主題，然後另一個藝術家又欣賞這名藝術家，就這麼流傳下去？有點類似範本的概念。」

但是碧雅已經揮著手反駁他，「對，在辭典和奇珍異獸錄這方面是有這種風潮，但從沒在正式的藝術流派中見過。這就像把《戴珍珠耳環的少女》分別讓沃荷和竇加重新詮釋，卻從沒看過在林布蘭筆下出現。就算她成為某種範本好了，『範本』會影響好幾個世紀的藝術。她是世代之間相連的藕絲，所以……」

「所以……」亨利重複他的話。

「所以呢，她是誰？」碧雅的眼睛亮晶晶，就像羅比覺得他剛在一場表演中大放異彩的表情一樣，又或者剛嗑了一點古柯鹼，亨利很不想潑她冷水，但是她顯然是在等他說些什麼。

「好吧，」他婉轉地開口，「但是，碧雅，如果她誰都不是呢？就算是同一個女人，要是第一個畫她的藝術家是憑空虛構的呢？」碧雅皺起眉，搖了搖頭，「聽著，」他說，「最希望妳能找到論文題目的人，應該就是我了吧。不只為了這間書店的生意著想，也為了妳的理智著想。而且聽起來真的很酷。不過，妳前一個提案會碰釘子，不就是因為太異想天開嗎？」

「『研精覃奧』。」

「對，」亨利說，「如果派里許院長覺得『後現代主義及其對紐約建築的影響』太深奧，那妳覺得他對**這個**會有什麼看法？」

他比了比敞開的那幾本書，有著雀斑的臉蛋從每張書頁中往後凝望。

碧雅默默看著他很久，然後又望向書。

「**幹！**」她大喊，抓起其中一本磚頭書衝出書店。

亨利看著她離開，嘆了口氣，「這裡不是圖書館喔。」他對著她的背影喊，把其餘的書收回架上。

紐約市
二〇一四年三月十八日

IX

亨利恍然大悟的同時，連話都忘了說完。

他忘了碧雅在找新論文題目這件事，那彷彿是一季喧鬧中的一個安靜小細節，但現在一切再清楚不過了。

素描中、畫作中、雕塑中的女孩，就靠在他身旁的欄杆上，臉上盡是開心的表情。

他們走過切爾西，前往高架公園，然後在行人穿越道上半路停了下來，瞬間恍然大悟，那道乍現的靈光，就像他故事裡的一道裂縫。

「原來是妳。」他說。

艾笛臉上閃過一個眩目的動人微笑。「是的。」

一輛車對他們按喇叭，還閃著大燈警告，兩人趕快跑到對面。

「不過很有趣，」他們爬上鐵製階梯時，她一邊說，「第二項作品我不知道，我記得坐在沙灘上，記得那個男的和他的畫架，就放在碼頭邊，但我從來沒有找到過完成品。」

亨利搖搖頭，「我以為妳沒辦法留下痕跡。」

「我確實沒辦法。」她說，抬起頭來，「我沒辦法拿筆，沒辦法說故事，沒辦法讓人記得，但是藝術呢，」她露出一個更幽微的笑容，「藝術和意念有關，意念比記憶更狂野，就像野草一樣，總會找到方法生長。」

「但是照片不行，電影也不行。」

有一毫秒的時間，她的表情動搖了。「不行。」她說，音量近乎是脣語。他很後悔剛剛問了他這個問題，害她又想起了自己詛咒的束縛，而不是她在束縛中找到的漏洞。但艾笛直起身，昂起下巴露出微笑，臉上的快樂幾乎可說是桀驁不馴。

「但是化身為靈感，」她說，「豈不是更棒嗎？」

他們走到高架公園，這時一股狂風颳過，空氣裡仍透著一絲冬天的寒意，她卻沒有往他身邊依偎避寒，而是迎向那陣大風，雙頰在寒冷中泛紅，髮絲在臉蛋周圍翻飛，在那一瞬間，他也看見每個畫家眼裡所見，看見了是什麼驅使他們拿起炭筆與顏料，那個不可思議、無法捕捉的女孩。

而就算他現在很安全，雙腳安安穩穩站在地上，亨利仍感覺到自己開始墜落。

X

紐約市
二〇一三年九月十三日

人們時常提到「家」。

他們說家，就是心之所向。沒有比家更好的地方了。只要離得太遠，就會患上思鄉病。

思鄉病——亨利知道那是說人想家都想到病了，但有一種病，是一回到家就覺得不舒服。他很愛他的家人，真的。只是他們未必時時刻刻都討人喜歡。而且他也不喜歡和他們在一起的自己。

然而，他卻身在這裡，往北九十分鐘的車程，城市往他身後沉落，一輛租來的車在他雙手下方嗡鳴。亨利知道他可以搭火車，絕對比較便宜，但老實說，他喜歡開車。或者說，他喜歡開車帶來的白噪音，以及從此處前往另一處的穩定踏實感，方向明確，一切盡在掌控之中。而他最喜歡的，就是開車時除了駕駛，其他什麼事都不能做，兩隻手擺在方向盤上，兩眼盯著前方，喇叭大聲播著音樂。

他本來跟穆莉兒說可以載她一程，當她說已經計劃好要搭火車，因為大衛那天早上已經搶先說要去車站接她時，他不禁還是鬆了口氣，因為這代表亨利會是最後一個到的。

不知道為什麼，亨利總是最後一個。

他越接近紐堡，腦子裡天氣就變得越快，彷彿地平線的轟隆雷鳴，警告有暴風雨即將到來。他深深吸了口氣，為了接下來的史托斯家宴做好心理準備。

他已經可以想見他們一家五口坐在覆蓋著亞麻桌布的餐桌，像是洛克威爾畫作對阿什肯納茲猶太人的拙劣模仿，只是一幅僵硬的作品，一頭是他母親，另一頭是他父親，而他的哥哥和妹妹並肩坐在桌子的一側。

大衛是根樑柱，眼神嚴肅，正襟危坐。

穆莉兒是龍捲風，一頭狂野的黑色鬈髮，隨時隨地都那麼精力充沛。

亨利是幽靈（就連他的名字也格格不入，一點也不猶太，而是對他父親一個老朋友的致敬）。

但至少他們外表上看起來還像一家人，迅速往桌邊掃視一眼，就能認出互為回音的臉頰、下顎、額頭。大衛和父親戴眼鏡的樣子如出一轍，眼鏡都滑到鼻尖，鏡框最上方橫在他們的視線中間。穆莉兒的微笑和媽媽一樣，開放又隨和，笑的時候也像她，頭往後仰，聲音爽朗飽滿。

亨利頂著一頭和父親一樣的蓬鬆鬈髮，還繼承了母親灰綠色的瞳眸，但是卻少了他們兩人的特質。他沒遺傳到父親的穩重，也沒遺傳到母親的爽朗。他肩膀的姿態、嘴巴的線條——這些小細節總讓他在自己家反而像個外人。晚餐時間會這樣度過：父親和哥哥聊醫藥，母親和妹妹聊藝術，亨利則提心弔膽，等著大家開始問他問題。母親會大聲說出各種擔憂，父親則找到了使用「漂泊不定」幾個字的藉口，大衛提醒亨利他已經快三十歲了，穆莉兒建議他要用心投入，真的全心全意那種——說得好像她自己的電話帳單不是爸媽幫忙付的。

亨利下了高速公路，感覺到耳裡的風颳得更劇烈。

他開過市中心，聽見腦袋裡的雷鳴。充滿張力的靜電能量。

他知道自己遲到了。

他次次都遲到。

有許多次的爭執都是從這裡開始的，從前有一陣子，他會覺得的確是錯在自己漫不經心，後來才發現那是某種想要自保的奇怪手段，是他下意識刻意拖拖拉拉，想延緩無可避免之事的到來，想逃避出席家宴時必定會油然而生的不自在。坐在那張桌子旁，圍困在哥哥和妹妹之間，對面是父母，讓他覺得自己像個面對行刑隊的死囚。

所以亨利才遲到，父親來應門時，他已經準備好自己會因為晚到而被唸，準備好看見他露出雙眉緊皺的責備表情，還有他哥哥和妹妹如何總是能早到五分鐘的嚴厲評論——

但是他父親只露出微笑。

「你來啦！」他說，眼睛明亮溫暖。

裡頭滿是繚繞的霧氣。

也許今天的史托斯家宴會不一樣。

「看看是誰來了呀！」他父親喚道，帶著亨利走進書房。

「好久不見。」大衛說，搖搖頭，就算他們住在同一座城市——該死，他們甚至還住在同一條地鐵線上——亨利上次看見哥哥，也還是在這裡，當時是光明節的第一個晚上。

「亨利！」一團黑色髮髮衝出，穆莉兒用手臂環繞他的脖子，她親親哥哥的臉頰，在他臉上留下一個珊瑚紅的唇印，亨利後來才找機會對著玄關掛的鏡子擦掉。

而從父親的書房走到餐廳這段路上，都沒有任何人對他的頭髮長度作出評價，因為無論什麼時候，他們似乎總嫌他的頭髮太長，或者嫌他身上穿的毛衣太舊，殊不知那件衣服雖然看起來有點磨損，卻是他擁有過最舒服的衣物。

竟然沒有人半個人說他太瘦，或者需要多曬點太陽，又或者說他看起來很累，這些評論往往最後都會導到在布魯克林經營書店能有多難的結論。

他母親從廚房裡走出來，拉掉一雙隔熱手套。她捧起他的臉，微微一笑，說很開心他能來。亨利相信她。

「敬家人。」眾人坐下來吃飯時，父親舉杯敬酒，「終於又團聚了。」

她感覺自己走進了另一個版本的人生——並非往前或往後，而是某個分支。在這個版本中，妹妹很敬重他，哥哥不會輕視他，爸媽則都很以他為榮，所有的評判都像大火的濃煙般被吸乾淨了。他沒意識到這其中的千絲萬縷有多少是以罪惡感編織而成的。沒了罪惡感的重量，他感覺頭暈目眩又輕盈。極致的愉悅。

席間並沒有提到塔比莎，或是他失敗的求婚，雖然關於他和女朋友婚事告吹這件事應該傳開了，否則怎麼桌邊會有一張空椅子，卻沒人試圖假裝這是某種家族傳統。

上個月，亨利在電話中告訴大衛戒指的事，他哥哥幾乎是無心地隨口說亨利該不會是真以為她會同意吧。穆莉兒從來沒喜歡過她，但是亨利從來沒有哪個伴是穆莉兒願意賞臉青睞的。不是因為那些人實在是已經超出亨利的等級了，雖然她也可能這樣說，但主要是因為她覺得他們很**無聊**，這大概是由於她覺得亨利本人也很無聊吧。

她稱呼那些人是「有線電視」。的確比無聊透頂的事好一些，但頂多只是些重播節目。她唯一比較認同一點點的只有羅比，就算是這樣，亨利也很確定那是因為她知道他把羅比帶回家的話會引發多大的風波。只有穆莉兒知道羅比的事，知道他曾經不只是朋友，這是她唯一好好守住的祕密。

整場晚餐都怪令人毛骨悚然的。

大衛態度和藹又充滿好奇。

穆莉兒體貼又親切。

他父親把他說的每個字都聽了進去，似乎真的很感興趣。母親則說她很驕傲。

「驕傲什麼？」他問，真心覺得很困惑，但是她哈哈大笑，彷彿聽到了一個荒謬的問題。

「有你這個兒子呀。」

沒有任何的評判，真是太突兀了，讓他覺得自己的存在很不真實，感到頭暈目眩。他告訴家人巧遇麥洛斯院長的事，等著大衛指出顯而易見的事實，說他根本不符合資格，等著父親要他去問清楚這等好事其中是否有什麼蹊蹺。他母親安靜下來時，妹妹通常會變得很聒噪，大呼他之前決定轉換跑道是有原因的，並要他解釋就這麼夾著尾巴逃回去的原因到底是什麼。以上這些竟然都沒有發生。

「很好。」他父親讚賞道。

「他們有你的幫忙，那就幸運了。」他母親說。

「你會是個好老師。」大衛說。

只有穆莉兒提出一點異議，「你在那裡唸書時從來沒開心過啊……」

但是她的話語中沒有批評，只有某種兇猛的保護慾。

吃完晚餐後，每個人都各自退回角落，他母親回到廚房，父親和哥哥到書房，妹妹則到外頭看著天空中的星星，感覺自己被束縛在地面，這通常是她抽了大麻的跡象。亨利回到廚房，幫母親收拾碗盤。

「我來洗，你負責擦乾吧。」她說，遞給他一條毛巾。他們找到了一個舒適的節奏，接著他母親清清喉嚨。

「塔比莎的事我很抱歉，」她說，聲音壓得很低，彷彿她知道接下來要提的是禁忌話題。「很遺憾你在她身上浪費了那麼多時間。」

「也不算浪費。」他說，儘管感覺起來的確有點像浪費時間。

她用水浸濕一個盤子，「我只想要你快樂就好，你值得快快樂樂的。」她眼睛閃閃發光，不確定是因為那奇怪的冰霜光芒，又或者只是一個母親的眼淚，「你堅強又聰明，而且事業有成。」

「這我倒是不知道。」亨利說，擦乾一個盤子，「我還是覺得自己很讓人失望。」

「說什麼傻話。」母親說，看起來真心感到受傷，她捧起他的臉，「亨利，你這樣子已經夠好了，我愛的是原原本本的你。」她垂下手，回到盤子上，「剩下的我收拾就好，」她說，「去找你妹妹吧。」

亨利知道她會在哪裡。

他來到後廊上，看見穆莉兒坐在那裡的湯鞦韆上前後晃，一邊抽著大麻菸，一邊眺望著樹林，整個人看起來陷入了沉思。這是她一貫的坐姿，彷彿在等著某人按下快門。他的確曾經這樣子拍過她幾次，但感覺總是有點太過刻意，彷彿事先安排好的擺拍。只要影中人是穆莉兒，那麼就算是隨意捕捉的相片看起來也會像是擺拍。

木板在他腳底發出一點嘎吱聲，她頭也不抬地微笑，「嗨，哥。」

「妳怎麼知道是我？」他問，在她旁邊坐下。

「你的腳步聲最輕了。」她說，把大麻菸遞給他。

亨利深深吸了一口，把煙霧留在胸膛裡，直到腦中也開始感覺到藥效。某種溫柔、暈陶陶的模糊感。他們來回傳遞著大麻菸捲，透過玻璃看著爸媽。嗯，爸媽和大哥，大衛正跟在父親後面走來走去，兩人的姿勢簡直一個模子刻出來的。

「好可怕，」穆莉兒咕噥。

「真的像到爆。」

她咯咯笑，「我們兄妹應該多相處才對呀。」

「妳太忙了。」他說，因為這比指出他們其實算不上朋友和善一些。

她歪著頭靠在他肩膀上，「再忙我都會撥出時間給你的。」

他們默默抽菸，抽到一點都不剩之後，母親大喊說可以吃甜點了。亨利站起來，感覺暈陶陶的十分舒適。

「薄荷糖？」她問，拿出一個小錫罐，不過他打開時，看到的是一堆粉紅色藥丸。雨傘，他想像傾盆大雨落下，陌生人站在他旁邊，卻全身都是乾的，他啪的一聲蓋上錫罐的蓋子。

「不用了謝謝。」

他們回到屋裡吃甜點，接下來一小時都在漫無邊際地閒聊，這一切都很棒，愉悅感太過強烈，天可憐見，竟然沒有任何酸言酸語，也沒人為了芝麻蒜皮的小事拌嘴，或者假裝客氣，心裡卻不以為然，亨利感覺自己憋著一口氣，仍然緊抓著大麻帶來的興奮感不放，雖然肺部隱隱發疼，心裡卻很快樂。

他站起來，把咖啡放到一邊，「我該走了。」

「你可以留在這過夜的。」他母親提議，十年來第一次，他覺得有些心動，想知道如果可以在這樣的溫暖、自在與一家和樂融融中醒來會有多棒，可惜真相是：這天晚上太完美了，他感覺自己如履薄冰，美好的微醺之夜很容易就會變成在廁所地板度過的一晚，他不想要破壞這完美的平衡。

「我得回去了。」他說，「明早十點還要開店呢。」

「你工作太辛苦了。」他母親說，她從來沒說過這種話。

大衛抓住他的肩膀，用那雙幸好煙霧迷濛的雙眼看著他說：「我愛你，亨利，很高興你過得很好。」

穆莉兒緊緊摟住他的腰，「不要跟我疏遠了喔。」

他父親一路送他到車邊，亨利伸出手時，他父親把他拉進懷中抱了一下說：「兒子，我很以你為榮。」

他心裡有一部分很想問為什麼，想要拋出誘餌，測試這個魔咒的極限，對父親施壓，直到他動搖，但是亨利狠不下心。他知道這不是真的，嚴格來說並不是，但是他不介意。

感覺還是很棒。

XI

紐約市
二〇一四年三月十八日

大笑聲從高架公園飄落。

這座架高的公園是沿著一條廢棄鐵道蓋的，從曼哈頓西緣，從三十街延伸到十二街。這通常是個好逛的地方，有餐車和花園，地道和長凳，小徑蜿蜒其中，還能欣賞市景。

今天卻跟以往的景觀完全不同。

「藝術品」展覽佔據了一段高架鐵軌，將其變成光影和色彩交織的攀登架，效果如夢似幻，打造出一片天馬行空的三度空間地景。

入口處有一個志工發給他們彩色橡膠圈戴在手上，像是貼著肌膚的一道彩虹，每一圈都是進入不同展覽的門票。

「出示這個就可以上『天空』了。」她說，彷彿那個藝術品是主題樂園的遊樂設施。

「這個是『聲音』用的。」

「這個可以進入『記憶』。」

她邊說邊對亨利微笑，雙眼是一片混濁的藍色。但是他們在嘉年華般的展覽中移動時，藝術家紛紛轉頭注意的對象是**艾笛**。如果說他是太陽，她就是燦爛的星座，將他們的注意力像燦爛彗星尾一樣拖曳在身後。

附近有個人正在做造型棉花糖，看起來神似一顆顆氣球，做完後就發送給看展的民眾。有些棉花糖的形狀很好辨識：狗、長頸鹿、龍，還有其他比較抽象的主題：日落、夢境、懷舊。對亨利來說，這些嚐起來全像糖。

艾笛吻他時，嚐起來也像糖。

他們出示綠色手環進入了「記憶」，所謂的「記憶」原來是彩色玻璃拼接構成的3D立體萬花筒，高聳的雕塑從四面八方包圍著他們，他們每轉一步，就能看見不同的色彩變幻。

他們緊緊貼著彼此，四周世界彎折，恢復正常，然後又彎折，雖然兩人都沒說出口，但是其實都很開心可以離開這個展品。

展覽之間還有其他零散的藝術裝置。一片金屬向日葵、一池融化的粉彩、一簾薄如紙張的水幕，只在他鏡片上留下一層水霧，也在艾笛皮膚上留下一層虹彩光芒。

結果，他們在一個隧道中找到了「天空」。

那是一名燈光藝術師的傑作，由好幾個相連的小房間構成。從外頭看起來沒有什麼，木柴框架赤裸裸的露在外面，只是用釘子和螺栓組成的，但框架裡頭——框架裡才是重點所在。

他們手牽手移動，免得走散。上一個房間還燦爛耀眼，下一個就伸手不見五指，彷彿世界墜入了無底深淵中，艾笛在他旁邊發了個抖，手指緊緊抓住亨利的手臂。再往前走，他們進入一片白霧之中，再繼續往前，和雨滴同樣細緻的絲線往上拉起，往四邊八方墜落。亨利的手指拂過那片銀色雨幕，絲線發出清脆的聲響。

最後一個房間裡全是星星。

這個房間漆黑一片，看起來和前一個有點像，只是這一次，有上千個針尖般的光點從深邃之中透出，刻出近到伸手可觸的一條銀河——一大片壯觀的星座。就算是在黑暗之中，亨利看得見艾笛正仰著頭，也隱約捕捉到她臉上的笑意。

「活了三百年，」她輕聲說，「卻還是能發現新東西。」

他們踏出展覽，在午後斜陽中眨眨眼，她已經拖著他往前走，離開「天空」，前往下一條廊道、下一組門，急欲探索接下來還有什麼在等著他們。

紐約市
二〇一三年九月十三日

XII

有史以來第一次，亨利早到了。

他猜這大概比遲到好吧，但是他不想太早到，因為那甚至更糟、更奇怪——他老是忍不住多想。

他撫平上衣的皺褶，對著附近停的一輛車的後照鏡理理頭髮，然後才走進去。

墨西哥快餐店明亮熱鬧，看起像是個水泥洞，還開著車庫門造型的窗口，房間一角停著一台餐車，他是否提早到並不重要，因為凡妮莎已經在裡面了。

她已經換下了咖啡廳店員的圍裙，改穿了褲襪和印花連身裙，之前見面時總是挽起來的金髮，現在是圍住她臉蛋的一縷縷波浪，她看見他時，臉上綻放出微笑。

「真開心你有打電話約我。」她說。

亨利也報以微笑，「我也是。」

他們用小紙片與短鉛筆點餐，亨利自從十歲時玩迷你高爾夫之後就沒再看過那種鉛筆了，她指著塔可餅讓他填寫時，兩人的手指互相刷過。他們的手又在薯片上方碰觸，腳也在金屬桌下方刷過，而每次都像有小小的光亮在他胸膛裡引爆。

有史以來第一次，他沒有在每次想說什麼之前欲言又止，沒有在心中批判自己的每個舉動，也沒有試圖說服自己剛剛說了正確的話——當你絕對不可能說錯話時，也沒有必要特別注意用字遣詞。他不必撒謊，連試都不用試，只要安心做自己，不用想扮演另一個人，因為他真實的自己就夠了。

食物很好吃，但是餐廳太吵了，聲音在挑高的天花板間迴盪，有人在水泥地上把椅子往後推時，亨利不禁瑟縮。「抱歉。」他說。「我知道這裡不是什麼豪華餐館。」

這地方是他選的，雖然他知道說不定該直接約她去喝酒算了，但這裡是紐約，雞尾酒比食物貴上一倍，就連這餐，以一個書店員工的薪水也快負擔不起了。

「老兄，」她說，攪著一杯水果飲料，「我可是在咖啡廳工作。」

「至少妳能拿到小費。」

凡妮莎假裝吃驚，「什麼，難道都沒人給書店店員小費嗎？」

「沒有。」

「就連你推薦了一本好書時也沒有？」他搖搖頭。

「真是過分。」她說，「你應該在櫃台上放個玻璃罐才對。」

「我該說什麼？」他在桌面上敲著手指，「書可以滋養飢渴的心靈，小費可以養活貓？」

凡妮莎哈哈大笑，笑聲突如其來又爽朗，「你太風趣了。」

「真的嗎？」

她吐吐舌頭，「故意來討讚美是嗎？」

「才沒有呢。」他說。「我只是好奇，妳到底在我身上看到了什麼優點？」

凡妮莎微微一笑，忽然有點害羞。「你……嗯，雖然聽起來很老梗，可是你完全符合我理想對象的條件。」

「妳理想中的對象是什麼樣子？」他問。

如果她說的是「真誠而且敏感體貼」，他或許會買帳。

可是與她說出口的天差地遠。

她用的形容詞是「外向、有趣、野心勃勃」，她越是談起他，眼裡的霜霧就越濃，擴散得越開，直到他根本看不到她眼睛原本的顏色。亨利想知道她怎麼能看得清，當然了，她根本看不清。

這就是重點。

一個星期後，他、碧雅和羅比三個人在商賈酒吧，三人中間擺著三杯啤酒和一籃薯條。

「凡妮莎還好嗎？」她問，羅比用兇惡的眼神看著自己的飲料。

「她很好。」亨利說。

她的確很好，他也是，他們很好。

「最近還蠻常看到她的。」

亨利皺起眉頭，「是你們叫我想辦法忘掉塔比莎的。」

碧雅舉起雙手，「我知道，我知道。」

「我們才剛開始，你們也知道是什麼狀況，她是——」

「就是個複製人。」羅比喃喃說。

亨利轉向他，「你說什麼？」他惱怒地問，「大聲說出來啊，他們應該有教你怎麼表達自我吧？」

羅比大大喝了一口，看起來很痛苦，「我只是想說，她就是塔比莎的複製人，骨感、一頭金髮——」

「而且都是女人？」

這是他們之間深埋已久的地雷：亨利並不是同性戀，只是他喜歡一個人時，先看的是對方的性格，性別才是其次。羅比退縮了，但是沒有道歉。

「而且，」亨利說，「我沒有去追凡妮莎，是她選了我，她喜歡我。」

「你喜歡她嗎？」碧雅問。

「當然，」他說，有點回答得太快了。他是喜歡她。當然，「她喜歡他」（她眼中的**他**）這點，也是亨利對她傾心的原因之一，這也算是他們兩人各取所需吧。他其實不算是在利用她，對吧？至少，膚淺的人不是他，她也在利用他，忙著在自己人生的畫布上畫出另一個人的形象。如果他們互相利用，那麼，就不算是他的錯……吧？

「我們只想要你快樂而已。」碧雅嘴裡說著，「畢竟發生了這麼多事……先不要操之過急了。」

但是這一次，操之過急的那一方不是他。

那天早上，亨利醒來時發現了有巧克力碎片鬆餅和一杯柳橙汁在等他，中島上的一個盤子旁有一張小小的手寫便條，上面畫著一個愛心和一個「凡」字。她過去三晚都在他家過夜，每一次，她都留下了一些東西。一件上衣、一雙鞋子、洗手台邊牙刷架上的一支牙刷。

他的兩個朋友盯著他看，眼睛裡有淡淡的煙霧繚繞，他知道他們在乎，知道他們愛他，知道他們是為了自己好。幸好有那筆交易在，他們現在也非得這樣不可了。

「別擔心。」他說，啜飲著啤酒。「我會慢慢來。」

「亨利……」

他半睡半醒之際，感覺到她用塗了指甲油的手指滑下他的背部。

灰濛濛的光線從窗戶裡流瀉而入。

「嗯？」他說，翻了個身。

凡妮莎用一隻手撐著頭，金髮散落在枕頭上，他好奇她那樣斜著身體等他醒來多久了，最後才終於決定要吵醒他。

「我得告訴你一件事。」她注視著他，眼睛裡又瀰漫著霜霧乳白色的光芒。他開始害怕那樣的閃光了，那蒼白的煙霧從一張臉到另一張臉，跟著他陰魂不散。

「怎麼了？」他問，用一邊手肘撐起身體。「發生了什麼事？」

「沒事，只是想說……」她笑顏逐開，「我愛你。」

可怕的是，她聽起來真心誠意。

「你不用愛我沒關係，我知道還太早，我只是想讓你知道。」

她用鼻子磨蹭他。

「妳確定嗎？」他問，「我是說，我們才在一起一個星期而已。」

「所以呢？」她問，「愛上一個人時，自己心裡最清楚，像我現在就很清楚。」

亨利吞了口口水，吻吻她的太陽穴，「我去沖個澡。」

他站在蓮蓬頭下沖熱水，盡可能拖延時間，納悶自己到底該怎麼回應她剛剛說的話，納悶他有沒有可能、有沒有辦法可以說服凡妮莎說這不是愛，只是某種狂熱，當然了，那也不算是真的。交易是他做的，條件是他訂的，這就是他想要的。

真的是嗎？

他關掉水，拿條毛巾圍在腰間，這時他聞到了煙味。

不是火柴點蠟燭的淡淡煙味，或者有東西在爐子上面沸騰的煙味，而是有不該著火的東西著了火的焦味。

亨利衝到走廊上，看見凡妮莎在廚房裡，站在流理臺邊，手裡拿著一盒火柴，看見那個裝著塔比莎遺留物品的紙盒在洗手台裡著了火。

「妳在幹嘛？」他質問。

「你緊緊抓著過去不放，」她說，又擦了一根火柴丟進盒子裡，「真的是緊緊抓著不放，我們在一起的這段時間，你都一直留著這個盒子。」

「我們才在一起一星期而已！」他大喊，但是她繼續逼迫他。

「你值得更好的人，你值得快快樂樂的，你值得活在當下。這是件好事，這是結局，這是——」

他撥掉她手上的火柴，把她推到一邊，伸手去開水龍頭。水注入盒子裡，發出滋滋聲，澆熄火焰時冒出一綹煙霧。

「凡妮莎，」他說，咬緊牙關，「妳走吧。」

「走去哪？回家嗎？」

「反正妳走就對了。」

「亨利，」她說，摸摸他手臂，「我哪裡做錯了嗎？」

他大可以指著廚房水槽裡冒煙的那箱雜物，或者表示他們進展得太快了，又或者指出當她看著他時，看到的根本就是另外一個人。然而他只說：「不是妳的問題，是我不好。」

「不是這樣的。」她說，眼淚流下雙頰。

「給我一點空間好嗎？」

「對不起，」她啜泣，緊緊攀著他，「對不起，我愛你。」

她的手臂緊緊摟著他的腰，頭埋在他身側，有一秒鐘的時間，亨利以為他真的必須使勁把她從自己身上剝開。

「凡妮莎，放手。」

他緩緩將她拉離自己，但是她看起來好傷心，整個人都垮了。她看起來就跟亨利做了那筆交易當晚的感覺一樣糟糕，他想到她走出這裡時會感覺那樣的迷失、孤單，覺得心都碎了。

「我在乎妳，」他說，握住她的肩膀，「我在乎妳，我真的在乎。」

她的表情稍微開朗了起來，一株飢渴的植物終於獲得了灌溉。「所以你不生氣嗎？」

他當然生氣。

「沒有，沒生氣。」

她把臉埋進他胸口，他摸摸她到頭髮，「你在乎我。」

「是的，」他掙脫她的懷抱，「我會打給妳，我保證。」

「說好了喔。」她又確認了一次，亨利開始幫忙她收拾東西。

「說好了。」他說，領著她沿著走廊前進，送她出門。

公寓的門在他們兩人中間關上時，亨利垂頭喪氣靠向門板，煙霧警報器終於響了。

XIII

紐約市
二〇一三年十月二十三日

「電影之夜！」

羅比像一隻海星一樣張開四肢攤在亨利的沙發上，長長的手腳從沙發側邊和頭尾探出去。碧雅翻了個白眼，把他推開，「讓點位置給我。」

亨利從微波爐中拿出一個袋子，快速地在兩手之間拋來拋去，免得被蒸氣燙到。他把爆米花倒進碗裡。

「要看哪部電影？」他問，繞過中島。

「《鬼店》。」

亨利哀嚎，他向來不喜歡看鬼片，但是羅比喜歡有個可以放聲尖叫的理由，把這整件事當成一場表演，而且這星期輪到他挑片了。

「是萬聖節耶！」羅比辯駁。

「今天才二十三號。」亨利說，羅比對待節日的方式就跟他慶祝生日的方式一樣，通常不是為期一天，而是好幾個星期，有時候甚至持續一兩季。

「你們今年要扮什麼？」碧雅說。

他覺得打扮換裝就像看卡通一樣，小時候很喜歡，在青少年那段青黃不接的焦慮時期和二十出頭憤世嫉俗的年紀逐漸放棄。然後忽然之間又覺得實在有趣極了，成為某種懷舊的活動。可以與其他不可思議的事物相提並論。

羅比在沙發上擺了個姿勢，「齊格星塵。」他說，還滿合理的，畢竟過去幾年來，他陸續詮釋過幾次大衛．鮑伊的舞台人格。去年他扮的是瘦白公爵。

碧雅宣布她要扮成恐怖海盜羅伯茲，故意營造某種諧音雙關，羅比伸手從亨利的咖啡桌上拿起一台相機，尼康的復古機型，目前充作紙鎮使用。他往後伸長脖子，從取景器看著上下顛倒的亨利。

「那你呢？」

亨利一直都很喜歡萬聖節，不是因為可怕的氣氛，而是因為有藉口可以變裝，可以暫時變身成另一個人。羅比說他乾脆直接當演員算了，因為演員一年到頭都可以變裝，但是一想到舞台上的生活，就讓他胃痛想吐。他扮過佛萊迪．墨裘瑞、瘋帽客、地場衛，還有小丑。

不過此時此刻，他用不著變裝就覺得已經化身成另一個人了。

「我已經變裝好了，」他說，比了比身上常穿的黑色牛仔褲和合身襯衫，「難道你們看不出來我是誰嗎？」

「彼得．帕克？」碧雅猜。

「賣書的店員？」

「有青年危機的哈利波特？」

亨利哈哈大笑，搖搖頭。

碧雅瞇起眼睛，「你根本還沒決定對不對？」

「對，」他承認，「我會趕快決定。」

羅比還在把玩那台相機，他把機器轉過來，抿起嘴脣，按下快門。相機發出空洞的喀噠聲，裡面沒底片，碧雅把相機從他手裡拿走。

「你為什麼不多拍照？」她問，「你真的很會拍。」

亨利聳聳肩，不確定她是不是真心的。「下輩子再說吧。」他說，遞給他們一人一罐啤酒。

「現在繼續還來得及。」她說，「不會太遲呀。」

可能吧，但如果他現在開始，相片會受到攝影師詛咒的影響嗎？可以單純憑藉自身優缺點而獲得公允的評價嗎？又或者每張相片都會傳遞他本人的願望？會不會每個人都只在相片裡看見他們想見的事物？就算是真正看見了他的作品，難道亨利心中不會有一絲半毫的懷疑嗎？

電影繼續播，羅比堅持要把所有的燈都關了，他們三個一起擠在沙發上。第一個驚悚時刻過後，他們立刻強迫羅比把那碗爆米花擺在桌子上，否則他們離開後，亨利還得到處撿爆米花粒，接下來一個小時，當淒厲的配樂奏起，亨利就忙著移開視線。

男孩騎著三輪車沿著走廊前進，碧雅喃喃自語，「不要不要不要啊。」羅比往前坐，專注地看著場景，亨利把臉埋進他的肩窩裡。雙胞胎女孩出現了，手牽著手，羅比緊抓住亨利的腿。

可怕的時刻過後，恐懼感暫歇，羅比的手仍然放在他的大腿上。感覺就像破碎的杯子重新拼湊完整，參差不齊的邊緣全都變得平滑整齊，當然，這不對勁。

亨利站起身，拿著空空的爆米花碗朝廚房走去。

羅比把一腳跨下沙發，「我來幫你。」

「只不過是爆個爆米花而已。」亨利回頭喊，繞過中島，他撕開塑膠外包裝，搖搖爆米花袋。「我很確定只要把袋子放進微波爐再按下按鈕就解決了。」

「你每次都微波太久。」羅比說，出現在他正後方。

亨利把爆米花袋丟進微波爐中關上門。

他按下「開始」，轉過身，「所以你現在是爆米花警察——」

他沒機會把話說完，羅比的嘴就覆蓋住他的嘴。亨利倒抽一口氣，被這個忽如其來的吻嚇到，但是羅比沒退開。他把他按向中島，腰臀貼著腰臀，手指撫過他的下巴，吻得更深。

但是這比所有其他夜晚都還要棒。

這比一百個陌生人的注意力都還要棒。

這是旅館床鋪和家中舊床的差別。

緊貼著他的羅比硬了，亨利的胸口也因為慾望隱隱作痛，如果可以直接跌進去，如果可以回到他親吻的熟悉暖意，真實事物的簡單舒適，會簡單很多。

但這就是問題所在。

雖然是真的，都是真的，但就像亨利生命中的所有東西一樣，是會結束的。是會失敗的。

第一顆玉米粒爆開時，他中斷了那個吻。

「我等了好幾個星期，終於付諸行動了。」但是他的眼眸不是清澈的。霧氣在他眼裡繚繞，遮蓋了原本的亮藍色。

亨利吐出顫抖的氣息，揉著鏡片下方的眼睛。爆米花搖晃著爆開來，亨利拉著羅比進到走廊上，離碧雅和恐怖電影配樂，羅比又開始傾身靠向他，以為這是個邀請，但亨利伸出手擋住他，不讓他靠近。

「這不對。」

「不，才不。」羅比說。「我愛你，我一直愛你。」

聽起來很真誠，很誠實，亨利必須緊緊閉起眼睛才能專注。「那你為什麼要跟我分手？」

「什麼？我不知道。你之前不一樣，我以為我們不適合。」

「哪裡不一樣？」亨利逼問。

「你當時不知道自己想要的是什麼。」

「我想要你，我想要你快樂。」

羅比搖搖頭。「不能只是依從一方所願，你也必須是個有個性的人，要知道自己是誰才行。那時候，你還不知道。」他微微一笑。「但是現在你知道了。」

問題就在這裡。

他仍然不知道。

亨利不知道自己是誰，而且現在，沒有任何人知道。

他只覺得茫然，但還沒有迷失到會走上回頭路。

他和羅比在談戀愛之前就已經是朋友，**是羅比自己**在亨利還愛著他時結束了這段關係，但他們還是又繼續當了朋友好幾年，現在反過來了，羅比必須自己想辦法調適，或者把情侶之愛化成朋友之愛，就像亨利當初為了羅比所做的一樣。

「爆個爆米花是要多久啦？」碧雅大喊。

微波爐傳出燒焦的聲音，亨利推開羅比趕到廚房，按下停止鍵，趕快把袋子撈出來。

太遲了。

爆米花已經焦到不行。

XIV

紐約市
二〇一三年十一月十四日

幸好布魯克林有好多咖啡館。

自從二〇一三年那場「大火」和「塔比莎之亂」（羅比取的，聽起來有點太幸災樂禍）之後，亨利就再也沒光顧過烘豆坊。他來到隊伍最前方，跟一個叫作派翠克的店員點了一杯拿鐵，他人很好，而且謝天謝地是個直男，當他用那雙霧氣濛濛的眼睛刻著亨利時，只看到一個完美的客人，態度友善、點餐乾淨利落，而且——

「亨利？」

他的胃往下墜落，因為他認得那個聲音，高亢甜美，知道那個聲音喚他名字時的宛轉低迴，霎時他又回到了那天晚上，他像個白癡一樣單膝下跪，結果慘遭拒絕。

你很棒，真的，但是你不——

他轉過身，看見她。

「塔比莎。」

她的頭髮變長了一點，瀏海現在是斜披過額前的一片簾幕，一綹鬈髮貼在臉頰邊，站在那裡的優雅姿態像是正要變換舞姿的舞者。自從那天晚上之後亨利就再也沒有看見過她，而且也都一直成功避開她，避開這種場合。他想退開，盡可能保持距離，越遠越好。但是他的腿拒絕移動。

她對他微笑，燦爛又溫暖。他想起來自己曾經深愛著那樣的笑容，每次只要獲得回眸一笑，他就覺得像是打了場勝仗。現在得來全不費功夫，那雙棕眼籠罩在迷霧之中。

「我很想你。」她說。「我真的好想你。」

「我也想妳。」他說，因為這是真的。他們一起生活了兩年，現在分道揚鑣，免不了會有一個空缺，而那個空缺是塔比莎的輪廓。「我那有一箱妳的東西，」他說，「但是不幸發生了一場火災。」

「噢，天啊。」她摸摸他的手臂，「你還好吧？有人受傷嗎？」

「沒有沒有。」他搖搖頭，想起站在水槽邊的凡妮莎，「後來……火勢有控制住。」

塔比莎身體搖晃了一下，離他更近了點，「噢，太好了。」

湊近聞，她身上有紫丁香的味道。當時整整過了一個星期，那個味道才從他床單上消失，又過了一星期，沙發抱枕和浴巾上的味道才散去。她傾身靠向亨利，就這麼與她依偎著會很容易，向那股危險的引力投降，也是同樣一股引力將他拉向羅比，曾經深愛卻失落之物重返懷抱的熟悉引力。

但這不是真的。

不是真的。

「塔比莎。」他說，輕輕推她退開。「是妳提分手的。」

「不。」她搖搖頭，「我還沒準備好要更進一步，可我其實從來不想要它結束。亨利，我愛你。」

儘管他剛剛再三下定決心，不禁還是動搖了。因為他相信她，或至少，他相信她深信自己愛他，這樣其實更糟糕，儘管如此，仍不能算是真的。

「我們不能再試試看嗎？」她問。

亨利吞了口口水，搖搖頭。

他想要問她到底看見了什麼，想了解「她想要的」和「真正的他」之間到底橫亙著什麼樣的鴻溝。但是他沒問。

因為到頭來，這已經不重要了。

霧氣在她的視野裡扭動，他知道，無論她看到的是誰，絕對不是他。

從來就不是他。

將來也不會是。

所以他必須放她走。

XV

紐約市
二〇一四年三月十八日

亨利和艾笛把橡膠手環交給了「藝術品」，每次獻出一個顏色。

他們交出紫色手環，跋涉過一坑坑水窪，不到三公分深的水窪，在他們腳邊蕩漾出漣漪。水下的地面是鏡子拼湊成的，閃閃發光，倒映出每個人影、每樣事物。艾笛低頭盯著那一連串的動作與褪去的漣漪，想知道她激起的水波是不是比亨利的更早恢復成平滑的水面，但是很難判斷。

他們交出黃色手環，有人引導兩人走到一系列的四方形隔音小方塊，大小和櫥櫃差不多，有些加強了噪音，有些則似乎吞沒了每一次的呼吸聲。這就像是一條鏡之走道，只是遭到扭曲的是影像而非聲音。

第一則訊息要他們「低聲耳語」，黑色小字用模板印在牆上，艾笛輕聲說：「我有個祕密。」那幾個字在他們身周扭曲，不斷循環播放，圍繞著他們。

下一則訊息要他們「放聲大吼」，那四個字幾乎佔滿了整片牆壁。亨利有些顧忌，只克制地喊了一聲意思意思，但是艾笛深呼吸，扯開喉嚨大吼，就像是經過一座橋，上頭剛好有火車開過時，可以趁機大吼那樣，她無懼的自由彷彿為他注入了一大口氣，忽然之間他也開始掏心掏肺地吼，來自喉嚨深處的破碎吶喊，和尖叫一樣狂野。

艾笛並沒有停下，反而提高了音量，他們一起喊到喘不過氣，尖叫到嗓子都啞了，離開小隔間時，他們雖然感覺頭暈目眩，全身卻也輕盈許多。他的肺明天應該會痛到不行，但是會很值得。

他們踉踉蹌蹌離開展覽時，聲音湧回他們耳朵裡，太陽逐漸西沉，雲朵看起來彷彿著了火，這是那種奇怪的春天夜晚，橘色光芒籠罩了一切。

他們走到最近的欄杆邊眺望城市，一棟棟建築反射著陽光，餘暉潑滿了鋼鐵表面，亨利將艾笛往後拉進懷裡，吻吻她脖子後方彎曲的弧度，埋進她的衣領中微笑。

他彷彿剛吃了一堆甜食，沉浸在幸福感之中，而且有點醉，感覺從來沒這麼快樂過。艾笛比什麼粉紅小雨傘更有效。

比寒冷夜晚中的威士忌還有效。

他已經好久好久沒遇過這麼美好的東西。

亨利在她身旁時，時間匆匆加速，但他卻不會害怕。

他和艾笛在一起時，感覺活生生的，卻不會痛。

她往後依偎著他，彷彿他才是雨傘，而她是需要遮風避雨之處的人。亨利屏住呼吸，好像這樣可以防止天塌下來似的。好像這樣就可以讓日子不要一天天飛逝。

好像這樣就可以阻止一切土崩瓦解。

XVI

紐約市
二〇一三年十二月九日

碧雅總說回到校園的感覺，就像回家。

可是亨利完全沒有這種感覺。但話又說回來，他就算在自己家也沒有這種感覺，只隱隱覺得害怕，時時刻刻如履薄冰，深恐一個不小心就會又讓誰失望透頂。他現在大概就是這個感覺，所以她說得也對，這樣也算是有「回家」的感覺吧。

「史托斯先生，」院長說，手臂越到桌子另一邊，「很高興你來了。」

他們握握手，亨利緩緩坐在辦公室椅子上，三年前，亨利也是坐在同一張椅子上，當時麥洛斯院長威脅說如果他不識相點自己走，就要當掉他。而現在——

你想要夠好。

「抱歉，拖了這麼久。」他說，但是院長揮揮手，不要他道歉。

「我知道你是大忙人。」

「嗯。」亨利說，在椅子上微微左右移動，他的西裝有磨損的痕跡，在衣櫥深處的樟腦丸之間放了太久，而兩隻手也不知道該往哪裡擺。

「所以說，」他有些難為情地開口，「您說神學院有開缺，但是我不確定是兼任教師還是助理的職位。」

「是永久教授職。」

亨利盯著桌子對面頭髮花白的男人，必須克制住當著他的面哈哈大笑的衝動。永久教授職這條路可不只是人人稱羨而已，甚至可以說是搶破頭。大家會花上好幾年的時間爭奪這種缺。

「然後您想到我。」

「我在咖啡館一看到你就想到了。」院長露出他在募款活動時掛在臉上的專業微笑。

你想要成為他們心中所欲。

院長往前坐了一點，「史托斯先生，問題其實很簡單：您自己想要什麼？」

那句話在他腦中迴響，可怕又餘音不絕的呼應。

麥洛斯把亨利叫到辦公室的那個秋日，也問過他同樣的問題。那時他博士已經唸了三年，麥洛斯告訴他到此為止了。亨利其實已經心裡有數了。他已經從理論神學研究所轉到了比較廣泛的宗教研究計畫，在好幾個主題之間游移，而已經有上百個人探討過這些主題，他找不到新的立足之地，找不到信仰。

「你自己想要什麼？」他問，亨利本來要回答「父母的肯定」，卻隱隱覺得那似乎不是好答案，所以他退而求其次，回說其實他真的不確定。說他一眨眼，好幾年就過了，每個人都已經找到自己的一方天地，鋪好了要走的路，他卻還站在荒野中，不確定該去耕耘哪一塊地。

院長聽他說完，手肘靠在桌上，告訴他說他很優秀。

但優秀還不夠。

當然，換句話說，是**他**還不夠好。

「你自己想要什麼？」院長現在又問了一次，亨利仍然沒有別的答案。

「我不知道。」

接下來院長定會搖搖頭，發現亨利．史托斯和往常一樣迷惘。只是他沒有，當然了。他微笑說：

「沒關係，保持開放態度是件好事，但至少你**確實**想要回來，對不對？」

亨利沒說話，坐在那裡猶豫不決。

他一直都喜歡唸書。其實算是由衷熱愛。如果他這輩子都能坐在課堂上做筆記，從一個系逛到另一個系，在好幾種研究之間徘徊，盡情吸收語言、歷史和藝術的各種知識，也許他就會覺得充實快樂。

他在學校的前兩年就是這樣度過的。

那兩年，他的確很快樂。他有碧雅和羅比，他什麼別的都不用做，只需要唸書就好。好好奠定基礎。基礎不是問題，有問題的是他該選擇在那平滑的表面上蓋一棟什麼樣的房子。

只是，做選擇的感覺好……永久。

選課變成選系，選系變成選職涯，選職涯變成選人生，當你只有一段人生，又該怎麼下手選擇？

但是教書，教書也許能滿足他的願望。

教書是學習的延伸，可以讓他永遠當個學生。

可是，「院長，可是我資格不符。」

「你確實是個不尋常的人選，」院長承認，「但不代表你是錯誤的選擇。」

只是以這件事來說，選他的確是不對。

「我沒有拿到博士學位。」

院長眼中的霜霧擴散成一層冰。「你可以為我們帶來嶄新的視角。」

「這個職位都沒有什麼條件限制嗎？」

「的確有，可是也有彈性的空間，因應背景不同的人選。」

「我不信上帝。」

那句話就像石頭一樣脫口而出，重重落在兩人之間的桌面上。

亨利把話說出口後，才發現這其實不完全是真的。他不知道自己信的是什麼，有很長一段時間都不知道，但是他最近才剛把自己的靈魂賣給了一個邪惡的存在，實在很難完全不信有其他更神聖的存在。

亨利發現房裡還是靜悄悄的。

院長注視他良久，他覺得應該搞砸了，應該打破了魔咒的阻礙。

豈知麥洛斯往前傾，一邊小心翼翼地措辭：「我也不信。」他往後坐，「史托斯先生，我們這裡是學術機構，不是教堂。異議辯證，也是宗教傳播的動力之一。」

但這就是問題所在。不會有人與他意見相左。亨利看著麥洛斯院長，想像每個教職員工都盲目接納，每個老師、每個學生都毫無異議，不禁覺得噁心想吐。他們看著他時，眼裡都會是自己想要的東西。自己想要的人。就算他遇到一個喜歡爭論、享受衝突與辯證的人，一切也都不會是真實的。

一切再也不會是真實的。

桌子對面，院長的雙眼是一片渾濁的灰色。「史托斯先生，你想要什麼都可以，想當什麼樣的人也都可以，我們只想要你加入我們的行列。」他站起來，伸出手。「考慮看看吧。」

亨利說：「我會的。」

而他的確認真考慮了。

他穿越校園時在心裡翻來覆去思索，搭地鐵時也想個不停，但是每過一站，他就離那樣的生活越遠。離開他選擇的生活，也離開他沒選擇的生活。他打開書店大門的門鎖、脫下那件不合身的外套丟在最近的書架上，解開喉頭的領帶時也還在想。他餵貓時想，拆開最新到貨的那箱書時也想，手指緊緊捏著書，緊到發疼，但至少書本是實實在在的，而且是真實的，他感覺到腦袋裡又有風暴開始成形，於是走到最裡面的房間，找到梅瑞迪絲的那瓶威士忌，在他與陌生人交易的那晚喝過之後，大概還剩下幾個指頭高度的酒液，他拎著酒瓶回到前方的店面。

甚至還沒中午呢，但亨利不在乎。

顧客魚貫而入時，他拉開軟木塞，把酒倒進一個咖啡杯裡，等著有人狠狠瞪他一眼，等著有人不敢苟同地搖搖頭，嘀咕抱怨幾句，或者甚至直接掉頭走人。結果他們繼續逛，臉上仍然笑臉迎人，看著亨利的模樣，彷彿他做什麼事都不可能出錯。

最後，一個值完勤的警察走了進來，亨利根本沒企圖隱藏放在收銀台上的酒瓶，反而直勾勾看著那人，從杯裡慢慢喝了一大口，很確定自己這樣應該犯了某條法規吧，無論是因為那罐大開的酒瓶，又或者公開酗酒的行為。

不過警察只微微一笑，假裝舉起一個不存在的酒杯。「乾杯。」他說，眼裡蒙著一層霜霧。

每聽見一個謊言就喝一杯。

你廚藝好好喔。

（他把土司烤焦時他們會這樣稱讚。）

你**好**幽默喔。

（你從來沒講過半個笑話。）

你好……
……帥氣。
……有抱負。
……事業有成。
……堅強。
（還不快喝？）
你好……
……迷人。
……聰明。
……性感。
（給我喝。）
好有自信。
好害羞。
好神祕。
好開放。
你是不可能的存在，是矛盾的綜合體，是一連串相反特質的集合。
你人見人愛。
你是他們從未有過的兒子。
你是他們一直憧憬的好友。

慷慨的陌生人。
事業有成的兒子。
完美的紳士。
完美的伴侶。
完美的……完美無瑕的……
（喝。）
他們喜歡你的身體。
你的腹肌。
你的大笑。
你的氣味。
你的嗓音。
他們想要你。
（不是你。）
他們需要你。
（不是你。）
他們愛你。
（也不是你。）
他們想要你是誰，你就是誰。
你綽綽有餘，因為你根本不是真的。

你很完美，因為你根本不存在。

（不是你。）

（永遠不可能是你。）

他們看著你時，看到的是任何他們想要的事物……因為他們看到的根本就不是你。

紐約
二〇一三年十二月三十一日

XVII

時鐘滴滴答答，那一年的最後幾分鐘正在流逝。每個人都說要活在當下，品嚐每一秒，但是很難，如果那個當下是在羅比與其他兩個演員合租的一間租金管制公寓中度過，裡頭還擠著一百個人。亨利困在走廊上的角落裡，一個掛衣架和一座衣櫥靠在一起。他一隻手拿著啤酒，另一隻手抓住正在吻他那傢伙的襯衫，這男的對亨利來說是越級打怪，對以前的亨利來說，現在，他根本無視所有等級。

他覺得那個人好像叫作馬克，不過四周太吵了，很難聽清楚。也有可能是麥克或麥肯。總之他不確定。他很想聲稱這是他今晚吻的第一個男人，但老實說他也不確定這是不是真的。不確定他喝了幾杯，又或者此時此刻在舌尖融化的滋味是糖還是什麼其他東西。

亨利喝太多也太喝急了，想趕快把自己喝茫，但是「城堡」裡人太多了。

「城堡」是他們給羅比住處的暱稱，雖然亨利想不起來到底是什麼時候給了這個封號，也想不起來原因為何。他四下搜尋碧雅的蹤影，自從一個小時前他跋涉過人群，在廚房裡看見她靠在吧台上當酒保，旁邊圍繞著一群女人和——

那個男的忽然開始解亨利的皮帶。

「等等。」他說，但是音樂太吵了，他必須扯開喉嚨大喊，把馬克／麥克／麥肯的耳朵拉到他嘴邊，而馬克／麥克／麥肯誤以為這是要他繼續親個不停的暗示。

「等等，」他大喊，將對方往後推。「這真的是你想要的嗎？」他問這什麼白癡問題，或至少也是問錯問題了。淡淡的煙霧在陌生人眼中盤旋，「我為什麼不想要？」他問，慢慢蹲下去。但是亨利抓住他的手肘阻止他。

「停下來就對了，拜託。」他把對方拉起來，「你在我身上看到什麼？」

他現在不管對誰都會問這個問題，希望能聽到接近真相的答案。但那個人盯著他，眼裡蒙著霧氣，連珠砲似地讚美：「你超帥，性感又聰明。」

「你怎麼知道？」亨利提高音量蓋過音樂聲。

「什麼？」另一個人也拉開嗓門喊。

「你怎麼知道我很聰明？我們根本沒說過幾句話啊。」

但是馬克／麥克／麥肯只露出一個慵懶又迷茫的微笑，親他親到整張嘴都紅紅的，只表示：「我就是知道。」就這樣，對亨利來說這個答案不夠，這樣不對，亨利剛要掙脫開來，羅比卻繞過轉角，看見馬克／麥克／麥肯簡直把亨利壁咚在牆上。羅比看他的模樣，彷彿他剛往自己臉上潑了一杯啤酒。

他轉身離開，亨利哀嚎，貼著他磨蹭的那傢伙似乎以為亨利是因為他才發出那個聲音，不過這裡太熱了，亨利根本無法思考，也無法好好呼吸。

整個房間開始旋轉，亨利含糊地說了幾句要去尿尿之類的藉口，卻直直經過廁所，走進羅比的房間，把門在身後關上。他走到窗邊，往上拉開玻璃窗，一陣刺骨寒風灌進來撲在他臉上。他往外爬到逃生梯上時，寒意囓咬著他的皮膚。

他深吸進一口冷空氣，不管肺部陣陣灼痛，他得把整個身體靠在窗戶上才能重新把窗戶關好，但是玻璃一放下，整個世界鴉雀無聲。

那不是真正的寂靜，紐約從來不曾寂靜過，而且新年期間的城市彷彿處處都有騷動餘波盪漾，但現在至少他可以呼吸、可以思考、可以把今夜——和今年——一起拋開，多少能清靜一點。

他拿啤酒想喝一口，但瓶子空了。

「幹。」他小聲自言自語。

他快凍僵了，外套埋在羅比床上那堆衣物的深處，但是他實在提不起勁回去拿外套或飲料。受不了人們紛紛轉頭，眼裡充滿霧氣，不想被他們目不轉睛的注意壓得喘不過氣。他看得出其中的諷刺，真的。現在他願意付出一切代價換一把穆莉兒的粉紅小雨傘，但是他已經吃完了，只好緩緩往下坐在冷死人的金屬梯級上，告訴自己他很開心，說這就是他一直以來想要的。

他把空瓶放在一個盆子旁邊，那盆子裡原本種了植物。現在裡面只種了一座煙蒂小山。有時候亨利真的希望自己會抽菸，這樣就可以常常有理由開溜去透氣。

他試過一兩次，卻克服不了那股焦油味，也受不了留在衣服上的酸臭。他有個阿姨，是個老菸槍，抽到指甲都發黃了，皮膚還像老舊皮革一樣裂開，直到每次咳嗽聽起來都像她胸腔裡有一把硬幣在晃動。他每次吸菸時都會想到她，一想到就覺得渾身不舒服，不知道是因為想起了往事還是因為菸味，只確定抽菸的爽度不值得他忍受這種噁心的味道。

當然，還有大麻這個選擇，不過大麻這種東西就應該眾樂樂，不是偷偷去旁邊吞雲吐霧，而且每次抽完大麻之後都讓他又餓又陰鬱。老實說，比抽之前還更陰鬱。藥效無法撫平他腦子裡的皺褶，在每一次的衝擊之下，他腦中像出現一個大漩渦，思緒瘋狂自轉墜落。

他對大三那年抽大麻抽到茫掉的印象很深刻，他、碧雅和羅比三個人凌晨三點四肢交纏躺在哥倫比亞大學校園的公地上，嗨到像斷線的風箏，雖然他們必須瞇起眼睛才能看到幾顆星星，而且很有可能是他們極力想在無垠的黑色夜空中看出個什麼才出現的幻覺，碧雅和羅比不斷說著這一切有多浩瀚、多美好，還有知道自己如此渺小，是多麼平靜的感覺，亨利什麼也沒說，因為他忙著憋氣，忍住不要尖叫出聲。

「你一個人在外面耍什麼自閉？」

碧雅從窗內探出來，一隻腳跨出窗外，和他一起坐在階梯上，穿著褲襪的腿碰到冰冷金屬時嘶了一聲。他們一起安靜坐了幾分鐘，亨利瞪著下方的建築，雲層低垂，反射著時代廣場的燈光。

「羅比愛上我了。」他說。

「羅比一直都愛你啊。」碧雅說。

「但問題就在這裡，」他邊說邊搖頭，「他從以前愛的就不是真的我，不是真的，他愛的是我可能成為的那個人，他想要我改變，但我沒有改變，而且——」

「你為什麼要改變？」她轉頭看他，眼中濛上霜霧，「你現在這樣就很完美啊。」

亨利吞了口口水。

「哪樣完美？」他問，「我到底是什麼人？」

他一直都不敢問，害怕知道她眼裡那層迷濛閃光代表的意義，不想面對她到底在他身上看到了什麼。就算到了這個節骨眼，他還是希望自己能把這個願望還回去。但是碧雅只微微一笑說：「亨利，你是我最好的朋友啊。」

他的胸口放鬆下來，雖然只有一點點。因為這是真的。

千真萬確。

不幸的是，她話還沒說完。

「你很貼心、很敏銳，而且非常懂得傾聽。」

這最後一部分讓他感覺胃直往下墜，因為亨利從來就不懂得傾聽。因為他聊天聊到一半恍神而引起的爭端，他已經數不清發生過多少次了。

「我需要你的時候，你一直都在。」她繼續說，他不禁胸口發燙，因為他知道他其實沒有一直都在，然而這一點跟六塊腹肌、有型下巴、低沉嗓音、風趣幽默、一直想要的那個兒子或者一直想念的那個哥哥不一樣，這不是其他人看著他時所看到的千百種模樣，不是超乎他掌控的事。

「真希望你能以我看你的方式看待自己。」

碧雅看到的，是一個稱職的朋友。

亨利不是個稱職的朋友，做不到這一點，他沒有藉口可找。

他把頭埋進手中，手掌緊緊貼著眼睛，用力到眼冒金星，想知道該怎麼把這件事弄對，只要這一次就好，如果他能成為碧雅眼中看見的那個亨利，是不是就能趕走她眼裡的霧氣，至少能讓她看清亨利真正的模樣。

「對不起。」他對著膝蓋和胸膛中間的那一小塊空間耳語。

他感覺到她用手指撥著他的頭髮。「對不起什麼啊？」

他該怎麼回答？

亨利顫巍巍呼出一口氣，抬起頭。「如果妳能擁有任何事物。」他說。「妳會想要什麼？」

「不一定，」她說。「代價呢？」

「妳怎麼知道有代價？」

「天下沒有白吃的午餐。」

「好吧。」亨利說，「如果妳賣掉靈魂，可以換來一樣東西，妳會選什麼東西？」

碧雅嚼著嘴唇，「快樂。」

「那是什麼？」他問，「我的意思是，是沒來由就覺得快樂？又或者是能逗別人開心？是因為工作還是人生快樂？又或者——」

碧雅哈哈大笑，「亨利，你怎麼老是把事情想得那麼複雜。」她越過火警逃生梯往外眺望，「我不知道，我猜意思大概就是我想對現狀感到快樂，能覺得心滿意足。那你呢？」

他考慮要撒謊，但後來說了實話，「我覺得我想被愛。」

碧雅看著他，眼睛裡開始有霧氣旋轉，然而霧氣遮掩不住她忽然露出的那哀傷到無以復加的神情，「亨利，你沒辦法**強迫**別人愛你，如果不是發自內心的選擇，那就不是真的。」

亨利霎時間口乾舌燥。

她說得沒錯，她當然說得沒錯。

他就是個白痴，困在一個無物不假的世界。

碧雅用肩膀努努他的肩膀，「回來吧，」她說，「趁午夜之前找個人接吻，會有好運喔。」

她站起身等待，亨利卻提不起勁站起來。

「沒關係。」他說，「妳先走吧。」

他知道是因為他做的那個交易，知道是因為她眼中所見，而非他實際所為——但是看見碧雅又坐了下來依偎著他時，他仍舊大鬆一口氣，他最好的朋友在黑暗中陪著他。沒過多久，音樂就安靜下來，喧鬧聲越來越嘈雜，亨利可以聽見他們背後傳來倒數聲。

十、九、八。

天啊。

七、六、五，

他都做了什麼？

四、三、二。

時間怎麼這麼快就過了。

一。

空氣裡滿是口哨和歡呼和祝福聲，碧雅嘴貼嘴吻了他一下，抵禦著寒冷的短暫暖意。就這樣，一年過去了，時鐘從頭再來，三被四取代，亨利知道他犯了個滔天大錯。

他向不對的神要了不對的東西，現在大家覺得他夠好，只因為他根本誰也不是。他很完美，因為他根本不存在。

「今年一定會很棒。」碧雅說，「我感覺得出來。」她呼出一口白煙，在兩人中間飄散。「幹，也太冷了吧。」她站起來搓手。「我們進去吧。」

「妳去吧，」他說，「我待會就過去。」

她相信他說的，抬腳越過防火梯，發出哐啷哐啷的聲音，接著鑽進窗戶裡，沒關上，等他跟著進來。

亨利一個人坐在黑暗中，直到他冷到再也無法忍耐。

紐約市
冬天，二〇一四年

XVIII

亨利放棄。

他向那筆稜鏡一般的交易投降，他已經逐漸把那筆交易視為詛咒。他試著要當更好的朋友、更好的哥哥、更好的兒子，試著忘記人們眼中霧氣的含意，試著假裝一切是真的，假裝自己是真的。

然後，有一天，他遇見了一個女孩。

她走進書店裡偷了一本書，他追出去當街逮她個正著，她轉身看他，眼裡沒有霧氣、沒有陰翳，也沒有冰牆。只是一張心型臉蛋上的一雙清澈棕眼，臉頰上還散落著神似七顆星星的雀斑。

亨利以為那一定是光造成的幻覺，但是她隔天再次光臨，又來了。她眼裡什麼也沒有，但不是全然的空洞，是有別的東西。

某種存在，踏實的重量，好幾個月以來他第一次感覺到這麼穩定的拉力。另一個人強大的引力。

另一個軌道。

那女孩看著他時，看見的不是完美。她只看見一個在乎太多、感受太多、迷惘又飢渴，在詛咒裡虛擲人生的傢伙。

她看見的是真相，他不知道這是怎麼辦到的，也想不透箇中原因，只知道他不想要這一切結束。

因為這是好幾個月、好幾年，甚至可能是他這輩子以來第一次，亨利並不覺得自己受到詛咒。有史以來第一次，他覺得終於有人看見他了。

紐約市
二〇一四年三月十八日

XIX

還剩下一場展覽。

天色逐漸昏暗，亨利和艾笛交出藍色橡皮手環，走進一個全部都由壓克力板搭建的空間，透明的牆壁一排排豎立，讓他想起圖書館或二手書店裡的書架，但是架上沒擺書，只有頭頂上掛著一片招牌，上面寫著：

你就是藝術

每條走道上都擺著好幾碗螢光顏料，當然，連牆壁都覆蓋著滿滿的塗鴉。簽名、潦草字跡、手印和圖形。

有些橫跨了一整面牆，有些則縮在較大的圖案中，像是某種祕密。艾笛用一根手指在綠色顏料中浸了浸後伸向牆壁。她畫了一個螺旋形，一個沒有盡頭的符號，但是她畫到第四圈時，第一圈已經開始褪色，像是投入深水中的鵝卵石般消失無蹤。

不可能，就這麼抹滅了。

她面不改色，表情並沒有垮下來，亨利卻還是能看出她的憂傷，雖然她很快地把憂傷的神情藏得不見蹤影。

妳是怎麼撐過去的？他想問，但是他只把手浸入綠色顏料中，把手伸到她前面，卻什麼也沒畫。

反而是默默等待，手就懸在玻璃上頭。

「把妳的手放在我手上。」他說，她只遲疑了那麼一秒鐘，就用手心貼著他的手臂，手指輕輕搭在他的手指上，「好了，」他說，「現在我們可以開始畫了。」

她包住他的手，引導他的食指貼向玻璃，只留下了一道痕跡：一條綠色的線。他感覺到她屏息以待，感覺得出她的四肢忽然變得很僵硬，她在等線條消失。

但是並沒有消失。

綠線留在玻璃上，大膽的色彩明目張膽。

她心中似乎有什麼瓦解了。

她畫了第二道痕跡，然後第三道，發出一聲喘不過氣的大笑，接著，艾笛的手貼著亨利的手，而亨利的手貼著玻璃，她開始畫畫。三百年來頭一遭，她畫了鳥兒和樹木，畫了一座庭院，畫了一個工作坊，畫了一座城市，畫了一雙眼睛。在一股笨拙卻狂熱的衝動之中，圖像從她湧出，透過他傾瀉到牆上。她哈哈大笑，眼淚汩汩流下雙頰，他想替她擦乾淚水，不過他的手現在是她的手，而她正在畫畫。

她拉著他的手指浸入顏料中，又回到玻璃板上，這一次，她用彎曲的筆畫斷斷續續、一次一個字母地寫。

她的名字。

就包圍在那許許多多的圖畫之間。

艾笛．拉胡。

四個字，一個名字。和他們手指下的其他數百個圖案沒什麼不同，他心想，但其實別具意義，他知道。

她抽開手，用手指抹過那幾個字，有幾秒鐘的時間，名字整個毀了，只是玻璃上糊開的幾抹顏料。但當她完全拿開手後，名字又回來了，一點痕跡也沒有，完好如初。

她心中似乎有某種東西幡然改變，淹沒過她全身，就像風暴征服他整個人一樣，但是這截然不同，這不是黑暗，而是光亮、忽如其來、貫穿一切的透澈。

她開始拉著他離開，離開迷宮，離開無星天空下的人群，離開藝術嘉年華，離開那座島，這時他才明白，艾笛不是要拉他離開，而是要帶他前往某個地方。

前往渡輪。

前往地鐵站。

前往布魯克林。

回家。

一路上，她都緊緊抓著亨利，兩人十指交纏，被綠色顏料染得髒兮兮的，他們爬上階梯，亨利打開門後，她才鬆手，往前衝進公寓裡。他在房間裡找到她，她正從架上拉出一本藍色筆記本，從桌面抓起一支筆，接著把紙筆全塞進他手中，亨利緩緩坐在床邊，翻開筆記本封面，這是他用都沒用過的那一打筆記本其中之一，她屏氣凝神跪在他旁邊。

「再做一次。」她說。

他拿著原子筆在空白紙頁上用緊密而小心的字跡寫下她的名字。

艾笛・拉胡。

名字沒有溶解也沒有褪色，就那樣孤零零地依附在紙頁上。亨利抬頭看著她，等著她繼續說下去讓他聽寫，她的目光越過他，落在字跡上。

艾笛清清喉嚨。

「故事就是這麼開始的。」她說。

而他開始寫。

第五部

微笑的黑影，
以及報以微笑的女孩

作品名稱：我與星星共枕

藝 術 家：馬泰奧．雷納提

日　　期：約一八〇六年至〇八年

媒　　材：羊皮紙上的鉛筆素描，紙張尺寸為二十公分×三十五公分

地　　點：外借自學院美術館

描　　述：一名女子的畫像，可以透過糾纏的被單一窺她身體的曲線。只隱約看得見她臉龐稜角的輪廓，由一頭凌亂的髮絲襯托，但是藝術家給了她獨一無二的特徵：臉頰上排列著七點小小的雀斑。

背　　景：這幅畫是在雷納提一八〇六至〇八年間的筆記本中發現的，有些人認為這是他之後的傑作《繆思》的靈感來源。雖然模特兒的姿勢和作品媒材不同，雀斑的數量和位置卻都明顯如出一轍，許多人都推測這名模特兒對雷納提的作品影響甚巨。

預估價值：$267,000美元。

法國，薩爾特維永
一七六四年七月二十九日

I

艾笛往教堂出發。

教堂座落在維永正中央，從來沒變過的矮灰建築，與周圍的田野只隔了一道低矮的石牆。

她沒花多久時間就找到了父親的墳。

尚・拉胡。

父親的墓很簡樸：一個名字、一個日期、一段聖經摘文：「凡求告主名的，就必得救」。沒提到父親生前是什麼樣的人，也沒提到他擅長的技藝，就連他的善良性格也隻字未提。

一輩子，簡化成了一塊石頭和一方青草。

艾笛沿路上採了一把野花，隨意生長在道路邊緣、有如雜草般的花朵，黃白交織。她跪在地上想把花擺在墳前，這時卻瞥見了父親名字下方的日期，停下動作。

一六七〇年到一七一四年。

她離開的那年。

她努力在記憶中翻來覆地尋找，試圖回憶任何父親生病的跡象。卡在胸口揮之不去的咳嗽，虛弱的四肢那層枯槁的膚色。她第二段人生的記憶彷彿困在琥珀中保存良好。但那之前的人生，當她還是艾德琳・拉胡，在母親身邊坐在小板凳上揉麵團，看著父親在木塊上刻出一張張臉，跟著艾絲特拉穿過薩爾特河的河谷，那些記憶都已逐漸褪去。在森林那晚的交易之前，她活了二十三年，卻已經磨損得只剩模糊輪廓。

後來，那三百年每一天的分分秒秒，艾笛都能鉅細靡遺想起，回憶鮮明地保存在她的腦海裡。

但是她已經快將父親的笑聲忘光了。

也想不起母親眼珠的確切色澤。

對艾絲特拉那堅毅的下巴線條更是印象模糊。

過去這幾年來，她會清醒地躺著，講從前那個女孩的故事給自己聽，想緊緊抓住那些迅速飛逝的片段，但卻達成了反效果，記憶像護身符，觸碰得太頻繁，就會像聖人的錢幣一樣，上頭的雕刻都磨成了銀色平面和隱約輪廓。

至於父親，病魔一定是趁季節交替之時慢慢入侵的，有史以來第一次，艾笛很慶幸她身上的詛咒那足以將一切抹滅乾淨的威力，很慶幸自己做了這個交易，不是為自己慶幸，而是為了母親。她慶幸瑪瑟·拉胡只需要替一人哀悼，而不是兩個人。

尚和他們其他家庭成員埋在一起。他的一個兩歲時就夭折的妹妹，還有他爸媽，他們在艾笛十歲之前就都過世了。再過去一排，則是尚的爸媽自己的爸媽，以及未有婚嫁的兄弟姊妹。尚旁邊的那塊地是空的，等著他的妻子。

當然，這裡沒有艾笛的位置。然而這一連串時間軸般的墳墓，記錄著過去也昭告著未來，正是那天晚上艾笛逃進樹林的原因，她害怕如此度過一生，害怕自己最後的結局也是這一小方青草地。

她低頭盯著父親的墳墓，感覺到終局的沉重悲傷，感覺到事物必須安歇的重擔。襲來後又褪去的悲傷，她在五十年前就失去了父親，當時她已經哀悼過了，雖然現在還是很痛，痛苦卻已經不再鮮明，變成了一種鈍痛，傷口也結痂了。

她把花放在父親墳上，站起身，往墓園深處走去，每踏一步，時間就又倒流了一些，直到她再也不是艾笛，而是艾德琳，不再是一個幽靈，而是有血有肉的凡人。仍然與這個地方緊緊相連。扎在故鄉的根就像會隱隱作痛的幻肢。

她讀著墓碑上的名字，每個人她都認識，但不一樣的是，很久以前，這些名字的主人也認識她。

這裡躺的是羅傑，埋在他第一任也是唯一一任妻子寶琳旁邊。

這裡是伊莎貝兒和最小的女兒莎拉，兩人在同年相繼離世。

而墓園中間，則是對她最重要的那個名字。名字的主人握著她的手好多次，告訴她人生不只有這樣而已。

艾絲特拉．瑪格麗特，她的墓碑這麼寫道。一六四二－一七一九。

日期就刻在一個簡單的十字架上，艾笛幾乎能聽見那名老婦人從齒縫發出嘶嘶聲。

艾絲特拉，埋在一幢她根本無法虔誠以對的建築投下的陰影中。

艾絲特拉，她會說靈魂就像回歸土壤的種子，她死後只想有一棵大樹遮蔽。她應該要在森林邊緣安息，或者就埋在她花園種的蔬菜之間。應該至少要將她埋在玉米田的一角，這樣老紫衫木的枝椏還可以越過矮牆，將墳墓籠罩在樹蔭中。

艾笛走到教堂邊緣的小棚子，在各種工具之中找到一把鏟子後，往森林走去。

時值盛夏，但是樹蔭之下的空氣沁人心脾。就算已是正午時分，葉片間還殘有夜晚的氣味。熟悉的樹林芬芳，卻又如此獨特。每吸一口，舌尖上泥土的味道就更濃厚一點，絕望的記憶，一個女孩把雙手深深埋進泥土中祈禱。

現在她把鏟子插進泥土中，溫柔地挖起一株小樹苗。那是個脆弱的小東西，或許下一陣風暴來襲時就會將之連根拔起，但是她像照顧小嬰兒那樣把樹苗捧在手裡，如果有人看到覺得奇怪，在他們來得及口耳相傳之前就會先忘掉。如果他們注意到老婦人的墳墓上有樹在生長，也許會駐足，再度想起古神。

艾笛離開教堂時，鐘聲開始敲響，提醒村民彌撒的時間到了。

村民從家裡魚貫而出時，艾笛沿著路走，看著小孩緊緊抓著母親的手，男女並肩而行，有些陌生臉孔，也有些是她認識的人。

喬治·德若，還有羅傑的大女兒，伊莎貝兒的兩個女兒，下一次艾笛再回來這裡時，他們就全都不在人世了，而她的往日生活——她第一段人生的最後一點殘渣，也都會回歸那長寬不過十公尺的泥土地。

荒廢的小屋孤零零地矗立在樹林邊緣。

低矮的籬笆坍塌了，艾絲特拉的花園早就淪為一片荒煙蔓草，房屋也沉沒其中，被時光與眾人遺忘，逐漸傾圮。門緊緊關上，但是遮光板懸掛在壞掉的鉸鏈上，露出一扇玻璃窗，像是一隻睜開的疲倦眼睛。

艾笛下一次來拜訪時，雜草會完全吞噬房子的骨架，而再下一次來訪，森林更是悄悄向前，將屋子連同花園全部收為己有。

但此時此刻，艾絲特拉的小屋還在，於是艾笛沿著雜草叢生的小徑往前，手裡提著一盞偷來的燈籠。她不斷期待會有個老婦人從樹林中走出來，皺巴巴的手臂上都是割傷的痕跡，但唯一的動靜是幾隻喜鵲還有她自己的腳步聲。

小屋裡潮濕空蕩，黑暗的空間裡滿是破敗的物品：破掉陶杯的碎片、坍塌的桌子，但是四下卻不見她從前拿來混合藥膏的碗，或是陰雨綿綿老毛病又犯的時候拄的拐杖，椽木上掛的藥草束和火爐上的鐵鍋也同樣不見蹤影。

艾笛很確定艾絲特拉的東西應該是在她死後被村中的左鄰右舍給瓜分完了，和她的人生一樣，只因為她沒有結婚，在他人眼中就成為公有財產。艾絲特拉沒有兒女，維永就理所當然成為她的孩子。

她走進花園裡，盡可能從雜亂的庭院裡拔了些作物，把歪七扭八的胡蘿蔔和長豆拿進屋裡放在桌上。她推開窗戶的遮光板，樹林迎面而來。

暗色樹木排排站，扭曲的枝椏有如伸向天空的指爪。樹根一寸一寸往前爬，爬進花園裡，越過草坪。緩慢又耐心地前進。

太陽逐漸低沉，儘管現在是夏天，濕氣卻從茅草屋頂、石頭縫和門縫透進來，小屋的樑柱籠罩在一股寒意之中。

艾笛把偷來的燈籠提到火爐邊，這個月下雨下個不停，木柴都泛潮了，但是她很有耐心，從燈中哄誘出火苗，直到引火的木柴著了火。

五十年來，她已經大致摸清了詛咒的形貌。

她無法自食其力憑空創造出東西，卻能加以利用。

她沒辦法打碎東西，卻可以用偷的。

她生不了火，卻可以讓火焰延續。

她不知道這是不是出於某種憐憫，又或只是詛咒的銅牆鐵壁上的一道裂隙，是她在新生活中四處碰壁時所發現的破綻。也許是路克疏忽了，也或許是他故意安排，想引誘她，給她虛假的一線生機。

艾笛把一根冒煙的小樹枝從火爐裡拿出來，心不在焉地拿到破破爛爛的地毯上，地毯還算乾燥，應該要一下子就著火才對，結果什麼事也沒發生。火焰搖曳了一會，沒有了火爐的呵護，很快就熄了。

她坐在地板上，輕聲哼著歌，邊把木柴一根又一根餵進火焰中，直到熱力驅散了屋裡的寒冷，像是有人猛呼一口氣吹走了灰塵。

她感覺他像一陣冷風一樣。

他沒有敲門。

他從來不敲門。

上一秒鐘她還是一個人，下一秒鐘，她有了陪伴。

「艾德琳。」

她討厭每次聽到他喊她的名字時，情緒都不由自主地被牽動，討厭她忍不住會想靠近那幾個字，好像是暴風雨後想尋求庇護的軀體。

「路克。」

她轉頭，以為會看見他在巴黎時的那副模樣：一身沙龍風格的精緻裝束，但他的模樣卻跟兩人初次相遇的那天晚上別無二致，感覺像被風颳過，輪廓是飄忽的黑影，一身簡單的深色衣物，衣領的繫繩沒綁。火光在他臉上舞動，將他的下巴、臉頰和額頭都籠罩在陰影中，像炭筆塗抹過的線條。

他的視線掠過窗框上寒酸的收成，最後才轉向她。「妳又回到起點了……」

艾笛站起來，與他並肩齊目。

「五十年。」他說，「真是轉瞬即逝啊。」

其實對她來說，這段時間很漫長，而路克也知道。他在找赤裸裸的痛處，可以見縫插針的軟肋，但是她絕對不會任他宰割。「真的很快呢，」她輕描淡寫地附和，「只有一輩子真的不夠用。」

路克臉上閃現一抹淺淺的笑容。

「看看妳生火的那副模樣，妳都快要能當艾絲特拉了呢。」這是她第一次聽路克說起這個名字，而他的語氣，聽起來幾乎可說是惆悵。路克走到窗邊，眺望著那排樹木。「有多少個晚上，她站在這裡，對著森林低語。」

他轉頭瞥向身後，嘴唇上一抹靦腆笑意盪漾開來。「講了這麼多關於自由的大話，最後還不是孤零零的一個人。」

艾笛搖搖頭，「不是這樣的。」

「妳應該要在這裡陪她的。」他說，「應該要在她生病時舒緩她的疼痛，應該要在這裡為她送終，這是妳欠她的。」

艾笛往後退縮，好像有人狠狠打了她一拳。

「艾德琳，妳好自私，都是因為妳，她才孤孤單單獨自死去。」

每個人都得獨自面對死亡。這是艾絲特拉會說的話，至少艾笛是這麼認為的。她希望是這樣。她曾經可以篤定斷言，現在，那樣的自信已經隨著對於老婦人嗓音的記憶一起褪去。

房間另一頭，黑影在移動，本來還站在窗戶邊，卻又忽然出現在她身後，聲音在她髮間纏繞。

「她準備好要死了。」路克說，「好希望在樹蔭裡掙得一席之地，她站在那扇窗戶邊不斷哀求，我本來可以滿足她的心願。」

一份記憶，垂垂老矣的手指捏著她的手腕。

千萬別向天黑後才回應的神祈禱。

艾笛猛然轉過頭面對他，「她絕對不會向你祈求什麼。」

一抹微笑閃過。「是啊，」又一抹冷笑。「想想看，如果她知道**妳**卻這麼做了，會有多傷心。」

艾笛心裡湧起一股怒火，她想也沒想就揮出手，儘管如此，她原本也半是以為手掌不會觸碰到任何東西，只有空氣和煙霧。但她的舉動完全出乎路克的意料，所以她的手掌打在皮膚上，或者類似皮膚的東西。那一掌的力道打得他微微別過頭。當然，那雙完美的嘴唇上沒有血跡，冰涼的肌膚也沒發燙泛紅，但至少她抹去了他臉上的笑容。

至少她是這麼以為的。

直到他開始大笑。

令人毛骨悚然的微笑，如此不真實的聲音，但是他的臉轉回來面對她時，她僵住了。那張臉看起來不再像人類。顴骨太銳利、陰影太深、眼睛太明亮。

「妳忘了自己是什麼身分嗎？」他說，聲音散入木柴燃燒的煙霧中，「妳忘了**我**是什麼身分嗎？」

一陣劇痛從艾笛雙腳往上竄，忽如其來的尖銳痛楚。她低頭看，尋找傷口，但是疼痛是從體內點燃的。蟄伏在體內深處的疼痛，那是她這些年來所走過的每一步累積起來的痛楚。

「也許我太仁慈了。」

痛苦攀上她的四肢，在膝蓋和臀部、手腕和雙肩蔓延，她的腿開始發抖發軟，必須用盡一切力量來忍著不要尖叫。

黑影微笑著低頭看她。

「我讓妳太好過了。」

艾笛驚恐地看著雙手變得又皺又乾癟，藍色血管從白紙般的肌膚中透出。

「妳只向我要求活得久一點，我還附贈了健康和青春給妳。」

她的頭髮從髮髻滑落，稀稀疏疏四散在眼前，髮絲乾裂花白。

「看來妳是得意忘形了。」

她的視力開始退化，眼前一片迷濛，房間變成一團色塊與模糊的形狀。

「也許該讓妳嚐點苦頭。」

艾笛緊緊閉起眼睛，心臟在驚慌之中怦怦亂跳。

「不要。」她說，這是最接近哀求的一次。

她感覺得到他靠得更近。感覺得到他高高在上逼視她時投下的陰影。

「我會帶走這些痛苦，讓妳好好休息，我甚至可以送妳一棵大樹遮蔽妳的屍骨。只要妳——」聲音從黑暗中滲出，「投降。」

那兩個字像是面紗撕裂了一條縫，儘管背負了這麼多的痛苦，還有滿心的驚恐，艾笛也知道她絕對不會放棄。

她經歷過更糟糕的事，還是活下來了，之後還會有更糟的事，而她也會繼續好好活著。眼前不過是一個神在亂發脾氣。

她終於喘過氣，能勉強說出話時，聽起來像斷斷續續的耳語。「去死吧。」

她做好準備，想知道他會不會乾脆讓她全身爛光光，把她的身體彎折成死屍，把她留在這裡，變成老婦人地板上的一具破敗軀殼。不過他只繼續大笑，低沉轟鳴的笑聲，夜晚延展成一片寧靜。

艾笛很害怕睜開眼，但是她睜開眼時，卻發現屋裡只剩下一個人。

骨頭中的痛苦慢慢淡去，她四散的髮絲恢復成栗棕色的光澤。剛剛枯槁的雙手又變得年輕光滑，堅強有力。

她站起身，顫抖著走向火爐。但是她剛剛小心看顧的爐火已經熄滅了。

那天晚上，艾笛蜷縮在腐朽的木板上，蓋著沒人要的那張襤褸毛毯，想著艾絲特拉。

她閉起眼睛吸氣，直到她幾乎能聞到老女人髮絲間永遠瀰漫的那股藥草、花園和樹液交織的氣味。她緊緊抓住艾絲特拉歪斜微笑的記憶，烏鴉般的粗嘎大笑聲，她和神祇、和艾笛說話時用的聲音。她還年輕時，艾絲特拉教她要敬畏風暴、敬畏黯影、敬畏黑夜裡的窸窣低語。

紐約
二〇一四年三月十九日

II

艾笛靠著窗戶，看著布魯克林的日出。

她握著一杯茶，手心品嚐著溫度。玻璃在寒冷中變得霧濛濛的，一天開始與結束時仍感覺得到殘餘的冬日。她穿著亨利的一件棉質運動衫，上面還有哥倫比亞大學的校徽。衣服上有他的味道。老書和新鮮咖啡的香氣。

她踏著光腳走回臥室，亨利趴在床上，雙臂彎曲收在枕頭下方，臉頰歪一邊。那一瞬間，他的模樣跟路克好像，卻又截然不同。他們之間的相似之處像疊影一樣晃動。他散落在白色枕頭上的鬈髮宛如黑色羽毛，越接近後頸處的髮絲越細緻，像蓬鬆的羽絨。他的背脊在淺淺的睡夢中平緩穩定地起伏。

艾笛把杯子放床頭櫃上，就在亨利的眼鏡和一支皮革手錶旁邊。她的手指撫過深色金屬錶框，看著黑色錶面上的金色數字。手錶在她的碰觸下翻了過來，露出後方的小小雋刻。

好好活。

她全身竄過一陣微微的顫慄，剛要拾起手錶，頭埋在枕頭中的亨利卻發出哀嚎聲，抗議著早晨的到來。

艾笛放下手錶，爬回被窩中縮在他旁邊。「哈囉。」

他伸出手四處摸找眼鏡，戴回臉上，定睛看她，對她露出笑容，這是她永遠不會看膩的細節。他認識她。現在疊加在過去之上，而非抹滅或取代過去。亨利將她拉近懷中，艾笛的背抵著他的胸腹。

「哈囉。」他往她髮絲間耳語。「現在幾點了？」

「快八點了。」

亨利哀嚎，抱她抱得更緊。他很溫暖，艾笛希望他們可以在這裡消磨一整天。但是他現在醒了，那股躁動不安的能量像一根繩索一樣在他身周束緊。她在亨利的臂膀和移動的重心中感覺得到他的緊張。

「我該走了。」她說，她猜這大概是在另一個人的床上時該說的話。當她記起自己旁邊其實還躺著另一個人的時候，她沒說自己要去哪裡，但是亨利察覺到她的避重就輕。

「妳要走去哪？」他問。

無處可去。她心想，但也哪裡都能去。

「總會有地方的，城市裡的棲身處可多了。」

「但是妳沒有屬於自己的地方。」

艾笛低頭看著她借來的運動衫，她目前所有的個人物品全都披在最近的那張椅子上。「的確沒有。」

「那妳可以待在這裡。」

「才約會三次，你就要邀我同居了嗎？」

亨利哈哈大笑，因為這確實很荒謬。但比起他們各自人生中發生的事，也稱不上太奇怪。

「那我邀請妳留下來如何？暫住在這裡？」

艾笛不知道該怎麼回應，在她想出答案之前，亨利就跳下床，拉開底層的抽屜，把裡頭的東西全都往旁邊推，清出一塊空間。「妳的東西可以放這裡。」

他看著她，忽然有點不太確定。「呃，但妳有東西要放嗎？」

她終究會慢慢解釋詛咒的這些細節，解釋它是怎麼糾纏、怎麼束縛她。但是他現在還不知道這些，也不需要知道。對他來說，她的故事才剛開始而已。

「沒地方可以收藏東西時，其實也沒必要擁有太多。」

「嗯，如果妳有東西──如果妳想要的話──可以放在這裡。」

說完後，他就睡眼惺忪地去沖澡了，留下她一個人盯著他為她清出來的空間，好奇她把東西放進去後會發生什麼事。會立刻消失嗎？還是慢慢不見，莫名其妙地消失，就像烘衣機有時候會把襪子吞得無影無蹤？她從來沒辦法擁有東西太久。除了那件皮衣和那只木戒，她早就知道路克是刻意要讓她擁有這兩樣東西，假裝是禮物，其實是拘束。

她轉頭細細審視批在椅子上的衣物。

衣服沾滿高架公園展覽的顏料。她的上衣染上了綠色顏料，牛仔褲的膝蓋有紫色污漬。她的靴子也都散佈著黃黃藍藍的小點。她知道顏料最終會逐漸淡去，可能踩過水窪後就不見了，也可能會被時間抹去，如同記憶**該有的**運作方式。

不知不覺之間，一點一滴不見。

她換上昨天的衣褲，最後拿起皮夾克，沒往身上穿，反而小心翼翼摺好後，放進空空的那層抽屜。衣服靜靜躺在其中，周圍空空如也，等待填滿。

艾笛繞過床，差點踩到筆記本。

筆記本攤開躺在地板上，一定是昨夜某個時候從床上滑落的，她小心翼翼拾起，彷彿那是用灰燼和蛛絲裝幀而成，而不是紙張與膠水。她半是預期筆記本會在她的觸碰之下瓦解，但它卻安然無恙，當她冒險翻開封面時，發現前幾頁都有滿滿的筆跡。於是艾笛又冒了另一個險，手指輕輕拂過字跡，感覺筆尖在紙張上輕壓出的凹陷，感覺每個字所代表的歲歲年年。

「故事是這麼開始的。」他在她的名字下方寫道。

她能回憶起的第一件事就是去市集的那趟路。她和父親一起坐在馬車上，車後載滿了他的作品……

她屏氣凝神繼續讀下去，房間裡只有亨利沖澡的水聲，更顯得安靜。

她父親會說故事給她聽。她想不起來確切說了些什麼，但記得他說話的方式……

艾笛坐在那兒，把那幾頁都讀完，文字之後是一頁一頁等著有人填滿的空白。

她聽見亨利關上水龍頭時，強迫自己闔上筆記本，放回床上，動作非常溫柔，幾乎可說是崇敬。

III

法國，費康
一七七八年七月二十九日

她原本有可能活了一輩子，到死都還沒見過海。這該有多可怕。

但現在無所謂了。艾笛此時此刻就在海邊，右邊有蒼白懸崖聳立，海灘邊緣的巨石彷彿站哨的衛兵，她坐在海灘上，裙襬鋪在沙子上，眺望著遼闊的景緻，看著海岸線與海水交接，而海水又與天空交接。當然，她看過這裡的地圖，但是紙墨怎能與實際景緻相比。怎足以描繪那股鹹味和波濤的呢喃，以及潮汐令人迷醉的牽引。怎能傳達大海有多深多廣，以及比地平線更遠處，還有更多事物。還要等上一個世紀，她才會啟程前往大西洋另一頭，當她出發時，會懷疑地圖是不是畫錯了，地平線那一頭真的會有另一片陸地嗎？但是此時此刻，艾笛心蕩神馳。

很久很久以前，她的世界只和法國中部的一個小村莊一樣大。但是現在越來越大。她生命的地圖逐漸拓展，勾勒出丘陵和溝壑、城鎮和海洋。地圖上出現了勒芒，出現了巴黎，而現在是這片大海。

她在費康已經待了將近一週，每天都在碼頭與海潮之間閒晃，如果有人察覺一個陌生女子獨自待在沙地上有何不對勁，似乎也不覺得這件事有嚴重到需要特別去打擾她。艾笛看著船來來去去，想知道它們都要開往哪裡，如果她隨便搭上一艘，船會載她到什麼地方。巴黎的飢荒越來越嚴重，刑罰也越來越殘酷，大大小小的事都越來越糟。緊張的氣氛從城市瀰漫到鄉野，不安的能量一直向外傳遞，來到了海岸邊。這樣她就更有理由揚帆遠行了，艾笛告訴自己。

可是。

可是旅程總因為各種事情而延宕。

今天，風暴來襲，在外海盤旋不去，將天空染成瘀青的藍黑色。偶爾會有一道陽光穿透，橘紅色的光線落在石灰色的水面上。她拿起放在旁邊沙地上的書，繼續讀下去。

我們的歡宴已盡，這些演員，
如我之前告訴過你的，他們皆是精靈
都已煙消雲散。

是莎士比亞的《暴風雨》。她偶爾會不太習慣這位劇作家的節奏，感到風格有些陌生，英語的韻腳和格律她都不太熟悉，但是慢慢在學，逐漸能融入文字的流動。

如同這虛無縹緲的幻景。
入雲的樓閣、雄偉的宮殿、
莊嚴的寺廟，以及這世界……

天光漸暗，她的眼睛也開始痠痛。

是的，這大地承襲的一切，終將消散。
一如這纖弱不實的盛景悄然褪去，
不留下一點雲跡——

「我們正是這樣的物質，如夢一般的成分組織，」身後一個熟悉的嗓音說，「而環擁我們微渺生命的，是一場睡眠。」一個輕柔的聲音說，幾乎是氣音的笑聲，「嗯，有些人不是這樣。」

路克像一抹籠罩她的黑影。

她還沒原諒他在維永那晚加諸於她的殘酷暴行。時至今日她也做好了會再被折磨一次的心理準備，雖然這幾年以來他們斷斷續續碰過幾次面，達成了某種類似停戰的默契。

但是當他低身坐在她旁邊的沙灘上，一隻手隨意搭在膝蓋上，一派優雅慵懶的模樣時，她知道最好不要太相信真的有停戰這回事。「話說，他寫那首詩的時候我在旁邊。」

「莎士比亞嗎？」她掩飾不了驚訝。

「不然妳覺得他三更半夜靈感枯竭的時候，都向誰求救？」

「聽你胡扯。」

「我是愛現，」他說，「胡扯和愛現不一樣。我家威廉想要找個贊助人，我就恭敬不如從命囉。」

風暴越來越近，雨幕往海岸逼近。「這是你對自己的定位嗎？」她問，把沙子從書上拍掉。「什麼尊貴的恩人？」

「不要一副苦瓜臉，都怪妳自己的爛選擇。」

「有很爛嗎？」她回嘴。「畢竟我自由自在。」

「而且慘遭遺忘。」

她早就準備好應對他的話中刺，「大部分的事物都沒人記得吧。」艾笛眺望大海。

「艾德琳哪，」他責備道，「妳真是冥頑不靈，但妳連一百年都還沒度過呢，等再過一百年，我很好奇妳又會作何感想。」

「我不知道。」她淡淡地說，「我想也只能麻煩你等到那時候再問我了。」

風暴颳到了海岸邊。第一滴雨點落下時，艾笛把書本緊緊按在胸前，保護紙頁不被雨淋濕。

路克站起身，「陪我走走。」他說，伸出手來。這不是邀請，比較像是命令，但是風雨逐漸從蓄勢待發變成傾盆大雨，她只有身上這一套衣裙。她站起身，沒理會他的手，逕自拍掉裙襬上的沙粒。

他領著她走過鎮上，朝一座在雨中只看得見剪影的建築前進，有著飛簷的尖塔聳入低垂的雲層。竟然是一座教堂。

「走這裡。」

「你開什麼玩笑。」

「反正淋濕的人不是我。」他說，的確，他完全沒淋濕。他們來到石造屋簷下時，她已經全身濕淋淋，但路克一身裝束仍然乾燥。雨水根本碰不到他。

他微微一笑，伸手推開門。

就算原本門是鎖上的，或者用鐵鍊纏繞，都還是會為他敞開。她已經學會，如此的邊界，對黑暗來說根本不算什麼。

教堂裡空氣凝滯，石牆將暑熱都悶在室內。太暗了，一排排長椅和十字架上的人形都只依稀可見。

路克張開雙臂，「看哪，上帝之屋。」

他的嗓音在空間裡迴盪，輕柔又充滿惡意。

艾笛一直都想知道路克能不能踏進神聖之地，但他踏在教堂地板上的腳步聲已經足以回答這個問題。

她沿著走道前進，但忍不住覺得這地方古怪。沒有鐘鈴、管風琴、來禮拜的人群，教堂感覺像荒廢的遺跡。不是供人虔心膜拜的場所，比較像座陵墓。

「要不要告解一下？」

路克移動的方式就像黑暗中穿行的影子一樣輕鬆。他原本跟在她身後，卻不知怎地移動到了第一排椅子上坐著，兩隻手臂伸開攤在長椅椅背上，雙腳往前伸，在腳踝處交叉，一副閒散的樣子。

艾笛從小就被教導要乖乖跪在維永村莊中央的石頭小教堂，後來也在巴黎教堂的長椅上蜷縮著度過好些時日，聽著鐘鈴、風琴和召禱的聲音。儘管耳濡目染，她還是不懂其中的吸引力何在。頭上蓋著屋頂要怎麼讓你更靠近天堂？如果上帝是如此龐大的存在，為什麼要砌築牆壁來困住祂？

「我父母親都很虔誠。」她忖度，手指拂過長凳。「他們老是說起上帝。說起祂的力量、祂的慈悲、祂的光。他們說祂無所不在，萬物皆有神。」艾笛在神壇前停下腳步，「他們好輕易就相信。」

「那妳呢？」

艾笛抬起頭看著彩繪玻璃窗，沒有足夠的日光照亮，上頭的圖像好似模糊的鬼影。她想相信，她傾聽過，等著聽到祂的聲音，感覺到祂的存在，就像陽光照在肩膀上，以及手中握著麥穗的踏實感。就像她感覺到艾絲特拉那麼崇敬的古神一樣真切。但是在這間冰冷的石屋中，她什麼也沒感覺到。

她搖搖頭，大聲說：「我一直想不通為什麼要信感覺不到、聽不到也看不到的事物。」

路克揚起一邊眉毛，「聽人家說，」他說，「這就叫信仰。」

「惡魔膽敢在上帝之屋中妄言。」艾笛說，斜眼瞄了他一眼，在他瞳仁一成不變的綠之中瞥見一抹黃色閃光。

「屋子就是屋子。」他惱怒地說，「這棟屋子要不屬於大家所有，要不就是無主之屋。」

「也許，」她說，「是你讓我開始相信了呢。」

路克頭往後仰，一抹邪惡的微笑拉扯著他的嘴角。「於是妳就覺得：如果我是真的，那祂應該也是？有我這樣的黑影，就有祂那樣的光亮？有黑夜，就一定有白晝？而妳就滿心確信，如果妳祈求的對象是祂而不是我，祂就會對妳大發慈悲憐憫妳？」

一模一樣的問題，她已經納悶了一百次，但當然她沒說出口。

路克往前靠，雙手滑下長凳。

「事到如今，」他說，「妳永遠不可能知道了。至於我嘛，」他邊說邊站起來，「嗯——**惡魔**只不過是一個用來表達古老概念的新字眼，而**上帝**，需要的可能只是一點戲劇效果和華麗的妝點……」

他一彈手指，忽然之間他的外套鈕扣、鞋扣、背心縫線卻不再是黑色，而是鍍上了一層金。打磨發亮的星子，由無月的夜空襯托。

他微微一笑，然後像拂去灰塵一樣擺手揮去那些裝飾。

她看著裝飾消失，抬起頭看見他的臉距離自己的臉龐不過幾吋。「但這就是我與祂的不同啊，艾德琳，」他輕聲說，手指撫過她的下巴，「只有**我**一定會回應。」

她忍不住打了個寒顫。他在她肌膚上的碰觸太過熟悉，眼睛翠綠得駭人，臉上的獰笑像頭惡狼。

「而且，」他說，手指滑落她的臉，「所有的神都會要求代價，買賣靈魂這樁生意又不是只有我一個人做。」路克往側邊伸出一隻手，一朵光芒在他手心上方憑空綻放。「**祂**讓靈魂在架子上凋零，反觀我則悉心灌溉。」

光芒扭曲、蜷縮。

「祂會給承諾，我則是事先付款。」

光芒閃爍了一次，忽如其來又燦爛，然後又更靠近了些，形體變得更加紮實。

艾笛一直都很好奇靈魂到底是什麼樣子。

「靈魂」，浩瀚無窮的一個字。就像「上帝」、「時間」、「空間」這些概念。她試著在腦海中勾勒出閃電、太陽光束穿破灰塵、以人形呈現的風暴，勾勒出一片遼闊無邊的白。

但真相顯得渺小許多。

路克手中的光芒像一顆晶瑩剔透的玻璃彈珠，裡頭隱隱散發光亮。

「就這樣嗎？」

然而，艾笛的視線卻移不開那脆弱的球體。她忍不住伸出手，但是他往後退，不讓她碰。

「不要被表象騙了。」他在手指間轉動那顆發光的珠子。「妳看著我時，眼裡看見的是一個人的樣子，雖然妳知道我根本不是。這個形體只是我其中一個樣貌，是為了觀者所設計。」光芒扭曲、移動，球體壓成扁扁的碟狀，然後變成一枚戒指。

她的戒指，梣木發出光芒，她看到時覺得心痛，想要捧著它，用肌膚摩挲光滑的表面。她雙手緊握成拳，忍著不要再伸出去。

「真正的樣子到底是什麼？」

「我可以讓妳看，」他輕柔地哄誘，讓光芒棲在掌心，「只要妳說出口，我就讓妳看看自己的靈魂，投降吧，我保證，妳最後看到的會是真相。」

又來了。

一下包裝成鹽巴，一下包裝成糖蜜，都是為了藏住底下的毒藥。

艾笛看著戒指，猶豫最後幾秒鐘，然後逼自己抬起頭，視線穿透光亮，與後方的黑暗對視。

「告訴你吧，」她說，「我寧願好好活著自己去猜。」

路克的嘴角抽動了一下，她看不出是怒氣還是覺得有趣，「親愛的，隨妳便吧。」他說，用兩隻手指把光捏熄。

IV

紐約

二〇一四年三月二十三日

艾笛坐在「最後之言」一角的一張皮革椅上，從她頭部後方的書架間某處傳出貓咪輕柔的呼嚕聲，陪伴她看著一個個顧客在櫃台傾身靠向亨利，像是渴求陽光的花朵。

只要知道了某件事，就開始處處看見。

比方說有人提到「紫色大象」，忽然之間，你就在商店櫥窗、T恤、填充玩具和廣告看板上看到紫色大象，納悶自己怎麼之前從沒注意到。

亨利和他做過的那個交易也是同樣的道理。

一個男的，不管亨利說什麼都能逗得他哈哈大笑。

一個女人笑顏逐開，滿臉喜樂。

一個少女找到機會就碰他的肩膀、他的手臂，兩頰緋紅，對他的傾慕之情可說是明目張膽。

儘管如此，艾笛卻不吃醋。

她活了太久，失去了太多，借來或偷來的東西何其之少，幾乎什麼都留不住。她學會了分享——然而每次亨利偷偷往她的方向看，她都感覺到一股開心的暖意，就和雲朵間乍現的陽光一樣讓人敞開胸懷歡迎。

艾笛雙腳縮到椅子上，膝頭擺著一本詩集。她換掉了沾滿顏料的衣服，穿上一條黑色牛仔褲和寬版毛衣，都是趁亨利工作時去二手店順手牽羊的戰利品。但是她留著長靴沒換，那上面的黃藍色小點讓她想起前一晚的時光，這是她所能擁有最接近相片的東西了。這是有形體的記憶。「準備好了嗎？」

她抬起頭，看見店門口的牌子已經轉到「打烊」那一面，亨利站在門邊，夾克披在肩頭。他伸出手，扶她從皮革椅上站起來，他說那張椅子很容易讓人一屁股栽進去就站不起來。

他們走出店外，爬了四階回到街上。

「要去哪？」艾笛問。

時間還很早，亨利已經蠢蠢欲動，閒不下來。黃昏時他的狀況似乎更嚴重，日落代表的是一天已經過去的鐵證，時間隨著逐漸昏暗的天光一起流逝。

「妳去過冰淇淋工廠嗎？」

「聽起來很好玩。」

他的臉垮下來。「妳去過了。」

「我不介意再去一次。」

但是亨利搖搖頭說：「我想給妳看新的東西。還有什麼地方是妳沒去過的嗎？」他問，過了很長一段時間，艾笛聳聳肩。

「我很確定有。」她說，「但是我還沒找到。」

她想要打哈哈帶過，但是亨利皺起眉頭沉思，四處張望。

「好。」他說，抓起她的手。「跟我來。」

一個小時之後，他們站在中央車站。

「我真是不知該如何啟齒。」她說，張望著熱鬧的車站，「不好意思，我已經來過這裡了，大部分的人都來過。」

但是亨利只咧嘴露出調皮的笑容。「走這裡。」

她跟著他搭手扶梯往下到車站較低的樓層。他們手牽手穿梭在夜晚旅客的人山人海中，前往喧鬧的美食街，但是亨利在磁磚拱廊下方猛地停下腳步，走廊從這裡往四面八方延伸。他把她拉到柱子間的角落，拱廊就是從這裡分開，往外在頭頂上形成曲線，亨利轉動她的身體面向瓷磚牆壁。

「留在這裡。」他說，舉步離開。

「你要去哪啊？」她問，迅速轉過身要跟上他。

亨利連忙轉過身，轉過她的肩膀面向拱門。「站在這裡，不要動喔。」他說，「然後仔細聽。」

艾笛把耳朵貼向瓷磚牆壁，除了旅客來往的腳步聲和晚間人潮的各種嘈雜喧鬧，其他什麼也沒聽見。她瞥向身後。

「亨利，我不──」

但是亨利不在，他正小跑步穿越走廊，到拱門的另一側，距離她大概十公尺遠。他回頭看她，然後把臉埋進角落裡，在外人眼中看起來就像是個在玩躲貓貓，正在數到十的鬼。

艾笛心裡覺得荒謬，但是她仍然俯身靠近瓷磚牆壁，傾聽等待。

然後，她竟然聽見了他的聲音。

「艾笛。」

她嚇了一跳。那兩個字輕柔但清楚，彷彿他就站在自己旁邊。「你是怎麼做到的？」她對拱門問，她聽得見他回答時嗓音裡的笑意。

「聲音沿著拱廊的曲線傳遞，如果兩個空間銜接的角度剛好，就會發生這種現象。這叫『耳語廊』。」

艾笛驚嘆，活了三百年的時間，還是有新的知識可以學。

「跟我說話。」瓷磚後的聲音說。

「我該說什麼？」她對著牆壁低語。

「嗯，」亨利在她耳邊輕聲說，「妳要不要說個故事給我聽？」

法國，巴黎
一七八九年七月二十九日

V

巴黎在燃燒。

外頭的空氣瀰漫著火藥粉和硝煙的刺鼻臭味，雖然城裡從來沒有真正安靜過，過去這兩週以來的噪音可說是分秒未曾停歇。滑膛槍和砲火聲，還有士兵扯開嗓子下令，夾雜著口耳相傳的革命口號。

法國萬歲。法國萬歲。法國萬歲。

自從巴士底監獄淪陷，已經過了兩個星期，這座城市似乎下定決心要把自己撕裂成兩半。可是卻不能停，城市必須存活下來，其中的人事物也必須存活下來，想辦法度過每一天的風暴。

艾笛選擇在夜晚時移動。

她在黑暗中穿行，臀邊掛著的軍刀隨著步伐移動，頭上的三角帽壓得低低的。這套衣物是從街上一個被射殺的男人身上剝下來的，她還從另外一具屍體上拿了一件背心，蓋住腹部破裂的布料和暗紅污漬。她沒資格挑三揀四，一個女子獨自旅行實在太危險了。而這年頭扮成貴族更是行不通，最好換種方式混入人群。

一陣狂潮席捲過城市，充滿勝利的欣喜又令人迷醉，後來艾笛會學會如何分辨空氣中氛圍的改變，知道活力與暴力之間的差別。但是今晚，叛亂乍起，那股能量對她來說依舊陌生難測。

至於這座城市，巴黎的大道變成了迷宮，忽然之間豎立起的一道道路障和拒馬將道路變成一連串的死胡同。她拐過一個轉角，看見前方有一堆正在燃燒的木箱和殘骸時，並不覺得驚訝。

艾笛低聲咒罵，本來要循原路離開，結果後方響起長靴的腳步聲，還有一聲槍響，打中她頭上方的障礙物。

她轉身發現五六個人擋住了她的去路，穿著反抗軍的襤褸裝束。他們的步槍和軍刀在夜晚的燈光中閃著微光。這時她很感激自己身穿的是平民的衣衫。

艾笛清清喉嚨，小心裝出低沉沙啞的聲音，「法國萬歲！」

那群人也報以歡呼，但討厭的是，他們沒有退開。反而繼續走向她，每個人的手都按在武器上。在火光中看得出他們在酒精和那天晚上無以名狀的能量影響之下雙目迷濛。

「你在這裡做什麼？」其中一人質問。

「有可能是間諜。」另一個人說。「很多士兵都穿著平民裝束，從英勇戰死者身上搶奪財物。」

「我不想惹麻煩。」她喊。「我只是迷了路，請讓我過去，我這就走。」

「然後帶十幾個人回來對付我們嗎？」第二個人嘀咕。

「我不是間諜，也不是士兵，更不是屍體。」她大聲說，「我只是在——」

「——在盤算怎麼搞破壞。」第三個人插話。

「或是洗劫我們的商店。」另一個人提議。

他們沒再扯開喉嚨說話，已經沒有必要了。對方已經逼近到可以用正常的音量說話，背貼著冒煙的路障。要是她能避開他們，逃之夭夭就好了，一旦離開他們的視線，他們就會忘個精光——可是艾笛無處可躲。兩側的道路都被堵死了。她身後的木箱燒得旺盛。

「那就證明你是友非敵。」

「把劍放下。」

「脫下帽子，讓我們看看你的臉。」

艾笛吞了口口水，把帽子丟到一邊，希望黑暗足以隱藏她陰柔的五官。但是這時，她身後的路障忽然劈啪一聲燒得更旺盛，有根柱子著了火，那一瞬間，火舌灼炙耀眼，她知道光線亮到對方可以將她看得一清二楚。她看他們臉上的表情就知道了。

「讓我過去。」她又重複一次，手伸向腰間的長劍。她知道怎麼揮劍，但是眼前的情勢是一對五，如果她劍刃出鞘，等於只能硬闖了。想到接下來會發生什麼事，能生存下去的希望似乎並不構成多大的安慰。

他們團團包圍艾笛，她抽出長劍。

「退後。」她低吼。

令人驚訝的是，他們真的駐足了，慢慢停下腳步，一道陰影籠罩住他們的臉，臉上表情鬆弛下來，雙手從武器上滑落，頭咕咚垂到肩膀上，夜晚靜止了，只聽得見木箱燃燒的劈啪聲，還有艾笛背後那個輕風徐來的聲音。

「人類真的很不適合和平。」

她轉身，手裡高舉著劍，發現是路克，火光襯托他的身形邊緣發黑。他看到劍並沒有退縮，只舉起手輕輕撫過刀刃，優雅姿態彷彿戀人的肌膚之親，也像輕撫樂器的樂師。如果劍刃在她手指下發出樂聲，她也不會覺得奇怪。

「親愛的艾德琳啊，」黑暗說，「妳真的很會惹麻煩。」那雙翠綠的眼眸飄向那幾個沒有動靜的男人，「我在這裡算妳幸運。」

「你就是黑夜本身，」她學著他以前的話，「你不是應該無所不在嗎？」

他臉上閃現笑意。「妳的記性可真好。」他彎曲手指握著劍刃，金屬開始生鏽。「記這麼多，一定很累。」

「一點都不累。」她乾乾地說。「這是一項禮物，想想看，有那麼多的東西可以學，而我有足夠的時間可以——」

一連串齊發的槍聲打斷了她的話，大砲的回擊，有如雷鳴一般震耳欲聾。路克露出皺眉的厭惡表情，看見他的不安，艾笛覺得很有趣。大砲又響了，這次，他抓住她的手腕。

「來吧，」他說，「我都聽不見自己的思緒了。」

他迅速轉頭，將她拖在身後。但是他沒往前走，反而迎頭走向最近的一堵陰影幢幢的牆壁。艾笛往後瑟縮，以為會撞到石頭，但是牆壁打開來，世界為他們敞開道路，在她來得及呼氣或後退之前，巴黎和路克一起消失了。

她一頭栽進伸手不見五指的黑暗中。

不像死亡一樣安詳，也並非一片虛無死寂。那伸手不見五指的盲目黑暗顯得十分狂暴。感覺有禽鳥的翅翼猛力拍打她的肌膚。狂風劃過她的髮際，還有一千種耳語聲。是恐懼，也是墜落，一種狂野放肆的感覺，等她想到要張口尖叫時，黑暗又剝落了，夜空重新拼湊完整，路克再一次站在她身側。

艾笛搖晃了一下，撐著一扇門免得跌倒，感覺頭暈眼花，全身虛脫又迷惑。

「剛剛那是怎樣？」她問，但是路克沒有回答。他只站在一兩公尺之外，雙手攤在橋樑欄杆上，一邊眺望著河水。

但那條河卻不是塞納河。

沒有燃燒的路障，也沒有砲火，沒有手拿武器的男人等著對她不利。只有一條陌生的河水，在一條陌生的橋樑下奔流，陌生的河岸邊林立著陌生的建築，屋頂全鋪著紅瓦片。

「好多了。」他說，調整袖口。不知怎地，在那虛無的瞬間，他竟然把全身的衣服都換了，用較為寬鬆的絲綢剪裁而成，艾笛則穿著同一件從巴黎街頭偷來的不合身上衣。

一對男女手挽手經過，她只聽見陌生語言抑揚頓挫的音調，聽不懂內容。

「這是哪裡？」她逼問。

路克瞥了身後一眼，然後用同樣起伏的音調說了幾個字，再用法文重複了一次，「我們在佛羅倫斯。」

佛羅倫斯，她之前聽過這個名字，但是所知甚少，除了最明顯的事實之外：這座城市是在托斯卡尼，不是法國。

「你做了什麼？」她質問，「你是怎麼——算了，不重要，帶我回去就對了。」

她揚起一邊眉毛，「艾德琳，妳一無所有，就只有時間最多，用得著這麼匆匆忙忙？。」說完後他就大搖大擺地走了，艾笛只好跟上去。

她將這座新城市的奇異之處盡收眼底。佛羅倫斯充滿陌生形狀與銳利稜角、圓頂和尖塔、白色石牆和古銅色的屋頂。這個地方彷彿是用另一個調色盤畫出來的，樂聲也是由完全不同的和弦所組成。美景當前，她的心不禁噗通跳，路克微微一笑，似乎察覺了她的開心。

「難道妳寧願留在巴黎燃燒的街頭？」

「我以為你喜歡戰爭。」

「這才不是戰爭。」他簡短地說，「只不過是一些小爭端。」

她跟著他走進一座開放的庭園，廣場上散佈著石頭板凳，空氣中是濃郁的夏日花香。他走在前面，看起來像一名正在享受夜晚空氣的紳士，直到他看見一個手臂上夾著酒瓶的男子才慢下來。他勾勾手指，那個男的就改變了方向，像隻哈巴狗一樣迎上來。路克又切換成那陌生的語言，她後來會知道那是佛羅倫斯當地的方言，雖然還不認識那些字彙，卻聽得出他嗓音中的魅力，隱約看見他們周圍空氣中一層薄紗般的光澤。她也認出那名義大利人眼中如夢似幻的神情，他面帶著滿足的笑容交出那瓶酒，接著又心不在焉地信步離去。

路克坐在一張板凳上，憑空變出了兩個玻璃杯。

艾笛沒坐下，反而站起來看著他扭開酒瓶倒酒，一邊說：「為什麼我會喜歡戰爭？」

這是他第一次誠心發問，她心想，不是想挖苦她、也不是要求或威嚇。「你不是渾沌之神嗎？」

他一臉酸溜溜，「我是承諾之神，艾德琳，戰爭根本是爛透的贊助人。」他遞給她一杯酒，艾笛沒伸手接，他兀自舉杯彷彿在向她敬酒，「敬長生。」

艾笛忍不住，她搖搖頭，覺得很有趣，「有些時候，你喜歡看我受苦，想藉機逼我投降；有些時候，你似乎又願意放我一馬，我真希望你趕快下定決心。」

一道陰影掃過他的臉龐，「相信我，親愛的，妳不會希望我下定決心的。」路克將酒杯舉到唇邊時，她全身竄過一陣微微寒顫，「別誤會了，艾德琳，這件事——這一切——都不是出自我的善意。」他的雙眼發亮，閃著調皮的光芒，「只不過是我想親手毀了妳。」

她打量著樹木圍繞的廣場，由燈籠所照亮，月光照在紅瓦屋頂上。「嗯，那你得再努力……」她的注意力飄回石頭板凳上，話來不及說完。

「噢，該死。」她嘀咕，環視空蕩蕩的廣場。

可想而知，路克早已經消失無蹤。

VI

紐約市
二〇一四年四月六日

「他就這樣把妳丟在原地?」亨利驚駭地問。

艾笛拿起一根薯條,捏在兩隻手指間轉動,「反正還有比那裡更糟的地方。」

他們坐在一間所謂「英式酒吧」裡的高腳桌邊,如果是在英國之外的地方,這裡勉強稱得上是「英式酒吧」,兩人正一起吃著一份加了醋的炸魚薯條,和一杯溫啤酒。

一個服務生經過,衝著亨利笑。

兩個要去化妝室的女孩進入亨利引力範圍時慢下腳步,張大眼睛注視著他,一邊離開。附近的一張桌子邊飄來一連串的話語聲,是德語那低沉迅速的斷奏,艾笛嘴角勾起一抹微笑。

「怎麼了?」亨利問。

她湊到他耳邊,「那邊那對情侶。」她朝他們的方向歪歪頭,「他們在吵架。顯然那個男的和他的祕書、助理、皮拉提斯教練都上過床,前兩個人那女的都知情,但是第三個人讓她大發雷霆,因為他們兩人在同一間皮拉提斯教室上課。」

亨利盯著她嘆為觀止,「妳到底會說幾種語言?」

「夠多了。」她說,但他顯然是真的想知道,所以她伸出手指開始數。「當然,我會法語。另外還有英語、希臘語、拉丁語。德語、義大利語、西班牙語、瑞士方言,還會說一點葡萄牙語,雖然沒說到非常好。」

「妳可以當超厲害的間諜耶。」

她在酒杯後方揚起一邊眉毛，「誰說我沒當過間諜？」

盤子都清空之後，她四處張望，看見服務生閃身進入廚房。「走吧，」她說，抓起他的手。

亨利皺起眉頭，「我們得付錢。」

「我知道，」她說，跳下椅凳，「但如果我們現在趕快溜，他會覺得自己只是忘了收拾這張桌子。他不會記得的。」

艾笛這種生活型態，難免會衍生這樣的問題。

她無憑無依漂泊了太久，已經不知道該怎麼落地生根。

她已經習慣失去東西，不知道該怎麼擁有。

不知道該怎麼在世界上為自己量身打造一個可以容身的空間。

「不行。」亨利說。「他不會記得妳，但是會記得我。艾笛，我又不是隱形人，我剛好還是隱形的另一個極端。」

隱形。那兩個字刮痛了她。

「我也不是隱形的。」她說。

「妳知道我什麼意思。我不能就這樣白吃白喝來去自如，就算我可以，」他說，伸手掏皮夾，「這麼做也還是**錯的**。」

這像一記重擊，她彷彿回到了巴黎，彎腰抱著飢腸轆轆的肚子。她回到了侯爵的屋子裡，穿著偷來的衣服用餐，在路克指出必定會有人要為她吃的每一口食物付出代價時，她的腸胃擰絞發疼。

她的臉羞愧發燙。

「好吧，」她說，從口袋裡掏出一把二十塊錢的鈔票。她丟了兩張到桌子上，「這樣可以了嗎？」

但是她看著亨利時，卻發現他眉毛越蹙越深。

「妳是從哪裡拿到這些錢的？」

她不想承認是她從一間精品店走出來後就前往當鋪報到，立刻把東西轉手。她不想解釋自己擁有的一切——除了**他**之外——全都是偷來的。以某種方式來說，他其實也是偷來的。艾笛不願看見他臉上的批判，不願去想他的批判多有道理。

「重要嗎？」她問。

亨利說：「當然。」斬釘截鐵的語氣，令她滿臉通紅。

「你覺得我想這樣生活嗎？」艾笛咬緊牙關，「沒有工作、沒有牽掛，沒辦法依附任何人或任何事？你以為我想要一個人孤孤單單的嗎？」

亨利看起來很痛苦。「妳不是一個人，」他說，「妳有我啊。」

「我知道，但是不應該所有事都讓你來做——不應該讓你來配合我的一切。」

「我不介意——」

「但是**我**介意！」她怒斥，被自己聲音中的怒火給嚇了一跳，「我是人，不是寵物，亨利，我不需要你的垂憐或溺愛。我該做什麼就做什麼，未必是什麼賞心悅目的事情，也不一定光明磊落，但這是我生存的方式。你不敢苟同，我很遺憾，但這就是我，我必須這樣生活。」

亨利搖搖頭，「但如果是**我們**兩個人，就無法這樣生活。」

艾笛好像被痛揍了一拳。忽然之間，酒吧太過擁擠，人太多了，她再也無法動也不動駐足在原地，於是轉身衝出去。

外頭夜晚的空氣襲來，讓她頭暈目眩。

世界搖搖晃晃，然後又穩定下來……在這一步與下一步之間，怒氣消散，她只覺得又累又哀傷。

她不懂這個晚上到底是怎麼出了差錯。

不懂胸膛上那忽如其來的重量是什麼，直到她忽然驚覺，那是恐懼。她深深害怕自己搞砸了，把自己唯一擁有的東西就這麼丟了。深深害怕這一切其實如此脆弱，這麼輕鬆就能與之分離。

但這時她聽見腳步聲，感覺亨利來到她旁邊。

他什麼也沒說，只靜靜走路，保持在她身後半步遠，這是一種新的沉默。暴風雨肆虐後的寧靜殘局，損失程度尚未開始清點估計。

艾笛抹去臉頰上的一滴淚。「是不是被我毀了？」

「毀了什麼？」他問。

「我們。」

「艾笛。」他抓住她的肩膀。她轉身，預期會看到他滿臉怒氣，但他的表情穩重平靜，「只不過是吵架而已，又不是世界末日，更不會是我們兩人的末日。」

這樣的夢，她做了三百年。

她一直都以為會很簡單。

會是路克的相反。

「我不知道該怎麼跟一個人在一起。」她小聲說，「我不知道該怎麼當一個正常人。」

他揚起嘴角，露出一個歪斜的微笑，「妳那麼不可思議，堅強又頑固，而且又那麼耀眼。我想妳應該可以放心，妳絕對不會有正常的一天。」

他們手挽著手在冰涼的夜風中往前走。

「妳後來有回去巴黎嗎？」亨利問。

這個問題像橄欖枝，也像搭起的橋樑，她心懷感激。

「後來有。」她說。

雖然沒有路克的幫助、也沒有當初那股一心想前往巴黎的傻勁，她花了很久的時間才回去，而且她不好意思說自己其實沒趕著回去。就算路克真的是想拋棄她，讓她困在佛羅倫斯，他的這個舉動其實打破了某種封緘。他以某種令人瘋狂的方式，強迫她自由。

在那一刻之前，艾笛從不敢妄想要離開法國。現在回想起來還真是荒謬，不過世界曾經感覺比現在小很多。只是忽然之間變得一點也不小。

也許他是想故意把她丟進一團混亂中。

也許他覺得她過得太安逸舒坦，才會越來越頑固。

也許他想要她再次向他祈求。哀請他回來。

也許、也許、也許——但她永遠不會知道了。

義大利，威尼斯
一八〇六年七月二十九日

VII

艾笛在陽光與絲綢被單之中甦醒過來。她的四肢沉重得像灌了鉛，腦袋中也像塞滿了棉紗。那是太陽曬太多、貪睡貪過頭的沉重。威尼斯熱得不像話，比巴黎更熱。

儘管窗戶大大敞開，微弱的風和絲綢床單仍舊無法驅逐令人窒息的暑熱。現在還只是早晨，艾笛赤裸的肌膚上卻已經佈滿汗珠，她掙扎著擺脫睡意，已經開始害怕去想正中午時該怎麼辦，這時，她看見馬泰奧坐在床尾。

沐浴在陽光中的他看起來一樣俊美，古銅色的強壯軀體，然而讓她驚訝的不是他討喜的模樣，而是那一瞬間的古怪平靜。

這樣的早晨通常會參雜著道歉和困惑，遺忘之後的各種混亂。這樣的早晨通常很痛苦，而且絕對很尷尬。

馬泰奧則似乎氣定神閒。

當然，他不記得她，這點很明顯。不過馬泰奧看見她這麼一個陌生人出現在自己床上，似乎並不驚訝也不困擾。他的注意力都集中擺在膝頭的素描本上，炭筆優雅地在紙面上移動。直到艾笛發現對方的眼光一下子抬頭看她，一下子又低頭看畫紙，才發現原來是在畫她。

她不急著掩蓋自己的身體，沒去拿披在椅背上的襯裙或丟在床角的薄長袍。艾笛已經很長時間沒因為赤身露體而感到害羞了。其實，她甚至開始享受有人欣賞的快樂。也許是因為隨著時間流逝，她自然而然也放得越來越開，也或者是因為她的身型百年如一日，也或許是因為知道她的觀眾過目即忘。

遭人遺忘，本身其實正是一種自由。

馬泰奧還在畫個不停，動作迅速又輕鬆。

「你在做什麼呢？」她柔聲問，他從羊皮紙上移開視線。

「抱歉。」他說，「妳的模樣，我忍不住想提筆捕捉。」

艾笛皺眉，開始站起身，但是他含糊地咕噥道：「還沒好。」她用盡全身的力量才能待在床上不動，雙手糾纏在床單中。終於，他嘆了口氣，把作品放到一邊，眼睛裡閃爍著藝術家創作之後特有的那股餘光。

「可以讓我看看嗎？」她問道，已經學會了優美如歌的義大利語。

「還沒完成呢。」他說，但還是把素描本遞給她。

艾笛盯著畫作，筆跡隨性，不講求精準，只是即時捕捉眼前的情景，出自才華洋溢的一雙手。她的臉龐沒仔細畫出，在光影交織之下幾乎可說是抽象。

是她，但又不是她。

一張圖像，在另一個人創作風格的濾鏡之下扭曲成另一種樣貌。儘管如此，她仍然可以在其中認出自己。從臉頰的曲線到雙肩的輪廓，睡夢中壓亂的髮絲和臉頰上的炭點。像天空中排列的星子。她的手指刷過頁面底部的炭筆痕，她的四肢與床上的被單交融之處，感覺筆跡在碰觸下糊在一起。

等艾笛再度舉起手時，雖然大拇指染得黑黑的，紙上的線條卻仍然清晰。她什麼痕跡都沒留下。

儘管如此，她的確還是留下了些什麼。她讓馬泰奧留下了些許印象，而他將印象轉移到了紙頁之上。

「妳喜歡嗎？」他問。

「喜歡。」她喃喃說，抗拒著要將畫作從素描本私下帶走的衝動。她全身上下每一吋都想要擁有，想要收藏，想要反覆欣賞其上的圖像，就像盯著池塘倒影無法自拔的納西瑟斯。但如果她真的忍不住帶走，畫作可能也會莫名其妙地消失，就算有機會歸她所有，歸她一人所有，這就跟遺失或遭人遺忘沒什麼兩樣了。

如果馬泰奧留下這張圖畫，他會忘了靈感出處，卻不會忘記素描本身。她走之後，或許他會看著圖畫，看著這個躺在他床上的女人驚嘆，雖然他會以為這是在某次酒醉後心蕩神馳、某次發燒時幻夢的產物，她的形象依舊會以炭筆畫的形式留存在羊皮紙上，成為完成之作下方的一頁複寫。

那幅畫會是千真萬切的，她也會是。

所以艾笛細細審視那張畫，很感激有這片稜鏡得以保存關於她的記憶，然後把作品交還給畫家。

她站起身去拿衣服。

「我們前一晚玩得開心嗎？」馬泰奧問，「我得承認，我不記得了。」

「我也不記得了。」她撒謊道。

「那好吧，」他露出壞壞的笑容，「那我們一定玩得**非常**開心。」

他吻吻她赤裸的肩頭，艾笛想起前一晚，不禁脈搏加速，身體也跟著溫暖起來。現在對他來說，她是個陌生人，但是馬泰奧有著藝術家在面對他傾慕的新繆思女神時所激發出的隨性熱情。要留下來重新開始比較簡單，再享受他的陪伴一天，但是她的思緒還在畫作上徘徊，想著那些線條的意義與重量。

「我得走了。」她說，俯身親吻他最後一次。「要努力記得我喔。」

他哈哈大笑，輕快爽朗的嗓音，一邊將她拉近，在她皮膚上留下一連串的墨筆痕跡。「我怎麼可能忘記？」

那天晚上，夕陽將運河染成金色。

艾笛站在橋上俯瞰河水，摩擦著仍然殘留於大拇指上的炭筆印，心裡想著那幅畫和藝術家的詮釋，像真相的回音，她想到路克好久以前將她從喬芙蘭的夫人的沙龍趕出去時說過的話。

意念比記憶更加狂野。

他當時當然是為了故意刺傷她才這麼說，如今回想起來，她應該把這句話當成線索，當成是把鑰匙。記憶太死板，意念卻自由許多。思緒可以在腦海裡生根發芽，四處散播，變得盤根錯節，就算脫離了來源，還是可以繼續蔓延。它們既聰明又頑固，而且也許——也許——是她所能夠觸及的。

因為兩個街區遠的地方，就在咖啡館過去的那間小工作室裡，不就正有一名藝術家，而他素描本其中一頁的畫像，描繪的是她。艾笛閉上眼睛，頭往後仰，露出了微笑，希望在她胸臆之間膨脹。在詛咒這堵銅牆鐵壁上出現的裂縫。她原以為自己已經將每一吋都研究得十分透徹，此時此刻卻發現了一扇門，通往從沒發現的新房間。

她身後的空氣出現波動，樹木的芬芳，在威尼斯夏天的惡臭之中顯得格格不入。

她的眼睛緩緩睜開。「路克，晚安。」

「艾德琳。」

她轉身面對他，這個由她賦予真實形體的男人，這道黑影，幻化成真的惡魔。當他開口問她是否受夠了、是否累了，今晚要不要向他投降？她只微笑回應：「今晚不要。」

她繼續搓著大拇指，感覺到那裡的炭筆痕，盤算著要將最新發現告訴他，只為了對他的驚訝沾沾自喜。

我找到方法可以留下痕跡了。她想這麼告訴他。你以為你可以把我從這個世界上抹滅，但是你休想。我還在這裡。我會一直賴在這裡不走。

那幾句話的味道——勝利的滋味——和糖霜一樣，在舌尖嚐起來甜甜的。但是他今晚的目光中有警告之意，艾笛知道路克一定會有辦法拿這件事來對付她，在她想到辦法加以利用這件事之前，就先奪走她唯一的慰藉。

所以她什麼也沒說。

紐約市

二〇一四年四月二十五日

VIII

一波掌聲在草地上響起。

這是個燦爛春日，入春以來第一次日落後還有暖意殘留，他們在展望公園邊緣的草地上，鋪一張毯子席地而坐，表演者在臨時搭建的快閃舞台上來來去去。

「我不敢相信妳竟然全部都記得。」一個新歌手登上台階時，亨利說。

「其實就像與似曾相識的感覺長期共存，」她說，「只是清楚知道自己是在什麼時候看過、聽過或感覺過某件事物。你記得每個時間和地點，就像一本冗長又錯綜複雜的書籍中的每一頁。」

亨利搖搖頭，「換作是我一定會瘋掉。」

「噢，我的確瘋了呀。」她愉快地說，「幸好只要活得夠久，就連瘋狂也有結束的一天。」

這個新的歌手表現得……不是很好。

一個青少年，歌聲大概就是低吼和尖叫的綜合。艾笛只聽得懂歌詞裡的一兩個字，更聽不出任何旋律。但是草坪擠滿了人，鼓譟的觀眾非常熱情，比較不像是因為表演本身，而是他們有機會揮舞著手中的分數卡牌。

這是布魯克林舉行公開即興表演的風格：一場慈善音樂會，表演者必須付錢上台，而觀眾也必須付錢才能來擔任評審。

「有點殘酷耶。」亨利遞給她分數卡牌時，她指出。

「立意是好的啦。」他說，聽見薩克斯風吹奏出最後幾個扁平的音符時瑟縮了一下。

樂曲結束時，只有一陣稀稀落落的掌聲。

整場只有一堆兩分和三分，亨利卻舉起九分。

「你不能每個人不是給九分、就是直接評滿分啦。」她說。

亨利聳聳肩，「我為他們感到難過，要到台上表演可是需要很大的勇氣耶。那妳給幾分？」

她低頭看著卡牌。「我不知道。」

「妳不是說妳是星探嗎？」

「是啊，比起告訴你我是『三百二十三歲的幽靈，興趣是激發藝術家的靈感』，自稱是星探要簡單很多吧。」

亨利伸出手指滑下她的臉頰，「妳才不是幽靈。」

下一首歌開始又結束，四處響起的掌聲有如稀稀落落的雨點。

亨利給了七分。

艾笛則舉起三分的牌子。

亨利驚訝萬分地看著他。

「什麼？」她說，「表現差強人意啊。」

「原來評分的標準是**才華**嗎？嗯，該死。」

艾笛哈哈大笑，表演目前暫停，因為上台順序似乎有些爭議。喇叭開始播放罐頭音樂，他們躺在草皮上，艾笛的頭枕在他的肚子上，感覺他輕柔的呼吸，像托載她身體的和緩波浪。

亨利是一種新的沉默，比其他種類的沉默珍貴許多。他是那種熟悉空間裡的自在沉默，而她並非一人孤單置身其中。一本筆記本放在他們旁邊的毯子上。不是藍色那本，那本已經寫滿了。新的這本是翡翠綠，幾乎和路克耀武揚威時眼睛的綠色一樣。

一支筆從書頁間突出，標出亨利寫到了哪裡。每一天，艾笛都會說故事給他聽。

他們吃蛋配咖啡時，她描述了徒步走到勒芒那段堪比酷刑的旅程。某天早晨在書店時，他們邊幫新書上架，艾笛邊聊起她初到巴黎的第一年。昨天晚上，兩人躺在一堆糾結的床單中，她告訴他雷米的事。亨利要求要聽真相，所以她便一五一十道來。雖然是斷斷續續分成好幾段說出來的，像是一張張書籤，夾在他們一同度過的時日之中。

亨利就像裝瓶的閃電，無法安安靜靜閒坐著太久，充滿緊張的能量，但是每當那樣的能量稍微止息，偷得片刻的安靜祥和時，他總會抓起最新一本筆記本和一支筆，而儘管她看見那些橫跨書頁的字跡——出自於她口中的字跡——時總是興奮不已，還是不禁調侃他寫得這麼快，到底在急什麼呢。

「我們還有時間。」她提醒他，撫平他的頭髮。

艾笛在他身旁舒展身體，看著逐漸消逝的日光，天空青一塊紫一塊。快要入夜了，她知道倘若黑暗打算注視他，多了屋頂遮蔽也是擋不住的，但是躺在這裡，面對著開放的天空，她還是感覺自己暴露在外。

他們很幸運，好幸運，但運氣這檔事有個問題，時來運轉，好運總有終結的時候。

也或許只是因為亨利的手指頭一直神經兮兮敲著札記。

也或許是因為無月的夜空。

也或許是因為她不習慣這麼幸福，幸福到她自己都嚇到了。

下一個樂團登場。

音樂開始在草坪上迴盪時，她不禁目不轉睛注視著黑暗。

英格蘭，倫敦

一八二七年三月二十六日

IX

她簡直可以在國家美術館裡定居下來。

沒錯，她其實在這裡待上一整個季節了，從這個房間遊蕩到下個房間，飽覽所有畫作與素描，雕塑與織錦。在朋友之間、回音之間度過的人生。

她穿過大理石走廊，數算著她與幾件藝術品相遇過，那些作品雖出自他人之手，卻是由她來引導。

最後算一算，這組獨特的收藏中總共有六樣。

六根樑柱，支撐她繼續存在。

六個聲音，引領她繼續前進。

六面鏡子，倒映著一部分的她，拼湊完整回到這個世界。

在這些成品中間，四下不見馬泰奧原本那張素描，但是她從他偉大的傑作《繆思》之中看得出那些早期的線條，而在一尊手托臉沉思的雕像和一幅海邊女子的畫作中也都看得見。

她是幽靈，是空幻的游絲，是覆蓋在作品上的一層清透薄紗。

但是她確實存在。

她在那裡。

一名工作人員告訴她閉館時間快到了，艾笛謝謝他，繼續逛。她可以留下來，但是寬廣的走道並不如坎辛頓的公寓那麼舒適，冬日時無人看管的珍貴小天地。

艾笛在她最愛的作品前駐足，那幅肖像中，一個女孩正在照鏡子。她背對著畫家，房間與女孩的細節全都描繪得細緻入微，她的鏡中倒影卻只有寥寥幾筆。鏡子那團銀色的筆觸之中，她的臉龐模糊難辨。不過只要靠近端詳，無論是誰都能看出那些雀斑，就像浮在扭曲灰色夜空中的星星。

「妳可真聰明啊。」她身後一個聲音說。艾笛原本一個人在畫廊中，現在卻多了一個伴。

她瞥向左邊，看見路克越過她看著畫作，頭歪向一邊，彷彿正在欣賞，那瞬間，艾笛感覺自己像是個門戶洞開的櫥櫃。距離他們的週年紀念日還有數個月的時間，她並沒有因為等待而等得躁動不安、全身緊繃。

「你怎麼會在這裡？」她問。

他的嘴巴抽搐了一下，品嚐著她的驚訝，「我無所不在。」

她從沒想過他其實想出現就能出現，不受他們交易的日期所侷限。他來與不來，全都是刻意為之，都是他自己的**選擇**。

「妳最近好像很忙。」他說，那雙綠眼掠過肖像。

的確如此。她把自己像麵包屑一樣散落在上百幅作品之中。若要抹滅這些痕跡，肯定不會是件簡單的事。但是他的目光中有股陰霾，那種眼神令她難以信任。

他伸出手，指頭沿著畫框撫過。

「你愛毀掉就毀掉吧。」她說，「反正我會創造出更多。」

「沒差。」他說，放下手，「艾德琳，**妳**這個人無足輕重。」

就算事到如今，那幾個字還是很傷人。

「妳就把這些可悲回音當成是自己的聲音吧。」

路克的壞脾氣，她早就領教過好幾次，他發怒的時候就像短暫明熾的閃電。不過今晚他語氣特別殘暴，顯得異常鋒利，她不覺得是自己的小聰明激怒了他，他發怒的原因，並不是看到她想辦法藏身在畫作之中。

不，那股黑暗情緒是跟著他一起來的。

是他拖曳在身後的一道陰影。

自從她在維永出手打了他，而他將她變成艾絲特拉家中地板上一具扭曲軀體作為報復的那晚，已經過了一世紀。她並沒有因為看見苗頭不對就退縮，反而回嘴道：「是你自己說的，路克，意念比記憶更狂野。那我可以恣意散播意念，和雜草一樣頑固，你怎麼樣都無法將我根除。我覺得你會很開心呢，我想你正是因為這樣才來找我的，因為你也很寂寞。」

路克眼中閃過可怕的暴烈鮮綠，「說什麼傻話，」他冷笑，「**每個人**都認識神。」

「但是真正記得的人少之又少。」她反駁，「有多少凡人見過你超過兩次？一次交易，一次付出代價，在那之後呢？有誰像我一樣，可以成為你生命的一部分這麼久？」艾笛露出一個勝利的微笑，「或許就是因為這樣你才詛咒我喔，這樣你才有伴，才有人記得**你**。」

他立刻撲向她，將她往後按向博物館牆壁，「我詛咒妳，是因為妳傻。」

艾笛大笑。

「你知道嗎，我小時候，總把古神想像成至高無上的永恆存在，不會有他們信徒的那些小煩惱。我以為你比我們都還要偉大，誰知道你其實沒偉大到哪裡去呢，你就跟你厭惡的人類一樣反覆無常又貪得無厭。」他的手壓得更緊，但是她沒有發抖也沒有退縮，只定定迎向他的視線。「你和我啊，其實沒有那麼不同吧？」

路克的怒氣凝結、冷卻，雙眼的綠又重新平息成深黑，「既然妳說得好像很了解我一樣。那我們就來看看……」他的手從她的肩膀落到手腕，她後知後覺地發現他的意圖。

自從他上次拖著她穿過黑暗，已經過了四十年，當時的感覺深深烙印在她腦海中，原始的恐懼夾雜狂野的希望，往黑夜敞開的門扉代表著不計後果的自由。

無窮無盡——

然後就結束了，她跪在木頭地板上，雙手雙膝著地，因為剛才那趟詭異的旅程四肢發抖。

一張凌亂空蕩的床鋪，簾幕大大敞開，地板上散佈著一張張樂譜，房間裡聞起來有股病懨懨的凝滯氣息。

「真浪費。」路克嘀咕。

艾笛搖搖晃晃站起身，「這是哪裡？」

「妳錯把我當成某種寂寞的凡人了，」他說，「以為我是什麼想找陪伴的憂鬱人類，我兩者都不是。」

房間那頭有動靜，她這才發現還有別人。一個看起來像孤魂野鬼的男子，頭髮花白，眼睛瞪得老大，正坐在一架鋼琴前的琴凳上，背對著鍵盤。

他正在用德語祈禱。

「還沒。」他說，抓著一把樂譜按在胸前，「還沒，我需要更多時間。」

他的聲音很奇怪，異常響亮，好像聽不見似的。路克回答時，音調流暢又鏗鏘有力，像低沉的鐘鳴，比起耳邊聽見的聲響，更像是震撼全身上下的一種感覺。

「時間最惱人的地方，」他說，「就在於永遠不夠。也許早了十年，也許早了幾分鐘，但人生常常就這麼戛然而止。」

「拜託，」那人乞求，在黑暗中雙手雙膝跪地，艾笛不禁為他暗暗心驚，知道他的哀懇不會有用。「讓我做另一個交易。」

路克強迫那人站起來，「交易的時機早就過了，貝多芬先生。現在你該說什麼就說什麼吧。」

那人搖搖頭。「不要。」

艾笛看不見路克的雙眼，但是能感覺到他情緒的起伏。房間裡的空氣在他們身周波動，一陣風颳得越來越強勁。

「交出你的靈魂，」路克說，「否則我就自己硬拿了。」

「不要！」男人大喊，現在已近乎歇斯底里，「滾開，惡魔，滾開，你——」這是他說的最後一句話，因為路克的形體**拓展開來**。

她想不到更貼切的用語。

黑色的毛髮從他臉上冒出，像雜草一樣在空氣中蔓延，他的皮膚上下起伏，然後裂開，從裡頭冒出的並不是人形。而是一個怪物。是神祇。既是黑夜本身，卻又不只如此，她從未見過的東西，甚至沒有勇氣去看。比黑暗更古老的東西。

「**投降**。」

那聲音不像單純的人聲，而是樹枝折碎和夏日狂風混在一起的呼嘯，夾雜著野狼的低嚎，腳下似乎也有岩石開始移動。

男人繼續喃喃自語地哀求，「救命！」他大喊，但是一點用也沒有，就算門另一頭有其他人，他們也不會聽見。

「救命！」他又喊了一次，根本是浪費力氣。

那頭怪物伸手猛然戳進他的胸膛裡。

他腳步踉蹌，臉色蒼白如槁木死灰，黑暗將他的靈魂像水果一樣摘除，隨之傳出撕裂聲，作曲家搖搖晃晃，跌落在地。艾笛目不轉睛瞧著黑影手中那朵光暈，邊緣參差不齊，看起來十分不穩定。在她能看清楚它的表面彎曲盤據的彩色細線、好奇裡面蜷縮著什麼樣的景象時，黑暗的手指包覆球體，球體在指縫間劈啪作響，倏地消失無蹤。

作曲家靠著鋼琴椅凳，頭往後仰，眼睛空洞。

她後來會學到，路克的手法其實不留痕跡。其他人會將他的所做所為稱作「疾患」、「心臟病發」，或者說是「瘋狂」、「自殺」、「嗑藥過量」、「意外」。

但這個晚上，她只知道地板上的那個男人死了。

那時，黑影轉而撲向艾笛，滾滾黑煙之中已看不出半絲路克的模樣。沒有綠眼，也沒有調皮的笑容，只有惡意滿滿的虛空，張牙舞爪的陰影。

艾笛上一次真正感覺到恐懼，已經是很久以前的事了。她很熟悉悲傷的感覺，對孤單與哀悼也不陌生。但「恐懼」這種情緒，通常是擁有更多可以失去的人才會感覺到的情緒。

儘管如此，她還是心生恐懼。

艾笛望進黑暗之中，恐懼至極。

她強迫自己的腿不要發軟，強迫自己不要退縮，他踏出第一步時，她做到了，踏出第二步時，她也堅定不移，到了第三步，她卻不由自主地後退。遠離那扭動的黑暗和殘暴的夜晚，直到她的背抵到牆上，再也無路可退。

但是黑暗仍步步進逼。

每走一步，它就往內聚集一點，邊緣也凝固了些，比較不像暴風雨了，而是漸漸收進瓶裡的濃煙。那張臉孔找到了形體，影子也扭轉成鬆鬆的黑色螺旋狀，又是這雙眼睛，像變乾的石頭般顏色逐漸轉淡，那張深不見底的血盆大口縮成心型的脣，勾起嘴角，露出心滿意足的狡詐笑容。

他又變回路克了，又披上了血肉之軀的偽裝，近到艾笛能感覺到從他身上往外飄散的沁涼夜晚空氣。

這次他開口說話時，用的是她一直以來熟悉的嗓音。

「嗯，親愛的……」他說，舉起一隻手碰觸她的臉頰，「我們真的有那麼不一樣嗎？」

她沒機會回答。

他輕輕推了艾笛一把，她身後的牆壁就打開來，她不確定是自己往後栽了進去，又或者是有陰影伸出手來把她拉進去，只知道路克不見了，作曲家的房間也不見了，有一瞬間，四周伸手不見五指，接著她便站在室外，腳下踩著河岸邊的石板路，夜晚充滿歡笑和水面上蕩漾的燈光，泰晤士河邊某處有人唱歌的旋律。

紐約市
二〇一四年三月十五日

X

把那隻貓帶回家是艾笛的主意。

也許是因為她一直都很想養一隻寵物。

也許是因為她覺得他一定很寂寞。

也許她覺得這會對亨利有幫助。

她不知道。反正也不重要。重要的是有一天，亨利在關店時，她一隻手夾著一本小說，一隻手夾著那隻老虎斑貓，走到門前台階站在他旁邊，就這麼順理成章。

他們把書咪帶回亨利的住處，向他介紹那道藍色的門，爬上布魯克林的狹窄公寓，幸好亨利的迷信沒成真，貓在離開書店後並沒有崩解成灰燼。牠只在家裡四處蹣跚走動了一小時，靠向一疊哲學書籍，然後就把這裡當自己家了。

她也是。

她和貓一起蜷縮在沙發上，忽然聽到拍立得快門的聲音，瞥見一閃而逝的亮光，她本來還在懷疑會不會有用，不知道亨利能不能用相片捕捉到她的身影，就像他能夠寫出她的名字一樣。

但就連他筆記本中所寫的內容也不屬於她所有。那是假亨利之手寫出的她的故事。

果不其然，底片開始曝光，拍立得照片開始出現影像時，那個人並不是她，並不真的算是。相框中的女孩有著她的波浪棕髮。相框中的女孩和她一樣穿著白色襯衫。但是相框裡的女孩沒有臉。這樣說好了，她的臉從鏡頭轉開，彷彿是在她轉身的一瞬間拍下的照片。

她知道這不會有用，但一顆心仍然忍不住直往下沉。

「我不懂。」亨利說，在手中轉動著相機。

「我可以再試一次嗎？」他問，她懂他的執著。不可思議的事情明擺在眼前，實在很難克制這樣的衝動。你的腦袋就是怎麼也想不通為何會有這樣的事情，所以你試了又試，以為這一次結果就會有所不同。

她知道，人就是這樣發瘋的吧。

但是艾笛由著亨利去，他試了第二次、第三次。相機先是卡住，吐出一張全黑的相片，不然就是曝光過度、曝光不足，直到她被鎂光燈的白光閃得頭暈目眩。

她讓他嘗試不同的角度、不同的光線，直到他們兩人中間的地板上散落著一張張照片。她人在這裡，卻同時也不在，真實又縹緲。

隨著鎂光燈每閃一下，她就變得越氣餒，悲傷從縫隙中湧出，亨利一定是看出來了，這才逼迫自己放下相機。

艾笛盯著照片，想到倫敦的那幅畫，路克的聲音在她腦海中迴盪。

反正也不重要。

妳這個人無足輕重。

她拾起最後的那張照片，端詳著照片中那個女孩的輪廓，她的五官模糊到看不清。她閉著眼睛，提醒自己還有很多方式可以留下痕跡，提醒自己那張照片是謊言不是真相。

她感覺到他將相機塞進她手中的重量，艾笛正吸了口氣準備告訴他這不會有用，絕對不會，但是亨利已經來到她身後，拉著她的手覆蓋在自己手指上，將觀景窗湊到她眼前。讓她像在玻璃牆上作畫那樣導引他的手該在哪裡施力。她透過鏡頭對準地板上的照片，一邊心跳加速，她自己的光腳恰好在抵在畫面底部。

她屏住氣息，在心裡許願。快門按下。閃光劃過。

這次，機器順利吐出相片。

這是一張描繪生活的靜物畫。

猶如拍立得捕捉的瞬間。像畫作一樣。像夾在書頁間的壓花。完美保存。

他們兩人一貓，在陽光裡打盹。

艾笛撫摸著亨利的頭髮，一邊說故事，他邊聽邊寫，寫個不停。

亨利將她壓在床舖上，兩人十指交扣，呼吸加速，在她髮間一次次喚著她的名字。

他們正在亨利狹長的小廚房裡，他的手臂穿過她的臂彎，她的雙手覆蓋在他的手上，兩人一起攪著白醬，一起揉捏麵團。

把麵團送進烤箱後，他用沾滿麵粉的雙手捧著她的臉，留下一連串的痕跡。

室內飄散著現烤麵包的香氣，他們把到處弄得髒兮兮。

濛濛晨光中，看起來好像有幽靈在廚房中跳過舞，他們假裝這是兩隻幽靈的雙人舞，而不是一個人配上一縷幽魂。

XI

法國，薩爾特維永
一八五四年七月二十九日

維永不應該改變才對。

從小到大，這裡總是平靜得讓人痛苦難耐，就像暴風雨前的夏日空氣。這個村莊猶如一成不變的石雕。但路克是怎麼說的？

就連岩石也會被侵蝕到丁點不剩。

維永才沒有被侵蝕。而是移動、成長、冒出新樹根，砍掉老舊的根系。森林不得不後退，邊緣的樹木全都當作柴火燒掉，清出來的空間變成了原野或農地。這裡的牆比以前更多，更多建築。更多道路。

艾笛走過小鎮，頭髮藏在一頂收邊精緻的軟帽中，有時候會注意到某個名字、某張臉、某個路人臉上出現一名舊識的神韻。她年輕時的那個維永已經漸漸淡去，她想知道對其他人來說，記憶是否就是這種感覺：各種細節慢慢抹滅的過程。

第一次，她認不出每一條路。

第一次，她不確定該怎麼走到目的地。

她拐了個彎，以為會看到一幢房子，映入眼簾的卻是兩棟，以一道矮石牆分隔。她往左走，卻意外來到了開闊的田野上，一座馬廄由籬笆圈起來。最後她認出了回家的路，她提心吊膽地沿著道路前進，看到那棵仍然在庭院邊緣屹立不搖的多節老紫杉木時，感覺內心如釋重負。

但樹後方的房屋不一樣了。老舊的骨架換上了新衣。

她父親的工作室拆得一點也不剩，只能從地上的一處陰影看出那個小棚屋曾經存在，地面雜草叢生，只是色澤稍微有所不同。雖然艾笛已經做好心理準備，要面對屬於廢墟的腐朽凝滯，但是迎接她的卻是熱鬧動靜與笑語聲。

有人搬進了她家裡的屋子，這座小村鎮正在擴張，新屋主是外地人。這個家庭有個笑容比較多的媽媽和不苟言笑的爸爸，兩個男孩在院子裡你追我跑，頂著稻草色的頭髮。哥哥追著一隻叼著襪子逃跑的狗，弟弟爬上老紫杉木，和她小時候一樣，打著赤腳踩在一模一樣的節瘤和凹洞上，那時她手臂下還夾著一本畫冊。她當時就跟他一樣大吧，又或是更大一點？

她閉起眼睛，想捕捉腦海裡從前的影像。尚未保存在稜鏡之中的早期記憶。那麼多年以前的事情，卻都遺失在她的上輩子。她的眼睛應該只閉起了一下子，但是再度睜眼時，樹上已經沒有人了。

小男孩不見了。

「妳好。」她身後有個聲音說。

是那個弟弟，仰著頭用大方的表情看著她。

「你好呀。」她說。

「妳迷路了嗎？」

她猶豫，說是也不對，不是也不對，不確定哪個答案比較接近真相。

「我是幽靈。」她說，小男孩瞪大眼睛，看起來又驚又喜，還叫她證明。她請他閉上眼睛，他乖乖照做了，她趁機悄悄溜走。

墓園裡，艾笛種的那棵小樹苗生根了。

樹蔭遮蓋住艾絲特拉的墳頭，讓她的屍骨沐浴在一汪綠蔭中。

艾笛的手撫摩過樹皮，驚嘆小樹苗如何長成莖幹粗壯的樹木，往四面八方生根、開枝散葉。她將樹苗種在這裡，已經是一百年前的事了——這麼長的時間曾經令她難以想像，現在則是難以估量。到目前為止，她曾經以秒來計算時間，然後改成了春夏秋冬，以季節的起伏和乍暖還寒的節奏來計算。她看過建築蓋起又崩塌，城市燒掉後又重建，過去與現在融合成流動又短暫的事物。

樹不一樣，時間在樹上變得具體可見。

年歲就標記在木柴與樹皮上，記錄在根系和泥土中。

艾笛往後倚坐在女人墳頭，在樹下的粼粼光影中讓一身老骨頭也歇息一下，數算著自從她上一次來訪到底過了多久。她告訴艾絲特拉英格蘭、義大利、西班牙的故事，也說起馬泰奧、畫廊、路克、她的藝術，還有這個世界如何日新月異。儘管除了枝葉窸窣，並沒有其他回應，她還是知道老婦人會怎麼說。

傻孩子，一切都會改變。世界就是這個樣子。沒有事情可以永恆不變。

除了我之外，她心想，但是艾絲特拉用乾柴一樣的嗓音回答。

連妳也不例外。

她想念老婦人的睿智之言，就算只是她腦海中的念想也好。艾絲特拉的聲音變得脆弱單薄，隨著一年年流逝而磨損，就和那些終將消散的記憶一樣逐漸模糊。

但至少來到這個地方後，可以稍稍回想起。

太陽掠過天頂時，她站起身，走到村莊外緣，往樹林邊際走去，來到老婦人從前獨居之處。但是時間也佔領了這個地方，曾經雜草叢生的花園現在完全被森林給吞沒，荒野與小屋的拉鋸戰之中，荒野還是最後贏家，小屋傾圮倒塌，小樹苗從骨架中冒出。木柴腐爛，石塊也滑脫四散，屋頂不見了，雜草和藤蔓正慢慢拆解剩餘的殘骸。

等她下一次回來，這裡再也不會有任何痕跡，往外擴張的樹林就會將這裡吞噬殆盡。但是現在，至少還看得見骨骸，慢慢地由青苔掩埋。

艾笛朝著漸漸腐爛的小屋前進，走到一半才發現裡頭並不完全是空的。

廢墟小丘上有一點動靜，她瞇眼看，以為會是兔子或小鹿。結果卻是個小男孩，他在廢墟間玩耍，攀爬老舊的石牆，拿著從森林裡拔來的一根長長軟樹枝拍打著雜草。

她認得他。是剛剛的兩兄弟之一，在院子裡追狗的哥哥，看起來大概九歲、十歲吧，是會有戒心的年紀了，他看見她時，瞇起眼睛露出狐疑的臉。

他舉起樹枝，彷彿那是一把寶劍。

「妳是誰？」他質問。

這次她不想只當幽靈。「我是巫婆。」

她不知道為什麼要這樣說。也許只是為了自得其樂；也許是因為她說不出真相，杜撰出的故事總是這麼不假思索脫口而出；也許因為如果艾絲特拉在這裡的話，這正是她會說的話。

男孩的臉龐閃過一道陰霾。「才沒有巫婆這種東西呢。」他說，但是他的語氣很遲疑，她往前踏出一步，鞋子踩碎了陽光曬乾的枝椏，他開始往後退。

「你在這裡玩的東西是我的骨頭。」她警告，「你最好趕快爬下來，免得跌倒了。」

小男孩吃了一驚，腳步踉蹌，差點踩到青苔滑倒。

「除非你寧願留下來，」她打趣道，「我確定這裡也有位置也可以埋你的骨頭喔。」

男孩一溜煙回到平地上，拔腿就跑，艾笛目送他離開，艾絲特拉烏鴉般的粗嘎大笑在她耳朵邊迴盪。

她並沒有因為自己嚇到小孩而愧疚，反正他也不會記得。而且明天他又會再來一次，她會站在樹林邊緣看著他繼續爬廢墟，眼睛裡有緊張兮兮的陰霾。她會看著他退開，想知道他是不是想到了巫婆或是半埋的骨頭。好奇這個念頭是不是已經像野草一樣在他腦海中蔓生。

但是今天，艾笛只有一個人，她心裡只想著艾絲特拉。

她的手拂過垮了一半的牆壁，考慮要留下來，成為森林邊緣的女巫，成為某人憑空幻想出的事物。她想像著要重建老婦人的房屋，甚至跪在地上撿拾了幾個小石頭疊起來。等到她疊了第四塊，整座石堆忽然垮了下來，剛好一一掉落在她拾起它們之前的位置。

墨跡寫了又淡。

傷口復原如初。

房子重建後又倒塌。

艾笛嘆了口氣，幾隻鳥從附近的樹林中振翅飛舞，一邊嘎嘎大笑。她轉向樹林，還有一點光亮，距離天黑應該仍有一小時，但她盯著森林時，卻也能感覺到黑暗回望著她。她跋涉過半埋在草叢中的石塊，踏入樹木之間的陰影裡。

她不禁打了一個寒顫。

感覺就像踏過一道簾幕。

她在樹木之間穿行，曾經，她會害怕迷路。現在，每一步都已經深深刻進她的腦海中。就算她刻意亂走，也很難再迷路。

森林裡的空氣比較涼爽，感覺黑夜已經懸浮在林冠之下。現在回想起來，那天晚上她疏忽了時間似乎也是情有可原。黃昏與黑夜的界線如此模糊。她不禁好奇，如果那時她知道已經入夜了，還會出聲祈禱嗎？

如果她知道有所回應的神是誰，還會祈禱嗎？

她沒辦法回答自己的問題。

她也不需要回答。

艾笛不知道他站在她背後多久了，不知道是不是偷偷跟蹤了她一段時間。她聽見身後有樹枝碎裂的聲音時才發現。

「妳對這奇怪的朝聖之旅還真是執著啊。」

艾笛兀自微笑。「是嗎？」

她轉頭看見路克靠著樹幹。

自從他收走貝多芬的靈魂那晚之後，兩人還見過面。但她依然忘不掉自己看見了什麼。更沒忘記是他故意要讓她看見那一幕，看見他真實的樣子，見識他真正的力量。這是一件愚蠢的事。就像桌面上的賭注來到最高點時，一口氣亮出自己的手牌。

我看見你了，他直起身時，艾笛心想。*我看見了你最真實的模樣。你現在嚇不倒我了。*

他踏入淺淺的一攤光影中。

「妳怎麼會想回到這裡？」他問。

艾笛聳聳肩，「念舊吧。」

他抬起下巴，「在我看來這就是妳的弱點。明明可以走出新的路，卻總是兜圈子。」

艾笛皺眉，「我連一堆石頭都堆不好，要怎麼走出一條路？不如你放我自由，看看我會過得如何。」

他嘆了口氣，融入黑暗中。

他再次說話時，來到她後方，聲音像吹過髮間的微風。「艾德琳啊艾德琳，」他責備，她知道她再次轉身時，他不會在那兒，所以乾脆站在原地不動，眼睛看著森林。他的手滑過艾笛肌膚時，她也沒瑟縮。他的手臂搭上她的肩膀時，她仍然眨也不眨眼。

靠他這麼近，他聞起來有橡樹、葉子和雨水浸潤田野的氣味。

「妳不累嗎？」他輕聲說。

這句話倒是讓她瑟縮了。

她作好準備，等他攻擊，等他用言語挖苦他，但是她沒準備好面對這個問題，沒料到他會用近乎溫柔的方式來詢問。

她當回音、當幽靈，已經當了一百四十年。將近一個半世紀。怎麼可能不累？「親愛的，難道妳不想休息嗎？」

文字像蛛絲一樣拖曳過她的皮膚。

「我可以把妳埋在這裡，在艾絲特拉身旁長眠，種棵樹，幫妳的屍骨遮風擋雨。」

艾笛閉上眼睛。

對，她累了。

她也許沒感覺到年歲磨蝕骨頭，也沒體驗到身體隨著年紀逐漸退化，但是疲累感確實存在，像某種靈魂的腐病。有些時候，她想起還要再過另一年、另一個十年、另一個世紀，難免意興闌珊。也有些無眠的夜晚，她睜著眼睛躺著，夢想著死亡。

然而她醒來時，看到雲朵輝映著粉紅與橘黃的晨曦，或聽見小提琴獨奏悠揚的旋律和曲調，就會想起這個世界上還有很多美好。

她不想錯過——任何事都不想錯過。

艾笛在路克手臂的環繞中轉過身，抬頭看著他的臉。

她不知道是因為漸暗的光線，或者因為他們身處林間的關係，他看起來不太一樣。過去這幾年，她見過他身穿最新流行的天鵝絨與蕾絲，也見識過他虛無的真身，失控而暴烈，但是在這個地方，他兩者都不是。

在這裡，他是她那天晚上遇見的黑暗。以戀人的面貌出現的狂野魔法。

他的邊緣模糊成影子，皮膚是月光的顏色，雙眼與她身後的青苔顏色別無二致。他狂野難馴。

「怎麼會累呢？」她說，擠出一個微笑，「我才剛醒來而已呢。」

她等著他露出不悅的表情，變回那猙獰的黑影，齜牙咧嘴。

但是他眼裡並沒有任何鮮黃的痕跡。

而是轉為某種她第一次見到的鮮綠色澤，怵目驚心。

她花了好幾年才弄懂那個顏色是什麼意思，是他覺得**有趣**。

今晚，那個神情轉瞬即逝，他的嘴脣刷過她的臉頰。

「記得，就連岩石也不例外。」他輕聲說，接著消失無蹤。

XII

紐約市
二〇一四年六月十三日

一對男女手挽著手走在路上。

他們往「編織工廠」走去，和威廉斯堡大部分的事物一樣，「編織工廠」名不符實，不是什麼手工藝品店或是羊毛專賣店，而是布魯克林北邊的音樂表演場地。

今天是亨利的生日。

之前他問過她的生日是什麼時候，她說是在三月，亨利臉色一暗。

「抱歉我錯過了。」

「生日棒就棒在這裡啊，」她說，靠著亨利，「就是每年都可以過一次。」

她笑了幾聲，他也是，但是聲音聽起來很空洞，而艾笛將他的悲傷誤以為是分心。

亨利的朋友已經在舞台旁邊佔好了位，擺了一張桌子，兩個人中間的桌面上擺著幾個小盒子。

「亨利！」羅比大喊，他前面已經擺了兩個空酒瓶。

碧雅伸手揉亂他的頭髮，「六月半的鴨子耶。」

他們的注意力略過亨利，投注在艾笛身上。

「嗨，各位，」他說，「這是艾笛。」

「終於！」碧雅說，「我們一直想見見妳呢。」

當然，他們早就已經見過了。

他們一直說想見見亨利認識的新女孩，一直責備亨利怎麼將她藏得不見人影，儘管艾笛已經在商賈酒吧和他們喝過啤酒，去過碧雅家參加過電影之夜，也在畫廊和公園等等地方巧遇過。每一次，碧雅都會先說她似曾相識，接著又談到藝術運動，羅比則次次愁眉苦臉，儘管艾笛很努力要安撫他。

比起她，亨利似乎還更困擾。他一定會覺得她看開了，事實是，她已經完全放棄了。永無止盡的「妳好」、「這是誰」、「很高興認識妳」，永無止盡的一聲聲招呼就像對岩石的侵蝕，傷害很緩慢，但是無可避免。她也只能學習與之共存。

「跟妳說，」碧雅說，打量著她，「妳看起來好眼熟喔。」

羅比從桌邊站起來去拿飲料，艾笛想到他回來時會發生什麼事，不禁胸口一緊，但是亨利出手干涉，碰碰羅比的手臂。「我去吧。」他說。

「壽星不用付錢！」亨利抗議，但是亨利揮揮手要她不用管，穿越擁擠的人潮。

艾笛一個人和他的朋友獨處，「很高興認識你們。」他說，「亨利常常提到你們。」

羅比狐疑地瞇起眼睛。

她感覺得出有一堵牆在他們之間成形，好在她對羅比的壞脾氣已經不陌生了，現在熟悉得很。所以她繼續說：「你是演員吧？如果可以去看你表演就太棒了，亨利說你非常有才華。」

他用手摳著啤酒瓶上的標籤，「喔，好……」他喃喃說，但是她注意到他偷偷微笑了一下。

碧雅插嘴說：「亨利看起來很開心，超開心的。」

「我是真的很開心啊。」亨利說，將三杯啤酒放在桌上。

「敬二十九歲。」碧雅說，舉起杯子。

他們繼續爭論二十九歲的好處，並且一致同意這個年紀頗為無用，以生日的角度來說，與堪稱里程碑的三十歲相比實在不值一提。

碧雅捏捏亨利的脖子，「明年你就正式成年啦。」

「我很確定十八歲就成年了喔。」他說。

「別傻了，十八歲是成熟到可以投票；二十一歲成熟到可以喝酒；三十歲則是成熟到可以做決定。」

「和青年危機比起來，更接近中年危機了呢。」羅比打趣。

麥克風傳出聲響，發出些許雜訊，一個男的上台宣布特別開場活動即將登場。

「接下來這位明日之星，大家一定都聽過他的名字，如果你還沒聽過，那應該也快了。讓我們歡迎：托比．馬許！」

艾笛的心猛地一跳。

眾人歡呼鼓譟，羅比也猛吹口哨，托比走上台，還是她印象中那個俊美靦腆的男孩，他對觀眾揮揮手，昂起下巴，笑容沉著自信。如果說從前的托比只是試探的草稿線條，那麼現在就是一幅佳作的完成品。

他坐在鋼琴前開始彈奏，第一個音符像一股強烈的渴望，狠狠擊中她。他開始唱。

「我愛上了從未認識的女孩。」

時間倒流，她回到他家客廳，坐在鋼琴椅上，熱茶在窗框上冒煙，她的手指心不在焉地敲擊琴鍵。

「我卻似乎每晚都會看見她……」

她窩在他床上，寬大的手在她肌膚上彈奏出旋律。托比的歌聲激起她的回憶，讓她雙頰通紅。

「而我好害怕，害怕我會忘記她，儘管我倆只曾在夢中相會。」

這些歌詞不是她給的點子，但他還是想辦法找到了。

他的嗓音更清楚、更堅強，語氣也更自信。他只是需要寫出一首對的歌而已。可以讓觀眾屏息傾聽的作品。

艾笛緊緊閉上眼睛，過去和現在在她腦中交纏。

在艾洛維的那些夜晚，看著他彈琴。

他在酒吧找到她、朝她微笑的那些夜晚。

那一次又一次的第一次，對她來說不是第一次的第一次。

穿透紙頁的覆寫本痕跡。

托比從鋼琴抬起頭，雖然現場這麼多人，他不可能看見她，她卻很確定他們四目相接，空間傾斜了一點點，她不知道是因為啤酒喝得太快，還是因為回憶湧上心頭才頭暈目眩，歌曲結束時，響起一陣頗為熱烈的掌聲，她忍不住站起身想奪門而出。

「艾笛，等等。」亨利說，但是她停不下腳步，即便她知道離開後會發生什麼事，知道羅比和碧雅會忘記她，一切又必須重新來過，亨利也是——但是在那瞬間，她管不了那麼多。

她喘不過氣。

門打開，夜晚的空氣湧入，艾笛大口呼吸，讓空氣灌進肺中。

聽見她的音樂，應該要感覺很好、很棒才對。

畢竟她時常造訪關於自己的作品。

但是那些只是零碎的片段，沒有上下文。大理石底座上的鳥兒雕塑，繩索後方的畫作。刷白的牆上貼著白色小卡，以說教式的文字提供資訊，將過去與現在隔開保存的玻璃盒。

但那片玻璃破碎時，卻是另外一回事。

就像她瘦骨如柴的老母親站在門廊。

就像在巴黎沙龍中與雷米重逢。

就像珊每次都邀她留下。

就像托比．馬許彈奏著他們的歌。

繼續前進，是艾笛唯一知道怎麼繼續活下去的方式。他們是奧菲斯，而她是尤麗迪絲，每次他們回頭，她都會毀滅一次。

「艾笛？」亨利緊跟在她後頭。「怎麼了？」

「抱歉。」她說，她擦去眼淚，搖搖頭，這個故事說來話長，卻又一言可盡。「我現在還沒辦法回去裡面。」

亨利回頭望，想必是看見她看表演看到一半忽然面無血色，因為他開口問道：「妳認識那個叫托比．馬許的傢伙嗎？」

她還沒告訴過他這件事，故事還沒進展到那裡。

「認識過。」她說，嚴格來說這不是真的，因為聽起來好像是發生在「過去」的事，但「過去」是艾笛無法擁有的事物，亨利一定聽出了她話中有話，皺起眉頭。他將雙手扣在後腦勺。

「妳對他還有感情嗎？」

她想說實話，想說她當然有感情。她從來沒有得到過應有的結局，沒有機會說再見——沒有句點或驚嘆號，只有一輩子的刪節號。每個人都可以重新來過，都可以拿到一張白紙，她的卻密密麻麻寫滿了字。人們都會說單相思的人到後來如何油盡燈枯，但艾笛手裡提的不是一盞燈，而是捧滿一支支蠟燭。她該怎麼把蠟燭一一放下或吹熄？她早就已經連吹出那口氣的力氣都沒有了。

然而那不是愛情。

不是愛情，不是亨利問題的答案。

「不是。」她說，「只是他——讓我有點意外。抱歉。」

亨利問她想不想回家，艾笛不確定他的意思是不是兩人一起回家，又或者請她先回去，而她也不想知道，所以她搖搖頭，他們又走回去，燈光變了，舞台上空空如也，房間裡播著音樂，等著重頭戲登場，他們走回去時，羅比在聊天，姿勢看起來跟剛才沒兩樣。來到桌邊時，艾笛盡可能擠出笑容。

「你來了啊！」羅比說。

「你跑去哪了啊？」碧雅問，眼睛從亨利飄到艾笛身上，「這位是？」

他一隻手臂環繞她的腰，「大家，這位是艾笛，」羅比抬起頭上下打量她，但碧雅只露出燦爛的微笑。

「終於看到本尊啦！」她說，「我們一直想見見妳呢……」

XIII

德國，往柏林的路
一八七二年七月二十九日

德國鄉間降下傾盆大雨時，玻璃杯在桌面上微微晃動。艾笛坐在火車的餐廳車廂裡啜飲咖啡，盯著窗戶外，驚嘆著這個世界的腳步有多麼迅速。

人類是如此擅長創造奇蹟，如此擅長殘酷與殺戮，但同樣也能創作和發明。接下來這幾年，她會在一波波空襲、斷垣殘壁和席捲整個國家的恐懼之中一遍又一遍琢磨這件事。然而當有史以來第一張底片上出現圖像、飛機衝向天際、電影從黑白變成彩色之際，她也會想到。她瞠目結舌。

這個世界總是有辦法讓她驚訝不已。

她迷失在思緒中，沒聽見車掌的腳步聲，等她回過神來，對方一隻手已經輕輕搭在她肩上。

「小姐，」他說，「請出示車票。」

艾笛微笑，「沒問題。」

她低頭看著桌子，假意在錢包裡翻找，「抱歉，」她說，一邊站起身來，「我一定是忘在臥鋪車廂裡了。」

這不是他們第一次有過這樣的對話了，但這一次，車掌決定跟著她去拿，像亦步亦趨的影子，尾隨她朝著根本不存在的臥鋪車廂走去，去檢查她根本就沒買過的票。

艾笛加快腳步，希望能找到一扇門將他用在身後，但是沒有用，車掌跟得太緊了，所以她慢下腳步，在某個絕對不屬於她的臥鋪車廂門前停下來，希望至少裡面是空的。

結果不是。

她去拉門把時，門卻被人從裡面打開，往旁邊滑，露出後方昏暗的車廂，一名優雅男子靠在門邊，太陽穴邊的黑色鬈髮像是墨水畫出來的。

她全身放鬆下來。

「華德先生。」車掌挺直身體說，彷彿門邊那個人是位公爵，不是黑暗本身。

路克微笑，「艾德琳，妳在這啊。」他的聲音柔滑甜膩，有如夏日的蜂蜜。他翠綠的視線從她身上滑向車掌。「我太太經常這樣亂跑。所以說，」他說，嘴唇上掛著狡詐的微笑，「妳怎麼會回來呢？」

艾笛也擠出一個甜死人的微笑。

「親愛的，」她說，「我忘了帶票。」

他輕笑了幾聲，從外套口袋中抽出一張紙片。路克把艾笛拉近，「親愛的，妳真的很健忘呢。」

她七竅生煙，但是忍著沒回嘴，只順勢靠在他身上。

車掌檢查票根，接著祝福兩人有美好的夜晚，他一走開，艾笛就從路克身上彈開。

「我的艾德琳啊，」他咂咂舌，「妳就是這樣對待丈夫的嗎？」

「我不是你的妻子。」她說，「我也不需要你的幫助。」

「這我知道。」他乾乾地回答，「走吧，別在走廊上吵架。」

路克把她拉進隔間裡，或至少艾笛原本以為這是他的意圖，但是他們四周並不是常見的狹窄臥鋪車廂，而是來到一片遼闊深邃的黑暗之中。踩空了那一步時，她的心臟跟著漏跳一拍，接著是忽如其來的墜落，火車消失，世界也消失了，他們回到虛無之中，回到事物之間的空洞，她知道她永遠無法有全面的認識，任憑她再怎麼窮盡力氣思索，都無法理解黑暗的本質。因為她現在才想通這個地方到底是什麼。

就是**他**本身。

是他的本質，遼闊野蠻的黑夜，充滿承諾、暴力、恐懼與自由的黑暗。

當夜晚在他們四周重新蕩漾成形，已經再也不是在德國的那列火車中，而是某個城市中心的街道上，後來她才會得知這裡是慕尼黑。

被強行綁來這個地方，改變今夜原本的計畫，她應該要生氣才對，但是在困惑之後，她還是壓抑不住心裡的好奇。新事物忽然從四面八方湧來，踏上另一段冒險的興奮感。

她心跳加速，但是打定主意不要讓他看出她的驚嘆。不過她懷疑路克應該已經看出來了。

那雙眼睛中有一抹心滿意足的閃光，一絲更晦暗的綠。

他們站在一道台階上，前方是一座有許多柱子的歌劇院，她旅行用的衣物已經不見了，一件華麗許多的長裙取而代之，艾笛想知道那件禮服到底是不是真實的，至少如身周的其他事物一樣真實，而非煙與影的召喚物。路克站在她旁邊，衣領外又圍著一條灰色圍巾，綠眼在絲綢高頂禮帽下方閃爍。

這個夜晚很熱鬧，來看表演的男男女女手勾著手步上台階。她發現是華格納的《崔斯坦與伊索德》，雖然這些資訊目前對她來說尚未有任何意義。她還不知道這是他創作生涯的巔峰，不知道這齣劇之後會是他的雋永傑作。但是他們經過大理石柱林立的大廳和彩繪拱廊，進入滿是天鵝絨、金碧輝煌的音樂廳時，她感覺得出那股潛力，就像飄散在空氣中的糖霜味。

路克的手輕扶她的後腰，引導她走到看台之前，這是個低樓層的包廂，從這裡可以把整個舞台一覽無遺。她的心跳興奮加速，接著才想起佛羅倫斯那晚。

別誤會了，這不是出自我的善意，他當時這麼說，只不過是我想親手毀了妳。

不過他們坐下時，他的眼裡並沒有要戲弄她的神色，臉上也沒有殘酷的扭曲微笑。只有貓在曬太陽時的慵懶愉悅。

兩杯滿滿的香檳杯送到，他遞出一杯給她。

「紀念日快樂。」燈光暗下來、簾幕隨之升起時他說。

音樂開始飄揚。

交響樂的張力逐漸累積升高，一波波音符宛如洶湧波濤，奔騰過音樂廳，撞上四面八方的牆壁。就像有場暴風雨由內往外撞擊著一艘船。

接著，崔斯坦和伊索德依序出場。

他們的聲音似乎遠遠超出舞台的大小。

當然，她聽過音樂劇，聽過交響樂也看過戲，也曾被天籟般的歌聲感動到熱淚盈眶。但是她從沒聽過這樣的作品。

他們唱歌的方式，他們情感的深度和廣度。

他們的動作所呈現的那股絕望熱情。他們的愉悅和痛苦所傳達出的赤裸力量。

她想把這種感覺裝瓶帶走，揣在懷中穿越黑暗。

還要等到好幾年之後，她才會聽到這齣交響樂的錄音，那時她會把音量調到震耳欲聾的程度，讓自己沉浸在樂音中，雖然再也不可能原音重現了。

表演期間有一次，艾笛勉強把視線從舞台上的演員移開，結果只看到路克聚精會神看著她，而不是歌劇。又來了，那種奇特的綠色調。並非靦腆或責備，也不是殘酷，而是**愉悅**。

她稍後才會驚覺這是他沒要求她投降的第一晚。

他第一次絕口不提她的靈魂。

但是現在，她滿腦子都是旋律、交響樂和故事。樂聲中的悲痛、擁抱中交纏的四肢和戀人的表情將她的注意力拉回到舞台上。

她往前傾，讓歌劇盈滿她的胸臆，直到胸口發疼。

第一幕落幕了，艾笛站起身猛力鼓掌。

她又坐下時，路克發出絲綢般輕柔的笑聲。「妳很喜歡。」

雖然不想讓他稱心如意，她還是實話實說。「太精彩了。」

他臉上露出笑容，「妳猜得出哪些是屬於我的嗎？」

一開始她不懂，然後忽然領悟。

她一顆心直往下沉，「你是來收取代價的嗎？」她問，路克搖搖頭時，她鬆了口氣。

「不，」他說，「不是今晚，但是也快了。」

艾笛搖搖頭，「我不懂，他們才剛要邁向巔峰，為什麼要終結生命？」

他看著她，「他們做了交易，自然很清楚要付出什麼代價。」

「為什麼有人會想用才華洋溢的一生交換短短幾年的飛黃騰達？」路克的微笑變得黑暗。「因為時間對所有人都很殘酷，對藝術家更是毫不留情。因為視力會越來越模糊，聲音也會越來越沙啞，才華更是有用盡的一天。」他靠得更近，用一根手指繞著她的髮絲。「因為快樂是短暫的，而歷史源遠流長，到了最後，」他說，「**每個人**都只是想被記得而已。」

字字有如刀割，頃刻間劃出深深的刀傷。

艾笛推開他的手，注意力回到舞台上，歌劇繼續演出。

這齣戲很長，但卻又結束得太早。

幾個小時的時間，感覺卻只有短短幾秒。艾笛真希望自己能留下來，牢牢黏在座位上，沉浸在那對愛人和他們的悲劇故事之中，迷失在他們美妙的歌聲裡。

儘管如此，她還是不禁好奇。她深愛的這些事物，到底是因為事物本身，又或者是因為**他**在幕後的操弄。

路克站起身，朝她伸出手臂。

她沒理會。

他們並肩走過慕尼黑的夜晚，歌劇結束了，卻仍然牽動著艾笛的心緒，像鈴聲在她全身上下迴盪。

但是路克的問題也在她的腦海裡縈繞不去。

哪些是屬於我的？

她看著他，黑暗裡的優雅形體。

「你做過最古怪的交易是什麼？」

路克歪著頭考慮，「聖女貞德。」他說，「用靈魂換一把神佑之劍，有劍在手，她就戰無不勝。」

艾笛皺起眉頭，「但是她最後還是倒下了。」

「是啊，但不是在**戰場**上。」路克的笑容變得狡猾，「用字遣詞似乎沒什麼大不了的，但是交易的威力不就藏在這字字句句之間嗎？她請求拿劍的時候有神祇保護，卻沒要求自己能保住那把劍。」

艾笛饒富興味地搖搖頭。

「我才不相信聖女貞德和黑暗做了交易呢。」

笑容露出破綻，冒出利牙。「嗯，我大概讓她相信我比較像是……天使一般的存在？不過我覺得她內心深處其實知道。要成為偉人，是需要付出代價的。至於代價是付給誰，和付出了代價之後能讓哪些人受益，兩相權衡之下，代價似乎就無足輕重了。最後，她如願以償成為了她想成為的人。」

「烈士？」

「不，是傳奇人物。」

艾笛搖搖頭。「但是那些藝術家，想想看他們的潛力。難道你不覺得惋惜嗎？」

路克的臉色暗了下來，她記得他在國家美術館與她會面時那天晚上的脾氣，想起他在貝多芬房間裡說的話。

真浪費。

「我當然惋惜。」他說，「但是所有偉大的傑作都是犧牲的產物。」他移開視線，「妳應該知道，畢竟妳我都是某種形式的贊助人。」

「我跟你不一樣。」她說，但是她的話語裡沒帶多少刺。「我的角色是繆思，而你不過是竊賊。」

他聳聳肩，「多少算是吧。」他說，後來就沒再多表示什麼。

等夜深了，他離開之後，剩下她一個人四處遊蕩，保存在她記憶稜鏡中的歌劇繼續播放，艾笛輕輕地、默默地好奇：這麼美好的作品，用靈魂來換是不是真的值得？

XIV

紐約市
二〇一四年七月四日

亮光在城市上空爆開。

他們和其他二十幾個人聚集在羅比住處頂樓看煙火，光亮將曼哈頓的天際線染成粉紅、翠綠和燦爛金黃。

當然，艾笛和亨利站在一起，只不過天氣太熱了，不適合互相依偎。他的眼鏡一直起霧，比起喝啤酒，他似乎更熱衷於把冰涼的啤酒罐放在頸際。

空中蕩漾過一陣微風，散熱的效果堪比烘衣機的通風口，屋頂上的眾人還是發出誇張的噪音，一片此起彼落的「喔」和「啊」，有可能是對煙火的驚嘆，也有可能是因為有微弱涼風吹來而鬆了口氣。

頂樓中央放著一個兒童戲水池，四周圍繞著涼椅，一群人的腳泡在微溫的水裡踩著水花。

煙火放完後，艾笛四處找亨利，他不知道閒晃到哪裡去了。

他這一整天都怪裡怪氣的，她猜大概是因為鉛塊一般壓著萬事萬物的暑熱。書店關了，他們一整天都攤在沙發上吹電風扇，書咪用爪子刮著冰塊，艾笛和亨利看電視，天氣熱到足以壓制住亨利那股瘋狂的能量。

她累到沒力氣說故事給他聽。

他則累到沒力氣抬筆寫下。

頂樓的門砰地打開，羅比出現了，看起來彷彿剛去打劫了一台冰淇淋餐車，他的懷中抱了一堆正在融化的冰棒。大夥又是歡呼又是叫好，他在屋頂上兜了一輪，發送曾經是冰凍狀態的甜食。

無三不成禮，但這大概已經是第三百次了吧，她心想著，一邊從羅比手中接過水果口味的冰棒，儘管他不記得她，亨利顯然已經提起過夠多她的事，也或許是因為其他每個人羅比都認識，因而自己做出了推論。

這和其他事情不一樣。

艾笛一秒也沒猶豫，立刻咧嘴露出燦爛的微笑，「天哪，你一定就是羅比了。」她伸手環抱他的脖子，「亨利跟我說了好多你的事。」

羅比抽開身，「是嗎？」

「他說你是演員，非常優秀，攻佔百老匯的舞臺只是遲早的事情。」羅比稍微脹紅了臉，撇開視線，「我好想去看你表演喔，你們現在演的是哪一齣劇？」

羅比遲疑了一下，但她感覺出他逐漸放下了架子，本來想避開她，現在卻急欲分享新消息，「我們在演《浮士德》。」他說，「就是在說有人和惡魔做交易的那齣……」

艾笛咬了一口冰棒，凍得牙齒發軟，幸好足以掩蓋她臉上的苦笑，可以繼續聽羅比說下去。

「不過演出的方式會比較偏向《魔幻迷宮》，把梅菲斯特想成是地精王就對了。」他邊說邊對自己比劃著，「很酷的演出喔，戲服棒透了，不過要等到九月才會登上舞台。」

「聽起來很棒，」她說，「我等不及要看了。」

羅比**差點**忍不住臉上得意的笑容，「我覺得會很精彩。」

「敬浮士德。」她說，舉起冰棒。

「也敬惡魔。」羅比回答。

她的雙手吃冰棒吃得黏黏的，便浸入兒童戲水池中洗了一下，然後去找亨利，最後發現他一個人待在屋頂角落，一塊光線照不到的地方。他正往外眺望，不是往上看，而是越過屋頂的邊緣。

「我覺得我終於突破羅比的心防了。」她說，在短褲上擦著雙手。

「嗯？」他說，其實根本沒在聽。一顆汗珠滾下他的臉頰，他在微弱的夏季涼風中閉起眼睛，身體搖晃了一下。

艾笛把他從邊緣拉回來。「怎麼了？」

他的眼神陰暗，有一瞬間，看起來若有所思又迷惘。

「沒什麼。」他輕聲說，「只是在想事情。」

艾笛活得夠久，聽得出什麼是謊言。謊言本身就是一套語言系統，就像春夏秋冬、肢體動作和路克眼睛的色澤，全都自成一套系統。

所以她知道亨利正在對她說謊。

或至少，他沒把實話全盤托出。

可能只是他腦中又有暴風雨來襲了。她心想。也許是因為夏天實在太熱了。

其實都不是，但她後來才會知道真相，才會希望當初有開口問，希望有逼迫他說出口，希望自己知道。

那是後來的事了，現在，他將她拉到身邊。今晚，他親吻她，又深又飢渴，彷彿這樣就能令她忘記剛剛看見了什麼。

艾笛任由他去試。

那天晚上，他們到家時，實在是熱到無法思考，也熱到睡不著，所以他們在浴缸裡放滿冷水，關掉燈後爬進去，在忽如其來的冷冽之中發抖，鬆了口氣。

他們在黑暗中躺在浴缸裡，赤裸的雙腿在水面下交纏。亨利的手指在她的膝蓋上敲出旋律。

「我們第一次見面的時候，」他好奇道，「妳為什麼不告訴我妳的真名？」艾笛抬頭看著昏暗的天花板瓷磚，看見那最後一天伊莎貝兒坐在桌邊眼神空洞的神情，看見咖啡館裡的雷米，眼神迷離，她的話成了耳邊風，怎麼也進不到他耳裡。

「因為我以為我無法說出口。」她說，手指滑過水中。「我試著告訴人們真相時，他們只會一臉茫然；我試著說出自己的名字時，那幾個字卻卡在我的喉嚨裡。」她微笑，「只有跟你在一起的時候例外。」

「但為什麼會這樣？」他問，「如果大家終究都會忘記妳，妳說不說出真相，又有什麼區別？」

艾笛閉上眼睛，這是個好問題，她問過自己一百次了。「我覺得他想抹滅我的存在，想確保沒人看得到、聽得到我，想讓我成為虛幻的存在。等你失去名字之後，才會發現它的力量。在你出現之前，就只有他一個人聽得到。」

那個嗓音像煙霧一樣在她腦海中蜷曲。

噢，艾德琳啊。

艾德琳，艾德琳。

我的艾德琳。

「真是個混蛋。」亨利說，她聞言咯咯笑，想起那天她朝著天空尖叫，用更難聽的話辱罵過黑暗。然後他問：「妳上次看到他是什麼時候？」艾笛頓時語塞。

有一瞬間，她又回到了床上，手腳纏繞著黑色絲綢床單，就算是在黑暗中，紐奧良的暑熱仍舊令人窒息。但是包裹著她四肢的路克很輕盈，他的牙齒滑過她的肩膀，貼著她的肌膚呢喃。

投降吧。

艾笛吞了口口水，把那份記憶像膽汁一樣吞落喉嚨。「快三十年前的事情了。」她說，彷彿她沒在心中數算著日子，彷彿這一年的紀念日並沒有近在眼前。

她瞥向堆在浴室地板上的那堆衣物，短褲口袋中的木戒指微微凹陷的輪廓。「我們後來疏遠了。」她說，這大概是最輕描淡寫的說法吧。

亨利盯著她，顯然很好奇，卻沒問發生了什麼事，艾笛很感激。

故事是有先後順序的。

等她說到那裡時，會讓他知道的。

艾笛伸出手打開蓮蓬頭，水像雨滴一樣淋在他們身上，撫慰人心又穩定的節奏。這是最完美的沉默。隨性又空洞。他們面對面，各坐在浴缸的一頭淋著冰冷的水柱，艾笛閉起眼睛，頭往後仰靠著浴缸，聆聽著那場人工暴雨。

XV

英格蘭，科茲窩
一八九九年十二月三十一日

不是薄薄一層霜，也不是零星的雪花，而是鋪天蓋地的一片白茫茫。

艾笛縮著身體窩在小屋的窗戶旁邊，一本書攤開放在膝頭，一邊看著天空飄下鵝毛大雪。

她用過很多種方式迎接新年到來。

拿著香檳在倫敦的屋頂上，或者舉著火把穿越愛丁堡的石板路。她在巴黎的舞廳裡跳過舞，看過煙火將阿姆斯特丹的天空染成白色。她吻過陌生人，唱歌讚頌她從未遇見的朋友。她在熱鬧中迎接過新年，也在耳語低喃中迎接過。

但今晚她可以心滿意足就這麼坐著，看著窗外的世界變得一片雪白，大雪抹去了所有線條和稜角。

當然，小屋不是她的。嚴格來說並不是。

這幢廢棄小屋結構大致完好，只是單純被遺忘了。家具破破爛爛的，櫥櫃幾乎空了。但是她有一整個季節的時間來將這裡變成屬於自己的空間，從原野上的一叢叢樹林收集木柴，照料雜草叢生的花園，偷一些她根本無法種植的作物。

這只是一個能讓她落腳的地方。

外頭，暴風雪停了。

積雪靜悄悄鋪在地上，和潔白紙張一樣光滑乾淨。也許正是因為眼前這副情景，她才不禁站起身來。

她拉緊肩頭的斗篷，衝出屋子，長靴立刻陷入雪中。雪很輕，像是一層糖霜，她舌尖嚐到冬天的味道。

當年她還只是個五六歲的小女孩，維永也下起了雪。很少見的景象，那幾公分厚的白幕覆蓋了萬事萬物。結果才過了幾小時，就被馬匹、車輛和來來去去跋涉的行人給毀了，然而艾笛卻找到了一小塊純粹的雪白。她衝出去，身後留下一連串鞋印，用沒戴手套的手撫過冰寒刺骨的白雪，印下了指痕，整幅白色畫布都被她毀了。

完成後，她四處張望著田野，現在佈滿她製造出的痕跡，心裡感嘆就這麼結束了。隔天，冰霜裂開來，雪也融了，那是她最後一次玩雪。

這是第二次。

現在，她的腳步壓在完美無瑕的積雪上，她走過之後，原本壓扁的雪又再度隆起。

現在，她的手指撫過微微隆起的小丘，她的手拿開之後，雪面又光滑如初。

現在，她在雪地裡玩耍，卻一點痕跡也沒留下。

世界仍然完美無瑕，有史以來第一次，她覺得感激。

她在雪地上一圈又一圈轉身，獨自起舞，因為這一刻的奇異與魔幻而哈哈大笑，結果踏錯了一步，踩到一塊比她原本想像中更鬆厚的積雪裡。

她失去平衡，整個人栽倒在白雪中，領口處一陣忽如其來的寒冷，粉雪灌進兜帽中，凍得她不禁倒抽一口氣。她抬起頭，又開始下雪了，輕盈雪花猶如閃爍星芒。世界鴉雀無聲，像覆蓋了一層棉布。如果不是因為冰寒濕氣已經滲入她的衣衫中，她覺得自己應該永遠躺在這裡。

她決定還是想在這裡待一下子。

她往雪中沉得更深，直到視野中只剩下雪坑邊緣和開闊的天空，夜晚寒冷刺骨，佈滿了星星。她又回到了十歲那年，伸展四肢躺在父親工作室後方的高草叢中，夢想自己身在除了家鄉之外的其他任何地方。

夢想成真的曲折方式真是太奇特了。

但是她現在抬頭望著無垠黑暗，想的不是自由，而是他。

思緒所及，他也隨之現身。

俯望著她，在身後黑暗的襯托下，他的身形輪廓微微散發光暈，她覺得自己可能又要發瘋了。反正這也不是第一次。

「活了兩百年啊，」路克說，跪在她身旁，「卻還是跟個孩子沒兩樣。」

「你在這裡做什麼？」

「我才想問妳呢。」

他伸出手，艾笛抓住，任由他將她從冰冷刺骨的雪坑裡拉起來，他們一起走回小屋，只有路克的腳步在雪地上留下痕跡。

屋裡的火已經熄了，她在心中暗自小聲哀嚎，伸手去拿燈籠，希望裡頭的火苗足以引誘爐火重新燃燒。

沒想到路克只望了那堆冒著煙的廢墟一眼，心不在焉地一彈手指，火爐中立刻竄出火舌，暖意燦爛綻放，火光讓屋內變得陰影幢幢。

她在心裡想著他在這世界上行走來去有多麼輕鬆寫意。

卻讓她過得如此艱辛。

路克審視著小屋，審視著她借來的人生。「我的艾德琳啊，」他說，「妳還在幻想著要長大變老，成為艾絲特拉嗎？」

「我不是你的。」她說，經過了這麼多年，她語氣中早已沒有任何尖酸刻薄之意。

「世界這麼大，妳卻甘願在這裡當荒野女巫，當一個向古神祈禱的老嫗。」

「我沒向你祈禱，你怎麼出現了。」

她上下打量路克，他身穿羊毛外套，圍著一條喀什米爾圍巾，高高立起的衣領貼著兩邊臉頰，忽然想到這是她第一次在冬天時看到路克。冬天和夏天一樣都很適合他。他臉頰白皙的皮膚變得和大理石一樣蒼白，鬈髮和無月的夜空一樣黝黑，綠色雙眼寒冷明亮如星。艾笛看著他站在火光前的模樣，很希望能將他畫下來。雖然過了這麼久，她的手指仍舊想去拿炭筆。

他一隻手滑過壁爐架。

「我看到了一隻大象，在巴黎。」

她好幾年前說過的話原音重現。現在是個好奇怪的答案，字裡行間充滿深意。我看到了一隻大象，想到妳。我那時在巴黎，妳不在。

「然後你就想到我。」她說。

其實是個問句，但是他沒回答，而是四下張望，然後說：「用這種方式迎接新年到來真可悲。我們可以做得更好，來吧。」

她很好奇——她一直都很好奇——但是今晚，她搖頭拒絕。「不行。」

他抬起驕傲的下巴，黑色眉毛緊簇，「為什麼不行？」

艾笛聳聳肩，「因為我在這裡很開心，我才不相信你會帶我回來。」

他的笑容像火光一樣閃動，以為事情會就這樣結束，轉身就會發現他不見蹤影，重新隱身回黑暗之中。

但是他還在，黑影還在她借來的家中逗留。

他慢慢坐到另一張椅子上。

他憑空變出了兩杯酒，兩人像老友一樣坐在火邊，或至少稱得上是停戰中的敵人。他說起這個年代尾聲、世紀末的巴黎。說起文壇繁花似錦，說起藝術、音樂和一切美好事物。他一直都知道該如何引誘她，她說這是黃金年代，是光明的時代。

「妳一定會喜歡的。」他說。

「一定會。」

那年春天，她會去看萬國博覽會，會親眼看見艾菲爾鐵塔的鋼鐵骨架高聳入雲。她會走過玻璃搭建的建築，只會短暫存在的裝置藝術，每個人都從舊世紀邁向新世紀，彷彿過去和未來之間隔著一條清晰可辨的線。彷彿兩者無法共同存在。

歷史是回首過去時設計出來的人造物。

現在，可以聽他轉述，她就心滿意足了。

她不記得自己是什麼時候睡著的，等她醒來時，已經是一大清早，小屋空了，爐火只剩餘燼。她肩頭蓋著一條毯子，窗戶外的世界白茫茫一片。

艾笛不禁好奇，昨晚他是真的有來過嗎。

第六部

不要假裝這是愛

作品名稱：〈夢中女孩〉
藝術家：托比．馬許
日期：二〇一四年
媒材：樂譜
地點：外借自潘興家族
描述：這份樂譜原稿有歌手兼作曲家托比．馬許的親筆簽名，內容是歌曲〈夢中女孩〉的開頭，作為拍賣，在「音符」年度盛會中拍賣，用來資助紐約市公立學校藝術計畫。部分歌詞與最後成品不同，但是歌詞中最廣為人知的片段「我好害怕，害怕我會忘記她／儘管我倆只曾在夢中相會」在頁面中央清楚可辨。
詳細資訊：大家普遍將這首歌視為馬許的成名作。關於這首歌有各種奇譚，音樂家聲稱這首歌是他從數個夢境中拼湊而成的。「我醒來時，腦中會出現旋律片段。」二〇一六年時他在與《Paper》雜誌的訪談中提到，為創作過程更添神祕色彩，「我會發現筆記本和收據上潦草寫了許多歌詞，但是卻沒印象自己寫過，就像夢遊，就像造夢，這整件事本身就是一場夢。」
馬許否認在創作時使用過任何藥物。
預估價值：$15,000美元

薩爾特維永
一九一四年七月二十九日

I

維永正降下傾盆大雨。

薩爾特河漲滿了水，雨水將小徑都浸成了泥巴河。水漫過了門檻，她耳邊都是外頭洶湧河水聲，艾笛閉上眼睛，年月卻都褪去，她又回到了十歲、十五歲、二十歲那年，裙襬濕漉漉，頭髮在身後飛揚，狂奔過雨水洗滌乾淨的原野。

她又再次睜開眼睛，霎時又是兩百年後，她無法否認，維永這個小村莊已經變了。這裡的事物對她來說是越來越陌生了。她偶爾還是可以認出故鄉的昔日樣貌，但是她的記憶已經斑駁襤褸了，她做了交易之前那幾年的回憶，全都飽經風霜，逐漸消逝。

然而，有些事是不變的定數。

比方說貫穿村落的那條路。

比方說村子中心的那座小教堂。

比方說墓園低矮的圍牆，就算時代更迭，似乎仍不受半點侵蝕。

艾笛在小教堂門前駐足，看著暴風雨。她手裡原本拿著把雨傘，準備提步離開，但是一陣狂風吹彎了傘骨，她知道應該等雨勢稍緩，而且她就只有身上這套衣裙而已。但是她站在這裡時，伸出一隻手捧著滴落的雨水，想起了艾絲特拉，她從前就這麼站在暴風雨中，大張雙臂迎接雨水。

艾笛拋下遮風避雨的地方，朝墓園大門走去。

過不了多久，她就淋了一身濕，但是雨水很溫暖，而她也不是什麼禁不起淋的嬌弱身軀。她經過了幾座新墓碑，還有幾座古老的墓碑，在她父母墳前各放了一株野玫瑰，便去找艾絲特拉。

這些年來，艾笛一直很想念老婦人，想念與她在一起的自在與她的睿智之言，想念她有如粗糙樹皮的微笑，也想念當自己還是艾德琳、還是凡人時，艾絲特拉是如此相信她。儘管她牢牢抓著記憶不放，艾絲特拉的聲音卻還是溜出了她的腦海中。只有回到這裡，她才回想得起老婦人的聲音，才能在古老的石頭、雜草叢生的土地和頭頂飽經日曬雨淋的樹木中感覺到她的存在。

但是那棵樹不在。

墓碑傾斜破敗，草地上的石頭發霉裂開，那棵開枝散葉、根系深廣的美麗大樹卻不見蹤影。只剩下一節邊緣參差不齊的樹幹殘肢。

艾笛忍不住大聲倒抽了一口氣，跪在地上，伸手觸摸那截佈滿裂痕的死去樹木。不，不行，怎麼會發生這種事。她已經失去了好多，先前已經哀悼了好多次，但是多年以來第一次，銳利的失落感狠狠擊中她，讓她喘不過氣，全身的力氣和意志瞬間瓦解。

哀傷，和一口深井一樣看不見底的哀傷在她心底裂開。

種下種子有什麼意義？

呵護樹苗有什麼意義？幫助樹木成長茁壯有什麼意義？

到頭來一切還不是都會崩毀。

一切終將死去。

終究只會剩下她，專門替被遺忘的事物守靈的一隻孤魂野鬼。她緊緊閉上眼睛，試著回想艾絲特拉，試著召喚老婦人的聲音，想聽她告訴自己一切都會沒事，告訴自己這不過是木頭而已，但是那聲音已然消失，淹沒在狂風暴雨之中。

黃昏時，艾笛仍舊坐在原地一動也不動。

雨勢已經變小，滴滴答答的雨點偶爾會落在石頭上。她已經淋成落湯雞，但是她再也感覺不到濕透的衣物，也感覺不到任何其他東西，直到她察覺空氣的震顫，黑影出現在她身後。

「很遺憾。」他說，這是她第一次聽見那絲滑的嗓音說出這三個字，也是第一次，他聽起來似乎是真心的。

「是你幹的好事嗎？」她小聲說，頭也沒抬。

令人吃驚的是，路克也在她身旁潮濕的泥土地上跪下。雖然他自己身上的衣服似乎完全沒濕。

「妳不能每次失去東西，都怪在我頭上。」他說。

直到他的手臂環繞在她肩頭時，她才發現自己在發抖，四肢抵著他穩定的重量瑟瑟抖動。

「我知道我很殘酷，」他說，「但是大自然比我更殘酷。」

他說的是實話，她現在看出來了，樹木殘骸中心那條焦黑的裂痕。被閃電劈中時快速而灼炙的火勢，這並未減輕她心中的失落感。

她實在不忍心再繼續看那棵樹。

無法承受繼續在這裡多耽擱一分一秒。

「來吧，」他說，將她拉起身，她不知道他們要去哪裡，反正她不在乎，只要離開這裡就好。艾笛轉身，背對樹木殘骸以及快要瓦解成無物的墓碑。就連岩石也不例外。她心想，跟著路克離開墓園、離開村莊，也離開她的過去。

她不會再回到這個地方了。

當然，比起維永，巴黎的改變更加驚人。

過去幾年來，她親眼見證了巴黎的輝煌歲月，頂著炭黑屋頂的白色石造建築拔地而起。落地窗和鐵欄杆陽台，寬廣的大道兩旁開著花店和有著紅色遮雨棚的咖啡館。

他們坐在一座露台上，她的裙子在夏日微風中逐漸乾燥，兩人中間擱著一瓶波特酒。艾笛大喝了一口，想洗去腦海裡樹幹殘骸的景象，儘管她知道無論喝再多都洗不去那份記憶了。

她還是想試試看。

塞納河沿岸某處，有人開始拉小提琴。在高亢的琴音中，她聽見汽車引擎發動的斷續轟鳴。一隻馬頑固的馬蹄聲。巴黎獨有的奇特音樂。

路克舉起玻璃杯，「我的艾德琳，紀念日快樂。」

她看著他，已經出於習慣地張開嘴要反脣相譏，卻又忽然停下來。

如果她是他的，那事到如今，他也算是她的了吧。

「紀念日快樂，我的路克。」她回答，純粹是想看看他臉上會露出什麼表情。

他抬起一邊眉毛，嘴角微微扭曲上揚，眼睛的綠色在訝異之中變幻色彩。

路克低下頭，捏著那杯波特酒晃動。

「妳說過我們兩個很像，」他說，幾乎像在自言自語，「我們兩個都很……寂寞。我那時很討厭聽妳這麼說，但現在覺得就某方面而言妳應該是對的吧。」他繼續慢慢說，「陪伴這個概念的確值得思考。」

這大概是他說過最有**人性**的話吧。

「我不在的時候，」她問，「你會想念我嗎？」

他抬起視線，即便是在黑暗中，也能看見他翡翠綠的眼珠。「我其實比妳認為的更常出現在這裡、出現在妳身邊。」

「當然，」她說，「你愛來就來，愛走就走，我除了等待之外別無選擇。」

他的眼睛變成開心時的深綠色。「妳常常等我嗎？」

這次換艾笛別開視線，「你自己也說了，我們都希望有人陪。」

「如果妳能找到我，就像我能找到妳一樣呢？」聞言，她的心跳不禁加快了一點點。

她沒抬頭，所以當那個東西從桌上朝她滾過來時，她才看見。是一個用蒼白梣木雕刻成的小圓圈。

是戒指。

她的戒指。

那天晚上她獻給黑暗的戒指。

他嗤之以鼻後將其化為煙霧的祭品。

海邊小教堂中的那幅影像。

但如果這只是幻影，也是完美的幻影。她父親不小心下手太重，刀子刻出的那個小凹痕，以及多年來她焦慮時就會不斷搓磨的平滑線條，全都一絲不苟地複製。

是真的，一定是真的，但是——

「不是被你毀了嗎？」

「我拿走了，」路克說，視線越過玻璃杯邊緣，「拿走和毀了不一樣。」

她怒火中燒，「你不是說那東西一文不值嗎？」

「我說的是不夠。但是我不會平白無故毀掉美好的事物，有一段時間，它曾屬於我，但那永遠都會是妳的東西。」

艾笛看著戒指驚嘆，「我要怎麼做？」

「妳明知道要怎麼召喚神。」

艾絲特拉的聲音，和微風一樣微弱。

在祂們面前，妳必須謙卑以對。

「戴上戒指，我就會出現。」路克往後靠向椅背，夜晚涼風吹著他和烏鴉羽毛一樣黑的鬈髮，「好了，」他說，「現在我們扯平了。」

「我們永遠不會有扯平的一天。」她說，用食指和拇指轉動著戒指，下定決心她絕不會用。

這是挑戰，是遊戲，只是包裝成了禮物。已經不是戰爭，但至少是個賭注。一場考驗意志力的拉鋸戰。考驗她會不會戴上戒指召喚路克，會不會屈服，承認落敗。會不會投降。

她把戒指放進裙子口袋中，強迫手指放開信物。

這時她才察覺到黑夜裡的緊繃張力，一種她曾經遇過，卻無法具體說出到底是什麼的能量，直到路克說：「戰爭快爆發了。」

她原本沒聽說，於是他告訴她大公被刺殺了，邊說邊一臉鬱悶不悅。

「我討厭戰爭。」他陰森地表示。

「我還以為你喜歡衝突呢。」

「藝術會從戰爭後的一片狼籍中誕生。」他說，「但是戰爭會將憤世嫉俗的人也變成信徒。那些阿諛奉承的善男信女滿心只想要救贖，每個人忽然之間都緊緊抓著自己的靈魂，就像緊抓著珍珠的老鴇。」路克搖搖頭，「還我美好年代。」

「誰料得到神會這麼念舊？」

路克把酒喝完，站起身來，「妳應該在戰爭開打之前離開。」艾笛哈哈大笑，聽起來就像他在乎她呢。口袋裡的戒指忽然變得沉甸甸的，他伸出手，「我可以幫妳。」

她應該接受，應該答應的。應該任由他帶領自己穿越那片可怕的黑暗，從另一頭出來，省得還要自己飄洋過海，躲在船隻深處的角落中，度過悲慘的一週，因為漫漫航程，讓她無法好好欣賞大海的美。

但是她太瞭解他了，知道不能動搖。

路克直搖頭，「妳真的頑固到家。」

她考慮著要留下，但他走了之後，她卻忍不住想到他眼中的陰霾，想到他提起即將到來的衝突時那陰沉的口氣。既然神祇和惡魔都害怕戰爭，那麼這一定是某種徵兆。

一週後，艾笛改變了心意，搭了船啟程前往紐約。等她靠岸時，世界已經陷入戰火之中。

II

紐約市
二〇一四年七月二十九日

只不過是另一個平凡的日子。

艾笛是這樣告訴自己的。

和其他日子一樣平凡，當然了，這一天絕對與眾不同。

自從她被迫嫁人，被迫接受自己不想要的未來，已經過了三百年。

自從她跪在森林裡，無意間召喚了黑暗，除了自由之外失去了一切，已經過了三百年。

整整三百年。

應該要颳一場暴風雨，來一次日蝕，應該要有什麼現象來標記這意義重大的一天。可是這天以完美的黎明揭開序幕，天空湛藍無雲。

她身旁的床鋪空蕩蕩的，但是聽得見亨利在廚房裡移動的輕柔腳步聲，她睡覺時一定是抓毯子抓得太緊了，醒來後才會覺得手指發疼，尤其是左手掌心的肌肉更是痠痛。

她攤開手掌，木戒指掉了出來。

她手一揮，將它像蜘蛛一樣趕下床，真是觸霉頭，她聽見戒指撞擊到地面又彈起來，接著一路滾過硬木地板。艾笛蜷縮起膝蓋，低下頭靠在膝蓋上，深吸一口氣填滿胸腔，提醒自己這不過是一枚戒指，而今天只是尋常的一天。可是她心中的結越揪越緊，恐懼像越轉越緊的發條，催促她趕快走，離亨利越遠越好，免得有不速之客出現。

他不會來的，她說服自己。

已經太久了，她說服自己。

但是她不想冒險。

亨利用關節敲敲門，她抬頭看見他端著盤子，上頭放了一個插了三根蠟燭的甜甜圈。

她還是忍不住哈哈大笑，「這是什麼？」

「喂，女友滿三百歲這種事可不是天天都有的。」

「這不是我生日。」

「我知道，但除此之外我也不知道該怎麼稱呼這一天。」

就這樣，那個聲音浮現在她腦海中。

親愛的，紀念日快樂。

「許個願吧。」亨利說。

艾笛吞了口口水，把蠟燭吹熄。

他往她旁邊的床上一坐。「我有一整天的時間，」他說，「書店那邊有碧雅顧著，我覺得我們可以搭火車去……」他看到她臉上的表情時，沒有把話說完。「怎麼了？」

擔憂的利爪耙抓著她的腸胃，比飢餓感還深刻。「我不覺得我們應該在一起。」她說，「我是指今天不行。」

他的臉垮下來，「噢。」

艾笛伸手捧著他的雙頰，撒謊道：「亨利，不過就是尋常的一天而已。」

「是啊，」他說，「的確是尋常的一天，但是他搞砸了多少個這樣的日子了？別讓他毀了妳的一天。」他吻吻她，「我們的一天。」

如果路克發現他們在一起，毀掉的不只會是這一天。

「拜託嘛，」亨利堅持，「我會在妳變成南瓜之前早早把妳帶回來，然後如果妳想分開過夜的話，沒關係。妳如果想在黑夜裡擔心他的出現，那好吧，可是在那之前還有好幾個小時的時間，妳值得度過美好的一天。值得擁有美好的回憶。」

他說得沒錯。她的確值得。

她胸口的恐懼稍微鬆開了一些。

「好吧。」她說，短短兩個字的回答，亨利整張臉卻開心得亮了起來，「妳想去哪裡？」

他走進浴室，再次現身時，身穿一條黃色泳褲，一邊肩膀上披著一條毛巾，然後丟給她一件藍白比基尼。

「出發吧。」

洛克威海灘是一片繽紛的毛巾海，其中夾雜著插在沙子裡飄揚的旗幟。

小孩子在堆沙堡，還有躺在豔陽下日光浴的人群，歡笑聲和海浪一起在岸邊翻騰。亨利把毛巾鋪在一小塊尚未有人佔據的沙灘上，用鞋子壓好固定，艾笛一把抓住他的手，兩人一起狂奔向大海，跑到腳跟都刺痛了，他們衝進被海浪拍濕的沙灘上，衝進海水裡。

海浪湧向他們時，艾笛不禁倒抽一口氣，海水就算是在暑熱之中也沁人心脾，她繼續往海中跋涉，直到海洋包裹著她的腰間。她旁邊的亨利把整顆頭埋進水裡，再浮上來時，眼鏡滴滴答答都是水。他一把將她拉進懷中，吻著她鹹鹹的手指。她把濕髮從他臉上撥開，兩人逗留在原地，在浪花中四肢交纏。

「妳說，」他說，「是不是好多了？」

好多了。

的確好多了。

他們游泳游到手腳痠痛不已，皮膚也開始乾皺，這才逃回鋪在沙灘上的毛巾上，躺在太陽下曬乾身體。天氣實在太熱了，在沙灘上待不久，很快地，從海灘邊木板路上飄來的食物香氣就引誘他們再次站起身。

亨利收好東西，拔腿往路邊走，艾笛也起身跟上，抖落毛巾上的沙粒。

木戒指跟著掉了出來。

它躺在那兒，色調只比沙灘深一點點，像是落在乾燥人行道上的雨滴。一個提醒。艾笛在戒指前蹲下，捧了一手沙子將它埋起來，然後小跑步追上亨利。

他們走到俯瞰著沙灘的那排酒吧，點了塔可餅和一壺冰瑪格麗特，享受著濃烈的橙香和甜甜鹹鹹的冰涼滋味。亨利擦掉眼鏡上的水珠，艾笛眺望著大海，感覺過去像海浪一樣層層疊疊覆蓋過當下的此時此刻。

似曾相識。似曾相知。似曾經歷。

「怎麼了？」亨利問。

艾笛瞥向他，「嗯？」

「妳想起什麼事的時候，」他說，「就會露出那個表情。」

艾笛回頭看著大西洋綿延不盡的海岸線，記憶像一根線頭，沿著地平線越拉越長。他們一邊吃，艾笛一邊說起她見過的海灘，她搭著渡輪橫跨英吉利海峽，看見多佛的白沙灘在霧中巍峨聳立；她躲在一艘偷來小船的船艙中，在西班牙沿海航行；她搭船來到美國，結果整船的人都生病了，她也得佯裝抱恙，免得有人以為她是女巫。

她說話說累、飲料也喝完後，兩人就在小吃攤位的遮陽棚和冰涼的海水之間往返徘徊，度過接下來的幾個小時，在沙灘上逗留到身上差不多乾了，就又浸入海水中。

白晝消逝得太快，一如所有的美好時光。

終於必須離開時，他們走路到地鐵站，拖著曬太陽曬到頭暈目眩又愛睏的身體一屁股坐在車廂長椅上，列車往下一站奔去。

亨利拿出一本書，但是艾笛的眼睛刺痛不已，於是依偎著亨利，聞著他身上陽光和紙頁的氣味，雖然坐在塑膠椅上，車廂裡的空氣還飄著汗臭，但是她從來沒有這麼舒適過。她感覺自己整個人的重量都靠在亨利身上，頭垂到他的肩膀上。

然後他往她髮絲間低聲說出那三個字。

「我愛妳。」他說，艾笛納悶這真的是愛嗎？這麼溫柔的東西。愛會這麼柔軟，這麼慈和嗎？熱和暖之間的差異。狂烈的熱情與心滿意足之間的差異。

「我也愛你。」她說。

她好希望這是真的。

伊利諾州，芝加哥

一九二八年七月二十九日

III

酒吧上方有天使。

那是扇後方有光照亮的彩繪玻璃窗，畫著單獨一個人影，舉著聖杯，伸出一隻手，彷彿召喚你前來禱告。

但這裡不是教堂。

這年頭的地下酒吧就像蔓延的雜草，儘管受到禁酒令這顆巨石的壓迫，還是可以夾縫中求生存。這間酒吧沒有名字，唯一的特色是舉杯的天使，還有門上的「XII」，十二，既是正午，也可以是午夜時分。天鵝絨布幔和躺椅像睡著的人一樣散落在木地板各處，門口會有女士發放面具給酒客。

如同其他大部分的地下酒吧，這間酒吧是她循著謠言，循著酒客之間口耳相傳的祕密找到的。

艾笛非常喜歡這裡。

這個地方瀰漫著一股放蕩不羈的狂熱。

她跳著舞，有時候自己獨舞，有時候與陌生人共舞。爵士樂在四面牆壁之間搖盪、反彈，充滿整個空間，她在其中忘情舞動。她跳著跳著，直到面具的羽毛都黏在臉頰上，艾笛喘不過氣，滿臉通紅，這時她才離開舞池，撲通跌坐在一張皮革椅上。

快要午夜了，她的手指像時鐘的指針，慢慢移到掛在頸項間用銀鍊串著的木戒指，木材貼著皮膚暖暖的。

無論何時何地，戒指總是在她觸手可及之處。

有一次，繩鍊斷了，她還以為把戒指搞丟了，最後卻在上衣口袋裡找到。還有一次，她把戒指遺留在某個窗台上，幾小時後，戒指又再度出現在她脖子上。

這是唯一她怎麼丟也丟不掉的東西。

她把玩著戒指，過了這麼久，已經變成了一種慵懶的習慣，就像用手指扭著一綹頭髮。她用指尖磨過戒緣，轉動著，小心不要讓戒指往下滑到關節上。

她伸手去拿了不下百次：寂寞的時候、無聊的時候、看到什麼美麗的東西因而想到他的時候。但是她太頑固了，而他太驕傲了，她鐵了心要贏下這一回合。

這十四年來，她抗拒著戴上戒指的衝動。

這十四年來，她一次也沒出現。

所以她猜對了，這的確是遊戲。如果她戴上戒指，就是另一種認輸，或許沒那麼嚴重，但也是另一種形式的投降。

整整十四年。

她很孤單，也有點醉，想知道今晚會不會是她撐不下去的那一晚。這就像墮落，但所幸不是從太高的地方。也許——也許——她打算再去點一杯飲料，雙手才不會閒著發慌。

她到吧台邊點了一杯琴酒蘇打，但是戴著白面具的男子卻在她面前擺了一只香檳杯。泡泡中漂浮著一小片糖霜玫瑰花瓣，她詢問時，他對一個天鵝絨布幔包廂裡的人影點點頭。他的面具看起來像枝椏編成的，樹葉像完美的畫框，框住了那雙完美的眼睛。

艾笛看到他，微微一笑。

如果說她沒感覺到如釋重負，那是騙人的。她確實覺得心中的大石落下了。彷彿呼出了憋了很久的一口氣。

「我贏了。」她說，在他的包廂裡坐下。

雖然是路克先動搖的，他發亮的眼睛還是洋溢著勝利之情。「怎麼說？」

「我沒叫你，你就不請自來了。」

他昂起下巴，滿臉不以為然。「妳以為我是為妳而來的嗎？」

「我忘了，」她說，配合著他柔滑低緩的語氣。「附近有好多令人抓狂的人類，我還要去詐取他們的靈魂呢，好忙喔。」

完美的嘴唇露出狡猾的微笑，「艾德琳，我向妳保證，妳讓人抓狂的功力，很少有人比得上。」

「所以還是有人比得上囉？」她調侃，「那我還得再努力一點。」

他舉起杯子，對酒吧微微傾斜，「改變不了的事實是，妳還是自投羅網了，這地方是我的。」

艾笛四處張望，忽然之間，一切都再清楚不過了。

她到處都看得見痕跡。

她這時才驚覺，酒吧上方的天使沒有翅膀，他臉頰周圍的鬈髮是黑色的，而頭上那圈她原本以為是光環的東西，現在看起來比較像月光的暈影。

她好奇這會不會是她一開始就深受這個地方吸引的緣故，好奇她和路克兩人倆是否就像磁鐵一樣。他們繞著彼此轉圈夠久了，現在就像同在一個自轉軌道上。

這類酒吧之後會成為他的嗜好之一。他之後會想辦法在十幾座城市都播下這種酒吧，把它們當成花園，悉心經營照料，讓它們開枝散葉。

就像教堂一樣多，到時候他會這麼說，但是更受歡迎。

禁酒令的年代結束之後許久，地下酒吧還是一樣猖狂，迎合著各式各樣的喜好，她會好奇他是否就是以這樣的能量為食，又或者只是把此處當成是靈魂的獵場。他可以在這裡盡情引誘、刺探、提出承諾。就某方面來說，這裡也是祈禱的聖所，即便屬於截然不同的信仰。

「所以說囉，」路克說，「說不定贏的人是**我**呢。」

艾笛搖搖頭，「這只是巧合。」她說，「我又沒呼喚你來。」

他淺淺一笑，目光落在貼著她肌膚的戒指上，「我知道妳的心意，我感覺得出妳動搖了。」

「但我最後還是堅持住了。」

「是啊，」他說，輕如呼息的兩個字，「但是我等煩了。」

「所以你想念我嗎？」她笑著問，那雙綠眼中出現稍縱即逝的閃光，微乎其微。

「生命很漫長，人類很無聊，妳比較有趣一點。」

「**我**也是人類，你忘了嗎？」

「艾德琳，」他說，聲音裡有一絲憐憫，「自從我們初次相遇的那晚，妳就再也不是人類了，妳再也不會變回人類。」

她聞言不禁全身發燙，再也不是令人愉悅的暖意，而是怒火。

「我還是人類。」她說，嗓音卻不由自主卡住，彷彿是她自己說不出口的名字。

「妳在眾生之中幽幽穿行，就像鬼魂一樣。」他說，俯首湊近她額前，「因為妳不屬於他們之一，妳沒辦法和他們一樣生活、無法和他們一樣愛人、無法在其中尋得歸屬。」

他的嘴湊近她的嘴，音量和微風差不多，「妳屬於我。」

他喉嚨深處有個雷鳴般的聲音。

她抬頭直直瞪著他的眼睛，看見一種新的綠色，但立刻就認出那是什麼情緒。男人得意忘形時的神色。他的胸膛起起伏伏，與凡人的血肉之軀無異。

「妳我才是同類。」

見縫插針的好時機。

「我寧願當鬼魂。」

有史以來第一次，黑暗瑟縮了一下。就像在強光照射下退卻的黑影。他的綠眼在怒氣之中變得很淡，這才是她認識的那個神，她後來學會如何與之相處的那個怪物。

「隨便妳。」路克嘀咕，她等著他又融成一片黑暗，做好準備面對忽如其來的無邊虛無將她整個人吞噬後再吐出來，等著發現自己來到了世界的另一個角落。

路克沒有消失，她也沒走。

他對舞池點點頭，「那就去吧，」他說，「回他們身邊去啊。」

她寧願被他拋在這裡，但起身走人的卻是她，儘管她已經對任何飲料都沒了胃口，也沒興致跳舞了，更不想要有其他人作陪。

感覺就像離開了陽光，房間裡的濕氣冷冷貼在她的皮膚上，她拋下他一個人坐在天鵝絨包廂裡，繼續她那天晚上的行程，頭一次，她感覺到自己與人類之間的距離，暗自擔心他說得可能沒錯。

最後，離開的人是她。

隔天，那間地下酒吧被木板給封死，路克不見蹤影，就這樣，他們之間劃下了新的界線，棋局重新擺好，新的一仗開始了。

等她下一次再看見他，已是開戰之時。

紐約市
二〇一四年七月二十九日

IV

Ａ線地鐵列車晃了一下，將艾笛從睡夢中震醒。

她睜開眼睛，頭頂上的燈光忽然閃爍了一下，接著全部熄滅，車廂沉入一片黑暗中。慌張像電流一樣竄過她的胸腔，窗戶外的世界一片黑暗，但這時亨利捏捏她的手。

「沒事，一點線路問題。」他說，燈光又回來了，列車又開始如常行進，廣播傳來聲音，艾笛發現他們又回到了布魯克林，地鐵最後幾站都在地底，他們出站時，太陽還好好地掛在天空。

他們走回亨利家，曬太陽曬得全身沉重又愛睏，先沖澡洗掉身上的鹽巴和沙粒後，就倒在被單上，潮濕的頭髮黏在皮膚上逐漸降溫。書咪蜷縮成一團縮在她腳邊。亨利把她拉進懷裡，背脊靠著他的胸腹，床單很涼快，亨利的體溫很溫暖，就算這不是愛，她也知足了。

「五分鐘。」他往她髮絲間低語。

「五分鐘。」她回答，彎著身體往他懷裡靠得更緊，那幾個字既像請求，也像承諾。

外頭，夕陽在建築物上方低垂，他們還有時間。

艾笛醒來時，周圍一片黑暗。

她稍早閉上眼睛時，太陽還在天空中，現在，整間房裡都是陰影，窗戶外的天空是瘀青般的深紫色。

亨利還在睡覺，但是房間太鴉雀無聲、太平靜了，她坐起身時，恐懼席捲過全身。

她站起來時，沒試著說他的名字，甚至連想也沒想，只屏住氣，來到黑暗的走廊上。她環視客廳，做好準備，以為會看到他坐在沙發上，伸長手臂延靠在有抱枕的椅背上。

艾德琳。

但是他不在那裡。

當然，他不在。

已經過了四十年。

他不會來了，艾笛已經厭倦等他了。

她回到臥室，看見亨利站在那裡，滿頭黑色鬈髮蓬鬆凌亂，在枕頭下方摸索尋找著他的眼鏡。

「抱歉，」他說，「我應該訂鬧鐘的。」他拉開一個包包的拉鍊，往裡頭裝換洗衣物。「我可以去碧雅那，我就——」

但是艾笛抓住他的手，「別走。」

亨利遲疑，「妳確定嗎？」

沒有一件事是她可以確定的，但是她今天過得好快樂，實在不想浪費了這一夜，不想就這麼白白讓**那傢伙**稱心如意。

他奪走的已經夠多了。

公寓裡沒東西可以吃，所以他們穿好衣服，朝著商賈酒吧出發，一切有種睡意朦朧的輕鬆感，今天在陽光下待了這麼久，此時此刻在黑暗中行走時更顯得茫然。一切都變得如夢似幻，這是完美一天的完美收尾。

他們告訴服務生是有特殊場合要慶祝，對方問說是生日還是訂婚時，艾笛舉起啤酒說：「紀念日。」

「恭喜，」服務生說，「幾年了呢？」

「三百年。」她說。

亨利的飲料噴了出來，服務生哈哈大笑，把她的話當成是他們兩人之間才聽得懂的笑話。艾笛沒多說什麼，只微微一笑。

一首歌開始彈奏，那種可以壓蓋過所有噪音的歌曲，她拉著亨利站起來。

「陪我跳舞。」她說，亨利試著解釋自己不跳舞，雖然他們兩人在四號軌道隨著節拍起舞時，艾笛也在場目睹，他說那不一樣，她才不信，時代雖然會改變，但每個人都會跳舞是不變的真理，她看過大家跳華爾滋、方塊舞、狐步舞、搖擺舞和十幾種其他舞蹈，她很確定他至少要會其中一種吧。

她拉著他穿過一張張桌子，亨利連商賈酒吧裡有舞池都不知道，但舞池就擺在那裡，雖然跳舞的只有他們兩個。艾笛示範怎麼舉起手，怎麼跟著她有樣學樣。她示範怎麼領導腳步、怎麼旋轉他、怎麼扶著她往後傾。她示範該把手放在哪裡，怎麼感覺她腰臀上的節拍，有幾分鐘的時間，一切都很完美輕鬆，一點異狀也沒有。

他們跌跌撞撞，一邊哈哈大笑著去吧台拿另一輪飲料。

「兩杯啤酒。」亨利說，酒保點點頭，移動腳步去準備，一分鐘之後回來了，把他們的飲料放在台面上。

但只有一杯是啤酒。

另一杯是香檳，杯中飄浮著一片糖霜玫瑰花瓣，艾笛感覺到世界傾斜，黑暗彷彿是她眼前一道狹窄的隧道。

玻璃杯下方壓著一張紙條，優雅字跡微微傾斜，用法語寫著：

給我的艾德琳。

「欸，」亨利說，「我們沒點這個。」

酒保指指酒吧角落，「那邊那位先生請的……」他開口說，卻又沒把話講完。「啊。」他說，「他剛剛人就坐在那裡。」

艾笛的心臟在胸腔裡一沉。她抓住亨利的手。「你得走了。」

「什麼？等一下——」

但是沒有時間了，「她拉著他走向門。

「艾笛。」

絕對不能讓路克看到他們兩個在一起，他不能知道他們找到了什麼——

「**艾笛**。」她終於回頭了，霎時之間全世界都離她而去。酒吧靜悄悄的。

不是**空無一人**，不，現場依然很擁擠。但是他們全都一動也不動。

他們原本走路的走路、說話的說話、喝酒的喝酒，現在全都停下來。確切來說不是凍結了，而是被迫靜止。在半空中一動也不動的牽線木偶，音樂仍然輕柔飄揚，這是亨利急促的呼吸和她自己如雷的心跳之外唯一的聲響。

一個聲音從黑暗中升起。

「艾德琳。」

整個世界都屏息以待，變成木地板上迴盪的輕柔腳步聲，一個人影自黑暗中步出。

四十年後，他就這麼現身，和她一樣完全沒變，一樣烏鴉黑的鬈髮、翡翠綠的眼眸，弧度完美的嘴脣勾起一抹笑意。他穿著黑色鈕扣襯衫，衣袖捲到手肘邊，西裝外套掛在一邊肩頭，另一隻手鬆鬆地勾在長褲口袋裡。

看起來一派悠哉。

「親愛的，」他說，「妳看起來容光煥發。」

聽見他的聲音，她心裡的某個結似乎鬆開了，每次看到他都不免會有這種感覺。她體內深處有個東西鬆脫了，終於被釋放，卻不覺得輕鬆。因為她一直在等待，當然了，她一直在等，在並駕齊驅的恐懼與希望之中屏息而待。現在，那口氣終於從她肺裡吐出。

「你在這裡做什麼？」

路克竟然有臉露出被冒犯的神情，「今天是我們的紀念日啊，妳應該沒忘吧？」

「已經四十年了。」

「怪我囉？」

「當然全都怪你。」

他勾動嘴角微微一笑，綠眼瞥向亨利，「我應該將相似之處視為一種讚美吧。」

艾笛沒有中他的計，「他和這件事沒關係，送他走，他不會記得的。」

路克的笑容瓦解了，「拜託，妳這話讓我們兩個都很尷尬。」他繞著他們兩人轉圈，彷彿正在驅趕獵物的老虎。「說得好像我不記得自己做的交易似的。亨利．史托斯，那麼想被人渴求。為了想被愛，就出賣了自己的靈魂。你們兩個還真是天生一對。」

「那就別管我們。」

他揚起一邊黑色眉毛。「妳以為我是想拆散你們嗎？才不呢，時間很快就會為我代勞。」他看向亨利，「滴答滴答，時間有限。說說看，你是用天在度量人生，還是用小時呢？或者這樣算只讓一切變得更難過？」

艾笛來回看著他們兩個人，讀出了路克眼睛中勝利的綠色，亨利整張臉頓時毫無血色。

她不懂。

「噢，艾德琳。」

那個名字將她拉回現實。

「人類的生命轉瞬即逝，對不對？有些人更是短得可憐。妳好好珍惜剩下的時間吧，要知道，這都是他自己心甘情願的選擇。」

路克丟下這句話，就掉頭離開，身影消散在黑暗中。

他離開之後，酒吧又恢復了生機。房間裡噪音湧起，艾笛盯著陰影看，直到她確定那裡面什麼也沒有。

人類的生命轉瞬即逝。

她轉向亨利，他本來站在她身後，現在卻癱坐在一張椅子裡。

有些人更是短得可憐。

他低垂著頭，一隻手抓著腕上原本戴錶的位置。不，他現在就正戴著那支錶，無緣無故憑空出現在他手上。她很確定不是他自己剛才戴上，或是一直戴著的。

但此時此刻那支錶卻像一只閃亮袖扣，在他腕間閃爍。

這是他的選擇。

「亨利。」她說，在她身前緩緩跪下。

「我本來想告訴妳的。」他喃喃說。

她把手錶拉向自己，仔細端詳錶面，她遇到亨利是差不多四個月前的事，而時針已從六點半慢慢爬到了十點半。四個月，就距離午夜近了四個小時，她之前還以為指針會這樣一圈又一圈走下去。

他說過是一輩子，但是她知道那是謊話。

一定是謊話。

路克絕對不會再給另一個人類那麼多的時間——有**她**這個先例就夠了。

她知道，她應該早就要心裡有數了。但是她以為，他應該是賣了靈魂換了五十年、三十年，或者甚至十年也好，這樣就夠了。

但是手錶上只有十二個小時，而一年只有十二個月，不會吧，他**怎麼可能**會這麼傻。

「亨利，」她說，「你到底要了多久？」

「艾笛。」他懇求道，第一次，他說出她的名字時聽起來很不對勁。彷彿出現了裂痕，就快要四分五裂。

「多久？」她逼問，亨利沉默了好久。

最後，他終於說了實話。

紐約市
二〇一三年九月四日

V

有個男孩厭倦了自己殘缺不全的心。

厭倦了老是颳暴風雨的腦海。

所以他喝了又喝，直到再也感覺不到刮著胸膛的碎片，也聽不到腦中風雨的呼嘯。朋友說一切都會沒事時，他喝；朋友告訴他一切都會過去時，他又喝。喝到瓶子都見底，世界的邊緣都模模糊糊的。這些都還不足以平息痛苦，所以他離開了，而他們也沒挽留。

他在回家途中，不知不覺，忽然下起雨。

不知不覺；手機忽然響了，他卻沒接。

不知不覺，酒瓶砸落在地，碎片割傷了他的手。

不知不覺，他站在公寓外頭，低著身體蹲在地上，手掌貼著眼睛，告訴自己這只不過是另一場暴風雨。

但是這次，暴風雨卻沒有要停歇的跡象；這一次，雲層厚得沒有一絲破綻，地平線上沒有雨過天晴的跡象，他腦中的雷聲震耳欲聾，所以他拿了幾顆妹妹給的藥丸，他的粉紅小雨傘，還是抵擋不住來襲的暴風雨，於是他還另外吃了幾顆自己的藥丸。

他往後靠在被雨淋濕的階梯上，抬頭看著屋頂與天空連接之處，生平第一次想知道，從這裡走到邊緣，要邁出多少步？

他不確定是什麼時候決定要跳下去的。

說不定他從來沒下定決心過。

說不定他決定要進門，然後決定要爬上去，等他到了租屋處門口時，卻決定繼續往上爬，等他到了最後一扇門時，又決定繼續走到頂樓——接著又在不知不覺之間，站在傾盆大雨之中，他決定自己已經受夠做決定了。

眼前是一條直截了當的路。一條瀝青鋪成的小徑，只要踏出幾步，就可以到達邊緣。藥效已經開始發作，磨平了痛苦的銳利稜角，留下一團棉花般的朦朧死寂，不知為何竟然還更加駭人。他的眼睛慢慢閉起，四肢越來越沉重。

只是暴風雨，他告訴自己，但是他已經厭倦找遮風避雨的地方了。

只是暴風雨，但是每次總是一波未平一波又起。

只是暴風雨，只是暴風雨——但是今晚已經超出了他所能承受的，他不夠好，所以他朝屋頂那一頭走去，直到他的視線能越過邊緣看到外頭的景緻、直到他的鞋尖踩到的是空氣而不是水泥地時，也沒停下。

陌生人就是在這時找上他的，黑暗就是在這時向他提議的。

不是一輩子的交易——而是一年。

現在往回看，納悶為什麼當初會做這樣的決定，為什麼會犧牲這麼多，換來的卻少得可憐，當然是很自然的舉動。但是在那個當下，他的鞋子幾乎擦過夜空，事實簡簡單單擺在眼前：他甚至可以白白把靈魂交出，如果能有一小時、一分鐘、甚至幾秒鐘的平靜，他願意拿一輩子去交換。

只要能拋開胸口裡的那股麻木感就好了。

只要能平息腦袋裡的暴風雨就好了。

他已經痛夠了，受傷受得夠多了，這就是為什麼，當陌生人伸出手，提議要將亨利從邊緣拉回來時，他毫不猶豫。

立刻一口答應。

紐約市
二〇一四年七月二十九日

VI

現在，一切都說得通了。

他說的一切都兜在一起了。

這個一秒鐘也靜不下來的男孩，從來不浪費時間，任何事情絕不拖延。這個男孩，把她說的每個字都勤勤懇懇記下來，好在自己離開之後為她留下些什麼，連一天都不想放過，因為他已經時日無多。

這個她漸漸愛上的男孩。

這個很快就會不在的男孩。

「怎麼會？」她問，「你怎麼能放棄這麼多？」

亨利抬起頭看著她，臉龐空洞。

「在那個瞬間，」他說，「就算是更差的條件我可能也會答應。」

一年。曾經，他曾覺得一年很夠。

現在卻完全不夠用。

一年，時間已經快到了，她滿腦子都是路克微笑的弧度和眼睛裡勝利的綠色調。他們的確很聰明，也很幸運，卻還是逃不過他的掌握。他知道，他當然知道了，是他順水推舟讓事情發展到這個地步。

是他放任艾笛墜入深淵。

「艾笛，拜託。」亨利說，但是她已經站起身，穿越酒吧。

他試著去抓她的手，但是慢了一步，她已經離開觸手可及的範圍。

已經不見人影。

三百年。

她活過了三百年，在那三個世紀裡，有好多次她覺得世界就要天崩地裂，也有好多時候她覺得自己就快失去平衡，或者就快喘不過氣。世界讓她覺得迷惘、破碎、了無希望。

交易的隔天晚上，站在她父母親屋外。

巴黎碼頭上，她學到身體的價值。雷米，將硬幣按進她的手掌心。

全身濕透，站在艾絲特拉墳上橡樹的殘枝前。

但是這一次，艾笛並不覺得迷失、破碎或毫無希望。

而是**滿腔怒火**。

她把手戳進口袋裡，當然，戒指就躺在裡面。與她寸步不離。艾笛一把將戒環戴上，滑過關節時，沙粒從光滑的戒身落下。

距離她上次戴，已經四十年了，但戒指仍然輕鬆順利地滑上她的手。

她感覺到一陣風，像清涼鼻息一樣拂過她的背，於是轉過身，以為會看見路克。

可是街道上什麼也沒有——或者說，至少沒有黑影或承諾或神祇。

她轉動指頭上的戒環。

什麼也沒發生。

「給我出來！」她對著整個街區大喊。

行人紛紛側目，但是艾笛不在乎，他們很快就會忘了她，即使她今天不是個人們過目即忘的幽靈，這裡可是紐約，街道上如果有陌生人做了什麼奇怪的事，大家也不會太大驚小怪。

「可惡。」她咒罵，一把拉下戒指，猛力往路上丟，聽見戒指撞到地，往前滾。接著，四周的聲音忽然都消失了。最近的街燈閃爍了幾下後熄滅，黑暗中傳來一個聲音。

「都這麼多年了，妳的脾氣還是沒改。」

有東西刷過她的後頸，然後是一抹銀線，和露水反射的光芒一樣細緻，和好久以前的那道光一樣，在她衣領邊緣閃爍。

路克的手指掠過她的皮膚，「想我了嗎？」

她轉頭想把他推開，但是雙手卻直直穿透，而他瞬間又移動到她身後。她又出手時，他變得像磐石一樣堅硬頑固。

「收回去。」她怒斥，拍打著他的胸膛，但是她的拳頭才剛刷過路克的衣領，他就立刻抓住她的手腕。

「艾德琳，妳是誰？有什麼資格對我發號施令？」

她想掙脫，但是他的手指緊緊箍住她。

「記得嗎，」他說，語氣幾乎是隨性，「妳曾經伏在森林裡的潮濕泥巴地上，兩隻手胡亂耙抓，哀求我出手干預。」

「你想要我求你？好，我求你。拜託。收回去。」

他往前踏了一步，逼迫她後退，「這個交易是亨利自己決定的。」

「他根本不知道——」

「他們每個人都知道。」路克說。「他們只是不想接受該付出的代價。靈魂是最容易拿來交易的籌碼。它是沒人費心去思索的**時間**。」

「路克，拜託。」

他的綠眼精光閃爍，不是因為頑皮或勝利，而是力量。知道自己大權在握的人會有的神情。

「為什麼我要收回？」他問，「為什麼我**會想**收回？」

艾笛可以說出十幾個不同的理由，但是她努力想要找到對的措辭，想要找到可以安撫黑暗的說法，但就在她來得及說話之前，路克就伸出手抬高她的下巴，她以為兩人又要用那些陳腔濫調的台詞脣槍舌戰一番，結果他既沒有嘲笑她，也沒有跟她索討靈魂。

「陪我度過這一晚，」他說，「還有明天，我們要好好慶祝一下紀念日。只要妳答應，我會考慮免除史托斯先生應該履行的義務。」

他的嘴巴抽動了一下，「前提是妳得先說服我。」

當然，這是謊言。

非但是謊言，還是陷阱，但是艾笛別無選擇。

「我接受。」她說，黑暗露出微笑，在她身邊溶解。

她獨自站在人行道上，直到呼吸平復，然後才走回商賈酒吧。

可是亨利已經不見了。

最後她是在家裡找到他的，獨自一人坐在黑暗裡。

他坐在床緣，他們午睡之後糾纏在一起的被子仍然保持原樣。他空洞地瞪視著遙遠的前方，就像看完煙火之後的那個夏夜他露出的表情一樣。

艾笛驚覺她就要失去他了，就像她失去其他人那樣。

她不知道自己該怎麼辦，不知道能不能再次做到，這次她實在沒有信心。

難道她失去的還不夠多嗎？

「對不起。」她靠近時，亨利輕聲說。

「對不起。」她的手指梳過他的頭髮時，他又說。

「為什麼你不告訴我？」艾笛懇切地問他。

亨利安靜了片刻，然後才開口說：「你是怎麼走向時間盡頭的？」他抬頭望著她，「我想要好好珍惜每一步。」

他顫抖地輕嘆了一聲。

「我還在唸大學時，叔叔得了癌症，已經無藥可醫了，醫生說他還剩幾個月的時間，他把消息告訴大家，妳知道嗎，結果其他人承受不了，他們沉浸在自己的哀傷中，他根本還沒死，就已經開始悼念。知道一個人快死之後，就再也忘不掉這個事實，會慢慢侵蝕日常的一切，留下詭異又腐爛的殘局，對不起，艾笛，我不想要妳用異樣的眼光看我。」

她爬上床，把他拉過來靠在旁邊，「對不起。」他說，像輕柔穩定的禱告。

他們面對面躺在那裡，手指交纏。

艾笛強迫自己開口問，「你還剩多久？」

亨利吞了口口水。「一個月。」

那三個字彷彿打在柔軟肌膚上的一記重拳。

「一個月又多幾天。」他說，「三十六天。」

「已經過午夜了。」艾笛輕聲說。

亨利呼出一口氣，「那就是三十五。」

她抓他抓得更緊，他也是，他們就那樣緊緊攀住對方，直到手都痛了，就好像有人隨時會來拆散他們，也像對方會忽然溜走，消失無蹤。

德軍佔領的法國
一九四四年十一月二十三日

VII

她的背撞上粗糙的石牆。

監牢的門發出吱嘎聲，重重關上，鐵欄杆另一邊的德國士兵哈哈大笑，艾笛緩緩癱坐在地上，一邊咳著血。

監牢裡的一角，有幾個男的彎腰駝背擠在一起，還在竊竊私語。至少他們似乎不在意她是女的。德國士兵發現了。雖然被他們逮到時，她身上穿著低調的長褲和外套，還把頭髮往後梳，但是從他們的怒容和獰笑之中，艾笛看得出他們已經發現她是女的。她用十幾種語言警告他們，如果他們膽敢靠近，會發生什麼事，但是他們只哈哈大笑，出手把她打得失去知覺。

起來，她命令自己疲憊的身體。

起來，她命令渾身痠痛的骨頭。

艾笛強迫自己站起身，跌跌撞撞來到牢房最前方。她兩隻手緊握著寒冷的鋼鐵，用力拉扯，直到她的肌肉都痛了，鐵桿還發出嘰嘰嘎嘎的聲響，但仍舊一動也不動。她用手指摳著門栓，摳到都流血了，直到一名士兵伸手用力往鐵桿一拍，威脅要拿她的身體當柴燒。

她真是個笨蛋。

以為會有用。以為容易被人遺忘就等於隱形了，以為詛咒可以保護她。

早知如此，她應該留在波士頓的，在那裡她只需要擔心戰時配給和冬日嚴寒。她不該回來的。都怪她那愚蠢的榮譽感和頑固的驕傲。這是最後一場戰爭，而她逃之夭夭，啟程前往大西洋另一頭，而不是留下來面對家鄉的危險。不知為何，發生了這麼多事、過了這麼久，法國在她心中的地位一直沒變。

一直都是家。

所以就在旅程的某個時候，她決定自己可以幫忙。當然不是正式去從軍參戰，但是祕密是沒有主人的。無論是誰，即便是幽靈，都可以染指祕密，加以交換。

她唯一要注意的，就是不要被抓了。

三年來，她在德軍佔領的法國運輸祕密。

三年，結果最後卻淪落到這裡。

奧略昂郊外的一座監獄。

他們是會忘記她的臉沒錯，但是於事無補。根本一點幫助也沒有，因為這群士兵根本也沒花心思想記得。在這裡，所有的臉孔都很陌生，都是無名的外國人，如果她無法逃出去，那就得想辦法憑空消失。

艾笛靠著冰冷的牆壁癱坐在地，拉緊破爛的夾克裹住身體。她閉起眼睛，沒有祈禱，嚴格來說並不算祈禱，但是心中確實想著他。也許她甚至還希望現在是夏天——他也許會主動現身來找她的仲夏夜晚。

士兵粗手粗腳地搜過她的身，拿走所有她可能用來攻擊他們或逃跑的東西。他們也扯下皮繩上掛的木戒指，隨便丟到一旁。

然而她在破爛的衣物中上下翻找時，還是找到了戒指，像是口袋皺褶裡的一枚銅板。那時，她很感激自己怎麼也無法擺脫這個東西。她滿懷慶幸地舉起戒指，打算戴到手指上。

有幾秒鐘的時間，她動搖了，這枚戒指已經跟著她整整二十九年，代表著各種牽掛與羈絆。二十九年，她沒戴過半次。

但現在，就連路克臉上志得意滿的微笑都比在監獄牢房中關到死還好，或是更糟糕的下場。

前提是**如果**他會來。

那些話像耳語般在她腦中窸窸窣窣，揮之不去的恐懼。

芝加哥像苦苦的膽汁，湧上她的喉頭。

她胸口裡的怒氣，他雙眼裡的惡毒。

我寧願當鬼魂。

她錯了。

她不想當這樣的鬼魂。

所以，這幾個世紀以來第一次，艾笛開始祈禱。

她將木戒滑上手指，屏息以待，想要感覺到什麼，也許是魔法的騷動，也許是忽然颳來的一陣風。

但是什麼動靜也沒有。

什麼也沒有。她不禁好奇，自己撐了這麼久都沒用戒指，會不會到頭來其實只是個玩笑，給了她希望，只是打算後來逮到機會再將之砸落，看看是否能摔個粉碎。她本來已經要開口咒罵了，這時，一陣微風吹來，不是刺骨嚴寒，反而溫暖怡人，穿過監獄牢房，帶來遙遠夏日的香氛。

牢房另一頭那群男人交頭接耳的聲音停了下來。

他們在角落裡駝著背，雖然醒著，卻對周遭一點反應也沒有，眼神空洞地瞪視著，彷彿腦中忽然有了什麼點子而渾然忘我。牢房另一頭，士兵敲擊在石板地上的腳步聲也止息了，德語交談聲也像掉落深井的小石頭一樣遠去。

世界陷入一片詭異又不可思議的死寂中。

唯一的聲音是手指頭撥過監牢鐵桿時，輕柔有節奏的敲擊聲。

自從芝加哥之後，她就沒再見過他。

「噢，艾德琳。」他說，手從冰冷的鐵幕上滑落。「瞧瞧妳，怎麼這麼慘。」

她擠出一個痛苦的微弱笑聲，「當你永生不死的時候，常常不由自主地甘冒大險。」

「還有比死更可怕的事。」他說，彷彿還用得著他來提醒似的。

他四處張望著監牢，厭惡地皺起眉頭。

「戰爭。」他嘀咕。

「告訴我，你應該沒在幫他們吧。」

路克露出似乎受到了冒犯的表情，「就連**我**也是有底線的。」

「你曾經向我吹噓過拿破崙的勝利是怎麼來的。」

他聳聳肩，「野心是一回事，邪惡是另一回事，雖然我很想把自己過去的豐功偉業全都洋洋灑灑列出來，現在還是先處理妳的人身安全要緊吧。」他靠在鐵桿上，「妳打算怎麼脫困？」

她知道他想要她怎麼做。他想要她開口哀求。彷彿要她戴上戒指這樣的表示還不夠似的。彷彿他還在這場牌局中沒有先贏了一手。她的腸胃翻攪，瘀青的肋骨隱隱做痛，而且好渴，渴到如果痛哭一場能換點喝的她也願意。但是艾笛仍舊拉不下臉。

「你懂的，」她說，露出疲憊的微笑。「我總會有方法的。」

路克嘆口氣，「隨便妳。」他說，轉過頭背對她，而她一想到要被他丟在這裡，孤零零一個人，實在受不了。

「等等。」她絕望地大喊，整個身體靠在鐵桿上——發現門鎖早就解開了，牢房的門在她身體的重量下往外推開。

路克回頭望，差點忍不住臉上的笑意，他稍稍轉過身，朝她伸出手。

她踉踉蹌蹌往前跌，離開牢房，進入自由、進入他懷中。那瞬間的擁抱很單純，他身上很結實、很溫暖，在黑暗中包裹著她，很輕易就能相信他是真的、是人類、是她的家。

但是四周的世界裂開來，幢幢黑影吞噬了他們。

監牢消失無蹤，化為伸手不見五指的一片漆黑，狂野的黑暗。等黑暗再度分開，她又回到了波士頓，夕陽正要西沉，她如釋重負，差點就要跪下去親吻土地。艾笛拉緊夾克，低下身體坐在人行道邊，兩隻腳瑟瑟發抖，手指上仍然戴著戒指。她呼喚他，而他應約前來；她開口要求，而他回答了。她知道他之後一定會拿這件事來大作文章，但是現在她不在意。

她不想獨自一個人。

但是艾笛抬起頭想謝謝他時，他已經消失無蹤。

VIII

紐約市
二〇一四年七月三十日

艾笛一邊準備，亨利一邊跟著她在公寓中走來走去。
「妳為什麼要答應他？」他問。
因為她比任何人都了解黑暗，就算不懂他的心意，也知道他的邏輯是怎麼運作的。
「因為我不想失去你。」艾笛說，挽起頭髮。
亨利看起來很累，似乎整個人都被掏空了，「已經太遲了。」他說。
但是還有時間。
還來得及。
艾笛把手伸進口袋，感覺戒指就在老地方等著，緊貼著她身體的木材摸起來暖暖的。她把戒指拿出來，但亨利抓住她的手。
「不要。」他哀求。
「你想死嗎？」她問，那幾個字凌厲地切過房間。
他聞言不禁瑟縮了一下。「我不想死，艾笛，但是我做了決定。」
「錯誤的決定。」
「我做了**交易**。」他說，「對不起，我很抱歉我沒有要求更多時間，也很抱歉沒有早點告訴妳，但事情就是這樣，沒有轉圜餘地了。」

艾笛搖搖頭，「你可能已經釋懷了，亨利，但是我做不到。」

「不會有用的。」他警告，「你沒辦法跟他講道理。」

艾笛掙脫他的手，「我願意試試看，」她說，把戒環往手指上一套。

黑暗並未洶湧襲來。

只有寧靜，空虛的沉寂，然後是——有人敲門的聲音。

艾笛很慶幸他沒有直接闖入，但是亨利已經搶先擋在她和門中間，兩隻手張開擋住狹小的走廊。他不肯退讓，用哀求的眼神望著她，艾笛舉起手捧著他的臉。

「你必須相信我。」她說。

他內心似乎有什麼崩裂了，一隻手離開了牆壁。

她吻吻他，從他與牆壁之間的縫隙中間鑽過去，打開門迎接黑暗。

「艾德琳。」

站在公寓建築的走廊上，路克應該要看起來格格不入才對，但是他不管在哪個場合向來都人模人樣。

走廊上的燈暗了一點，變成柔黃色的光暈，在他臉龐四周的鬈髮外圍形成光圈，也在他眼裡反射出細碎的金光。

他全身黑，量身定製的長褲搭配釦領襯衫，袖子捲到手肘處，一枚翠綠色的別針別在他喉間打的絲綢領帶上。

在這個時節如此盛裝打扮一定很熱，但是路克似乎不介意。無論是熱氣、雨滴還是世界本身，似乎都對他毫無影響。

他沒稱讚她很美。

他什麼也沒說。

他只簡單地轉過身，等她自己跟上。

她來到走廊上時，路克轉身看亨利，還眨了眨眼。

艾笛應該在這時停下腳步的。

她應該要轉身，任由讓亨利把她拉回公寓裡，兩人應該要緊閉大門再上好門閂，將黑暗阻絕在外。

但是他們沒有。

遲遲沒有這麼做。

艾笛回頭望著亨利，他在門口逗留，臉龐籠罩在陰霾中。她暗自希望他關上門，但是他沒關，於是她別無選擇，只好任憑亨利目送她跟著路克離開。

到樓下時，他打開建築物大門，但是艾笛停下腳步，低頭看著門檻，黑暗在邊緣蜷曲著觸角，在他們與往下通往街道的階梯之間閃爍。

她相信那些影子不懷好意，不確定自己是不是能看得到它們通往何處，最慘的就是在今晚情勢急轉直下時，被路克拋下，困在某個遙遠的地方，而今晚勢必不會有好結果。

「今天晚上我要跟你訂幾條規則。」她說。

「哦？」

「我不會離開城市。」她說，對門點點頭，「我也不會往那裡走。」

「哪裡？門的另一邊？」

「黑暗的另一邊。」

路克揚起眉毛，「妳不信任我嗎？」

「我從來沒信任過你，」她說，「現在開始信你對我也沒任何好處。」

路克發出輕柔無聲的大笑，踏出門外，舉手攔車。幾秒鐘後，一輛俐落的黑色轎車停在人行道邊。他舉起手想扶她上車。她沒理會。

他沒告訴司機地址。

司機也沒多問。

艾笛問他們到底要去哪裡的時候，路克沒回答。

很快地，他們就開上了曼哈頓大橋。

他們之間的沉默應該要很尷尬才對，談話斷斷續續，兩人就像是分開已久、卻仍未原諒彼此的情侶。

和三百年比起來，四十年何足為奇？

不過，這是計謀即將展開之前的沉默。

這是棋局佈下時的沉默。

這一次，艾笛一定要贏。

加州洛杉磯
一九五二年四月七日

IX

「天啊，妳好美。」麥克斯說，舉起杯子。

艾笛臉紅了，垂下視線看著她那杯馬丁尼。

他們是那天早晨在威爾希爾旅館外的街道上認識的，他床單的皺褶印在她肌膚上的痕跡還沒撫平。她穿著最喜歡的酒紅色裙子在人行道上徘徊，他出門準備去晨間散步時，停下腳步，問他能不能冒昧與她一起到處走一走，等他們走到一棟她隨便挑選稱之為家的可愛建築物時，他吻吻她的手，道了再見。但他道別後卻沒有離開，她也是。他們一整天的時間都待在一起，從茶館逛到公園又逛到藝術博物館，不斷找藉口，留戀著彼此的陪伴。當她告訴他這是自己多年來度過最快樂的一次生日時，他驚駭地瞪大眼睛，不敢相信她這樣的女孩居然會沒伴，而他們竟然會在羅斯福飯店這裡啜飲著馬丁尼。

（當然，今天不是她的生日，她不確定為什麼要騙他，也許是想看看他會有什麼反應，也許是因為就連她也厭倦了重複度過相同的夜晚。）

「妳有沒有遇過一個人，」他說，「讓妳覺得，已經認識了他們一輩子？」

艾笛難掩笑容。

他老是說同樣的話，不過每次都是真心誠意。她把玩著脖子上戴的銀鍊，木戒指藏在裙子領口下方。她似乎總改不掉這個習慣。

一名侍者拿著一瓶香檳出現。

「幫壽星女孩慶祝這個特殊的夜晚囉，」麥克斯雀躍地說，「也慶祝有個紳士竟然幸運到能陪她一起度過。」

「這怎麼回事？」她問。

她欣賞著高腳杯中的氣泡，在舉杯啜飲之前就已經知道這是好貨：有年份，而且要價不菲。她早已知道麥克斯買奢侈品花錢不手軟。

他是個雕塑家——艾笛老是不由自主對藝術家傾心——他才華洋溢，卻絕對不是那種窮得只剩才華的人，艾笛和很多這種藝術家相處過。麥克斯出身富裕的家庭，家裡給的錢足以讓他安然度過戰事，以及戰爭之間那段青黃不接的拮据歲月。

他舉起杯子，這時，一道陰影籠罩桌面。

她以為侍者又回來了，但麥克斯抬起頭，眉頭緊蹙，「有什麼我可以效勞的嗎？」

有如絲綢和煙霧般的嗓音悠悠飄進艾笛耳中：「的確有喔。」

路克站在那裡，身穿優雅黑西裝。他一直都很俊美，百年如一日。「親愛的，妳好啊。」

麥克斯的眉頭皺得越來越深，「你們認識嗎？」

「不認識。」她說，但路克同時也說：「認識。」太不公平了，他的聲音清晰可聞，她的回答卻變成了耳邊風。

「他是我的老朋友。」她用話中帶刺的語氣說。「但是——」

他再一次打斷她的話。「但是我們有一陣子沒見面了，如果可以的話，能不能麻煩你……」

麥克斯怒氣沖沖，「你竟敢——」

「**滾**。」

一個字，空氣卻隨著它的力量蕩漾，那單一個音節像紗布一樣包裹著她的約會對象。麥克斯臉上所有的惱怒全都消失了，所有的不悅之情也都跟著撫平，雙眼變得朦朦朧朧，一邊從桌邊起身離去。一路上連半次也沒回頭。

「該死，」她咒罵，坐回自己位置上，「你一定要這麼混帳嗎？」

路克坐在已經沒人的椅子上，舉起那瓶香檳，重新斟滿兩人的酒杯。「妳的生日分明是在三月。」

「等你跟我一樣老，」她說，「什麼時候想慶祝就慶祝。」

「妳和他在一起多久了？」

「兩個月。還不錯。」她說，一邊啜飲香檳。「他每天都會重新愛上我。」

「然後每天晚上都會再次忘記妳。」

很傷人的一句話，但已經不像以前那麼痛了。

「至少他會陪我。」

翡翠綠的視線在她皮膚上游移，「我也可以陪妳，」他說，「如果妳願意的話。」

一陣熱潮湧過她的臉頰。

絕對不能讓路克知道她其實會想念他。會想到他，就像之前她獨自在夜裡會想到她的陌生人一樣。每次把玩著喉間的戒指，都會想到，就連她沒在玩戒指的時候也會想到。

「這個嘛，」她說，喝乾杯中的酒，「我的約會對象被你趕跑了，你最好補償我。」

短短一句話，就讓路克的眼睛重新閃爍著翠綠光芒，而且更加明亮。

「來吧，」他說，把她從椅子上拉起來。「夜晚還很長，我們可以找更多樂子。」

蟬鳴酒吧裡非常熱鬧。

裝飾藝術吊燈低掛著，照亮拋光天花板。鋪著紅地毯的階梯通往陽台座位，舞台不高，前方擺著幾張覆蓋著亞麻桌布的餐桌和地板打磨發亮的舞池。

他們抵達時，一組銅管樂隊剛演奏完一首曲子，喇叭和薩克斯風的樂音在酒吧中飄揚。酒吧裡擠滿了人，但路克拉著她穿越人潮時，已經有張空桌子在舞台前方等著他們。全場最好的位置。

他們在桌旁就定位，不久之後，一名侍者出現了，托盤上已經擺好兩杯馬丁尼。她想起幾個世紀前，他們在侯爵的宅邸裡第一次共進晚餐，早在她同意要吃之前，餐點就準備好了，她不禁納悶路克是否早早計劃好了，又或者這個世界會主動依照他的心意來改變。

一個新的表演者上台時，觀眾席間爆出掌聲。

那名削瘦的男子臉孔蒼白，狹窄的額頭上戴著灰色紳士帽。

路克看著他的樣子，就像是在看自己引以為豪的收藏品。

「他叫什麼名字？」她問。

「辛納屈。」他回答，樂團開始彈奏，男人也開了口，一首流暢甜美的慢板情歌飄蕩在房間裡。

艾笛聽得入神，周圍的男女也紛紛起身，踏入舞池。

艾笛站起來，伸出手說：「陪我跳舞。」她說。

路克抬頭看著她，仍舊坐著沒起身。

「換作麥克斯的話一定會陪我跳。」她說。

她以為他會拒絕，但是路克竟然乖乖站起身，牽起她的手，帶著她走向舞池。

她也以為他會很僵硬、很拘謹，但是路克移動的方式，就像吹過麥田的風或席捲過夏日天空的暴雨一樣流暢優雅。

她試著回想是否有跟他這麼親近過，但是想不起來。

他們以往都會保持距離。

現在，阻隔著他們的空間瓦解了。

他擁著她，像毛毯也像微風，更像黑夜本身。但是今天晚上，他感覺不像黑影或煙霧，今晚，貼著她的那雙手臂很結實，聲音滑過她的髮際。

「就算如果妳認識的每個人都記得妳，」路克說，「最了解妳的人依然是我。」

她的目光在他臉上梭巡，「我認識**你**嗎？」

他低下頭俯視著她，「除了妳之外，沒人認識我。」

他們的身體緊緊貼在一起，曲線完美貼合，他的肩窩幾乎是為了她臉頰的弧廓所量身打造的。

他的手，貼著她的腰。

他的聲音似乎填滿了她內心裡各個空洞和縫隙，說著：「我想要妳。」然後又說：「我一直都想要妳。」

路克低頭看著她，那雙晦暗的綠色眼睛充滿愉悅之情，艾笛努力穩住自己。

「你想要的是獎品，」她說，「你想要的是一道佳餚或一杯美酒，只是想要可以讓你吞噬的東西。」

他垂下頭，嘴唇貼著她的鎖骨。「這難道不對嗎？」她抵抗著想親吻他嘴唇的衝動。「難道……」

他的嘴巴拂過她的下顎，「……被品嚐有那麼糟糕嗎？」他的呼吸刷過她的耳朵，「……被享用有那麼難受嗎？」

他的雙脣覆蓋在她的嘴上，可想而知，和她嘴巴的曲線也完美貼合。她不是很確定事情發生的先後順序，不確定是誰先主動吻了誰，不確定是誰先起頭、誰又跟著回應。她只知道原本兩人中間還有最後的一點空間，卻忽然全都瓦解。當然，她以前想過親吻路克的情景，那時他只存在於她的幻想之中，現在，他遠遠不只是幻想而已。但是在她的想像之中，他像掠奪什麼戰利品一樣佔領她的嘴。畢竟，他們初次相遇的那天晚上，他也是這樣吻她的，那時，他用她脣上的血來為這筆交易畫印蓋章。那個吻和她想像之中路克的吻一模一樣。

但現在，他吻她的方式，彷彿品嚐的是毒藥。

小心翼翼，動作中帶著試探，幾乎是戒慎恐懼。

只在她有所回應，開始以同樣的方式回吻他時，他才逐漸繼續深入，牙齒劃過她的下脣，他身體的重量與熱力緊緊貼著她。

他嚐起來有夜晚空氣的味道，也彷彿夏日暴風雨來臨前那股令人頭暈目眩的壓力。他嚐起來有遠方森林營火的微弱煙味，像黑暗中逐漸熄滅的餘燼。他嚐起來像森林，但不可思議地，竟然也像家。

這時，黑暗在她周圍揚起，包圍著他們，蟬鳴酒吧不見了，低緩音樂和慢板情歌的旋律都被迫人的虛空和狂風和加速的心跳淹沒，艾笛開始墜落，感覺永無止境，也可能是只後退了一步——接著她的腳就踏上一間飯店房間光滑的大理石地板，路克將她往前壓，而她背靠著最近的一堵牆，將他往後拉向自己。

他的手臂鬆鬆地按在她身體兩側，像一個打開的牢籠。

如果她嘗試的話，是可以掙脫的。

但是她試都沒試。

他再次吻她，這一次，他感覺不像是在品嚐毒藥了。這次，再無謹慎也再無保留，那個吻突如其來又凌厲深刻，讓她喘不過氣，只留下飢渴，有一瞬間，艾笛感覺到黑暗張開血噴大口，在她周圍敞開，雖然地面仍穩穩踩在她腳下。

她吻過很多人。但是沒有一個人的吻和他一樣。其間的差異不是在物理細節上，他的嘴型並沒有比其他人來得更適合接吻。差別在於他使用那雙嘴脣的方式。

這就像在桃子還沒成熟時就吃掉果實，和在果實吸滿陽光後一口咬下之間的差異。

也像只能看見黑與白，以及觀賞全彩電影之間的差異。

他們的第一次就像某種打鬥，兩人都不願卸下防備，都在留意著是否會有利刃露出鋒芒，等著切開血肉。

他們終於撞在一起時，就像兩具分離得太久的軀體。

這是一場床單間的戰鬥。

早晨時，整個房間四處都是戰爭後的狼藉痕跡。

「上一次我不想走，」他說，「已經是好久以前的事了。」

她看著窗戶，天空透出第一絲光線，「那就別走。」

「我非走不可，」她說，「我是屬於黑暗的生物。」

她用一隻手撐著頭，「太陽升起後你會消失嗎？」

「我會直接去一個現在還伸手不見五指的地方。」

艾笛起身走到窗戶邊拉緊窗簾，整個房間又陷入無光的黑暗之中。

「好了。」她說，伸手摸索著回到他身邊，「又暗了。」

路克發出輕柔悅耳的大笑，伸手將她拉到床上。

所有之地，無有之地
一九五二至一九六八年

X

只是性而已。

至少一開始是這樣的。

對艾笛來說，他是她體內亟需清除乾淨的毒素。

對路克來說，她是可以好好享受的新鮮玩意。

艾笛以為他一個晚上後就會膩，就會用完他們這些年來繞著彼此打量試探所累積的能量。

結果兩個月後，他又來找她了，從虛空中踏出，回到她的生活中。她心想著，真的好奇怪，看著紅金交織的秋季樹葉襯托鬆鬆圍了一條炭灰色圍巾的他。

而他這次離開，距離下一次來訪，只隔了幾星期。

再下一次，只隔了幾天。

這麼多年孤獨的夜晚、好幾個小時的等待與厭惡與心懷希望。現在，他就在她身邊。

然而，艾笛在他每次來訪的空檔之間，都會對自己許下小小的承諾。

她絕不留戀他的懷抱。

她絕不在他身旁睡著。

除了貼在她肌膚上的嘴脣、與她十指交纏的手指、壓在她身上的重量，她不會對他有任何感覺。

小小的承諾，但是她做不到。

原本只是性而已。

然後就不只是性。

「陪我用餐。」入春時的某天，路克說。

「陪我跳舞。」新年的第一天，路克說。

「和我在一起。」轉眼間一個十年又過了，他才終於開口。

有天晚上，艾笛在黑暗中醒來，他的指尖在她的皮膚上描著紋路，她看見他眼中的神色，很是訝異。不，不是因為他的表情。而是他**認得**她這件事。

這是有史以來第一次，她醒來時，枕邊人沒有忘記她。第一次，在小憩之後，還能聽見自己的名字。第一次，她不覺得孤單。

她內心似乎有什麼裂開了。

艾笛不恨他了。不恨他很久了。

她不知道轉變是什麼時候開始的，不確定有沒有一個特定的時間點，正如路克曾經警告過她的。海岸線是潮汐慢慢侵蝕出來的。

她只知道自己好累，而他是她想歇息的去處。

她也知道，自己竟莫名地開心。

但這不是愛。

每當艾笛開始感覺自己忘記這件事時，都會把耳朵貼在他赤裸的胸膛上，想要聽到代表生命的節奏和呼息，卻只聽到夜晚樹林和炎炎夏日的靜謐。在在提醒她路克只是一個謊言，他的臉孔和身軀都只是偽裝。

他不是人，這也不是愛。

XI

紐約市
二〇一四年七月三十日

城市在窗外溜過，但是艾笛沒轉頭，也沒閒情逸致去欣賞曼哈頓的天際線，欣賞四面八方聳立的建築。她只細細打量著暗色玻璃杯上的路克倒影：他下巴的線條、額頭的弧線，都是好多年好多年以前，她親手畫出來的。她凝視著他，就像農夫看著森林邊緣探出頭的一頭野狼，等著牠有所行動。

他先開口打破沉默。

先出手移動棋子。

「妳記得在慕尼黑的那齣歌劇嗎？」

「路克，我什麼都記得。」

「妳看著舞台上那些演員的模樣，還以為妳從來沒看過劇呢。」

「我從來沒看過**那麼棒**的劇。」

「一看到妳遇上嶄新事物時眼裡流露出的驚奇，我就知道我永遠贏不了。」

她想像品嚐一小口美酒那樣細細品嚐那句話，可是葡萄味很快就在她嘴裡變酸。她不相信這些話。

車子在「布穀鳥」外頭的站牌停下，這間美麗的法式餐廳位在下蘇活區，外牆攀附著常春藤。她以前來過，她在紐約吃過最棒的兩餐，其中一餐就是在這裡。她好奇路克知不知道她有多喜歡這間餐廳，又或者只是剛好和她品味雷同。

他又一次對她伸出手，她又一次忽略。

艾笛看著一對情侶來到餐廳門口，門卻鎖上了，她目送他們離去，嘴裡一邊嘀咕著竟然沒有事先打電話訂位之類的。但是路克拉住門把時，門輕輕鬆鬆打開了。

裡頭的大吊燈從高聳的屋頂懸掛而去，巨大玻璃窗閃著黑色亮光。這個地方感覺很像一個洞窟，雖然空間大到可以容納一百個人，這天晚上卻空蕩蕩的，除了在開放式廚房中忙碌的那兩個主廚、兩個侍者和領班，領班一看到路克，立刻低低彎下腰鞠了個躬。

「晚安，杜波先生，」他用茫茫然的嗓音說，「晚安，小姐。」

他帶著兩人入座，每張桌子上都擺著紅玫瑰。領班幫艾笛往後拉開椅子，路克等她入坐後才坐下。領班開了一瓶梅洛葡萄酒，為兩人斟滿，路克對她舉起酒杯說：「敬妳，我的艾德琳。」

沒有菜單，也沒特別點餐，侍者已經開始送上一道道佳餚。

櫻桃鵝肝醬和兔肉凍。奶油起司比目魚和新鮮的麵包，還有五六種不同的乳酪。

食物當然非常精緻好吃。

但是他們用餐的時候，領班和侍者全都靠牆排排站好，睜著空洞的眼睛，臉上表情茫然。她一直都很討厭他力量的這個層面，也討厭他這麼隨意就信手使出。

她對那些牽線人偶點點酒杯。

「讓他們走吧。」她說，他照辦了。一個沉默的手勢，服務他們的一干人等就消失了，餐廳裡只剩下他們兩個人。

「你會這樣對我嗎？」他們離開後，她問道。

路克搖搖頭，「我沒辦法。」他說，艾笛還以為他的意思是因為太在乎她了，才下不了手，沒想到他接著說：「我對已經有承諾約束的靈魂束手無策，他們有自己的意志。」

算是種冰冷的慰藉，她心想，但也聊勝於無了。

路克低頭看著酒，捏著杯腳轉動，她在灰暗的酒杯裡看見他們兩人，在絲綢床單中交纏，她的手指在他髮間，而他的雙手貼著她的皮膚彈奏音樂。

「告訴我，艾德琳。」他說，「妳會想我嗎？」

她當然會想。

她可以告訴自己，正如她告訴他的，她只是想念有人看得到她，或者想念他如何把全副心神都放在她身上，還有他的陪伴是如此讓人迷醉——然而卻不止這樣而已。她想念他的方式，就像有人在漫漫冬日想念太陽。她想念他的聲音、想念他撫摸她時的熟稔，以及兩人言談之間針鋒相對的樂趣，他們契合的感覺。

他就像**引力**。

他和她一起擁有整整三百年的故事。

他是她生命中唯一的常數，唯一永遠都會記得的人。

路克是她年輕時夢想中的男人，後來又成為她最痛恨的人，也是她愛的人，他不在身邊的每個晚上，艾笛都會想念他。他根本不值得她苦苦想念，因為這一切都是他的錯，沒人記得她，都是他害的；她一而再再而三地失去，也是他害的。不過她沒多說什麼，因為說了也改變不了什麼，而且她還沒失去一切，她還擁有一個東西。還能拯救她故事裡的一個片段。

亨利。

換她走棋了。

她伸手越過桌面，抓住路克的手，據實以告。

「我想你。」

他聞言，綠眼晶瑩閃爍。他刷過她手指上的木戒，摩挲著上頭漩渦般的紋路。

「妳有幾次差點就要戴上？」他問。「妳有多常想到我？」她猜他大概是想引她上鉤，直到他的聲音柔軟成而與，像是微乎其微的雷鳴，「因為我無時無刻不在想妳。」

「你沒來找我。」

「妳又沒叫我。」

她低頭看著他們交纏的雙手。「告訴我，路克。」她說，「我們之間有任何一丁點是真的嗎？」

「什麼對妳來說是真的呢，艾德琳？既然我的愛對妳來說一點意義也沒有？」

「你才不會愛人。」

他露出怒容，「因為我不是人類？因為我不會衰老也不會死亡？」

「不是，」她說，抽回手，「你不會愛，因為你不懂在乎一個人比在乎自己還多是什麼感覺。如果你愛我，現在早已經放我離開了。」

路克彈彈手指，「胡說八道。因為我愛妳，才無法放妳走。愛是飢渴的，也是自私的。」

「你說的是佔有，不是愛。」

他聳聳肩，「佔有和愛有很大的區別嗎？我見識過人類怎麼對待自己所愛的事物。」

「人不是東西，」她說，「你永遠無法瞭解人類。」

「艾德琳，我瞭解妳，比這世界上的任何人都還瞭解。」

「因為你不讓我擁有任何其他人。」她吸了口氣緩緩穩住自己。「路克，我知道你不會放過我，也許你是對的，我們的確應該在一起，所以如果你愛我，就放過亨利·史托斯；如果你愛我，就放他走。」

他的臉龐閃現怒氣，「艾德琳，這是屬於我們倆的夜晚，不要提到別人。」

「但你不是說——」

「來吧，」他說，一推桌面站起來，「我對這地方胃口全失了。」

侍者才剛把一份梨子塔端上桌，路克一說話，甜點立刻化成灰燼，艾笛不禁對神的喜怒無常嘆為觀止。

「路克。」她開口說，不過他已經站起來了，把餐巾丟到食物殘骸上。

路易斯安那州，紐奧良
一九七〇年七月二十九日

XII

「我愛妳。」

他說出那三個字時，他們在紐奧良法國區一間隱密的酒吧吃飯，那是他佈設的據點之一。

艾笛搖搖頭，訝異那三個字經過他的口中，竟然不會化成灰燼，「不要假裝這是愛。」

路克露出惱怒的表情，「那妳告訴我，什麼才是愛？告訴我，妳聽見我的聲音時，心臟不會噗通跳。妳聽見我的嘴說得出妳的名字時，不會隱隱心痛。」

「我心痛是因為想要我的名字，而不是因為從你口中說出。」

他嘴角微揚，眼眸現在是翡翠綠。因為開心而亮晶晶的。「或許曾經是這樣。」他說，「現在不只了。」

她很害怕他說得是對的。

然後他把一個盒子擺在她眼前。

簡單的黑盒，艾笛很想伸手去拿，盒子很小，可以捧在她的掌心裡。

但是她按捺住了一開始的衝動。

「這是什麼？」她問。

「禮物。」

她還是沒拿。

「艾德琳啊，老實告訴妳，」他說，把盒子從桌面一把撈起，「這東西又不會咬人。」

他打開盒子，放在她面前。

裡面是一把簡單的黃銅小鑰匙，她詢問鑰匙可以打開什麼、通往哪裡，他只回答：「家」。

艾笛渾身一僵。

她沒有家，離開維永之後，她就沒有家了。老實說，她已經很久沒有屬於自己的地方了，她原本還開始覺得感激，接著很快就想起，令她無家可歸的罪魁禍首，不就是他嗎？

「路克，別捉弄我了。」

「我沒在捉弄妳。」他說。

他抓住她的手，帶領她穿過法國區，來到波旁街盡頭的一家店，一棟有陽台和落地窗的黃色房子。她把鑰匙滑進門鎖裡，聽見裝置轉動的低沉聲響，想到如果這地方屬於路克而不是她，那麼門應該會直接敞開才對。忽然之間，那把黃銅鑰匙顯得真實又堅定，是個值得珍惜的寶貝。

門打開了，露出後方天花板挑高、鋪著木地板的屋子，所有的傢俱、櫥櫃和空間都等著她去填滿。她走到陽台上，潮濕的空氣中飄來法國區的各種喧鬧聲響。爵士樂在街道上飄揚，混亂的旋律互相衝擊、層層疊疊，千變萬化又充滿活力。

「這裡是妳的了，」路克說，「妳的家。」她骨髓深處又開始響起已經快變成老生常談的警告。但是這些日子以來，原本尖銳的警報已經變成越來越黯淡的信號燈，就像在從遙遠的海上望向港口模糊不清的燈塔。

他把她往後拉進自己懷中，艾笛又一次注意到他們兩人的軀體有多麼契合。

彷彿他是為她天造地設。

當然，事實就是如此。這具軀體、臉上的五官，都是為了誘她卸下心防的偽裝。

「我們出門吧。」他說。

艾笛想留在屋內，好好認識一下這棟房子，但是他說之後還有時間，最不愁的就是時間。長久以來第一次，她不會害怕永恆。長久以來第一次，日日夜夜不會漫長難熬，而是如梭飛逝。

她知道，不管他們之間擁有的是什麼，都維持不了太久。

也絕對不能維持太久。

反正本來就沒有恆常的事物。

但是此時此刻，她很開心。

他們手牽手穿過法國區，路克點燃了一根雪茄，她說這對身體不好的時候，他用鼻子噴氣，發出無聲的大笑，煙霧從嘴唇湧出。

他們經過一間店的展示櫥窗時，艾笛慢下腳步。

當然，店沒開，但就算透過晦暗的玻璃，她還是看得見假人身上穿的那件有著銀鈕釦的黑色皮衣。

路克跟隨她的視線望過去，鏡中倒影閃爍了一下。

「現在是夏天耶。」他說。

「等冬天來了就可以穿了。」

路克的手撫過她的肩頭，她感覺到皮革覆蓋在肌膚上的柔軟碰觸，櫥窗裡的假人現在赤身裸體，

她試著不去想之前那段苦哈哈的日子，被迫飢寒交加，被迫要躲藏、奮戰和偷竊。她努力不去想，但還是忍不住。

他們返回黃色屋子的半路上，路克說要先走。

「我有事要忙。」他說，「妳先回家吧。」

家——他離開時，那幾個字在她胸腔裡迴盪，但是她沒走。

她看著路克繞過轉角，過馬路到街道另一邊，她在陰影中逗留，目送他靠近一間門口上印著螢光手掌印的商店。

一名較年長的女人站在人行道上，正在關店，彎著腰摸索著一串鑰匙，一邊手肘勾著一個大包包。她一定聽到他來的聲音，因為她嘴裡對著黑暗嘀咕了幾句，說著要關店，改天再來之類的，接著轉過身時，這才看見他。

艾笛在商店櫥窗倒影裡也看見了路克，不是在她眼中的樣子，然而一定是門前的老婦人看見他的模樣。他那頭黑色鬈髮沒變，但是臉龐削瘦許多，稜角銳利，活像一頭餓狼，他的眼窩凹陷，四肢太過細長，與人類沒有半分相似之處。

「我們約定好了。」他說，話語扭折著空氣，「現在交易已經完成了。」

艾笛默默看著，以為老婦人會哀求、會逃跑。

但是她把袋子放在地上，昂起下巴。

「是啊，約定好了。」她說，「我也累了。」

不知為何，這似乎更糟。

因為艾笛懂。

因為她也累了。

黑暗又一次在她眼前拓展開來。

距離艾笛上一次看見他真正的模樣，已經是超過一百年前的事了，洶湧的夜晚，裡頭藏著尖牙利爪。而這一次，它們並沒有撕咬拉扯，沒有一點恐懼。黑暗只像暴風雨一樣包裹住老婦人，擋住了燈光。

艾笛別過頭。

她回到波旁街上的黃屋子，為自己倒了一杯清冽白酒。天氣酷熱，陽台的門大大開著，希望為夏夜透進一絲涼風。她聽見他抵達的腳步聲時，正靠在鐵欄杆上，然而他不像前來求愛的情人從下方街道抵達，而是從她身後的房間。

他的手臂舉起手摟住她的肩膀時，艾笛想起他在門口擁抱老婦人的模樣，將她層層疊疊裹住，完全吞噬。

紐約市
二〇一四年七月三十日

XIII

他們走著走著，路克的心情似乎好了一點。夜晚很溫暖，頭頂掛著細細一彎月牙。他的頭往後仰，吸進夜晚的空氣，彷彿那不是狹窄的空間擠了太多人時蒸散出的暑熱。

「你來這裡多久了？」她問。

「我來來去去的。」他說，不過她學會了該怎麼讀他字裡行間的意思，猜想他來紐約的時間，大概就跟她一樣久，在她身後的陰影裡鬼鬼祟祟。

她不知道他們要走去哪，開始好奇路克是不是心裡也沒個主意，或者只是單純想走走，離他們那頓晚餐的殘局越遠越好。

他們往市中心走去時，艾笛感覺時光在他們周圍折疊，她不確定這是魔法，又或者只是記憶作祟，但每走過一個街區，她便隨之想起在塞納河畔，她憤憤大步離開他，想起路克帶著她離開海邊，想起她跟著他在佛羅倫斯穿梭，想起兩人肩並肩在波士頓散步，想起他們在波旁街手挽著手。

而他們此時此刻在紐約，她好奇如果他如果沒說那個字，如果沒有攤牌，如果沒有搞砸一切的話，會發生什麼事。

「今夜是屬於我們的，」他說，轉身面對她，眼睛又變得亮晶晶的，「我們要去哪呢？」

回家。她心想，儘管說不出口。

她抬頭看著一棟棟摩天大樓，從四面八方拔地而起。

「要看夜景的話，」她問道，「哪一棟景色最好？」

過了一會，路克露出微笑，利牙閃現，開口說：「跟我來。」

這些年來，艾笛得知了許多這個城市的祕密。

但是這個祕密她還不知道。

這個祕密不是藏在地底，而是位於高高的屋頂上。

有八十四層樓高的屋頂，要搭兩座電梯才能抵達，第一座電梯沒什麼特別的，只到八十一層樓。第二座則模仿羅丹的「地獄之門」雕塑，重現了那些掙扎著想逃跑的扭曲身軀，這座電梯會直接將你載往頂樓。

路克從襯衫口袋中掏出一張黑卡，刷過電梯邊框的一道開口。

「又是你的傑作嗎？」電梯門滑開時她問。

「沒有東西是真正屬於我的。」他意有所指地回答，兩人舉步踏進電梯裡。

往上三層樓，一下子就到了，電梯停下來打開門，城市夜景在他們眼前一覽無遺。

酒吧的名字用蜷曲的黑色字體寫在她腳邊：淪喪之路。

艾笛翻翻白眼，「進去後會萬劫不復嗎？」

「『萬劫不復』啊，」他說，眼睛閃著調皮的光芒，「那是另一間酒吧了。」

紅銅色地板搭配玻璃欄杆，中空的天花板看得到天空，人們在天鵝絨沙發上消磨時間，雙腳浸在淺淺的池子裡，或者在頂樓外圍的陽台流連徘徊，欣賞著城市美景。

「格林先生。」一名接待員說，「歡迎回來。」

「謝了，芮妮。」他輕描淡寫地說，「這是艾德琳，她想要什麼就幫她送來。」

接待員望向艾笛，但是她眼裡沒有任何被強迫的神情，沒有遭到魔法迷亂的茫然，有的只是一名幹練員工的服從。艾笛點了最貴的飲料，芮妮對路克咧嘴一笑，「看來您棋逢敵手了。」

「確實。」他說，一隻手擺在艾笛後腰，導引她前進。她加快腳步，脫離他掌心的碰觸，在人群中穿梭，來到玻璃欄杆邊瞭望曼哈頓。當然，看不見夜空中的星星，但是紐約往四面八方鋪展開來，自成銀河。

至少在這上面，她可以稍微喘口氣。

人群隨意談笑，酒客正在享受美好時光的白噪音，比起空無一人的餐廳裡那令人窒息的安靜還有車子裡幽閉的死寂還要好多了。天空在她頭頂敞開，城市的美景包圍著她，而且這裡不是只有他們兩個人。

芮妮拿著一瓶香檳回來，玻璃瓶身上明顯看得出積了一層灰塵。

「一九五九年的唐培里儂，」她解釋，遞出瓶子讓他們查看，「格林先生，是從您的私人酒櫃裡拿的。」

路克擺擺手，她打開瓶子倒了兩杯，氣泡非常細緻，看起來像酒杯裡的碎鑽。

艾笛啜飲了一口，品嚐香檳在舌尖微刺的感覺。

她掃視著人群，有些臉龐讓人覺得面熟，卻又不太確定是在哪裡看過。路克為她一一指出，那個是參議員、演員、作家和評論家，她想知道是不是有人賣了自己的靈魂，又或者是每個人都即將要出賣自己的靈魂。

艾笛低頭看著酒杯，氣泡仍然流暢地咕嚕湧到表面，她開口時，音量幾乎接近耳語，淹沒在其他人的聊天聲中。但是她知道他在聽，知道他聽得到。

「路克，放過他。」

他的嘴緊繃了一點，「艾德琳。」他出聲警告。

「你說過會聽我說的。」

「好，」他往後靠向欄杆，攤開兩隻手，「那妳告訴我，妳在這最近一位人類情人身上，到底看到了什麼優點？」

亨利．史托斯體貼又善良，她想這麼說。他聰明又才華洋溢，是個溫柔的暖男。

他是與你相反的一切。

但是艾笛知道她必須小心應對。

「我在他身上看到了什麼？」她說，「我看到了自己，或許不是我真實的自己，而是從前的自己，在你現身拯救我那晚之前的自己。」

路克露出怒容，「亨利．史托斯想死，妳想活，你們差得遠了。」

「事情沒你說的那麼簡單。」

「是嗎？」

艾笛搖搖頭，「你只看得到缺陷和錯誤，還有可以利用的弱點，但是人類根本亂七八糟，路克，這就是他們美好的地方，他們會過生活、會愛人、會犯錯，他們有許許多多不同的感受。而或許——或許我已經不再是他們其中一員了。」

她說出那句話時，感覺撕心裂肺，因為她知道這是真的。無論如何，這個事實她否認不了。

「但是我記得，」她繼續說，「我記得那是什麼感覺，而亨利——」

「迷失了。」

「他是在尋找，」她反駁，「你如果不出手干涉，他會自己找到出路的。」

「我如果不出手干涉，」路克說，「他早就已經跳下屋頂了。」

「你不能這麼武斷。」她說，「這件事你永遠無法確定了，因為你出手干涉了。」

「艾德琳哪，我買賣的是靈魂，不是改過自新的機會。」

「所以我求你放她走，你不把我的靈魂還給我就算了，總能把他的還給他吧。」

路克呼氣，一隻手往頂樓一揮，「挑一個。」他說。

「什麼意思？」

他捏著她的臉望向群眾，「挑一個靈魂來取代他的位置。找一個人來當代罪羔羊。」他的聲音低沉滑順，毫無一絲猶疑。「任何交易都有代價，」他柔聲說，「必須要有人付。亨利．史托斯典當了他的靈魂，妳要拿誰的來贖回去？」

艾笛盯著擁擠的屋頂，有些人她認識，有些不認識。男女老少都有，三兩成群或獨自一人。

他們有人是無辜的嗎？

有人生性殘酷嗎？

艾笛不知道自己能不能做到——直到她慢慢舉起手，接著指向其中一個男的，一顆心直往胃裡沉，等著路克往前走，去拿取他的戰利品。

但是路克一動也不動。

他只哈哈大笑。

「我的艾德琳啊，」他說，吻吻她的頭髮，「妳的改變比妳自己想像中更多呢。」

她扭過身面對他時感到頭暈目眩，「不要再玩遊戲了。」她說。

「好吧。」他說，然後拖著她一把踏入黑暗中。

屋頂消失，虛空在她身周湧起，吞沒一切，只留下一片無星的夜空，一片永恆、暴烈的黑暗。然而黑暗又在瞬間褪去，世界很寂靜，城市消失了，她又回到了樹林裡，只剩下她孤單一人。

XIV

路易斯安那州，紐奧良
一九八四年五月一日

事情就是這樣結束的。

窗框上有蠟燭在燃燒，搖曳燭光在床上投落長長的影子。窗外黑夜正濃，空氣裡有夏天的第一股熱氣，艾笛窩在路克臂彎裡，黑暗像一張床單，披垂在她肩頭。

這就是家吧，她心想。

或許，這可以稱作是愛。

這是最糟糕的部分，她終於不再事事都記得一清二楚，然而她忘記的卻是不該忘的事。這是她應該要記得的唯一一件事：床上的那個男人其實不是人。這樣的生活其實不是生活。這只是一場遊戲，一場戰鬥，到頭來，只是漫長戰爭的一部分。

滑過她下巴的撫觸，感覺像牙齒。

黑暗貼著她的肌膚低語，「我的艾德琳。」

「我不是你的。」她說，但是他的嘴只貼著她的喉嚨微笑。「話是這樣說，」他說，「但我們還是在一起，我們屬於彼此。」

妳屬於我。

「你愛我嗎？」她問。

他的手指滑過她的臀部，「妳明明知道我愛。」

「那就讓我走。」

「我又沒強迫妳留在這裡。」

「我不是這個意思，」她說，用一邊手臂撐起身體，「放我自由。」

他往後退，剛好對上她的視線。「我沒辦法打破交易。」他垂下頭，黑色鬈髮刷過臉頰，「但或許，」他的低語刷過她的鎖骨，「我可以調整一下，」

艾笛的心臟在胸腔裡噗通跳，「也許我可以改變條件。」

她屏息以待，路克的話在她皮膚上舞動。

「我可以讓條件更優渥，」他喃喃說，「妳只要投降就好。」

她彷彿被當頭潑了一盆冷水。

戲終謝幕：那些可愛的道具、舞台擺設、訓練有素的演員，全都消失在漸暗的布幔後方。

在黑暗中耳語的命令。

對一個瀕臨崩潰的人下達的警告。

好幾年來一而再、再而三的要求——直到有一天忽然停止。他上一次這樣要求，已經是多久以前的事了？當然，她知道——那只是他決定要改變方法，決定採取比較溫柔的手段。

她真傻，傻到以為這是和平，以為戰爭已經結束。

投降。

「怎麼了？」他問，佯裝困惑，直到艾笛決定原封不動把那兩個字丟回給他。

「投降？」她齜牙咧嘴。

「不過區區幾個字而已。」他說，但是他教過她字詞的力量，一個字就能改變一切，而從他口中說出的話是毒蛇，是錯綜複雜的把戲，也是詛咒。

「事情的本質就是如此，」他說，「這樣才能改變交易。」

艾笛往後退，遠離到他碰不著的地方，「你是要我**相信**你嗎？就這樣束手就擒，奢望你會把東西還給我？」

好多年了，他換了好多種方式詢問同樣一件事。

妳要臣服於我嗎？

「路克，你一定覺得我是白癡吧，」怒氣燒得她臉頰灼燙，「我很訝異你竟然這麼有耐心，但話說回來，你好像一直以來都很喜歡這樣的追逐。」

他的綠眼在黑暗中閃爍。「艾德琳。」

「你膽敢叫我的名字。」她現在挺直身體，怒火中燒，「路克，我知道你是個怪物，你的真面目，我看過太多次了，但我還是以為——不知道為什麼我會有這種念頭——過了這麼久——當然了，這不是愛，對不對？甚至不是善意，只是另一場遊戲。」

有一瞬間，她以為自己錯了。

那瞬間，路克看起來受傷又困惑，她想知道他剛剛所言是否真心誠意，如果，如果——

可那瞬間稍縱即逝。

他臉上受傷的表情消失，陷入一片陰影中，如同雲朵遮住太陽一樣自然的轉換。他露出陰沉的微笑。

「好一場累人的遊戲。」

她知道這樣的回覆是她自找的，但真相仍然像一記重擊。

如果說她之前已經渾身佈滿裂痕，現在更是全面瓦解。

「我嘗試另一種方式，妳怪得了我嗎？」

路克站起身，旁邊的黑暗聚集成滑順的絲綢質地，「我給了妳一切。」

「一**切**都怪你。」

「全都不是真的！」

她絕對不會哭。

她絕對不會顯露出痛苦，白白讓他稱心如意。

她不會再給他任何東西。他們之間的爭端就是這樣開始的。

或者可以說，他們之間的關係就是這樣結束的。

畢竟，大部分的爭執，都不是一朝一夕醞釀而成，而是經年累月的累積，雙方都在蓄積柴薪，煽風點火。

這場仗醞釀了好幾個世紀。

就像物換星移一樣，古老又不可阻擋的定律，一個時代的逝去，一個女孩和黑暗的衝突。

她早該知道會發生這種事。

也許她其實一直心裡有數。

但時至今日，艾笛仍不知道那場火是怎麼開始的。是不是她從桌上掃落的蠟燭，又或者她從牆上扯下的壁燈，還是路克打碎的那盞，或許，也有可能是出於一時憤恨。

她知道自己沒有力量可以毀滅一切，但她卻做到了。他們做到了。也許是他放任她引燃火勢，也許他沒有出手阻止，讓火勢繼續燃燒。

到了最後，這些都不重要了。

艾笛站在波旁街上，看著房子燃燒，等消防員抵達時，已經沒有東西可以搶救了。只剩下一堆灰燼。

又一段人生灰飛煙滅。

艾笛什麼也沒有，甚至連口袋裡的鑰匙也沒能留下。鑰匙原本還在，但她伸手去找時，什麼也沒摸到。她的手伸向頸際的木戒。

她將戒環一把扯下，丟到曾經是她家的冒煙廢墟中，然後轉身離去。

紐約市

二〇一四年七月三十日

XV

艾笛周圍都是樹木。

夏日森林裡的苔蘚清香。

恐懼在她心裡蔓延，忽然間非常確定路克一定打破了兩條規矩，而不只是一條而已，他一定是又拖著她穿越了黑暗，將她從紐約市拖走，丟在離家好遠好遠的地方。

但她的眼睛適應過來，移動腳步緩緩轉圈，看見天際線從樹木頂冠上方冒出，發現自己原來是在中央公園。

她全身都放鬆下來。

路克的聲音從黑暗中飄來。

「艾德琳啊艾德琳……」他說，路克現在不受凡人軀體血肉筋骨的侷限，她聽不出哪些聲音真的是他發出的，而哪些又是回音。

「妳答應過我的。」她大喊。

「有嗎？」

路克從黑暗中步出，就像那天晚上一樣，是煙霧與陰影的匯聚。一陣裝在皮囊裡的暴風雨。

我是惡魔其人，還是黑暗本身？他曾經這樣問過她。我是怪物，還是神？

他身上穿的不再是那件俐落黑西裝，而是她第一次召喚他時的裝束，穿著長褲的陌生人，白色長上衣領口在喉嚨處打開，一綹綹蜷曲黑髮覆蓋著他的太陽穴。

好多年前她在心中幻想的美夢。

但有一件事和當時不同。他的眼裡沒有勝利之情，他眼睛的翠綠都漂洗殆盡，幾乎接近灰色。她從來沒見過這樣的色澤，猜想應該是傷心吧。

「妳要的，我可以給妳。」他說，「只要妳答應我一件事。」

「什麼事？」她問。

路克伸出手。

「和我跳舞。」他說。

他的聲音裡有渴望，也有失落，她想，這應該是一切，還有他們之間的終點吧。遊戲終於來到了結尾，一場雙輸的戰爭。

她答應了。

沒有音樂，但是不重要。

她握住他的手時，在腦中聽見了溫柔又撫慰人心的旋律。不能算是一首歌，而是夏日裡森林的聲音，是吹拂過原野的低風陣陣。他將她拉近時，她聽見塞納河畔的小提琴聲，低沉憂傷。路克的手滑過她的手，她聽見了海潮的穩定低喃。慕尼黑悠揚的交響樂。艾笛的頭靠向他的肩膀，聽見雨點落在維永的聲音，在洛杉磯酒吧裡的銅管樂隊，波旁街敞開的窗戶飄來的隱約薩克斯風樂聲。

舞步停下來。

音樂淡去。

一滴眼淚滑下她的臉頰，「你只要放我走就好。」

路克嘆口氣，抬起她的下巴。「我做不到。」

「因為交易嗎？」

「因為妳是**我的**。」

艾笛掙脫開來，「路克，我從來都不是你的。」她說，別過頭，「那天晚上在樹林裡不是，你帶我上床時也不是。這不過是場遊戲，話也是你自己說的。」

「我說謊。」那三個字像刀子一樣。「妳愛過我。」他說，「我也愛過妳。」

「儘管我們彼此相愛，」她說，「你卻還是等到我找到另一個人了才現身。」

她轉頭面對他，以為會看到那雙眼睛嫉妒得發黃，但看見的卻是一抹雜草般的傲慢綠色，他臉上的表情也顯現出同樣的傲慢，一邊眉毛微微抬起，嘴角微微牽動。

「噢，艾德琳。」他說，「妳以為是你們**偶然找到**了彼此嗎？」

她感覺好像踏錯了一步，忽然墜落。

「妳真的以為我會放任這種事情發生？」

地面在她腳下傾斜。

「我做了這麼多交易，妳覺得我會出這種紕漏嗎？」

艾笛緊緊閉上眼睛，她躺在亨利旁邊，兩人放在草地上的手十指交扣。她抬頭看著夜空，她哈哈大笑，以為路克終於不小心犯了錯。

「妳一定覺得自己很聰明吧，」現在他說著，「命運多舛的愛侶，因緣際會聚在了一起，你們倆在人海中相遇，甚至又剛好都受制於我，兩人都賣了靈魂，拿來換了只有另一個人能給的東西，這機率有多低啊？答案其實非常簡單，是我安排亨利出現，是我把他送給妳的，還包裝得很精美呢。」

「為什麼？」她用緊繃的喉嚨擠出三個字，「你為什麼要做這種事？」

「因為這是妳**想要**的，妳打定主意就是想要愛，除此之外眼裡容不下其他事物。所以我給了妳這個，我把他送給妳，想讓妳知道，『愛』根本配不上妳為它保留的那麼重要的位置，根本不值得妳拒絕讓我染指的那個位置。」

「你錯了，很值得。我到現在都覺得很值得。」

他伸出手，指尖刷過她的臉頰，「不值得的，等他走了，妳就不會覺得值得了。」

艾笛退開，遠離他的話和撫觸。「這太殘忍了，路克，就連以你的標準來說也很殘忍。」

「不，」他咆哮，「要是我殘忍，會給妳十年，不是只有區區一年；要是我殘忍，會先讓妳與他相守一輩子，等妳失去之後，會花上比一輩子更長的時間受苦。」

「就算是這樣我也願意！」她搖搖頭，「你從來沒考慮過要讓他活下來，對不對？」

路克垂下頭，「交易就是交易，艾德琳，交易是有約束力的。」

「你這麼大費周章，就是為了折磨我——」

「不。」他怒斥，「我這麼大費周章，是要讓妳**親眼看見**，讓妳瞭解。妳太看得起他們了，人類的生命短暫又脆弱，他們的愛也是，太膚淺了，無法長久的。妳渴望人類的愛，但妳不是人類，艾德琳。妳已經不當人類好幾個世紀了。妳在他們之中並沒有一席之地，**我**才是妳的歸屬。」

艾笛回頭，怒氣在她體內結凍成冰。

「對你來說，一定是很不容易的一課吧。」她說，「你終於學到，並不是你想要的一切你都能擁有。」

「想要？」他冷笑，「小孩才說『想要』。這如果是『想要』，我早就擺脫妳了，我好幾個世紀以前早就把妳拋諸腦後了。」他說，「這是『需要』，『需要』很痛苦，但是耐得住漫長等待。艾德琳，妳聽見了嗎？我現在需要妳，如同妳需要我；我愛妳，如同妳愛我。」

她在路克的嗓音裡聽見痛苦。

也許這就是為什麼她想傷他傷得更深。

他把她教得很好：要在盔甲裡找到破綻。

「路克，但你好像誤會了什麼，」她說，「我根本就不愛你啊。」

她的話輕柔卻穩定，在黑暗中發出轟鳴，樹葉發出窸窣聲，陰影變濃，路克的眼睛燃燒著一種她從沒見過的色調，彷彿有劇毒的顏色。好幾個世紀以來第一次，她覺得害怕。

「他對妳來說就這麼重要嗎？」他問，聲音和河流裡的石頭一樣扁平堅硬。「那就去吧，去跟妳的人類愛人廝磨吧。親手埋葬他、哀悼他、在他墳上種一棵樹。」他的輪廓開始融入周圍的黑暗，「到時候我還是會在這裡，」他說，「而妳，也會在。」

路克轉過身，消失無蹤。

艾笛緩緩跪在草地間。

她待在那裡，直到天空透出魚肚白，最後她終於強迫自己站起來，在晨霧中往地鐵站前進，路克的話在她腦海中反覆播放。

艾德琳，妳不是人。

妳以為是你們偶然找到了彼此嗎？

妳一定覺得自己很聰明吧。去和妳的愛人廝磨吧。

到時候我還是會在這裡。而妳，也會在。

她到達布魯克林時，太陽已經升起了。她停下來買早餐，自己在外待了一整晚，就當作是補償與致歉吧。這時，她才看見擺在書報攤上的報紙。這時，她才看見報紙一角印的日期。

二〇一四年八月六日。

她是在七月三十日那天離開公寓的。

去和妳的愛人廝磨吧。他說。

但是路克卻奪走了他們的相處時間，他不僅僅是偷走了一夜，而是一整個星期。七個寶貴的日子，就這麼從她的生命中抹去……還有亨利的。

艾笛拔腿狂奔。

她跌跌撞撞穿過門爬上階梯，掏出她的錢包，但是鑰匙不見了，她大力敲著門，認知到世界改變的恐懼淹沒她全身，路克重寫的可能不只有時間，他可能還奪走了更多，奪走了一切。

但鎖在這時滑動，門打開了，亨利站在那裡，看起來筋疲力竭，整個人亂糟糟的，她從他的眼神裡看得出來，他根本不覺得她會回來。他從一個黎明等到了另一個黎明，然後又是下一個，在這無止境的等待之間，他開始覺得她再也不會出現了。

艾笛伸出手摟住他。

「對不起。」她說，不只是為了這被偷走的一週。

而是為了交易、為了詛咒，為了她犯下的錯所道歉。

「對不起。」她一次又一次說，亨利沒有大吼大叫，沒有發脾氣，沒有說我早就告訴過妳了。他只緊緊抱住她說：「夠了，」他說，「答應我，」他繼續說，「留下來，」

這些都不是問句，但是她聽得出亨利想求她什麼：求她就此作罷，不要再反抗了，不要再試著改變他們的命運，就這樣一直陪他到最後就好。

艾笛無法承受就這樣放棄、投降、毫不抵抗就認輸的念頭。

但是亨利已經四分五裂，這是她的錯，所以，到了最後，她同意了。

紐約市
二〇一四年八月

XVI

最後這幾天是亨利這輩子最快樂的時光。

他知道這樣說很奇怪。

不過知道這件事，反而給了他某種古怪的自由，某種奇特的安慰。知道自己大限將至，然而，他卻感覺是終局找上了他，而不是自己不由自主地靠近。

他知道應該要感到害怕才對。

每天他都作好準備要迎接那股躁動不安的恐懼，等待暴風雨雲襲捲而至，等待那無法避免的驚慌爬上他的胸口，將他撕裂開來。但這是好幾個月以來第一次，好幾年來第一次，甚至是他有記憶以來第一次——他完全沒有絲毫恐懼。當然，他會擔心朋友、會擔心書店和貓。但是在微微讓人困擾的這些擔憂之下，是一種奇異的平靜，一種堅定的如釋重負感，他找到了艾笛，得以認識她、深愛她、有她在旁陪伴。

他很快樂。

他準備好了。

他不害怕。

他是這樣告訴自己的。

他不害怕。

他們決定要去上州。

離開城市，離開悶滯的暑熱。

去看星星。

他租了一台車，往北開，沿著哈德遜河開到一半時，亨利猛地驚覺艾笛從沒見過他的家人，心裡忽然沉重起來，想起他在猶太新年前都不該回家的，而到了新年時，他就已經不在了。如果他不下這個交流道，就永遠沒有機會說再見。

這時，雲朵開始湧入，恐懼在胸膛裡竄升，他不知道自己要說些什麼，也不知道事到如今說這些還有什麼用。

想著想著，車就開過了交流道，太遲了，但他又可以呼吸了，艾笛正在指著一個新鮮水果的招牌，他們下了高速公路，在路邊攤買了桃子，又去超市買了三明治，繼續往北開一個小時，來到一座國家公園。太陽還是很大，幸好樹蔭很涼快，他們在林間小徑裡遊蕩了一整天，夜幕低垂時，他們爬上租來的車，在車頂上野餐，接著在蔓生的雜草間躺下，看著星空。

雖然夜空似乎沒那麼黑，但有好多星星。

而且他仍然很開心。

他仍然可以呼吸。

他們沒帶帳篷，但反正現在太熱了，不需要任何遮蔽物。

他們在草叢間鋪了一條毯子躺下，抬頭看著朦朧的銀河，他想起高架公園「藝術品」展覽中的天空展品，當時感覺星星好近，現在卻遙不可及。

「如果妳可以重選的話，」他說，「妳還是會再做一次交易嗎？」

艾笛說會。

這是辛苦又寂寞的一生，她說，但也是美好的一生。她活過了戰爭，親身奮戰過，目睹了革命和重生。她在數千件藝術作品中留下了自己的痕跡，就像漸乾的陶碗下方一個小小的拇指印。她見過奇景，發過瘋，曾在皚皚雪堆中翩翩起舞，也曾在塞納河邊凍死過。她愛上黑暗好幾次，也愛過一個人類。

她累了，無法言喻的疲累。

然而無庸置疑的是，她真的活過。

「沒有任何一件事是全然的好或壞，」她說，「人生比單純的好壞還要混亂複雜幾百倍。」

黑暗之中，他問起這真的值得嗎？

片刻的快樂，真的值得漫無止境的憂傷嗎？

剎那的美好，真的值得好幾年的痛苦嗎？

她轉過頭望著他說：「一直以來都非常值得。」

他們在星空下睡著了，醒來時已是早晨，熱氣全都散去，空氣很涼爽，聽得見另一個季節的耳語，第一個他無法親身體驗的季節，正在遠方等待。

然而，他還是告訴自己，他還是不害怕。

幾個星期轉眼縮短成了幾天。

有些再見，他不得不說。

一天晚上，他約碧雅和羅比在商賈酒吧碰面，艾笛坐在酒吧另一頭啜飲汽水，給他一點空間。亨利想要她在旁邊，需要她的陪伴，彷彿暴風雨中一個無聲的錨。但他們兩人都知道，如果她和他們三人坐在同一桌，碧雅和羅比可能會忘記，但亨利需要他的兩個摯友好好記得。

有幾分鐘的時間，一切都好棒，正常得令人心痛。

碧雅談起最新的論文計畫書，皇天不負苦心人，這次終於通過了，羅比聊起下週的劇場首演，亨利沒告訴他，自己昨天其實已經偷偷去看過彩排了，他和艾笛一起坐在最後一排，彎腰駝背免得被發現，專心看著舞台上的羅比，這麼才華洋溢又俊美的一個人，在台上如魚得水，慵懶地坐在王座上，身穿喇叭褲、面帶惡魔般的笑容，散發出獨有的魅力。

最後，亨利撒了謊，跟他們說自己要出城。

去上州看父母嗎？不，這次不是，他說，是媽媽要他去探望幾個表兄弟。去一個週末就回來。他說。

他問碧雅能不能幫忙顧書店。

問羅比能不能幫忙餵貓。

他們都一口答應了，就這麼輕鬆簡單，因為他們不知道這是告別。亨利付飲料錢時，羅比開玩笑，碧雅抱怨她帶的大學生，亨利說到時候他一回來會立刻打電話給他們。

他站起來要走時，碧雅親親他的臉頰，他把羅比拉進懷裡，羅比警告他最好不要錯過表演，亨利保證自己絕對不會錯過，然後他們動身離開，就這樣走了。

他決定，告別就應該像這樣。

不是句點，而是刪節號，未完待續的句子，終究有一天，會有人接續下去。

像一扇留著沒關的門。

像在朦朦朧朧中睡去。

他告訴自己他不害怕。

告訴自己沒關係，他沒事。

就在他開始想質疑自己時，艾笛的手出現了，柔軟又堅定地搭在他手臂上，引領他回家。兩人爬上床，蜷縮起身體互相依偎，抵抗暴風雨。

午夜時分，亨利感覺到她站起來，光著腳走到外頭走廊上。

夜很深了，他也沒多想。

他翻了個身繼續睡，等他再次醒來，天色還是暗的，艾笛又回到了他旁邊的床上。

桌上的錶抖動著指針，往午夜更近了一步。

XVII

紐約市
二〇一四年九月四日

好尋常的一天。

他們窩在床上，一起縮在床單堆起的巢中，頭碰著頭，雙手滑過臂膀，滑過臉頰，用指尖記憶著每一吋皮膚。他輕聲低語著她的名字，一次又一次，好像她可以把這聲聲呼喚都保存下來，等他不在時再拿出來用。

艾笛、艾笛、艾笛。

儘管如此，亨利還是很開心。

至少，他說服自己他很開心，說服自己他已經準備好了，說服自己他不害怕。亨利告訴自己，如果他們待在這裡，窩在床上，今天就不會結束。如果他屏住氣，也許就能阻擋秒針繼續前進，用他們交纏的手指捏住光陰不放。

他沒把懇求說出口，但艾笛似乎感覺到了，因為她沒有試圖爬起床。反而和他一起在床上流連，說故事給他聽。

不是關於紀念日的故事——他們已經回顧了所有的七月二十九日——而是在九月和五月發生的事，其他人不會記得的那些。她說起蘇格蘭天空島上的瀑布和冰島的極光，回憶起她曾經在一個好清澈的湖泊裡游泳，甚至連下方十公尺深的湖底都清晰可見，是在葡萄牙嗎？還是西班牙？

這些是他之後永遠不會寫下的故事。

這是他的錯：他放不開，無法鬆開艾笛的手爬下床去書架拿最新的一本筆記本——現在已經來到了第六本，最後一本才寫了一半，他驚覺最後就會停在這裡，其他的空白頁永遠填不滿了，他密密麻麻的彎曲字體就像一堵牆，是一則永不結束故事的虛假結尾，他的心臟漏跳了一拍，微微感到一點驚慌，但是他不能放任慌張入侵，否則會將他全身都撕個粉碎，就像寒意變成寒顫，接著又變成牙關喀喀作響的全身顫抖，他還不能失控，還沒，還沒。

時候還沒到。

所以艾笛繼續說下去，他聽著，讓一段段故事像她的手指一樣滑過他髮間。每次慌張感想湧到表面時，他都竭力壓制，屏住呼吸，告訴自己他沒事，但是他還是沒有移動，不想起床。他不能起床，要是這麼做了，就會打斷這一刻的魔咒，時間會洶湧衝來，一切轉眼間就會結束。

亨利知道這很蠢，只是忽如其來的古怪迷信，然而恐懼終於浮現了，而且是再真實不過的恐懼，還好床上很安全，艾笛很堅定，他很高興她在這裡，很高興能擁有他們相遇之後的每一分鐘。

下午某個時候，他忽然之間覺得好餓。飢腸轆轆。

他不該覺得餓的，這感覺太無關緊要，也太不對勁了，但是飢餓感來得快又深刻，時鐘也隨之開始往前走。

他抵擋不了時間。

時間匆匆往前，無情飛逝。

艾笛看著他的模樣，彷彿已經讀懂了他的心意，看見他腦中累積的風暴，但她是陽光，她是清朗的藍天。

她拉著他下床，走到廚房裡，亨利坐在凳子上，她一邊做蛋餅一邊說她第一次坐飛機、第一次在收音機上聽歌、第一次看電影的故事給他聽。

這是她所能給他的最後一項禮物，他永遠無法擁有的時刻。

這也是他所能給予的最後回禮：傾聽。

他希望他們能抱著書咪重新爬上床，但是他們都知道已經無法回頭了。亨利已經起床了，就再也無法忍耐靜止不動。他全身充滿躁動不安的能量，一股迫切的需要，但是時間不夠，他知道，時間當然永遠不夠。

時間永遠會在你覺得自己準備好前的一秒鐘用光，人生的時光總會比你想要擁有的還少那麼一分鐘。

所以他們穿好衣服出門散步，在街區逛了一圈又一圈，慌張開始佔了上風，就像一隻手緊緊貼在越來越脆弱的玻璃上，穩穩地持續施壓，直到破綻開始出現，但是艾笛在他身邊，手指嵌入他的指縫間。

「你知道要怎麼活三百年嗎？」她問。

他說不知道，問她是怎麼做到的，她微微一笑，「就跟你活一年一樣：一秒、一秒活下去。」

最後，他走到腿都瘆了，焦慮感也褪去了一點，雖然沒有完全消失，但至少降低到可以控制的範圍內，他們去商賈酒吧，點了食物卻沒吃，點了啤酒也沒喝，因為他們不想要用鈍化的感官茫然面對這最後的幾個小時，即使神智清醒地面對也一樣可怕。

他開玩笑說這是最後一餐，因為實在太病態，他自己反而忍不住哈哈大笑，有一秒鐘的時間，艾笛臉上的微笑卻似乎有點掛不住，他趕緊道歉，她張開雙臂擁抱亨利，慌張感用利爪緊緊鉤住他。暴風雨在他腦中醞釀，在地平線上的天空中翻騰，但是他沒試著抵擋。

他任由暴風雨侵襲。

天空中忽然下起雨來時，他才意識到暴風雨是真的。他的頭往後仰，感覺到雨點掉到臉頰上，想起他們去四號軌道的那晚，他們來到街道上時，那陣淋得他們措手不及的傾盆大雨。他先想起那天晚上，接著才想起自己爬上屋頂那晚，而這意義非凡。

他感覺自己已經離一年前爬上屋頂的那個亨利好遙遠了——又或許其實沒他想像的那麼遠呢？從街道上到屋頂邊緣，畢竟也只有幾步的距離。

他願意付出代價，只求能夠往回走。

天啊，什麼代價他都願意付。

太陽已經下山，天色越來越暗，朝陽或落日他都不會再看見了，恐懼忽然重重撞上他，忽如其來的背叛。就像一陣狂風，颳過太過平靜的地景。他猛力抵抗，還沒、還沒、還沒，艾笛捏捏他的手，拉著他不被吹走。

「好好待在我旁邊。」她說，他回答：「我在。」

他的手指緊緊抓住她的手。

他不必開口要求，她也不必回答。

他們之間的共識不必說出口：她會陪著他，直到最後一刻。

這次，他不會是一個人。

他可以的。

沒事的。

一切都會好的。

XVIII

時間差不多到了，他們來到了屋頂上。

一年前他差點從同樣的地方跳下去，他和惡魔一起站在這裡，做了交易。兜了一圈，最後竟又回到了這裡，亨利不知道是不是事情一定要在這裡結束，不知道他人是不是應該出現在這裡，但感覺是對的。

艾笛牽著他的手，這感覺也很對。在越演越烈的風暴之中將他牢牢固定住的力量。

還有一丁點時間，手錶指針距離午夜還差了千百分之一公分，他腦中聽見碧雅的聲音。

我看也只有你會提早赴死吧。

亨利忍不住微微一笑，希望自己能對碧雅和羅比多表示一點什麼，但簡單來說，他不信任自己。他已經說了再見，雖然要等他走了之後，他們才會明白那是告別，對此，亨利感到抱歉，他為自己可能造成的痛苦感到抱歉。他很慶幸他們擁有彼此。

艾笛將他的手握得更緊。

時間就快到了，他好奇失去靈魂到底是什麼樣的感覺。

是會像心臟病發一樣突然又猛烈？還是像入睡一樣輕鬆？死亡有好多種型態，也許失去靈魂也是同樣的道理。黑暗會出現，伸出一隻手插入他的胸膛，變魔術一樣把靈魂從他肋骨之間扯出來？又或者亨利會感受到當初拉著他一步步走向邊緣的那股力量，完成當初沒做的了斷？直接走到屋頂邊緣，直接往前再踏出一步？有人會在下方街道發現他嗎？就好像他跳樓了？

還是會在屋頂上面這裡找到他？

他不知道。

他也不需要知道。

他準備好了。

他還沒準備好。

去年在屋頂上、陌生人朝他伸出手時，他還沒準備好。他那時還沒準備好，現在也還沒準備好，而且開始懷疑，其實根本沒有人準備好過，都無法從容面對最後一刻，無法面對伸出手來索討戰利品的黑暗。

微乎其微的樂聲從一個鄰居敞開的窗戶飄出，亨利把思緒從死亡和屋頂邊緣拉回來，回到和他手牽手的女孩身上，女孩要他陪她跳舞。

他把她拉近，她聞起來像夏天也像時間，她聞起來有家的味道。

「我在這裡。」她說。

艾笛答應了會和他一起面對終局。

終局。終局。終局。

那兩個字在他腦袋中迴盪，像敲響的時鐘，還沒到，他還有時間，雖然時間正在飛快消逝中。

從小到大，你都被教育得好像一次只感覺得到一種情緒：生氣、孤單、滿足——但是亨利從來不覺得是這樣。他同時可以感覺到十幾種情緒。同時迷惘、害怕又慶幸；哀傷、快樂又恐懼。

但他不是一個人。

又開始下雨了，潮濕的空氣中飄散著一種雨中都市的金屬味，亨利不在意，這也算是有始有終吧。

他們在屋頂上慢慢轉圈。

亨利已經連續幾天沒睡好了，這讓他的雙腿沉重，思緒遲緩，分分秒秒卻在他身旁加速飛過，真希望音樂大聲點、真希望天空不要烏雲密佈，真希望他還有多一點點時間。

沒人是真的準備好可以從容赴死。

就算他們以為自己準備好也一樣。

其實沒人是真的準備好。

他還沒準備好。

但是時間到了，是時候了。

艾笛似乎說了些什麼，但指針已經不會動了，現在掛在他腕上的錶感覺毫無重量，時候到了，他感覺得到自己慢慢脫節，他的心智從邊緣開始模糊，夜晚逐漸沉重，任何時候，陌生人都可能會從黑暗中步出。

艾笛正捧著他的臉轉向自己，她口中說著些什麼，但是亨利不想聽，他害怕這會是再見，他只想抓住這一秒，將這個剎那變成永恆，將電影變成凍結的一格底片，就把這當成結束吧，不是黑暗，也不是虛無，而是化為永恆的瞬間。一份困在琥珀、困在玻璃、困在時間中的記憶。

可她還在說話。

「你答應過我你會聽的。」她說，「你答應過我，你會寫下來。」

他不懂。日記放在架子上，他把她的故事都寫好了——每一部都完完整整。

「是呀，」他說，「我寫下來了。」

但是艾笛搖著頭。

「亨利，」她說，「我還沒告訴你故事是怎麼結束的。」

紐約市
二〇一四年九月一日
（終局的前三晚）

XIX

有些決定是瞬間打定主意的事。

而有些決定需要時間醞釀。

一個女孩在做了好多年的白日夢之後，和黑暗做了交易。

一個女孩瞬間愛上了一名男孩，打定主意要放他自由。

艾笛不知道自己到底是什麼時候下了這個決定。

也許是從路克重新出現在他們生活裡的那一刻起，她就知道了。

也許從亨利寫了她名字的那晚起，她就知道了。

也或許是從他說出那幾個字之後，她就知道了：

我記得妳。

她不確定到底是什麼時候打定主意的。

反正也不重要。

重要的是，終局前三天的夜裡，艾笛溜下床。亨利在睡夢中翻個身，只醒來了幾秒鐘，聽到她步上走廊，卻沒聽到她穿上鞋子，悄悄走進黑暗中。

已經快兩點了——可以說是非常晚，也可以說是非常早的那個時候——就連布魯克林都已經平息成耳語，她走了兩個街區到商賈酒吧去。還有一個小時才關門，人群只剩下兩三個醉意甚堅的酒客。

艾笛在吧台邊搬了張小凳子，點了一杯龍舌蘭。她從來不愛喝烈酒，現在卻一口氣喝完，感覺暖意在她胸口裡沉澱，她一邊伸手到口袋裡拿出戒指。

她捏緊手裡的戒指。

她把戒指拿出來，立在吧台上。

艾笛像轉錢幣一樣旋轉戒指，但是戒指沒有正反兩面，沒有是與否，只有她已經下定決心的選擇。她決定等戒指停下轉動後，就會戴上——但戒指開始搖搖晃晃，即將倒下時，一隻手伸過來蓋住戒指，壓在桌面上。

那隻手光滑細緻又有力，手指纖長，每個細節都忠實呈現了她當初的素描，「妳不是應該跟愛人在一起嗎？」

路克的眼睛裡沒有半點幽默感，看起來淡漠而晦暗。

「他在睡覺，」她說，「但我睡不著。」路克的手抽開了，艾笛看著蒼白的木戒一動也不動躺在吧台上。

「艾德琳，」他說，撫摩著她的頭髮，「會很痛苦沒錯，但也會過去的，無論什麼事物，都會成為過去。」

「除了我們之外。」她喃喃說，然後又似乎自言自語地補了一句，「我很慶幸只有一年而已。」

路克在她身旁的椅子上坐下，「所以呢？妳的人類愛人還好嗎？一切都和妳夢想中的一樣嗎？」

「不一樣。」她說，這是實話。

現實要來得混亂許多，艱困許多，但是也很美好、奇異、駭人，而且脆弱——脆弱到令人心痛——所以每分每秒才這麼珍貴。她沒告訴他這些，卻讓「不一樣」三個字懸在兩人之間，因為路克的揣測而沉重，他的眼睛變成某種暗自竊喜的綠色。

「但你不必讓亨利死來強調這一點。」

狂妄自大的表情閃現，穿透了怒氣。

「交易就是交易。」他說，「不能打破。」

「可是，你曾經告訴我，交易是可以更改的，條件也可以重寫。你是認真的嗎？又或者只是想誆騙我投降的詭計？」

路克板起臉孔，「我才不會使什麼詭計，艾德琳，但如果妳覺得我會改變他交易的——」

艾笛搖搖頭，「我指的不是亨利的交易，」她說，「是我自己的。」這些話她練習過，但實際說出口時還是很古怪。「我不是在求你可憐，我知道你一點悲憫之心都沒有。我是想跟你交換條件，你讓亨利走、讓他活下去，而且記得我，我就——」

「妳會交出妳的靈魂嗎？」他提出問題的同時，目光裡有陰霾，語氣聽起來也很遲疑，不太像渴望，而是擔心，她知道，他上鉤了。

「不會，」她說，「不過是因為你不想要。」在他來得及出聲反駁之前，她繼續說：「你要的是**我**。」

路克嘴上什麼也沒說，眼睛倒是亮了起來，顯然是被引起了興趣。

「你說得沒錯，」她說，「我不是他們的一分子，再也不是了，而且我也厭倦失去，厭倦哀悼我試著想去愛的每一樣人事物。」她伸手去摸路克的臉頰，「但我不會失去你，你也不會失去我。所以說，對，」她直直望進他的眼裡，「答應我，我就是你的，你想要我在你身邊陪你多久，我就陪你多久。」

他感覺屏住了氣，但大氣也不敢喘一口的人其實是她，世界傾斜、折疊，似乎就要墜落。

最後，路克笑了，翡翠綠的雙眼充滿勝利之情。

「我接受。」

她讓自己縮成一團，低下頭靠在他胸前，鬆了口氣。他的手指抵在他的下巴，抬起她的臉靠近他，就像他們初次相遇那晚一樣吻她，迅速但深刻，充滿渴望，艾笛感覺他的牙齒劃過她的下脣，銅的味道在她舌頭上綻放。

她知道交易完成了。

XX

紐約市
二〇一四年九月四日

「不行。」亨利說，聲音半淹沒在風暴裡。
又重又快的雨滴落在屋頂上。落在他們兩人身上。
錶停了，指針宣告放棄，但他仍好端端站在原地。
「妳不能這麼做，」他說，頭暈目眩，「我不准妳這麼做。」
艾笛對他露出一個憐憫的表情，當然，他根本阻止不了她。
從來沒人阻止得了她。
艾絲特拉曾說她是顆頑石。
但就連岩石也會被侵蝕到丁點不剩。
她是例外。
「妳不能這麼做。」他又重複了一次，她回答：「我已經做了。」亨利感覺頭暈目眩，很想吐，感覺地面在他腳下搖晃。
「為什麼？」他哀哀問道，「為什麼妳要這麼做？」
「就當作是我表達謝意的方式吧，」她說，「謝謝你看見我，謝謝你讓我體會到被看見、被愛的感覺。現在你有了第二次機會，但是你得讓他們看見真正的你，你得找到看得見你的人。」

這不對。

這一切都不對。

「妳不愛他。」

她臉上露出哀傷的微笑。

「我愛得夠多了。」她說，時間到了，時間一定到了，因為他的視線開始模糊，邊緣也開始發黑。

「聽我說。」她的聲音變得迫切，「人生有時候感覺很漫長，但是到了最後，一切都轉瞬即逝。」淚水盈滿她的雙眼，但是她臉上露出了微笑，「亨利．史托斯，你最好要有精彩的一生。」

她開始掙脫開來，但是他抓得更緊。「不要。」

她嘆口氣，手指拂過他的頭髮，「你給了我好多，亨利，但是我得請你再幫我做一件事。」他們額頭貼著額頭，「我想要你記得。」

她感覺得到他的手滑開，黑暗席捲過他的視線，擋住天際線和屋頂和依偎著他的女孩。

「答應我，」她說，她的臉也開始模糊，她雙唇的弧度，心型臉蛋旁的棕色鬈髮，一雙大眼，星座一樣的七點雀斑。

「答應我。」她輕聲說，他剛要舉起手，將她抱在懷中，許下承諾，但是他的雙臂圈起來時，她已經消失了。

而他在墜落。

第七部

我記得妳

作品名稱：稍縱即逝的女孩

藝術家：不明

日　期：二〇一四年

媒　材：拍立得

地　點：外借自亨利．史托斯個人收藏

描　述：一組六張相片，描繪動作中的女孩，她的五官有的完全抹去、有的被遮蔽，也有的模糊難辨。最後一張不一樣，畫面中有客廳的地板、桌子邊緣、一疊書，只看得見相片底部露出的一雙腳。

詳細資訊：考量到藝術家本人與影中人的關係，這組相片的主題耐人尋味。閃光燈抹去了所有具體細節，但是媒材本身是這組作品特別之處。在一般的照片中，長曝光可達成構想中的動態效果，但拍立得的固定快門讓動態錯覺更加驚人。

預估價值：非賣品。

所有作品目前皆在現代藝術博物館的《尋找真正的艾笛．拉胡》展覽中展出，策展人為哥倫比亞大學的碧雅翠絲．科威爾博士。

紐約市
二〇一四年九月五日

I

故事是這樣結束的。

一個男孩獨自一人在床上醒來。

陽光從窗簾縫隙中透進來，外頭的建築物在淋過一夜大雨後顯得光滑水亮。

他渾身懶洋洋，感覺像宿醉，還沒擺脫惺忪睡意。他知道剛剛在作夢，卻怎麼樣也記不起夢境的細節，一定不是個太好的夢，因為醒來時，他感覺自己如釋重負。

書咪在棉被堆上方俯望著他，睜著橘色眼睛等著他。

從陽光斜射的角度和街道上傳來車水馬龍的聲音判斷，男孩知道時間不早了。

他原本其實不打算睡這麼久。

通常都是他愛的女孩先醒過來，在被子底下翻動、她注意力的重量、指尖輕輕摸著他的皮膚——通常都足以將她從睡夢中喚醒。只有一次是他先醒過來看見睡夢中的她，感覺陌生卻很開心，她的膝蓋蜷起來，臉貼著枕頭，在淺淺的睡眠中一動也不動。

但那是個下雨的早晨，天剛亮不久，整個世界灰濛濛的，今天太陽這麼耀眼，他不知道為什麼兩個人都睡過頭。

他轉過身搖醒她。

沒想到床另一邊是空的。

他張開手臂，放在她原本會躺的位置，但是床單摸起來冰涼光滑。

「艾笛？」他喚道，從床上爬起來。

他在公寓裡移動，查看廚房、浴室、火警逃生梯，雖然他知道、他知道、他知道：她不在。

「艾笛？」

當然，他知道。

不是夢，那根本不是夢，而是前一晚發生的事情。

他生命中的最後一晚。

屋頂水泥地面潮濕的氣味，手錶指針隨著最後的滴答一聲來到午夜十二點，她抬頭看他時臉上的微笑，要他答應一定要記得。

而現在他人好好地在這裡，她卻不見了，消失無蹤，除了他腦子裡的記憶還有——

那些筆記本。

他倏地站起，大步跨過房間來到他放筆記本的窄書櫃前：紅、藍、銀、黑、白、綠，總共六本，全都還在。他把筆記本全抽出來，攤平放在床上，這時候，幾張拍立得相片掉了出來。是他幫艾笛拍的，她的臉模糊一片，背對著鏡頭，是相框邊緣的一抹鬼影，他盯著相片看了很久很久，深信自己只要瞇眼細看，她的身影就會變得清晰可見。但是不管他看多久，都只能依稀看見輪廓和影子。他唯一能分辨出的是那七點雀斑，而且模糊到他無法確定是不是真的存在，還是他的記憶自動填補的細節。

他把相片放到一旁，伸手去拿第一本筆記本，深怕一打開會看見一片空白，墨水都像她想努力留下的所有其他痕跡一樣消失無蹤。

但是他非確認不可，於是伸手翻開，映入眼中的是一頁又一頁他的修長字跡，不受詛咒所侵蝕，雖然故事是她的，文字卻都是出自於他筆下。

她想當一棵樹。

羅傑沒有哪裡不好。

她只是想在死前好好活一次。

她要花上好幾年的時間，才能學會如何讀懂那雙眼睛。

她用力往上爬，鑽了出去，手攤開壓在一個死人瘦骨嶙峋的背脊上。

這是她的第一次。事情本該這樣發生的。她感覺他將硬幣按進她的手掌心。

「靈魂」，浩瀚無窮的一個字。但真相顯得渺小許多。

她沒花多久時間就找到了父親的墳。

他拿起下一本札記。

巴黎在燃燒。

黑暗拓展開來。

又下一本。

酒吧上方有天使。

亨利在那裡坐了好幾個小時，翻過每本札記的每一頁，閱讀她說過的每個故事，讀完後，他閉上眼睛，把頭埋進捧在手掌上的書頁裡。

因為他愛的女孩走了。

他卻還在這裡。

他記得一切。

布魯克林
二〇一五年三月十三日

II

「亨利・山謬・史托斯先生，我**聽你在屁**。」碧雅把最後一頁碰地放在咖啡吧台上，嚇了書咪一跳，牠原本在旁邊高高一疊書上打瞌睡。「結局不能停在這裡。」她把剩下的草稿緊抓在胸前，好像不想讓他碰，書名頁從她臂膀間露出來。《艾笛的永生契約》。

「她怎麼了？發生了這麼多事之後，她真的跟路克走了？」

亨利聳聳肩，「我想應該是這樣。」

「什麼叫『你想應該是』？」

真相是，他不知道。

過去六個月以來，他都在努力將札記裡的故事打進電腦裡，整理成這份草稿。每天晚上，打字打到手抽筋、頭也因為整天盯著電腦螢幕開始抽痛之後，他會往床上一倒——被窩裡已經沒有她的氣味了，全都散去了——一邊好奇故事會怎麼結束。

會不會有結束的一天？

他為書寫了十幾種不同的結局，在一個版本裡，她過著幸福快樂的日子，另一個版本裡，她不快樂；在一個版本裡，她和路克瘋狂相戀，另一個版本裡，他像抓著寶藏的惡龍一樣緊緊抓著她不放。

但這些結局全都是屬於他的，不是她真正的結局。這些是他的故事，也是她的故事。在他們共有的那最後幾秒、那最後一吻之後，他寫的任何故事，全都會是虛構的。

他努力嘗試。

但這是真的——雖然沒有其他人會知道。

他不知道艾笛發生了什麼事、去了哪裡、過得好不好，但是他可以懷抱希望。他希望她開開心心的；他希望她仍舊充滿了桀驁不馴的快樂和頑固的希望；他希望她這麼做不只是為了他；他希望，總有一天，他們可以再次相見。

「你這是為了揣摩角色，整個人入戲太深了吧？」碧雅說。

亨利抬起頭。

他想告訴碧雅一切都是真的。

告訴碧雅她其實也見過艾笛，就像他寫的，而且她每次都會說相同的話。他想告訴她，她們兩人一定可以變成好朋友。她們也的確是朋友，雖然每次都得重新認識一次。當然，艾笛能擁有的也就這麼多了。

但是碧雅不會相信亨利的，所以他任由她將這些都當成是虛構故事。

「妳喜歡嗎？」

碧雅咧開嘴微笑，眼睛裡沒有任何霧氣和閃光，他從未這麼慶幸過可以聽到真話。

「亨利，很精彩，」她說，「真的是非常非常精彩的故事。」她點點書名頁，「記得在謝詞裡提到我喔。」

「什麼啊？」

「我的論文啊，記得嗎？我想研究那些作品裡的女孩。畫框裡的幽靈。就是你寫的那個角色，對不對？」

當然，就是她。

亨利的手拂過書稿，完成之後，他同時覺得鬆了口氣又悵然若失。他希望自己可以再和它相處久一點，可以再和她相處久一點。

但是現在，他很高興能擁有這個故事。

因為，老實說，他已經開始遺忘了。

不是受到了詛咒的影響。並沒有任何力量將關於她的記憶強行抹去。只是細節會不由自主地慢慢褪色，逐漸模糊，他的心緒會漸漸鬆開過去的往事，好迎接未至的一切。

他不想放手。

他努力不要放手。

深夜裡他躺在床上，閉起眼睛，想在腦海中看見她的臉。她嘴唇確切的弧度、確切的髮色、床頭燈在她左邊顴骨投下的陰影、她的太陽穴、她的下巴。夜半時分她的笑聲，她快要墜入夢鄉時的嗓音。

他知道這些細節和已經寫進書裡的那些比起來都不重要，但他真的還沒準備好要失去這些。

「相信」就像引力一樣。一件事只要有夠多人相信，就會變得和腳底大地一樣堅定真實。但如果只有你一個人獨自抓著一個念頭、一份記憶、一名女孩，很難不讓它悄悄溜走。

「我早就知道你會當作家。」碧雅正在說，「從很多跡象都看得出來呢，只是你自己一直不願意接受罷了。」

「我不是作家啦。」他漫不經心地說。

「去跟你那本書說吧。你應該會拿去投稿吧？你一定要——這故事太棒了。」

「噢，對。」他若有所思地說，「我會試試看。」

他一定會。

他會找個經紀人，讓幾間出版社競價，最後，他賣出作品時會開出一個條件：封面上只印一個名字，不是他的名字——而最後，他們也同意了。沒錯，大家一定會以為這是某種聰明的行銷手法，但想到有人可以會讀到這些文字，他就雀躍不已——不是他的文字，而是艾笛的，她的名字在好多人的口中唸著，記在心頭，刻在記憶裡。

艾笛、艾笛、艾笛。

預付金足以付清他的學生貸款，足以讓他稍微喘口氣，想清楚下一步要怎麼做。他還不知道將來要做什麼，但有史以來第一次，他不覺得害怕。

世界很大，有好多地方他沒親眼見過。他想旅行、想拍照、想聽別人的故事，也或許創造一些自己的故事。畢竟，人生有時感覺很漫長，但他知道其實過得很快，而他一秒鐘都不想錯過。

III

英格蘭，倫敦
二〇一六年二月三日

書店快打烊了。

每年的這個時候，天色暗得很快，氣象預告還說會下雪，這對倫敦來說很不尋常。好幾個店員忙碌穿梭，拆解舊的陳列，換上新書，想在外面的水霧凍成霜之前趕快完工。

她在附近裹足不前，一隻拇指滑過喉間的戒指，看著兩名年輕女孩在最新小說區的一面牆前補貨。

「妳看過了嗎？」其中一人問。

「這週末看完了。」另一人說。

「作者竟然完全沒有掛名，」第一個人說，「一定是什麼行銷手法。」

「不知道耶，」第二個女孩說，「我覺得滿迷人的，讓整個故事感覺更可信，好像真的是亨利在轉述她的故事。」

第一個女孩哈哈大笑，「妳真的是浪漫派。」

「不好意思，」一個年紀比較大的先生插嘴說，「我可以拿一本艾笛嗎？」

她的皮膚刺刺癢癢的，他如此輕鬆自然地說出了她的名字，那幾個字從帶有外國口音的舌尖滾落。

她等到三人都去櫃台邊結帳了，最後她才靠近書櫃。不只是一張桌子而已，而是擺滿了一個書架，滿滿一面牆都是同樣的封面。書封的設計很簡單，大部分的空間都給了書名，幾個大字剛好佔滿了書衣。彎曲的字跡和床邊札記裡的字跡一模一樣，藉由亨利之手寫出的她的故事，不過稍微清晰好讀一點。

《艾笛的永生契約》。

她的手指滑過名字，感覺著燙箔字母的每個弧度與彎折，好像那是她自己寫上去的。

店員女孩說得沒錯，書上沒有作者的名字，封底也沒有放照片。看不到半點亨利．史托斯的痕跡，唯一的痕跡，大概就是她手裡捧著這本書的美好事實，而書裡的故事是真的。

她掀開封面，翻過書名頁，來到獻詞頁。書頁中央印著四個小字。

我記得妳。

她閉上眼睛，腦海中浮現他的模樣，和他們第一次在書店裡相遇一樣：手肘拄在櫃台上，抬起頭看她，蹙起眼鏡後方的眉頭。

我記得妳。

看見他在「藝術品」展覽中的模樣，一片星海裡，他的手指滑過寫在玻璃牆上的她的名字，他注視著拍立得照片，在中央車站裡耳語，低著頭專心在札記裡書寫，黑色鬈髮滑落到臉上。他躺在她身邊的床上，在上州郊外的草地上、在沙灘上，他們的手指勾著手指，像一條鎖鏈中相扣的環。

感覺他懷抱的溫暖，他將她拉回被窩裡，身上的味道清爽乾淨，還有當她叮嚀「不要忘記」，他回答「絕對不會」時自然輕快的語氣。

她淺淺一笑，抹去眼淚，心裡浮現最後一夜她在屋頂上看見他的模樣。

艾笛說了好幾次「你好」，但這是她第一次也是最後一次得以說「再見」。那個吻，就像一個她等待已久的標點符號。不是一行字被打斷時的破折號，也不是靜悄悄溜走時的刪節號，而是一個句點，一對闔起的括號，一個結束。

結束。

這就是活在當下，而且只能活在當下的困境：句子接連不斷地寫下去。而亨利是故事中一個完美的段落。可以讓她好好喘口氣。她不知道這是不是愛，又或者只是一種緩刑。不知道滿足感是否可以媲美熱戀，溫暖有沒有可能和狂熱一樣強烈。

但無論如何這都是一份禮物。

不是遊戲，不是戰爭，也不是兩人意志的拉鋸。

只是純粹的禮物。

時間與記憶，就像寓言裡的戀人。

她翻過書的每一章，她的書，驚嘆著每一頁都有她的名字。她的人生，待人閱讀。這已經不只是她一個人的事了。也不只關乎他們兩個人，不只關乎人或神或無以名狀的事物。故事就像一個意念，和雜草一樣狂野，無論種在哪裡，都會開始蔓延。

她開始讀，一路讀到了她在巴黎的第一個冬天時，感覺到背後的空氣波動。

聽見自己的名字像吻一樣印在後頸。「艾德琳。」

路克現身了，雙手摟著她的肩，她往後靠向他的胸膛。他們的確非常契合，一直以來都是，雖然事到如今，她仍忍不住好奇：這會不會就是他的本質，煙霧本來就可以填滿任何容器。

他的視線落到她手中的書上。封面上橫越著她的名字。

「妳好聰明呢。」他說，貼著她的肌膚低語，但似乎並不生氣。

「就讓他們擁有故事吧，」他說，「只要我擁有妳就好。」

她在他懷中扭轉過身體，注視著他。

路克耀武揚威時特別俊美。

當然，不應該是這樣。自大本身不是個迷人的特點，但是路克穿戴它的方式，就像穿著一件量身訂製的西裝一樣自在。他因為見到了自己的作品而光芒四射，他太習慣當對的那一方了。太習慣握有控制權。

他的眼睛閃著明亮又洋洋得意的鮮綠。

她花了三百年才學會他心情的顏色。現在她對不同的色調瞭如指掌，只要一看那雙眼睛，她就能讀懂他的脾氣、渴望和思緒。

她訝異不已，在同樣的一段時間裡，他卻從未學會讀懂她的眼神。

又或者只是他專挑自己想看的：一個女人的憤怒與渴求，恐懼與希望與慾望，那些比較簡單、比較透明的情緒。

他卻從沒學會讀懂她的狡詐和聰穎，從沒學會讀懂她行為舉止間的幽微之處，她話語中隱隱的節奏。

她看著路克，一邊想像著自己雙眼會透露出的訊息：

他犯了一個滔天大錯。

惡魔藏在細節裡，而他就忽略了一個關鍵的細節。

措辭可能看似沒什麼，但是他教過她字詞的力量就是一切。當她小心翼翼勾勒出新交易的條件，用自己交換靈魂時，她說的不是「永遠」，而是「你想要我在你身邊多久」。

這兩者是有差異的。

如果她的眼睛會說話，現在一定在哈哈大笑。

人們會說路克是個喜怒無常的神，而在他愛上她之前，先恨過她，逼瘋過她，艾笛的記憶完美無瑕，已經成為他陰謀詭計的專家，也是深諳他殘酷脾性的學者。她有三百年的時間細細研究，絕對會讓他後悔莫及。

也許會花上二十年的時間。

也許會花上一百年。

但是他沒有能力愛人，她會證明這點。

她會毀了他，毀了他心目中他們的戀情。

她會讓他心碎，讓他再次恨她入骨。

她會逼瘋他，逼走他。

最後，他會忍不住擺脫她。

而她最終也將重獲自由。

艾笛很想把這些都告訴路克，只為了看他的眼睛會變成什麼顏色，某種驚覺自己被擺了一道的綠色。失落與敗退的色澤。

但如果說這些年他教會了她什麼，那就是耐心了。

所以艾笛三緘其口，關於新遊戲、新規則、拉開序幕的新戰鬥，她什麼也沒透露。

她只微微一笑，把書放回架上，然後跟著他回到黑暗之中。

謝詞

有在網路上追蹤我的人都知道，我和故事的關係其實充滿焦慮。

或者說，催生故事的過程其實充滿焦慮。我得撐起一整頭沉重的怪獸，直到手臂開始瑟瑟發抖，頭痛欲裂，但心裡也知道，如果我現在就將它拋下，它卻還沒準備好的話，肯定會應聲摔碎，而我就得把所有的碎片都掃起來，這期間一定會失去一些片段。

於是，我撐著艾笛的故事，如同許多人支撐著我。

沒有他們，就沒有這本書。

這是我應該要一一感謝他們的場合。

（我好討厭致謝。）

（或者說，我好討厭寫謝詞，我的記憶力太差了，我想我的心智大概被這一本本的書捅出了好多洞，所以要我感謝所有幫助這本書問世的人時，我瞬間就僵住了，很確定一定會有所遺漏。）

（我知道我一定會忘記。）

（我一直忘東忘西。）

（我認為這就是我寫故事的原因，我想在各種點子溜走之前趕快抓住，免得留下我獨自愣愣發呆，想知道為什麼自己會走到這個房間裡，或者為什麼要打開那個瀏覽器分頁，或者我到底打開冰箱是想找什麼。）

（當然，對照著這本書的主題來看，實在很諷刺。）

（這本書，在我的腦子裡活了好久，佔據了好多空間，大概是造成我忘東忘西的禍首之一。）

所以，以下只是一份未完待續的清單。

這本書獻給我爸爸，他陪我在我們東納許維爾的街區裡散步，聽著我初次將腦中萌芽的構想說出來。

獻給我媽媽，她跟著我轉來繞去，從來不讓我迷路。

獻給我妹妹Jenna，她知道我什麼時候需要寫作，什麼時候則需要停下來去喝一杯奢華雞尾酒。

獻給我的經紀人Holly，無數次拖著我闖過重重險境，從來沒讓我燒死或溺死或被怪物吃掉。

獻給我的編輯Miriam，在這漫長蜿蜒的旅程上一直都陪著我。

獻給我的公關Kristin，她是我的騎士、我的鬥士，也是我的摯友。

獻給Lucille、Sarah、Eileen，以及我在Tor出版社的其他優秀團隊成員，你們在這個故事還只是個念頭時就對之深信不疑，在它還只是草稿時鼓勵我繼續努力不懈，而在成書階段更是不遺餘力替我宣揚作品，讓我覺得，無論我踏出哪一步，都可以安心放手，讓你們接住我。

獻給我的好友——你們知道我指的是你們——你們拖著我走過黑暗，又陪我一起去追逐文字（或者烤雞）。

獻給Al Mare和Red Kite，謝謝你們給我一個地方思考和寫作，源源不絕地供應我一壺又一壺的茶。

獻給Danielle、Ilda、Britt和Dan，謝謝你們的熱情，謝謝你們把披薩從門縫下塞進來給我。

獻給每個願意讓我的書在架上待這麼久的書商。

獻給每個告訴我他們已經迫不及待，卻又答應我會繼續等下去的讀者。

臉譜小說選 FR6589

艾笛的永生契約

The Invisible Life of Addie LaRue

原著作者	V.E. 舒瓦 V.E. Schwab
譯　　者	林欣璇
書封設計	蕭旭芳
責任編輯	廖培穎
行銷企畫	陳彩玉、楊凱雯
業　　務	陳紫晴、林佩瑜、葉晉源
出　　版	臉譜出版
發 行 人	凃玉雲
總 經 理	陳逸瑛
編輯總監	劉麗真
	城邦文化事業股份有限公司 台北市中山區民生東路二段141號5樓 電話：886-2-25007696　傳真：886-2-25001952
發　　行	英屬蓋曼群島商家庭傳媒股份有限公司城邦分公司 台北市中山區民生東路二段141號11樓 客服專線：02-25007718；25007719 24小時傳真專線：02-25001990；25001991 服務時間：週一至週五上午09:30-12:00；下午13:30-17:00 劃撥帳號：19863813　戶名：書虫股份有限公司 讀者服務信箱：service@readingclub.com.tw 城邦網址：http://www.cite.com.tw
香港發行所	城邦（香港）出版集團有限公司 香港灣仔駱克道193號東超商業中心1樓 電話：852-25086231　傳真：852-25789337
馬新發行所	城邦（馬新）出版集團【Cite(M) Sdn. Bhd. (458372U)】 41-3, Jalan Radin Anum, Bandar Baru Sri Petaling, 57000 Kuala Lumpur, Malaysia. 電話：603-90563833　傳真：603-90576622 電子信箱：services@cite.my
一版一刷	2022年6月
I S B N	978-626-315-118-5

售價：520元
（本書如有缺頁、破損、倒裝，請寄回更換）

城邦讀書花園
www.cite.com.tw

國家圖書館出版品預行編目資料

艾笛的永生契約／V.E. 舒瓦（V.E. Schwab）著；林欣璇譯. -- 一版. -- 臺北市：臉譜出版：英屬蓋曼群島商家庭傳媒股份有限公司城邦分公司發行, 2022.06
面；　公分. --（臉譜小說選；FR6589）
譯自：The Invisible Life of Addie LaRue
ISBN 978-626-315-118-5（平裝）

874.57　　111003762